GLI ADELPHI

74

Robert M. Pirsig è nato nel 1928 a Minneapolis da una famiglia di ascendenze tedesche e svedesi. Il suo primo libro, *Lo Zen e l'arte della manutenzione della motocicletta* (1974; Adelphi, 1981) – oggi riconosciuto come uno dei rari libri che rimangono della letteratura americana recente –, è stato seguito da un lungo, rigoroso silenzio, interrotto nel 1991 dalla pubblicazione di *Lila* (Adelphi, 1992).

Robert M. Pirsig

Lila

Indagine sulla morale

TRADUZIONE DI ADRIANA BOTTINI

ADELPHI EDIZIONI

TITOLO ORIGINALE:
Lila
An Inquiry into Morals

Si ringrazia per il permesso di riprodurre brani tratti dalle seguenti opere:

Get Down Tonight di Harry Wayne Casey e Richard Finch © 1975 Longitude Music Company. Tutti i diritti riservati. Per gentile concessione della Southern Music Publishing Company.

In Search of the April Fool di Cathie Slater Spence © 1987 Cathie Slater Spence.

Patterns of Culture di Ruth Benedict © 1934 Ruth Benedict © rinnovato 1961 Ruth Valentine. Per gentile concessione della Houghton Mifflin Company.

The Message in the Bottle di Walker Percy © 1954, 1956, 1957, 1958, 1959, 1961, 1967, 1972, 1975 Walker Percy. Per gentile concessione della McIntosh and Otis, Inc.

Crack-Up di F. Scott Fitzgerald © 1945 New Directions. Per gentile concessione della New Directions Publishing Corporation.

Sesta edizione: febbraio 2012

I edizione GLI ADELPHI: febbraio 1995
WWW.ADELPHI.IT

ISBN 978-88-459-1117-0

INDICE

LILA

A Wendy e Nell

L'Autore ringrazia la Guggenheim Foundation per la sovvenzione che gli ha consentito di scrivere questo libro.

PARTE PRIMA

Lila non sapeva che lui era lì. Stava dormendo profondamente, forse sognando; qualche sogno pauroso. Nel buio la sentì arrotare i denti e rigirarsi di scatto, in lotta contro una minaccia che lei sola vedeva.

La luce che scendeva dal boccaporto aperto era così fioca da nascondere ogni traccia di trucco e di età, dandole contorni morbidi di cherubino; sembrava una bimbetta, bionda, con gli zigomi larghi, il nasino all'insù, un faccino di bambina qualunque, così familiare che veniva spontaneo un moto di affetto. Sarebbe stato quasi naturale se, al risveglio, avesse spalancato gli occhi azzurri, brillanti di eccitazione al pensiero di una nuova giornata di sole, con papà e mamma sorridenti e la pancetta sfrigolante sulla stufa e gioia e felicità per tutti.

Ma non sarebbe andata così. Quando Lila avesse aperto gli occhi, ancora annebbiata dalla sbornia, si sarebbe trovata davanti la faccia di un uomo dai capelli grigi di cui neppure si ricordava, qualcuno incontrato la sera prima in un bar. La nausea e il cerchio alla testa le avrebbero dato un po' di rimorso e di disgusto di sé, ma non troppo: doveva aver passato molte altre volte tutta la trafila. Poi, il suo cervello si sarebbe lentamente rivolto al problema di ritornare alla sua vita di prima di quell'ultimo incontro.

La sentì mormorare qualcosa come « Attento! » e qualche altra parola incomprensibile e poi rigirarsi, tirandosi la coperta sopra la testa, forse per ripararsi dalla fredda brezza che veniva dal boccaporto. La cuccetta era così angusta che con quel movimento gli venne di nuovo addosso e lui sentì contro il proprio il suo corpo disteso in tutta la sua lunghezza, e poi il suo calore. Riaffiorò un desiderio rimasto sospeso. Allungò il braccio, la mano sopra il suo seno, che era pieno ma troppo molle, come un frutto troppo maturo e vicino a marcire.

Avrebbe voluto svegliarla e fare ancora l'amore, ma mentre ci pensava gli crebbe dentro, a bloccarlo, come una tristezza. E più esitava, più quella tristezza cresceva. Gli sarebbe piaciuto conoscerla meglio. Aveva l'impressione di averla già vista da qualche parte, tanto tempo fa. Era tutta la notte che ci pensava.

Quell'idea fece svanire il desiderio. Adesso c'era solo la tristezza, più forte, tutt'uno con il buio della cabina e la fioca luce color indaco dall'alto. Lassù c'erano le stelle, incorniciate dal rettangolo del boccaporto, sicché pareva che si muovessero a ogni rollio della barca. Una parte di Orione scomparve, per riapparire dopo poco. Presto sarebbero tornate tutte le costellazioni invernali.

Attraverso la fredda aria notturna arrivava nitido il rumore delle automobili sopra un ponte lontano. Dirette a Kingston, verso qualche punto lungo la ripida sponda al di là dello Hudson. La barca era ormeggiata per la notte in quel minuscolo ramo del fiume, in attesa di proseguire verso sud.

Non restava molto tempo. Già sugli alberi lungo le rive il verde era quasi scomparso. Molte delle foglie ingiallite erano cadute. Negli ultimi giorni erano arrivate da nord, lungo la valle, raffiche di vento freddo che strappavano le foglie dai rami facendole mulinare alte sopra l'acqua in improvvise spirali di rossi e marroni e ori e bruni, davanti alla barca, che scendeva lungo il canale segnato dalle boe e quasi deserto. Le poche barche ormeggiate lungo la riva avevano un'aria abbandonata e derelitta, ora che l'estate era finita e i proprietari erano tornati alle loro occupazioni. In alto, dappertutto, c'erano le V delle anitre e delle oche di ritorno sul vento del Nord dalle regioni artiche del Canada. Molte dovevano essere poco più che anatroccoli e paperotti quando Fedro aveva iniziato quel viaggio dal Lago Superiore, che è come un mare interno, mille miglia e, sembrava, mille anni prima.

Non restava molto tempo. Ieri mattina, quando era salito in coperta, nel mettere il piede sul ponte era scivolato e per poco non cadeva, e si era accorto che su tutta la barca era steso un velo di ghiaccio.

Dove aveva già visto Lila? Era sicuro di averla già incontrata. Era autunno anche allora, sì, novembre, e faceva molto freddo. Il tram era vuoto, a parte lui, il manovratore, il bigliettaio e Lila, seduta con un'amica tre posti indietro. I sedili erano di canna gialla, duri e robusti, ideati per durare decine di anni, e invece, qualche anno dopo, erano arrivati gli autobus, e i tram, le rotaie e i cavi aerei erano tutti scomparsi.

Aveva visto tre film, quel giorno, uno dopo l'altro, e aveva fumato troppo e gli era venuto un male di testa atroce; adesso, aveva davanti ancora una buona mezz'ora di sbatacchiamenti su quel tram, prima della sua fermata, e poi un isolato e mezzo di strade buie prima di arrivare a casa e prendere un paio di aspirine, e un'altra ora e mezzo prima che le aspirine facessero effetto. A un certo punto aveva sentito le due ragazze ridere forte e si era girato. Le ragazze avevano smesso immediatamente, ma il modo come l'avevano guardato non lasciava dubbi sull'oggetto della loro ilarità. Ridevano di lui: un tipo con un grosso naso, le spalle cascanti, niente di speciale a vederlo, e sempre con una difficoltà nei rapporti con gli altri. La ragazza a sinistra, quella che aveva riso più forte, era Lila. Lo stesso viso, identico – capelli d'oro, pelle liscia, occhi azzurri – e un sorriso mezzo soffocato, a mascherare, nelle sue intenzioni, la risata. Erano scese un paio di fermate dopo, senza smettere di chiacchierare e di ridere.

La rivide di lì a qualche mese, in centro, tra la folla dell'ora di punta. Fu un attimo. Lila si era girata e lui le aveva letto in faccia che l'aveva riconosciuto; lei aveva indugiato un istante come in attesa di un suo gesto, di una parola. Ma lui non aveva fatto niente. Gli mancava quella capacità di stabilire subito il rapporto e dopo, ecco, era troppo tardi e ciascuno era andato per la propria strada e lui aveva continuato a chiedersi, quel pomeriggio e poi ancora, per diversi giorni, chi fosse quella ragazza e come sarebbero andate le cose se lui le fosse andato incontro e le avesse parlato. Poi, l'estate successiva, gli era parso di scorgerla su una spiaggia nella parte sud della città. Era sdraiata sulla sabbia, lui le era passato dietro e aveva visto la sua faccia all'incontrario e subito si era sentito tutto eccitato. Questa volta non sarebbe rimasto lì impalato: raccolse tutto il suo coraggio e tornò indietro, fermandosi ai piedi della ragazza, ma la faccia, vista da lì, non era quella di Lila. Fu una tale delusione. Non aveva nessuna, in quel periodo.

Ma era successo tanto tempo prima, anni e anni prima. Se fosse stata lei, sarebbe cambiata. Non poteva essere la stessa persona. E poi, non era come se si fossero conosciuti. Che importanza aveva? Perché doveva ricordarsi di un episodio così insignificante dopo tanti anni?

Misteriose, queste immagini che riaffiorano alla memoria. Come i sogni. Questa Lila dormiente, incontrata poche ore prima, era un'altra persona ancora. Cioè, non proprio un'altra, ma una persona meno precisa, meno individuale. C'è Lila, questa persona concreta, unica, addormentata accanto a lui, che un giorno era nata e adesso era viva e si agitava nel sonno e tra non molto, come tutti, sarebbe morta; e c'è quest'altra, chiamiamola *lila*, che è immortale, che temporaneamente abita Lila e poi passerà oltre. La Lila che dorme l'aveva incontrata solo da poche ore. Ma la Lila sempre desta, che non dorme mai, era da tanto che lo seguiva. E lui lei.

Misterioso, sì. Per tutto il tempo che lui stava discendendo il canale, una conca dopo l'altra, lei stava facendo lo stesso, e non lo sapeva. Magari c'era anche lei alle conche, su a Troy, e lui l'aveva guardata in faccia nell'oscurità, senza vederla. Sulle carte nautiche era segnata una serie di conche ravvicinate, ma i dislivelli non erano indicati e, le carte, non dicevano il disorientamento che ti coglie quando hai calcolato male le distanze e si fa tardi e sei stremato. Anzi, Fedro si era accorto del pericolo solo quando ormai era dentro le conche, mentre cercava di distinguere tra luci verdi e luci rosse e luci bianche e le luci delle case dei guardiani delle chiuse e quelle di altre barche che venivano in senso opposto e quelle dei ponti e dei piloni e di sa Dio cos'altro poteva esserci, in quel buio, che bisognava evitare. Non conosceva il posto ed era stata un'esperienza molto intensa, e fu allora, in quella intensità e tensione, che ricordava di avere visto Lila, su un'altra barca.

Scendevano dal cielo. Non da qualche metro soltanto, ma da decine e decine di metri. Le loro barche precipitavano nella notte dal cielo; perché loro non lo sapevano, ma era in cielo che stavano prima. Quando si aperse l'ultima chiusa dell'ultima conca, si trovarono davanti un fiume scuro e denso. Il fiume scorreva di fianco a un'enorme struttura di travi di ferro verso un'isola di luci all'orizzonte. Era Troy. Alla confluenza la barca fu presa nei vortici e incominciò a derivare. Alla fine, con il motore al massimo, Fedro tagliò in diagonale la corrente fino a un bacino galleggiante.

« Qui le maree arrivano al metro e mezzo » disse l'addetto.

Le maree! Allora siamo a livello del mare, pensò Fedro. Niente più conche artificiali. Adesso i dislivelli sarebbero dipesi soltanto dal corso della luna sull'oceano. Durante tutto il tragitto fino a Kingston quel senso di essere in contatto diretto con l'oceano gli diede una nuova sconfinata percezione dello spazio.

L'esperienza dello spazio: era quello il senso di andare in barca, e la sera al bar vicino al porticciolo aveva provato a parlarne con Rigel e Capella. Rigel sembrava stanco e preoccupato e distratto, ma Bill Capella, il suo compagno, si era esaltato: l'aveva fatta, quell'esperienza.

« Come a Oswego, » disse Capella « quando aspettavamo che aprissero le chiuse: tutti a disperarci di non poterci muovere, ma in realtà è stato stupendo ».

Fedro aveva conosciuto Rigel e Capella quando un uragano di fine estate aveva provocato una piena e il canale era stato invaso dall'acqua, le boe sommerse e le conche intasate dai detriti, tanto che la navigazione era stata interrotta per due settimane. Le barche che scendevano a sud dai Grandi Laghi erano agli ormeggi e gli equipaggi non avevano niente da fare. D'improvviso si era aperto uno spazio, un vuoto di tempo inaspettato nella vita di ciascuno. La prima reazione era stata di esasperazione: sembrava intollerabile starsene seduti senza far niente. Prima, ciascuno si occupava della propria barca e non parlava volentieri con gli equipaggi delle altre, ma adesso non c'era niente di meglio da fare che starsene sul ponte a chiacchierare, un giorno dopo l'altro per giorni di fila. E non superficialmente. Sul serio. Di lì a poco, tutti a farsi visita da una barca all'altra. Dappertutto feste, per tutta la notte. La gente del posto incominciò a venire sempre più spesso, incuriosita dall'ingorgo di barche, e alcuni fecero amicizia con i marinai. Non superficialmente, sul serio. E allora, altre feste.

Sicché quella calamità, quella disgrazia di cui all'inizio tutti si lamentavano, alla fine si risolse proprio come aveva detto Capella: tutti si erano divertiti come mai nella vita. E la cosa che dava quel senso di felicità era lo spazio.

A parte Fedro, Rigel e Capella, il bar era quasi vuoto. Era un locale piccolo, con alcuni tavoli da biliardo in fondo, il bancone nel mezzo di fronte alla porta e tavolini malconci da un lato. Senza la minima pretesa di stile. Eppure ci si stava bene. Non invadeva il tuo spazio, era questo il segreto. Era un bar che faceva il bar, senza voler essere niente di più.

« Secondo me il segreto è lo spazio » aveva detto a Rigel, e Rigel aveva chiesto: « Cioè? ».

Lo fissava da sotto le palpebre. Nonostante la camicia a righe sgargianti e il berretto di maglia da marinaio, si vedeva che c'era qualcosa che lo rendeva infelice, anche se parlava d'altro. Forse era il fatto che stava facendo quel viaggio solo per andare nel Connecticut a vendere la sua barca.

Fedro aveva scelto con cura le parole, per non dare il via a una discussione: « Secondo me insieme con la barca noi compriamo lo spazio, il nulla, il vuoto... enormi distese di acque aperte... e distese di tempo senza scadenze... È una merce che vale un sacco di soldi... difficile da trovare di questi tempi ».

« Basta chiudersi a chiave in una stanza » aveva detto Rigel.

« Non funziona. C'è il telefono ».

« E tu non rispondere ».

« Arriva la posta ».

« Puoi fare a meno di aprire ».

Cercava un pretesto per mettersi a discutere. Capella si intromise per il gusto della polemica: « La ritirano i vicini ».

« Tornano i bambini da scuola e accendono la televisione ».

« Tu digli di abbassarla ».
« Ma così devi uscire dalla stanza ».
« Va bene, allora ignorali ».
« Già, ma lo sapete che cosa succede a uno che si chiude in camera e non risponde al telefono, non va ad aprire la porta quando bussano e si rifiuta di uscire perfino quando tornano i bambini e accendono la TV? ».

Ci pensarono su e alla fine fecero un mezzo sorriso.

Quando erano entrati, la faccia del barista aveva un'espressione di noia totale. Non c'era movimento. Ma in seguito erano arrivati quattro o cinque avventori, e ora stava parlando con due di essi, vecchi clienti evidentemente, rilassati e a proprio agio nel locale. Altri due avevano in mano stecche da biliardo.

« Lo spazio non esiste » disse Rigel. Aveva ancora voglia di discutere. « Se fossi di queste parti, lo sapresti ».

« In che senso? ».

« Lo spazio non esiste qui » ripeté Rigel. « È tutto pieno di storia. Adesso questa zona è morta, ma se la conoscessi capiresti che lo spazio non esiste. L'hanno riempito di vecchi segreti. Qui tutti nascondono qualcosa ».

« Quali segreti? ».

« Niente è quello che sembra » disse Rigel. « Questo braccio d'acqua: lo sai dove finisce? Pochi metri dopo quel gomito, diresti tu, vero? Avanti, secondo te, fino a dove si può arrivare in barca lungo questo rigagnolo? ».

Fedro tirò a indovinare: venti miglia.

Rigel sorrise. « Una volta, potevi arrivare fino all'Oceano Atlantico. È là che va a finire. Adesso non lo sa più nessuno, ma fa tutto il giro *dietro* il New Jersey. Era collegato con un canale che portava oltre i monti, e giù nel Delaware. Di qui passavano le chiatte cariche di carbone provenienti dalla Pennsylvania. Ci lavorava il mio bisnonno. Aveva fatto investimenti un po' dovunque, nella zona. Investimenti redditizi, oltretutto».

«Dunque i tuoi sono originari di queste parti» disse Fedro.

«Ci sono venuti subito dopo la Rivoluzione. Non si sono mai mossi, fino a una trentina di anni fa».

Fedro attese il seguito, ma Rigel non aggiunse altro.

Li investì una corrente di aria fredda dalla porta. Stava entrando gente. Uno dei nuovi venuti fece un segno di saluto a Rigel, che rispose con un cenno del capo.

«Lo conosci?» chiese Fedro.

«È uno di Toronto» disse Rigel.

«Che cosa fa?».

«Abbiamo fatto alcune regate insieme» disse Rigel. «Sono tutti canadesi. Vengono ogni anno di questa stagione».

Uno dei canadesi indossava un maglione rosso, un altro un berretto blu da pescatore spinto indietro, un terzo una giacca a vento verde squillante. Da come si muovevano, tutti insieme, si capiva che si conoscevano da tanto tempo ma non erano mai stati in quel posto. Avevano un'esuberanza da sole e vento, come una squadra di hockey in trasferta.

Adesso gli tornò in mente di averli già visti, a Oswego: erano su una grossa barca chiamata *Karma* e avevano l'aria di volersene stare tra loro.

«Sembra che questo posto non gli vada molto a genio» disse Capella.

«Sono solo impazienti di arrivare all'oceano» disse Rigel.

«Però hanno un'aria...» disse Capella. «Come se quello che vedono non incontrasse la loro *approvazione*».

«Be', in questo hanno la mia» disse Rigel.

«Cioè?».

« Hanno un senso morale » disse Rigel. « Cosa che non farebbe male neanche a noi ».

Uno dei canadesi, dopo avere studiato l'elenco dei dischi del jukebox, premette alcuni tasti. Dalla macchina partirono fasci di luce roteanti e un rumore assordante li investì. Il volume era troppo alto. Fedro cercò di dire qualcosa a Capella, che fece coppa all'orecchio con la mano, ridendo. Fedro alzò le braccia al cielo; rassegnati, continuarono a bere la loro birra, ascoltando la musica.

Era entrata altra gente e adesso il locale era affollato; perlopiù gente del posto, ma cordiale con i marinai, come se fosse abituata alla loro presenza. Birra, rumore, sconosciuti cordiali: un gran bel localino. Fedro beveva, ascoltava, seguiva con gli occhi i ghirigori dei puntolini luminosi proiettati sul soffitto da un congegno collegato con il jukebox.

La sua mente incominciò a divagare. Ripensò alle parole di Rigel. L'Est era davvero un altro paese. La differenza era difficile da definire, la si avvertiva, più che vederla.

Nella valle dello Hudson c'erano posti che sembravano usciti dalle vecchie stampe di Currier e Ives, ti davano il senso di una vita che scorre lenta, ordinata, decorosa, come prima della rivoluzione industriale. Una vita che il Minnesota, dove era nato Fedro, non aveva mai conosciuto. Il Minnesota, allora, era più che altro foreste, indiani e capanne di tronchi.

Attraversare l'America in barca era come risalire indietro nel tempo, vedere come doveva essere stata in passato. Quei fiumi e quei canali erano le vecchie vie commerciali in uso prima dell'avvento della ferrovia. Incredibile, come in certe zone il fiume apparisse identico a come lo avevano dipinto i pittori della scuola dello Hudson, con foreste bellissime e le montagne all'orizzonte.

Man mano che si discendeva verso sud, l'anima del paesaggio diventava più civilizzata, più formalizzata, specialmente nelle ville, ora più frequenti. Lo stile era sempre più lontano dalla frontiera, e più vicino all'Europa.

Tra i canadesi davanti al bancone c'erano un uomo e una donna; stavano così appiccicati che tra i loro corpi non si sarebbe potuto infilare neanche un tagliacarte. Cessata la musica, Fedro li indicò a Rigel e a Capella. L'uomo teneva una mano sulla coscia della donna, che continuava a bere e a ridere come se niente fosse.

Fedro chiese a Rigel: « Due dei tuoi canadesi col senso morale? ».

Capella scoppiò a ridere.

Rigel diede un'occhiata alla coppia e fece una smorfia. « Ce n'è di due tipi » disse. « Un tipo che disapprova questo paese per tutte le porcherie che offre, l'altro che lo *adora* per la stessa ragione ».

Stava per aggiungere qualcosa, accennando alla coppia, ma la musica e le luci esplosero di nuovo e Rigel alzò le braccia al cielo e Capella si mise a ridere. Lasciarono perdere.

Dopo un po' sentirono freddo. Si era aperta la porta; sulla soglia, una donna frugava con gli occhi il locale, come se cercasse qualcuno.

« CHIUDERE LA PORTA! » urlò una voce.

La donna e Rigel si fissarono per un bel pezzo, come se fosse Rigel la persona cercata, ma poi la donna distolse lo sguardo e continuò a scrutare la gente al bar.

« LA PORTA! » urlò un'altra voce.

« Dice a te, Lila » disse Rigel.

La donna doveva aver trovato quello che cercava, perché improvvisamente le venne un'espressione furibonda e sbatté la porta con violenza.

« Va bene COSÌ? » urlò.

Rigel la guardò impassibile, poi tornò a girarsi verso i compagni di tavolo.

La musica si interruppe. Fedro chiese ammiccando. « È una di quelli che ci adorano? ».

« No, e non è nemmeno canadese » disse Rigel.

«Chi è?».
Rigel non rispose.
«Di dov'è?».
«Lasciala perdere» disse Rigel.
Dal jukebox venne un'altra esplosione di suoni.
«TAKE A BREAK!...».
Le luci colorate invasero di nuovo il locale.
«LET'S GET TOGETHER!...».
«ME AND YOU!...».
Capella indicò le lattine di birra per chiedere se ne dovesse ordinare altre. Fedro fece cenno di sì e Capella si diresse verso il banco.
«AND DO THE THING...».
«AND DO THE THING...».
«THAT WE LIKE...».
«TO DO!...».
Rigel disse qualcosa che Fedro non riuscì a cogliere. Il canadese alto dalla mano vagabonda e la sua ragazza erano sulla pista da ballo. Fedro li guardò ballare: erano bravi, come prevedibile.
«DO A LITTLE DANCE...».
«MAKE A LITTLE LOVE...».
«GET DOWN TONIGHT...».
«GET DOWN TONIGHT...».
Sensuale. Scoppi di note, aggressivi. Un sermone nero, dal ghetto.
Fedro si mise a guardare Lila, che ora sedeva sola davanti al banco. Aveva qualcosa che gli impediva di staccare gli occhi. Questione di sesso, pensò.
Il trucco era banale, da poco: capelli biondi tinti, unghie rosse, niente di originale, salvo che l'effetto dell'insieme era di vietato ai minori. Sapevi subito, senza doverci pensare, che cos'era quello che sapeva fare meglio. Ma c'era dell'altro nella sua espressione: come se qualcosa fosse sul punto di esplodere.
Quando la musica finì, il canadese erotizzato e la sua ragazza lasciarono la pista. Come videro Lila si arrestarono un attimo, poi proseguirono più lentamente verso il banco. Lila disse qualcosa ai due e le

tre persone vicine si irrigidirono di colpo. Quando l'uomo si voltò, aveva l'aria spaventata. Tolse il braccio dai fianchi della ragazza e si rivolse a Lila. Doveva essere lui la persona che Lila stava cercando. Le disse qualcosa, lei disse qualcosa di rimando, l'uomo fece cenno di sì con la testa, due volte, poi lui e la ragazza si lanciarono un'occhiata e voltarono le spalle a Lila senza dirle altro. Intorno a poco a poco la conversazione riprese.

La birra incominciava a fargli effetto. Eppure si sentiva il cervello curiosamente lucido.

Riprese a studiare Lila: teneva le gambe accavallate e la gonna le era salita sopra le ginocchia. Fianchi larghi. Camicetta di una stoffa lucida, scollata a V, stretta da una cintura. Sotto la camicetta, il disegno dei seni, che decisamente attiravano l'attenzione. Aveva un tipo di volgarità provocatoria, alla Mae West, e anzi le assomigliava perfino un poco. « Avanti, fallo, se sei capace » pareva dire.

Gli passarono per la mente un paio di pensieri vietati ai minori. La parte di noi che viene eccitata da questi stimoli non sta a badare se mancano di originalità. Il sistema endocrino di Fedro ne era letteralmente scombussolato. Da tanto tempo era solo, sulla sua barca.

« DO A LITTLE DANCE... ».

« MAKE A LITTLE LOVE... ».

« GET DOWN TONIGHT... ».

« GET DOWN TONIGHT... ».

« La conosci? » urlò rivolto a Rigel.

Rigel scosse la testa. « Lasciala perdere! ».

« Da dove viene? ».

« Dalla *fogna*! » disse Rigel guardandolo a occhi socchiusi. Doveva essere in vena di dare consigli, quella sera.

Si aperse la porta ed entrò altra gente. Tornò Capella con una bracciata di lattine di birra.

« DO A LITTLE DANCE... ».

« MAKE A LITTLE LOVE... ».

Capella urlò nell'orecchio di Fedro: « UN BEL POSTICINO, TRANQUILLO E RAFFINATO!!! ».

Fedro scosse la testa e sorrise.

Vide che Lila aveva attaccato discorso con uno dei canadesi; l'uomo rispondeva abbastanza affabilmente, ma gli altri si tenevano a distanza, come se dovessero stare in guardia.

« DO A LITTLE DANCE... ».

« MAKE A LITTLE LOVE... ».

« GET DOWN TONIGHT... ».

« GET DOWN TONIGHT... ».

« GET DOWN TONIGHT!... ».

« GET DOWN TONIGHT!... ».

Chissà se trovava il coraggio di rivolgerle la parola.

« BABY!! ».

Dio, la voglia ce l'aveva.

Prese tempo e finì la birra. Il rilassamento causato dall'alcol e la tensione per quello che l'aspettava si controbilanciavano perfettamente in un equilibrio che assomigliava a quando non si è bevuto, ma non lo era affatto. Rimase per un bel pezzo seduto a guardarla; lei sapeva che lui la guardava, e lui sapeva che lei sapeva che lui la guardava, e sapeva che lei sapeva che lui lo sapeva; e così via, come due specchi, l'uno di fronte all'altro, che si rimandano le immagini all'infinito.

Alla fine Fedro prese la sua birra, si diresse verso il banco e si sistemò di fianco a lei.

Aveva addosso un profumo che si avvertiva sopra l'odore di tabacco e di liquori.

Dopo un po' lei si girò e si mise a fissarlo apertamente. La faccia sembrava una maschera, per il trucco pesante, ma il lieve sorriso esprimeva piacere, come se avesse aspettato a lungo quell'incontro.

Disse: « Ma noi ci siamo già visti ».

La solita frase, pensò Fedro, ma esiste un cerimoniale da seguire, in queste cose. « Ma noi ci siamo già visti », certo. Cercò di pensare a che cosa veniva dopo. Era arrugginito. La regola era che si incominciano a elencare i posti in cui ci si potrebbe essere incontrati e le persone che si conoscono, poi di lì si passa ad altri argomenti, con un crescendo di intimità. Fedro stava pensando di quali posti parlare, quando alzò gli occhi e, Dio, era *lei*, la ragazza del tram! e adesso gli diceva: « Ma noi ci siamo già visti » e improvvisamente c'era come una luce.

La luce non proveniva dal viso di Lila, anche se lì era più intensa. Era come se il viso fosse al centro di uno schermo illuminato da dietro.

Lei, dopo tutti quegli anni, Dio!

« Sei qui in barca? » gli stava dicendo.

Rispose di sì.

« Stai con Richard Rigel? ».

« Lo conosci? ».

« Conosco un sacco di gente ».

Il barista portò le birre e Fedro pagò.

« Sei in barca con Richard? ».

« No, siamo vicini di barca. Si sta pigiati, con tutta questa gente arrivata nello stesso momento ».

Dove sei stata tutto questo tempo? avrebbe voluto dire, ma lei non avrebbe capito. *Perché sei scomparsa tra la folla, quella volta? Ridevi di me anche allora?* Le barche, doveva parlare di barche.

Disse: « Siamo venuti giù insieme da Oswego ».

« Com'è che non ti ho visto, là? » disse Lila.

Sì che mi hai visto, pensò Fedro, ma la luce era scomparsa e la voce di Lila non era come l'aveva sempre immaginata. Un'estranea, come tutte le altre.

Lila disse: « Ho visto Richard a Rome e ad Amsterdam, ma te non ti ho visto ».

« Non sono sceso a terra con lui. Sono rimasto sulla mia barca ».

« Sei da solo? ».

« Sì ».

Lo guardò come se volesse chiedere dell'altro, poi disse: « Invitami al tuo tavolo ».

E aggiunse, a voce abbastanza alta perché gli altri

la sentissero: « C'è una tale *puzza* qui! ». Ma i due destinatari della battuta si limitarono a scambiarsi un'occhiata, senza neppure voltarsi.

La sedia di Rigel era vuota, ma Bill salutò Lila calorosamente e Lila gli rivolse un gran sorriso.

« Come stai, Bill? ».

Capella disse bene.

« Dov'è Richard? » chiese Lila.

« È andato a fare una partita a biliardo ».

« Richard è un vecchio amico » spiegò Lila rivolta a Fedro.

Fedro non trovò niente da ribattere.

Dopo un po' Lila chiese dove era diretto.

Fedro rispose che non sapeva bene.

Lila disse che voleva andare a sud a passare l'inverno.

Poi gli chiese di dov'era e Fedro rispose del Midwest, ma la cosa non parve interessarle molto.

Lui le disse di avere visto una ragazza che le assomigliava, nel Midwest; ma lei non c'era mai stata. « C'è un sacco di ragazze come me » disse.

Poi Capella andò a prendere da bere e Fedro rimase solo con lei, davanti a una specie di vuoto. Bisognava dire qualcosa, ma non gli veniva in mente niente. Lila incominciava a sentirsi a disagio, si notava; Fedro non era « il suo tipo ». Ma la birra era un aiuto. Cancellava le differenze, ancora un po' più di birra e la cosa si sarebbe ridotta a una pura questione biologica. Come poi era.

Dopo un po' Lila gli propose di ballare. Fedro disse che non era capace, perciò rimasero seduti. A un certo punto scesero in pista il canadese alto e la sua ragazza. Ballavano bene, si muovevano in sintonia. Fedro cercò gli occhi di Lila e vi vide la stessa espressione di quando era entrata.

Quell'aria di essere sul punto di esplodere. « Brutto figlio di puttana! » disse. « È venuto con *me*. Se sono qui, è perché mi ci ha invitato lui! E adesso sta con quella. Dio, queste cose mi fanno impazzire ».

La musica riprese e le luci incominciarono a roteare. Lila gli lanciò uno sguardo strano. Un attimo, poi il fascio di luce si spostò, ma in quell'attimo Fedro notò di quale azzurro delicato fossero i suoi occhi. Erano occhi che non c'entravano con il suo modo di parlare o con il suo aspetto. Strano. Occhi appartenenti ai ricordi. Occhi di bambina.

Le lattine erano vuote e Fedro si offerse di andare a prendere dell'altra birra, ma Lila disse: « No, balliamo ».

« Non sono capace ».

« Non ha importanza » disse Lila. « Lasciati andare » disse « e io ti vengo dietro ».

Ci provò, Lila seguiva benissimo. Fu una sorpresa. Si trovarono a fare giravolte, seguendo le luci del jukebox. Una specie di vortice con loro due al centro.

« Sei meglio di quello che credi » disse Lila, ed era vero.

« GET DOWN TONIGHT... ».

« GET DOWN TONIGHT... ».

Fedro avvertiva gli sguardi degli altri, ma vedeva soltanto Lila e le luci vorticanti.

Gira, gira, gira... Rosso blu rosa arancio oro... Sulle pareti, sul soffitto; a volte le luci brillavano sulla faccia di Lila, a volte negli occhi di Fedro: rosso rosa oro.

Voglia di ballare...

Voglia di fare l'amore...

Stai con me stanotte...

Stai con me stanotte...

La timidezza era scomparsa, c'erano solo la birra e la musica e il profumo di Lila e i suoi occhi azzurro chiaro che lo fissavano in quel modo strano, *Sei tu quello che aspettavo?*, e la sua mente che ripeteva *Sì, sono io,* e la risposta passava alle braccia e alle mani che la tenevano stretta e di lì al corpo di lei e placava la sua rabbia e lui ballava e non pensava più alla sua goffaggine.

Voglia di ballare...

Voglia di fare l'amore...
Stai con me stanotte...
Stai con me stanotte...

A un certo punto il ballerino canadese lo toccò sulla spalla, voleva ballare con Lila. Lila gli disse: «Squagliati» e si capiva, dalla diversa risposta del suo corpo, che era stata una liberazione. Adesso tutti e due sapevano che la decisione era presa, per quella notte almeno; più lontano non valeva guardare.

Non ricordava più come fosse arrivato fino alla barca con Lila. Alla memoria riaffiorava soltanto il ritmo della musica e lo sguardo interrogativo degli occhi azzurro chiaro e dopo, a letto, il modo come Lila l'aveva stretto, aggrappandosi a lui con tutte le sue forze, come una persona che stia per annegare.

Voglia di ballare...
Voglia di fare l'amore...
Stai con me stanotte...
Stai con me stanotte...

Stava venendogli sonno.

Com'è buffo, pensò. Tanti trucchi e giochetti e parole e promesse per convincerle a venire a letto con te, senza approdare a nulla. Poi arriva una come questa qui e tu non fai quasi niente e quando ti svegli lei è lì, vicino a te.

Che assurdità, pensò mezzo addormentato, che assurdità... E quella canzone: continuava a sentirsela nella testa.

Voglia di ballare...
Voglia di fare l'amore...
Stai con me stanotte...
Stai con me stanotte...

E poi di nuovo, ancora, ancora. Finché si addormentò.

2

Quando si svegliò, il cielo nel rettangolo del boccaporto non era più così nero. Mancava poco all'alba.

Si rese conto di non essere solo. Un corpo, tra lui e il passaggio, gli impediva materialmente di scendere dalla cuccetta. Poi ricordò: Lila.

Però, con qualche abile contorsione, avrebbe potuto infilarsi su per il boccaporto, salire in coperta e rientrare in cabina passando dal pozzetto.

Riuscì a issarsi senza disturbarla.

Bel colpo.

Il freddo del ponte sotto i piedi nudi finì di svegliarlo. Se non era di ghiaccio, il tetto in fibra di vetro della cabina, poco ci mancava. Faceva dileguare i fumi dell'alcol. Non c'è niente di meglio, per darti la sveglia, che girare mezzo nudo sul ponte gelato di una barca.

C'era una grande pace a quell'ora. Quasi non si distingueva dove il braccio d'acqua formava un gomito, tanto era buio. Pareva impossibile, quello che aveva detto Rigel: che oltre quel gomito una chiatta carica di carbone potesse arrivare fino all'oceano.

Andò a controllare le cime che legavano la sua

barca a quella di Rigel. Erano un po' allentate. Fedro tesò bene tutte le cime di ormeggio. Avrebbe dovuto farlo la sera prima, ma era troppo ubriaco per badare a simili particolari.

Si guardò intorno e per un attimo, dimentico del freddo, si sentì parte del mistero dell'alba. Altre barche, arrivate dopo, erano ormeggiate davanti e dietro la sua. Forse una era quella di Lila. Il porticciolo in certi punti sembrava trascurato e cadente, in altri si notava qualche pretesa di raffinatezza. Un tono fintovittoriano, ma non sgradevole. All'orizzonte, una gru e gli alberi di altre imbarcazioni. Lo Hudson era completamente invisibile.

Era bello sentirsi estraneo a quel posto. Non sapere che cosa c'era oltre gli argini o dietro gli edifici del porto, né dove portavano quelle strade, chi abitava in quelle case, quali persone e quali incontri avrebbero animato quei luoghi a giorno fatto. Essere come un bambino che guarda le figure di un libro in attesa di girare la pagina.

Rabbrividì, e l'incantesimo si ruppe. Aveva la pelle d'oca. Tornò a poppa e, reggendosi al boma, orinò nel fiume. Poi scese nel pozzetto, sollevò il pesante boccaporto di tek e si calò di sotto con la grazia che viene dall'abitudine. Una « grazia » che si era dovuto conquistare. All'inizio si muoveva come se la barca fosse una casa, era anche scivolato su una chiazza di gasolio, finendo a testa in giù ai piedi della scala e rompendosi una clavicola. Adesso aveva imparato a muoversi come una bertuccia, specialmente durante le burrasche, quando la barca si innalzava e beccheggiava e rollava come un trapezio di circo.

Cercò a tastoni l'interruttore e accese la lampada centrale. Di colpo l'oscurità fu piena di tek e di mogano, e la cabina ritornò se stessa.

Entrò nella cabina di prua in cerca dei suoi vestiti; erano sulla cuccetta oltre il corpo di Lila. Lila doveva essersi rigirata, la sua sagoma era uguale a come l'aveva vista pochi minuti prima dal lato opposto.

Richiuse la porta e tornò nella cabina principale, e tirò fuori da un cassone di legno il suo vecchio maglione marrone e se lo infilò. Quando abbassò il coperchio della cassa, lo scatto del gancio turbò il silenzio. Tornò alla scala e richiuse il boccaporto.

Bisognava riscaldare un po'.

Trovò fiammiferi e alcol vicino alla scala, di fianco al tavolo delle carte. Badando a non rovesciarla, portò una piccola ciotola di alcol fino alla stufetta a carbone montata su una paratia all'altro capo della cabina e la versò sulle mattonelle di carbone già preparate. A terra, gli abitanti del libro illustrato avevano riscaldamento ed elettricità come per magia, senza doverci pensare. Ma in quel piccolo mondo galleggiante le cose che ti servivano dovevi farle succedere tu.

Accese un fiammifero, lo buttò nella stufa e restò a guardare l'alcol che con un « puff! » riempì la caldaia di una chiara fiamma violetta. Buona idea, avere caricato la stufa ieri... Era stato soltanto ieri? Pareva trascorsa una settimana.

Chiuse lo sportellino della stufa e rimase a contemplare assorto; fu allora che, con la coda dell'occhio, vide un'enorme valigia, che non aveva notato prima.

Da dove arrivava?

Sua non era.

Doveva averla portata Lila.

Mentre ci pensava, accostò un fiammifero alla lampada di ottone a cherosene appesa al soffitto con un contrappeso e regolò lo stoppino finché la fiamma fu giusta. Poi spense la luce elettrica e sedette sulla cuccetta sotto la lampada, con un sacco a pelo arrotolato come schienale.

Evidentemente dovevano essersi accordati perché proseguisse con lui, o non si sarebbe portata la valigia.

La lampada accendeva i legni, i bronzi, gli ottoni, i tessuti della cabina, e un altro invisibile riverbero veniva dalla stufa verniciata di nero, che gemeva e scricchiolava riscaldandosi. Presto la cabina sarebbe stata calda e accogliente.

A parte la valigia. I frammenti che ora ricostruiva non erano affatto rassicuranti. Mentre attraversavano il ponte della barca di Rigel per salire a bordo, Lila aveva lasciato cadere la valigia. Con un gran tonfo. Fedro si era voltato per dirle di non fare rumore e lei l'aveva rimbeccato: « A *me* lo dici, di non fare rumore! », con una voce che dovevano averla sentita all'altro capo del porto.

Adesso gli tornava tutto alla mente: di averla accompagnata alla sua barca perché facesse i bagagli, di averla ascoltata inveire contro quel « bastardo doppiogiochista di George » e quella « puttana di Debbie ».

Ahi, ahi.

Forse però non era così drammatico. Solo un paio di giorni, fino a Manhattan; poi lei se ne sarebbe andata, e chi s'è visto s'è visto.

Sulla cuccetta del pilota, i contenitori con gli appunti per il libro a cui stava lavorando erano stati spinti da una parte dalla valigia di Lila. Uno dei quattro, anzi, era proprio sul bordo, a un pelo dal rovesciarsi. Ci mancava solo che tremila schede 10×15 finissero sparpagliate sul pavimento.

Andò a regolare la molla fermaschede e spinse i contenitori al sicuro verso il fondo della cuccetta. Poi tornò a sedere. Sarebbe stato meno grave perdere la barca, che quelle schede. Ne aveva circa undicimila. Il risultato di quasi quattro anni di continue classificazioni e riclassificazioni. Era quasi impazzito nel cercare di dare loro un ordine e più volte era stato sul punto di rinunciare.

Riguardavano quella che lui chiamava « Metafisica

della Qualità » o « Metafisica del Valore » o, più brevemente, « MQ ».

Gli edifici laggiù sulla riva appartenevano a un mondo, le sue schede a un altro. Un vero e proprio universo, che Fedro era stato già una volta sul punto di perdere, perché non aveva messo niente per iscritto e poi una serie di circostanze aveva cancellato la sua memoria. Ora l'aveva ricostruito quasi per intero su quei pezzi di carta, e non voleva perderlo di nuovo.

Ma forse era stato un bene l'averlo perduto, perché ora, nel ricostruirlo, gli arrivava di continuo materiale sempre nuovo, tanto che il lavoro principale, adesso, consisteva nell'elaborare quel materiale prima che gli si affastellasse nella testa provocando un ingorgo dal quale non sarebbe stato facile districarsi. Lo scopo di quelle schede ora, paradossalmente, non era più di aiutarlo a ricordare le cose, bensì di aiutarlo a dimenticarsene. Servivano a tenergli sgombra la testa, a permettergli di riporre tutte le idee di quegli ultimi quattro anni sulla cuccetta del pilota, senza doverci più pensare.

Come nella storia della tazza di tè. Se vuoi bere del tè fresco, devi prima svuotare la tazza, altrimenti il tè trabocca e bagna dappertutto. Lo stesso con la nostra testa. Ha una capacità limitata, e se si vuole imparare qualcosa di nuovo sul mondo bisogna prima svuotarla. Capita invece che si passi tutta la vita a rigirare sempre lo stesso tè, convinti che sia buonissimo perché non se ne è mai assaggiato dell'altro, e non se ne è mai assaggiato dell'altro perché nella tazza non ci stava, e non ci stava perché era piena di tè vecchio, che sembrava tanto buono perché non se ne era mai assaggiato dell'altro... e avanti così, in un circolo senza fine.

Fedro preferiva usare foglietti volanti, anziché normali quaderni, perché un contenitore pieno di foglietti volanti consente l'accesso casuale. Le possibilità di usarli si moltiplicano quando, invece che serialmente, i dati sono organizzati in piccole unità accessibili e ordinabili in sequenza in modo casuale. Anche un ufficio postale funziona meglio, se gli utenti dispongono ciascuno di una cassetta numerata, a cui possono accedere quando vogliono. Molto meglio che facendoli venire tutti entro un certo orario, a mettersi in coda per ritirare la posta dalle mani di Joe, che deve ogni volta far passare tutta la corrispondenza messa in ordine alfabetico e che ha i reumatismi e tra non molto andrà in pensione e non gliene importa niente se la gente deve fare la fila. Qualunque distribuzione, quando è inquadrata in una struttura sequenziale rigida, produce sempre il Joe di turno, che stabilisce arbitrariamente quali nuovi dati accettare e quali no, e una simile rigidità è sempre deleteria.

Alcune delle schede, anzi, proprio di quello parlavano: accesso casuale e Qualità. Le due cose sono strettamente correlate. L'accesso casuale sta alla base della crescita degli organismi, in cui le cellule, come le caselle postali, sono relativamente indipendenti. Anche le città si fondano sull'accesso casuale. E le democrazie. Il libero mercato, la libertà di parola, lo sviluppo della scienza, si basano tutti sull'accesso casuale. Le biblioteche sono uno degli strumenti più efficaci della civiltà appunto perché hanno gli schedari, a cui il lettore ha libero accesso. Senza la classificazione decimale di Dewey, che in qualunque momento consente di aggiungere o togliere allo schedario generale un numero a piacere, la biblioteca stessa finirebbe per ammuffire e quindi morire.

Dunque quei contenitori, se non erano particolarmente belli da vedere, possedevano però la forza invisibile di uno schedario di biblioteca. Mantenendogli sgombra la testa e minimizzando la tendenza a formattare per sequenze, gli impedivano di trascurare o escludere idee nuove ancora inesplorate. Nessun Joe mentale poteva sopprimere un'idea solo perché non si adattava ai suoi pre-giudizi.

Appunto perché le lasciava entrare senza giudicarle né tentare di dare loro un ordine, succedeva a volte che idee nuove facessero irruzione a un ritmo tale che lui non riusciva a fissarle sulla carta. E l'argomento, la fondazione, nientemeno, di una metafisica, era talmente vasto che il flusso delle idee si era trasformato in una piena. I suoi appunti continuavano a espandersi in tutte le direzioni, e più cose scopriva più si rendeva conto di quante ne rimanessero da scoprire. Era come applicare un tubo di Venturi: le idee venivano risucchiate dalla loro stessa pressione. Un milione di libri da leggere, un milione di tracce da seguire... troppe cose... troppe... e troppo poco tempo, in una vita sola, per dare loro una forma. Ne rimanevi travolto.

In certi momenti gli era venuto l'impulso irresistibile di prendere quelle schede, una bracciata per volta, e di ficcarle nella stufa sopra i carboni ardenti, ascoltandole poi crepitare contro le pareti mentre andavano in fumo. Finalmente libero.

Tranne che non se ne sarebbe affatto liberato. Gli sarebbero rimaste ancora tutte nella testa.

Perciò passava il tempo immerso nel caos, ben sapendo che, più rimandava, più sarebbe diventato difficile dare una forma organizzata a tutto quel materiale. Eppure era sicuro che, prima o poi, una forma sarebbe emersa, una forma più giusta proprio perché aveva saputo attendere.

E così era stato. Cominciò a capitargli di fissare il vuoto per ore senza che nessuna scheda si presentasse alla sua attenzione: segno che era arrivato il momento di fare ordine. E le schede stesse, con sua grande soddisfazione, gli facilitavano il compito. Invece di chiedere: « Da dove comincia la mia metafisica dell'universo? » – una domanda virtualmente impossibile – bastava prendere due schede e domandare: « Quale viene prima? ». Così era facile e una risposta si trovava sempre. Poi prendeva una terza scheda, la metteva accanto alla prima e di nuovo chiedeva: « Quale viene prima? ». Se andava messa dopo, la confrontava con l'altra delle due iniziali. In questo modo aveva una unità formata di tre schede. E così procedeva, una scheda dopo l'altra.

Ben presto notò che incominciavano a emergere unità più ampie. Le prime schede si aggregavano in un unico argomento, le successive in un altro. Quando un buon numero di schede si era disposto intorno a un argomento secondo un ordine che gli sembrava abbastanza definitivo, applicava a un cartoncino della stessa misura delle schede un « cavaliere » di plastica trasparente, ci infilava la linguetta apposita con scritto il nome dell'argomento e inseriva il cartoncino nel contenitore, davanti alle schede relative. Aveva in tutto quattro o cinquecento voci, ormai.

Aveva provato anche un mucchio di espedienti diversi: mascherine colorate per indicare le suddivisioni interne dei vari argomenti e asterischi per visualizzarne l'importanza relativa; aveva provato a separare con una riga gli aspetti emotivi da quelli razionali trattati in una stessa scheda. Ma in questo modo la confusione aumentava, anziché diminuire, e alla fine aveva preferito includere altrove questi dati.

Era affascinante vedersi crescere il libro sotto gli occhi. Non conosceva nessuno che si fosse imbarcato nell'impresa di scrivere un trattato di metafisica e non c'erano regole su come procedere né modo di prevederne gli sviluppi.

Accanto alla suddivisione per argomenti, erano emerse altre cinque categorie, che a Fedro sembravano della massima importanza.

La prima si chiamava IDEE NON ASSIMILATE e conteneva idee nuove che interferivano con quello che stava facendo. Idee che si presentavano estemporaneamente mentre stava riordinando le schede, manovrando la barca, aggiustando qualcosa o era comunque intento a un lavoro che richiedeva concentrazione. Di solito dentro di noi diciamo a queste idee: « Vattene, ho da fare » ma questo è un atteggiamento deleterio per la Qualità. La categoria IDEE NON ASSIMILATE risolveva in parte il problema. Bastava infilare i relativi appunti sotto quella voce, in attesa di avere il tempo e la voglia di occuparsene.

Poi veniva la categoria PROGRAMMA. Le schede targate PROGRAMMA contenevano le istruzioni per l'uso di tutte le altre schede. Gli servivano per non perdere di vista la foresta mentre si occupava dei singoli alberi. Con oltre diecimila alberi, che minacciavano di diventare centomila, le schede targate PROGRAMMA erano assolutamente indispensabili per non smarrirsi.

La loro efficacia dipendeva dal fatto di essere *a loro volta* schede mobili, una per ciascuna operazione compiuta o da compiersi. In altri termini, valeva anche per loro il principio dell'accesso casuale e potevano essere facilmente spostate e riordinate in sequenza secondo la necessità. John Von Neumann, uno degli inventori del calcolatore, aveva detto una volta che le straordinarie possibilità dei computer dipendono essenzialmente dal fatto che il programma consiste di dati, e può essere trattato come tutti gli altri dati. Quando l'aveva letta, quell'affermazione gli era sembrata un po' oscura, ma adesso capiva bene a che cosa si riferiva.

C'erano poi le schede intitolate CRIT (per « critiche »). Erano riservate ai giorni in cui si svegliava di pessimo umore e trovava da ridire su tutto. Sapeva per esperienza che, se in una di quelle giornate avesse buttato via del materiale, in seguito se ne sarebbe pentito. Allora sfogava il suo veleno *descrivendo* le parti che avrebbe voluto eliminare e i motivi dell'eliminazione. Le schede CRIT venivano poi messe da parte in attesa di un momento di maggiore serenità, quando sarebbe stato in grado di formulare un giudizio più spassionato.

La quarta categoria era intitolata IRRIDUCIBILI. Includeva le schede il cui contenuto gli sembrava importante, ma non rientrava in nessuna voce. Serviva a impedirgli di perdere tempo con schede la cui collocazione sarebbe magari risultata evidente in un secondo tempo.

Infine, c'era la categoria SCARTI, che includeva gli appunti che al momento della stesura gli erano parsi molto importanti, mentre ora gli sembravano fesserie; e inoltre i doppioni, schede che si era dimenticato di avere già compilato. I doppioni venivano buttati via, ma tutto il resto veniva conservato. Era una categoria utilissima, come aveva ripetutamente avuto modo di verificare. La maggior parte di quelle schede morivano lì, ma alcune rinascevano sotto altra forma, e a volte risultavano le più preziose.

I due ultimi gruppi, SCARTI e IRRIDUCIBILI, costituivano l'oggetto della sua costante preoccupazione. Tutto lo sforzo organizzativo era rivolto a mantenere limitato il numero delle loro schede. Ogni volta che ne saltava fuori una, il suo impulso era di denigrarla, rimetterla sotto il mucchio, buttarla dalla finestra, screditarla, cancellarla dalla sua mente. Erano i diseredati, gli emarginati, i paria del suo sistema. E tuttavia aveva la sensazione che dal trattamento che riservava loro dipendessero la qualità e la solidità del sistema stesso. Se trattava bene i paria, il sistema reggeva. Se no, si indeboliva. Non poteva permettere ai paria di annullare tutti i suoi sforzi per conferire un ordine al sistema, ma nello stesso tempo non poteva permettersi di trascurarli. La loro esistenza era un atto di accusa, e lui doveva tenerne conto.

Le centinaia di argomenti si erano organizzate in sezioni più ampie, le sezioni in capitoli, i capitoli in parti: in un libro, insomma; ma un libro organizzato a cominciare dal basso, anziché dall'alto. Fedro non era partito da un'idea dominante, per poi scegliere, al modo di Joe, solo le schede che si potevano far rientrare in quell'idea. Nel suo caso, «Joe» il principio organizzatore, era stato democraticamente eletto dalle schede stesse. All'elezione non avevano partecipato gli SCARTI e gli IRRIDUCIBILI, e questo creava uno scontento sommerso. Ma dopotutto, non si può pretendere di avere un sistema perfetto, in nessun campo. Fedro aveva mantenuto il gruppo degli SCARTI il più esiguo possibile senza metterlo del tutto a tacere, e quello era il massimo che si potesse umanamente pretendere.

A descriverlo, il sistema di Fedro sembra molto più semplice di quello che era in realtà. Poteva succedere, per esempio, che gli IRRIDUCIBILI e gli SCARTI segnalassero che stava sbagliando tutto: c'erano schede che sarebbero andate bene in più categorie contemporaneamente, e altre che non si inserivano in nessuna. Fedro capiva allora che avrebbe dovuto disfare tutto e ricominciare da capo, altrimenti gli SCARTI e gli IRRIDUCIBILI, e anche il gruppo dei CRIT, non gli avrebbero dato tregua. Quelli erano i giorni no.

Ma poteva anche succedere che, con la nuova organizzazione, il mucchio degli SCARTI e quello degli IRRIDUCIBILI risultassero *più numerosi* di prima. Schede che nel vecchio sistema avevano una collocazione adesso non si inserivano da nessuna parte. Bisognava rifare tutto come era prima. Quelli erano i giorni *doppiamente* no.

Allora incominciava a ideare un PROGRAMMA che gli consentisse di tornare indietro, ma strada facendo si accorgeva che la procedura andava modificata; si metteva a modificarla, ma poi si accorgeva che occorrevano modifiche alla modifica; le apportava, ma nemmeno così funzionava... A quel punto di solito squillava il telefono: qualcuno che voleva vendergli qualcosa o fargli le congratulazioni per l'altro libro o invitarlo a un convegno o convincerlo a tenere una conferenza. Non lo facevano apposta, ma, finita la telefonata, ecco il blocco.

Aveva pensato che, se fosse andato via, lontano da tutti, in barca, col tempo il blocco sarebbe scomparso; ma non aveva funzionato. In barca ci sono altri tipi di interruzioni. Arriva una burrasca e incominci a preoccuparti per l'ancora. Oppure ti si accosta un altro yacht e vogliono fare amicizia. O a terra danno una festa... eccetera, eccetera.

Si alzò, andò a prendere altre mattonelle e le buttò nella stufa. Incominciava a fare un bel calduccio.

Prese uno dei contenitori. Sul davanti si vedeva qualche macchia di ruggine attraverso la vernice. In barca tutti gli oggetti di acciaio, anche quelli di acciaio inossidabile, finivano per arrugginirsi, e quei contenitori erano di normale lamierino di acciaio dolce. Appena aveva un po' di tempo, doveva costruirne di nuovi in compensato marino e incollati. Una volta arrivato nel Sud, forse.

Era il contenitore più vecchio. Sarà stato un anno che non guardava quelle schede.

Se lo portò al tavolo.

La prima scheda portava scritto: DUSENBERRY. La contemplò con nostalgia. All'inizio aveva pensato di farne il cuore del libro.

Dopo un po' prese il blocchetto in fondo al contenitore e scrisse in cima al primo foglio PROGRAMMA e, sotto: « Tutto fermo finché Lila non se n'è andata ». Staccò il foglietto dal blocco, lo infilò davanti al mucchio delle schede targate PROGRAMMA e rimise a posto il blocco. Era importante, aveva scoperto, annotare sotto PROGRAMMA tutto quello che si fa. Sul momento sembra inutile, ma dopo, quando nuove interruzioni interrompono le interruzioni delle interruzioni, sei ben contento di esserti segnato tutto.

Da mesi le schede CRIT continuavano a ripetere che le DUSENBERRY andavano eliminate, ma Fedro non sapeva decidersi a farlo. Le aveva conservate per ragioni, diciamo, sentimentali. Relegate via via da altre schede in una posizione sempre più marginale, le DUSENBERRY vegetavano, eternamente sul punto di cadere tra gli SCARTI.

Tolse dal contenitore l'intero mucchio. Incominciavano a scurirsi ai bordi e anche l'inchiostro, sulla prima scheda, stava sbiadendo.

La lesse: « Verne Dusenberry, professore associato, Dipartimento di Inglese, Montana State College. Morto di tumore al cervello a Calgary, Alberta, nel 1966 ».

L'aveva scritta, probabilmente, per non dimenticare l'anno.

3

Millenovecentosessantasei. Dio, come erano volati gli anni.

Chissà che cosa farebbe adesso, Dusenberry, se non fosse morto. Niente di speciale, probabilmente. Già prima che morisse, si notavano segni di declino; quando Fedro l'aveva conosciuto nel Montana, a Bozeman, dove entrambi insegnavano nel dipartimento di inglese, doveva essere stato al culmine delle sue capacità.

A Bozeman Dusenberry era nato e là si era laureato; eppure, dopo ventitré anni di servizio, il suo incarico si riduceva a tre classi di composizione al primo anno; niente corsi di letteratura, niente corsi di composizione di livello superiore. Accademicamente parlando, era stato da un pezzo relegato nel mucchio degli IRRIDUCIBILI, i professori di cui il dipartimento si sarebbe volentieri liberato. Lo salvava dal mucchio degli SCARTI solo il fatto di essere di ruolo. Sul piano mondano, aveva ben pochi rapporti con i colleghi; tutti, chi più chi meno, lo evitavano.

A Fedro questo era parso strano, perché nei loro incontri Dusenberry si era dimostrato tutt'altro che insocievole. Poteva sembrarlo, a volte, con quelle sopracciglia inarcate e la bocca piegata all'ingiù, ma, a conoscerlo meglio, si rivelava un tipo loquace, un chiacchierone, quasi, in quel suo modo zitellesco, giulivo, un po' sopra le righe: uno stile vagamente « gay », querulo, pettegolo; anzi, sulle prime Fedro aveva pensato che fosse quella la ragione dell'antipatia generale. Nel Montana, a quei tempi, bisognava avere l'aria dell'uomo delle Marlboro. Ma poi capì che non era quello il motivo, bensì la sua generale, capillare eccentricità. Con gli anni, nell'ambiente ristretto di un college di provincia, le piccole diversità individuali si amplificano; e le diversità di Dusenberry non erano affatto piccole. La più marcata la si poteva sintetizzare in una frase che Fedro aveva sentito ripetere spesso dai colleghi in tono sprezzante: « Ah sì, Dusenberry... quello degli indiani ».

Un tono altrettanto sprezzante usava Dusenberry quando parlava dei colleghi: « Ah sì, quelli del dipartimento di 'inglese' ». Ma ne parlava raramente. L'unico argomento che sembrava appassionarlo sul serio erano gli indiani, specialmente quelli di Rocky Boys, i Chippewa-Cree del confine canadese, sui quali stava scrivendo la tesi per il dottorato in antropologia. E non mancava di lasciar capire a tutti che, fatta eccezione per l'amicizia con gli indiani negli ultimi ventun anni, i ventitré di insegnamento al college erano stati tempo sprecato.

Dusenberry era responsabile del servizio di consulenza per gli studenti indiani, un incarico che svolgeva praticamente da sempre. Gli studenti erano il suo collegamento con la cultura indiana. Andava a trovarli, a conoscere le loro famiglie, e in questo modo entrava nella vita degli indiani. I weekend, le vacanze, tutto il suo tempo libero lo passava nelle riserve, dove partecipava alle loro cerimonie, faceva commissioni per loro, portava all'ospedale i bambini quando erano ammalati, andava a parlare con i funzionari statali quando gli indiani si mettevano nei guai, e, soprattutto, si calava totalmente negli usi, nella mentalità, nei segreti e nei misteri di quella gente, che amava cento volte di più della propria.

Ancora qualche anno e, terminata la tesi, avrebbe lasciato per sempre l'insegnamento dell'inglese per dedicarsi all'antropologia. La soluzione giusta per lui, si sarebbe potuto pensare, ma, da quello che Fedro aveva sentito dire, era chiaro già allora che così non sarebbe stato. Dusenberry era in una posizione eccentrica anche nel campo dell'antropologia.

La sua eccentricità sembrava consistere essenzialmente nel rifiuto del principio dell'« oggettività ». Secondo lui, l'oggettività non aveva alcuna funzione in antropologia.

Che è come dire che il Papa non ha alcuna funzione nella Chiesa cattolica. Questa, nel mondo dell'antropologia americana, è la più grave forma di apostasia che si possa immaginare, come Dusenberry dovette ben presto scoprire. Di tutte le università americane a cui si era rivolto per preparare la sua tesi, non una lo aveva accettato. Allora, piuttosto che modificare le sue convinzioni, Dusenberry aveva *aggirato* l'intero sistema accademico americano rivolgendosi al professor Åke Hultkranz, dell'università di Uppsala, la più antica università svedese. Quando ne parlava, gli spuntava in faccia il sorriso del gatto che ha mangiato il canarino. Un americano che prende il dottorato in Svezia sugli indiani d'America: che beffa!

« Il difetto dell'approccio oggettivo » diceva Dusenberry « è che non serve a *scoprire* niente... L'unico modo per imparare delle cose sugli indiani è appassionarsi, e conquistarsi il loro amore e il loro rispetto... Allora vedrai che faranno qualunque cosa per te, ma se no... » e scuoteva la testa.

« Li ho visti nelle riserve, questi ricercatori 'oggettivi' » diceva. « Non cavano un ragno dal buco...

« C'è questo mito pseudoscientifico, del porsi in modo 'oggettivo', per cui saresti come cancellato dalla faccia della terra e tutto ti apparirebbe senza distorsioni, come realmente è, neanche il tuo fosse lo sguardo di Dio. Tutte fesserie. Quando una persona si pone in modo oggettivo assume un atteggiamento di distanza. Le viene quello sguardo pietrificato, assente.

« Gli indiani se ne accorgono subito. Meglio di noi. E non gli piace. Non riescono a capire che cosa diavolo vogliono, i 'ricercatori', e questo li rende diffidenti e li fa chiudere come ostriche...

« Oppure raccontano delle balle qualsiasi... che naturalmente i ricercatori sulle prime si bevono, avendole ottenute con il 'metodo oggettivo'... e gli indiani allora gli ridono dietro.

« Alcuni di questi ricercatori si fanno pure un nome, nei rispettivi dipartimenti » diceva « perché sono bravi a manipolare tutti quei paroloni, ma in realtà sanno poco o niente. E non gli va che qualcuno glielo dica. Come faccio io... ». E si metteva a ridere.

« Ecco perché io non sono oggettivo » spiegava. « Io credo negli indiani, e loro credono in me, si fidano: questo fa un'enorme differenza. A me hanno confidato cose che dicono di non aver mai rivelato a nessun altro uomo bianco, perché sanno che non le userò mai contro di loro. Quello che è diverso è il modo di rapportarsi: prima vengono gli indiani, poi l'antropologia...

« Questo in un certo senso limita la mia libertà, perché molte cose non le posso dire. Ma secondo me, è meglio sapere molto e dire poco, che sapere poco e dire molto... non trovi? ».

Dusenberry, che era intellettualmente curioso per natura, provava interesse e curiosità per Fedro, perché Fedro era una persona nuova del posto. E quando arrivò a conoscerlo meglio, il suo interesse aumentò: ecco un uomo che, sorprendentemente, sembrava ancora più isolato di lui, uno che si era specializzato in filosofia indiana a Benares, vivaddio, e capiva che cosa s'intende per differenze culturali. E, soprattutto, aveva una mente analitica.

« È quello che a me manca » gli aveva detto. « Potrei riempire volumi interi con le cose che so sugli indiani, ma non riesco a dare una struttura al mio materiale. Mi manca quel tipo di mentalità ».

Perciò, alla minima occasione, riversava nelle orecchie di Fedro ore e ore di dati sugli indiani d'America, con la speranza di vedersi rimandare un qualche schema generale che ne inquadrasse il senso in una visione più ampia. Fedro ascoltava, ma non trovava mai risposte.

In particolare a Dusenberry interessava la religione degli indiani. Era convinto che la religione fosse il fattore che ne ritardava l'integrazione nella cultura bianca in cui erano stati immessi. Aveva notato che le tribù con le tradizioni religiose più radicate erano anche le più « arretrate » secondo i criteri dei bianchi e avrebbe voluto che Fedro fornisse un supporto teorico alla sua convinzione. Secondo Fedro, probabilmente Dusenberry aveva ragione, ma non gli veniva in mente nessuna teoria che confermasse la sua tesi, e comunque l'intera questione gli sembrava un po' noiosa e accademica. Per oltre un anno, Dusenberry non tentò neppure di correggere questa impressione. Continuò imperterrito a inserire dati nella mente di Fedro, ottenendo in cambio solo un vuoto di idee. Poi, un giorno, pochi mesi prima che Fedro dovesse lasciare Bozeman per un altro incarico, Dusenberry gli disse: « Devo mostrarti una cosa ».

« Dove? ».

« Giù a Busby, nella Northern Cheyenne Reservation. Ci sei mai stato? ».

« No ».

« È un postaccio, ma ho promesso a certi studenti di portarceli. Vieni anche tu. Voglio farti assistere a un'adunanza della Native American Church. Gli studenti non parteciperanno, ma a te lo consiglio ».

« Vuoi convertirmi? » scherzò Fedro.

« Chissà ».

Gli spiegò che sarebbero rimasti per tutta la notte, fino all'alba, in un teepee. Dopo mezzanotte se voleva poteva andarsene, ma prima era proibito lasciare la tenda.

« Che cosa si fa, tutta la notte? ».

« Nel centro del teepee verrà acceso il fuoco rituale, con cerimonie e accompagnamento di canti e percussioni. Discorsi pochi. Poi, la mattina dopo, sciolta l'adunanza, ci sarà il banchetto rituale ».

« Ah sì? e che cosa si mangia? ».

Dusenberry fece un sorriso malizioso. « Una volta che nella cerimonia si doveva mangiare il cibo che esisteva prima dell'arrivo dell'uomo bianco – mirtilli, cacciagione, cose così – loro sai che hanno fatto? Hanno tirato fuori tre lattine di granturco Del Monte e le hanno aperte con l'apriscatole. Io non stavo più nella pelle. Alla fine sbottai: "No, il granturco *in scatola* no!". E loro a ridere. "Tipico dell'uomo bianco" dissero "volere che tutto sia fatto secondo le regole".

« Poi, però, durante la notte, seguirono alla lettera le mie indicazioni. Secondo loro, era ancora più divertente, perché non solo usavano il granturco dell'uomo bianco, ma si servivano di un uomo bianco per *dirigere* la cerimonia. Mi prendevano in giro. Sono dei gran mattacchioni. Ah, ci vogliamo un bene dell'anima. Mi diverto sempre un mondo, quando vado laggiù ».

« Sì, ma che scopo ha la veglia? ».

Dusenberry gli lanciò uno sguardo significativo. « Avere visioni ».

« Indotte dal fuoco? ».

« No, da un cibo sacramentale. Il "peyote" ».

Fedro non ne aveva mai sentito parlare. Si era prima di Leary e di Alpert, prima della grande stagione degli hippy, dei « viaggi » e dei figli dei fiori, che il peyote e il suo omologo sintetico, l'LSD, contribuirono a creare. All'epoca il peyote era completamente sconosciuto ai più, a parte gli antropologi e altri specialisti di problemi indiani.

Nel contenitore, subito dopo le schede su Dusenberry, veniva una serie di appunti sulla storia del peyote: come gli indiani se lo fossero portato dal Messico verso la fine dell'Ottocento e lo ingerissero per indurre uno stato di alterazione mentale che consideravano una forma di comunione mistica. Secondo Dusenberry, per gli indiani il peyote rappresentava una via più rapida e più sicura per arrivare al medesimo stato che tradizionalmente si raggiungeva mediante la cosiddetta « ricerca della visione », quando un pellerossa si ritira in isolamento nell'oscurità di una capanna ermeticamente chiusa, a digiunare, a pregare e a fare meditazione, finché il Grande Spirito gli si rivela e scende dentro di lui.

L'identità tra l'esperienza del peyote e quello che sappiamo sulla ricerca della visione risultava evidente dalla citazione che Fedro aveva trascritto su una delle sue schede. L'assunzione di peyote indurrebbe « uno stato di benessere in cui la mente è sgombra, mentre si acuisce l'attenzione per tutte le percezioni, le sensazioni, nonché gli eventi intrapsichici.

« Subentrano poi modificazioni percettive, che si manifestano dapprima nella produzione spontanea di copiose e vivide immagini, quindi di illusioni ottiche e infine di allucinazioni visive. Le emozioni diventano più intense e coprono una vasta gamma di contenuti, dall'euforia all'apatia alla serenità all'angoscia. L'intelletto si cimenta nell'analisi di realtà complesse o di problemi trascendentali. La coscienza si espande fino a comprendere simultaneamente tutte queste reazioni. Negli stati successivi, a dosi elevate di allucinogeno, il soggetto può esperire un senso di comunione con la natura, accompagnato dalla dissoluzione dell'identità personale, che ingenera uno stato di beatitudine e addirittura di estasi. Può anche presentarsi una reazione dissociativa, in cui viene perduto il contatto con la realtà circostante. Il soggetto può esperire l'abbandono del proprio corpo, avere complesse visioni o avvertire l'imminenza della morte, con possibili sentimenti di terrore e di panico. Il tipo di esperienza dipende dallo stato psichico del soggetto, dalla struttura della sua personalità, dall'ambiente fisico immediato e da influenze culturali ».

La fonte della citazione concludeva dicendo che « nella ricerca e nel dibattito in corso su questo tema interferiscono tuttavia problematiche di ordine politico e sociale », il che, a partire dagli anni Sessanta, era certamente vero. Una scheda riferiva che Dusenberry era stato chiamato a testimoniare davanti al parlamento del Montana. Il rettore del college gli aveva consigliato di non dire niente, presumibilmente per evitare ripercussioni politiche. Dusenberry aveva seguito il consiglio ma, come aveva confidato in seguito a Fedro, si sentiva molto in colpa per questo.

Verso la fine degli anni Sessanta, la questione del peyote si trasformò in una di quelle irrisolvibili controversie politiche tra libertà individuale e democrazia. Era vero che persone sprovvedute erano morte a causa delle allucinazioni provocate dall'LSD, ed era vero anche che la maggioranza degli americani era favorevole alla messa fuori legge di quel tipo di droghe. Ma la maggioranza degli americani non era pellerossa né tanto meno faceva parte della Native American Church. Si trattava dunque di un caso di persecuzione di una minoranza religiosa, e questo in America non si fa!

La diffusa ostilità per sostanze come il peyote rifletteva un pregiudizio culturale, la convinzione che l'esperienza « allucinatoria » sia sempre e comunque un male. Poiché le allucinazioni sono anche uno dei sintomi di talune malattie mentali, la parola stessa « allucinogeno » viene ad assumere un significato peggiorativo. Con questo giudizio, come con la definizione di religione « pagana » attribuita in passato al buddhismo o la connotazione di « barbaro » associata all'Islam, viene elusa tutta una serie di questioni metafisiche. I pellerossa che usano il peyote nelle loro cerimonie potrebbero altrettanto legittimamente chiamarlo un « de-allucinogeno », dato che, dal loro punto di vista, esso rimuove le allucinazioni indotte dall'attuale modo di vivere, rivelando la realtà sepolta sotto quelle apparenze.

Anzi, il punto di vista degli indiani ha dalla sua un certo fondamento scientifico. Alcuni esperimenti hanno dimostrato che i ragni, dopo l'assunzione di LSD, anziché girare a vuoto svolgendo attività senza senso, come ci si aspetterebbe in uno stato « allucinatorio », si mettono a tessere ragnatele anormalmente perfette e simmetriche. Verrebbe cioè confermata la tesi della « de-allucinazione ». Ma si sa che in politica raramente le scelte si basano sui dati di fatto.

Dietro le schede contrassegnate PEYOTE, venivano quelle con scritto RISERVA INDIANA. Erano oltre un centinaio e descrivevano la cerimonia a cui aveva partecipato insieme a Dusenberry. Troppe: la maggior parte era destinata a finire tra gli SCARTI. Le aveva compilate perché all'epoca pensava che il libro sarebbe cresciuto intorno a quella lunga notte trascorsa nella tenda della Native American Church. Quella cerimonia doveva essere la spina dorsale del libro, il tronco da cui sarebbe germogliata, diramandosi in mille direzioni convergenti, l'analisi di realtà complesse e di questioni trascendentali affiorate per la prima volta alla sua coscienza durante quella notte.

Il posto è visibile dalla U.S. 212, a un duecento metri dalla strada: poche baracche rivestite di cartone catramato, qualche cane macilento, forse un paio di indiani vestiti come straccioni su un viottolo polveroso accanto alla carcassa di un'automobile. Nel mezzo, quasi a sottolineare lo squallore, il bianco campanile della chiesa della missione. Tutto qui.

Distante, isolato, sorgeva (ormai non ci sarà più)

un grande teepee, che sembrava messo su per i turisti, tranne che non era raggiungibile in macchina dalla strada e mancavano del tutto i cartelli per reclamizzare le merci in vendita.

La distanza fisica che separava il teepee dalla strada era di duecento metri, ma culturalmente c'era una distanza di migliaia di anni. Senza il peyote Fedro non l'avrebbe mai potuta superare. Avrebbe « osservato » tutto con « oggettività », come un bravo studente di antropologia. Ma il peyote gliel'aveva impedito. Invece di *osservare*, c'era entrato dentro, come Dusenberry aveva sperato.

Dall'imbrunire, quando vennero fatti circolare i boccioli di peyote, fino alla mezzanotte, era rimasto seduto a fissare le fiamme del fuoco rituale. Nel gioco di luce e ombra delle fiamme, il cerchio di facce indiane tutt'intorno alla tenda era sembrato sulle prime minaccioso, le fisionomie distorte, l'espressione sinistra, come gli indiani dei libri di una volta; poi l'illusione ottica era svanita e le facce erano sembrate soltanto indecifrabili.

Poi ci fu la tipica sfilata di pensieri di quando ci si deve adattare a una nuova situazione. « Che cosa ci faccio qui? », « Chissà che cosa staranno facendo gli altri, a casa », « Non riuscirò mai a finire di correggere tutti i temi per lunedì »... e così via. Ma a poco a poco i pensieri diventarono sempre meno invadenti e Fedro incominciò a calarsi nel momento e nel luogo in cui si trovava.

Passata la mezzanotte, dopo ore e ore di canti e di martellio di tamburi, avvertì un cambiamento. Gli aspetti esotici non erano più in primo piano. Le sue percezioni non erano più quelle di uno spettatore, distaccato da ciò che avviene. Incominciò a provare come un trasporto per i canti che ascoltava. Bisbigliò a John Gambadilegno, l'indiano seduto accanto a lui: « John, ma è bellissima questa musica ». E lo pensava davvero. John lo guardò, sorpreso.

Si stava verificando un cambiamento, globale e

inaspettato, nel suo atteggiamento verso la musica e le persone che la facevano. Anche il loro modo di parlare, di maneggiare gli oggetti, di rapportarsi gli uni agli altri, produceva una risonanza dentro di lui, nel profondo, in zone che raramente si erano trovate all'unisono con ciò che avveniva fuori.

Non capiva che cosa gli stesse accadendo. Forse il peyote lo faceva diventare sentimentale. Eppure no. Era qualcosa di più profondo. Il sentimentalismo è un impiccinimento, una riduzione dell'esperienza a ciò che è emotivamente noto. Invece qui gli si apriva qualcosa di nuovo. Che contraddizione: gli si apriva qualcosa di nuovo, che però comunicava il sentimento di vaga nostalgia che ti può dare la casa dove hai passato l'infanzia, quando rivedi l'albero dove ti arrampicavi o l'altalena dei tuoi giochi. La sensazione di essere tornato a casa. Tornato a casa in un posto dove non sei mai stato.

Perché gli succedeva questo? E in quel posto, così lontano da lui? A dire la verità, era solo una parte di lui che si sentiva a casa. L'altra metà continuava a mantenersi estraniata, analitica, guardinga. Come se fosse scisso in due persone diverse, e una delle due volesse rimanere lì per sempre, mentre l'altra avrebbe voluto andarsene immediatamente. Questa seconda persona gli era comprensibile, ma l'altra? Chi era?

Un lato segreto della sua personalità, evidentemente, un lato oscuro, che raramente prendeva la parola e non si lasciava mai vedere dagli altri. Veramente, Fedro sapeva della sua esistenza, ma non amava pensarci. Era la parte dallo sguardo scontroso, imbronciato; quella insofferente dell'autorità, quella che non aveva mai « combinato niente di buono » e non sarebbe mai riuscita a niente e lo sapeva e se ne rammaricava, ma non poteva fare altrimenti. La parte che non sarebbe mai stata felice in nessun posto, che voleva sempre andare altrove.

Per la prima volta, mentre ascoltava i canti e il

ritmo dei tamburi, gli occhi fissi al fuoco, quella parte non addomesticata gli diceva: « Fermati, è questa la tua gente ». Ed era come se gli indiani stessero dicendo a quel suo lato « cattivo »: « Sappiamo bene quello che provi. È così anche per noi ».

L'altro lato, quello « buono », analitico, si limitava a osservare tutto, e ben presto si era messo a tessere un'enorme tela intellettuale, articolata, simmetrica, più articolata e più perfetta di tutte le altre sue costruzioni.

Al centro stava la constatazione che gli indiani, quando entravano o uscivano dalla tenda, aggiungevano legna al fuoco, si passavano il peyote o la pipa o il cibo rituali, facevano queste cose *e basta.* Senza un gesto che non fosse necessario. Senza l'aria di dire: « Adesso aggiungo un ramo al fuoco ». Erano *attivamente immersi* in una cerimonia, ma in un modo che non aveva *nulla* di cerimoniale.

Normalmente non ci avrebbe fatto caso, ma ora, con il peyote che gli apriva la mente e senza altre cose che distraessero la sua attenzione, questi particolari gli si imponevano con grande intensità.

Anche il loro modo di parlare era semplice e diretto. Parlavano così come si muovevano, senza niente di cerimoniale. Quello che dicevano sembrava venirgli dal profondo. Dicevano quello che avevano da dire. Poi tacevano. Non era tanto il modo di pronunciare le parole. Era l'atteggiamento: un parlare diretto, piano...

Piano. Le *pianure*: parlavano la lingua delle Pianure. Era puro dialetto americano delle Pianure. Degli indiani, ma non soltanto: anche dei bianchi. L'accento del Midwest o del West, che si coglie nelle canzoni di Woody Guthrie e nei film di cowboy. Henry Fonda in *Furore*, o Gary Cooper o John Wayne, Gene Autry, Roy Rogers, William S. Boyd: è così che parlano, non già come tanti professorini di università. Un parlare *piano*, laconico, misurato; pochissime variazioni di tono, nessun cambiamento di espressione.

Eppure si avverte, sotto la superficie, un calore, di cui non sapresti indicare la fonte.

Il cinema aveva reso così familiare questo dialetto, che ormai era diventato quasi un manierismo. Ma il modo come lo parlavano quegli indiani era autentico; come per i veri cowboy. Anzi *di più*. Non c'era niente di artificioso: parlavano *come erano*.

La tela di ragno si ampliò: oltretutto, l'inglese non era neppure la loro lingua, in casa non parlavano in inglese. Come mai gli indiani sapevano parlare il dialetto delle Pianure, una lingua « straniera », altrettanto bene dei loro vicini bianchi, anzi meglio? Come facevano a imitarlo così perfettamente, quando era chiaro, dalla spontaneità con cui si muovevano, che non volevano imitare un bel niente?

Altri fili si aggiunsero alla ragnatela: non era un'imitazione. Di qualunque cosa si trattasse, non era un'imitazione. Tutto veniva dritto dal cuore. L'idea pareva appunto quella: sfrondare e sfrondare, finché tutto veniva diretto, spontaneo. Ma se non stavano imitando i bianchi, come mai parlavano in quel modo? Perché l'imitazione?

Ed ecco che il peyote fece luce.

Gli indiani sono gli *inventori*!

La luce continuò a dilatarsi, finché Fedro ebbe l'impressione di avere sfondato lo schermo e di vedere per la prima volta di fronte le persone che c'erano dietro, quelle che proiettavano il film.

Le altre schede di quel contenitore, oltre un migliaio, erano nate direttamente da quella prima intuizione.

Tra di esse c'era la trascrizione di un discorso tenuto dal capo comanche Dieci Orsi davanti al consiglio degli sciamani nel 1867. Fedro l'aveva copiato da un libro sull'oratoria dei pellerossa come esempio di parlata delle Pianure in bocca a una persona che non l'aveva certo potuta imparare dai bianchi. Lo rilesse.

Dieci Orsi si rivolgeva alle tribù convenute, e in particolare ai rappresentanti di Washington, dicendo:

« Ci sono cose che voi mi avete detto che non mi piacciono. Non cose dolci come lo zucchero, ma amare come il cetriolo. Mi avete detto che volete metterci in una riserva, costruirci case per vivere e case per i malati. Io non voglio queste cose.

« Io sono nato nella prateria, dove il vento soffiava libero e niente spezzava la luce del sole. Sono nato dove non esistevano recinti e dove ogni creatura respirava libera. Là voglio morire, e non chiuso tra muri. Conosco ogni torrente e ogni foresta tra il Rio Grande e l'Arkansas. In quelle terre ho cacciato e sono vissuto. Vivevo come i miei padri prima di me e come loro vivevo felice.

« A Washington il Grande Padre mi disse che tutte le terre dei Comanche erano nostre e nessuno ci avrebbe dato fastidio se vivevamo sulle nostre terre. Allora perché ci chiedete di abbandonare i fiumi e il sole e il vento e di andare a vivere dentro le case? Non chiedeteci di rinunciare al bufalo in cambio della pecora. I giovani hanno sentito questi discorsi e sono pieni di tristezza e di rabbia. Non parlatene mai più. Io sono sempre felice di mettere in pratica le parole che ricevo dal Grande Padre. Quando ricevo prodotti e doni, io e il mio popolo proviamo gioia, perché questo dimostra che egli ci tiene in grande conto. Se i texani si fossero tenuti lontani dalle nostre terre, forse la pace sarebbe durata. Ma la terra dove ora ci volete mandare a vivere è troppo piccola.

« I texani si sono presi i posti dove l'erba cresceva più fitta e il legname era il migliore. Ce li avessero lasciati, forse ora faremmo questa cosa che ci chiedete. Ma è troppo tardi. L'uomo bianco possiede ora le terre che noi amavamo, e il nostro unico desiderio è di correre liberi sulla prateria fino alla morte. Le cose buone che ci direte non saranno dimenticate. Le terrò vicino al cuore come i miei figli e le avrò sulla lingua tanto spesso quanto il nome del Grande Spirito. Non voglio sangue sulle mie terre a macchiare l'erba. Le voglio intatte e pure e il mio desiderio è che quanti passeranno tra la mia gente possano trovare pace al loro arrivo e pace lasciare nell'andarsene ».

Rileggendo il discorso di Dieci Orsi, Fedro non lo trovò più così simile alla parlata dei cowboy: era infinitamente più bello; ma comunque sempre più simile al dialetto dei bianchi delle Pianure di quanto non lo sia l'inglese-inglese. Le stesse frasi enunciative, schiette, dritte allo scopo, senza abbellimenti stilistici, e tuttavia dotate di una forza poetica che avrà fatto apparire ridicolo l'arzigogolato linguaggio burocratico degli interlocutori bianchi. Dieci Orsi non prendeva certamente a modello l'involuto eloquio vittoriano del 1867!

Dall'intuizione iniziale che gli indiani erano gli inventori del modo di parlare americano, ne discese un'altra: gli indiani erano gli inventori dello stile di *vita* americano. La personalità americana è un miscuglio di valori europei e di valori indiani. Una volta capito questo, tante altre cose diventano più comprensibili.

Il problema di Fedro, adesso, era come organizzare queste intuizioni in un libro che avesse forza persuasiva. La sua era un'interpretazione così diversa dalle solite che nessuno ci avrebbe creduto. Avrebbero detto che erano sciocchezze. Se si fosse limitato a considerazioni generali, avrebbe perduto la partita. « Interessante, ma niente di speciale » avrebbero detto; oppure: « Non si possono fare generalizzazioni sugli indiani, perché ogni indiano è diverso ». O altri commenti non meno scontati. E il suo libro sarebbe caduto nel vuoto.

Allora aveva pensato di arrivarci indirettamente, partendo da un esempio molto concreto e specifico, tipo un film molto noto, come *Butch Cassidy*.

Il film si apre con una scena girata in monocromia color seppia, probabilmente per accentuare la distanza storica e introdurre la dimensione leggendaria. Sundance Kid sta giocando a poker e la scena è al rallentatore per costruire tensione drammatica. Viene inquadrata esclusivamente la faccia del Kid e, di tanto in tanto, qualche particolare del volto degli altri giocatori o una voluta di fumo. Il Kid è impassibile, ma all'erta e controllato.

La voce di un giocatore che non vediamo dice: « A quanto pare, ci hai ripuliti tutti, amico. Non hai perso una partita, da quando sei mazziere ».

L'espressione del Kid rimane immutata.

« Qual è il tuo segreto? » continua l'altro. Adesso si sente una minaccia nella sua voce.

Sundance abbassa gli occhi, come per riflettere, poi li rialza tranquillo: « Pregare » dice.

È una battuta, ma detta senza sarcasmo. È un'affermazione sul filo dell'ambiguità.

« Facciamo una partita noi due soli » dice l'altro.

È il preludio a una prova di forza, il cliché per eccellenza del selvaggio West, riproposto in centinaia di film proiettati in migliaia di sale cinematografiche e da milioni di teleschermi. La tensione cresce, ma l'espressione di Sundance Kid non cambia. I movimenti degli occhi, le pause, tutto in lui suggerisce una sorta di rilassata armonia con l'ambiente, benché si trovi in una situazione sempre più pericolosa, che esploderà di lì a poco nella violenza.

Fedro, dunque, voleva usare quell'unica scena per introdurre la sua tesi, con l'aggiunta di un semplice commento, poche parole per dire una cosa che nessuno aveva mai notato, ma sulla verità della quale Fedro non aveva dubbi: « La scena descritta è una traduzione visiva dello stile culturale degli indiani d'America ».

Sarebbero emerse allora, nella giusta luce, le tradizionali qualità del pellerossa: taciturno, misurato, pericolosamente pronto a esprimere tutta la sua violenta energia.

Sarebbe stato un modo più vivo di dimostrare la sua tesi. La fonte alla quale Robert Redford aveva attinto e nella quale il pubblico americano si era unanimemente riconosciuto era il sistema di valori degli indiani d'America. Se non ci pensi, può anche sfuggirti, ma non appena fai mente locale, la cosa diventa ovvia. Perfino la faccia di Redford, nei toni seppia della scena assumeva il colore di una faccia indiana.

Non era certo nelle intenzioni del film descrivere un indiano; era successo « spontaneamente » nel rappresentare il selvaggio West. Ma la tesi di Fedro era appunto che il *motivo* per cui la sovrapposizione era venuta « spontanea », suscitando la « spontanea » identificazione del pubblico, era che quel film andava a toccare una delle sorgenti più profonde dell'istinto americano per i valori veri. Una sorgente che nasce nella cultura indiana.

Se si fa un elenco dei tratti caratteristici degli americani bianchi riscontrati dagli osservatori europei, si scopre che esiste una correlazione positiva con le caratteristiche tradizionalmente attribuite agli indiani dagli americani bianchi. Non solo: se si confrontano gli aggettivi usati dagli americani per descrivere gli europei con quelli usati dagli indiani per descrivere i bianchi americani, anche qui la correlazione è piuttosto alta.

E infatti Fedro aveva pensato di capovolgere la situazione: invece di dimostrare che il cowboy assomiglia a un indiano, far vedere come l'indiano assomigli al cowboy. Allo scopo poteva usare il ritratto di un indiano cheyenne tratteggiato dall'antropologo E.A. Hoebel:

« Riservato e pieno di dignità ... [l'indiano cheyenne] ... si muove con tranquilla sicurezza. Parla con scioltezza, ma mai sconsideratamente. È attento ai sentimenti altrui, mite e generoso. Lento a montare in collera, se qualcosa o qualcuno lo irrita, cerca di reprimere i propri sentimenti. Ama la caccia, la guerra, la vita attiva. Verso i nemici non prova pietà né inutili rimorsi, l'aggressività è un valore. È molto versato nel sapere rituale. Non è né troppo incostante né troppo ostinato. Nel suo modo tranquillo, dimostra spesso un sottile senso dell'umorismo. È sessualmente represso e masochista, ma il suo masochismo trova espressione in situazioni rituali socialmente approvate. Se non dimostra particolare creatività e fantasia nell'espressione artistica, possiede tuttavia una salda presa sulla realtà. Affronta i problemi della vita secondo schemi precostituiti, ma dimostra anche, nello stesso tempo, una notevole capacità di adattamento a situazioni nuove. Il suo pensiero è fortemente razionalistico e tuttavia intriso di misticismo. Possiede un Io forte, che non è facile scalfire, e un Super-io potente e dominatore, come dimostrano la sua spiccata coscienza sociale e la padronanza degli impulsi elementari. È "maturo", sereno, composto, privo di ambizione sociale, capace di rapporti pieni di calore con gli altri. Le sue angosce, pur intense, sono incanalate in modo soddisfacente in modalità istituzionalizzate di espressione collettiva, sicché non si riscontrano tendenze nevrotiche degne di nota».

Se questa non è una descrizione di Hopalong Cassidy interpretato da William S. Boyd in un'infinità di film... A parte l'accenno al «misticismo», la caratterizzazione è perfetta.

E non ha importanza se il cowboy americano sia veramente stato come lo incarna William S. Boyd oppure no. Quello che conta è che negli anni Trenta, nei giorni più bui della depressione, gli americani sborsassero milioni di dollari per andare a vedere i suoi film. Nessuno li obbligava, eppure ci andavano, così come in seguito andarono a vedere *Butch Cassidy*.

Perché quei film rappresentavano una conferma dei valori in cui essi credevano. Erano riti, riti religiosi, si potrebbe dire, che servivano a trasmettere ai giovani e a riconfermare negli anziani i valori culturali dell'America. Non si trattava di un processo voluto, consapevole: era una scelta spontanea della gente. Solo quando si analizzano i contenuti di tale scelta ci si rende conto dell'assimilazione dei valori degli indiani.

L'analisi proseguiva nelle altre schede. Molti europei giudicano gli americani sciatti e disordinati: ma dovrebbero vedere gli indiani nelle riserve! Li trovano troppo diretti, senza peli sulla lingua, maleducati e arroganti, ma gli indiani lo sono molto di più. Ancora: durante la seconda guerra mondiale era opinione diffusa presso gli europei che i soldati americani fossero troppo portati al bere e rissosi quando si ubriacavano: l'analogia con gli indiani è evidente. D'altro canto, gli ufficiali europei non mancarono di lodare la notevole stabilità emotiva delle truppe americane sotto il fuoco, e anche questo è un tratto caratteristico degli indiani.

E il vezzo di dire le cose più terribili con quella specie di sorriso eternamente stampato in faccia, che piace tanto agli attori dei western (e che gli europei trovano così irritante), è indiano puro, tranne che, nel caso degli indiani, non ha necessariamente una sfumatura minacciosa; nasce da qualcosa di più profondo.

E poi, il silenzio indiano: gli indiani non parlano mai solo per riempire le pause. Se non hanno niente da dire, stanno zitti. È quel loro stare zitti che lascia un'impressione un po' inquietante. Di fronte al silenzio indiano i bianchi diventano nervosi e si sentono obbligati, per educazione o cortesia, a riempire il vuoto con chiacchiere, che spesso non significano quello che sembra. Ma per gli indiani queste circonlocuzioni beneducate del conversare aristocratico europeo sono discorsi da « lingua biforcuta », che li offendono. Offendono il loro senso morale. Gli indiani vogliono che tu o parli col cuore, oppure stia zitto. Questa differenza di atteggiamento è anzi una delle cause del secolare conflitto tra indiani e bianchi, un conflitto ancora vivo, anche se la personalità del bianco americano l'ha in parte assorbito.

Ancor oggi gli americani sono a torto considerati dagli europei come « bambinoni », ingenui, immaturi, portati alla violenza per mancanza di autocontrollo. Lo stesso errore che facciamo noi con gli indiani. E ancor oggi gli americani bianchi sono a torto considerati dagli indiani come un branco di snob convinti che gli altri siano così stupidi da non vedere quanto sono fasulli. Lo stesso errore che fanno gli americani nei confronti degli europei.

Questa insofferenza per lo snobismo, che caratterizza tutti gli americani, e specialmente gli americani dell'Ovest, viene dagli indiani. I Cheyenne chiamavano l'uomo bianco *wihìo*, e gli Arapaho *niatha*, parole che significano « ragno ». Agli occhi degli indiani, l'uomo bianco sembrava davvero un ragno, seduto lì sorridente, a dire cose che non pensava affatto, mentre, con la mente, tesseva la sua tela tutt'intorno agli indiani. Ed era così occupato a filare i suoi pensieri che neanche si accorgeva che gli indiani lo osservavano e sapevano benissimo quello che stava facendo.

Anche la politica isolazionistica degli Stati Uniti, con il rifiuto a farsi coinvolgere nei problemi dell'Europa, ha la stessa radice. Non a caso il sostegno maggiore all'isolazionismo viene dalle regioni dove più diretto è stato il contatto con i pellerossa.

Le schede riportavano altri innumerevoli esempi delle differenze tra influenze culturali europee e influenze culturali indiane, facendo emergere via via una tesi secondaria, corollario della prima: il processo di diffusione e assimilazione dei valori indiani non è concluso. È ancora in corso e spiega in parte l'irrequietezza e lo scontento che pervade l'America di oggi. Dentro ciascun americano è ancora acceso il dissidio tra i due incompatibili sistemi di valori.

Questo dissidio spiegava, secondo Fedro, come

mai la verità che lui aveva colto la notte del peyote non fosse risultata evidente da un pezzo anche ad altri. Quando si mutuano caratteri e atteggiamenti dalla cultura dei propri nemici, si tende a non riconoscere il debito. Se dite a un bianco dell'Alabama che il suo caratteristico accento deriva dalla parlata dei negri, quello lo negherà e probabilmente si sentirà offeso, anche se la coincidenza geografica tra le zone di diffusione dell'accento meridionale e le zone ad alta densità di popolazione nera renderebbe ovvia una simile conclusione. Oppure, provate a dire a un bianco del Montana che vive vicino a una riserva che assomiglia a un indiano: lo prenderà come un insulto. Cento anni fa, poi, ne sarebbe venuta fuori una rissa con i fiocchi. Perché allora gli indiani erano il diavolo, e l'unico indiano buono era un indiano morto.

Anche se il loro apporto alla formazione della personalità della Frontiera e dei valori che la definiscono non viene riconosciuto, è però indubbio che quei valori non possono esserci venuti da nessun'altra fonte. A volte se ne parla come se fossero scaturiti dalla natura fisica della Frontiera: dalle montagne, dai fiumi, dagli alberi. Ma queste cose in sé non infondono valori sociali. Alberi, montagne e fiumi esistono anche in Europa.

Furono le popolazioni che vivevano in mezzo a quegli alberi, su quelle montagne, lungo quei fiumi a trasmettere i valori della Frontiera. I primi bianchi che si avventurarono in quelle regioni, per esempio i cosiddetti « uomini delle montagne », presero deliberatamente ed entusiasticamente a modello i pellerossa ed erano fieri di sentirsi dire che gli assomigliavano. Successivamente, i pionieri copiarono lo stile degli uomini delle montagne senza rendersi conto della sua fonte, o comunque negandone l'origine e considerandolo invece il portato della durezza delle loro condizioni di vita e del loro isolamento.

Ma il dissidio tra valori europei e valori indiani

persisteva, e Fedro stesso lo sentiva vivo dentro di sé. Perciò, la notte del peyote, aveva avuto la sensazione di un « ritorno a casa ». La scissione che aveva vissuto allora, e che aveva attribuito a un suo problema, non era affatto qualcosa di personale. Nasceva dall'avere toccato una delle fonti della sua personalità che non aveva mai ricevuto riconoscimento ufficiale. Era una scissione presente nella cultura americana tutta, che lui aveva proiettato su di sé.

Durante una delle sue lunghe meditazioni su questo tema era saltato fuori il nome di Mark Twain. Mark Twain veniva da Hannibal, nel Missouri, sulle rive del Mississippi, il grande spartiacque tra l'Est e l'Ovest americano. Uno dei più terribili « cattivi » dei suoi romanzi è Joe l'Indiano, incarnazione di tutte le paure suscitate dai pellerossa nei coloni dell'epoca. Ma la cosa interessante è la scissione rilevata da critici e biografi nella personalità stessa dello scrittore, che lo guidò nella scelta dei suoi personaggi. Così abbiamo, da una parte, Tom Sawyer, il ragazzino che accetta di diventare disciplinato, rispettoso, pulito, responsabile; dall'altra, Huckleberry Finn, indisciplinato, bugiardo, insofferente della scuola, irresponsabile, socialmente marginale, amante della libertà.

La stessa dicotomia che Fedro rilevava nella cultura. Tom era l'americano dell'Est, con le maniere del New England, più vicino all'Europa che al Far West; mentre Huck era l'americano dell'Ovest, più vicino ai pellerossa, sempre irrequieto, senza legami, scettico di fronte agli allettamenti della ricchezza e del potere, amante sopra ogni altra cosa della libertà.

La *libertà*, l'argomento più forte di tutta la sua interpretazione della cultura indiana. Di tutti i temi trattati nelle sue schede sugli indiani, quello della libertà era il più importante. E di tutti i contributi portati dall'America alla storia mondiale, l'idea di libertà da qualunque gerarchia sociale è stata e rimane il più grande. Per quell'idea si era combattuto durante la guerra di indipendenza e di nuovo durante la guerra civile. Ancor oggi essa costituisce l'ideale più forte e più coinvolgente, capace di mantenere coesa la nazione.

Il principio dell'uguaglianza sociale, con buona pace di Jefferson, non è affatto « evidente in sé ». La scienza e la storia indicano che è vero, semmai, il contrario. Niente comprova, nella storia d'Europa, l'irrefutabilità dell'idea che tutti gli uomini sono stati creati uguali. Non esiste una sola nazione europea le cui radici storiche non affondino in un'epoca in cui indiscutibile era, piuttosto, l'idea che gli uomini sono stati creati disuguali. Rousseau, al quale viene di solito attribuita la dottrina dell'uguaglianza, non la dedusse certamente dalla storia dell'Europa, o dell'Asia o dell'Africa. La trasse dall'incontro dell'Europa con il Nuovo Mondo e dall'osservazione di un particolare tipo di essere umano che quel mondo abitava e che egli denominò il « Buon Selvaggio ».

L'idea che tutti gli uomini sono stati creati uguali, e dunque liberi, è il dono dell'indiano d'America al mondo intero. I coloni europei non fecero che trasmettere quell'idea come dottrina che a volte seguivano e a volte no. Ma a generarla furono individui per i quali l'uguaglianza e la libertà non erano una semplice dottrina, individui che le avevano nel sangue, che non sapevano concepire un mondo diverso, un diverso modo di vivere. Era questo il messaggio del discorso di Dieci Orsi.

Fedro era convinto che gli indiani non avessero ancora perduto quella battaglia. Ma neppure l'avevano vinta: è ancora in corso. È il conflitto interno nodale dell'America di oggi. Una faglia, una discontinuità che attraversa tutta l'identità culturale americana. Che ha dominato dalle origini la storia americana e costituisce ancor oggi la causa della nostra forza e insieme della nostra debolezza. E più Fedro approfondiva la sua indagine, più si andava convincendo che quello era il nodo da chiarire: il dissidio tra valori indiani e valori europei, tra libertà e ordine.

4

Dopo la partenza da Bozeman, Fedro aveva rivisto Dusenberry due sole volte: la prima, Dusenberry, che era venuto a trovarlo, si era dovuto sdraiare un momento, perché si sentiva « strano »; la seconda fu a Calgary, quando Dusenberry già sapeva che quella « stranezza » era in realtà un cancro al cervello e che gli restavano pochi mesi di vita. Fedro lo trovò triste e silenzioso, assorto nei preparativi per la fine.

In parte la tristezza era dovuta alla sensazione di essere venuto meno al suo impegno verso gli indiani. C'erano tante cose che avrebbe voluto fare per loro. Aveva goduto della loro ospitalità per anni, e ora non avrebbe più potuto ripagarla. Anche Fedro sentiva di aver deluso Dusenberry, perché non l'aveva aiutato ad analizzare i suoi dati; il fatto era che allora Fedro aveva grossi problemi personali, e adesso era troppo tardi.

Ma sei anni dopo, con un libro di successo alle spalle, gran parte di quei problemi si erano risolti, sicché, quando incominciò a pensare di scrivere un secondo libro, non ebbe dubbi sull'argomento. Attrezzò a camper il suo vecchio camioncino Ford e si diresse nuovamente verso il Montana, verso le pianure orientali, dove c'erano le riserve.

La Metafisica della Qualità non esisteva ancora, nemmeno allo stadio di progetto. Fedro aveva già parlato della Qualità nel suo libro e riprendere l'argomento sarebbe stato fare come un avvocato che, dopo essere riuscito a convincere la giuria, tira in lungo la sua arringa e finisce per inimicarsela. Adesso voleva parlare degli indiani. E cose da dire ce n'erano.

Nelle riserve prese contatto con alcuni indiani conosciuti attraverso Dusenberry, nella speranza di riprendere le fila del discorso dell'amico. Quando faceva il suo nome, gli indiani dicevano: « Ah sì, Dusenberry: era un buono ». Parlavano per un po', ma poi la conversazione si inceppava e in breve moriva.

Fedro non sapeva che cosa dire, non gli veniva in mente nulla, oppure diceva le cose in modo goffo, troppo preoccupato del giudizio degli ascoltatori, e si creava un clima di imbarazzo. Non aveva il dono di Dusenberry della conversazione spontanea. Non era tagliato per quel mestiere. Dusenberry era capace di starsene a chiacchierare con gli indiani per ore di fila, parlava delle loro famiglie, dei loro amici, delle cose che stavano loro a cuore; e ci si divertiva, anche. In fondo era per questo che aveva scelto l'antropologia. Il suo weekend ideale era quello passato nella riserva. Fedro invece non aveva mai imparato l'arte di parlare delle piccole cose; la sua mente incominciava subito a divagare, a tornare al suo mondo privato di astrazioni, e la conversazione languiva.

Allora pensò che, se avesse letto un po' di antropologia, forse gli sarebbero venute in mente le domande giuste. Salutò gli indiani, e, lasciate le calde pianure, si diresse verso le Montagne Rocciose. A Bozeman si procurò i migliori libri di antropologia che poté trovare nella biblioteca del college, nel frattempo diventato una università, e salì con il suo camper fino a un bivacco abbandonato, al limite della vegetazione arborea, con l'intenzione di rimanervi finché non avesse abbozzato il piano del libro.

Era bello ritrovare i pini nani, i fiori di montagna, le notti gelide e le giornate di sole caldo. Gli piaceva il rituale mattutino: svegliarsi nel camper ghiacciato, accendere la stufetta, fare una passeggiata corroborante per i sentieri di montagna e al ritorno, per la colazione e una tazza di tè, trovare il camper bello caldo, con la prospettiva di una mattinata di letture e di appunti.

Il modo ideale di scrivere un libro; solo che non andò così. Più leggeva, più il lavoro rallentava, e finì che si arrestò del tutto.

Si rese conto, dapprima con incredulità, poi con rabbia crescente, che l'antropologia era un campo organizzato in modo tale che tutto quello che lui aveva da dire sugli indiani sarebbe stato visto come eretico. Non aveva dubbi. Più leggeva più era chiaro che non c'era via d'uscita. Poteva scrivere il libro più scrupoloso, più veritiero e più importante sull'argomento, ma se avesse osato chiamarlo un libro di antropologia, gli addetti ai lavori l'avrebbero o ignorato o attaccato, e comunque sarebbe rimasto lettera morta.

Gli tornarono in mente l'insofferenza e la rabbia di Dusenberry per l'« antropologia oggettiva ». Fedro le aveva sempre attribuite al suo spirito polemico e iconoclastico, e invece no, Dusenberry aveva ragione.

La stroncatura del suo libro sarebbe suonata pressappoco così:

« La tesi è pittoresca e non priva di interesse, ma, in assenza di prove empiriche, di dubbia utilità per l'antropologia. L'antropologia vuole porsi come scienza dell'uomo e non come raccolta di aneddoti e di intuizioni sull'uomo. Passare una notte in una tenda piena di indiani a prendere allucinogeni non è fare dell'antropologia, tanto più quando si è privi della necessaria preparazione teorica e pratica. E pretendere, in forza di tale esperienza, di avere scoperto cose che sono sfuggite a centinaia di ricercatori metodici e preparati, i quali hanno passato tutta la vita sul campo, rivela una certa qual "disinvoltura" che la nostra disciplina cerca appunto di scoraggiare.

« Del resto tesi del genere non sono nuove nel nostro campo. Anzi, agli albori della sua storia, esse erano dominanti ed è stato solo all'inizio del nostro secolo, quando Franz Boas e i suoi collaboratori hanno incominciato a interrogarsi sulla scientificità del materiale che andavano raccogliendo, che si incominciò a liberare sistematicamente il campo dalla malerba di illazioni e intuizioni prive di qualsiasi supporto fattuale.

« Tutti gli antropologi arrivano presto o tardi a formulare teorie sulle culture studiate: è una delle cose che rendono affascinante questa disciplina. Ma essi sono anche addestrati a tenersi per sé le loro teorie fino a quando, dopo un'analisi accurata dei dati e delle prove, sono sicuri di sapere quel che dicono ».

Pura intimidazione: prima impara a parlare come piace a noi, e poi ti ascolteremo. Ma non era una novità per Fedro.

Una reazione del genere è sempre il segno che si è andati a sbattere contro un invisibile muro di pregiudizi. Nessuno di quelli che sono dietro il muro ti starà mai a sentire; e non perché tu dica cose non vere, ma semplicemente perché sei di là dal muro. In seguito, nell'elaborare la Metafisica della Qualità, Fedro aveva trovato una definizione più articolata e più generale per indicare il muro: « sistema immunitario culturale ». Ma in quel momento sapeva solo che se voleva parlare degli indiani doveva prima aprirvi una breccia. Con la sua mancanza di credenziali e le sue idee stravaganti, non poteva sperare di offrire alcun contributo all'antropologia. Poteva solo organizzare un ben mirato assalto al muro.

Dedicò sempre meno tempo a leggere e sempre

più tempo a pensare. Tutti quei libri, sul tavolo, sugli scaffali, sul pavimento del camper, non gli servivano a niente. Molti dei loro autori sembravano persone intelligenti, piene di interesse e di umanità, ma operavano tutti al di là del muro, dentro il sistema immunitario della cultura antropologica. Alcuni si sforzavano di uscirne, lo si capiva, ma dietro il muro non trovavano gli strumenti intellettuali necessari.

Tutti i sentieri all'interno della cittadella sembravano condurre a Franz Boas, il quale, diventato nel 1899 il primo professore di antropologia alla Columbia University, era sempre stato il dominatore incontrastato di quella disciplina, al punto che ancor oggi la sua ombra sembra allungarsi su tutto quello che viene prodotto nel campo dell'antropologia culturale americana. Molti di coloro che avevano studiato entro la sua orbita divennero famosi: Margaret Mead, Ruth Benedict, Robert Lowie, Edward Sapir, Alfred Kroeber, Paul Radin. La loro produzione fu così ricca e così importante da essere facilmente scambiata per la totalità della disciplina. Occorreva dunque, per prima cosa, analizzare le posizioni filosofiche di Boas stesso.

Boas si era formato nella Germania dell'Ottocento, dove aveva studiato matematica e fisica. Il suo contributo all'antropologia era consistito nell'elaborazione non di una particolare teoria, bensì di un metodo di indagine, un metodo basato sui princìpi delle scienze «forti» nelle quali si era formato.

Dice di lui Margaret Mead: «Temeva come la peste le generalizzazioni premature e non mancava mai di mettercene in guardia». Le generalizzazioni devono basarsi sui fatti e solo sui fatti.

«La scienza era la sua religione» dice Kroeber. «Definiva le sue posizioni iniziali come materialistiche. La scienza non tollera nulla di "soggettivo"; i giudizi di valore, e per estensione i valori intesi come fenomeni, vanno esclusi nella maniera più assoluta».

Su una scheda, sotto la voce «Goldschmit», Fedro

trascrisse il seguente commento: « Quell'empirismo, quella preoccupazione per il dato, per il particolare, per la registrazione dei fatti, Boas li trasmise ai suoi allievi e all'antropologia stessa. Sono diventati un elemento così preponderante del pensiero antropologico, che l'espressione "antropologo da tavolino" è fortemente spregiativa e ancor oggi, due generazioni dopo, noi consideriamo il lavoro sul campo come il fondamento di ogni pretesa di serietà professionale ».

Quando ebbe finito di leggere il materiale riguardante Boas, Fedro ebbe la certezza di avere individuato l'origine di quel sistema immunitario che avrebbe respinto lui come aveva respinto Dusenberry: era il pensiero scientifico ottocentesco, con la sua ostinata convinzione che la scienza sia soltanto un metodo per determinare ciò che è vero e non, a sua volta, un sistema di credenze. E sulla questione dell'oggettività della scienza, nessuna delle altre scuole di pensiero antropologico, che pure per altri versi si discostavano da Boas, lo contestava.

Man mano che Fedro proseguiva le sue letture, gli effetti negativi dell'applicazione della scienza vittoriana all'antropologia culturale diventavano sempre più evidenti. In pratica era successo questo: sovrapponendo all'antropologia culturale i criteri delle scienze fisiche, Boas aveva dimostrato non solo che le teorie elaborate a tavolino non avevano alcun fondamento scientifico, ma che tale fondamento era impensabile per qualsiasi teoria antropologica, non essendo possibile dimostrarne la verità con i metodi rigorosi mutuati dalla fisica. Boas sembrava bensì pensare che, un giorno o l'altro, una teoria siffatta sarebbe emersa dai dati oggettivi; ma era ormai trascorso quasi un secolo e tale aspettativa non si era avverata. Né, secondo Fedro, si sarebbe mai avverata in futuro. I modelli di cultura non si comportano secondo le leggi della fisica. Come si fa a dimostrare, in base alle leggi della fisica, l'esistenza di questo o quell'atteggiamento culturale? Come viene definito un atteggiamento secondo le leggi dell'interazione molecolare? Che cos'è un valore culturale? Come si fa a dimostrare *scientificamente* che una determinata cultura possiede determinati valori?

Non si può.

La scienza non ha valori. Non ufficialmente, almeno. L'intero campo dell'antropologia era congegnato in modo tale che era impossibile dimostrare alcunché di generale a proposito di chicchessia. Qualunque affermazione poteva in qualunque momento essere demolita dal primo cretino, con la storia della non-scientificità.

E le teorie, quando esistevano, erano segnate da accanite dispute su divergenze che non avevano nulla a che fare con l'antropologia. Non riguardavano mai l'accuratezza dell'osservazione, bensì sempre concetti astratti. Sembrava quasi che il minimo accenno teorico fosse il segnale che scatenava una gran rissa su differenze che nessun reperto antropologico, passato o futuro, avrebbe mai potuto risolvere.

L'antropologia assomigliava a un'autostrada piena di automobilisti rabbiosi che si scambiavano insulti e urla di «chi ti ha dato la patente», quando il vero difetto era nell'autostrada. L'antropologia era stata costruita come studio scientifico e oggettivo dell'uomo, in analogia con le scienze fisiche. Solo che l'uomo non si presta a uno studio scientifico e oggettivo. Gli oggetti dell'analisi scientifica stanno fermi (o così si può assumere) e seguono le leggi di causa ed effetto: una data causa produce, ogni volta e sempre, un dato effetto. Gli uomini no. Nemmeno i selvaggi.

Risultato: il caos teoretico totale.

C'era una descrizione, in un libro di Robert Manners e David Kaplan della Brandeis University intitolato *Theory in Anthropology*, che a Fedro era piaciuta molto. «Nella letteratura antropologica» scrivevano i due autori «esistono, sparse dappertutto, moltissime intuizioni, percezioni, ipotesi e generalizzazioni, che tendono però a rimanere isolate, sconnesse, allo stato di abbozzo, e quindi il più delle volte vanno perdute o sono dimenticate. E in genere ciascuna generazione di antropologi ricomincia da capo.

« La costruzione di una teoria, in antropologia culturale, ha finito per assomigliare all'agricoltura di quelle tribù seminomadi che ritornano di tanto in tanto su terreni già coltivati in passato e ora invasi dalla boscaglia, li ripuliscono di tutta la vegetazione spontanea e per qualche anno coltivano il campo così ottenuto ».

Fedro li vedeva dappertutto, questi antropologi intenti ad abbattere e bruciare la vegetazione. Alcuni dicevano che oggetto dell'antropologia è la cultura dei gruppi sociali; altri che l'idea di cultura non ha senso. Alcuni dicevano che l'antropologia è la storia; altri che è lo studio della struttura. No, ribatteva un terzo gruppo, è lo studio dei valori. Ma i valori, sostenevano i seguaci della purezza scientifica di Boas, non esistono.

Eccolo, il bersaglio, si disse Fedro, ecco il punto dove aprire la breccia: l'idea che i valori esulino dall'antropologia. Niente valori, eh? Niente Qualità? Avrebbe incominciato da lì il suo assalto al muro.

Nel tentativo di farla finita con quelle controversie metafisiche, molti antropologi erano arrivati a condannare tutte le teorie in quanto tali, decidendo di non *nominare* nemmeno argomenti teorici semplificatori come il comportamento dei selvaggi in generale; e si limitavano a descrivere quello che il *loro* particolare selvaggio si era trovato a fare il mercoledì precedente. Si ottenevano così risultati scientificamente ineccepibili, ma anche, scientificamente, di nessuna utilità.

Come aveva scritto un altro antropologo, Marshall Sahlins: « Nel nostro campo, il termine stesso "universale" possiede una connotazione negativa, perché richiama il tentativo di arrivare a generalizzazioni onnicomprensive, che è stato sostanzialmente dichiarato antiscientifico dall'antropologia americana accademica e particolaristica del ventesimo secolo ».

In questo modo, pensava Fedro, gli antropologi erano convinti di aver assicurato la « purezza scientifica » del loro campo, ma era una purezza così costrittiva che aveva praticamente soffocato ogni slancio. Che te ne fai dei dati, se non puoi trarne generalizzazioni?

Una scienza senza generalizzazioni non è scienza. Figuriamoci un po': « Caro Einstein, lei non può dire che $E = mc^2$. È una generalizzazione, una semplificazione. A noi interessano i fatti della fisica, non le belle teorie ». Fine di Albert Einstein. Eppure era questo che dicevano, in antropologia.

I dati senza generalizzazioni sono pura aneddotica. E tale era, infatti, la maggior parte dei libri che Fedro stava leggendo. Scaffali interi di volumi, schiere di selvaggi, ma con tutto ciò non pareva proprio che l'antropologia, la « scienza dell'uomo », avesse avuto alcun effetto costruttivo sulle attività umane del nostro scientifico secolo.

Bella scienza! Non si può avere una scatola A che contiene la scatola B che contiene la scatola A. Eppure qui abbiamo una « scienza » che contiene l'« uomo » che contiene la « scienza » che contiene l'« uomo » che contiene la « scienza »...

Quando scese dalle montagne di Bozeman, Fedro si portava dietro una quantità di scatoloni pieni di schede, pile di quaderni pieni di citazioni e la sensazione che per lui nel campo dell'antropologia non ci fosse niente da fare.

Una sera che non aveva niente da leggere, in un piccolo motel giù in pianura, Fedro aveva trovato un numero spiegazzato di « Yankee ». Lo stava sfogliando distrattamente, quando fu attratto da un breve articolo. Era a firma di Cathie Slater Spence e si intitolava: *Vittima di un pesce d'aprile.*

Parlava di un bambino prodigio con il quoziente intellettuale forse più alto mai registrato, che da adulto non aveva combinato niente. « Nato il 1° aprile 1898, » diceva l'articolo « William James Sidis a cinque anni parlava correntemente cinque lingue e leggeva Platone nell'originale. A otto anni superò l'esame di ammissione a Harvard, ma dovette aspettare tre anni per potersi iscrivere ai corsi. Fu comunque il più giovane studente di quell'università e si laureò con la lode nel 1914, all'età di sedici anni. Fu spesso ospite della trasmissione *Ripley's Believe It or Not* e comparve diciannove volte sulla prima pagina del "New York Times".

« Ma dopo la laurea, il "ragazzo prodigio" si dedicò a certi suoi interessi oscuri e apparentemente senza valore. La stampa che l'aveva idolatrato gli si rivoltò contro. L'attacco più feroce venne dal "New Yorker" nel 1937, in un articolo intitolato *Pesce d'aprile*, che metteva in ridicolo tutto quanto lo riguardasse, dai suoi hobby al suo aspetto fisico. Sidis denunciò la rivista per diffamazione e violazione della sfera privata. L'accusa per diffamazione fu composta in via amichevole con un piccolo risarcimento in denaro, ma quella di violazione della sfera privata fu ricusata dalla Corte Suprema con una storica sentenza. "L'articolo disseziona in maniera impietosa i particolari più intimi della vita privata dell'attore" ammisero i giudici, ma Sidis era "un personaggio pubblico" e come tale non poteva accampare il diritto di tutela contro l'interesse della stampa. Interesse che lo perseguitò fino alla morte, avvenuta nel 1944. I necrologi lo definirono "prodigio fallito" e "genio bruciato".

« Nel 1976, incuriosito dalla vicenda di Sidis, Dan Mahony, di Ipswich, nel Massachusetts, volle cercare di capire che cosa l'ex ragazzo prodigio avesse realmente fatto in tutti quegli anni. "È vero" spiegava Mahony "che svolse lavori da poco e malpagati, ma anche Einstein, quando elaborò la teoria della relatività, faceva l'impiegato in un ufficio brevetti. Avevo l'impressione che ci fosse sotto dell'altro".

« Mahony dedicò i successivi dieci anni a esaminare le carte di Sidis. In una soffitta polverosa trovò un voluminoso manoscritto intitolato "Le tribù e gli Stati", nel quale Sidis argomentava in modo convincente come il sistema politico del New England fosse stato profondamente influenzato dalla confederazione democratica degli indiani Penacook ».

Quest'ultima frase fu come una scossa elettrica per Fedro. Continuò a leggere.

« Mahony inviò un secondo libro di Sidis, "Mondo animato e mondo inanimato" a un altro genio eccentrico, Buckminster Fuller, il quale lo giudicò "un sorprendente saggio di cosmologia", che anticipava (nel 1925!) l'esistenza dei buchi neri.

« A tutt'oggi Mahony ha dissotterrato un romanzo di fantascienza, una serie di saggi di economia e di politica e ottantanove articoli su Boston, scritti con uno pseudonimo per la rubrica settimanale di un quotidiano. "Ma in realtà abbiamo forse appena incominciato a scalfire la superficie della produzione di Sidis" afferma Mahony. "Per esempio, è stata ritrovata soltanto la prima pagina di un manoscritto intitolato 'I sentieri della pace', e persone che lo conoscevano bene dichiarano di aver visto parecchi altri manoscritti. A mio avviso, Sidis ci riserva ancora altre sorprese" ».

Fedro mise giù la rivista con la sensazione che qualcuno avesse scagliato un sasso enorme contro la finestra della sua stanza. Rilesse l'articolo più volte, come in sogno, assorbendo via via la portata di ciò che vi era scritto. Quella notte non riuscì quasi a dormire.

Dunque, negli anni Trenta, Sidis aveva lavorato alla stessa identica ipotesi di Fedro sulla cultura indiana. Aveva cercato di spiegare agli americani alcune delle cose più importanti che si possano dire sul loro paese, e per tutto ringraziamento si era sentito dare pubblicamente del fallito e si era visto rifiutare i suoi scritti. Anzi, delle cose che aveva detto e pensato non era probabilmente rimasta traccia.

Fedro cercò di rintracciare Mahony, ma inutilmente, anche perché, forse, era un tentativo poco convinto. Sapeva che vedere le carte di Sidis in fondo non gli sarebbe servito a molto. Non perché non dicessero cose vere, ma perché quelle cose non interessavano a nessuno.

5

Faceva di nuovo freddo. Fedro si alzò e andò ad aggiungere altro carbone alla stufa.

Dopo la deprimente esperienza in montagna, gli era venuta voglia di lasciar perdere tutto e di passare a qualche tema più proficuo; ma quella depressione non tardò a rivelarsi una stagnazione temporanea, preludio in realtà a una più vasta e molto più interessante interpretazione degli indiani. Non un semplice raffronto tra gli indiani e i bianchi compiuto entro gli schemi dell'antropologia bianca, ma tra i bianchi e l'antropologia bianca e gli indiani e l'« antropologia indiana », alla luce di uno schema assolutamente rivoluzionario. Sarebbe uscito dall'impasse forzando le dimensioni dello schema.

La chiave erano i valori. I valori erano il vero punto debole del muro di impenetrabilità che gli antropologi si erano costruiti intorno, del loro sistema immunitario contro le idee nuove. Valore era una parola che erano costretti a usare, ma che, nella scienza di Boas, non indicava nessuna realtà.

Fedro invece di valori ne sapeva qualcosa. Ci aveva scritto sopra un libro intero, prima di ritirarsi sulle montagne. Un libro sulla Qualità. Qualità e valore erano la stessa cosa. Dunque, non solo i valori erano il punto debole di quel muro, ma lui, Fedro, era forse la persona più attrezzata per condurre l'assalto.

Trovò un insperato alleato in uno degli allievi di Boas, Alfred Kroeber, che, insieme a Clyde Kluckhohn, professore di antropologia a Harvard, era stato tra i promotori della reintroduzione dei valori nell'antropologia. Kluckhohn, per esempio, aveva detto: « I valori rappresentano l'unica base per la decifrazione e la comprensione di una cultura, perché tutte le culture sono in pratica organizzate intorno ai valori in cui credono. Per convincersene, basta provare a descrivere una cultura senza fare riferimento ai suoi valori. La descrizione diventerà una raccolta senza senso di elementi la cui unica relazione reciproca è data dalla loro coesistenza spaziale e temporale, e che si potrebbero con pari vantaggio disporre in altri ordini, alfabetico per esempio: una pura e semplice lista della lavandaia ».

E ancora: « È sorprendente come, fino a non molto tempo fa, soprattutto da parte degli antropologi, si evitasse di riconoscere, anche solo formalmente, l'importanza dei valori. Questa riluttanza può forse essere attribuita » concedeva Kluckhohn « alla tradizione naturalistica ancora dominante, nel bene e nel male, nella nostra disciplina ». Ma in *Culture: a Critical Review of Concepts and Definitions*, lui e Kroeber affermano decisamente che lo studio di qualunque cultura « deve comprendere lo studio esplicito e sistematico dei valori e dei sistemi di valori, intesi come fenomeni naturali suscettibili di essere osservati, descritti e messi a confronto ».

A loro avviso, l'ostilità verso l'uso dei valori derivava dall'atteggiamento di oggettività. Quella oggettività che tanti problemi aveva creato a Dusenberry, ricordò Fedro. « È l'aspetto soggettivo dei valori » scrivevano Kroeber e Kluckhohn « che per lungo tempo ne determinò l'interdizione come argomento improprio per le scienze naturali. Essi furono relegati in uno speciale settore dell'attività intellettuale, i cosiddetti "studi umanistici", che rientrano in quelle che i tedeschi chiamano "le scienze dello spirito". I valori erano considerati eterni in quanto dati da Dio, o da Dio ispirati o comunque scoperti da quella componente dell'uomo, l'anima, che, a differenza del suo corpo e di altri corpi e di tutto ciò che è tangibile, è in certa misura partecipe della divinità. Una scienza nuova ed emergente, quale era la scienza occidentale ancora due secoli or sono, limitata alla fisica, all'astronomia e ai rudimenti della fisiologia, fu ben contenta di cedere ai filosofi e ai teologi l'arcano e imprevisto territorio dei valori e di limitare il proprio ambito a ciò che poteva essere trattato in modo meccanicistico ».

Kluckhohn ammetteva che i valori sono definiti in maniera imprecisa e spesso contraddittoria, ma sosteneva che nel lavoro sul campo la loro definizione verbale conta poco. Comunque siano definiti, nella pratica esiste consenso su di essi. Kluckhohn aveva provato a risolvere la questione dando spazio, nel suo *Values Project*, a una molteplicità di definizioni dei valori. Ma questo, nelle scienze sociali formali, è inaccettabile.

In *Values Project*, Kluckhohn descrisse cinque culture del Sudovest americano confinanti tra loro alla luce dei giudizi che ciascuna dava delle altre, ottenendo con questo metodo una descrizione attendibile. Ciò nonostante, come Fedro ebbe modo di verificare proseguendo le sue letture, in antropologia i valori, al pari di qualunque altro termine generale, continuavano a essere oggetto di astiosi attacchi. Ecco, per esempio, l'opinione dei sociologi Judith Blake e Kingsley Davis:

« Le configurazioni culturali, gli atteggiamenti di fondo determinati dai valori, i costumi prevalenti o comunque li si voglia chiamare, nella misura in cui sono presi come punto di partenza e come determinanti principali, hanno lo statuto di assunti non analizzati. Essi tendono a tacitare proprio le domande che consentirebbero di comprendere le norme, e rendono difficile, se non impossibile, capire tutta una serie di dati fattuali riguardanti la società ».

Costumi, determinanti, norme... ecco il gergo sociologico in cui venivano tradotte le tesi da attaccare. Il gergo, rifletté Fedro, è il segnale che ci si è chiusi in una roccaforte. I sociologi si sono isolati dal resto del mondo e parlano un gergo comprensibile soltanto a loro.

« Ma il peggio è » continuavano Blake e Davis « che l'ingannevole facilità delle spiegazioni che ricorrono alle norme o agli atteggiamenti dettati dai valori incoraggia il disinteresse per i problemi metodologici. In virtù della loro carica emotiva soggettiva e del loro carattere etico, le norme, e specialmente i valori, sono tra le cose più difficili da individuare con sicurezza. Diventano perciò il pomo della discordia e la fonte di interminabili controversie ... Il ricercatore ... finisce così per spiegare il noto per mezzo di ciò che non è noto, lo specifico per mezzo del generico. La sua definizione dei princìpi normativi può essere talmente vaga da risultare appunto universalmente utile; in altre parole, può spiegare tutto e il contrario di tutto. Per esempio, se gli americani spendono grosse somme per acquistare bevande alcoliche, tabacco, cosmetici e gioielli e per andare a teatro e al cinema, la spiegazione è semplice: seguono l'ideologia del piacere. Ovvero, se si rilevano scarsi contatti sociali tra negri e bianchi, la causa è un valore, il "razzismo". Sarebbe troppo cinico proporre, per comodità di interpretazione, di descrivere sempre i valori di una "cultura" per coppie di opposti?

« Il carattere nebuloso del "valore" diventa poi palese quando ne viene data una definizione esplicita » proseguono Blake e Davis e riportano « la definizione di "orientamento secondo i valori" contenuta in un libro di 437 pagine tutto dedicato a questo argomento: “Gli orientamenti secondo i valori sono princìpi complessi ma decisamente strutturati (in ordine di rango) risultanti dall’intreccio transazionale di tre momenti, analiticamente distinguibili, del processo di valutazione: i momenti cognitivo, affettivo e direttivo, i quali conferiscono ordine e direzione al fluire incessante delle azioni e dei pensieri finalizzati alla soluzione dei problemi cosiddetti umani” ».

Povero Kluckhohn, pensò Fedro: la definizione era sua e con definizioni simili il fiasco era assicurato.

Quell’attacco faceva venire voglia a Fedro di buttarsi nella mischia. L’affermazione che i valori sono vaghi e non possono pertanto essere usati per una classificazione di base è falsa. I giudizi di valore non sono affatto vaghi. Quando andiamo a votare, per esempio, diamo un giudizio di valore. Che cosa c’è di vago in una decisione di voto? Le elezioni non sono forse un’attività culturale? Che cosa c’è di vago nella Borsa di New York? Non tratta appunto in valori? E il ministero delle Finanze? Che cosa c’è al mondo di più specifico del fisco? Come Kluckhohn non si stancava di ripetere, i valori non sono affatto vaghi, quando li si incontra nell’esperienza concreta. Diventano vaghi solo quando, dopo l’esperienza, sono fatti oggetto di affermazioni e si cerca di integrarli nel gergo generalizzante dell’antropologia.

L’attacco contro i « valori » di Kluckhohn e Kroeber illustrava bene il tipo di ostacolo che aveva trattenuto Fedro dall’entrare nel campo dell’antropologia. Se a ogni passo devi fermarti a discutere i termini fondamentali che usi, non puoi fare molta strada. È già abbastanza difficile mettere insieme un discorso organico sugli indiani, figuriamoci poi se bisogna risolvere una disputa metafisica alla fine di ogni frase. Questo semmai andava fatto *prima* di fondare l’antropologia, non dopo.

Era quello il problema. L’antropologia culturale è una casa costruita su sabbie mobili intellettuali. Non appena cerchi di organizzare i dati in un tutto che abbia un peso teoretico, la casa sprofonda. La disciplina che prometteva di essere una delle scienze più utili e produttive è naufragata, non perché chi se ne occupa sia scadente o perché il suo oggetto sia poco importante, ma perché la struttura di princìpi scientifici su cui si puntella è inadatta a sostenerla.

Una cosa era chiara, concluse Fedro: se voleva occuparsi di antropologia, doveva farlo non dentro l'antropologia stessa, bensì a monte, lavorando sul corpo di premesse generali sulle quali essa si fonda. Il blocco antropologico si poteva sciogliere non già con la costruzione di una nuova struttura teorica, ma innanzi tutto con la ricerca di un terreno solido sul quale costruire. Fu così che Fedro si ritrovò nel bel mezzo di quella branca della filosofia che viene chiamata metafisica. Ecco lo schema espanso che avrebbe reso possibile la contrapposizione tra bianchi e antropologia bianca e indiani e « antropologia indiana », senza stravolgere tutto in un'ottica antropologica bianca, gergale e chiusa nella sua torre d'avorio.

Un lavoretto da niente! L'impresa, pensò in un attimo di dubbio, poteva dimostrarsi molto superiore alle sue forze. C'era di che riempire un intero scaffale di libri, no, un'intera stanza! Ma più ci rifletteva più capiva che l'alternativa era o quello o lasciar perdere tutto.

In fondo provava anche un senso di sollievo. La metafisica era stata la materia che più l'aveva appassionato quando studiava filosofia all'università, negli Stati Uniti e poi, dopo la laurea, in India. Era come uscire in uno spazio aperto, dopo i grovigli e i rovi della poco familiare antropologia. Nonostante le spine, era terreno suo.

Aristotele aveva definito la metafisica « filosofia prima ». Essa è l'insieme delle asserzioni più generali organizzate in una struttura di pensiero gerarchica. Su una delle sue schede, Fedro aveva trascritto la seguente definizione: « Metafisica: parte della filosofia che si occupa della natura e struttura della realtà». Le domande che la metafisica si pone sono, per esempio: «Gli oggetti che percepiamo sono reali o illusori? Il mondo esterno esiste indipendentemente dalla coscienza che noi abbiamo di esso? La realtà è riducibile a un'unica sostanza che è il fondamento di tutto? E in caso affermativo, tale sostanza è nella sua essenza spirituale o materiale? L'universo è intelligibile e ordinato oppure incomprensibile e caotico?».

Occupandosi la metafisica di tali problemi primi, verrebbe fatto di credere che la sua esistenza e la sua validità siano scontate per tutti; invece no. Nonostante la sua posizione centrale nella riflessione filosofica fin dai tempi degli antichi greci, non è affatto una disciplina universalmente accettata.

I suoi oppositori si possono dividere in due gruppi. Al primo appartengono i filosofi della scienza, in particolare i cosiddetti *positivisti logici* o *neopositivisti*, secondo i quali soltanto le scienze naturali possono legittimamente indagare sulla natura della realtà, laddove la metafisica è solo una serie di asserzioni indimostrabili non necessarie per l'osservazione scientifica della realtà. Per una vera conoscenza, insomma, la metafisica è troppo «mistica». Franz Boas, e sulla sua scia l'antropologia americana contemporanea, appartengono, ovviamente, a questo gruppo.

L'altro tipo di oppositori sono i mistici. La parola «mistico» è spesso confusa con «occulto» o «sovrannaturale» e associata alla magia e alla stregoneria, ma in filosofia essa ha un'accezione diversa. Alcuni dei più rispettati filosofi erano mistici: Plotino, Swedenborg, Ignazio di Loyola, Shankaracarya e molti altri. Ciò che li accomuna è la convinzione che la natura fondamentale della realtà trascenda il linguaggio; il linguaggio scinde le cose in parti, laddove la realtà, nella sua vera natura, è indivisa. Lo Zen, che è una religione mistica, sostiene che l'illusione della molteplicità può essere superata con la meditazione. La Native American Church sostiene che il peyote porta a una conoscenza mistica anche chi vi sia normalmente refrattario; una conoscenza che i pellerossa in passato raggiungevano attraverso la « ricerca della visione ». Questo misticismo, che, secondo Dusenberry, è in assoluto il centro della vita tradizionale indiana, esula del tutto, come ha mostrato Boas, dall'ambito delle scienze positive e di qualunque antropologia che voglia attenervisi.

Per converso, l'accusa rivolta dai mistici alla metafisica nel corso dei secoli è di essere troppo « scientifica ». La metafisica non è la realtà. È una serie di *nomi* intorno alla realtà. È un ristorante dove ti offrono un menù di trentamila pagine, ma niente cibo.

Secondo Fedro era di buon auspicio per la sua Metafisica della Qualità che misticismo e scienza rifiutassero *entrambi* la metafisica per motivi diametralmente opposti. Se esisteva un ponte tra l'uno e l'altra, tra la conoscenza degli indiani e la conoscenza degli antropologi, era probabile che quel ponte si trovasse proprio nella metafisica.

Dei due tipi di oppositori, i più temibili gli sembravano i mistici. I mistici ti dicono che, una volta aperta la porta alla metafisica, puoi dire addio alla conoscenza autentica della realtà. Il pensiero non è una strada per arrivare alla realtà. Anzi, semina ostacoli lungo la strada, perché, quando cerchi di usarlo per accostarti a qualcosa che viene prima di esso, pensare in realtà ti allontana dalla meta. Definire una cosa è subordinarla a un intrico di relazioni intellettuali, che per ciò stesso distruggono la conoscenza vera.

La realtà centrale del misticismo, quella realtà che Fedro nel suo primo libro aveva chiamato « Qualità », non è dunque una pedina sulla scacchiera della metafisica. Non ha bisogno di essere definita. La si capisce senza definirla, prima di definirla. La Qualità è un'esperienza immediata, indipendente dalle astrazioni dell'intelletto e ad esse precedente.

La Qualità è indivisibile, indefinibile e inconoscibile, nel senso in cui si dice che un soggetto conosce e un oggetto viene conosciuto; la metafisica non può essere nessuna di queste cose. Deve essere divisibile, definibile e conoscibile, altrimenti non esiste come tale. Poiché la metafisica è per sua natura una sorta di definizione dialettica, e poiché la Qualità per sua natura trascende ogni definizione, ne consegue che una « Metafisica della Qualità » è una contraddizione in termini, un assurdo logico.

Sarebbe un po' come una definizione matematica della casualità. Più cerchi di definirla, meno casuale diventa. O come una definizione di « zero » o di « spazio ». Oggi questi termini non hanno quasi più niente a che fare col « nulla »: sono complesse relazioni di « qualcosità ». Dunque, se Fedro avesse parlato della natura scientifica della conoscenza mistica, forse la scienza ne avrebbe tratto beneficio, ma la conoscenza mistica ne sarebbe uscita mutilata e avvilita. Insomma, se aveva a cuore la Qualità, era meglio lasciarla in pace.

La difficoltà più insormontabile era che Fedro stesso, nell'altro libro, aveva detto e ridetto che la Qualità non può essere definita. E invece eccolo sull'orlo di una definizione. Si stava forse lasciando corrompere? Il dubbio ora lo assillava.

Una parte della sua mente diceva: « Lascia perdere. Ti metteresti solo nei guai. Tireresti in ballo mille insulse argomentazioni su qualcosa che, prima che arrivassi tu, era perfettamente chiaro. Ti creeresti diecimila avversari e zero amici perché ti basterebbe aprire la bocca per dire una cosa sulla natura della realtà, per avere subito addosso tutti quelli che prima di te hanno già detto esattamente il contrario ».

Solo che, poi, l'altra metà della sua mente insisteva: « Ma dài, provaci. È interessante ». Era il suo lato intellettuale, che non sopportava le cose non definite: dirgli di non definire la Qualità era come dire a un obeso di stare lontano dal frigorifero, o a un alcolizzato di tenersi alla larga dai bar. Per l'intelletto, il processo di definizione della Qualità è una specie di coazione: è un eccitante, anche se poi ti lascia con un cerchio alla testa, come fumare troppo, o come una festa che si è trascinata fino all'alba. O come Lila l'altra notte. Se c'è bellezza, se c'è gioia, non sono bellezza e gioia che durino a lungo. È un vizio. Come si potrebbe chiamarlo? Degenerazione, forse. Scrivere un libro di metafisica è, in senso strettamente mistico, un'attività degenerata.

Ma anche l'accanito, dottrinario tentativo di evitare ogni degenerazione, continuava Fedro nei suoi ragionamenti, era una forma, sia pure diversa, di degenerazione. Vedi i puristi fanatici. La purezza, una volta che ci hai messo il dito sopra, cessa di essere pura. Le obiezioni all'inquinamento sono una forma di inquinamento. Soltanto un individuo che non sia ancora nato, anzi sulla cui nascita non siano mai stati fatti pensieri, potrebbe non inquinare con significati metafisici rigidi la realtà mistica del mondo. Noi, nati e viventi in questo mondo, dobbiamo accontentarci di essere un po' meno puri. Ubriacarsi, portarsi a letto le donnine incontrate al bar, scrivere libri di metafisica, fa tutto parte della vita.

Confutate in questo modo le obiezioni dei mistici a una Metafisica della Qualità, Fedro passò a quelle del positivismo logico o neopositivismo.

Il neopositivismo è una corrente filosofica che considera la scienza come l'unica fonte della conoscenza, che opera una netta distinzione tra fatto e valore ed è ostile alla religione e alla metafisica tradizionale. Nato dall'empirismo, che fa derivare ogni conoscenza dall'esperienza, il positivismo guarda con sospetto qualunque idea, anche gli enunciati scientifici, che non sia riconducibile all'osservazione diretta. L'attività filosofica, secondo il neopositivismo, è propriamente l'analisi del linguaggio scientifico.

Ai suoi tempi Fedro aveva seguito un corso di logica simbolica tenuto da Herbert Feigl, un neopositivista del circolo di Vienna, e aveva trovato affascinante l'idea di una logica in grado di applicare la precisione della matematica alla soluzione di problemi di filosofia e di altri campi. Già allora, però, l'affermazione che la metafisica è priva di significato gli era suonata falsa. Se stai all'interno di un universo di pensiero logico e coerente, non puoi eludere la metafisica. I criteri usati dal neopositivismo per giudicare del senso o non senso di una asserzione, aveva pensato, sono pura e semplice metafisica.

A parte questo, la Metafisica della Qualità non solo supera tutti i test di verificazione del neopositivismo, ma li supera col punteggio più alto. Anzi, *riformula* la base empirica del neopositivismo con maggiore precisione, maggiore inclusività, maggiore capacità esplicativa. Essa afferma che i valori, lungi dall'essere esterni all'esperienza, cui il positivismo si attiene rigorosamente, ne sono l'*essenza*. Sono addirittura *più* empirici dei soggetti e degli oggetti.

A qualunque scuola filosofica si appartenga, è sufficiente sedersi su una stufa rovente per verificare, senza alcun ricorso alla discussione intellettuale, che ci si trova in una condizione a basso livello qualitativo e che il *valore* della propria posizione è di segno negativo. Tale basso livello di qualità non è un'astrazione metafisica nebulosa o criptoreligiosa: è un'*esperienza*. Non un giudizio su un'esperienza, non una descrizione di un'esperienza: il valore è esso stesso esperienza. Dunque suscettibile di previsione. E di verifica. E riproducibile. È l'esperienza meno ambigua e più univoca che ci sia. In un secondo tempo si potrà passare a una descrizione di questo basso livello mediante l'emissione di alcune imprecazioni, ma il valore verrà sempre per primo, le imprecazioni per seconde. In assenza del basso valore, che è primario, non si daranno le imprecazioni, che sono secondarie.

Fedro insisteva tanto su questo punto, perché esso è precisamente il nostro punto cieco, ereditato dalla cultura. La nostra cultura ci insegna che è la stufa arroventata a causare direttamente le imprecazioni.

Ci insegna che il basso valore è una proprietà della persona che proferisce le imprecazioni.

Invece no. Il valore si situa *a metà tra* la stufa e le imprecazioni. A metà tra il soggetto e l'oggetto c'è il valore. Esso è percepito più direttamente, più immediatamente di qualunque « sé » o « oggetto » cui venga in seguito ascritto. È *più reale* della stufa. Se la causa del basso livello qualitativo sia la stufa oppure qualcos'altro, ancora non lo sappiamo con certezza. Ma che la qualità sia scadente, questo è assolutamente certo. È la realtà empirica primaria a partire dalla quale verranno in seguito costruiti intellettualmente le stufe e il calore e le imprecazioni e il sé.

Una volta chiarita questa relazione primaria, un mucchio di altri tasselli vanno a posto da soli. Se i valori sembrano così nebulosi agli empiristi, è perché essi si ostinano a volerli ascrivere a un soggetto o a un oggetto. I valori non appartengono né ai soggetti né agli oggetti. Sono una categoria a parte.

Ecco invece l'idea della Metafisica della Qualità: prendere la categoria Qualità e dimostrare come essa contenga in sé sia i soggetti sia gli oggetti. Se si parte dall'assunto che la Qualità è la prima realtà empirica del mondo tutto diventa molto più coerente, stupendamente più coerente...

... solo che dimostrarlo non era uno scherzo...

... Avvertì uno strano rumore, diverso da quelli che si sentono sulle barche. Rimase in ascolto: veniva dalla cabina di prua. Era Lila. Che russava. Mormorò anche qualcosa. Poi di nuovo silenzio...

Dopo un po' udì il put-put di una piccola barca che si avvicinava. Qualche pescatore mattiniero, pensò, che scende la corrente. Di lì a poco le onde della sua scia fecero dondolare tutta la cabina e la lampada si mise a oscillare. Poi il rumore si allontanò e ci fu di nuovo silenzio...

... Chissà se sarebbe riuscito a dormire ancora un

po'. Una volta era un tipo notturno, andava a letto alle tre o alle quattro di mattino e si svegliava verso mezzogiorno. Gli sembrava, allora, che niente di importante potesse mai accadere nelle ore che vanno dall'alba al tardo pomeriggio, e cercava di evitarle. Adesso era tutto il contrario. Doveva alzarsi con il sole, o la giornata non gli sembrava completa. Non importa se non aveva niente da fare.

Raccolse le schede su Dusenberry, le infilò nel contenitore, poi si alzò e rimise il contenitore sulla cuccetta del pilota. Dagli oblò sopra la cuccetta si vedeva che incominciava a far chiaro. Il cielo era coperto, ma poteva ancora aprirsi. Gli edifici sull'altro lato della baia erano grigi. Sulla riva, alcuni alberi avevano ancora le foglie, ma gialle e pronte a cadere. Colori ottobrini.

Sollevò e spinse indietro il boccaporto e mise fuori la testa.

Faceva freddo, ma meno di prima. Una lieve brezza increspava l'acqua verso poppa; la sentì pungente sulla faccia.

6

Richard Rigel si svegliò e guardò l'orologio. Già le 7.45. Era stanco e irritato. Aveva dormito male, dopo che quell'imbecille di scrittore e Lila Blewitt avevano fatto tutto quel baccano attraversando il ponte.

E poi per tutta la notte, ogni volta che arrivavano le onde di un'imbarcazione di passaggio, c'erano stati gli urtoni della barca dello scrittore che mandavano la sua a sbattere contro il molo. Sembrava di essere nella cuccetta di un vagone letto.

Certo, avrebbe potuto alzarsi e andare ad assicurare meglio gli ormeggi del suo vicino, ma non era compito suo!

La cosa più indisponente era che non gli aveva mai dato il permesso di affiancarsi alla sua barca. Gliel'aveva detto una volta, a Oswego, in via di emergenza, e quello, evidentemente, l'aveva considerato suo diritto per la vita.

Il sonno se n'era bell'e andato. Tanto valeva alzarsi. E svegliare Bill. C'erano un mucchio di cose da fare.

Andò nella cabina di prua, dove dormiva Capella,

un cuscino sopra la testa. Glielo tirò via e disse: « Sveglia, Bill ».

Capella aperse gli occhi, ancora stordito, e subito si rizzò a sedere.

« Un mucchio di cose da fare, oggi » disse Rigel.

Capella sbadigliò, guardò l'orologio e disse: « Avevano detto che per drizzare l'albero dovevamo presentarci alle nove ».

« Meglio essere pronti con un po' di anticipo ».

Tornò nella cabina di poppa, si tolse il pigiama, lo ripiegò con cura e lo ripose nel cassetto. Restava solo una settimana. Poteva sempre dire a Simonsen di sostituirlo in tribunale, ma con un po' di fortuna, se non c'erano altri intoppi, forse sarebbe riuscito a essere di ritorno in tempo... Che schifo di vacanze.

La voce di Capella chiese: « E il nostro vicino? ».

« Il Grande Scrittore? » rispose Rigel. « Non credo che sarà in circolazione, stamattina ».

« Perché? ».

« Non l'hai sentito, ieri notte? ».

« Io no ».

« Dormivi sodo... Ah, ma certo! Tu sei a prua. È caduto sopra la mia, di cabina ».

« Caduto? ».

« Sì, lui e quella donna con cui aveva ballato attraversando il ponte devono essere caduti. Io non sono salito a vedere perché non volevo immischiarmi. C'è stato un bel trambusto ».

Andò alla toilette e riempì un catino di acqua calda per lavarsi la faccia e radersi. Gridò a Capella: « Non potremo muoverci, se prima non ci stacchiamo dalla sua barca. Vai a svegliarlo ».

« A svegliarlo? » ripeté Capella.

« Sì » rispose Rigel. « Non era certo in condizioni di caricare la sveglia ».

E aggiunse a bassa voce: « Chissà che vita fa, per rimorchiarsi una come quella ».

L'acqua era bollente, ma ormai la cosa non gli dava nessuna soddisfazione. Aveva speso un occhio, due anni prima, per installare quell'impianto di riscaldamento, dopo averlo dovuto aspettare tutta un'estate. E adesso vendeva la barca. Le cose cambiano, non si può mai essere sicuri di niente.

Insaponò vigorosamente la salvietta e se la passò ben calda sul viso. Se i devoti lettori del Grande Scrittore l'avessero visto l'altra notte, mentre ballava con Lila! Ma probabilmente non ci avrebbero trovato nulla da ridire. Per i suoi devoti lettori, ubriacarsi e andare a puttane doveva essere una forma di « Qualità ».

Era interessante vedere a distanza ravvicinata un tipo come lui. A Oswego sembrava una persona così riservata. Da lontano fanno sempre una gran figura, ma quando li guardi da vicino, come sono realmente, allora saltano fuori tutte le rughe e le magagne. Non era riservatezza. Era cafoneria.

Vedi il suo comportamento di ieri sera: tipico. Rigel si era sorbito tutta quella tirata sullo spazio e il nulla e, quando aveva cercato di chiarire il suo punto di vista con una storia di pesca, il Grande Scrittore non era nemmeno stato a sentire. Poi Rigel gli aveva spiegato che era pericoloso navigare da solo al largo, e quello niente. Infine, dopo che l'aveva messo in guardia a proposito di Lila, aveva avuto la faccia tosta di invitarla al loro tavolo.

Un cafone. E il peggio era che non lo faceva apposta. Era proprio di natura. Pareva uno sprovveduto, ma sotto sotto aveva qualcosa del... del marpione, che dava sui nervi. Ma perché prendersela? Non era così importante. Si sarebbe tagliato, con quel rasoio, se non stava attento.

Ce n'erano tanti come lui, naturalmente, ma la cosa intollerabile era che lui si spacciasse per un esperto di Qualità, con la Q maiuscola. E che la gente se la bevesse. Come quegli avvocati d'assalto che l'hanno sempre vinta perché non esitano a fare leva sulle emozioni elementari della giuria.

Richard Rigel buttò via l'acqua, risciacquò con cura il catino, piegò l'asciugamano e lo appese per bene alla sbarra ad asciugare.

Capella domandò: « Se devo andare a svegliarlo, che cosa gli dico della barca? ».

Rigel ci pensò un momento, poi disse: « Forse è meglio se gli parlo io ».

L'avrebbe fatto con diplomazia. Gli avrebbe chiesto se voleva fare colazione con lui. Lo scrittore avrebbe risposto di no, ma a quel punto sarebbe stato sveglio e lui avrebbe potuto dirgli che doveva spostare la barca.

Adesso che era pulito e rasato, Richard Rigel si sentiva un po' meglio. Si guardò allo specchio e diede ai capelli una piega di rispettabilità; poi si provò una cravatta. Non andava. Con quella sua faccia alla Cary Grant, doveva stare attento a non vestire troppo elegante, specie in un posto del genere. Si tolse la cravatta, slacciò il colletto e provò a lasciarlo aperto un filo. Sì, molto meglio.

Salì sul ponte e si guardò intorno. Per arrivare a terra bisognava infilare una serie di precarie passerelle sopra assi e pontoni marcescenti. Pura fortuna non rompersi l'osso del collo. C'era il caso di doverci sprecare tutta la giornata, in quel posto.

Si voltò e con sua sorpresa scoperse di essere osservato. Proprio di fianco a lui, nel pozzetto dell'altra barca, stava il Grande Scrittore in persona.

« Salve » disse Richard Rigel a voce più alta del normale.

« Salve ».

L'espressione del vicino sembrava mite. Indossava la stessa camicia azzurra di popelin del giorno prima, con la stessa macchia di sugo sopra il taschino.

« Non mi aspettavo di trovarti in piedi così presto » disse Richard Rigel.

« Se devi portare la barca sotto gru, posso staccarmi subito ».

Questo sa leggere nel pensiero, pensò Rigel. Disse: « Forse il posto è già occupato ».

« No, ho controllato io ».

Sembrava in ottima forma, dopo la prestazione della sera prima. Ma già, i tipi come lui...

« È troppo presto. Potrebbe esserci qualcuno che ha prenotato prima. Ti va di fare colazione? ».

Mentre lo diceva, si rese conto che ormai l'invito non era più necessario. Troppo tardi.

« Buona idea » rispose lo scrittore. « Vedo se riesco a svegliare Lila ».

« Come? ». Non se l'aspettava. « No, per carità. Lasciala dormire. Vieni tu solo ».

« Perché? » domandò lo scrittore.

Eccolo, il finto tonto. Sapeva benissimo perché. « Sarà senza dubbio l'ultima volta che tu e io ci vediamo » disse Rigel con un sorriso « e preferirei fare due chiacchiere da soli ».

Arrivò Capella e in fila indiana si avviarono verso riva sulle passerelle. Entrati nel locale, Capella disse: « Difficile credere che sia lo stesso posto di ieri sera ».

Rigel guardò il jukebox silenzioso in un angolo. « Sii grato per le piccole cose ».

Su una lavagna davanti alla specchiera del bar era scritto il menù del giorno. Una donnetta anziana, dietro il banco, conversava con tre operai che facevano colazione al tavolo accanto al loro. La moglie del barista, pensò Rigel.

Lo scrittore aveva di nuovo la sua aria neutra. Guardava fuori della finestra, verso il cantiere ingombro di rottami e le passerelle da dove erano venuti. Forse per vedere se arrivava Lila.

Capella disse: « Dove hai imparato a ballare in quel modo? Hai spopolato ».

Lo scrittore ritrovò l'attenzione. « Perché, mi guardavi? ».

« Ti guardavano tutti » disse Richard Rigel.

« No, no ». Lo scrittore sorrise. « Io non so ballare » e li scrutò con aria interrogativa.

« Sei troppo modesto » disse Rigel. « Siamo rimasti tutti abbagliati... specialmente la gentile signora ».

Lo sguardo adesso era sospettoso. « Ah, mi state prendendo in giro ».

« Forse non te lo ricordi perché avevi bevuto ».

Capella rise e lo scrittore protestò: « Non ero mica ubriaco! ».

« Oh, no » disse Rigel. « Infatti quando hai attraversato il mio ponte, alle due di notte, camminavi come un angelo ».

« Ah, quello! Devi scusarci » disse lo scrittore. « Le è caduta la valigia ».

Rigel e Capella si scambiarono un'occhiata. « La valigia! » esclamò Capella.

« Sì » disse lo scrittore. « Si è trasferita sulla mia barca. Verrà con me fino a Manhattan, dove ha degli amici ».

« Caspita! » disse Capella strizzando l'occhio a Rigel. « Un giro di danza con lui e fanno la valigia. Mi piacerebbe conoscere il suo segreto » disse rivolto a Rigel. « Secondo te come fa? ».

Richard Rigel si guardò intorno irritato. Non gli andava la piega che stava prendendo la conversazione. Almeno la vecchia si decidesse a prendere le ordinazioni. La chiamò con un cenno.

Ordinò prosciutto, uova, pane tostato e succo d'arancia. Anche gli altri due ordinarono.

Mentre aspettavano, Richard Rigel disse che il flusso si sarebbe invertito intorno alle dieci. Il suo consiglio era di aspettare fin verso le nove, l'ultima ora di alta marea, e poi approfittare del riflusso per arrivare il più lontano possibile prima che la marea cambiasse di nuovo, ormeggiare per la notte e aspettare che la successiva bassa marea lo portasse fino a Manhattan. Lo scrittore lo ringraziò per il consiglio.

Mangiarono in silenzio. Rigel si sentiva bloccato, come messo sotto da quell'individuo. Aveva un qualcosa che ti impediva di dirgli quello che pensavi, che non ti lasciava spazio. Era così chiaramente in un altro mondo, con tutte quelle chiacchiere sulla Qualità.

Finito di mangiare, Richard Rigel si decise. Non gli andava, quello che aveva da dirgli, ma sentiva che era suo dovere avvisarlo.

« Non sono affari miei, la compagnia che scegli » disse. « Ieri sera non mi hai dato retta. Ma credo sia mio dovere raccomandarti ancora una volta di mandare via Lila ».

Lo scrittore parve stupito. « Mi sembrava avessi detto che mi serviva equipaggio ».

« Ma non lei! ».

« Perché? Che cos'ha che non va? ».

Di nuovo! « Andiamo, non fare l'ingenuo » disse Rigel.

Lo scrittore mormorò come tra sé: « Può darsi che sia meglio di quello che sembra ».

« No, è peggio, molto peggio di quello che sembra ».

Lo scrittore guardò Capella, che sorrideva, e poi Rigel, stringendo gli occhi: « Perché dici così? ».

Richard Rigel rimase a studiarlo per qualche secondo. Era proprio un innocente. « Conosco Lila Blewitt da un sacco di tempo » disse. « Perché non vuoi credermi sulla parola? ».

« Ma chi è? » chiese lo scrittore.

« Una poveraccia, qualità zero o quasi ».

Alla parola « qualità » lo scrittore lo fissò come se Rigel gli avesse gettato una sfida. Il che naturalmente era vero.

Gli occhi dello scrittore si allontanarono. « Che cosa fa nella vita? » domandò evasivo.

Capella lanciò un'occhiata a Richard Rigel, che non poté trattenere un sorriso. « Si rimorchia i tipi come te, amico mio » disse. « Mai sentito parlare di donne del genere? ».

Un'altra provocazione. Si potevano quasi sentire le rotelline girare nel cervello dello scrittore.

Rigel si chiese se fosse il caso di insistere. Probabilmente no, ma quell'aria soddisfatta, specialmente dopo la notte passata, gli faceva venire voglia di continuare. Ma poi decise di cambiare discorso. « Se hai bisogno di aiuto, » disse « perché non aspetti un paio di giorni a Manhattan, finché Bill non è libero? Bill se ne intende, e insieme ce la farete ».

Bill annuì con un sorriso.

Parlarono di come arrivare a Manhattan. Era molto semplice. Però conveniva prenotare in anticipo alla darsena della 79ª strada, perché senza prenotazione era difficile trovare posto, anche fuori stagione. Anche a lui, disse Rigel, sarebbe piaciuta una bella crociera fino al Chesapeake, in ottobre. Ma non ne aveva il tempo, purtroppo.

Di punto in bianco lo scrittore disse: « Secondo me ti sbagli. Come fai a saperlo? ».

« Sapere che cosa? » chiese Rigel.

« Di Lila ».

« Lo so da quello che è successo a un mio caro amico, di cui ho seguito il divorzio » rispose Richard Rigel.

Rivide la scena: Lila che entrava nel suo studio sottobraccio a Jim. Povero Jim. « La tua amica Lila gli ha rovinato la vita ».

« Una volta era molto più carina di adesso » continuò. « Ormai è in fase discendente ».

Capella disse: « Non me ne avevi mai parlato ».

« Non sono cose da rendere pubbliche » disse Rigel. « E non farò il nome del mio amico, Bill, perché tu lo conosci ».

Si rivolse allo scrittore con espressione grave: « Non si è mai visto un uomo più triste, più derelitto di lui. Ha perduto la moglie, i figli, quasi tutti gli amici e la reputazione. È stato costretto a lasciare il suo posto alla banca, dove lo aspettava un futuro brillante, era candidato alla vicepresidenza, figurati. Alla fine ha dovuto chiedere un trasferimento. Ma, conoscendo il presidente della banca, sono sicuro che è tutto registrato sulle sue note personali. È la fine della carriera, per Jim. Non gli daranno mai un posto di responsabilità ».

« È una brutta storia » disse lo scrittore abbassando gli occhi sul tavolo.

« Ma inevitabile » disse Richard Rigel. « Chi vuoi che affidi milioni di dollari a un uomo che non ha abbastanza autodisciplina da tenersi alla larga da una puttanella da bar? ».

Altra provocazione. Questa volta lo sguardo dello scrittore si fece duro. Sembrava disposto a raccogliere la sfida.

« Di chi è stata la colpa? » domandò.

« Come sarebbe? ».

« Voglio dire, la disgrazia del tuo amico è stata colpa di Lila, o di sua moglie e dei suoi cosiddetti amici e dei suoi superiori? Chi è che l'ha rovinato? ».

« Non ti seguo » disse Richard Rigel.

« È stato l'amore di Lila o l'odio degli altri? ».

« Non lo chiamerei amore ».

« Quello degli altri, lo chiameresti odio? Che cosa aveva fatto a loro, in concreto, per giustificarlo? ».

« Questa non è più ingenuità » disse Richard Rigel. « Adesso stai facendo il finto tonto. Vorresti forse dire che sua moglie non aveva il *diritto* di arrabbiarsi? ».

Lo scrittore rimase qualche minuto in silenzio. Poi disse: « Non so. C'è qualcosa di sbagliato in questa faccenda ».

« Lo credo bene » disse Richard Rigel.

« C'era qualcosa di sbagliato fin dall'inizio, dal punto di vista della logica » continuò lo scrittore. « Come può un atto di amore, che non fa male a nessuno, essere così malvagio?... Prova a pensarci. Chi è stato offeso? ».

Richard Rigel ci pensò. Disse: « Non era un atto di amore. Lila Blewitt non sa nemmeno che cosa sia l'amore. È stato un inganno ».

Sentiva montargli dentro la rabbia. « L'ho sentita troppe volte, la parola amore, sulla bocca di gente che non sa neppure che cosa sia ». Rivedeva la moglie di Jim seduta nel suo studio. Si era coperta gli occhi con la mano e si sforzava di mantenere ferma la voce. *Quello* era amore.

Disse: « Proviamo con un'altra parola: "onore". La persona di cui stiamo parlando, oltre che se stesso, ha disonorato la moglie, i figli e tutti coloro che avevano avuto fiducia in lui. Gli hanno perdonato la sua debolezza, ma non lo rispettano più ed è stato questo a escluderlo definitivamente da ogni incarico di responsabilità. Ma da parte di Lila non c'è stata debolezza. Lila sapeva quello che faceva ».

Lo scrittore lo fissava, come imbambolato.

« Io non so niente della tua vita familiare, » riprese Richard Rigel « ma ti avverto, amico: se non stai attento, lo farà anche a te ».

E dopo una pausa aggiunse: « Se già non l'ha fatto ».

Lo scrutò per vedere come reagiva. L'espressione non era cambiata. Sembrava che niente potesse penetrare quella scorza.

« Sì, ma a chi ha fatto del male? » chiese Capella.

Rigel lo guardò stupito: anche lui? Segno dei tempi.

« Ebbene, è rimasto ancora qualcuno » tornò a rivolgersi allo scrittore « che oppone resistenza alla tua edonistica filosofia della "Qualità" o come si chiama ».

« Era solo una domanda » disse lo scrittore.

« Ma una domanda che riflette un certo punto di vista » ribatté Richard Rigel. « Un punto di vista che alcuni, e mi ci metto anch'io, trovano ripugnante ».

« Ancora non capisco il perché ».

Dio, che insopportabile. « E va bene, adesso te lo spiego. Ma mi ascolterai? ».

« Certo ».

« No, voglio dire: ascolterai sul serio? ».

Lo scrittore non disse niente.

« Tu hai detto nel tuo libro che tutti sanno che cosa è la "Qualità", che c'è consenso. Invece è evidente che no! Ma tu ti rifiuti di definirla, bloccando in partenza ogni discussione. Anzi, ci vieni a dire che i "dialettici", che dibattono questi problemi, sono canaglie in malafede. Avvocati compresi, suppongo. Mica male, come tattica. Prima leghi ben bene i tuoi oppositori, mani e piedi, e per buona misura li denigri, e poi gli dici: "Fatevi sotto: difendetevi". Molto coraggioso. Sì, molto ».

« Posso difendermi io? » chiese lo scrittore. « Per l'esattezza, quello che ho detto è che esiste un disaccordo su che cosa sia la Qualità, ma che esso riguarda soltanto gli oggetti ai quali ascriverla ».

« E dov'è la differenza? ».

« La Qualità, su cui il consenso è generale, è la sorgente universale di tutte le cose. Gli oggetti, sui quali c'è disaccordo, sono contingenti e transitori ».

Quanta lana caprina! pensò Richard Rigel. « Ma quale "sorgente universale"! Alcuni di noi possono fare a meno della tua "sorgente universale", di cui evidentemente tu hai l'esclusiva. Saremo antiquati, ma noi preferiamo attenerci ai nostri oggetti contingenti e transitori. A proposito, come fai a mantenerti in contatto con la tua meravigliosa "sorgente universale"? Hai una radio speciale? Eh? Come fai? ».

Lo scrittore non rispose.

« Avanti » disse Richard Rigel. « Come fai a mantenerti in contatto con la Qualità? ».

Nessuna risposta.

Richard Rigel si sentì di colpo leggero, sollevato da un peso. Finalmente era riuscito a dirgli qualcosa, a comunicare con lui. « Risposte ce ne sono, » disse alla fine lo scrittore « ma non credo di potertele esporre tutte questa mattina ».

Troppo comodo cercare di defilarsi in questo modo.

« Proviamo con una domanda più facile » riprese Richard Rigel. « Tu sei in contatto con questa "sorgente universale", non è così? ».

« Sì » rispose lo scrittore. « Anche tu lo sei, se solo volessi capire ».

« Ci sto provando, » disse Richard Rigel « ma bisogna che tu mi aiuti un pochino. Questa "sorgente universale" ti dice anche che cosa è bene e che cosa non lo è, giusto? ».

« Sì ».

« Bene, finora ci siamo tenuti sulle generali, ma adesso ti voglio fare una domanda un po' più specifica: la tua sorgente universale, responsabile della creazione del cielo e della terra, ti ha anche trasmesso, quando stanotte alle due pestavi sul mio ponte, che la donna che ti stavi rimorchiando era un Angelo di Qualità? ».

« Che cosa? » disse lo scrittore.

« Te lo ridico: Dio ti ha forse comunicato che Miss Lila Blewitt, di Rochester, nello Stato di New York, in compagnia della quale attraversavi, facendoti sentire, il ponte della mia barca alle due di stanotte ha *Qualità*? ».

« Quale dio? ».

« Ok, lasciamo perdere Dio! Tu, *personalmente*, ritieni che Miss Lila Blewitt sia una Donna di Qualità? ».

« Sì ».

Richard Rigel rimase interdetto. Non era la risposta che si era aspettato.

Possibile che il Grande Scrittore fosse davvero così stupido?... O forse aveva un jolly nella manica?... Richard Rigel attese. Niente.

« Certo che ultimamente » disse alla fine, dopo una lunga pausa « la Grande Sorgente di Tutte le Cose non manca di sorprendere ».

Si protese verso il Grande Scrittore e disse in tono solenne: « Vuoi usarmi la cortesia, in futuro, di prendere in considerazione la possibilità che la Sorgente di Tutte le Cose, che si rivela a te ma non a me, sia, al pari di molte altre tue idee, solo un'invenzione della tua fertile fantasia, un'invenzione che ti consente di giustificare qualunque azione dettata dalla tua immoralità come ispirata da Dio? Per me, la tua non meglio definita “Qualità” è una merce molto pericolosa. Gli stupidi e i fanatici ci sguazzano, nella tua “Qualità” ».

Si aspettava che lo scrittore abbassasse gli occhi, sbattesse le palpebre, impallidisse, oppure si arrabbiasse, o se ne andasse sbattendo la porta, insomma che desse un qualche segno di sconfitta. Invece niente. Sempre quell’aria distaccata.

È completamente fuori, pensò Richard Rigel. Comunque, l’ossatura che teneva in piedi la sua tesi della Qualità era spezzata.

Quando venne la vecchia a portare via i piatti, lo scrittore disse: « Ma tu, tu riesci a vivere, del tutto senza Qualità? ».

Visto che non può difendersi, pensò Richard Rigel, vuole fare il controinterrogatorio, *a me*. Guardò l’orologio: c’era tempo. « No, non riesco a vivere del tutto senza Qualità » disse.

« Allora, tu come la definisci? ».

Richard Rigel si mise comodo sulla sedia. « Prima di tutto, » disse « una qualità che sia indipendente dall’esperienza non esiste. Ne ho fatto benissimo a meno per tutti questi anni e sono sicuro di poter continuare così senza problemi ».

Lo scrittore lo interruppe: « Non ho mai detto che la Qualità sia indipendente dall’esperienza ».

« Insomma, mi hai chiesto di definire la qualità » sbottò Richard Rigel « ed è quello che sto facendo. Perché non mi lasci continuare? ».

« D’accordo ».

« La qualità è sempre legata all’esperienza di cose particolari, ma se mi chiedi quali cose abbiano qualità e quali no, mi riuscirebbe difficile rispondere senza farti un elenco. In generale, però, e con molti distinguo, direi che la si trova nei valori che mi sono stati insegnati da bambino, con i quali sono cresciuto e che ho usato tutta la vita senza mai trovarci niente di sbagliato. Sono valori condivisi dalla mia famiglia, dai miei amici, dai miei colleghi e da quanti mi circondano. Appunto perché crediamo in questi valori comuni, possiamo comportarci in modo morale gli uni verso gli altri.

« Nella nostra professione » continuò « veniamo in contatto con parecchia gente che non condivide i valori morali tradizionali, gente convinta che il bene e il male dipendono dal giudizio personale. Mai sentito dire? ».

Lo scrittore fece cenno di sì. Per forza, pensò Richard Rigel, non poteva certo negarlo.

« Ebbene, c'è un nome per questa gente » continuò. « Nella nostra professione li chiamiamo delinquenti ».

Lo scrittore si mosse come per ribattere qualcosa, ma Richard Rigel lo zittì con la mano. « Tu magari sosterrai, come fanno molti, che i valori della collettività e le leggi che ne derivano sono sbagliati. Questo è lecito. La costituzione ti garantisce il diritto di critica. E soprattutto ti offre gli strumenti, politici e giuridici, per modificare le leggi che giudichi "cattive". Ma finché quegli strumenti non sono attivati e finché quelle leggi non vengono cambiate, né tu né Lila né nessun altro potete andare in giro a fare i vostri comodi senza tener conto degli altri, decidendo voi che cosa possiede o non possiede "Qualità". Fino ad allora avete l'obbligo morale e giuridico di ubbidire alle stesse regole di tutti gli altri.

« Una delle cose » continuò Rigel « che più mi ha dato fastidio nel tuo libro è stato il fatto che sia uscito in un'epoca in cui tanti giovani americani si pongono al di sopra della legge, con veri e propri reati: renitenti alla leva, incendiari, traditori, rivoluzionari, assassini, perfino, e tutti che si giustificano con l'idea di essere i soli in possesso di una verità superiore.

« Tu hai parlato per capitoli interi di come preservare la forma soggiacente alla motocicletta, ma non hai detto una parola su come salvaguardare la forma soggiacente alla società. Sfido che il tuo libro ha venduto bene fra gli estremisti e i fanatici: non aspettavano altro, sempre alla ricerca come sono di una giustificazione che gli permetta di fare tranquillamente i propri comodi. E tu gliel'hai fornita. Tu li hai incoraggiati ». Richard Rigel si sentì crescere la collera nella voce. « Non dubito della bontà delle tue intenzioni, ma in realtà hai fatto il gioco del demonio ».

Si rilassò. Lo scrittore sembrava annichilito. Anche Capella era impressionato. Meno male. Bill era un bravo ragazzo. È facile per questi intellettuali estremisti fare presa sui giovani della sua età e imbottirli delle loro stramaledette teorie e quelli ci credono, perché non sono ancora abbastanza maturi da vedere il mondo com'è. Ma Bill Capella lasciava ben sperare.

« Io non faccio il gioco del demonio » disse lo scrittore.

« Però cerchi di fare cose che hanno "qualità", giusto? ».

« Sì ».

« E non vedi che cosa succede a invischiarsi con parole che ti riempiono la bocca ma che nessuno può definire? Perciò esistono le leggi: per definire che cosa è la qualità. Non saranno definizioni perfette, ma, credi a me, meglio così che lasciare che ciascuno faccia i propri comodi, con i risultati che sappiamo ».

Lo scrittore aveva l'aria confusa. Capella sbalordita. Richard Rigel era soddisfatto. Finalmente li aveva convinti, e questo gli dava sempre un gran piacere, anche quando non veniva pagato per farlo. Era la sua specialità. Forse avrebbe dovuto scriverci sopra un libro: la vera natura della qualità.

« Dimmi, » chiese allo scrittore « sei veramente convinto, sul serio, dico, che Lila ha qualità? ».

Lo scrittore ci pensò per un bel pezzo. « Sì » rispose.

« Allora perché non provi a spiegarci da dove ti viene questa certezza? ».

« Non credo che riuscirei ».

« Perché? ».

« Perché è troppo difficile ».

Non era la risposta che Richard Rigel si era aspettato. Capì che era tempo di chiudere la discussione. « Chissà, » disse in tono conciliante « forse c'è qualcosa che io non riesco a capire ».

« Forse sì » disse lo scrittore.

Dal tono, sembrava che stesse male. Tanto tempo da solo, su quella barca... Richard Rigel guardò di nuovo l'orologio. Ora di andare. « Lascia che ti dica un'ultima cosa » disse. « Spero che non la prenderai come un'offesa personale, ma come uno spunto per la riflessione: ho notato, ieri sera e anche a Oswego, che sei una persona molto sola, molto isolata. Secondo me lo sarai sempre, se non trovi il modo di integrarti nei valori della società in cui vivi. Gli altri sono importanti. Devi capirlo ».

« Sì, lo capisco... » incominciò lo scrittore. Ma per Rigel era chiaro che non capiva affatto.

« Dobbiamo proprio andare » disse a Capella alzandosi. Andò al banco, pagò e raggiunse lo scrittore sulla porta.

Mentre si avviavano verso il molo, Richard Rigel disse: « Mi ha stupito che tu sia stato ad ascoltarmi, poco fa. Davvero non te ne credevo capace ».

Videro Lila in piedi sul ponte della barca che li salutava con la mano. Risposero tutti e tre al saluto.

7

A Kingston la barca all'ancora era sembrata una vera casa, e il molo e il porto il suo quartiere. Ma qui, in mezzo al fiume, il « quartiere » non c'era più e lo spazio sottocoperta era solo un posto in cui tenere le cose, con la preoccupazione costante che non slittassero e non cadessero quando la barca sbandava per il vento. Adesso, in coperta, l'attenzione di Fedro andava tutta alla messa a segno delle vele e alla direzione del vento e alla corrente e alla carta nautica, ripiegata in modo da corrispondere con i punti di riferimento sulla costa, i pannelli di segnalazione e la fila di boe rosse e verdi che segnavano il percorso verso l'oceano. Il fiume era marrone per il limo e pieno di detriti, facili, però, da evitare. Soffiava una brezza al traverso, appena più impetuosa e irregolare, a tratti, quando rimbalzava contro i fianchi della valle.

Fedro era depresso. Quel Rigel era stato micidiale. Forse un giorno avrebbe messo su una bella scorza e tipi del genere non gli avrebbero fatto né caldo né freddo, ma ce ne voleva di tempo. Chissà perché si era fatto l'idea che su una barca ci fossero solitudine, silenzio, tranquillità e i pensieri potessero scorrere liberamente e con calma, senza interferenze esterne. Macché. Una barca in navigazione vuol dire un succedersi di imprevisti, e non ti lascia il tempo di pensare ad altro che ai suoi bisogni. E una barca agli ormeggi è una calamita irresistibile per tutti i sottili conversatori che incrociano nei paraggi.

Alla fine Fedro ci si era rassegnato, e Rigel, quando l'aveva conosciuto, era solo una delle tante persone, oggi qui domani chissà, che si incontrano in crociera. Anche Lila, in fondo... e bisognava ammettere che una vita così, da nomade, dove non sai mai chi sarà il tuo vicino di ormeggio – o compagno di letto – la notte successiva, aveva i suoi vantaggi.

La cosa più deprimente era la stupidità con cui si era offerto all'attacco. Probabilmente Rigel l'aveva invitato a colazione apposta per ammannirgli il suo sermoncino. E adesso, per giorni e giorni, Fedro avrebbe continuato a rimuginare, a rigirare ogni parola detta, a costruirsi nella testa le risposte perfette che non gli erano venute in mente al momento giusto.

Arrivò, dalla direzione opposta, una piccola barca a motore. Mentre si incrociavano, il timoniere salutò con la mano dalla cabina e Fedro rispose al saluto.

Il tempo prometteva bene, meglio di come era sembrato la mattina presto. Il vento teso da nord del giorno prima stava calando per lasciare posto, probabilmente, ai venti tiepidi di sudovest, il che voleva dire alcune giornate di bel tempo. Il fiume era largo in quel punto, e la corrente l'avrebbe accompagnato per quasi tutto il giorno. Poteva essere una buona giornata, non fosse stato per l'episodio della mattina.

Gli aveva lasciato confusione e stanchezza, lo scoramento di quando devi rimetterti a tavolino e ricominciare tutto daccapo: sei convinto di stare andando a gonfie vele, ma poi ti capita un problema così, e ti ritrovi al punto di partenza. Gli faceva male perfino pensarci.

Il mondo è pieno di rompiscatole come Rigel, ma i peggiori sono quelli che si atteggiano a moralisti. Un moralismo esentasse. Grandi idee su come migliorare il prossimo, senza mai pagare di tasca propria. E poi c'era sotto un problema di ego. I tipi come Rigel usano le questioni morali per inferiorizzare l'altro e così apparire migliori loro. Il tipo di codice morale è secondario: religioso, politico, razzista, capitalista, femminista, hippy – fa lo stesso. Il codice può cambiare, ma la cattiveria e l'egocentrismo rimangono identici.

Tuttavia la semplice cattiveria non bastava a spiegare quello che era successo. Perché uno come Rigel doveva preoccuparsi tanto della morale, così di primo mattino? La cosa non tornava. Un avvocato, con lo yacht. No, non nel ventesimo secolo. Discorsi del genere forse sarebbero stati credibili in bocca a un avvocato che andava in chiesa ogni domenica nel 1880, ma oggi no. Sacri doveri, casa, famiglia: tutti concetti passati di moda cinquant'anni fa. No, Rigel non era arrabbiato per quello. Che senso aveva, allora, andare in giro a fare prediche sulla morale... alle otto di mattina... e in vacanza, per giunta.

Non era neanche domenica.

Troppo strano...

Il motivo doveva essere un altro. Rigel aveva cercato di incastrarlo nella vecchia trappola della moralità nelle faccende di sesso. Se Fedro avesse risposto che Lila aveva Qualità, Rigel avrebbe detto che allora il sesso è la Qualità, il che non è. Se invece avesse risposto che Lila non aveva Qualità, l'inevitabile obiezione sarebbe stata: « E allora perché ci sei andato a letto? ». Il trucco più vecchio del mondo per colpevolizzarti. Se Lila non ti piace sei un bacchettone, se ti piace sei uno sporcaccione. In entrambi i casi sei in colpa e dovresti vergognarti. Una trappola inventata come minimo nel Paradiso terrestre.

Dalla riva ripida saliva un ampio prato, fino a un boschetto, che nascondeva in parte una grande villa vittoriana fin de siècle. Il prato aveva la stessa aria deserta e abbandonata che già aveva notato nel paesaggio il giorno prima: niente animali, niente bambini intenti a giocare.

Lo colpì nuovamente la somiglianza con i paesaggi della valle dello Hudson dipinti oltre un secolo prima. Le rive, ripide e fitte di boschi, conferivano al fiume un'aria placida e tranquilla. Le cose sembravano le stesse da cent'anni. Fin dall'inizio, appena immesso nella rete di canali dell'Erie, aveva notato come tutto sembrasse più vecchio e più spento. Adesso quella sensazione si accentuava.

Secoli prima, questi corsi d'acqua erano le uniche vie di comunicazione del continente nordamericano. Da principio Fedro si era stupito che i punti dove attraccava fossero sempre nella parte più vecchia delle città; poi capì che erano stati quei punti di attracco di piccole barche come la sua a dare il via a un centro abitato.

Intorno a quei vecchi porti fluviali e lacustri che furono un tempo pieni di movimento e di importanza, adesso aleggia come una tristezza. Prima dell'avvento della ferrovia, tutto il traffico con i Grandi Laghi e gli Stati dell'Ovest si svolgeva lungo lo Hudson e i canali dell'Erie. Adesso non è rimasto più niente, solo qualche chiatta di petrolio, di tanto in tanto. Il fiume è quasi senza vita.

Lo prendeva sempre la depressione, quando veniva nell'Est, e non solo nel vedere come tutto era vecchio e abbandonato. Fedro era del Midwest e condivideva certi pregiudizi di molti suoi conterranei su questa parte del paese. Qui tutto diventa più stratificato. I ricchi hanno l'aria più da ricchi e i poveri più da poveri. Peggio, la gente sembrava convinta che così dovesse essere. Lo accettava. Non si vedevano segni di futuri cambiamenti.

In Stati come il Minnesota o il Wisconsin, si può essere poveri e tuttavia mantenere, se si è onesti e lavoratori, una certa dignità; si ha sempre l'occhio al futuro. Ma nel New York, se sei povero, sei povero e chiuso. Cioè non sei nessuno. Ma proprio nessuno. E se sei ricco sei qualcuno. Molti altri fenomeni di quella regione, diciamo pure il novantacinque per cento, erano riconducibili a questo unico fatto.

Forse il contrasto lo colpiva particolarmente perché in quel periodo aveva in mente gli indiani. Molte, infatti, erano normali differenze tra vita urbana e vita rurale, e l'Est è più urbanizzato. Alcune, però, riflettevano il prevalere di valori europei. Lo avvertiva ogni volta: la gente che era più formale e impersonale, e anche più, come dire? furba. Prevaricatrice. Europea. E meschina e poco generosa.

Tra gli indiani, nell'Ovest, si usa dire che il capo è l'uomo più povero della tribù. Perché è a lui che ci si rivolge quando si ha bisogno di qualcosa, e lui, secondo il codice morale indiano, la famosa « generosità della Frontiera », deve aiutare tutti. Un atteggiamento che non doveva essere molto diffuso lungo quelle coste. Immaginarsi un barcaiolo che si ferma davanti alla villa degli Astor e dice: « Ho visto la luce accesa e ho pensato di passare a farvi un salutino ». Non sarebbe arrivato più in là del maggiordomo. Sarebbero rimasti tutti orripilati da tanta impertinenza. Invece nell'Ovest probabilmente si sarebbero sentiti in dovere di farlo entrare.

Qui i ricchi diventano sempre più splendidi e i poveri sempre più squallidi. Finché arrivavi a New York, con i suoi barboni accucciati sopra le grate della metropolitana e i miliardari che gli passano accanto per salire in pompa magna sulle loro limousine. E agli uni e agli altri sembra tutto in qualche modo normale.

Stranamente quella sensazione era più forte proprio lì, nella valle dello Hudson. Bastava attraversare il fiume e passare nel Vermont o nel Massachusetts e si attenuava. Fedro non sapeva spiegarselo. Ragioni storiche, forse.

Il New England aveva conosciuto un tipo di immigrazione molto particolare. Sì, ecco la spiegazione: mentre il New England, inizialmente, era un'unica grande famiglia di residenti stanziali di ceppo anglosassone, la valle dello Hudson era tutta un movimento: olandesi, inglesi, francesi, tedeschi, irlandesi, spesso un gruppo contro l'altro. Fin dall'inizio, perciò, si era creato un clima di aggressività, di prevaricazione. Probabilmente le distinzioni di classe e lo sfruttamento erano altrettanto forti nel New England, o magari più forti, ma venivano tenuti in sordina, per non turbare l'armonia familiare. Qui invece li si sventolava apertamente. Ecco che cos'erano questi «castelli dello Hudson»: una sfacciata ostentazione di ricchezza.

Probabilmente il 'moralismo' di Rigel, quella mattina, gli veniva dall'Est.

Eppure no. Un vero americano dell'Est se ne sarebbe stato zitto, limitandosi ad aumentare le distanze. Perché Rigel aveva voluto immischiarsi? E perché si era arrabbiato tanto?

La questione della celebrità, forse?

Come diventi una celebrità, subito trovi qualcuno che ha bisogno di farti a pezzi. È inevitabile. Ma per tutta l'estate non gli era più successo di essere attaccato soltanto perché lo credevano famoso. Forse era proprio questo. Di solito succedeva ai party, dopo qualche bicchiere di troppo. *Mai a colazione.*

Il segno premonitore è quando ti subissano di lodi. Allora capisci che in realtà si stanno rivolgendo a un'idea falsa di te che si sono costruiti nella loro testa. Ripensandoci, era stato così anche con Rigel a Oswego.

Anche la faccenda della celebrità ha a che fare con il conflitto tra valori indiani e valori europei. È un fenomeno tipicamente americano quello di catapultare all'improvviso una persona sulle vette della notorietà, coprendola di lodi e di denaro, per poi scagliarlesi addosso, proprio quando quella incomincia a convincersi di valere qualcosa. Prima ai tuoi piedi, poi alla gola. Secondo Fedro dipendeva dal fatto che in America ti viene chiesto al tempo stesso di emergere dalla massa, come in Europa, e di essere uguale agli altri, come gli indiani. Poco importa se sono finalità contraddittorie.

Il risultato è uno stato di tensione continua, la tensione del manager, che può essere l'uomo più calmo, più sorridente, più pacioso del mondo, ma deve strangolarsi per vincere la concorrenza e fare carriera. Tutti vogliono che il proprio figlio sia il primo della classe, ma guai a dire che alcuni sono più bravi di altri. Il ragazzino che va male a scuola è pieno di complessi di colpa e di autolesionismo, però pensa: « Non è giusto: siamo tutti uguali ». A quel punto arriva il personaggio celebre, John Lennon, a firmargli un autografo, e allora addio, John Lennon.

Allucinante. Finché non sei diventato a tua volta una celebrità non te ne rendi conto. Ti adorano perché sei quello che loro vorrebbero essere, e ti odiano perché sei quello che loro non sono. Il rapporto con la celebrità ha sempre queste due facce ed è impossibile sapere quale si mostrerà di qui a un minuto. Così era stato con Rigel. Prima tutto sorrisi, perché pensava di stare parlando con uno importante, il che soddisfaceva i suoi schemi mentali da europeo; poi pieno di rabbia, perché si è convinto che il tipo importante si dà delle arie.

Gli indiani avevano trovato la soluzione: liberarsi di tutto quello che la gente può invidiare. Non possedevano beni, vestivano di stracci, certuni almeno. Mantenevano come si dice un basso profilo, lasciando che tutti, aristocratici e fautori dell'uguaglianza, parassiti e assassini, pensassero che gli indiani non valevano niente. In quel modo realizzavano un mucchio di cose senza lo strazio della celebrità.

La barca serviva molto bene allo scopo. A spostarsi di continuo lungo queste vie di navigazione abbandonate si possono avere rapporti da persona a persona, senza il filtro della celebrità.

Rigel era stato solo un caso.

Dalla cabina giunsero dei rumori. Qualcosa che si era allentato? Poi si ricordò della sua passeggera. Forse stava vestendosi.

« Non c'è niente da mangiare su questa barca » disse la voce di Lila.

« Sì che ce n'è, da qualche parte ».

« Non c'è niente, ti dico ».

Dal boccaporto spuntò la sua faccia. Aveva un'aria bellicosa. Meglio non dirle che lui aveva già fatto colazione.

Era diversa. Più brutta. I capelli spettinati. Gli occhi arrossati e cerchiati di nero. Sembrava anche molto più vecchia.

« Non hai cercato bene » le disse. « Guarda nella ghiacciaia ».

« Dov'è? ».

« A poppa. In quel cassone di legno con l'anello di ferro ». La faccia scomparve e quasi subito si sentì il rumore di lei che rovistava.

« Sì, qualcosa c'è sul fondo » disse. « Tre sacchetti di patatine e un barattolo quasi vuoto di burro di arachidi... Niente uova, niente pancetta, niente di niente... ».

« Be', ormai stiamo navigando. Dobbiamo approfittare della corrente intanto che c'è, altrimenti perdiamo una giornata intera. Mangeremo come si deve stasera ».

« Stasera?! ».

« Sì ».

La udì borbottare: « Burro di arachidi e patatine... Possibile che non ci sia altro?... No, un momento, c'è mezza tavoletta di cioccolato ».

La sentì fare: « Bleah! ».

« Che cosa è successo? ».

« È vecchio. Fa schifo... Il caffè. Ce l'hai un po' di caffè? ». La voce era quasi implorante.

« Sì » disse Fedro. « Se vieni su a tenere il timone, scendo io a prepararlo ».

Lila spuntò dal boccaporto: aveva indosso una maglietta bianca di cotone, molto aderente, con la parola L-O-V-E stampata sul petto a grandi lettere rosse.

Vedendo che lui la fissava, disse: « Sì, torna utile la roba d'estate, con questo bel tempo ».

« Scommetto che ieri non immaginavi che sarebbe stato così ».

« Io non so mai quello che può succedere da un momento all'altro » rispose Lila. « Per esempio, credevo che adesso avrei fatto colazione ».

Andò a sederglisi di fronte. Le quattro lettere di L-O-V-E ondeggiarono in direzioni provocanti.

« Sai come si governa questa barca? » le chiese.

« Certo ».

« Allora tienti sempre alla dritta di quella boa rossa a doppio cono là in fondo ». Le indicò quale per sicurezza. Poi si alzò, uscì dal pozzetto e scese di sotto.

Si mise a rovistare nelle varie scatole, ma Lila aveva ragione: non c'era niente da mangiare su quella barca. Non si era reso conto che le scorte fossero quasi finite. Trovò un pacco di cracker al formaggio; ne era rimasto circa un terzo.

« Ti andrebbe caffè con biscotti al formaggio? » chiese.

Nessuna risposta.

Ci riprovò: « E burro di arachidi... diciamo, colazione alla francese ».

Dopo un po' la voce di Lila disse: « E va bene ».

Fedro sganciò il contrappeso in modo che la stufa poggiasse sul suo sostegno e prese da una mensola il cannello a propano per preriscaldare il fornello a cherosene della stufa.

Quel fornello era un vero problema. Le valvole di ottone a spillo erano molto delicate e si regolavano con una manopola grossa come il pomello di una porta, il che voleva dire che bastava dare un giro normale per rovinare tutto il meccanismo.

«Quando arriviamo in qualche posto?» chiese Lila.

«Non possiamo fermarci» rispose Fedro. «Te l'ho detto. Se rimaniamo sfasati rispetto alla marea, dopo l'avremo contro fino a West Point». Forse Lila non sapeva che il riflusso veniva due volte al giorno.

«Rigel dice che si può ormeggiare a Nyack» aggiunse. «Poi di lì a Manhattan è uno scherzo. Voglio tenere breve l'ultimo tratto... per lasciare un margine... Non sappiamo che cosa troveremo».

Accese il cannello con un fiammifero e diresse la fiamma su un lato del bruciatore per riscaldarlo, in modo che il cherosene si vaporizzasse. Non si poteva usare cherosene liquido con quel tipo di stufa, bisognava che fosse in forma di gas.

«Ci sarà anche Richard?» chiese Lila.

«Dove?».

«Dove ci fermeremo».

«Non credo» disse Fedro. «Cioè no, non ci sarà».

Quando il bruciatore si fu arroventato, girò appena appena la manopola. Si sprigionò una fiamma azzurra. Allora spense il cannello e lo posò sulla mensola in modo che la punta incandescente non toccasse altri oggetti. Quindi riempì il bollitore al lavandino della cambusa e lo mise sul fornello.

Lila disse: «Lo conosci da molto tempo?».

«Chi?».

«Richard».

«Da troppo».

«Perché dici così?».

«Perché preferisco stare per conto mio».

«Sei un tipo solitario, eh?» disse lei. «Proprio come me».

Fedro mise fuori la testa dal boccaporto per controllare se erano ancora in rotta. Tutto a posto.

«Dev'essere bello avere una barca così, tutta per

te » riprese Lila. « Nessuno che ti dica che cosa devi fare. Vai e basta ».

« Vero ». Era la prima volta che la vedeva sorridere. « Mi dispiace per la colazione » le disse. « Eravamo ormeggiati vicino ai cantieri, di fianco alla gru. Abbiamo dovuto sbrigarci a lasciare libero il passaggio ».

Quando il caffè fu pronto lo portò su, sedette di fronte a Lila e prese lui la barra.

« Si sta bene qui » disse Lila. « Sulla barca dov'ero prima c'era troppa ressa. Ci si stava continuamente tra i piedi ».

« Qui non c'è pericolo ».

« Vai sempre in barca da solo? ».

« Qualche volta da solo, qualche volta con amici ».

« Sei sposato, vero? ».

« Separato ».

« Lo sapevo » disse Lila. « E separato da poco ».

« Da che l'hai capito? ».

« Perché sulla barca non c'è niente da mangiare. I veri scapoli cucinano sempre. Non hanno in giro solo patatine e salatini ».

« Appena arriviamo a Nyack ci facciamo una signora bistecca » disse Fedro.

« Dov'è Nyack? ».

« Appena un po' più su di Manhattan. Sul lato del New Jersey. Da lì sono solo poche miglia ».

« Bene » disse Lila.

« Conosci molta gente a New York? ».

« Un mucchio ».

« Ci hai abitato? ».

« Sì ».

« Che cosa facevi? ».

Lila gli lanciò un'occhiata. « Lavoravo ».

« Dove? ».

« Un po' qui un po' là ».

« Ma che cosa facevi? ».

« La segretaria ».

E con questo il filone era esaurito. Non aveva voglia di sentire parlare di lettere e schedari.

Cercò di farsi venire in mente qualche altro argomento. Non era bravo a fare conversazione. Mai stato. Ci sarebbe voluto Dusenberry. Qui stava finendo come nelle riserve.

« Ti piace New York? » chiese.

« Sì ».

« Perché? ».

« Perché la gente è cordiale ».

Stava facendo del sarcasmo? No, dall'espressione non sembrava. Non esprimeva niente. Come se non ci fosse mai stata, a New York.

« Dove abitavi? ».

« Dalle parti della Quarantesima Ovest ».

Aspettò che continuasse, ma Lila non aggiunse altro. Fine della conversazione. Proprio una chiacchierona. Peggio degli indiani.

Che differenza con la sera prima. Niente luce, oggi. Una faccia un po' stolida, lo sguardo fisso nel vuoto.

La osservò con attenzione.

Non era la faccia di una brutta persona, comunque, di una persona di bassa qualità. Volendo, si poteva anche vederla carina.

Testa larga e rotonda. Brachicefala, come direbbero gli antropometristi. Una testa sassone, probabilmente, a giudicare dal cognome. Gente del popolo, artigiani, agricoltori medioevali. Una testa dura, con il labbro inferiore pronto ad arricciarsi. Ma non di una brutta persona.

Gli occhi invece non c'entravano. La faccia, il corpo, il modo di parlare e di gestire erano duri, come pronti a tutto, ma gli occhi, quando ti guardava dritto in faccia, no. Erano gli occhi di una bambina spaventata che guarda su dal fondo di un pozzo. Non c'entravano niente.

La valle che attraversavano era bellissima, spettacolare, la giornata era stupenda, e lei non lo notava nemmeno. Strano che avesse scelto di fare una vacanza in barca. Forse era depressa per la storia con i suoi compagni di prima, la rottura e tutto il resto, ma Fedro preferì non approfondire.

Le chiese: « Sei in buoni rapporti con Richard Rigel? ».

Sembrò colpita. Disse: « Che cosa ti fa pensare che non lo sia? ».

« Ieri sera, quando sei entrata nel bar, lui ti ha detto di chiudere la porta, ricordi? E tu l'hai sbattuta dicendo: "Ti va bene così?". Mi ha dato l'impressione che vi conosceste e che foste entrambi arrabbiati ».

« Lo conosco » disse Lila. « Abbiamo amici in comune ».

« Ma perché lui ce l'aveva con te? ».

« Non ce l'aveva con me. È il suo modo di fare ».

« Perché? ».

« Non saprei » disse Lila.

Poi aggiunse: « È molto lunatico. Un momento è gentile e carino e il momento dopo sgarbato. È fatto così ».

Per sapere tutte quelle cose doveva conoscerlo *molto* bene, pensò Fedro. Era evidente che non gli stava raccontando tutta la storia, ma le cose che aveva detto sembravano vere. Proponevano, del comportamento di Rigel quella mattina, una spiegazione che a lui non era nemmeno venuta in mente. Rigel era un po' matto e bizzarro e attaccava la gente così, senza ragione.

Ma no, non lo convinceva. Doveva essercene una migliore, che lui ancora non conosceva. Quella teoria non spiegava perché Rigel avesse attaccato proprio lei e perché lei lo volesse difendere. Di solito quando una persona ne odia un'altra, il sentimento è reciproco.

« Come viene considerato Rigel a Rochester? ».

« In che senso? ».

« È simpatico, stimato? ».

« Sì, è simpatico a tutti ».

« Nonostante sia lunatico e attacchi chi non gli ha fatto niente? ».

Lila si accigliò.

« Diresti che è una persona molto "morale?" » continuò Fedro.

« No, non particolarmente » rispose Lila. « Come tutti ». Adesso era davvero seccata. « Perché mi fai tutte queste domande? Perché non lo chiedi a lui? Non è un tuo amico? ».

Fedro spiegò: « Stamattina era tutto moralità offesa e sacri valori calpestati, e pensavo che, conoscendolo, tu potessi spiegarmi il perché ».

« Richard? ».

« A quanto pareva, disapprovava che io abbia dormito con te stanotte ».

« Quand'è che vi siete parlati? ».

« Stamattina. Prima di partire ».

« Quello che faccio non è affar suo » disse Lila.

« Allora perché tante storie? ».

« Te l'ho detto: è fatto così. È lunatico. E poi gli piace dirigere la vita degli altri ».

« Però dicevi che non è un tipo particolarmente morigerato. Perché scagliarsi proprio sull'aspetto morale? ».

« Non lo so. Lo ha preso da sua madre. Come tutto. Sono cose che dice, a volte. Ma non le pensa davvero. Dipende dall'umore ».

« E allora perché... ».

Gli occhi azzurri ebbero un lampo di rabbia. « Perché ti interessa tanto? » disse Lila. « Come se volessi raccogliere prove contro di lui. Non mi piacciono le tue domande. Smettila. Credevo che tu fossi suo amico ».

Strinse le mascelle, i muscoli delle guance erano tutti contratti. Gli voltò le spalle e si mise a fissare oltre il parapetto l'acqua che scorreva.

Lungo la riva passò un treno, diretto ad Albany, probabilmente. Un improvviso fragore, poi scomparve verso nord. Fedro non si era neppure accorto che ci fossero le rotaie.

Chissà quante altre cose non aveva notato. Quei luoghi erano pieni di segreti, aveva detto Rigel. Di cose proibite. Siamo arrivati alla Costa Atlantica: tutta un'altra cultura.

Un po' arretrata rispetto alla riva, sorgeva un'altra villa, simile a quella di prima. Era di pietra grigia, così tetra e opprimente da sembrare lo scenario di qualche grande dramma storico. Il feudo di un altro di quei baroni dell'Est, pensò Fedro. O dei suoi discendenti... o magari dei suoi creditori.

La osservò con attenzione. Sovrastava un enorme prato all'inglese. Ogni cosa al suo posto, le foglie spazzate, l'erba perfettamente rasata. Perfino gli alberi erano alla distanza giusta e potati secondo le regole. Come se un obbediente giardiniere avesse passato tutta la vita a curare quel posto.

Lila si alzò: voleva lavarsi. Si vedeva che era arrabbiata, ma Fedro non sapeva bene come rimediare. Le spiegò come pompare l'acqua e Lila afferrò il pacchetto vuoto di biscotti e la propria tazza e si infilò nel boccaporto.

A metà scala si voltò e disse: « Passami la tua tazza, che te la lavo ». La faccia era sempre senza espressione. Fedro le allungò la tazza e lei scomparve.

Ormai l'avevano superata, ma Fedro continuava a voltarsi a guardare la villa, che spuntava da dietro gli alberi. Enorme, grigia, desolata, ispirava un senso di timore. Certo che quelli sapevano come dominarti spiritualmente.

Prese il binocolo per osservare meglio. Sotto una delle macchie di querce sulla riva c'erano alcune sedie dipinte di bianco, intorno a un tavolo pure bianco. Dalle volute dovevano essere di ghisa. Esprimevano, in un certo senso, lo spirito del luogo. Rigido, freddo, poco confortevole. Lo spirito vittoriano.

Che era poi un atteggiamento verso la vita in generale. La chiamavano « Qualità ». Qualità europea: classista e formalistica.

Come la predica di Rigel quella mattina. La struttura sociale che aveva ispirato quella predica sulla morale era la stessa che aveva prodotto quelle ville. Non era semplicemente la mentalità dell'Est, era la mentalità vittoriana. Fedro non aveva riflettuto molto su quel particolare aspetto, ma le ville, i prati ben tenuti, gli arredi da giardino di ghisa stampata, pieni di riccioli e volute, ne erano la chiara dimostrazione.

Ricordava una sua insegnante all'università, Alice Tyler, con i suoi capelli bianchi, che, nell'introdurre il corso sull'epoca vittoriana, aveva detto: « È un periodo della storia americana che detesto insegnare ». Perché? « Perché è così deprimente ».

In America, aveva spiegato, i vittoriani erano *nouveaux riches* che si trovavano a gestire la loro improvvisa ricchezza e importanza senza avere alcun punto di riferimento. Ciò che era deprimente era la loro totale mancanza di grazia, la mancanza di grazia di chi si è ormai lasciato alle spalle i suoi vecchi codici di autoregolazione.

Per esempio, non sapevano che rapporto tenere con il denaro. Il problema era sorto in parte con la rivoluzione industriale all'indomani della guerra civile. Grandi fortune nate con l'acciaio, con il legname, con le macchine, l'allevamento del bestiame, le ferrovie, le proprietà terriere. Fortune che il progresso creava dal nulla un po' dappertutto. Dall'Europa arrivavano ondate di manodopera a basso costo. Non vi era un sistema fiscale o codici sociali che garantissero una vera redistribuzione della ricchezza.

E loro, alle ricchezze guadagnate con tanta fatica, non erano certo disposti a rinunciare. Di qui l'involuzione.

« Involuzione »: bella parola. Qualcosa di attorcigliato, di avvolto su se stesso, come le curve e i riccioli delle loro boiseries e i motivi arabescati delle loro stoffe. Uomini con la barba e signore dai lunghi abiti involuti. Fedro li vedeva passeggiare tra gli alberi. Rigidi, tetri. In posa.

Ricordava la gentilezza di certe persone anziane con lui bambino. Una gentilezza che lo irritava, tutta volta a « educarlo ». Attenzioni dalle quali lui avrebbe dovuto trarre un insegnamento. I vittoriani si prendevano molto sul serio e più di tutto prendevano sul serio il loro codice morale, la « virtù », come amavano chiamarla. I vittoriani della buona borghesia non avevano dubbi su che cosa fosse la qualità e non mancavano mai di spiegarlo con molta precisione ad uso di quelli meno fortunati di loro per nascita e per educazione.

Ebbe la visione di una fila di gentiluomini vittoriani ritti alle spalle di Rigel quella mattina, che annuivano solennemente a ogni sua parola. Né avrebbero potuto fare altrimenti. La superiorità ostentata da Rigel coincideva esattamente con la posa che avrebbero assunto loro.

Per imitarla, questa posa, basta far finta di essere il re di un paese europeo, preferibilmente l'Inghilterra o la Germania. I vostri sudditi sono devoti e si aspettano molto da voi e voi dovete essere all'altezza della vostra posizione. Non è ammissibile mostrare pubblicamente i sentimenti intimi, personali. Il vostro scopo, lo scopo di una vita vittoriana, è imitare e mantenere quella posa.

I tormentati figli dei vittoriani definirono « puritana » la moralità dei loro padri, ma è una vera e propria calunnia nei confronti dei puritani, i quali, non furono mai volgari, disonesti, tronfi come tacchini. Il codice morale puritano era semplice e disadorno come le loro case e i loro abiti. E possedeva una sua bellezza, perché, almeno all'inizio, era sincero.

La morale vittoriana traeva ispirazione dall'Europa, non dagli antenati puritani. I vittoriani erano convinti di attenersi ai più elevati princìpi morali inglesi, ma quella che esisteva allora in Inghilterra era una moralità che Shakespeare non avrebbe riconosciuto. Al pari della regina Vittoria, era di ascendenza tedesca, nasceva dalla tradizione del romanticismo tedesco.

Una posa piena di autocompiacimento: ecco che cos'era, al fondo, lo stile vittoriano. E le ville dello Hudson, con le loro torrette e gli arredi da giardino di ghisa stampata e l'ornamentazione pretenziosa. A quella posa riuscivano a piegare anche il corpo, con busti e sellini, e tutta la loro vita sociale e psichica, con impossibili prescrizioni di galateo a tavola e in salotto e con la repressione sessuale. La ritroviamo alla perfezione nei quadri dell'epoca: signore dall'incarnato di panna, senza espressione, senza spirito, sedute intorno a una colonna classica, drappeggiate in pepli grecizzanti, perfettamente immobili e composte, a parte un seno in mostra, che del resto nessuno notava, tanto puro e senza vita era l'insieme.

E la chiamavano « qualità ».

Per loro la posa era qualità. Era qualità il corsetto delle convenienze sociali e le sedie di ghisa stampata in giardino. Una « qualità » fatta di buone maniere e di egoismo e di repressione dei moti spontanei dell'animo. Nel comportamento « morale » dei vittoriani di bontà d'animo non c'era neanche l'ombra.

L'epoca si concluse quando, dopo avere definito una volta per tutte la « Verità » e la « Virtù » e la « Qualità », i vittoriani e i loro successori edoardiani, in nome di questi ideali, mandarono un'intera generazione di ragazzi nelle trincee della prima guerra mondiale. A farsi ammazzare. Per niente. Quella guerra fu la naturale conseguenza del loro egoismo morale. Quando fu terminata i figli sopravvissuti non la finivano più di ridere dei vecchi signori in tuba e finanziera e panciotto e colletto alto e con il naso in aria che si muovevano a scatti nelle comiche di Charlie Chaplin. I giovani degli anni Venti leggevano Hemingway, Dos Passos e Fitzgerald, bevevano gin clandestino, ballavano il tango fino alle ore piccole, scorrazzavano su rombanti due posti, praticavano il libero amore, si autodefinivano « generazione perduta » e di moralità vittoriana non volevano più neanche sentirne parlare.

La ghisa stampata. Se la colpisci con una mazza non si piega: si spacca in pezzi spigolosi, sgraziati. Le riforme sociali e di pensiero del nostro secolo hanno mandato in pezzi i vittoriani. Ma i frammenti sgraziati del loro stile di vita rigido e involuto rispuntano fuori dove meno te l'aspetti, come nelle ville dello Hudson e nei discorsi di Rigel quella mattina.

La loro tronfia moralità, lungi dal migliorare le sorti del genere umano, si è lasciata dietro un vuoto morale, nel quale viviamo tuttora. Anche Rigel. Quando Rigel parte in quarta sulla morale al tavolo della prima colazione, non fa che riempirsi la bocca di parole vuote. Neanche sa di che cosa parla. Sta solo imitando i vittoriani, perché gli pare che suoni bene.

Fedro aveva detto a Rigel di non saper rispondere alla sua domanda sulla Qualità perché era troppo difficile, ma questo non significava che fosse impossibile. Si poteva rispondere, ma non direttamente. Le risposte convincenti e categoriche possono solo venire dalla cultura, e la nostra cultura non ha risposte istantanee alla domanda di Rigel. Per trovarle bisognerebbe risalire ai significati di fondo della moralità, ma nella nostra cultura non ce n'è più traccia. Trovi soltanto significati sociali e religiosi tradizionali. Tradizioni e basta, senza un pensiero che le sorregga.

Perciò Fedro provava questo senso di stanchezza e di scoraggiamento. Dover ripercorrere tutta la strada fino alle origini...

Sì, perché la Qualità *è* moralità. Sono la stessa, identica cosa. E se la Qualità è la realtà prima, allora anche la moralità lo è. Il mondo è essenzialmente un ordine morale. Ma lo è in un senso che Rigel e i vittoriani non potevano neanche lontanamente immaginare o capire.

8

L'idea che il mondo sia fatto di valore morale sulle prime sembra inaccettabile. Noi siamo abituati a pensare che gli oggetti siano reali e che « qualità » sia una parola un po' vaga, che serve a esprimere il nostro giudizio su di essi. L'idea poi che la Qualità possa creare gli oggetti sembra una follia. Ma quello che ci fa vedere soggetti e oggetti come realtà è lo stesso meccanismo conoscitivo che ci fa vedere il mondo diritto benché il cristallino ne presenti al cervello un'immagine rovesciata. Siamo così abituati a certi schemi interpretativi, che ci dimentichiamo che esistono.

Fedro aveva letto di un interessante esperimento fatto con occhiali speciali che davano una visione capovolta degli oggetti. Ben presto il cervello si adattava e i soggetti ricominciavano a vedere il mondo « normalmente ». Quando, dopo alcune settimane, gli venivano tolti gli occhiali, vedevano tutto capovolto e ci voleva del tempo per reimparare a vedere nel modo che a noi sembra naturale.

Con la realtà dei soggetti e degli oggetti succede lo stesso. Per interpretare l'esperienza, la nostra cultura ci consegna un paio di occhiali mentali nelle cui lenti è incorporato il concetto di primato dei soggetti e degli oggetti. Se uno si mette occhiali un po' diversi, o se, Dio l'aiuti, rinuncia a usare gli occhiali, la tendenza naturale di quelli che continuano a portarli è di considerare le sue affermazioni quanto meno stravaganti, se non addirittura folli.

Ma quella persona non è matta. Se uno si abitua, l'idea che sono i valori a creare gli oggetti non sembra più così stravagante. La fisica moderna, invece, più l'approfondisci, più appare stravagante e si può prevedere che in futuro lo sarà sempre di più. Ma nell'uno e nell'altro caso la stravaganza non ha nulla a che fare con la verità o la non verità. Come disse Einstein, il senso comune (cioè la non stravaganza) è solo un insieme di pregiudizi acquisiti prima dei diciotto anni. Criteri di verità sono la coerenza logica, la concordanza con l'esperienza e l'economia della spiegazione. E la Metafisica della Qualità li soddisfa tutti.

La Metafisica della Qualità concorda con l'empirismo, in quanto sostiene che ogni conoscenza umana legittima deriva dai sensi o dalla riflessione sui dati dei sensi. Di norma gli empiristi negano validità a qualunque conoscenza acquisita attraverso l'immaginazione o basata sul principio di autorità o sulla tradizione oppure derivata da un ragionamento puramente astratto, e considerano perciò non suscettibili di verificazione le sfere dell'arte, dell'etica, della religione e della metafisica. Su questo punto la Metafisica della Qualità si discosta dall'empirismo, perché afferma la verificabilità dei valori dell'arte, dell'etica e persino del misticismo, sostenendo che la loro interdizione è avvenuta per ragioni metafisiche e non già empiriche. È avvenuta, cioè, a causa dell'assunto, di ordine metafisico, che l'universo consiste di soggetti e oggetti e che tutto ciò che non può essere classificato come soggetto o come oggetto non è reale. Ma non esiste alcuna prova empirica a sostegno di questa affermazione. Essa è una semplice supposizione.

Una supposizione, oltretutto, che fa violenza all'esperienza comune. Il basso valore ricavabile dal fatto di sedere su una stufa che scotta è chiaramente un'esperienza, anche se non è un oggetto e anche se non è soggettivo. Esso è primario, mentre i pensieri del soggetto, comprendenti costrutti come stufa, calore, dolore, sono secondari. Il valore è la realtà che fa venire quei pensieri alla mente.

Un principio della fisica dice che, se una cosa è indistinguibile da un'altra, essa non esiste. La Metafisica della Qualità ne aggiunge un secondo: se una cosa non possiede valore, essa è indistinguibile dalle altre. Di conseguenza, *una cosa che non possiede valore non esiste*. Non è la cosa a creare il valore, ma il valore a creare la cosa. Una volta capito che il valore è la punta di diamante dell'esperienza, dov'è il problema per l'empirismo? È solo un modo di riformulare l'idea che l'esperienza è l'origine di tutta la realtà. Il problema si pone soltanto per quella metafisica soggetto-oggetto che si fa passare per empirismo.

Detto questo, non è che la Metafisica della Qualità si proponga di distruggere in toto il pensiero per soggetti e oggetti. A differenza della metafisica soggetto-oggetto, la Metafisica della Qualità non sostiene l'esistenza di una verità unica ed esclusiva. Se soggetti e oggetti sono la realtà, allora è possibile una sola rappresentazione della realtà ultima, quella che corrisponde al mondo « oggettivo »; tutte le altre sono irreali. Se invece la realtà ultima è la Qualità, ovvero l'eccellenza, allora possono coesistere più verità. Non si cerca più la « Verità » assoluta. Si cerca invece la spiegazione intellettuale che possiede la qualità più elevata, con la consapevolezza, se il passato può insegnare qualcosa, che tale spiegazione va considerata provvisoria e tenuta per buona soltanto finché non se ne trovi una migliore. Possiamo quindi porci di fronte alle realtà intellettuali con lo stesso atteggiamento che assumiamo davanti ai quadri di una galleria d'arte: non con l'intento di scoprire quale sia quello « vero », ma per il piacere che i quadri ci danno e per conservare quelli che possiedono maggior valore. Esistono molti sistemi di realtà intellettuali e alcuni li percepiamo come più dotati di qualità di altri, ma tale percezione è il risultato della nostra storia personale e dei nostri modelli di valore in quel momento.

Ovvero, per usare un'altra analogia, dire che una Metafisica della Qualità è falsa e una metafisica soggetto-oggetto è vera sarebbe come dire che le coordinate ortogonali sono vere e quelle polari sono false. Una carta geografica con il polo Nord al centro sulle prime lascia perplessi, ma quanto a correttezza è pari a una qualunque carta di Mercatore; per la regione artica, poi, è la sola che serva. Tutte e due sono schemi intellettuali per interpretare la realtà e al massimo si può dire che in certi casi le coordinate ortogonali forniscono un'interpretazione migliore, più semplice.

La Metafisica della Qualità fornisce un sistema di coordinate per l'interpretazione della realtà migliore di quello della metafisica soggetto-oggetto, perché include più cose. Essa spiega di più e meglio il mondo. Per esempio, spiega benissimo i rapporti tra soggetti e oggetti, mentre una metafisica soggetto-oggetto, come aveva constatato Fedro nel caso dell'antropologia, non spiega un bel nulla dei valori. Quando ci si prova, sa produrre solo psicofarfuglii assai poco credibili.

C'è poi l'annosa questione della localizzazione cerebrale: i valori emanerebbero da un punto posto nei centri « inferiori » del cervello. L'ubicazione di tale punto è peraltro sconosciuta, come sconosciuto è il meccanismo fisiologico che ci fa possedere questi valori. Nessuno è mai riuscito ad accrescere il patrimonio di valori di un individuo inserendone di nuovi in quella presunta sede, né si è mai potuta rilevare alcuna modificazione dell'area in questione a seguito di un cambiamento di valori nel soggetto. Non esistono prove che, anestetizzando o asportando chirurgicamente quella parte del cervello, il soggetto si liberi dei suoi valori e possa diventare, per esempio, un bravo scienziato perché in grado di prendere decisioni scevre di « giudizi di valore ». Eppure ci viene detto che, se i valori esistono, devono aver sede nel cervello. Dove altro, se no?

Chi conosce un po' la storia della scienza sentirà subito profumo di flogisto e avvertirà il tepore dell'etere cosmico, due sostanze esse pure « scoperte » deduttivamente dalla scienza, che però non si sono mai lasciate vedere né al microscopio né altrove. Quando una sostanza la cui esistenza è stata postulata con un ragionamento deduttivo si ostina a non dare segno di vita, vuol dire che si era partiti da false premesse; che la teoria generale da cui sono state tratte quelle deduzioni è sbagliata nei suoi presupposti. È questo il vero motivo per cui gli empiristi hanno sempre evitato di occuparsi dei valori: non perché i valori non siano oggetto di esperienza, ma perché, di fronte alla prospettiva assurda di trovare loro una ubicazione cerebrale, ti cascano le braccia e ti convinci che in qualche punto del tuo ragionamento hai smarrito completamente la strada, e allora è logico che ti venga voglia di piantare tutto per dedicarti a qualcosa di più promettente.

Descrivere i valori ricorrendo alla categoria di sostanza è come pretendere di far stare il grande nel piccolo. Il valore non è una sottospecie della sostanza. È la sostanza che è una sottospecie del valore. A invertire il processo, definendo la sostanza in base alla categoria di valore, l'enigma è bell'e risolto: la sostanza è « una configurazione stabile di valori inorganici ». Fine del problema. Il mondo degli oggetti e il mondo dei valori sono unificati.

Questa incapacità della metafisica convenzionale di spiegare i valori è un esempio di ciò che Fedro chiamava il « fenomeno ornitorinco ». I primi zoologi classificavano come mammiferi gli animali che allattano i loro piccoli e come uccelli e rettili quelli che depongono uova. Poi, alla fine del Settecento, fu scoperto in Australia l'ornitorinco, un animale che ha un becco d'anatra, che depone le uova come un bravo rettile e che, quando le uova si dischiudono, allatta i piccoli come un bravo mammifero.

La scoperta fece scalpore. Che enigma! Che mistero! Era un prodigio della natura, un mostro! I primi esemplari imbalsamati inviati in Inghilterra furono addirittura creduti dei falsi fabbricati incollando insieme pezzi di animali diversi. Ancora oggi, sulle riviste di scienze naturali, capita a volte di leggere articoli che esordiscono con un interrogativo stupefatto: « Come può esistere in natura un simile paradosso? ».

Risposta: infatti non esiste. L'ornitorinco non fa niente di paradossale. Essere un ornitorinco per lui non è un problema. Prima che arrivassero gli zoologi a metterlo fuori legge, deponeva tranquillamente le sue uova e allattava i suoi piccoli come aveva sempre fatto da milioni di anni. Il vero enigma è come sia possibile che persone mature, oggettive e scientificamente preparate incolpino di una loro cantonata una povera bestiola innocente.

Per nascondere il loro imbarazzo, gli zoologi inventarono un nuovo ordine, i Monotremi, che comprende l'ornitorinco e l'echidna, punto e basta. Come a dire, una nazione composta di due cittadini.

In una classificazione del mondo per soggetti e oggetti, la Qualità si trova nella stessa situazione dell'ornitorinco. Non potendola fare rientrare in nessuna delle due classi, gli addetti ai lavori l'hanno dichiarata problematica. E non è la sola. La metafisica soggetto-oggetto è perseguitata da orde di giganteschi e invadenti ornitorinchi, dei veri mostri. Il conflitto tra libero arbitrio e determinismo, il rapporto tra spirito e materia, la discontinuità della materia a livello subatomico, l'apparente a-finalità dell'universo e della vita che vi si è sviluppata sono altrettanti ornitorinchi creati dalla metafisica soggetto-oggetto. Si potrebbe quasi definire la filosofia occidentale, là dove si incentra sulla metafisica soggetto-oggetto, una « anatomia dell'ornitorinco ». Ma queste creature, che parrebbero un elemento fisso del paesaggio filosofico, scompaiono come per magia non appena si applica una corretta Metafisica della Qualità.

Il mondo ci viene incontro in un flusso continuo di frammenti che ci piacerebbe pensare si incastrino perfettamente tra loro, ma che di fatto non combaciano mai. Restano sempre pezzi sfusi, come l'ornitorinco, e allora noi possiamo a) ignorarli, b) trovare loro qualche spiegazione a capocchia, oppure c) disfare il nostro puzzle e provare a rimetterlo insieme in un altro modo, capace di includere un maggior numero di pezzi. Ora, se noi smontiamo tutta la costruzione sgangherata che spiega l'universo dividendolo in soggetti e oggetti e la ricostruiamo secondo una metafisica che pone al centro i valori, ecco che una quantità di pezzi reietti si sistemano al loro posto.

Oltre all'ornitorinco « valore », la Metafisica della Qualità riesce a sistemare un altro e non meno importante ornitorinco: quello della « realtà scientifica », un vero e proprio mostro di proporzioni gigantesche che da tempo tormenta un mucchio di gente. Fu individuato un secolo fa dal matematico e astronomo Henri Poincaré, il quale si domandò: « Come mai la realtà più accettabile per la scienza è sempre una realtà che un bambino non potrebbe capire? ».

Ma è davvero inevitabile che la realtà sia qualcosa di comprensibile soltanto a un piccolo drappello di fisici di genio? Ci si aspetterebbe che venisse compresa, se non da tutti, almeno da una buona maggioranza di persone normali. Non è proprio possibile esprimerla altro che con simboli accessibili solo a chi ha una laurea in matematica? Deve proprio essere una cosa che cambia da un anno all'altro, man mano che vengono formulate nuove teorie scientifiche? E sulla quale possono sorgere dispute interminabili tra scuole di fisica di diverso orientamento, senza mai giungere a una soluzione definitiva, in un senso o nell'altro? Se la risposta è sì, è giustizia rinchiudere d'autorità una persona in manicomio perché « non dimostra un'adeguata comprensione della realtà »? Perché allora non essere rinchiusi in manicomio tutti quanti, meno quello sparuto drappello di fisici? Chi sono i matti, qui, e chi i sani di mente?

In una Metafisica della Qualità, incentrata sui valori, l'ornitorinco della « realtà scientifica » scompare. La realtà, che è valore, viene compresa da tutti, anche dai neonati. Essa è il punto di inizio di ogni esperienza, nel quale tutti, in ogni istante, ci imbattiamo. La scienza, allora, è un insieme di schemi intellettuali statici, capaci di descrivere la realtà, ma che *non sono* la realtà.

Un terzo, gigantesco ornitorinco, di cui la Metafisica della Qualità riesce ad avere ragione, è quello della « causalità ». Da secoli si va dicendo che, dal punto di vista empirico, la causalità non esiste: non si vede, non si tocca, non si sente. Non è data nell'esperienza. Quello della causalità è un intoppo non da poco, una continua spina nel fianco per la filosofia e per la scienza. Per fabbricare tutta la carta usata per disquisire su questo solo problema metafisico si saranno dovute abbattere intere foreste.

Nella Metafisica della Qualità, « causalità » è un termine metafisico che si può sostituire con « valore ». Dire che « A è la *causa* di B » e dire che « B attribuisce *valore* alla condizione preliminare A » è la stessa cosa. Anziché: « La calamita è la causa del movimento verso di essa della limatura di ferro », si può benissimo dire: « La limatura di ferro attribuisce valore al movimento verso la calamita ». Da un punto di vista scientifico entrambi gli asserti sono ugualmente veri. Se il secondo suona un po' strano, è per una questione di abitudini linguistiche, non di scientificità. Cambia il linguaggio usato per descrivere i dati, ma i dati in sé sono immutati. Lo stesso vale per qualsiasi altra osservazione scientifica. È sempre possibile sostituire la formulazione « B attribuisce valore alla condizione preliminare A » alla formulazione « A è la causa di B » senza minimamente modificare i dati della scienza. Si può tranquillamente rimuovere il termine « causa » dalla descrizione scientifica dell'universo, senza alcuna perdita di accuratezza e di completezza.

L'unica differenza sta nel fatto che la parola « causa » implica certezza assoluta, mentre la parola « valore » rimanda a una preferenza. Nella scienza classica si pensava che il mondo fosse governato da leggi fisse e immutabili e che la parola « causa » fosse la più adatta a renderne l'assoluta certezza. Ma nella moderna fisica quantistica non è più così. Le particelle « preferiscono » comportarsi come si comportano. Non sono vincolate in maniera certa ed esclusiva a un unico prevedibile comportamento. Quella che ci sembra la causa in senso assoluto è solo uno schema molto costante di scelte comportamentali. Pertanto, se si cancella dal linguaggio scientifico la parola « causa », sostituendola con la parola « valore », non solo si elimina un termine privo di significato empirico, ma se ne usa uno più aderente all'osservazione dei fatti.

Un altro ornitorinco eliminato è la « sostanza ». Come quello di causa, il concetto di sostanza è derivato e non esperito direttamente. Nessuno ha mai visto né mai vedrà la sostanza. Quelli che si vedono sono i dati. Se i dati dell'esperienza si compongono in schemi coerenti, dice l'assunto, è perché essi ineriscono a questa « sostanza ». Ma come già osservò Locke tre secoli fa, se ci domandiamo che cosa sia la sostanza a prescindere da ogni proprietà, il nostro pensiero si trova davanti al nulla assoluto. E i dati della fisica quantistica indicano che le cosiddette « particelle subatomiche » si sottraggono alla definizione di sostanza. Le proprietà compaiono, scompaiono, ricompaiono, scompaiono di nuovo in pacchetti chiamati « quanti ». Questi pacchetti sono discontinui nel tempo, laddove la definizione di « sostanza » dà come caratteristica fondamentale appunto la continuità temporale. Dal momento che i pacchetti di quanti non sono sostanza e dal momento che, secondo un assunto corrente, l'universo è composto di tali particelle subatomiche, ne consegue che la sostanza non esiste e non è mai esistita. L'idea di sostanza è una grande illusione metafisica. Nel suo libro, Fedro si era scagliato contro l'illusionista, Aristotele, che quella parola aveva inventato, dando inizio a tutto l'inghippo.

Tuttavia dobbiamo chiederci: se la sostanza non esiste, come mai non siamo in preda al caos? Perché le nostre esperienze *si comportano* come se inerissero a qualcosa? Quando prendiamo in mano un bicchiere d'acqua, com'è che le sue proprietà non schizzano via in tutte le direzioni? Se non è la sostanza, che cosa mantiene costanti tali proprietà? Che sono poi le domande dalle quali era nato il concetto di sostanza.

La risposta della Metafisica della Qualità è analoga a quella fornita per l'ornitorinco della « causalità »: cancelliamo la parola « sostanza » e sostituiamola con « configurazione stabile di valori inorganici ». Anche in questo caso la differenza è linguistica. In laboratorio, usare un termine piuttosto che un altro non cambia niente: i numerini sui quadranti restano gli stessi, i dati osservati non cambiano.

Il vantaggio maggiore che si ottiene sostituendo a termini come « causa » e « sostanza » la parola « valore » è la possibilità di compiere l'integrazione tra le scienze fisiche e altre zone dell'esperienza tradizionalmente considerate estranee all'ambito del pensiero scientifico. Naturalmente Fedro si rendeva conto che il « valore » che dirige le particelle subatomiche non è identico al valore che un essere umano attribuisce a un dipinto. Però sono cugini, legati da un rapporto che può essere definito con estrema precisione. Una volta completata tale definizione, ecco che avviene una grandiosa integrazione tra le discipline umanistiche e quelle scientifiche e gli ornitorinchi cominciano a cadere a centinaia. A migliaia.

Tra i primi, constatò Fedro con grande soddisfazione, c'era quello che aveva dato il via a tutta la faccenda: la « teoria antropologica ». Se la scienza è lo studio delle sostanze e delle loro relazioni reciproche, il campo dell'antropologia culturale è un assurdo scientifico. Se usiamo la categoria di sostanza, la cultura non esiste. La cultura non ha massa, non ha energia. Non esiste strumento di laboratorio che permetta di distinguere una cultura da una non-cultura.

Ma se la scienza è lo studio delle configurazioni stabili di valori, allora l'antropologia diventa un campo scientifico per eccellenza. Una cultura può essere definita come una rete di modelli di valore sociali. E come aveva detto Kluckhohn a proposito del suo *Values Project*, i modelli di valore costituiscono l'oggetto di studio privilegiato dell'antropologia.

Il madornale errore di Kluckhohn era stato quello di cercare di definire i valori. Kluckhohn partiva dal presupposto che in una visione del mondo per soggetti e oggetti tale definizione fosse possibile. La sua sconfitta non fu dovuta alla scarsa accuratezza delle sue osservazioni, bensì al non aver saputo liberare quelle osservazioni dagli assunti metafisici di tipo sostanzialistico propri dell'antropologia. Una volta attuata questa liberazione, l'antropologia, non più prigioniera delle sabbie mobili della metafisica, può finalmente poggiare su un terreno solido.

Ogni volta che provava ad applicare una mappa dell'universo incentrata sulla Qualità, Fedro aveva la riconferma che essa riesce a spiegare con straordinaria chiarezza cose che erano sempre rimaste avvolte nella nebbia. Se nel campo dell'arte, che del valore si occupa esplicitamente, questo era in fondo prevedibile, in altri campi, che si supponeva avessero ben poco a che fare con il valore, l'effetto era sorprendente. La matematica, la fisica, la biologia, la storia, la giurisprudenza: anch'esse poggiavano su fondamenti di valore, e la loro messa in discussione portava a scoperte sorprendenti.

Una volta arrestato il ladro, molti casi insoluti diventano lampanti.

9

In qualunque classificazione gerarchica, in metafisica, la suddivisione più importante è la prima, perché da essa discendono tutte le altre. Se lascia a desiderare, non si potrà mai costruirci intorno un sistema classificatorio che funzioni.

Nell'altro libro, Fedro aveva cercato di salvare la Qualità dalla metafisica rifiutandosi di definirla, tenendola fuori dalla scacchiera dialettica. Tutto ciò che non è definito esula dalla metafisica, perché la metafisica può solo funzionare con termini che siano stati definiti. Senza definizioni non può esserci discussione. Fedro aveva dimostrato che, anche se la Qualità non si può definire, sulla sua esistenza deve necessariamente esserci consenso, dal momento che un universo privato di valore diventa irriconoscibile.

Si rendeva conto, tuttavia, che prima o poi avrebbe dovuto smetterla di fare le pulci alla metafisica soggetto-oggetto e provarsi a dire qualcosa di positivo. Prima o poi avrebbe dovuto trovare un modo di suddividere la Qualità che fosse migliore del dualismo di soggetti e oggetti. O quello, o lasciar perdere la metafisica. Va benissimo criticare una metafisica difettosa, ma non si può semplicemente contrapporle una metafisica fatta di una sola parola.

Già con l'uso del termine « Qualità » Fedro aveva violato il nulla della realtà mistica. L'introduzione della parola Qualità propone una montagna di interrogativi che esulano dalla realtà mistica, lasciandoli, oltretutto, senza risposta. Perfino il nome, Qualità, era una specie di definizione, perché tendeva ad associare la realtà mistica con certe interpretazioni fisse e limitate. Insomma, si era già cacciato nei pasticci. La realtà mistica dell'universo era davvero più immanente nei tagli di carne più costosi esposti nelle macellerie? Tagli di Qualità, diceva il cartellino. O forse il macellaio usava la parola in modo improprio? A domande del genere Fedro non sapeva rispondere.

... Lo stesso problema di quella mattina con Rigel. Fedro non aveva saputo rispondere. Se hai la pretesa di parlare della Qualità, devi saper rispondere alle domande dei vari Rigel. Devi avere pronta una Metafisica della Qualità da sbattergli sotto il naso, come un catechismo. Non avendo in mano un Catechismo della Qualità, Fedro non aveva potuto parare il colpo.

Veramente, il problema non era la desiderabilità o meno di una Metafisica della Qualità. Quella esisteva di già. La metafisica soggetto-oggetto di fatto è una metafisica in cui la prima suddivisione della Qualità, la prima fetta dell'esperienza indivisa, è quella in soggetti e oggetti. Dato quel primo taglio, tutta l'esperienza umana dovrebbe poter rientrare nell'una o nell'altra casella. Il guaio è che questo non succede. L'intuizione di Fedro era stata che, al di sopra di quelle due caselle, c'è un'altra casella metafisica, la Qualità. E a questo punto gli erano venuti in mente tantissimi modi di suddividerla. Quello in soggetti e oggetti era solo uno dei tanti.

Il problema era di stabilire quale fosse il modo migliore.

Nel corso dei secoli si era assistito a una proliferazione dei modi di suddividere la realtà, sicché la metafisica aveva finito per assomigliare a un manuale di scacchistica, in cui sono descritte le varie aperture con le relative contromosse. Se dici che il mondo è « uno », ti possono chiedere: « Allora perché sembra molteplice? » e se rispondi che tale impressione è dovuta a un difetto di percezione, ti possono obiettare: « Come fai a sapere quale percezione è difettosa e quale è giusta? ». La tua risposta a questa domanda sollecita un'altra domanda, che richiede un'altra risposta, e via di seguito.

Cercare di costruire una metafisica perfetta è come cercare di mettere a punto una strategia scacchistica perfetta, che ti faccia sempre vincere. È un'impresa umanamente impossibile. Qualunque posizione tu assuma riguardo a un problema metafisico, ci sarà sempre qualcuno a opporti una domanda che ti costringerà ad assumere una posizione che solleciterà altre domande, e la partita non avrà mai fine. O meglio, la partita dovrebbe finire quando si conviene di comune accordo che una determinata linea di ragionamento è illogica: l'equivalente dello scacco matto. Ma in metafisica lo scontro può andare avanti per secoli, senza che nessun giocatore ammetta mai la sconfitta.

Fedro aveva dedicato un sacco di tempo a sviluppare aperture che poi si erano dimostrate pessime. Come il tentativo, nel suo libro, di tracciare una prima suddivisione tra aspetti *classici* e aspetti *romantici* dell'universo. Allora il suo scopo era stato di dimostrare come la Qualità potesse unificare i due campi. Ma il fatto che la Qualità rappresentasse il modo migliore per unificarli non garantiva che fosse vero l'inverso, e cioè che la dicotomia classico-romantico fosse il modo migliore di suddividere la Qualità. E infatti non lo era. Per esempio, il misticismo degli indiani d'America rimaneva un ornitorinco tale e quale sia in un mondo diviso in schemi classici e schemi romantici sia in un mondo diviso in soggetti e oggetti. Quando un pellerossa si ritira in isolamento e si mette a digiunare per raggiungere una visione, ciò cui aspira non è l'intuizione romantica della bellezza che riveste il mondo, e non è neppure la visione della sua forma intellettuale classica. È altro. Dal momento che l'idea di costruire una metafisica gli era venuta appunto per riuscire a spiegare il misticismo degli indiani, Fedro aveva finito per abbandonare le categorie di classico e romantico come prima suddivisione della Qualità. La suddivisione su cui alla fine si era fermato non l'aveva propriamente scelta. Era stata quell'idea, semmai, a scegliere lui. Stava leggendo *Modelli di cultura* di Ruth Benedict, senza alcun intento conoscitivo, quando un passo abbastanza marginale aveva attirato la sua attenzione. Aveva continuato a pensarci per settimane, senza riuscire a toglierselo dalla testa.

Si trattava della storia di un conflitto di ordine morale che aveva per protagonista un indiano pueblo vissuto nell'Ottocento a Zuñi, nel Nuovo Messico. Come in un *koan* Zen (e *koan* significava in origine « caso esemplare »), non c'era una risposta giusta, c'erano invece diversi significati possibili che costrinsero Fedro a penetrare sempre più addentro nel problema etico di cui si parlava.

Scrive dunque Ruth Benedict: « Gli etologi in genere ... hanno potuto notare che molte persone disprezzate e messe al bando da una società in un'altra cultura non lo sarebbero. ... Il dilemma di un individuo del genere si risolve di solito al meglio quando egli fa violenza ai suoi più forti impulsi e accetta il ruolo apprezzato dalla sua cultura. Se poi è una persona a cui il riconoscimento sociale è necessario, questa è di norma l'unica via che gli sia aperta ». E qui Ruth Benedict cita il caso di « uno degli individui più eccezionali di Zuñi »:

« In una società che nutre la più profonda avversione per ogni genere di autorità, egli possedeva un innato magnetismo che lo faceva notare in qualsiasi gruppo. In una società che esalta la moderazione e il compromesso, egli era litigioso e all'occasione violento. In una società che stima i tipi bonari e loquaci che parlano con tutti affabilmente, egli era sprezzante e altero. L'unica reazione possibile per gli indiani zuñi di fronte a una personalità come la sua era l'accusa di stregoneria. Fu così che qualcuno disse di averlo visto spiare dalla finestra dentro una casa, indizio sicuro di stregoneria. Accadde che un giorno quest'uomo, ubriaco, si vantò di non poter essere ucciso. Allora fu portato davanti ai sacerdoti del culto dei guerrieri, che lo appesero per i pollici alle travi del soffitto perché confessasse, procedimento normale per gli accusati di stregoneria. Ma l'uomo mandò ad avvisare le truppe governative. Quando queste giunsero, ormai aveva le spalle ingobbite senza rimedio e il rappresentante della legge non poté fare altro che arrestare i sacerdoti, i quali furono condannati e mandati in prigione. Uno di loro era la persona forse più importante e rispettata della storia recente di Zuñi; quando uscì di prigione non volle più riprendere le sue funzioni sacerdotali: disse che il suo potere era stato infranto. Fu una vendetta probabilmente unica nella storia di Zuñi. Si trattava, ovviamente, di una sfida agli ordini sacerdotali, contro i quali lo stregone si era apertamente schierato.

« Ma il corso della sua esistenza, nei quarant'anni che seguirono quella sfida, non fu quale a noi verrebbe fatto di prevedere. A uno stregone non si nega il diritto di appartenere a gruppi di culto solo perché è stato condannato, e proprio in questa attività stava la via del riconoscimento sociale. Egli possedeva una memoria eccezionale e una bella voce. Imparò un'incredibile quantità di racconti mitologici, di riti esoterici, di canti cultuali, e prima della sua morte fu possibile trascrivere sotto sua dettatura centinaia di pagine di storie e poesie rituali, che erano, a suo dire, solo una parte di quelle che lui conosceva. In questo modo egli si rese indispensabile nella vita cerimoniale della comunità e negli ultimi anni della sua vita divenne governatore di Zuñi. Le sue disposizioni innate l'avevano portato a un conflitto inconciliabile con la società, ma egli risolse il dilemma sfruttando un suo talento marginale. Non fu naturalmente un uomo felice. Come governatore di Zuñi e figura di spicco nella vita rituale, era ossessionato dall'idea della morte. In mezzo a quella popolazione mite e tranquilla, era un uomo defraudato di qualcosa.

« È facile immaginare come sarebbe stata invece la sua vita tra gli indiani delle Pianure, dove ogni istituzione favoriva le caratteristiche che in lui erano innate e dove la sua imperiosità, l'irruenza, l'atteggiamento altero gli avrebbero assicurato una posizione di comando nella tribù. L'infelicità che lo accompagnò sempre come sacerdote e governatore di Zuñi non avrebbe avuto ragione d'essere se fosse vissuto tra i Cheyenne e fosse diventato un capo guerriero: essa non dipendeva dalle sue caratteristiche innate, bensì dalle norme della sua cultura, che non offriva via di sfogo alle sue inclinazioni naturali ».

Nel leggere questo brano Fedro provò una sensazione bizzarra, inquietante, come se, passando davanti a uno strano specchio, vi avesse scorto per un attimo il riflesso di qualcuno che mai si sarebbe aspettato di vedere. Era la stessa sensazione che aveva provato la notte del peyote. Quell'indiano zuñi non era uno sconosciuto.

E quello che Ruth Benedict aveva raccontato non era un semplice episodio di vita tribale. Era una vicenda di portata universale. Quell'indiano era Ognuno. Non c'è al mondo individuo che non si trovi in un certo senso in una situazione simile alla sua. Solo che, nel suo caso, le circostanze erano così esotiche e così eccezionali che il fatto assumeva particolare risalto.

La storia era quella di una lotta tra bene e male, ma il *koan* che suggeriva era: « Dove sta il bene e dove il male? ». Era davvero buona quella persona o non anche malvagia?

A una prima lettura, poteva sembrare un modello di bontà: una vittima, un uomo virtuoso e isolato, circondato da persecutori maligni. Ma questa è un'interpretazione troppo facile, contraddetta da altri particolari della vicenda. Uno dei suoi torturatori, per esempio, era la persona « forse più importante e rispettata della storia di Zuñi ». Se quel sacerdote era malvagio, come mai era tanto rispettato? Che l'intera cultura zuñi fosse malvagia? Ridicolo. Doveva esserci dell'altro.

Era la faccenda della « stregoneria » a essere fuorviante. Ti metteva automaticamente contro i sacerdoti: infatti chi, se non dei fanatici intolleranti, potrebbe accusare qualcuno di stregoneria? Ma un momento: avevano proprio parlato di stregoneria? Una strega è una sacerdotessa druidica, che poi il folklore ha ridotto a una vecchia megera dal cappello a punta, a cavallo di una scopa, stagliata contro la luna. Era questo che intendevano dire i sacerdoti?

Nel rigirare l'episodio nella sua mente, alla maniera di un *koan*, Fedro arrivò a concludere che Ruth Benedict ne aveva dato un'interpretazione riduttiva. Essa cercava storie a conferma della sua tesi che culture diverse producono tratti di personalità diversi, un'affermazione importante e senza dubbio vera. Ma quell'uomo non era semplicemente un « disadattato ». Nella sua storia c'era ben altro.

« Disadattamento » è una di quelle parole che sembra spieghino tutto e invece non spiegano niente. Indicano solo che rimane qualcosa di inspiegato. Perché, per esempio, quell'uomo non se ne era andato? Che cosa l'aveva indotto a rimanere? Certo non la paura. E perché gli abitanti di Zuñi avevano cambiato idea, nominandolo governatore, lui che era stato accusato di stregoneria? Non risulta che fosse cambiato, o che fossero cambiati loro. Secondo Benedict, aveva sfruttato un suo « talento marginale » in modo da soddisfare il bisogno di riconoscimento sociale. Può darsi, ma a Zuñi o altrove occorrono ben altre molle sociali che una bella voce e il bisogno di riconoscimento sociale per trasformare in governatore un disadattato, uno che in precedenza era stato giudicato meritevole di tortura.

Quali « poteri » aveva dunque quell'uomo? O c'era qualcosa di molto particolare nella mentalità degli indiani pueblo che permetteva agli eredi di una cultura millenaria di lasciare impunito, e anzi onorare, un ubriacone che spiava dalle finestre?

No, secondo Fedro il nome giusto per quell'uomo sarebbe stato *mago*, o *sciamano*, oppure *brujo*, termine spagnolo diffuso in quella regione, che denota un tipo di persona di ben altra statura. Il *brujo* non è un personaggio tra il mitico e il grottesco che vola a cavallo di una scopa: è un uomo che vanta poteri religiosi, che opera al di fuori e sovente in contrasto con le autorità religiose ufficiali.

Dunque non si trattava della persecuzione di un innocente da parte dei sacerdoti, bensì del conflitto, ben più profondo, tra una classe sacerdotale e uno sciamano. L'ipotesi di Fedro era confermata da un'osservazione dell'antropologo E.A. Hoebel:

« Benché in molte culture primitive esista una chiara e accettata divisione di funzioni tra sacerdoti e sciamani, nelle culture più evolute, dove il culto si è istituzionalizzato in chiese fortemente organizzate, la classe sacerdotale combatte una guerra senza quartiere contro gli sciamani ... I sacerdoti operano all'interno di una gerarchia rigidamente strutturata e cristallizzata in un corpo di tradizioni. Il loro potere deriva dall'organizzazione stessa e su quella si riflette. Essi costituiscono una sorta di burocrazia religiosa.

« Gli sciamani, invece, sono irriducibili individualisti, personalità isolate e insofferenti di qualunque controllo burocratico. Perciò rappresentano una costante minaccia per l'ordine della chiesa istituzionalizzata. Agli occhi dei sacerdoti, essi sono dei possibili usurpatori. Giovanna d'Arco era uno sciamano, in quanto comunicava direttamente con gli angeli di Dio, e quando si rifiutò di abiurare le sue convinzioni e di riconoscere il carattere allucinatorio delle sue visioni, fu condannata al martirio dai funzionari della Chiesa. La lotta tra sciamano e sacerdote può essere una lotta mortale».

Fedro continuò a pensarci per settimane, prima di capire che la chiave di tutto era la convinzione del sacerdote del culto dei guerrieri che il suo potere fosse stato spezzato. Era accaduto qualcosa di estremamente grave: al ritorno dal penitenziario, il sacerdote aveva rinunciato a riprendere il suo ufficio.

Fedro giunse alla conclusione che si era trattato in realta né più né meno che di una lotta per il possesso della mente e dell'anima di Zuñi. I sacerdoti avevano proclamato se stessi buoni e il *brujo* malvagio. Il *brujo* aveva sostenuto il contrario. Si era venuti allo scontro e *aveva vinto il brujo*!

Fedro incominciò a sospettare che a Ruth Benedict questo punto fosse sfuggito perché era stata addestrata da Boas all'«oggettività» della scienza, perché si era sforzata di mettere in evidenza solo quegli aspetti della cultura zuñi che erano indipendenti dall'osservatore bianco.

Per esempio, il *brujo* era stato considerato solo in rapporto alla sua cultura, pur riconoscendo che aveva molti contatti con i bianchi. All'uomo bianco aveva chiesto aiuto e dall'uomo bianco era stato salvato. Erano stati presumibilmente antropologi bianchi a trascrivere sotto dettatura i suoi canti e i suoi racconti e a citarlo in libri che non poterono sfuggire all'attenzione della tribù.

Per questo gli indiani zuñi l'avevano nominato governatore: aveva dimostrato di essere un personaggio guardato con rispetto dall'unica tribù che avrebbe facilmente potuto spazzarli via. Non divenne governatore di Zuñi per la sua bella voce, ma per la sua dimostrata forza politica.

A volte i problemi della nostra società si capiscono meglio quando sono proiettati in un contesto lontano dal nostro, com'è appunto quello del *brujo* di Zuñi. È il grande vantaggio dell'antropologia. E fu riflettendo su quel lontano episodio che Fedro arrivò a capire che esistono due *tipi* di bene e di male.

Lo schema di valori tribale che aveva condannato e punito il *brujo* rappresentava un tipo di bene che Fedro decise di chiamare « bene statico ». Ciascuna cultura ha un suo modello di bene statico, derivato da leggi fisse e dalle tradizioni e dai valori che le hanno espresse. Esso costituisce la struttura fondamentale della cultura stessa, è ciò che la definisce. Dal punto di vista statico, il *brujo* stava chiaramente dalla parte del male nell'opporsi alle autorità costituite della tribù. Se tutti avessero fatto come lui, la cultura zuñi, dopo millenni di ininterrotta tradizione, si sarebbe irrimediabilmente disintegrata.

Ma esiste anche un bene *dinamico*, che è esterno alle singole culture, che non può essere imprigionato in alcun sistema di precetti, ma va continuamente riscoperto con l'evolversi stesso della cultura. Bene e male non dipendono *interamente* dalle usanze tribali, altrimenti la tribù non potrebbe evolversi, giacché non succede mai che un'usanza ne modifichi un'altra. Deve necessariamente esistere, al di fuori delle usanze tribali, una qualche fonte del bene e del male, capace di modificare i costumi morali della tribù.

Se si fosse domandato a quel *brujo* a quali princìpi etici si ispirasse, probabilmente non avrebbe saputo rispondere. Non avrebbe neppure capito la domanda. Lui stava soltanto seguendo la vaga percezione di un qualcosa che « era meglio », e più di questo, anche volendo, non avrebbe saputo dire. Dal canto loro, i sacerdoti l'avranno giudicato un pericoloso egoista, che voleva costruirsi la propria immagine a spese dell'autorità tribale. Ma si sbagliavano, perché in tal caso il *brujo* se ne sarebbe andato, invece di restare e di adoperarsi per mantenere la coesione della tribù.

I suoi valori erano entrati in conflitto con quelli tribali anche perché, a differenza dei compagni, aveva imparato ad apprezzare alcuni dei tratti dei nuovi vicini. Era l'antesignano di una profonda trasformazione culturale. Il cambiamento dei valori di una tribù può solo avvenire nei singoli membri, prima in alcuni, poi in altri, e qualcuno deve pur incominciare. È ovvio che il primo, chiunque egli sia, entrerà in conflitto con tutti gli altri. E se il *brujo* non fu costretto a modificare il proprio modo d'essere per conformarsi alla cultura della tribù, fu perché la cultura stessa stava cambiando nella sua direzione. Di qui la sua autorevolezza. Probabilmente non era neppure il tipo che dà ordini a destra e a sinistra: gli bastava essere se stesso. Ed è anche probabile che si vedesse impegnato in uno scontro puramente personale con l'autorità. Ma, appunto perché tutta la cultura si trovava in una fase di transizione, molti videro che il suo atteggiamento era di Qualità più elevata di quello dei sacerdoti e lo presero a modello. In questo senso dinamico, il *brujo* rappresentava il bene, perché aveva saputo vedere prima degli altri membri della tribù la nuova fonte del bene e del male. E non c'è dubbio che si adoperò sempre per evitare uno scontro frontale con la cultura dei bianchi, che avrebbe annientato il popolo zuñi.

Indipendentemente dai tratti di personalità che lo rendevano un ribelle nei confronti della tribù, egli non era certamente un « disadattato ». Era in sintonia con la cultura zuñi. La loro evoluzione era cominciata molti secoli prima, quando avevano abbandonato le loro case scavate nella roccia. Ora stava per entrare nella fase della cooperazione con i bianchi e dell'accettazione delle loro leggi. Il *brujo* fu un catalizzatore di quel processo evolutivo e i suoi conflitti personali erano un aspetto della crescita culturale della tribù.

Secondo Fedro, in questa ottica la storia del vecchio indiano acquistava un significato più vasto e più profondo e giustificava l'emozione, il senso di trovarsi di fronte a un dramma di vasta portata. La ricompensa per i molti mesi trascorsi a rifletterci sopra furono due termini: bene dinamico e bene statico, che diventarono la prima, fondamentale suddivisione della sua nascente Metafisica della Qualità.

Suonava giusto: non soggetto e oggetto, ma statico e dinamico è la suddivisione fondamentale della realtà. Quando A.N. Whitehead scriveva: « L'umanità è spinta a progredire da vaghe impressioni di cose troppo oscure per il linguaggio che essa possiede », parlava della Qualità dinamica. La Qualità dinamica è la punta di diamante preintellettuale della realtà, è la sorgente di tutte le cose, assolutamente semplice e sempre nuova. Era stata la forza morale che aveva mosso il *brujo* di Zuñi. La Qualità dinamica non contiene schemi fissi di ricompense e punizioni. L'unico bene che percepisce è la libertà e l'unico male la qualità statica: qualunque schema di valori unilaterali e fissi che cerchi di imprigionare e uccidere il libero fluire della forza della vita.

La qualità statica, la forza morale dei sacerdoti, emerge sulla scia della Qualità dinamica. È vecchia, è complessa. Contiene sempre un elemento di memoria. Il bene è conformità a uno schema precostituito di valori rigidi e dei loro oggetti. Giustizia e legge coincidono. La moralità statica è piena di eroi e di cattivi, di amori e di odi, di bastoni e di carote. I suoi valori non si trasformano da soli. Se non interviene a modificarli la Qualità dinamica, continuano a ripetere la stessa canzone anno dopo anno. A volte la gridano, altre volte la sussurrano, ma il messaggio è sempre quello.

Nei mesi successivi, Fedro provò a trasporre la suddivisione in statico-dinamico dal conflitto morale degli Zuñi ad altri contesti apparentemente distanti. Con la divisione della Qualità in statica e dinamica, la qualità sensoriale negativa della stufa rovente dell'esempio di prima acquistava nuove implicazioni. Nel momento in cui la persona seduta sulla stufa scopre la bassa qualità della propria situazione, la punta avanzata della sua esperienza è dinamica. Non è che prima pensi: « Questa stufa scotta », e poi prenda la decisione razionale di saltar giù. Una « vaga impressione di qualcosa di oscuro » lo fa dinamicamente saltare giù. Solo in un secondo tempo egli produrrà schemi di pensiero statici per spiegare la sua esperienza.

La metafisica soggetto-oggetto ritiene poco frequente questo tipo di azione dinamica priva di riflessione e appena può lo ignora. La sapienza mistica, invece, va nell'opposta direzione e cerca di non perdere mai il contatto con il momento dinamico dell'esperienza, positiva o negativa che sia, compreso il momento esperienziale del pensiero stesso. Tra i due tipi di pensatori, quelli che si occupano solo della scienza dei soggetti e oggetti e quelli che si occupano solo di meditazione mistica, secondo Fedro i primi a saltare giù dalla stufa sarebbero i mistici. Il fine della meditazione non è di astrarsi dall'esperienza, bensì di aderirvi ancor di più svuotando la mente dai precedenti attaccamenti intellettuali, che sono statici, vecchi e fonte di confusione.

Nella metafisica soggetto-oggetto, la morale e l'arte sono due mondi separati: la morale si occupa della qualità dei soggetti, l'arte della qualità degli oggetti. Nella Metafisica della Qualità la separazione non esiste, i due mondi coincidono. E quando si elimina ogni riferimento al soggettivo e all'oggettivo e si parla invece di Qualità, statica o dinamica, diventano entrambi molto più comprensibili.

Gli era venuto in mente un esempio riguardante la musica. Immaginate di essere per strada e di passare vicino a un'automobile con la radio accesa dalla quale viene un motivo che non avete mai sentito prima, così bello che vi fermate di colpo ad ascoltare. Ascoltate fino in fondo. Dopo diversi giorni avete ancora nitidissimo il ricordo di com'era quella strada, ricordate esattamente gli oggetti esposti nella vetrina di fronte, i colori delle macchine che passavano, la posizione e la forma delle nuvole sopra le case: è tutto così vivido che vi viene voglia di sentirla di nuovo, quella canzone. Se è davvero così bella, anche altri avranno provato gli stessi sentimenti e dunque verrà trasmessa spesso.

E infatti un giorno la riascoltate alla radio e riprovate quell'emozione; riuscite a cogliere il titolo, correte a comperare il disco e tornate subito a casa per sentirlo.

Lo mettete sul giradischi. È proprio una bella canzone. Cioè, la stanza non ne viene trasfigurata, però è molto bella. La suonate di nuovo: molto bella. La suonate un'altra volta. Bella, ma forse non avete più così voglia di risentirla. Comunque la suonate di nuovo. Non c'è male, ma ora basta. Mettete via il disco.

Il giorno dopo la suonate di nuovo. Bella, ma qualcosa è andato perduto. Però vi piace, vi piacerà sempre. Ancora una volta. Un bel disco, sì, e lo mettete via insieme agli altri; ogni tanto lo fate ascoltare a un amico e magari qualche mese dopo, o forse un anno dopo, ne parlate come di qualcosa che una volta vi piaceva da morire.

Dunque, che cosa è successo? Si potrebbe dire che la canzone vi è venuta a noia, ma che cosa significa questa frase? Che la canzone ha perduto la sua qualità? In tal caso, perché continuate a dire che è bella? Se è bella, perché non la suonate più? E se non è bella, perché dite all'amico: senti che bella canzone?

Se ci riflettete a fondo, alla fine vi renderete conto di come la stessa divisione in Qualità dinamica e qualità statica che troviamo nella sfera morale esista anche qui, nella sfera dell'arte. Il primo tipo di « bene », che vi ha fatto venire voglia di comperare il disco, era Qualità dinamica. La Qualità dinamica è sempre una sorpresa. L'effetto di quella canzone era stato di indebolire momentaneamente i vostri consueti schemi statici, lasciando rifulgere la Qualità dinamica circostante. Ora essa poteva fluire, libera da forme statiche. Il secondo tipo di bene, quello che vi spinge a raccomandare il disco agli amici, anche dopo che il vostro entusiasmo si è smorzato, è qualità statica. La qualità statica è ciò che normalmente ci aspettiamo.

Di lì a poco Fedro si imbatté in un altro esempio, riguardante più da vicino, anche se sempre indirettamente, la realtà mistica. Si trovava in un articolo di Walker Percy intitolato *Il fattore delta*.

« Perché un uomo tende a sentirsi infelice in un ambiente favorevole, per esempio un mercoledì pomeriggio qualunque, in un bel quartiere residenziale, poniamo a Short Hills nel New Jersey? E perché il medesimo uomo tende a sentirsi felice in un ambiente pessimo, in un alberghetto, poniamo, di Key Largo, durante un uragano? ... Perché un uomo comodamente seduto sul treno che ogni mattina porta i pendolari come lui da Larchmont a New York, un uomo i cui bisogni e desideri sono soddisfatti, che ha una bella casa, una moglie e dei figli affettuosi, un buon lavoro, che può godere di "strutture ricreative e culturali" eccezionali, perché quest'uomo si sente spesso infelice senza saperne dare un motivo?

« E perché questo stesso uomo, colpito da infarto poco prima che il treno arrivi a New Rochelle, quando riprende i sensi e si ritrova in una stanza sconosciuta, per la prima volta dopo tanti anni, forse per la prima volta in tutta la vita, apre veramente gli occhi e incomincia a guardare la propria mano sul lenzuolo con un senso di meraviglia e di gioia? ».

Sembra impossibile trovare una spiegazione; ma se dividiamo la Qualità in aspetti statici e aspetti dinamici, incomincia a profilarsi un tentativo di risposta. La vita nel quartiere residenziale di Short Hills nel New Jersey durante un mercoledì pomeriggio qualunque è piena di schemi statici. Un uragano a Key Largo promette una *dinamica* liberazione dagli schemi statici. Nell'uomo colpito da infarto poco prima di arrivare a New Rochelle tutti gli schemi *statici* sono stati distrutti: non li ritrova più, e in quel momento ha davanti solo la Qualità *dinamica*. Perciò la vista della sua mano lo riempie di meraviglia e di gioia.

Anche un bambino di pochi mesi, rifletté Fedro, osserva la propria mano con un mistico senso di meraviglia e di gioia. Il bambino di Poincaré, che non è in grado di comprendere la realtà della scienza oggettiva, capisce benissimo, invece, la realtà del valore. E se suddividiamo questa realtà in una zona statica e una dinamica, incominciamo a capire molte cose sulla crescita di quel bambino, che altrimenti rimangono poco chiare.

Già prima di nascere, il bambino è consapevole di certe semplici distinzioni, per esempio tra pressione e suono; poi, alla nascita, impara a cogliere distinzioni più complesse, per esempio tra luce, calore, fame. O meglio, noi sappiamo che si tratta di pressione, suono, luce, calore, fame e così via, ma il bambino no. Noi li chiamiamo stimoli, ma il bambino non li identifica come tali. Il bambino sa soltanto che qualcosa, che non sa che cosa sia, si impone all'attenzione. Questo generico « qualcosa », la « vaga impressione » di Whitehead, è la Qualità dinamica. Quando ha due o tre mesi, vediamo che il bambino incomincia a osservare le proprie mani o il sonaglio con il medesimo senso di meraviglia, di mistero e di eccitazione suscitato dalla musica e dall'attacco di cuore dei due esempi precedenti.

Se un bambino rimane indifferente alla forza della Qualità dinamica, possiamo prevedere che sarà mentalmente ritardato; invece il bambino normale, che se ne lascia impressionare, incomincerà ben presto a notare prima differenze, poi correlazioni tra le differenze, infine il ripetersi delle correlazioni secondo schemi precisi. Dovranno però passare ancora parecchi mesi prima che la sua comprensione di quella correlazione immensamente complessa di sensazioni, confini e desideri che chiamiamo *oggetto* sia abbastanza chiara da fargliene afferrare uno. L'oggetto che il bambino afferra non costituirà, insomma, un'esperienza primaria. Sarà un complesso schema di valori statici *derivati* dall'esperienza primaria.

Una volta costruito il complesso schema di valori che chiamiamo oggetto e una volta constatato che lo schema funziona, il bambino impara molto in fretta a superare in un salto solo tutta la catena di deduzioni che lo ha prodotto, quasi non esistessero passaggi intermedi. È come guidare l'automobile. Le prime volte si procede faticosamente per prove ed errori, cercando di capire i rapporti di causa ed effetto. In breve però il processo diventa così rapido che non ci si sta nemmeno più a pensare. Lo stesso vale per gli oggetti. Si usano questi schemi complessi così come si usa il cambio dell'automobile, senza pensarci. Solo quando la marcia non ingrana, ovvero quando un « oggetto » si rivela illusorio, diventiamo forzatamente consapevoli del processo deduttivo. Ecco perché pensiamo che i soggetti e gli oggetti siano primari: ci siamo scordati del periodo della nostra vita in cui non lo erano.

In questo modo gli schemi di valore statici diventano l'universo degli oggetti distinti. Distinzioni statiche elementari tra categorie come « prima » e « dopo », come « simile » e « dissimile », si dilatano fino a formare sistemi di conoscenze enormi e incredibilmente complessi, che vengono trasmessi di generazione in generazione come il nostro *mythos*, come la cultura in cui viviamo.

Questo spiega, rifletté Fedro, perché di norma i

bambini siano più pronti a percepire la Qualità dinamica che non i vecchi, perché i principianti siano più pronti degli esperti, i popoli primitivi più pronti di quelli « progrediti ». Gli indiani d'America sono eccezionalmente bravi a mantenersi in contatto con il sempre mutevole centro delle cose. Per questo parlano e si muovono senza infiorettature, che violerebbero la loro comunione mistica. Il muoversi e il parlare e l'agire in armonia con il Grande Spirito è sempre stato il cuore della loro esistenza.

Gli indiani hanno una parola, *manito*, che viene di solito tradotta con « Dio » dai bianchi, i quali pensano che le religioni siano sempre teistiche, e anche dagli indiani stessi, che non danno molto peso alle distinzioni verbali. Ma, come osserva David Mandelbaum in *The Plains Cree*, « il termine *manito*, che in origine si riferiva all'Essere supremo, possedeva anche molte altre accezioni. Veniva usato per manifestazioni di particolare abilità o fortuna, per coincidenze particolarmente felici, per qualunque avvenimento fuori dell'ordinario. Connotava qualunque fenomeno trascendesse la normalità del quotidiano ».

Cioè la Qualità dinamica.

Con l'individuazione della qualità statica e della Qualità dinamica come prima e fondamentale suddivisione del mondo, Fedro aveva l'impressione di avere raggiunto una meta importante. Essa abbracciava l'intero spettro dell'esperienza umana, dal misticismo primitivo alla meccanica quantistica. Adesso non restava che riempire le lacune il più accuratamente e metodicamente possibile.

In passato, per una sua naturale tendenza all'estremismo, Fedro si era concentrato esclusivamente sulla Qualità dinamica, trascurando del tutto gli schemi statici. Li considerava qualcosa di morto, di privo di amore e di prospettive. Soccombere agli schemi statici era soccombere alla morte, perché ciò che non si trasforma non può vivere. Adesso, però, incominciava a capire che un simile atteggiamento finiva per indebolire la sua tesi. La vita non può reggersi sulla sola Qualità dinamica. La Qualità dinamica non ha permanenza. Aggrapparvisi eliminando ogni schema statico è aggrapparsi al caos. Fedro si rese conto, anzi, che analizzando ciò che essa non è, invece di cercare futilmente di definire ciò che è, si scoprivano molte cose sulla sua natura.

Gli schemi statici sono mortiferi quando sono esclusivi, quando esigono obbedienza cieca e soffocano ogni cambiamento dinamico. Tuttavia essi forniscono l'indispensabile forza stabilizzatrice per proteggere dalla degenerazione il progresso dinamico. La Qualità dinamica, la Qualità della libertà, crea il mondo in cui viviamo, ma sono le configurazioni della qualità statica, della qualità dell'ordine, a mantenerlo in vita. I due tipi di Qualità hanno bisogno l'uno dell'altro per esistere.

Lo si vede bene nella storia del *brujo* di Zuñi. Benché all'apparenza il *brujo*, la Qualità dinamica, e i sacerdoti, la qualità statica, fossero mortali nemici, in realtà essi avevano bisogno l'uno degli altri. Erano entrambi tipi umani necessari. Se la maggior parte degli indiani zuñi se ne fosse andata in giro a ubriacarsi, a fare spacconate, a spiare nelle case altrui, il loro ancestrale stile di vita non sarebbe potuto durare. Ma senza i tipi come il *brujo*, devianti, portati agli eccessi, riprovevoli certo, ma anche pronti a captare le idee nuove che venivano dall'esterno e a proporle alla collettività, il mondo degli Zuñi sarebbe stato troppo rigido per sopravvivere. Per l'evoluzione della vita è necessaria una tensione tra le due forze.

La bellezza del vecchio indiano zuñi, secondo Fedro, stava nell'avere colto questa verità. Non gli interessava abbattere il nemico e allontanarsi nel tramonto, pago della vittoria morale. Se fosse stato così, a Zuñi si sarebbe ripristinato l'atteggiamento incarnato dai sacerdoti e tutta quella sofferenza sarebbe stata inutile. No, il *brujo* restò a vivere nel pueblo, divenendo egli stesso parte della configurazione statica della tribù, e giunse a vedere inserite nella cultura della tribù le sue innovazioni.

Così, a poco a poco, con la crescente consapevolezza di essere sulla strada giusta, Fedro rivolse il suo impegno a cercare di capire la qualità statica e le configurazioni alle quali essa dà luogo.

10

Seduta sulla cuccetta, Lila pensava al cattivo sapore che il caffè le aveva lasciato in bocca. Doveva essere l'acqua, con quel gusto come di gomma.

Non stava affatto bene. Aveva ancora il cerchio alla testa. Per la notte scorsa. Quanto aveva speso? Le restavano pochi soldi, ormai. Poi ricordò: aveva quasi sempre pagato *lui*... La testa le faceva proprio male.

Dio, che fame. Stasera, almeno, si sarebbe fatta offrire una bistecca gigante... con i funghi... le cipolle... Ah, che male!

Ancora una volta era cambiato tutto. Ieri stava andando in Florida sul *Karma*, adesso era qui, su questa barca. Certo che la sua vita andava di male in peggio. Prima, se non altro, qualche progetto riusciva a farlo. Adesso era proprio in balìa.

Chissà dov'era il *Karma*. E dov'erano George e Debbie. A scopare, probabilmente. Che affogassero tutti e due! Non si era nemmeno fatta ridare i suoi soldi. Ma tanto, non glieli avrebbero restituiti.

Però avrebbe dovuto chiederli. Le servivano. Ecco di nuovo quell'umore. Guai in vista. Si cacciava sempre nei guai, quando si lasciava prendere dalla rabbia. Se non si fosse infuriata con George e Debbie, a quest'ora sarebbe ancora sul *Karma*. A riprendersi George. Che stupida, ad aggredirlo così. Aveva solo peggiorato le cose.

E adesso ce l'aveva con questo Capitano. Ce l'aveva con tutti, ultimamente. Perché poi? In fondo era un tipo a posto. Solo un po' gonzo. Tutte quelle stupide domande su Richard. Strano che Richard frequentasse un tipo così. Ma forse si erano incontrati per caso, e lei aveva creduto che fossero amici.

Forse a New York lo avrebbe rivisto, Richard.

A ogni modo adesso era con questo Capitano e doveva sorbirselo. Almeno fino a New York o dove diavolo era la prossima fermata. Fino ad allora poteva reggerlo.

E magari a New York le sarebbe tornato utile.

Lo osservò dal boccaporto. Sembrava un professore di scuola, uno di quelli che avevano antipatia per lei. Che la sgridavano e la disapprovavano sempre. Sembrava proprio un professore, la fronte sempre aggrottata.

Non doveva lasciarsi prendere da questi sentimenti negativi, altrimenti... Doveva sforzarsi e andare di sopra. Non occorreva che lo guardasse. Poteva restarsene seduta in coperta, senza badargli.

Si fece forza, si appiccicò un sorriso sulla faccia, salì sul ponte e si rimise a sedere.

Visto? Non era così difficile.

Si era portata il maglione e si alzò per infilarselo. « Fa freschino » disse.

« Siamo fortunati che faccia bello » disse il Capitano. « In questa stagione non si può contarci troppo ».

« È il vento » aggiunse. « Attenta al boma: i venti sono imprevedibili nelle vallate dei fiumi ».

« Dove siamo adesso? ».

« A sud di Poughkeepsie » rispose il Capitano. « Ci sono più industrie qui. Laggiù si incominciano a vedere le montagne ».

« Ti stavo osservando » disse Lila.

« Quando? ».
« Poco fa ».
« Oh ».
« Hai sempre la fronte aggrottata. E parlavi da solo. Come Morris ».
« Chi è Morris? ».
« Un mio amico. Rimaneva seduto per ore senza dire una parola e io credevo sempre che ce l'avesse con me, invece no. Stava solo pensando ad altro. Certi uomini sono fatti così ».
« Sì, anch'io ».
Sull'acqua si vedevano galleggiare una quantità di detriti. Grossi rami, ciuffi d'erba, con la schiuma intorno.
« Che roba è? » chiese Lila.
« I resti dell'uragano » disse lui. « In certi punti si ammassano, poi per un po' non se ne vedono ».
« Che schifo » disse Lila.
« Ne parlavano su a Castleton. Pare che il fiume si sia trascinato giù le cose più strane. Alberi, bidoni della spazzatura, vecchie panchine. E molta roba rimane sotto il filo dell'acqua... Sto andando a vela anche per questo, per non rischiare di urtarli con l'elica ».
Indicò un punto davanti a loro. « Quando arriveremo sotto quella montagna, è facile che il vento incominci a fare il matto. Dovremo ammainare la vela e andare a motore ». Nel punto che indicava sembrava che il fiume entrasse dritto nella montagna. « C'è una curva, là, che si chiama "La fine del mondo" » aggiunse.
Dopo qualche minuto Lila vide in lontananza, vicino a una specie di ramo, qualcosa che spuntava dall'acqua: sembrava un animale che galleggiasse a zampe in su.
Quando furono più vicini, vide che era un cane. Era tutto gonfio, girato su un fianco, con due zampe in aria.
Lila non disse niente.
Neanche il Capitano disse niente.

Gli passarono accanto. Puzzava. Impossibile che lui non avesse sentito il fetore.

« Questi fiumi sono come un sistema di fognature » disse il Capitano dopo un po'. « Raccolgono tutti i detriti e i veleni della terra e li portano al mare ».

« I veleni? ».

« I sali, le sostanze chimiche. Se si irriga la terra senza un sistema di scolo, i veleni si accumulano e il terreno muore. Non ci cresce più niente. I fiumi mantengono la terra pulita e come nuova. Questi detriti stanno facendo lo stesso nostro viaggio ».

« Il viaggio per dove? » chiese Lila.

« Fino all'oceano ».

« Oh... Ma noi ci fermiamo a New York ».

Il Capitano non disse niente.

« Quand'è che arriviamo? ».

« Domani, se tutto va bene » rispose il Capitano. « Hai fretta? ».

« No ». In realtà non aveva una vera ragione per andare a New York. Non conosceva nessuno dove stare, a parte Jamie e pochi altri, e anche loro, dopo tanto tempo, chissà se c'erano ancora.

Disse: « Il tuo compratore ti aspetta là? ».

« Quale compratore? ».

« Quello che vuole comprarti la barca ».

« Io non vendo nessuna barca. Io vado in Florida ».

In Florida? « Mi era sembrato dicessi che volevi vendere la barca a New York ».

« No, no ».

« Ma sì, l'hai detto ieri sera ».

« No, quello era Rigel. Io vado in Florida. Devi avere capito male ».

« Ohhhh » disse Lila. « Credevo fosse Richard ad andare in Florida ».

« No... Vorrei arrivare a Capo Hatteras prima della fine del mese, » disse il Capitano « ma continuano a succedere imprevisti. Adesso incominceranno le burrasche autunnali e la barca potrebbe rimanere inchiodata per giorni ».

In Florida, pensò Lila. La luce era sempre di un arancio dorato, in Florida, e tutto era diverso. Perfino il sole sulla sabbia. Ricordava la spiaggia di Fort Lauderdale, le palme e la sabbia calda sotto l'asciugamano e il calore del sole sulla schiena. Si stava bene.

« Ci vai solo? ».

« Certo ».

« E il mangiare? ».

« Farò le provviste ».

In Florida c'erano un sacco di cose buone da mangiare. Frutti di mare, fanfani, gamberi, *snapper*. Che voglia! No, meglio non pensarci.

« Hai bisogno di qualcuno che ti cucini » disse. « Tu non ti fai da mangiare ».

« Me la cavo lo stesso ».

Una volta era andata a pesca di gamberetti, di notte, sotto un ponte illuminato; dopo li avevano cucinati sulla spiaggia, mentre bevevano birra gelata. Non erano neppure riusciti a mangiarli tutti, tanti ce n'erano. Una bontà. E l'aria era dolce e tiepida. Dopo mangiato si erano sdraiati sotto le palme, a bere Coca col rum, a parlare e a fare l'amore per tutta la notte e avevano visto il sole salire sopra l'oceano. Chissà dov'erano adesso tutti quei ragazzi. Probabilmente non li avrebbe più rivisti.

E le barche, pensò, c'erano barche dappertutto.

« Quanto ci vorrà? » domandò.

« Un po' » rispose il Capitano. « Forse un mese ».

« È tanto... Da quand'è che sei in giro? ».

« Dall'undici di agosto ».

« Sei in pensione? ».

« Sono uno scrittore ».

« Ah, che libri scrivi? ».

« Di viaggi, si può dire » rispose il Capitano. « Sì, vado in giro, vedo delle cose, faccio dei pensieri e poi scrivo. Tanti scrittori fanno così ».

« Per esempio, scriverai quello che vediamo adesso? ».

« Appunto ».

« Ma se non sta succedendo niente! ».
« Succedono sempre delle cose » disse lui. « Quando dici: "Non sta succedendo niente", in realtà vuoi dire che non succede niente che rientri nella tua idea preconcetta di quel che sono le cose ».
« Eh? ».
« È difficile da spiegare. Noi, qui su questa barca, su questo fiume: è una "cosa", ma a te sembra di no perché non l'hai mai vista al cinema. Ma se avessi visto tre film, uno dopo l'altro, di gente che scende in barca lo Hudson e magari anche un documentario alla televisione su Washington Irving e la storia di questo fiume e *dopo* ti fossi imbarcata per questo viaggio, diresti: "Caspita, che esperienza", perché le cose che vedi corrisponderebbero a una certa immagine mentale che avevi già nella testa ».
Che sciocchezze stava dicendo? Lui però aveva l'aria di pensare che fossero chissacché.
Rimase a guardarlo per un bel pezzo, incerta se ribattere. Meglio di no. Sotto, l'acqua scorreva veloce.
Disse: « Ti andrebbe una cena super, stasera? ».
« Certo ».
« La preparo io » disse Lila. « Comperiamo le bistecche e vedrai come le cucino. Ci stai? ».
« Non sei obbligata » disse lui.
« Lo so » disse Lila. « Ma adoro cucinare. È una delle mie occupazioni preferite ».
Gli guardò la camicia. Sul taschino c'era una gran macchia di unto. Chissà da quanto tempo non se la cambiava.
« A New York ti faccio lavare la camicia » disse.
Il Capitano accennò un sorriso.
Lila tornò a pensare alla Florida.
Poi si girò: « Vuoi vedere una cosa bellissima? ».
« Che cosa? ».
« Vedrai ».
Scese di sotto, tirò fuori la valigia, la depose sulla cuccetta e la aperse. In una delle tasche d'angolo c'era un pacco di carte legato con un nastro rosso. Lila disfece il nodo e sfilò dal pacco un dépliant a

colori con l'intestazione «JUNGLE QUEEN» a grossi caratteri rossi. Sotto la scritta c'era la fotografia della nave più bella del mondo. Lila la lisciò con la mano per togliere un'orecchia che si era formata.

Tornò di sopra, sedette accanto al Capitano e gli mostrò il dépliant tenendolo ben stretto perché non volasse via.

«Ci sono stata tre anni fa, quando ero a Fort Lauderdale, in Florida» disse. «Con una mia amica. Vedi quella crocetta? Lì stavamo sedute noi».

La nave sembrava una gigantesca torta nuziale a due piani, con la glassa e i ricciolini di crema. Davanti sventolava la bandiera della Florida. Lila la conosceva tutta dal principio alla fine. Perché c'era stata. Molte volte. Il cielo era rosa e azzurro con grosse nuvole di ovatta sospinte dal vento. Si partiva poco prima del tramonto e il cielo era proprio come nella foto. Con le bandierine che sventolavano alla brezza. L'aliseo, cioè. E dietro, in semicerchio, c'erano le palme da cocco verde scuro agitate dall'aliseo e l'acqua intorno allo scafo era rosa e azzurra per il tramonto e increspata dalla brezza. Esattamente come nella realtà. La foto sembrava così reale che veniva voglia di intingerci il dito per sentire il tepore dell'acqua.

Il Capitano prese il dépliant con una mano mentre con l'altra continuava a reggere la barra del timone. Osservò per qualche istante la foto poi spostò lo sguardo sulla scritta in fondo al foglio. Lila la conosceva a memoria:

Da non perdere a Fort Lauderdale
JUNGLE QUEEN
IL BATTELLO FAMOSO IN TUTTO IL MONDO
«Una notte di sogno in Florida»

Benvenuti a bordo del nostro nuovo gioiello, che può ospitare 550 passeggeri. Giro turistico con barbecue e cena di frutti di mare. Partenza alle ore 19. Bar ristoro. Prenotate subito presso il vostro albergo o motel oppure direttamente per telefono.

Il Capitano lesse la scritta senza cambiare espressione, stringendo appena gli occhi come un dottore che visiti un paziente. Poi, aggrottando le sopracciglia, disse: « I proprietari sono tuoi amici, o che cosa? ».

« No » disse Lila. « Ma ci sono stata ».

« È una nave un tanto a testa » disse.

« Che cosa vuol dire? ».

« Che si paga il biglietto ».

« Be', certo » disse Lila. Non capiva perché quella faccia scura. « Ma non costa molto. Aprilo un po' ».

Il Capitano spiegò il dépliant. C'era una fotografia su doppia pagina della *Jungle Queen*.

« Perché è così importante per te? » le chiese.

« Non so » disse Lila. Alzò gli occhi per vedere se davvero gli interessava saperlo. « Ci sono stati così tanti mondi nella mia vita » disse. « Non so bene neppure io... tanti mondi, e io li sfioro, ci sto dentro un attimo e subito mi ritrovo fuori... Come la casa di mio nonno, dove andavo a giocare. E un cane che avevo... Per gli altri non significano niente, tranne di tanto in tanto, quando trovi qualcuno che capisce ».

Il Capitano abbassò gli occhi sul foglio e riprese a leggere: « Una tradizione ormai trentennale ... Il cibo a volontà, il varietà e il *sing-a-long* ne hanno fatto un appuntamento da non perdere per le vostre vacanze a Fort Lauderdale. Un'esperienza unica... ».

Il Capitano alzò gli occhi. « Cos'è il *sing-a-long*? ».

« Ah, lei era la mia passione » disse Lila.

« Lei chi? ».

« L'animatrice del *sing-a-long*. Poteva essere mia sorella. Mi piacerebbe avere una sorella come lei. All'inizio, dopo esserci rimpinzati di tutta quella roba, nessuno voleva cantare, ma lei è riuscita a trascinarci tutti.

« Era tutta diversa da me. Capelli scuri, bellissimi, una figura stupenda e, come si dice, "una personalità magnetica". Sai che cosa intendo: piena di comunicativa. E non si dava arie... C'era questo vecchio, seduto di fronte a noi, che se ne stava tutto silenzioso... come fai tu... ». Gli lanciò un'occhiata. « E lei gli si è seduta vicino, gli ha messo il braccio intorno alle spalle e ha incominciato a cantare *Put Your Arms Around Me Baby* proprio per lui, e lui dopo un po' sorrideva. Non voleva che qualcuno si sentisse solo.

« Ed era anche intelligente. Cioè, capiva al volo le situazioni. Un tizio aveva cercato di toccarla e lei, con un sorriso come se le avesse regalato che so, un biglietto da dieci, gli fa: "Questo tienilo da conto per la tua signora, tesoro". E tutti a ridere. Anche quel tizio. Sapeva sempre come cavarsela.

« E le canzoni che conosceva: *Oh, You Great Big Beautiful Doll* e *Yes, Sir, That's My Baby* e *Nothing Could Be Finer Than to Be in Carolina* e tante, tante altre. Vorrei ricordarmele tutte. E intanto la nave scivolava sul fiume tra le palme nell'oscurità e, Dio, era così bello. Poi lei attacca *Shine On Harvest Moon* e proprio in quel momento, dietro una curva, la cortina di palme si apre ed eccola: la luna piena. E tutti: "Ohhhhhh!". L'aveva calcolato, capisci, di cantare quella canzone sulla luna nel momento preciso in cui la nave usciva dalla curva ».

« Uh ». Il Capitano sembrava in collera.

« Che cosa c'è di male? ».

« È troppo ».

« Che cosa? ».

« È tutto statico ».

« Che cos'è? ».

« Statico. Un cliché dopo l'altro ».

Puntò l'indice contro la foto della *Jungle Queen.* « Guarda quei fumaioli: i fumaioli sono per le navi a vapore. E questa non è una nave a vapore ».

« Ce li hanno messi per bellezza ».

« Ma quale bellezza? La bellezza di una nave non è fumaioli finti e fronzoli fasulli ».

Lila si riprese il suo dépliant. « È una nave bellissima » disse.

Il Capitano scosse la testa. « La bellezza non è fare finta di essere un'altra cosa ».

Sei bello *tu*, pensò Lila.

« La bellezza è essere quello che si è » continuò il

Capitano. « Su quella nave probabilmente non c'è una cosa, una, che sia autentica ».

« E perché dovrebbe essere autentica? ».

« È tutta una recita, una messa in scena ».

« Be', che differenza fa? Se alla gente piace... ».

A questo il Capitano non seppe ribattere.

« Allora anche Disneyland » disse Lila. « Scommetto che nemmeno Disneyland ti piace ».

« Infatti ».

« E il cinema? E la televisione? Anche lì è tutto finto, no? ».

« Dipende da quello che fanno » disse il Capitano.

« Certo che tu ti devi divertire un sacco nella vita » disse Lila. E ripiegò con cura il dépliant. Quel Capitano non sopportava di essere contraddetto.

« Be', » disse lui « se è arrivata a tre milioni di giri turistici, qualcosa di buono lo farà. Ma questa è... » scosse la testa « è... prostituzione ».

« Prostituzione? ».

« Sì. Ti prendi i soldi del cliente, gli dai esattamente quello che vuole e alla fine quello è più povero di prima. Prendi la cantante: avrebbe potuto cantare qualcosa di nuovo, di originale, che sarebbe stato un arricchimento per il pubblico; ma c'era il rischio che al pubblico non piacesse, che non volessero ascoltarla o che protestassero, e allora lei avrebbe perso il posto: niente più soldi. Perciò voleva andare sul sicuro, niente canzoni nuove, niente di suo; faceva l'imitazione del tipo di persona che sapeva che al pubblico sarebbe piaciuta. E il pubblico ci stava. In questo senso è una puttana. La gente la pagava perché facesse le mosse del fare l'amore ».

Calma, si disse Lila. Non doveva lasciarsi prendere dalla rabbia. Quella donna era vera e il fasullo era lui. Come faceva a giudicare, se non l'aveva mai vista?

« Ciascuno dovrebbe essere se stesso » continuò lui. « Non cantanti fasulli su navi fasulle ».

Calma, Lila, calma.

Fece un sorriso tirato e disse: « Mi è venuto freddo ». Si alzò molto lentamente e tornò giù in cabina.

Ecco, ora poteva smettere di trattenere il respiro.

Dio, che rabbia. Che rabbia.

Fumaiolo! Era lui il fumaiolo, così pieno di fumo. Credeva di essere tanto furbo e invece era uno stupido, non capiva niente di niente. Un cretino. Che ne sapeva lui di prostitute? Era uno stupido, e neanche sapeva quanto.

Aperse di nuovo la valigia, infilò nel mazzo il dépliant accuratamente piegato, riannodò il nastro rosso e ripose il tutto nella tasca; poi chiuse la valigia e mise il fermo.

Calma, Lila, calma. Non prendertela per tipi così. Non arrabbiarti. Quelli non aspettano altro.

Ma le tremavano le mani.

Ahi, ahi, pensò. Ci siamo.

Prese la borsetta, la aperse, cercò le pastiglie. Andò al lavandino, riempì d'acqua un bicchiere di plastica e le inghiottì. Presto, se no non facevano effetto. Era tutta la mattina che la sentiva arrivare. L'onda. Chissà, se si fosse lasciata andare con quel cretino, non si sarebbe ridotta in quello stato.

Pieno di fumo! Il modo come aveva guardato la foto, neanche fosse un insetto. Tipico: quelli come lui devono sempre dimostrare quanto sono bravi. Ma lei li conosceva bene. Appena incominci a essere gentile con loro, subito ti saltano agli occhi. Gli piace sentirsi parlare, vomitare fumo.

Be', ormai era andata così. Adesso non restava che aspettare di arrivare a New York. E poi, tanti saluti.

D'improvviso sentì freddo. Succedeva sempre: prima le tremavano le mani, poi le veniva freddo. Speriamo che le pastiglie facciano presto effetto, pensò. A volte non funzionavano. Riaprì la valigia, tirò fuori un altro maglione e se lo infilò; richiuse la valigia, fece scattare il fermo e la rimise sulla cuccetta superiore.

Non vedeva l'ora di tornare a terra. Ne aveva

abbastanza di barche. Non era come se l'era immaginato. Niente era mai come se l'immaginava. Se ne sarebbe potuta andare quella sera stessa, ma non aveva voglia di spendere i soldi dell'autobus.

Sulla mensola della cuccetta c'era una radio. Cercò di accenderla. Pigiò tutti i tasti, più volte, ma non successe niente. Provò di nuovo, si udirono delle scariche. Funzionava.

Provò diverse stazioni. A un certo punto sentì nominare Manhattan.

Restò un poco ad ascoltare. Ormai erano vicini. Una delle stazioni trasmetteva musica, la ricezione era buona. Era una musica romantica, che faceva venire voglia di ballare.

Adesso voleva soltanto arrivare in fretta a New York. Quanto tempo era passato? Quattro anni? No, cinque! Cinque anni: dov'erano volati, così in fretta?

Figurarsi se Jamie era ancora là. Rivederlo, la sua faccia, il suo sorriso quando era contento: solo questo voleva. E un po' di soldi.

Non sarebbe stato facile trovarlo. Ma forse, chiedendo in giro... a Mindy, per esempio. Ma se ne sarà andata anche lei, pensò. Nessuno rimaneva nello stesso posto per molto tempo. Ma avrebbe trovato qualcuno che lo sapeva.

Chissà com'era adesso la casa. Ogni tanto mettevano su un lento, come questo alla radio, e Jamie era come se seguisse la musica. Lenti i gesti delle mani, le carezze, i movimenti. Quella musica le faceva tornare tutto alla mente. Era una regina, allora, e non lo sapeva.

« Lila, » le pareva di sentirlo « hai qualche pensiero per la testa. Lo so. Che cosa c'è? ». E alla fine lei glielo diceva e Jamie la stava a sentire e non si metteva a discutere, qualunque cosa lei dicesse. Che pazza era stata a lasciarlo.

Nonostante i due maglioni, aveva ancora freddo. Ci voleva una coperta. Quando si era svegliata, la notte, ce l'aveva, ma adesso non si trovava più. Andò a prenderne una dalla cuccetta della cabina di prua.

Il tremito alle mani peggiorava. Come sempre quando si teneva dentro la rabbia. Avrebbe dovuto sfogarla sul Capitano, ma ormai era troppo tardi. Quando riusciva a urlare, a picchiare o anche solo a insultare qualcuno, a volte l'onda si arrestava.

Spense la radio.

Si sentivano solo il vento e il rumore dell'acqua contro lo scafo. Che silenzio. Tutto diverso che sul *Karma*.

Si chiese che cosa avrebbe potuto fare a Manhattan. Per procurarsi un po' di soldi. La cameriera in un bar, probabilmente. Ormai non aveva più molta scelta. E si sarebbe trovata un uomo. Come sempre. Se almeno quel Capitano fosse stato un tipo diverso e fossero potuti andare in Florida insieme. Ma era uno stupido pallone gonfiato. Le ricordava Sidney. Sidney era il tipo che si capiva subito che avrebbe fatto il medico o l'avvocato o simili. Si dava l'aria di essere tanto gentile e per bene, ma non era uno con cui potessi parlare sul serio. Sempre a guardarti dall'alto in basso, convinto che tu non te ne accorgessi.

Era quello il tipo di uomo che avrebbe dovuto frequentare, secondo sua madre. Il Capitano aveva la stessa espressione, come se avesse sempre qualche pensiero per la mente. Adesso Sidney faceva il pediatra, guadagnava una barca di soldi e aveva quattro bambini, le avevano detto. « Visto? » avrebbe detto sua madre.

Sua madre, oddio, no! Perché, quando incominciava il tremito alle mani, doveva sempre spuntare fuori sua madre? Gli uomini che piacevano a sua madre erano sempre ricchi. Come questo Capitano. Come Sidney. Quelle sono le vere puttane: le donne che si sposano per i soldi. Ma non doveva pensare questo di sua madre. Doveva cacciarsela dalla testa e basta.

Eccola, l'onda. Stava arrivando, le pastiglie non riuscivano a fermarla.

Però no, il Capitano non era proprio come Sidney. Era un altro tipo ancora. Un tipo strano, come se si tenesse qualcosa per sé.

Ieri notte, quando ballavano, in principio sembrava uno qualunque, ma poi si era come trasformato; era diventato leggero, senza peso.

Doveva sapere qualcosa di segreto. Che cosa aveva detto, esattamente? Roba su degli indiani, sul bene e il male.

Perché quei discorsi?

C'era dell'altro.

La casa del nonno: c'entrava con la casa del nonno.

Lila si sforzò di ricordare.

Il nonno parlava sempre del bene e del male. Faceva il predicatore.

Un po' come il Capitano. Il modo in cui aveva guardato quel cane morto, senza dire niente. Cioè no, aveva detto qualcosa: che stavano andando tutti dove andava quel cane!

Adesso ricordava: a casa del nonno, in tinello, c'era un quadro enorme, con un uomo in piedi su una barca, che attraversava un fiume diretto a un'isola. Sotto c'era una scritta in tedesco. « L'isola dei morti », le aveva spiegato il nonno. Poi il nonno era morto e lei lo immaginava sempre diretto a quell'isola. Dove c'era Lucky, che gli era corso incontro.

Il nonno parlava sempre del bene e del male, le diceva che sarebbe andata all'inferno, se non avesse fatto la brava. Il barcaiolo traghettava la gente fino all'isola, all'inferno, perché avevano peccato.

Lucky, il suo cane. Bianco e nero. Assomigliava al cane di oggi a galla sull'acqua, con le due zampe in aria.

Perché le erano tornati in mente suo nonno e il quadro? Il quadro era bruciato nell'incendio della casa. Dio aveva fatto bruciare la casa del nonno per mandarlo all'inferno. Era tutto così confuso!

È tutto senza senso, pensò Lila. Come sempre, del resto, ma adesso era peggio.

Chi era, questo Capitano? Sembrava tutto un sogno, come se lei in realtà fosse altrove. C'era qualcosa che non andava in lei, lo sapeva. Ma nessuno voleva dirle cosa.

Rimase ad ascoltare il vento. Era sempre più forte e la barca si inclinava sempre di più. Perché il fiume era così vuoto? Perché era così solitario? Se New York era vicina, dov'erano le altre barche?

Perché il vento urlava a quel modo?

E la gente sulle rive: quando la barca passava dalla riva non arrivava nessun suono. Come se la barca fosse invisibile.

Arrivò una raffica improvvisa e la cabina si inclinò ancora di più. Lila dovette reggersi forte, alzò gli occhi e vide il Capitano inquadrato dal boccaporto. Lui non poteva vederla; aveva la faccia triste e grave, come a un funerale. Come se reggesse una bara sulle spalle. C'era qualcosa che non andava.

Stava per succedere qualcosa di terribile. Non poteva continuare così. Doveva succedere qualcosa. Se lo sentiva nelle ossa. Stava arrivando. Quel cane sull'acqua.

Assomigliava a Lucky. Lucky: perché era tornato proprio ora?

Ma sì! Stavano arrivando a quel punto sotto le montagne! Come aveva detto che si chiamava, il Capitano? *La fine del mondo*. Perché l'aveva detto? Che cosa voleva dire?

CHE COSA?!

Si raggomitolò sulla cuccetta, con la coperta sopra la faccia, in ascolto. Si sentiva soltanto l'urlo del vento e il rumore dell'acqua contro lo scafo.

Poi, d'improvviso, un ruggito, quel ruggito assordante.

Cominciò a urlare.

11

Fedro ridusse il gas e mise al minimo e il motore scoppiettò assestandosi su una buona andatura. Poi diresse la barca contro il vento ululante, che colpì la vela con uno schianto di frusta. Allora corse a prua a liberare la drizza, calò la vela più velocemente che poté, l'avvolse con una sola ritenuta e tornò di corsa alla barra, prima che la barca uscisse di rotta.

Pazzo di un vento, una vera e propria tempesta, maledizione. E a Castleton non l'avevano avvisato!

L'acqua era tutta creste e spruzzi. Se ne sarebbe dovuto accorgere prima di arrivarci. Ma si era distratto.

Sciolse l'amantiglio dalla galloccia e calò il boma nel suo alloggiamento, poi tornò a sedere.

Con la vela ammainata e il motore avviato, per un po' poteva stare tranquillo. A destra incombeva il monte Storm King, a sinistra il Breakneck Ridge. Di fronte c'era West Point e l'ansa cieca che chiamavano « La fine del mondo ». Questo vento doveva essere l'effetto della strozzatura tra le montagne.

Dopo un po' capì che non sarebbe peggiorato: era moderatamente forte ma costante.

Quando aveva comperato la barca, credeva che navigare volesse dire starsene seduti tranquilli ad ammirare il paesaggio. Adesso aveva l'impressione di non essere mai rimasto fermo per più di cinque minuti, da quando era partito, senza doversi occupare urgentemente di qualcosa.

Per esempio, poco prima aveva serrato male la vela e il vento la stava sciogliendo. Legò la barra del timone, tornò a prua e questa volta sistemò tutto per bene, annodando con cura i matafioni.

Lila era ancora di sotto; strano che non avesse dato alcun segno di reazione, con tutto il subbuglio che c'era stato. Avrebbe potuto chiamarla per farle reggere il timone mentre lui sistemava la vela, ma aveva avuto l'impressione che sarebbe stato più semplice cavarsela da solo, lei non era il tipo da « signorsì » che serve in situazioni del genere.

Più avanti si vedevano le onde provocate dal cambiamento di direzione del fiume. Come se l'acqua fosse incattivita per il fatto di dover cambiare il suo corso. Avvicinandosi, la vide ribollire dal fondo e formare strani gorghi a virgola. Cambiò rotta, per allontanarsene.

Lila aveva preso male ogni sua parola. Meglio non peggiorare ancora la situazione. Viveva in un altro mondo, letteralmente. E sovrapporre i propri schemi ai suoi non era il modo per penetrare in quel mondo.

Eppure quello che le aveva detto sulla nave fasulla era importante. Ma lei non era stata a sentire. Non era il tipo che ti sta ad ascoltare. Aveva i suoi schemi di valore statici, fissi, e se ti mettevi a discutere si infuriava, e magari cercava di fartela pagare. Era un atteggiamento che Fedro conosceva bene. Ci si era scontrato per tutta la vita.

All'entrata sud dell'accademia militare il vento si ridusse a una lieve brezza. Quando la barca passò sotto le alte mura che sembravano una fortezza Fedro stava per gridare a Lila di salire a vedere, ma poi non lo fece. Non le sarebbe interessato.

Di lì a poco l'accademia era scomparsa e il vento riprese forza e diventò moderato. Ma Fedro non aveva voglia di issare la vela. Le ore passavano e lui era stanco. Andava bene anche con il motore.

Non aveva la minima voglia di scendere a terra, stasera. Voleva solo dormire.

Lila ha Qualità? La domanda di Rigel era una persecuzione. Sapeva che non avrebbe avuto pace finché non avesse trovato una risposta. Era così che funzionava il suo cervello. Perché poi aveva risposto di sì? Lila sembrava decisa a dare ragione a Rigel. Avrebbe fatto meglio a stare zitto.

Era lo stesso che domandarsi: un cane ha una natura-Buddha? Esattamente lo stesso.

Anzi, si poteva parafrasare per intero la poesia Zen di Mumon:

> Lila ha la Qualità?
> Questa è la più seria di tutte le domande.
> Se tu dici di sì, se tu dici di no,
> perdi la tua propria Qualità.

Esattamente quello che era successo: il suo errore era stato di rispondere « sì », andando a cacciarsi nel tipo di situazione « questo sì - questo no » che lo Zen vuole evitare.

... Non che la domanda non avesse risposta. La risposta c'era, solo che non aveva mai fine, non c'era una conclusione.

... Non è Lila che ha Qualità: la Qualità ha Lila. Niente può avere Qualità. Avere è possedere e possedere è dominare. Niente domina la Qualità. Se di possesso e di dominio si può parlare, è la Qualità a dominare e possedere Lila. A farla essere. Lila è un agglomerato di configurazioni statiche mutevoli di questa Qualità. Questo e nient'altro è Lila. Le parole che dice, i pensieri che pensa, i valori in cui crede sono il prodotto finale di tre miliardi e mezzo di anni di storia della terra. Lila è una specie di giungla di schemi di valore evolutivi. Non sa di dove le vengono, così come una giungla non sa come sia nata.

Eppure, nel mezzo della « giungla Lila » si trovano i resti di antiche civiltà preistoriche. Si potrebbe scavare sotto quelle rovine, come fanno gli archeologi, strato dopo strato, secolo dopo secolo, misurando dalla profondità nel terreno la profondità nel tempo.

Era un'idea interessante. Si poteva impostare tutta un'analisi intorno a quest'unica persona, intervistarla, scoprire i suoi valori e poi descrivere l'intera metafisica attraverso un singolo caso concreto... E sa Dio se la sua metafisica non avesse bisogno di ancorarsi al concreto. Avrebbe potuto farle domande di lì fino alla Florida.

Considerò meglio l'idea.

Sarebbe stata la situazione ideale per fare domande.

Tuttavia... che cosa avrebbe potuto dirgli, Lila? Gli schemi ci sono, ma lei non lo sa. Gli avrebbe raccontato del suo lavoro di segretaria, della sua nave fasulla, dei suoi piatti preferiti, si sarebbe lamentata del caffè di bordo, e basta. Bel viaggio, sarebbe stato.

E poi, si avvertiva come una stonatura. Era una cosa troppo voluta, troppo piena di « osservazioni oggettive ». L'aspetto Dinamico non veniva toccato. E c'è sempre l'indeterminatezza, l'espandibilità della Qualità dinamica. Sarebbe stato impossibile formulare previsioni in base ai suoi racconti.

Non solo. Lila non aveva una grande opinione di lui e probabilmente non gli avrebbe raccontato niente, come gli indiani con gli antropologi « oggettivi ».

Ci sarebbe voluto Dusenberry. Lui avrebbe saputo cavarle fuori le cose che contano. Io sono bravo soltanto a costruire la teoria, si disse Fedro.

La teoria comunque era giusta. Lila è fatta di schemi di valore statici che vanno evolvendo verso una

Qualità dinamica. Teoricamente, almeno. Lila, come tutti del resto, sta camminando in quella direzione. Ma a che punto si trovi, non si può sapere.

Quella teoria gli si era presentata parecchi mesi prima con l'enunciato: « La vita è una migrazione di schemi statici verso la Qualità dinamica ». E da allora aveva continuato a fermentargli nella testa.

Nella metafisica tradizionale, incentrata sulla nozione di sostanza, la vita non evolve in nessuna direzione. È solo un'estensione delle proprietà degli atomi. Necessariamente, perché esistono solo atomi e forme di energia. Ma nella Metafisica della Qualità ciò che si evolve non sono le configurazioni di atomi. Ciò che si evolve sono configurazioni statiche di valore, e se con questo non mutano i fatti dell'evoluzione, l'interpretazione che se ne può dare ne viene però completamente rivoluzionata.

Storicamente, l'assunto della metafisica soggetto-oggetto che il mondo sia fatto di sostanza, ha rappresentato fin dall'inizio un problema per la teoria evoluzionistica. Quando fu enunciata, ancora non si sapeva che a livello di fotoni, di elettroni e di altre particelle infinitesimali la legge di causa ed effetto non vale; che gli elettroni e i fotoni appaiono e scompaiono senza che sia possibile prevederne il comportamento individuale e senza una causa individuale. Sicché oggi siamo di fronte al paradosso di una teoria dell'evoluzione in cui l'uomo è inesorabilmente sottoposto alle leggi di causa ed effetto dell'universo, mentre le particelle di cui è fatto il suo corpo non lo sono. E nessuno sembra rilevare la contraddizione; ma non per colpa di questa o quella disciplina. I fisici possono ignorarla perché non si occupano dell'uomo. E gli studiosi di scienze sociali possono ignorarla perché non si occupano di particelle subatomiche.

Perciò, benché la fisica moderna l'abbia demolita alla base già da parecchi decenni, l'interpretazione deterministica dell'evoluzione è sopravvissuta perché, in sostanza, non esisteva un'altra spiegazione più plausibile. Però ha sempre avuto, fin dall'inizio, qualcosa di poco convincente, che non è mai riuscita a togliersi. È stata capace di riempire volumi su volumi sulla sopravvivenza del più adatto, ma non è mai arrivata a spiegare perché ciò avvenga.

Sembra un problema marginale, cui si tende a dare qualche risposta sbrigativa per levarselo di torno. O una di quelle domande tra l'aggressivo e l'ignorante che ti tirano fuori i fondamentalisti. E invece dobbiamo porcela: perché sopravvivono i più adatti? Perché, anzi, sopravvive la vita, qualsiasi forma di vita? È illogico, è una proposizione contraddittoria che la vita sopravviva. Se la vita è un effetto delle forze fisiche e chimiche della natura, perché la lotta per la sopravvivenza è precisamente un opporsi a quelle forze? La vita o è alleata della natura fisica oppure le è contro. Se è alleata, che bisogno ha di lottare per sopravvivere? E se le è contro, ci deve essere qualcosa di indipendente dalle forze fisiche e chimiche della natura che spinge la vita a opporvisi. Il secondo principio della termodinamica afferma che tutti i sistemi energetici si scaricano, come gli orologi, e non possono ricaricarsi da soli. Invece la vita non solo si carica, trasformando acqua marina, luce solare e aria, che sono a bassa carica energetica, in sostanze chimiche ricche di energia, ma si riproduce di continuo in una serie di « orologi » sempre più precisi, che continuano a caricarsi sempre più velocemente.

Perché, ad esempio, un gruppo di composti semplici e stabili di carbonio, idrogeno, ossigeno e azoto avrebbero dovuto lottare per miliardi di anni allo scopo di organizzarsi, mettiamo, in un professore di chimica? Che cosa li ha spinti? Se questo professore noi lo lasciamo esposto su uno scoglio al sole per un tempo sufficientemente lungo, le forze della natura lo ridurranno a una serie di composti di carbonio, ossigeno, idrogeno e azoto, più un po' di calcio e di fosforo con tracce di altri minerali. E la reazione è irreversibile. Qualunque sia il professore usato e il processo a cui lo sottoponiamo, non è possibile ritrasformare quei composti in un professore di chimica. I professori di chimica sono una mescolanza instabile di composti prevalentemente instabili che, sotto l'azione del calore solare, decadono irreversibilmente, trasformandosi in composti organici e inorganici più semplici. È così, è un dato scientifico.

A questo punto la domanda è la seguente: perché allora la natura è capace del processo inverso? Che cosa fa sì che composti inorganici diventino un professore? Non l'energia solare, abbiamo appena visto quali sono i suoi effetti. Deve per forza essere altro. Ma che cosa?

Di tutte le pagine che Fedro si era letto sull'evoluzione, nessuna accennava a una risposta. Conosceva, naturalmente, le risposte della teologia, ma quelle non sono convalidate dall'osservazione scientifica. Gli evoluzionisti si limitavano a dire che dall'osservazione scientifica dell'universo non sono mai emersi indizi di un disegno, di una direzione verso la quale la vita stia andando.

E con questo il problema è bellamente accantonato, al punto che verrebbe da concludere che l'argomento non riveste né ha mai rivestito interesse per gli evoluzionisti. Ma se si va a leggere la storia delle teorie evoluzionistiche, si scopre che questo non è vero. Il primo grande evoluzionista, che non fu Darwin bensì Lamarck, sosteneva che la vita evolve verso la perfezione (leggi: Qualità). Anche Alfred Wallace, colui che, arrivando indipendentemente a una teoria quasi identica a quella di Darwin, spinse quest'ultimo a pubblicare la propria, sosteneva che la selezione naturale non basta a spiegare la comparsa e lo sviluppo dell'uomo. E dopo Darwin molti altri continuarono a negare l'assenza di finalità della vita.

C'era un articolo di Ernst Mayr su «Scientific American» che sintetizzava bene la questione:

«Coloro che rifiutavano l'idea di selezione naturale su basi religiose o filosofiche o semplicemente perché la ritenevano un processo troppo casuale per rendere conto dell'evoluzione, continuarono per anni a proporre ipotesi alternative, variamente chiamate ortogenesi, nomogenesi, aristogenesi o il "punto Omega" di Theilhard de Chardin; teorie che postulavano tutte qualche immanente tendenza o pulsione verso la perfezione o il progresso. Possiamo definirle finalistiche in quanto ipotizzano l'esistenza di una teleologia, di uno scopo o programma cosmici.

« I sostenitori delle teorie teleologiche non sono però riusciti, nonostante gli sforzi, a individuare alcun meccanismo (che non fosse di natura sovrannaturale) capace di spiegare il finalismo da essi postulato. E oggi i dati della biologia molecolare sembrano escludere la possibilità che un siffatto meccanismo esista.

« L'evoluzione, insomma, è spregiudicatamente opportunistica: favorisce qualunque variazione offra un vantaggio nella competizione con altri organismi della stessa specie o con individui di altre specie. Per miliardi di anni ciò che chiamiamo progresso in senso evoluzionistico è stato automaticamente alimentato da tale processo selettivo, senza un programma a condizionarlo o dirigerlo. L'evoluzione è il risultato di una serie di decisioni estemporanee della selezione naturale ».

Era chiaro che, secondo Mayr, la questione andava considerata chiusa e che il suo atteggiamento era condiviso da tutti, a parte gli antievoluzionisti. Ma a Fedro quell'articolo suggerì un'altra possibilità. Scrisse su una scheda: « Sembra evidente che non esiste alcuno schema meccanicistico verso cui sia indirizzata la vita. Ma se il progresso della vita fosse invece un allontanamento da schemi meccanicistici? Controllare se questa eventualità è stata presa in considerazione ».

Fedro però ne dubitava. Mancavano i concetti necessari per affrontare il problema. In una metafisica in cui le leggi universali statiche sono considerate il fondamento di tutto, l'idea che la vita stia evolvendo verso l'emancipazione da qualunque legge solleva solo incredulità. Non ha senso. Sarebbe come dire che la vita sta andando verso il caos, perché il caos è l'unica alternativa a una struttura per schemi che una metafisica condizionata dall'idea di legge possa concepire.

Ma la Qualità dinamica non è strutturata e tuttavia non è caotica. È valore, e il valore non può essere imprigionato in schemi statici. Escludendo ogni « meccanismo » o « programma » finalistici, gli evoluzionisti sostanzialisti non davano affatto la dimostrazione inconfutabile dell'assenza di finalità della vita biologica. Anzi, senza volere, offrivano uno splendido esempio di come i valori creino la realtà.

La scienza attribuisce molto valore agli schemi statici. Metterli in luce è il suo mestiere. E quando si verifica una non conformità, questa non è considerata una forma della normalità, bensì un'interruzione della normalità. Ogni deviazione da uno schema statico, dalla norma, va subito spiegata e possibilmente tenuta sotto controllo. La « realtà » che la scienza ci descrive è il tipo di realtà che si adegua a meccanismi e previsioni. Il resto, ciò che non vi si adegua, è robaccia, e neanche la si guarda.

Capito il trucco? Una cosa non esiste perché non è mai stata notata. Non è mai stata notata perché non abbiamo mai guardato se c'era. E non abbiamo mai guardato perché quella cosa non è importante, non vale niente, e noi non possiamo stare a perdere il nostro tempo prezioso per cose del genere.

Poiché seguiva una metafisica diversa, Fedro vide subito che quelle decisioni estemporanee, apparentemente casuali e insignificanti, di cui parlava Mayr, dalle quali era dipesa la direzione dell'evoluzione, erano in realtà la Qualità dinamica. La Qualità dinamica, la sorgente di tutte le cose, la punta preintellettuale della realtà, arriva sempre « estemporaneamente ». E come altro potrebbe arrivare?

Eliminato il pregiudizio contro la estemporanea Qualità dinamica, ti si spalancavano davanti nuovi mondi di realtà. Certo che non esiste alcun meccanismo finalistico: i meccanismi sono i nemici della vita. Più sono statici e rigidi, più la vita si dà da fare per aggirarli o vincerli.

Prendiamo la legge di gravità: è forse lo schema di ordine più spudoratamente statico dell'universo. Di conseguenza non esiste essere vivente che non le faccia marameo dalla mattina alla sera. Si potrebbe quasi dire che la vita è un movimento di disobbedienza organizzata alla legge di gravità. E si potrebbe dimostrare che la misura in cui un organismo le disubbidisce è una misura del suo grado di evoluzione. Per esempio, mentre il semplice protozoo è capace soltanto di oscillare sulle sue ciglia, già il lombrico riesce a compiere notevoli spostamenti e a darsi una direzione, gli uccelli volano nel cielo e l'uomo ti arriva addirittura sulla Luna.

La stessa analisi si potrebbe applicare ad altre leggi della fisica, come il secondo principio della termodinamica; anzi, pensava Fedro, se si aveva la pazienza di raccogliere un numero sufficiente di esempi di tutte le violazioni perpetrate contro le leggi dell'universo e poi da queste si formulava una generalizzazione, si poteva arrivare a una teoria dell'evoluzione completamente diversa. Se vogliamo spiegare la vita in base a leggi fisiche, non possiamo ignorare quanto siano schiaccianti le prove che queste leggi sono di continuo e volutamente aggirate dalla vita. Se gli atomi diventano professori di chimica, vuol dire che c'è qualcosa, nella natura, a cui non piacciono le leggi dell'equilibrio chimico o la legge di gravità o quelle della termodinamica o qualsiasi altra legge che limiti la libertà delle molecole. Le molecole si adeguano alle leggi solo perché non possono farne a meno, ma preferiscono un'esistenza completamente libera.

Ecco perché le forme di vita non cambiano sempre in base a « meccanismi » o « programmi » causali o secondo il cieco operare di leggi fisiche. Non è vero che un cambiamento vale l'altro. I cambiamenti avvengono sempre in modo da eludere, vincere o aggirare le leggi. Le forme di vita evolvono di continuo in risposta a un qualcosa « che è meglio » di quello che hanno da offrire queste leggi.

A prima vista un'affermazione del genere sembrerebbe contraddire quello che è il caposaldo dell'evoluzionismo: la convinzione che la vita evolva in risposta a null'altro che il processo di selezione naturale, che vuole la « sopravvivenza del più adatto ». Ma « sopravvivenza del più adatto » è una di quelle espressioni, come « mutante » o « disadattato », che riempiono la bocca, basta non chiedere che cosa significhino esattamente. Più adatto a che cosa? Alla sopravvivenza? Allora sarebbe come dire « sopravvivenza di chi riesce a sopravvivere », che non dice nulla. La frase ha senso soltanto se per più adatto si intende il migliore, cioè « che ha più Qualità ». E non una qualità qualunque, si badi bene, ma la Qualità non definita! Come si capisce dall'articolo di Mayr, i darwinisti sono assolutamente sicuri che non è possibile definire che cosa significhi quel « più adatto ».

Ottimamente! Questo « non definito più adatto » a cui gli evoluzionisti tengono tanto è lo stesso che Qualità dinamica. La selezione naturale è la Qualità dinamica all'opera. Non c'è nessuna contraddizione tra la Metafisica della Qualità e la teoria evoluzionistica di Darwin. E nemmeno tra la Metafisica della Qualità e le teorie « teleologiche », che sostengono che la vita ha uno scopo. Queste opposte dottrine sono unificate entro una struttura metafisica più ampia, capace di accoglierle entrambe senza che vi sia contraddizione.

Ora il fiume stava aprendosi in un ampio lago, segnato sulla carta che Fedro aveva di fianco come Tappan Zee. Sul modello di Zuider Zee, pensò: bravi ad aver mantenuto il vecchio nome olandese. Si volse a guardare indietro: ecco là le montagne in mezzo alle quali era appena passato. Le ultime. Stava per arrivare alla fine del continente americano. Presto questa barca, che era robusta e massiccia, si sarebbe trovata per la prima volta nell'Atlantico, nel suo vero ambiente. Era emozionante, dopo così tante settimane. Quella barca era fatta per solcare oceani e circumnavigare continenti, non per le « regate di flotta » in placide acque interne.

Mancavano ancora parecchie ore al tramonto. La barca filava a velocità pazzesca. La corrente doveva essersi fatta più forte nella gola tra le montagne, pensò Fedro. Ma adesso, secondo i suoi calcoli, la marea avrebbe incominciato a cambiare e il resto del percorso l'avrebbero fatto più lentamente.

Comunque, l'idea di « migrazione di schemi statici verso la Qualità dinamica », alla quale aveva continuato a pensare, finora aveva retto. Di solito, quando un'idea crollava, era sempre sotto i colpi degli assunti della metafisica convenzionale, sostanzialistica; ma questa, con la Metafisica della Qualità a sostenerla, reggeva. Aveva provato a immaginare una serie di possibili obiezioni che riuscissero a farla crollare, ma non ne aveva trovata nessuna che tenesse davvero. Perciò negli ultimi mesi si era messo a perfezionarla.

La definizione della vita come « migrazione verso la Qualità dinamica » non solo si accordava con quello che sappiamo sull'evoluzione, ma apriva nuove possibilità interpretative.

Si può interpretare l'evoluzione biologica come un processo in cui forze dinamiche deboli presenti a livello subatomico inventano stratagemmi per avere la meglio su potenti forze inorganiche a livello sovraatomico. Il trucco consiste nello sfruttare certi meccanismi sovra-atomici in cui l'equilibrio tra diverse opzioni è così delicato che basta una minima forza dinamica per far pendere la bilancia da una parte piuttosto che dall'altra.

In particolare, le deboli forze dinamiche hanno scelto come loro veicolo privilegiato l'atomo del carbonio. Tutti gli esseri viventi contengono carbonio, eppure, a parte l'estrema durezza di una delle sue forme cristalline, gli atomi del carbonio, se andiamo a studiarne le proprietà, non hanno niente che sia particolarmente degno di nota. Rispetto a certe costanti fisiche, come il punto di fusione, la conducibilità, la ionizzazione, ecc., il carbonio si comporta né più né meno come lascia prevedere la sua posizione nella tavola periodica degli elementi. Non dà proprio segno di possedere poteri miracolosi, capaci di far spuntare professori di chimica su un pianeta privo di vita.

L'unica proprietà fisica che lo distingue è il fatto di essere il più leggero e il più attivo tra gli elementi del IV gruppo, tutti caratterizzati da legami chimici ambigui. Di norma i metalli del I, II e III gruppo, che sono elettropositivi, non si combinano mai con elementi del loro gruppo, bensì solo con i non metalli elettronegativi dei gruppi V, VI e VII. Ma il IV gruppo sta a metà strada fra metalli e non metalli, sicché il carbonio a volte si combina con metalli, a volte con non metalli, altre volte se ne sta per conto suo senza combinarsi con niente, e altre volte ancora si combina con se stesso in lunghe catene o anelli più o meno ramificati.

Secondo Fedro proprio quest'ambiguità combinatoria del carbonio offriva l'occasione ideale alle deboli forze dinamiche a livello subatomico. I legami del carbonio costituivano un meccanismo dall'equilibrio delicato sul quale era facile avere la meglio. Erano un veicolo che esse avrebbero potuto guidare verso ogni sorta di libertà semplicemente attivando ora questo ora quel legame secondo combinazioni praticamente illimitate.

Detto fatto. I composti del carbonio oggi noti sono oltre due milioni, circa venti volte più numerosi di tutti gli altri composti esistenti. La chimica della vita è la chimica del carbonio. Ciò che distingue tra loro le varie specie vegetali e animali è, alla fin fine, il diverso modo in cui gli atomi di carbonio hanno scelto di legarsi insieme.

Ma l'invenzione dei legami dinamici del carbonio è solo uno degli stratagemmi evolutivi. L'altro è la conservazione di ciò che è stato inventato. Qualsiasi progresso dinamico si vanifica, se non riesce a trovare un qualche schema statico che lo protegga dalla regressione allo stato di prima. L'evoluzione non può essere un movimento in avanti continuo. Deve per forza procedere come una cremagliera: uno scatto dinamico in avanti su una salita inesplorata, poi, se l'effetto è soddisfacente, si mette in fermo per consolidare il passo compiuto; quindi un altro scatto in avanti e un'altra sosta.

Per continuare e consolidare la sua scalata al livello *molecolare*, la forza dinamica aveva bisogno di una molecola di carbonio che fosse capace di mantenere la sua limitata libertà dinamica dalle leggi inorganiche e nello stesso tempo di resistere al decadimento allo stato iniziale di composti semplici del carbonio. Lo studio della natura mostra che la forza dinamica, incapace di risolvere il problema in questo modo, lo aggirò inventando due molecole: una statica, capace di resistere all'abrasione, al calore, all'aggressione chimica, ecc.; e una dinamica, in grado di mantenere a livello molecolare l'indeterminatezza subatomica e capace di « esperienze illimitate » in fatto di combinazioni chimiche.

La molecola statica, pesante, chimicamente inerte, dall'aspetto plasticoso, la proteina, avvolge la molecola dinamica, impedendo che questa sia attaccata dalle forze della luce e del calore e da altri agenti chimici che avrebbero buon gioco della sua sensibilità e la distruggerebbero. In cambio, la molecola dinamica, detta DNA, dice a quella statica che cosa deve fare e la fa sostituire quando è consumata; può anche rimpiazzare se stessa senza bisogno di essere consumata e persino modificare la propria natura per affrontare condizioni avverse. Le forme più semplici di vita, come certi virus, consistono di queste due molecole abbinate e basta.

La divisione di tutte le configurazioni biologiche in una funzione dinamica e una funzione statica si ripropone su su fino ai più alti livelli evolutivi. La formazione nella cellula di pareti semipermeabili, che lascino penetrare le sostanze nutritive ed escludano quelle nocive, rappresenta il momento di stasi: è una sorta di catenaccio statico. E così pure la creazione di ossa, gusci, cotenne, pellicce, tane, case, villaggi, castelli, riti, simboli, leggi, biblioteche. Tutte cose che servono a impedire la degenerazione evolutiva.

Invece il passaggio, nella riproduzione cellulare, dalla mitosi alla meiosi, che, introducendo la scelta sessuale, consente un'enorme differenziazione del DNA, è un avanzamento dinamico. Ed è un avanzamento dinamico l'organizzazione delle cellule in società di metazoi, le piante e gli animali. Come anche la scelta sessuale, la simbiosi, la morte e rigenerazione, la partecipazione a una collettività, la comunicazione, il pensiero teoretico, la curiosità, l'arte. In un'ottica evoluzionista sostanzialistica, molte di queste conquiste sono considerate semplicemente proprietà accidentali della macchina molecolare. Invece, se si pone il valore a fondamento dell'evoluzione, diventano tutte intime manifestazioni del processo dinamico, che spinge la vita sempre più avanti, verso livelli di sempre maggiore versatilità e libertà.

Può anche succedere che venga compiuto uno scatto dinamico in avanti senza che si trovi un ingranaggio a cui agganciarlo, e allora la ruota scivola indietro alla posizione di prima. In questo modo vanno perdute intere specie e intere civiltà. Oppure uno schema statico diventa così forte da inibire qualunque scatto dinamico. In entrambi i casi, per un po' il processo evolutivo si arresta. Se però va avanti, si ha sempre come risultato un'aumentata capacità di controllare le forze ostili oppure una maggiore versatilità oppure entrambe le cose. La maggiore versatilità è un progresso verso la Qualità dinamica, la maggiore capacità di controllo un progresso verso la qualità statica. Ma ciò che conta è che senza la Qualità dinamica l'organismo non può crescere e senza la qualità statica non può durare. Sono necessarie entrambe.

Se, a questo punto, torniamo al nostro professore di chimica e lo osserviamo mentre studia i suoi dati raccolti empiricamente e cerca di interpretarli, ecco che questa figura acquista senso. Non è più un mero alieno imparziale venuto dallo spazio senza altro scopo che raccogliere dati oggettivi sul nostro mondo. E neppure è una specie di macchina biologica statica, una somma di molecole, un oggetto, che agisce ciecamente, senza alcuno scopo. Vediamo come lo scopo che lo muove nel fare i suoi esperimenti sia lo stesso che, miliardi di anni fa, aveva spinto le forze subatomiche a iniziare la sua costruzione: la ricerca di informazioni che espandano gli schemi statici dell'evoluzione stessa, conferendole nel medesimo tempo maggiore versatilità e maggiore stabilità contro le forze statiche ostili della natura. Se nel suo lavoro il nostro professore è mosso da motivazioni personali, come il fatto di provarci gusto, tanto meglio: questa è Qualità dinamica. Ma in ogni caso, come giustamente farà presente nel sollecitare finanziamenti, la sua ricerca settoriale rientra nel fine evolutivo globale dell'umanità.

12

Una volta Fedro aveva paragonato la metafisica alle grandi altitudini. Si fatica per arrivarci e una volta arrivati si fatica per avanzare, ma se non si tenta la scalata si è condannati a rimanere per tutta la vita nell'angusta valle dove si è nati. Il passo ad alta quota della Metafisica della Qualità immette in un'altra valle di pensiero, dove i fatti della vita ricevono un'interpretazione molto più ricca. E si scopre che la valle si apre su una vasta e fertile pianura mentale.

Lì gli schemi di valore statici si suddividono in quattro sistemi: inorganico, biologico, sociale e intellettuale, che comprendono tutto ciò che esiste. Se si costruisse un'enciclopedia intorno a quelle quattro voci: Inorganico, Biologico, Sociale e Intellettuale, non rimarrebbe fuori niente. O meglio, non rimarrebbe fuori nessuna « cosa ». Solo la Qualità dinamica, che nessuna enciclopedia può descrivere, non comparirebbe.

I quattro sistemi includono ogni cosa, ma non in modo da escludersi a vicenda. Operano contemporaneamente, anche se in maniera quasi del tutto indipendente l'uno dall'altro.

Se questa classificazione degli schemi statici non è propriamente originale, originale è un'affermazione che la Metafisica della Qualità consente di fare su di essi. Gli schemi non sono continui, bensì discreti. Non c'è quasi scambio. Ciascun livello, benché costruito sul livello inferiore, non ne è un'estensione, anzi si può notare come si trovi spesso in opposizione con esso, come cerchi di dominarlo, di condizionarlo, ove possibile, per i propri fini.

Questa osservazione sarebbe impossibile in una metafisica sostanzialistica, dove tutto è necessariamente un'estensione della materia. Ora invece atomi e molecole sono semplicemente uno dei quattro livelli di schemi statici e non vi è più necessità logica di postulare un rapporto gerarchico di causa ed effetto.

Un'ottima metafora dell'indipendenza dei quattro livelli potrebbe essere il rapporto tra software e hardware in un calcolatore. Fedro ne sapeva qualcosa perché per quattro anni aveva curato la stesura di manuali sul funzionamento di complessi elaboratori militari. Aveva imparato a diagnosticare elettronicamente i guasti e sapeva perfino cablare alcuni circuiti digitali costruiti da lui, che all'epoca (si era prima dei chip) consistevano di transistori, diodi, resistori e condensatori, collegati con fili e saldati insieme. Ebbene, dopo quattro anni di lavoro sui calcolatori, aveva solo una vaghissima idea di che cosa fosse un programma. Nessuno degli ingegneri elettronici suoi colleghi aveva niente a che fare con i programmi. I programmatori appartenevano a un altro reparto, stavano in un altro edificio, nessuno li aveva mai visti.

Successivamente, quando si trovò a lavorare con i programmatori, scoperse che pochissimi di loro sapevano come funzionava un flip-flop. A Fedro sembrava una lacuna madornale. Il flip-flop è un circuito che immagazzina un « 1 » o uno « 0 ». Se non sai come funziona, non sai niente di calcolatori.

La spiegazione è che non è necessario che il programmatore sappia progettare un circuito. Così come non è necessario che il tecnico di hardware sappia programmare. Sono campi indipendenti. A parte una mappa della memoria centrale e un minuscolo segmento di informazioni in comune, il « Repertorio di istruzioni in linguaggio macchina », un elenco che potrebbe stare tutto su una pagina di quaderno, i circuiti elettronici e i programmi che in un medesimo momento si trovano nel medesimo calcolatore non hanno la benché minima relazione.

Il Repertorio di istruzioni in linguaggio macchina affascinava Fedro appunto perché l'aveva visto da angolazioni così diverse. In quei quattro anni aveva descritto lo hardware di molte centinaia di modelli, spiegando come i livelli di tensione venivano trasferiti da un banco di flip-flop all'altro per dare luogo a una singola istruzione. Le istruzioni in linguaggio macchina erano il risultato, la meta verso la quale tendevano tutti i circuiti, l'accordo finale di una grandiosa sinfonia di commutazioni.

Ma quando era passato a occuparsi di programmi, aveva scoperto che lì la sinfonia dei circuiti era sentita come una semplice nota di un'altra sinfonia completamente diversa. I circuiti di porta, i tempi di salita e di decadimento, i margini per i livelli di tensione era come se non esistessero. E i suoi beneamati banchi di flip-flop erano diventati « registri ». Tutto veniva guardato da un mondo rarefatto e simbolico di relazioni logiche, che non assomigliava per niente al mondo « reale » in cui Fedro aveva lavorato sino allora. Il Repertorio, che prima era il punto di arrivo di tutta la struttura, adesso era l'elemento più infimo del più basso livello del linguaggio di programmazione. La maggior parte dei programmatori non aveva mai occasione di usarlo e neanche sapeva che cosa fosse.

I progettisti di circuiti e i programmatori capivano entrambi benissimo, per esempio, l'istruzione « Carica l'accumulatore », solo che le davano significati completamente diversi, tra i quali esisteva un rapporto puramente analogico. Un registro è analogo a un banco di flip-flop. Un cambiamento del livello di tensione è analogo a un cambiamento di numeri. Sono analoghi, ma non la stessa cosa. Nemmeno in quell'esile ponte tra i due tipi di schemi statici che chiamiamo « hardware » e « software » si dava alcuno scambio diretto di significati. Passando dall'uno all'altro, la stessa istruzione in linguaggio macchina diventava un'entità completamente diversa.

Al di sopra di questo linguaggio di programmazione a basso livello c'era un linguaggio di programmazione ad alto livello, che all'epoca era il FORTRAN o il COBOL, altrettanto indipendente dal linguaggio a basso livello quanto questo lo era dai circuiti elettronici. E al di sopra del linguaggio ad alto livello c'era un altro ordine di schemi, l'applicazione: per esempio, in un programma di elaborazione di testi, un romanzo. La cosa che più faceva impazzire Fedro era che si sarebbe potuto andare avanti per l'eternità a verificare con un oscilloscopio i circuiti di quel calcolatore senza mai trovare il romanzo.

Ciò che rende queste osservazioni importanti per la Metafisica della Qualità è l'impressionante parallelismo con le interrelazioni esistenti tra i diversi livelli di schemi statici di qualità.

È vero che nel calcolatore il romanzo non può esistere senza il supporto di un sistema parallelo di tensioni elettriche, ma questo non significa che il romanzo sia un'espressione o una proprietà di quelle tensioni. Non ha necessità, per esistere, di alcun circuito elettronico. Potrebbe anche trovarsi in un campo magnetico, per esempio su un disco o su un tamburo o su un nastro, ma non è fatto di campi magnetici e neppure ne dipende. Così come potrebbe essere contenuto in un quaderno senza per questo essere composto o posseduto dalla carta e dall'inchiostro. Neppure quando è nel cervello del programmatore possiamo dire che è fatto di materia cerebrale o che quel cervello lo possiede. Uno stesso programma può essere fatto girare su un'infinità di calcolatori diversi; può modificarsi mentre gira; inserire un altro calcolatore, trasferirsi su questo, disinserire il primo calcolatore dal quale è venuto, cancellando ogni traccia delle proprie origini. Che è un po' quello che avviene nella riproduzione degli esseri viventi.

Ecco: spiegare le configurazioni morali della società in base ai modelli della chimica inorganica è come pretendere di raccontare la trama di un romanzo scritto al calcolatore descrivendo i circuiti di cui è fatta la macchina. Non si può. I circuiti elettronici rendono possibile il romanzo, ma non ne forniscono la trama. Il romanzo è le sue configurazioni. Analogamente, le configurazioni biologiche della vita e le configurazioni molecolari della chimica organica hanno un'interfaccia in linguaggio macchina, il DNA, ma ciò non significa che gli atomi di carbonio, di idrogeno o di ossigeno posseggano o dirigano la vita. Una delle funzioni principali di ciascun livello evolutivo sembra essere quella di offrire ai livelli inferiori maggiore libertà. Ma poi, raggiunto un grado più elevato di raffinatezza, il livello superiore se ne va per la sua strada.

Se si riesce a capire questa faccenda dell'indipendenza tra i vari livelli di schemi di valore statici, si viene finalmente a capo di molti problemi prima insoluti. A cominciare dall'eterna questione della definizione del valore. Nella metafisica soggetto-oggetto, valore è sempre stato un termine estremamente vago e ambiguo. Che cos'è il valore? Che cosa significa la frase «il mondo è composto unicamente di valore»?

Secondo Fedro, quest'ultima idea non era mai stata presa in considerazione appunto perché la parola valore è troppo vaga. È ovvio che il «valore» che tiene insieme un bicchiere d'acqua e il «valore» che tiene insieme una nazione non sono la stessa cosa.

Perciò dire che il mondo è solo valore non chiarisce niente, anzi confonde.

Se però distinguiamo i valori secondo i livelli di evoluzione, ecco che la vaghezza scompare. Il valore che tiene insieme un bicchiere d'acqua è una configurazione inorganica. Quello che tiene insieme una nazione è una configurazione sociale. Sono diverse perché il loro livello evolutivo è diverso. Ed entrambe sono diverse dal valore che fa saltare giù da una stufa rovente anche il più scettico dei filosofi. In comune hanno soltanto il processo evolutivo storico dal quale tutte e tre sono nate. Che è, appunto, un processo di evoluzione del valore. Perciò la definizione « schema di valore statico » è generale e comprende tutto.

Fuori uno. Un altro grossissimo problema è quello del rapporto fra mente e materia.

Se il mondo è fatto esclusivamente di configurazioni mentali e configurazioni materiali, quale rapporto connette le une alle altre? A leggere le centinaia di tomi scritti sull'argomento viene da concludere che nessuno lo sa, o almeno che nessuno lo sa con sufficiente certezza da convincere anche gli altri. I filosofi materialisti affermano che tutto è materia e che la materia crea la mente. I filosofi idealisti affermano che tutto è mente e che la mente crea la materia. Poi ci sono i positivisti, che dicono: questa disputa può andare avanti in eterno, sicché lasciamo perdere.

Un ottimo consiglio, se lo si potesse seguire. Purtroppo, quello del rapporto tra mente e materia è uno dei più laceranti problemi della fisica, la scienza alla quale i positivisti si ispirano. Lacerante non a causa delle scoperte fatte in laboratorio, perché i dati sono dati, bensì per colpa dello schema di riferimento teoretico usato per trattare i dati. Il difetto sta nel manico, ossia nella metafisica soggetto-oggetto.

La metafisica soggetto-oggetto usa gli stessi quattro schemi statici della Metafisica della Qualità, dividendoli in due gruppi di due: schemi inorganici-biologici, che chiama « materia », e schemi sociali-intellettuali, che chiama « mente ». Ma proprio questa bipartizione è la fonte del problema. Considerando materia e mente come entità eternamente separate ed eternamente diverse tra loro, la metafisica soggetto-oggetto partorisce un ornitorinco grande come il sistema solare.

D'altra parte non può fare diversamente, avendo posto in cima alla sua costruzione quella prima distinzione tra soggetti e oggetti. Una volta diviso così l'universo, tutto deve necessariamente essere o soggetto o oggetto, o sostanza o non sostanza. Le configurazioni inorganiche-biologiche sono fatte di « sostanza » e dunque sono « oggettive ». Le configurazioni sociali-intellettuali non sono fatte di sostanza, dunque sono « soggettive ». A questo punto, dopo aver operato questa arbitraria distinzione, la metafisica tradizionale si chiede: « In che rapporto stanno mente e materia, soggetto e oggetto? ».

E per tutta risposta ti fabbrica quest'altro ornitorinco che è « l'uomo ». « L'uomo » ha un corpo (dunque non è in se stesso corpo) e ha anche una mente (dunque non è in se stesso mente). Ma se ci si domanda che cosa sia allora questo « uomo » (che non è un corpo e nemmeno una mente), ci si ritrova con le mani vuote. Infatti, a prescindere dalle configurazioni che lo costituiscono l'« uomo » non esiste. L'uomo è le sue configurazioni.

Questo fantomatico « uomo » ha molti sinonimi: « l'umanità », « la gente », « il pubblico », e perfino dei pronomi: « io », « lui », « loro ». La nostra lingua si è strutturata così saldamente intorno a queste parole, così comode da usare, che è impossibile liberarsene. Del resto, non è nemmeno necessario. Si può benissimo continuare a usarle, come si può continuare a usare « sostanza », a patto di ricordarsi che sono, appunto, nomi per designare un insieme di configurazioni e non già realtà primarie, autonome.

Nella Metafisica della Qualità, che pone al centro il valore, i quattro gruppi di schemi statici non sono separati nei due compartimenti stagni di mente e materia. La materia è solo un nome per designare certe configurazioni di valore di tipo inorganico. Le configurazioni biologiche, quelle sociali e quelle intellettuali poggiano, sì, sulle configurazioni della materia, ma ne sono indipendenti. Hanno regole e leggi proprie, non derivabili dalle regole e dalle leggi della sostanza. Questo modo di pensare può sembrare insolito, ma basta riflettere un attimo per stupirsi, semmai, di non averlo adottato prima. Non è certo molto più plausibile pensare che un atomo possegga nella sua struttura abbastanza informazioni per costruire la città di New York. Le configurazioni biologiche, sociali e intellettuali non sono proprietà della sostanza. Le leggi che le creano e le distruggono non sono le leggi degli elettroni, dei protoni e delle altre particelle elementari. Le forze che creano e distruggono queste configurazioni sono le forze del valore.

La conclusione della Metafisica della Qualità è dunque che sul problema mente-materia tutte le scuole filosofiche sono nel giusto. Le configurazioni statiche inorganiche contengono la mente. E le configurazioni statiche intellettuali contengono la materia. Mente e materia sono livelli evolutivi totalmente separati e autonomi di schemi di valore statici; perciò l'una può contenere l'altra senza che vi sia contraddizione.

L'antinomia tra mente e materia è solo apparente e dipende dal fatto che non si è tenuto conto degli anelli di congiunzione tra i due livelli. Mancano due termini: biologia e società. Le configurazioni della mente non spuntano fuori dalla natura inorganica. Nascono dalla società, che nasce dalla biologia, che nasce dalla natura inorganica. Ciò che la mente pensa, come ci insegnano gli antropologi, è condizionato dagli schemi sociali né più né meno di come gli schemi sociali sono condizionati dagli schemi biologici e gli schemi biologici dagli schemi inorganici. Non c'è un collegamento diretto, scientificamente sostenibile, tra mente e materia. Come disse il fisico atomico Niels Bohr, « siamo sospesi nel linguaggio ». La nostra descrizione intellettuale della natura è sempre culturalmente condizionata.

Il livello intellettuale, nel processo storico di liberazione dal livello sociale che l'aveva generato, nella fattispecie la chiesa, si è inventato a suo uso e consumo il mito della propria autonomia dal livello sociale. La scienza e la ragione, dice questo mito, derivano dal mondo oggettivo, non dal mondo sociale; il mondo degli oggetti si impone alla mente senza alcuna mediazione sociale. Non è difficile scorgere le ragioni storiche del mito dell'autonomia: senza di esso probabilmente la scienza sarebbe dovuta soccombere. Ma se guardiamo le cose da vicino, vediamo che è, appunto, un mito.

Un altro problema sul quale la Metafisica della Qualità fa luce riguarda la secolare controversia su libero arbitrio o determinismo. Il determinismo è la dottrina filosofica secondo la quale l'uomo, al pari degli altri oggetti dell'universo, segue senza eccezioni le rigide leggi della scienza. La dottrina del libero arbitrio sostiene invece che l'uomo compie scelte autonome rispetto agli atomi del suo corpo.

La battaglia è stata lunga e accanita perché l'abbandono della propria posizione avrebbe in entrambi i casi conseguenze logiche devastanti. In una metafisica soggetto-oggetto, se si rinuncia all'idea di libero arbitrio sembrerebbe di dover rinunciare anche alla possibilità di un'etica: se l'uomo è sottoposto alle leggi della causalità proprie della sostanza, allora non è possibile una vera scelta tra bene e male.

D'altro canto, per i deterministi, rinunciare alla propria posizione sarebbe come negare la verità della scienza. Il determinismo è l'inevitabile corollario di una metafisica scientifica tradizionale ossia sostanzialistica. Infatti, se « tutte le cose » sono comprese nella classe « sostanza e sue proprietà », e se la classe « sostanza e sue proprietà » è compresa nella classe « cose che seguono sempre le leggi », allora l'unica conclusione logica possibile è che gli uomini seguono sempre le leggi della sostanza.

Certo, a guardarli, non si direbbe, ma per il pensiero deterministico questa è soltanto una delle molte illusioni che la scienza non si stanca mai di denunciare. Tutte le scienze sociali, antropologia compresa, si fondano sull'incrollabile certezza metafisica che il comportamento umano sia sottoposto alle leggi fisiche della causalità. Le leggi morali, ammesso che sia lecito postularne l'esistenza, sono semplicemente convenzioni sociali e niente hanno a che vedere con la reale natura dell'universo. La persona « morale », insomma, è quella che si comporta in modo convenzionale, che « riga dritto », che « fa la brava »: tutto qui.

Nella Metafisica della Qualità il dilemma non si pone nemmeno. Nella misura in cui è condizionata da schemi statici, la nostra condotta è determinata. Mentre, nella misura in cui seguiamo la Qualità dinamica, che è indefinibile, la nostra condotta è libera.

Ma sull'etica la Metafisica della Qualità ha molte altre cose da dire. In primo luogo dice che, se i giudizi morali sono essenzialmente proposizioni sul valore, e se il valore è ciò che fonda il mondo, allora il mondo è fondato sui giudizi morali.

Dice che schemi di valore statici e giudizio morale coincidono, anche al livello più elementare dell'universo. Le cosiddette leggi della natura sono leggi morali. Naturalmente sembra strano, sulle prime, e inutilmente complicato dire che l'idrogeno e l'ossigeno si combinano a formare l'acqua perché questo è un atto morale. Tuttavia non è più strano e più inutilmente complicato che dire che i professori di chimica fumano la pipa e vanno al cinema sotto la spinta di inderogabili leggi cosmiche di causalità. Il sillogismo in questo caso afferma che, se i professori di chimica sono fatti esclusivamente di atomi e se gli atomi seguono esclusivamente la legge di causalità, ne consegue che i professori di chimica devono seguire necessariamente la legge di causalità. Ma la stessa logica vale anche all'inverso. Cioè si potrebbe altrettanto facilmente dedurre la moralità degli atomi dall'osservazione che, in generale, i professori di chimica sono persone morali. Il sillogismo diventerebbe allora: i professori di chimica esercitano la libera scelta; i professori di chimica sono fatti esclusivamente di atomi; dunque gli atomi esercitano la libera scelta. La differenza tra le due formulazioni è di ordine filosofico, non scientifico. Che un elettrone abbia un certo comportamento perché deve o perché vuole non influisce minimamente sul suo comportamento rilevato scientificamente, sul dato.

Insomma, l'idea di Fedro era che tutto, non solo la vita ma tutto, è attività etica. È questo e nient'altro. Quando le configurazioni inorganiche della realtà creano la vita, la Metafisica della Qualità postula che ciò avviene perché è « meglio »; e che questa prima definizione di « ciò che è meglio », questa rudimentale risposta alla Qualità dinamica, è già un'unità etica sulla quale è possibile fondare tutto ciò che è bene e tutto ciò che è male.

L'idea che in tal modo etica e scienza si integravano in un unico sistema colpì Fedro come una folgorazione. Lo prese una sorta di esaltazione maniacale e per diversi giorni non riuscì a pensare ad altro. Gli era già successo, di esaltarsi al limite dell'ossessione per un'idea astratta: quando aveva avuto l'intuizione della Qualità indivisa. E quella volta le conseguenze erano state devastanti. Perciò, si disse, meglio darsi una calmata, rallentare il ritmo. Era uno scatto dinamico grandioso, per lui, ma se non voleva perderlo, doveva trovargli l'aggancio adatto. Subito, e con tutta la diligenza statica di cui era capace.

13

Eccome, se ci voleva un aggancio. Nel corso della storia tutti i tentativi di unificare scienza ed etica sono finiti malissimo. Non si può appiccicare un sistema morale in cima a un mucchio di materia oggettiva amorale. La materia amorale non sa che farsene di sovrastrutture morali, se le scrolla via come una biscia la pelle.

Ma la Metafisica della Qualità rende impossibile questa operazione. Essa afferma, primo, che la « materia oggettiva amorale » è una forma inferiore di moralità. Secondo, che, anche se non lo fosse, non ci sarebbe comunque bisogno, metafisicamente parlando, di dimostrare che la morale deriva dalla materia. Se gli schemi di valore statici sono divisi in quattro sistemi autonomi, gli schemi morali convenzionali non hanno praticamente relazione con la natura organica o biologica. Usano la natura organica come puro supporto, così come un romanzo usa come supporto un calcolatore. Tant'è vero che di solito, più che rafforzare gli schemi biologici, essi tendono a opporvisi.

Qui stava la chiave.

La Metafisica della Qualità, con la sua impostazione evoluzionistica, rende chiaro che i sistemi morali sono più d'uno. C'è la moralità delle « leggi della natura », grazie alla quale le configurazioni inorganiche trionfano sul caos; c'è la moralità della « legge della giungla », dove la biologia vince le forze inorganiche dell'inedia e della morte; c'è una moralità dove le configurazioni sociali trionfano sulla biologia: « il diritto »; e c'è una moralità dell'intelletto, che sta ancora lottando per imporsi alla società. E tra i vari ordini di codici morali c'è la stessa relazione che esiste tra un romanzo e i flip-flop: cioè praticamente nessuna.

Quella che oggi viene convenzionalmente chiamata « moralità » copre uno soltanto di questi ordini: quello biologico-sociale. Nella metafisica soggetto-oggetto il codice biologico-sociale è visto come un aspetto marginale, « soggettivo », dell'universo, privo di esistenza fisica. Invece nella Metafisica della Qualità tutti i codici morali, più un quinto, la moralità dinamica, hanno realtà, anzi sono tutta la realtà.

In generale, dovendo scegliere tra due linee di condotta e a parità di condizioni, la scelta più dinamica, vale a dire quella che è a un livello evolutivo superiore, è la più morale. È in base a questo principio che possiamo dire, ad esempio: « Per il medico è più morale uccidere un germe che far morire il paziente ». Germe e paziente vogliono entrambi vivere, ma il paziente ha la priorità dal punto di vista morale perché si trova a un livello evolutivo superiore.

La cosa in sé sembra quanto mai ovvia. Meno ovvio è il fatto che, in una Metafisica della Qualità, il paziente rappresenta per il medico la scelta più morale in senso assoluto, in senso scientifico. Non è una convenzione sociale arbitraria, valida per alcuni medici ma non per tutti, in alcune culture ma in altre no. È una priorità che vale per tutti gli uomini in tutti i secoli, ora e sempre; è una configurazione morale della realtà non meno reale dell'H_2O. E finalmente la morale può venire affrontata in modo razionale. Si possono astrarre codici basati sull'evoluzione, capaci di analizzare i problemi morali con una precisione prima impossibile.

Nel conflitto morale tra il germe e il paziente, lo scarto evolutivo tra i due termini è così enorme che la direzione della scelta morale salta agli occhi. Ma dove gli schemi statici in conflitto sono più vicini, l'operare della forza morale diventa meno ovvio.

Una questione morale venuta oggi di moda e analoga a quella tra germe e paziente riguarda l'alimentazione vegetariana. Mangiare carne è immorale, come sostengono induisti e buddhisti? La morale corrente risponderebbe che lo è solo per gli induisti e i buddhisti, mentre è lecito negli altri casi, giacché la morale non è altro che una convenzione sociale.

Al contrario, un'etica evoluzionistica affermerebbe che mangiare carne è scientificamente immorale per chiunque, perché gli animali sono a un livello evolutivo superiore, cioè più dinamico, dei cereali, della frutta e della verdura. La forza morale di questa ingiunzione, tuttavia, è minore, perché qui i livelli evolutivi sono più vicini che nel caso del paziente e del germe. L'etica evoluzionistica aggiungerebbe, inoltre, che tale principio vale solo dove vi sia abbondanza di prodotti di origine vegetale. Sarebbe immorale per gli induisti non mangiare le loro vacche durante una carestia, perché in tal caso farebbero morire degli esseri umani per risparmiare organismi evolutivamente inferiori all'uomo.

La Metafisica della Qualità, essendo incentrata sul valore e svincolata dalla sostanza, può risolvere anche questioni morali ben più complesse di quelle riguardanti i germi o l'alimentazione vegetariana. Ed è qui che la sua applicazione si fa più interessante.

Per esempio, l'uccisione di un essere umano da parte della società è scientificamente morale? È un dilemma molto grosso, ancora aperto e dibattuto nei tribunali e nelle legislazioni di tutto il mondo.

A tutta prima sembrerebbe che, dal punto di vista di un'etica evoluzionistica, la risposta debba essere sì, la società ha il diritto di uccidere degli esseri umani per impedire la propria distruzione. Gli abitanti di un villaggio sperduto e arretrato, minacciato dai briganti, hanno il diritto, anzi, l'obbligo morale di ucciderli per autodifesa, dato che un villaggio rappresenta una forma superiore di evoluzione. Quando il governo degli Stati Uniti decise di muovere guerra contro gli Stati secessionisti, si sapeva benissimo che il conflitto avrebbe fatto molte vittime innocenti. I nordisti avrebbero potuto lasciare che gli Stati schiavisti si separassero, salvando così centinaia di migliaia di vite umane. Eppure, secondo un'etica evoluzionistica, il Nord fece bene a condurre quella guerra, perché una nazione è una forma evolutiva superiore all'organismo umano e il principio dell'uguaglianza di tutti gli uomini è una forma ancora più alta rispetto alla nazione. Quella di John Brown non è mai stata una verità astratta. È ancora qui, a ispirare la marcia degli oppressi.

Quando la società in quanto tale non è minacciata, che è il caso della pena di morte per i criminali, il problema si complica. In caso di tradimento, di attività eversive o di guerra, la minaccia rappresentata dall'individuo che compie azioni contro le leggi dello Stato può essere molto reale per la società. Ma se il suo ordine costituito non è messo gravemente in pericolo, allora, secondo un'etica evoluzionistica, la pena di morte non ha alcuna giustificazione morale.

La pena di morte è immorale perché il criminale non è semplicemente un organismo biologico. E neppure semplicemente una parte malata della società. Quando si uccide un essere umano si uccide anche una fonte di pensiero. L'essere umano è un insieme di idee, e le idee sono moralmente prioritarie rispetto alla società. Sono configurazioni di valore a un livello evolutivo più alto delle configurazioni sociali. Così come è più morale che il medico uccida il germe piuttosto che il paziente, è più morale che un'idea uccida una società che non il contrario.

Ma poi c'è un motivo ancora più forte: le società, i pensieri, i princìpi stessi alla fin fine sono soltanto insiemi di schemi statici. Da soli non sono in grado di percepire la Qualità dinamica né di adeguarvisi. Questo lo può fare soltanto una creatura vivente. L'obiezione morale più forte alla pena capitale è che essa indebolisce il potenziale dinamico di una società, la sua capacità di cambiare, di evolversi. E a introdurre veri mutamenti sociali non sono i « bravi » cittadini, che sembrano tanto bravi solo perché se ne stanno zitti in fila. Sono i « cattivi », gli individui che solo a cent'anni di distanza risulteranno bravi, la vera forza dinamica dell'evoluzione sociale. Era questa la vera lezione morale del *brujo* di Zuñi. Se i sacerdoti l'avessero mandato a morte, avrebbero gravemente compromesso la capacità di crescere e di evolversi della loro società.

Che tentazione prendere uno per uno tutti i grandi conflitti morali dell'umanità per vedere come funzionava questo tipo di analisi. Ma Fedro si rendeva conto che sarebbe stata un'impresa senza fine. Però, dovunque guardasse, qualunque caso gli venisse in mente, riusciva sempre a inserirlo senza forzature nel suo quadro di riferimento e la natura del conflitto finiva quasi sempre per risultare più chiara.

E a proposito, eccola, la risposta alla domanda di Rigel, che non aveva mai smesso di assillarlo per tutto il giorno: « Lila ha Qualità? ».

Biologicamente sì, socialmente no. Ma certo! Con un'etica evoluzionistica, il problema ti si spaccava in due come un cocomero. Poiché tra schemi biologici e schemi sociali non vi è praticamente relazione, Lila nello stesso tempo ha e non ha qualità. Che era appunto la sensazione che ti dava: di ambiguità, tra il sì e il no. Ecco spiegato il perché.

Semplice, pulito... Il marchio, si disse Fedro, delle teorie di prima qualità. Il problema non viene risolto con sistemi complicati e tortuosi: viene dissolto, e ci si stupisce di averlo considerato un problema.

Biologicamente Lila è a posto, socialmente sta piuttosto in basso, intellettualmente è a zero. Dinamicamente... Ah! Attenzione, qui. C'è in lei un movimento, un qualcosa di esplosivamente dinamico. Tutta quell'aggressività nei modi e nelle parole, lo strano sguardo smarrito di quegli occhi azzurri. È come stare seduti vicino a un vulcano che brontola e di tanto in tanto butta fuori getti di vapore... Sarebbe interessante, si disse Fedro, parlare ancora con lei.

Si sporse a guardare giù dal boccaporto. Probabilmente era in cuccetta a dormire. Anche a lui avrebbe fatto bene dormire un po'. Stasera lei sarebbe stata vispa come un grillo e impaziente di scendere a terra e lui completamente cotto.

Notò che la boa più vicina si inclinava leggermente verso di lui e vide la piccola scia provocata da una corrente che veniva nella sua direzione. Era il riflusso, di lì in poi sarebbero andati piano. E presto sarebbe venuto buio, ma per fortuna non mancava più molto.

Dalla posizione di una chiatta davanti a lui, capì che la sua barca stava portandosi un po' troppo sul lato di New York. Modificò di qualche grado la rotta in modo da tenersi fuori dall'eventuale traffico che risaliva il fiume. A una certa distanza, sulla vasta distesa d'acqua, vide una chiatta spinta da un rimorchiatore; dalle tubazioni che aveva sopra doveva trasportare petrolio o prodotti chimici. Puntava verso di lui; probabilmente non c'era nessun rischio di collisione, ma Fedro, a ogni buon conto, modificò la rotta in modo da aumentare la distanza.

Il fiume sembrava un mare, le rive erano lontanissime, ma si capiva che gli edifici e le installazioni a terra erano metropolitani. Sullo sfondo non si vedevano colline, solo una striscia continua di piatta caligine industriale. Guardò l'orologio: le tre e mezzo. Ancora un paio d'ore di luce. Sì, ce l'avrebbero fatta ad arrivare a Nyack prima del buio. Con l'aiuto della piena, più la marea, più la corrente naturale del fiume, la barca ne aveva fatta di strada, oggi.

Be', la risposta alla domanda di Rigel l'aveva trovata: adesso poteva rilassarsi. Rigel stava solo cercando di rifilargli un codice morale sociobiologico gretto e tradizionale, che lui stesso di sicuro non capiva.

Un aspetto importante dei codici morali statici era la loro chiusura. Erano piccoli feudi, separati l'uno dall'altro come i livelli evolutivi cui servivano per risolvere i conflitti.

Dunque: primo, c'erano codici morali che stabilivano la supremazia della vita biologica sulla natura inanimata. Secondo, c'erano codici morali che stabilivano la supremazia dell'ordine sociale sulla vita biologica, e questa è la morale convenzionale con i suoi divieti: contro la droga, l'omicidio, l'adulterio, il furto, e simili. Terzo, c'erano codici morali che affermavano la supremazia dell'ordine intellettuale sull'ordine sociale: democrazia, giustizia uguale per tutti, libertà di parola, libertà di stampa. E, infine, la moralità dinamica, che non è un codice. O forse la si potrebbe definire un « codice artistico », solo che l'arte viene in genere considerata un sovrappiù, un'ornamentazione, e definirla così avrebbe un effetto riduttivo. La moralità del *brujo* di Zuñi: ecco, quella era moralità dinamica.

Un'altra caratteristica che emergeva era il fatto che quegli stessi schemi statici che danno coesione a un certo livello di organizzazione spesso, a un altro livello, vanno combattuti perché il nuovo livello possa sopravvivere. Insomma, la moralità non è semplicemente una serie di regole, bensì una complessa lotta tra schemi di valore contrastanti. Questa lotta è il residuo dell'evoluzione. I nuovi schemi entrano in conflitto con i vecchi. Ciascuna fase evolutiva suscita sulla sua scia una marea di problemi.

Dalla lotta tra schemi statici in conflitto nascono i diversi concetti di bene e di male. Per esempio, il male dell'infezione morbosa, che il medico è moralmente impegnato a combattere, non è affatto un male entro lo schema morale statico meno evoluto del germe. Il germe usa le forze inorganiche del male di livello inferiore, la malattia, nel tentativo morale di impedire la propria distruzione.

Secondo Fedro, quasi tutti i conflitti di valore potevano essere fatti risalire a cause evolutive e in questo modo non solo potevano essere classificati su base razionale, ma anche, in molti casi, risolti razionalmente. Strutturando la moralità in livelli evolutivi, un mucchio di idee morali vaghe e confuse che galleggiano nel nostro patrimonio culturale acquistavano improvvisamente contorni precisi. Prendiamo per esempio l'idea di « vizio ». In un'etica evoluzionistica il suo significato è chiaro: il vizio è un conflitto tra qualità biologica e qualità sociale. Il sesso, l'alcol, la droga, il fumo hanno un'elevata qualità biologica, in quanto danno una sensazione di piacere, ma socialmente sono nocivi. Mangiano soldi. Disgregano le famiglie. Minacciano la stabilità della collettività.

Come le sparate di Rigel quella mattina, la classica morale vittoriana: non uscivano da quell'unico codice, il codice sociale. Secondo Fedro, il codice sociale poteva anche avere i suoi pregi, entro certi limiti, ma erano limiti di un'angustia spaventosa. Il codice sociale non conosceva né le proprie origini né la propria destinazione: perciò era irrimediabilmente statico, irrimediabilmente ottuso, una forma, sì, di male.

Certo che, se avesse detto una cosa del genere centocinquant'anni fa, non l'avrebbe passata liscia. Erano molto suscettibili, allora, riguardo alle loro istituzioni sociali, e vendicativi. Non ci avrebbero pensato due volte a dargli l'ostracismo. E se l'avesse detto seicento anni prima, come niente sarebbe finito sul rogo.

Ma oggi non si rischia niente. Anzi, è quasi troppo facile. Lo sanno tutti che il codice morale vittoriano è ottuso e perverso, o quanto meno sorpassato; tutti tranne forse un paio di fondamentalisti e di fascisti o altri individui del genere, ignoranti e incolti. Per questo la predica di Rigel sembrava così fuori luogo. Semmai i tipi come lui riservano i loro sermoni a temi che sanno bene accetti alla maggioranza. Così non rischiano niente. Non lo sapeva, Rigel, che quelle menate non usano più? Dov'era lui negli anni Sessanta?

Anzi, dov'era stato negli ultimi cent'anni? Perché il motivo conduttore del ventesimo secolo, la sua « cosa », è stata appunto la lotta tra il livello intellettuale e il livello sociale. Sarà l'intelletto a dominare la società o la società a dominare l'intelletto? E se vincerà la società che fine farà l'intelletto? E viceversa. L'etica evoluzionistica lo metteva in risalto inequivocabilmente: l'intelletto non è un'estensione della società, così come la società non è un'estensione della biologia. L'intelletto va per la sua strada, e così facendo si scontra inevitabilmente con la società, vuole soggiogarla, neutralizzarla. Secondo l'etica evoluzionistica ha il diritto di farlo, ma attenzione: così come una società che indebolisce la salute fisica dei suoi membri finisce per mettere a repentaglio la propria stabilità, allo stesso modo una struttura intellettuale che deprima e distrugga la salute della propria base sociale metterà a repentaglio la propria sopravvivenza.

O forse sarebbe meglio parlare al passato. Tutte queste cose sono già avvenute. Il nostro è stato un secolo di straordinaria crescita intellettuale e di straordinaria demolizione sociale. Resta solo da vedere per quanto tempo ancora questo processo potrà andare avanti.

Ecco, adesso si incominciavano a vedere gli ormeggi del Nyack Yacht Club, proprio come aveva detto Rigel. Fine della navigazione per oggi, pensò Fedro. Mise il motore al minimo e slegò la gaffa.

Dal boccaporto spuntò la faccia di Lila.

Fedro rimase un attimo interdetto. Allora esisteva veramente! Tutto quel teorizzare su una complessa astrazione metafisica a nome « Lila », e ora eccola lì, davanti a lui.

Si era pettinata e infilata un golf sopra la maglietta; si intravedevano soltanto la O e la V della scritta.

« Adesso sto meglio » disse Lila.

A vederla non sembrava. La faccia era peggio: una maschera. La pelle bianca di cipria. Sopracciglia di un nero che non c'entrava, smentito dai capelli biondi. Ombretto macabro, aggressivo.

Alcune delle boe di ormeggio erano dipinte di rosso e di bianco, dovevano essere per le imbarcazioni dei non soci. Fedro ridusse ancora il motore e fece descrivere alla barca un ampio arco, in modo da accostarsi all'ormeggio più esterno. Quando gli parve che la barca avesse l'abbrivio sufficiente, mise in folle, afferrò la gaffa e si sporse per agganciare il galleggiante. Riusciva appena a distinguerlo. Tra una mezz'ora sarebbe stato buio.

14

Lila si guardò intorno. Più avanti c'era un ponte, lunghissimo. Quasi non si vedeva dove toccava terra, dall'altra parte di quella specie di grande lago sul quale si trovavano. Sul ponte c'era un viavai di macchine; dirette a New York, immaginò Lila: ormai c'erano vicini.

Altre barche erano ormeggiate lì intorno, ma a bordo non si vedeva nessuno. C'era quest'aria di solitudine e di abbandono, come se se ne fossero appena andati via tutti. Troppo silenzio, come sul fiume nell'ultimo tratto. Che cosa era successo nel pomeriggio? Ricordava confusamente la paura che l'aveva presa. Il vento, il boato. Poi di essersi addormentata. E adesso, questo posto. Perché?

Che cosa ci faceva lì? Un'altra città, un altro uomo, un'altra notte ad attenderla. Una notte lunghissima.

Il Capitano tornò, la guardò in modo curioso e disse: « Aiutami a calare in acqua il dinghy. Potrei farcela da solo, ma in due è più facile ».

La precedette fino all'albero e le chiese se sapeva manovrare un verricello. Lila rispose di sì. Allora lui agganciò al dinghy, che era davanti a loro capovolto, una cima fissata all'albero, e le disse di incominciare a girare. Lila ubbidì, ma la manovella era dura e lei vedeva benissimo che il Capitano dentro di sé la disapprovava. Continuò a girare e dopo un bel pezzo il dinghy si sollevò ondeggiando. Il Capitano lo spinse fuori bordo e le ordinò di calarlo adagio adagio. Lila incominciò a filare il cavo.

« Piano! ».

Lila rallentò, mentre il Capitano sporgendosi guidava con le mani la discesa del dinghy. Poi si girò e disse: « Ottimo ». Almeno una cosa l'aveva fatta giusta. Lui fece perfino un mezzo sorriso.

Forse la notte non sarebbe stata tanto terribile, pensò Lila.

Poi scese di sotto a prendere dalla valigia il vecchio asciugamano, l'ultimo cambio di biancheria pulita, l'asciugacapelli e i trucchi. Avvolse nella salvietta un pezzo di sapone trovato sul lavandino e tornò sul ponte.

Il Capitano aveva appeso la scaletta al fianco, sopra il dinghy. Lila scese per prima, e lui la seguì portando due borse di tela. Chissà a che cosa gli servivano.

Con pochi colpi di remo furono a terra: qualche palo che spuntava dall'acqua, un pontile di legno traballante e, accanto, una costruzione bianca. Dietro si vedeva una collina in cima alla quale cominciava il paese.

Entrarono nella costruzione bianca e un uomo indicò dove erano le docce. Il Capitano pagò docce e ormeggio, poi si avviarono per un lungo corridoio. Lila entrò nella porta con scritto « Signore ». C'era una specie di cabina, squallida e buia, con una panca di legno davanti. Ci mise un po' a trovare l'interruttore della luce. Poi aperse l'acqua e la lasciò scorrere perché diventasse calda, intanto che si spogliava e deponeva le sue cose sulla panca.

Il getto era forte e bollente. Meno male, pensò. Certe volte in questi posti non hanno l'acqua calda. Si mise sotto la doccia. Uhm, bello. Era da Troy che non si lavava sul serio. Non ce n'era mai stata l'occasione. Le barche non sono posti molto puliti.

E neanche gli uomini. Si sfregò con particolare cura dove l'aveva toccata il Capitano la notte prima.

Il Capitano aveva bisogno di una come lei. Puzzava come un camionista. E quella camicia: pareva che ce l'avesse indosso da settimane. Gli avrebbe fatto un vero favore ad accompagnarlo in Florida. Era un imbranato. Lei avrebbe potuto stargli dietro.

Niente coinvolgimenti, però. Non aveva voglia di storie impegnative. Loro, invece, dopo un po' vogliono fare sul serio, come Jim, e allora incominciano i guai.

Si asciugò e incominciò a vestirsi. La camicetta e la gonna erano spiegazzate, ma indossandole le pieghe si sarebbero stirate. Trovò una presa di fianco allo specchio vicino alla panca, infilò la spina del fon e incominciò ad asciugarsi i capelli.

Manhattan era vicinissima, ormai. Se c'era Jamie, tutto si sarebbe sistemato. Che bello, rivederlo. Certo che con lui non si poteva mai sapere. Magari non stava più lì. Sarebbe stato un bel guaio, se non lo trovava. Che avrebbe fatto? Meglio non pensarci.

Le tornò in mente che aveva promesso al Capitano di cucinare lei la cena.

Ecco il perché delle borse, voleva fare la spesa. Se gli avesse preparato un pranzetto proprio coi fiocchi, magari l'avrebbe portata con sé in Florida.

Si mise con cura il mascara, raccolse le sue cose e tornò verso l'entrata; il Capitano l'aspettava in un angolo. Lavato e rasato, aveva un'aria più decente; se Dio vuole si era cambiato la camicia.

Fuori si era fatto buio. Si avviarono per la salita, sotto i lampioni accesi. I pochi passanti non alzarono nemmeno gli occhi a guardarli.

Non doveva essere un paese. Sembrava piuttosto parte di qualche grande città. La strada, non molto larga, aveva l'aria sporca e deprimente delle grandi città. Arrivati in cima, Lila diede un'occhiata alle vetrine, ma non c'era molto da vedere.

Le parve di sentire odore di patatine fritte. Ma non si vedeva nessun McDonald, nessun Burger King né altri posti del genere.

Che cosa non avrebbe dato per un bel piatto di patatine! Stava morendo di fame.

Forse avrebbero potuto comprarsene un cartoccio. No, ora che fossero tornati a bordo, si sarebbero raffreddate. Oppure poteva friggerne lei. Già, ma le occorreva una padella. Chiese al Capitano se aveva una padella per friggere. Lui disse che non sapeva bene. Speriamo, pensò Lila.

Il supermercato era piuttosto caro. Lila comperò due costose bistecche di filetto, grosse patate dell'Idaho, olio per friggere, una confezione di budino al cioccolato e un po' di pane da tostare per colazione. E poi uova e burro e pancetta. E latte.

Mentre si chinava per prendere il latte, un carrello la urtò. Lila disse subito: « Oh, scusi ». Non era stata colpa sua, ma l'altra, che aveva l'aria di essere una commessa del supermercato, le gettò un'occhiata malevola senza neppure accennare a scusarsi.

Lila comperò tanta roba da riempire due grosse borse. Aveva una fame da lupo. E poi le dava soddisfazione comperare roba da mangiare. Probabilmente non sarebbero riusciti a finirne neanche la metà.

Però non si poteva mai dire. Magari stasera lei e il Capitano si sarebbero trovati. Sarebbero andati a fare spese a New York. C'erano un mucchio di cose di cui aveva bisogno.

Riempito il carrello, si mise in fila alla cassa; la cassiera era la donna che l'aveva urtata poco prima. La stessa espressione malevola. Le fece venire in mente sua madre. Chiese il più garbatamente possibile se potevano portare il carrello fino al pontile. Sarebbe stato molto più comodo che trascinarsi dietro le borse. « No » fu la risposta.

Lila cercò gli occhi del Capitano, ma lui stava già pagando. Non disse niente, non cambiò espressione.

Presero una borsa ciascuno e stavano per spingere la porta per uscire quando all'improvviso qualcuno urlò: «AHI!» e poi: «MOLLAMI!» e «LO DICO A MIA MADRE!!!».

Lila si girò e vide che la cassiera teneva per la collottola una ragazzina nera, che si divincolava urlando: «MOLLAMI! MOLLAMI!! LO DICO A MIA MADRE!!».

«Ti avevo detto di non farti più VEDERE qui dentro!» disse la cassiera.

La ragazzina avrà avuto dieci, dodici anni.

«Andiamocene» disse il Capitano.

Lila sentì la propria voce che diceva: «La lasci andare!».

«Non immischiarti» disse il Capitano.

«IO CI VENGO TUTTE LE VOLTE CHE MI PARE!» gridava la ragazzina. «Tu non mi dai ordini».

«LA LASCI ANDARE!» ripeté Lila.

La cassiera la guardò esterrefatta. «Guardi che non è lei la padrona qui dentro!» disse.

«Cristo Gesù, andiamo via» disse il Capitano.

La donna teneva ancora stretta la ragazzina.

Allora Lila esplose: «LASCIALA ANDARE o chiamo la POLIZIA!».

La donna mollò la presa. La ragazzina infilò di corsa la porta, sfiorando Lila e il Capitano. La cassiera la seguì con occhi di fuoco, poi rivolse lo stesso sguardo a Lila. Ma non poteva fare altro.

Finito. Lila e il Capitano uscirono. La ragazzina scoccò a Lila un veloce sorriso e si allontanò saltellando.

«Che cosa diavolo ti è saltato in mente?» disse il Capitano.

«Quella donna! Mi ha fatto imbestialire».

«Ti succede con tutto, a quanto pare».

« Non posso farne a meno » disse Lila. « Adesso starò bene per tutta la sera ».

Si fermarono in una bottiglieria a comperare due bottiglie di bourbon e due di acqua tonica e una confezione di cubetti di ghiaccio. Ormai erano carichi come muli. Rifecero la stradina fino alla costruzione bianca e al pontile.

« Perché ti sei intromessa? » chiese il Capitano. « Non erano fatti tuoi ».

« La gente tratta così male i ragazzini » disse Lila.

« Mi pareva che avessi già abbastanza problemi per conto tuo ».

Lila non rispose. Ma si sentiva bene. Le sfuriate la facevano sempre sentire meglio. Chissà perché, ma succedeva sempre.

Per tutta la strada fino al fiume il Capitano non disse una parola. Era arrabbiato. Pazienza, pensò Lila, gli passerà.

C'era così buio sul pontile, che quasi non si distingueva il dinghy. Lila stava attenta dove metteva i piedi: ci sarebbe mancato solo che tutto quel ben di Dio finisse in acqua.

Il Capitano depose sul pontile la sua borsa e sciolse il dinghy. Disse a Lila di salire, le passò le borse e saltò dentro a sua volta.

Le borse erano d'intralcio per remare e il Capitano preferì usare un remo solo, a mo' di pagaia.

Il ponte, laggiù in fondo, era come un'ombra contro il cielo rischiarato dalle luci di New York. Dio, com'era bello, pensò Lila. Immerse la mano nell'acqua: era tiepida.

Tutt'a un tratto sentì che era felice e che sarebbero andati in Florida insieme e che quella notte tutto sarebbe andato bene.

Il fianco della barca era in ombra; il Capitano tenne fermo il dinghy mentre lei si arrampicava sulla scaletta. Poi le passò le borse.

Mentre lui saliva a bordo e legava il dinghy, Lila portò le borse sottocoperta.

Provò a schiacciare un pulsante di fianco a quella che sembrava la lampada centrale: si accese, anche se non faceva molta luce. Tolse da una borsa le bottiglie di bourbon e di acqua tonica e mise quelle in più nella ghiacciaia insieme al ghiaccio. Poi tirò fuori il resto della spesa, recuperò le cose che aveva usato per la doccia e andò a riporle nella valigia, tranne l'asciugamano, che era bagnato e che stese ad asciugare sul bordo della cuccetta del pilota.

Il Capitano da sopra le disse di venire a reggergli la torcia.

Gli fece luce mentre lui apriva un boccaporto sul ponte e ci frugava dentro. Tirò fuori un rotolo di vecchia cima, poi un tubo di gomma e una vecchia ancora; poi del filo di ferro e infine un recipiente tutto arrugginito, con quattro piedini e in cima una griglia.

Lo tenne sollevato contro la luce della torcia. « Il mio hibachi » disse. « È dal Lago Superiore che non lo uso... Giù, sulla cuccetta del pilota, c'è della carbonella ».

Come dire: « Vai a prenderla ». Lila scese di sotto, trovò il sacchetto e glielo portò. Se non altro, adesso le rivolgeva la parola, pensò.

Rimase a guardarlo dalla scaletta, mentre lui versava la carbonella nel braciere. « Con questa barca, se ti viene voglia di andare in un posto, ci vai, vero? » disse. « Nessuno che ti dà ordini. Nessuno che trova da ridire ».

« Certo » disse lui. « Adesso passami il cherosene; è dietro il tavolo delle carte, sulla mensola. Proprio dietro di me ».

Si girò a metà per indicarle dove. Lila andò a prenderlo e glielo portò.

« Io incomincio a preparare le patate, » disse « se mi dici dove sono le pentole ».

« Dietro il tavolo. In fondo a uno di quei bidoni » disse il Capitano. « Se togli il coperchio, le vedi subito ».

Lila accese un'altra lampada sopra il tavolo e trovò il bidone; dentro, alla rinfusa, era ammassata una dozzina di pentole e padelle di tutte le misure. Il bidone era proprio dietro il tavolo e l'unico modo per arrivarci era di stendersi a pancia in giù sul ripiano e pescare a caso dentro l'apertura rettangolare. Il tutto con un gran fracasso di pentole sbattute. Così si renderà conto in che casino vive, si disse Lila.

Pentole per fritture non ce n'erano. Tastò una padella e la tirò fuori: era larga, di acciaio inox, quasi nuova. Ma non andava bene. Rovistò ancora rumorosamente, finché pescò una pentola abbastanza profonda, con il suo coperchio. Poteva andare.

« Immagino che non avrai un cestello per fritture » disse.

« Non che io sappia » rispose il Capitano.

Pazienza, poteva usare un mestolo forato.

Frugò ancora, ne trovò uno e trovò anche un pelapatate. Lo provò: era bello affilato. Dava soddisfazione sbucciare patate come quelle, lunghe, sode, lisce. Perfette per friggere. Lavorava sopra il lavandino, così poi sarebbe stato facile tirare su tutte le bucce.

« Che cosa farai, una volta arrivato in Florida? » gridò al Capitano.

« Non so, andrò da qualche altra parte, credo ».

Dallo hibachi salì una fiammata, che illuminò per un attimo la faccia del Capitano. Sembrava stanca.

« Da qualche parte dove? ».

« Verso sud » disse il Capitano. « C'è un posto, giù in Messico, nel Golfo di Campeche, dove sono stato per un po', una volta. Mi piacerebbe tornarci. Vedere che fine hanno fatto certe persone che conoscevo ».

« Che cosa c'eri andato a fare? ».

« A costruire una barca ».

« Questa qui? ».

« No, una barca che poi non è stata finita. È andato tutto storto » disse il Capitano.

Smosse la carbonella con lo spigolo della griglia. « Con una barca le disgrazie ti piovono addosso a sette per volta » continuò. « Avevamo già posato la chiglia e le ordinate erano a posto; mancava di mettere il fasciame, quando il governo decise che la foresta dove prendevamo il legname era *veda*, credo che fosse questa la parola, insomma niente più legna.

« Andiamo a ordinarne dell'altra a Campeche, la paghiamo: mai più vista. In Messico per uno straniero non c'è modo di fargli causa e loro contavano proprio su questo.

« Dopo, sono 'sparite' tutte le ferramenta che avevamo fatto venire da Città del Messico. Ci portano la vernice, ma non facciamo in tempo a dare la prima mano al dinghy, che sparisce anche quella ».

« Voi, chi? ».

« Io e il carpentiere ».

Mentre parlavano, il Capitano era sceso di sotto. Accese la lampada a cherosene e spense la luce elettrica, tirò giù due bicchieri da una mensola e aperse la ghiacciaia. Mise del ghiaccio nei bicchieri, versò l'acqua tonica, poi il bourbon, tenendo in alto il bicchiere, in modo che lei potesse dirgli basta.

Poi disse: « Alla salute di Pancho Piquet ».

Lila bevve un sorso. Ottimo.

Gli indicò le patate sbucciate. « Ho talmente fame che le mangerei crude » disse. Poi aggiunse: « No, scherzo ».

Trovò un tagliere e incominciò ad affettare le patate, prima a metà per il lungo, poi a strisce sottili come una matita. Ottimo quel coltello, così affilato. Il Capitano la osservava muovere con destrezza le mani.

« Chi è Pancho Piquet? » chiese Lila.

« Il *carpintero de ribera*. Un vecchio cubano. Parlava spagnolo così veloce che perfino i messicani facevano fatica a capirlo. Assomigliava a Boris Karloff. Non aveva niente del cubano e nemmeno del messicano.

« Lavorava a una velocità pazzesca. E con una precisione... Non perdeva mai il ritmo, nonostante il caldo tropicale. Non c'era l'elettricità e lui faceva tutto a mano e manovrava i suoi attrezzi più in fretta che se fossero a motore. Avrà avuto cinquanta, sessant'anni, e io venti e rotti. Cercavo di tenergli dietro e lui mi guardava con quel suo sorriso alla Boris Karloff ».

« Perché brindiamo alla sua salute? ».

« Be', mi avevano avvisato: "*El toma!*", beve! E infatti... Una notte arriva dal Golfo del Messico un *Norte*, una tramontana, così forte ma così forte, che le palme si piegavano fino a terra. E scoperchia la sua casa, prende il tetto e se lo porta via.

« E lui, invece di aggiustare il tetto, si ubriaca, una sbornia che è durata oltre un mese. Dopo un paio di settimane sua moglie non aveva più soldi per comperare da mangiare, doveva chiedere la carità. Una cosa molto triste. Credo che Pancho si ubriacasse anche perché vedeva che tutto andava storto e non avremmo mai completato la barca. E infatti a un certo punto mi finirono i soldi e dovetti andarmene ».

« Per questo allora brindiamo alla sua salute? ».

« Sì, per me è stato come un esempio al negativo. E mi ha anche insegnato una cosa. A capire col sentimento che cosa sono i tropici. Adesso, a parlare della Florida e del Messico, mi è tornato in mente ».

Le patate stavano diventando una montagna. Troppe, decisamente. Ma meglio troppe che troppo poche.

« Perché vuoi tornarci, in quel posto? » chiese.

« Non so. Là c'è questo senso di disperazione sempre presente. Mi ritorna anche adesso, solo a parlarne. "Tristi tropici" li ha chiamati quell'antropologo, Lévi-Strauss. È come un richiamo. I messicani sanno che cosa intendo: la sensazione che quella tristezza sia la verità vera sul mondo e che è meglio convivere con una verità triste che con tutti questi discorsi ottimistici sul progresso che ti rifilano qui nel Nord ».

« Allora ti fermerai in Messico? ».

« No, non adesso che ho una barca così. Questa

barca può andare in qualsiasi posto, a Panama, in Cina, in India, in Africa. Non ho progetti precisi. Potrebbe succedere di tutto».

Le patate erano pronte. «Come si accende questo fornello?» chiese Lila.

«Te lo accendo io» rispose il Capitano.

«Perché non mi insegni come si fa?».

«Troppo lungo».

Mentre il Capitano armeggiava, Lila finì di bere, diede una rinforzata al bicchiere di lui e riempì di nuovo il proprio.

Il Capitano salì a controllare la brace e lei mise sul fuoco la pentola con l'olio e la incoperchiò. Aveva usato tutta la bottiglia e ci avrebbe messo un po' a scaldarsi.

Tolse le bistecche dalla confezione per condirle con sale e pepe. Sotto la luce dorata della lampada avevano un'aria stupenda.

La pepaiola funzionava, ma il portasale aveva i fori otturati. Lila svitò il tappo e provò a batterlo sul tavolo: niente. Allora condì la carne prendendo un pizzico di sale con le dita.

Passò le bistecche al Capitano e incominciò a preparare l'insalata. Sfogliò la lattuga, la distribuì su due piatti, ce n'era una montagna, e affettò un pomodoro con quel bel coltello affilato. Ogni tanto si cacciava in bocca una manciata di foglie croccanti.

«Oddio!» esclamò.

«Che succede?» chiese il Capitano.

«Sto morendo di fame. Come fai, tu, a resistere tutto il giorno senza mangiare?».

«Veramente, io ho fatto colazione».

«Quando?».

«Prima che tu ti alzassi».

«Perché non mi hai svegliata?».

«Il tuo amico Richard Rigel non ti ha voluto».

Lila rimase a fissarlo ammutolita attraverso il boccaporto. Lui la stava osservando per vedere le sue reazioni.

« Richard fa di queste cose, a volte » disse lei alla fine. « Avrà pensato che a mezzogiorno ci saremmo fermati a fare uno spuntino ».

Ce l'aveva proprio con Richard, pensò, e cercava di farla arrabbiare di nuovo. Batteva sempre su quello. Che senso aveva, in una notte così bella?... Sentiva il bourbon incominciare a farle effetto. Una notte così bella.

« Se vuoi, ci vengo, in Florida con te » disse.

Lui saggiò la carne con la forchetta e non disse niente.

« Che cosa ne pensi? ».

« Non saprei ».

« Non sapresti cosa? ».

« Non saprei ».

« Potrei cucinare e tenerti i vestiti in ordine e dormire con te » disse Lila. « E quando ti sarai stufato di me, mi dici ciao e chiuso. Che te ne pare? ».

Nessuna risposta.

Si era fatto molto caldo, là sotto, e Lila incominciò a sfilarsi il maglione.

« Ti farei comodo, sai? ».

Quando si fu levata il maglione si accorse che il Capitano era rimasto a fissarla mentre se lo toglieva. Con quello sguardo particolare che lei conosceva bene. Ci siamo, pensò.

« Stavo pensando, » disse lui « questo pomeriggio, mentre tu dormivi, che mi piacerebbe farti delle domande. Mi aiuterebbe a far quadrare certe cose che ho in mente ».

« Che tipo di domande? ».

« Ancora non lo so » disse lui. « Più che altro sapere quello che ti piace e quello che non ti piace ».

« Be', perché no? Si può fare anche questo ».

« Pensavo » continuò il Capitano « di chiederti che atteggiamento hai su certe questioni. I tuoi valori, come ci sei arrivata. Domande così. Vorrei scrivere le tue risposte, senza preoccuparmi di dove portano. A dargli un senso ci penserò in seguito, magari ».

« Capisco » disse Lila. « Per esempio? ». Ci sta, pensò, è chiaro che ci sta. Vide che il suo bicchiere era quasi vuoto. Allungò il braccio oltre il boccaporto, lo prese e glielo riempì.

« Ciò che dà unità e coerenza a una persona » stava dicendo il Capitano « sono i suoi modelli di scelta, gli schemi delle sue preferenze e delle sue avversioni. Lo stesso vale per la società. E per il mondo intero. La storia è un'estrapolazione dalla biografia. Anzi, tutte le scienze sociali lo sono. L'antropologia ha sempre posto al centro gli oggetti collettivi, ma a me interessa vedere se invece non sia più utile porre al centro i valori individuali. Proprio oggi mi è venuto in mente, così in modo vago, che la verità ultima sul mondo non te la può dire la storia e neanche la sociologia, ma piuttosto la biografia ».

Per Lila era come se parlasse cinese. Lei vedeva solo la Florida, il viaggio in Florida.

Gli porse il bicchiere pieno. La fiamma azzurra del fornello sibilava per i vapori dell'olio. Sollevò il coperchio della pentola: la massa liquida incominciava a smuoversi per il calore, ma era così buio che non si riusciva a capire se fosse ora di buttare le patate.

« Tu sei come una cultura a sé » continuò il Capitano. « Una cultura-monade. Una cultura è una configurazione statica di qualità che ha raggiunto un certo livello evolutivo ed è capace di cambiamento dinamico. Ecco che cosa sei. Questa è la migliore definizione che sia mai stata data di te.

« Tu magari credi che le tue parole, i tuoi pensieri siano solo tuoi, ma in realtà il linguaggio che usi e i valori in cui credi sono il risultato di migliaia di anni di evoluzione culturale. Dall'esterno sembrano solo frammenti sconnessi, ma in realtà fanno parte di una trama molto più estesa. Lévi-Strauss dice che si può comprendere una cultura soltanto ricostruendo dal vivo i suoi processi mentali con i frammenti della sua interazione con altre culture. Ha senso quello che sto dicendo? Insomma, vorrei trascrivere i frammenti della tua memoria per poi cercare di ricostruire il disegno originale ».

Lila stava pensando che le ci sarebbe voluto un termometro a immersione. Staccò un pezzettino di patata e lo buttò nella pentola: si muoveva lentamente in tondo ma senza fare le bollicine. Lo ripescò e dette un morso a una foglia di lattuga.

« Hai mai sentito parlare di Heinrich Schliemann? » le chiese il Capitano.

« Heinrich chi? ».

« Era un archeologo, quello che riportò alla luce le rovine dell'antica Troia, che tutti credevano esistesse solo nel mito.

« Prima dell'introduzione del suo metodo stratigrafico, gli archeologi non erano altro che tombaroli istruiti. Schliemann dimostrò che, scavando con tutte le precauzioni uno strato dopo l'altro, si potevano portare alla luce le rovine di città sempre più antiche. Secondo me questo lavoro si può fare anche con le persone, con una persona. Posso prendere frammenti del linguaggio che usi e dei valori in cui credi e farli risalire a schemi la cui forma è stata tracciata centinaia di anni fa e che sono ciò che ti fa essere quello che sei ».

« Non credo che ci ricaverai molto da me » disse Lila.

È il bourbon che gli fa effetto, pensò. Non ha quasi detto una parola in tutta la giornata, e adesso nessuno lo ferma più.

Disse: « Ragazzi, si vede proprio che quando ti ho chiesto di portarmi in Florida ho schiacciato il bottone giusto ».

« Cioè? ».

« Credevo che fossi uno di quei tipi taciturni, e adesso non riesco a infilare neanche una parola ».

Ecco, sembrava offeso.

« Ma per me fa lo stesso » aggiunse. « Puoi farmi tutte le domande che vuoi ».

Finalmente l'olio era alla temperatura giusta. Versò nella pentola una prima mandata di patate con il mestolo forato, tra uno sfrigolio di bollicine e una nuvola di vapore. « A che punto sono le bistecche? » domandò.

« Ancora un paio di minuti ».

« Ottimo ». Il profumo delle bistecche, unito a quello delle patatine fritte, quasi la faceva svenire. Non ricordava di avere mai avuto tanta fame. Appena il bollore si fu calmato, tirò su le patate con il mestolo, le distese su un tovagliolo di carta, le salò, poi versò nella pentola la seconda mandata. Quando anche queste furono fritte, aspettò che il Capitano la avvisasse che la carne era cotta per passargli i piatti.

Nel riceverli indietro con sopra le bistecche pensò: « Ah, celestiale! » e aggiunse il contorno di patatine.

Scese anche il Capitano. Alzarono le ribalte del tavolo, lo apparecchiarono con i piatti, il bourbon, l'acqua tonica, il resto delle patate ed ecco: era pronto. Lila guardò il Capitano e il Capitano guardò lei. Tutte le sere, pensò, poteva essere così tutte le sere.

Le veniva da piangere, tanto era buona quella carne! E le patatine! E l'insalata!

« Tu non sai che cosa vuol dire per me tutto questo » disse.

« Che cosa vuol dire? ». Sorrideva perfino un po'.

« È una delle tue domande? » chiese lei. Aveva la bocca piena di patatine. Mangia più adagio, si disse.

« No, questa no ». Rideva. « Mi interessa sapere chi sei, da dove vieni ».

« Come nei colloqui di assunzione? ».

« Ecco, sì, diciamo così ».

Si alzò per riempire di nuovo i bicchieri.

Lila si concentrò un attimo. « Sono nata a Rochester. Ho una sorella maggiore... Sono queste le cose che vuoi sapere? ».

« Aspetta un momento » disse lui. Si alzò e andò a prendere taccuino e penna.

« Non vorrai annotarti tutto! ».

« Certo ».

« Ah, non ci sto! ».

« Perché? ».

« Perché non mi va ».

« Perché no? ».

« Perché adesso mangiamo, ci rilassiamo e ci facciamo compagnia ».

Il Capitano sembrava contrariato, ma si alzò di nuovo e mise via il taccuino.

Forse non avrei dovuto dire così, pensò Lila mettendosi in bocca un altro pezzo di bistecca, se voglio andare in Florida. « E va bene, fammi pure le tue domande » disse. « Mi piace chiacchierare ».

Il Capitano le portò il bicchiere e sedette vicino a lei.

« Allora, quali sono le cose che ti piacciono di più? ».

« Mangiare ».

« E poi? ».

« Mangiare ancora ».

« E poi? ».

Lila ci pensò. « Quello che stiamo facendo adesso » disse. « Hai visto il ponte, con il chiarore della città dietro? Com'era bello, così inaspettato? ».

« Che cos'altro ti piace? ».

« Gli uomini ». Si mise a ridere.

« Che tipo di uomini? ».

« Qualsiasi tipo. Quelli che mi trovano simpatica e carina ».

« Che cosa detesti di più? ».

« La gente stronza... Tipo la cassiera del supermercato. Ce n'è a milioni e li odio tutti. Quelli che hanno bisogno di demolire gli altri per far vedere come sono bravi... Anche tu fai così, sai? ».

« Io? ».

« Sì, tu ».

« Per esempio? ».

« Oggi pomeriggio. Tutti quei paroloni su una cosa che non avevi neanche visto ».

« Ah, la nave! ».

« Basta che non lo fai più e fileremo d'amore e d'accordo. Mi arrabbio soltanto con la gente stronza ».

« E oltre agli stronzi? ».

« Quelli che si credono meglio di te ».

« E poi? ».

« Un sacco di altre cose ».

« Per esempio? ».

« Ecco, ci sono tante cose che non mi vanno giù. Invecchiare, la gente stronza. Ah, ma questo l'ho già detto ».

Si mise a riflettere. « Certe volte non mi va di essere così sola. Con George, per esempio, credevo davvero che avrebbe funzionato. Poi arriva quella Debbie e di colpo è stato come se io non fossi mai esistita. Io non gli avevo fatto niente. È pura stronzaggine ».

« Poi? ».

« Come, non basta? Non sono cose precise che mi fanno star male. Finché non capita, non so nemmeno io che cosa sarà ». Lo guardò negli occhi. « Certe volte mi prende una specie... non so... e allora mi spavento. Come questo pomeriggio ».

« Quando? ».

« Quando hai attaccato il motore ».

« Era il vento ».

« No, non solo il vento. Non è una cosa precisa. È come se... come se stesse per arrivare l'uragano e io non ho una casa. Non ho un posto dove andare ». Mangiò un altro boccone di carne. « Mi piace qui. Conosce gli uragani, la tua barca? ».

« Sì, ma è come un sughero. Le onde le passano sopra ».

« Oh, bene. Come piace a me ».

« Come mai sei qui tutta sola, sul fiume? ».

« Non sono sola. Sono con te ».

« D'accordo. Ieri, allora ».

« Non ero sola ». Si mise a ridere. « Non ti ricordi? ». Allungò il braccio e gli toccò la guancia con la mano. « Non ti ricordi? ».

« Prima di incontrare me ».

« Prima di incontrare te non sono rimasta sola cinque minuti. Stavo con quel bastardo di George. Non ti ricordi?

« Ho messo da parte i soldi tutta la primavera, per fare questo viaggio con lui. E lui mi tira questo bidone! Non me li hanno neanche restituiti... Oh, al diavolo, non parliamo più di George. Finito, non esiste ».

« Dove stavate andando? ».

« In Florida ».

« Ahhh » fece il Capitano. « Ecco perché vuoi venire con me ».

« Be', sì ».

Intanto che lui ci pensava, Lila attaccò l'insalata. « Che non capiti più, eh? » gli disse. « Questa barca dovrà sempre essere piena di roba da mangiare! ».

« Non hai risposto alla mia domanda » disse lui. « Prima di me, prima di George: come mai non ti sei sposata? ».

« Sì che mi sono sposata. Tanto tempo fa ».

« Divorziata? ».

« No ».

« Allora ce l'hai un marito ».

« No, è rimasto ucciso ».

« Oh, mi dispiace! ».

« Non è il caso ».

Il filetto era cotto al punto giusto. Mancava solo un po' di pepe. Allungò il braccio verso il tagliere, prese la pepaiola, ne scosse un niente sopra la bistecca e la porse al Capitano.

« È passato tanto tempo » disse. « Non ci penso mai ».

« Che mestiere faceva? ».

« Il camionista. Era quasi sempre via. Non ci vedevamo molto. Poi una sera non è tornato ed è venuta la polizia a dirmi che era morto. Fine ».

« Tu allora che cosa hai fatto? ».
« L'assicurazione mi ha dato dei soldi. C'è stato il funerale e io mi sono messa il vestito nero e tutto, ma è roba passata ».
« Non gli volevi bene? ».
« Litigavamo sempre ».
« Perché? ».
« Per niente: litigavamo... Lui era geloso. Credeva che facessi chissà che cosa quando era via... Che lo tradissi ».
« E lo tradivi? ».
Lila lo guardò dritto in faccia. « Ehi, adagio... Quando una è sposata, è sposata. Io non ho mai fatto niente del genere... Non farmi arrabbiare ».
« Stavo solo domandando » disse il Capitano.
Lila mangiò un boccone di insalata. « Non ha mai avuto rispetto per me ».
« Perché l'hai sposato? ».
« Perché ero incinta ».
« Quanti anni avevi? ».
« Sedici. Diciassette quando è nata la bambina ».
« Una ragazzina » osservò il Capitano.
I bicchieri che aveva bevuto a stomaco vuoto le stavano dando alla testa. Meglio andarci piano, si disse, e controllarsi; quando si sbronzava, combinava sempre qualche stupidaggine. Aveva già detto troppo. E le girava la testa.
Vide la lampada oscillare. « Ehi, che cos'è? ».
« La scia di qualche barca » rispose il Capitano. « Una grossa... la prima. Tra un secondo arriverà... eccone un'altra... ».
Arrivò un'onda, ancora più grossa, e tutta la barca si mise a rollare, poi, dopo poco, ne arrivò una più piccola, poi un'altra e un'altra, ciascuna più piccola della precedente.
Il Capitano salì di sopra a vedere.
« Che cos'era? » chiese Lila.
« Non lo so » rispose lui. « Una chiatta no... Qual-

che motobarca, forse, magari dall'altra parte del ponte».

Rimase per un bel po' in coperta a guardare.

«Quanti anni ha adesso la tua bambina?».

Questa non se l'aspettava. Che razza di domande le faceva? «Perché me lo chiedi?».

«Te l'ho spiegato prima di cominciare» disse lui.

«È morta».

«Di che cosa è morta?».

«L'ho uccisa io».

Lo fissò negli occhi. Non le piaceva come lui la guardava, con quell'espressione stronza.

«Un incidente» disse lui.

«Non l'avevo rimboccata bene ed è morta soffocata» disse Lila. «È passato tanto tempo».

«Non ti hanno dato la colpa, però».

«Non ce n'era bisogno. Che cosa avrebbero potuto dire... che già non sapessi?».

L'aveva ancora, il vestito nero del funerale. L'aveva dovuto indossare tre volte, quell'anno. Al funerale di suo nonno erano venute centinaia di persone, perché era un predicatore, e a quello di Jerry c'erano tutti i suoi amici; ma al funerale di Dawn non era venuto nessuno.

«Non farmi pensare a certe cose».

Si abbandonò contro il fondo della cuccetta e per la prima volta smise di mangiare. «Cambiamo tipo di domande» disse. «Quanto ci vorrà per arrivare in Florida?».

«Sicché non ti sei più risposata» insistette il Capitano.

«No, buon Dio, no. Mai più! Non lo rifarei neanche morta.

«Sposarsi!» disse. «È l'imbroglio più sporco che esiste. Rinunciare alla tua libertà solo per poter scopare tutte le sere. Tutte queste coppie sposate: non è che sono più felici di prima; non fanno altro che cercare qualche scappatoia. Prendi ancora un po' di patatine.

« Io voglio solo essere libera » disse. « Siamo in America, no? ».

Il Capitano si servì e Lila si alzò e prese il resto delle patatine. Poi disse: « Passami il tuo bicchiere ».

Alzò il coperchio della ghiacciaia, prese alcuni cubetti di ghiaccio, li mise nel bicchiere del Capitano, aggiunse acqua e bourbon, poi riempì anche il proprio. Il livello del bourbon era già calato a metà etichetta. In quel momento si sentì un CLUNK! contro il fianco della barca.

« Che cosa c'è adesso? ».

Il Capitano scosse la testa. « Chissà, forse un tronco ». Andò di sopra a vedere. Lila lo sentì dirigersi verso il fianco, mentre la barca si inclinava leggermente sotto i suoi passi.

« Che cos'era? » chiese.

« Il dinghy ».

Poi aggiunse: « Non era mai successo... Vieni su ad aiutarmi a calare i parabordi e ad assicurarlo bene. Poi, domattina, lo tireremo su ».

Lila lo raggiunse. Il Capitano stava legando alla battagliola due grossi parabordi, che poi lasciò penzolare contro il fianco. Poi andò all'altro lato della barca a prendere una lunga gaffa, con la quale avvicinò il dinghy.

« Tienilo fermo » le disse passandole la gaffa. Andò a rovistare nel cassone accanto all'albero, ne trasse una cima e tornò indietro. Buttò un'estremità della cima nel dinghy, scavalcò la battagliola e si calò giù.

Lila si guardò intorno. Che pace. Solo il rumore delle macchine sulle traversine del ponte. Il cielo era arancio per le luci della città, ma c'era un tale silenzio che non l'avresti mai immaginata così vicina.

Aggrappandosi alla battagliola, il Capitano si era issato di nuovo sul ponte.

« Credo di avere capito che cosa è stato » disse. « La marea sta cambiando... È la prima volta che lo vedo succedere... Guarda le altre barche: ti ricordi che quando siamo arrivati erano rivolte verso il ponte? Adesso sono tutte sghembe ».

Era vero. Puntavano tutte in direzioni diverse.

« Tra un po' saranno girate con la poppa verso il ponte. Fa abbastanza caldo » aggiunse. « Restiamo qui fuori a guardare. È una cosa che mi affascina ».

Lila andò a prendere le bottiglie, il ghiaccio, un paio di maglioni e una coperta. Sedette accanto al Capitano e stese la coperta sulle ginocchia di tutti e due. « Ascolta che silenzio » disse. « Non sembra proprio di essere tanto vicini a New York ».

Rimasero seduti così, ad ascoltare il silenzio.

« Che cosa hai intenzione di fare una volta arrivati a Manhattan? » domandò il Capitano.

« Cercherò di rintracciare un mio amico che forse mi può aiutare ».

« E se non lo trovi? ».

« Non so. Posso sempre trovarmi un lavoro. Come cameriera, o qualcos'altro ». Gli lanciò un'occhiata, ma nel buio non riuscì a capire come l'avesse presa.

« Chi è questa persona che vuoi rintracciare? ».

« Jamie? Oh, un vecchio amico ».

« Da quanto tempo lo conosci? ».

« Non so, due o tre anni ».

« Vi siete conosciuti a New York? ».

« Sì ».

« Allora ci hai abitato per parecchio tempo ».

« No, non tanto, anche se mi sarebbe piaciuto » disse Lila. « A New York puoi essere chi vuoi, e nessuno te lo impedisce ».

Improvvisamente le venne un'idea: « Sai una cosa? » disse. « Jamie ti piacerebbe molto, ne sono sicura. Andreste d'accordo che è una meraviglia. È anche lui un marinaio. Lavorava su una nave, una volta.

« E sai una cosa? » disse. « Potrebbe aiutarci a governare la barca e venire in Florida con noi... Cioè, se sei d'accordo... Cioè, io farei da mangiare e lui starebbe al timone e tu... tu daresti gli ordini! ».

Il Capitano teneva gli occhi fissi sul fondo del suo bicchiere.

« Pensa che bello » continuò Lila. « Noi tre che andiamo in Florida ».

Dopo un po' aggiunse: « Lui è amico di tutti e tutti gli sono amici ».

Aspettò a lungo una risposta, ma il Capitano stava zitto. Allora insistette: « Se riesco a convincerlo, tu ci staresti? ».

« Credo di no » disse il Capitano alla fine. « In tre si è in troppi ».

« Dici così perché non lo conosci » disse Lila.

Gli prese il bicchiere e glielo riempì di nuovo; poi gli si accoccolò contro per stare caldi. Ha bisogno di abituarsi all'idea, pensò, diamogli tempo.

Sul ponte le macchine sfilavano senza interruzione. Luci bianche che andavano in una direzione, lucine rosse nella direzione opposta. Ininterrottamente.

« Assomigli a qualcuno » disse Lila. « Qualcuno di tanto tempo fa ».

« Chi? ».

« Non riesco a ricordare... Com'eri a scuola? ».

« Niente di speciale ».

« Avevi molti amici? ».

« No ».

« Nemici? ».

« Non mi notavano abbastanza da essermi amici o nemici ».

« Non facevi parte di qualche squadra? ».

« Quella di scacchi ».

« Ai balli però ci andavi ».

« No ».

« Allora dove hai imparato a ballare? ».

« Non so. Ho preso qualche lezione ».

« Be', che altro facevi a scuola? ».

« Studiavo ».

« Studiavi?! ».

« Volevo diventare professore di chimica ».

« Ti conveniva diventare professore di ballo. Ieri sera eri bravissimo ».

Di colpo le venne in mente chi le ricordava: Sidney Shedar.

« Non sei uno che le donne gli corrono dietro, vero? ».

« Per niente ».

« Neanche quel tizio lo era ».

« La chimica non è male, se ci entri dentro » disse il Capitano. « Può essere addirittura appassionante. Io e un mio compagno eravamo riusciti a procurarci le chiavi della scuola e certe sere, verso le dieci o le undici, andavamo di nascosto nel laboratorio a fare esperimenti fino all'alba ».

« Che idea stramba ».

« Per noi era elettrizzante ».

« E che cosa facevate? ».

« Roba da adolescenti... Il segreto della vita: io volevo scoprire il segreto della vita ».

« Era meglio se sceglievi la danza » disse Lila. « Quello è il segreto della vita ».

« Ero sicuro che studiando cose come le proteine, i geni, eccetera, ci sarei arrivato ».

« Proprio strambo ».

« Anche quell'altro era così? ».

« Sidney? Sì. Era un coglione ».

« Oh » fece il Capitano. « E io gli assomiglio? ».

« Parlate tutti e due allo stesso modo. Anche lui continuava a fare domande. Ed era sempre pieno di idee megalomani ».

« Che tipo era? ».

« Non molto simpatico. Bravo a scuola, ma ti tampinava sempre con discorsi su cose che non interessavano a nessuno ».

« Quali cose? ».

« E chi se lo ricorda? Aveva un modo di fare che dava sui nervi a tutti. Niente di male. Solo che era... non era... Era intelligente e nello stesso tempo non capiva niente. Ma lui era convinto di saperne più di tutti. Noi lo chiamavamo Sacco di patate».

«E io gli somiglierei?».

«Sì».

«Allora perché hai ballato con me ieri sera?».

«Perché mi hai invitata».

«A me era sembrato che fossi stata tu».

«Forse» disse Lila. «Non so. Sarai sembrato diverso. La prima volta sembrate sempre diversi.

«Comunque Sidney era intelligente davvero» continuò. «Un paio di anni fa ero al ristorante, alzo gli occhi ed eccolo là, invecchiato, con gli occhiali, un po' calvo. Fa il pediatra. E ha quattro figli. È stato molto carino. Ha detto subito: "Ciao, Lila" e siamo rimasti a parlare per un pezzo».

«Che cosa diceva?».

«Voleva sapere come stavo, che cosa facevo, se ero sposata; e quando ho risposto: "No, quello giusto non si è ancora presentato", lui si è messo a ridere e ha detto: "Un giorno verrà". Capisci quello che voglio dire?».

Poi Lila andò in bagno. Al ritorno dovette attaccarsi a tutti gli appigli per non perdere l'equilibrio. Poco male, non doveva andare in nessun posto. Sedette di nuovo vicino al Capitano. Lui le chiese: «Da quanto tempo conosci Richard Rigel?».

«Dalla seconda elementare».

«Dalla seconda elementare?».

«Sorpreso, eh?».

«Altro che! Non me lo sarei mai immaginato».

Lila sistemò meglio la coperta e guardò il cielo. Era così chiaro, per la vicinanza della città, che non si vedeva neanche una stella. Solo arancio e nero dappertutto. I colori di Halloween.

«Accidenti!» fece il Capitano.

«Che cosa c'è?».

«C'è che sono sconvolto» disse lui. «Dalla seconda elementare. Incredibile».

«Perché incredibile?».

« Vuoi dire che era il tuo compagno di banco e facevate le boccacce alla maestra e... ».

« No, eravamo semplicemente compagni di classe. Che cosa c'è di tanto incredibile? ».

« Non so » disse il Capitano. « È solo che Rigel non mi ha l'aria di essere mai stato bambino... Ma certo, avrà avuto anche lui un'infanzia ».

« Eravamo amici ».

« Ho capito: fidanzatini ».

« No, amici e basta. Anche dopo. Non vedo che cosa ci sia di strano ».

« Con tutti i bambini che c'erano com'è che sei andata a scegliere uno come lui per amico? ».

« È arrivato in seconda e io ero l'unica a essere gentile con lui ».

Il Capitano scosse la testa. Dopo un po' fece: « Ts! ».

« Tu non lo conosci » disse Lila. « Era un bambino molto timido. E balbettava. Tutti lo prendevano in giro ».

« Adesso non si può certo dire che balbetti » osservò il Capitano.

« Tu non lo conosci ».

« Sicché avete fatto insieme tutte le elementari e le medie e poi le superiori? ».

« No, lui poi è andato a una scuola privata e ci siamo un po' persi di vista ».

« Che cosa fa suo padre? ».

« Non lo so. I suoi erano divorziati. Credo che stesse a New York. O forse a Kingston. Dove eravamo ieri sera... ».

« Quello che non capisco » continuò il Capitano « è come mai, se siete amici fin dalla seconda elementare, lui ce l'avesse tanto con te, ieri sera ».

« A Richard io sono simpatica ».

« No, non è vero » disse il Capitano. « È questo che non riesco a capire. Perché ti ha trattato così male? Perché non voleva neanche rivolgerti la parola? ».

« Oh, è una storia lunga » disse Lila.

« Non ti ha neanche salutata ».

« È vero, ma lui è fatto così. È perché non approva il modo come vivo ».

« Questo è poco ma sicuro ».

Lila sollevò la bottiglia per farla vedere al Capitano. « Sai una cosa? ».

« Che cosa? ».

« Stiamo andando in balla... Io, almeno. Tu non stai bevendo molto ».

« C'è ancora una cosa che non mi quadra » continuò il Capitano.

« Che cosa? ».

« Dici che lui ha cambiato scuola e non vi siete più rivisti... ».

« Altroché, se ci siamo rivisti ».

« Vuoi dire che ti invitava fuori? ».

« Tutti mi invitavano » disse Lila. « Tu non sai che tipo ero, allora. Avresti dovuto vedermi. Ero molto carina, da ragazza... Non lo dico per vantarmi, è vero. Adesso non si direbbe, ma avresti dovuto vedermi a quei tempi. Tutti volevano uscire con me. Ero molto corteggiata, allora ».

« Sicché uscivate insieme ».

« Qualche volta, ma poi sua madre è venuta a saperlo e glielo ha proibito ».

« Perché? ».

« Oh, le solite ragioni. Sua madre è molto ricca e io non sono della loro classe. E poi alle altre donne quelle come me non piacciono. Specialmente se il loro caro pargoletto dimostra un certo interesse ».

Adesso sono proprio ubriaca, pensò; devo smettere.

« E comunque Richie è un ragazzo proprio decente » disse.

Il Capitano rimase zitto.

« ... e tu invece no ».

« Rigel ha detto che hai messo nei guai un tale a nome Jim ».

« Ti ha raccontato quella storia? ».

« Che storia era? ».

« Oh, Dio. Non avrebbe dovuto parlartene ».

« Che cos'era successo? ».

« Ma niente! Non facevamo niente di peggio di quello che stiamo facendo io e te in questo momento. L'avevo detto a Jim di non dire a nessuno di noi due. E quello invece prende e va a dirlo a Richie, che lo dice a sua madre, che lo dice alla moglie di Jim. È così che è cominciato tutto il casino. E che casino!... Tutto per quella impicciona della madre di Richie ».

« Che cosa c'entrava lei? ».

« Richie sta sempre a baciare i piedi a sua madre, mattino, mezzogiorno e sera. È lei che tiene i cordoni della borsa. Secondo me ci dorme anche insieme! E lei mi odia! ».

« Perché la madre di Rigel ti odiava tanto? ».

« Te l'ho detto: aveva paura che le portassi via il suo tesoruccio. È stata lei a convincere la moglie di Jim ad assumere i detective ».

« I detective! ».

« Eravamo in questo motel, quando si sentono dei colpi alla porta. Io faccio a Jim: "Non aprire!", ma lui non mi ha dato retta. Dice: "Meglio parlarci". Proprio... Come se quelli volessero solo parlare... Che idiota. È stata una cosa orrenda. Appena Jim ha aperto la porta, loro sono entrati con le macchine fotografiche e giù a scattare foto. Poi volevano che firmasse una confessione: dice che se firmava non l'avrebbero portato in tribunale.

« E lui sai che ha fatto? Ha firmato...

« Se mi avesse dato retta, loro non avrebbero potuto muovere un dito. Non avevano nessun mandato, né niente.

« Poi quelli se ne vanno, e sai che cosa ha fatto Jim?... Si è messo a piangere! È la scena che più mi è rimasta impressa: lui, seduto sul bordo del letto, con gli occhioni pieni di lacrime.

« Semmai avrei dovuto piangere io! E perché credi che piangesse?... Perché aveva paura che sua moglie chiedesse il divorzio! Io ero proprio schifata. E anche tutti gli altri.

« Era un debole. Non faceva che lamentarsi di sua moglie che gli organizzava la vita, ma in realtà gli andava benissimo così. Perciò voleva tornare da lei.

« Dicono tutti che vogliono lasciare la moglie, ma poi non lo fanno mai. Tornano sempre all'ovile ».

« E sua moglie se l'è ripreso? ».

« No, non era mica scema. Si è presa i suoi soldi invece. Quasi centomila dollari... Neanche lei lo sopportava più, dopo quello che era successo ».

« E tu, hai continuato a vederlo? ».

« Per un po'. Ma non avevo più rispetto. Poi lui è stato licenziato dalla banca e io intanto mi ero stufata, ho conosciuto questo mio amico di New York, Jamie, e per un po' sono stata con lui ».

« Rigel mi ha detto che era il suo avvocato ».

« Sì, ma con quelle foto e la confessione non poteva fare granché ».

« Perché aveva accettato? ».

« Per me. Ho mandato io Jim da lui ».

Il Capitano fece di nuovo: « Ts! ». Rovesciò la testa all'indietro e si mise a fissare il cielo.

Rimase così, in silenzio, per parecchi minuti, con gli occhi che scrutavano il cielo, come se cercasse delle stelle precise.

« Non ci sono stelle » disse Lila. « Ho già guardato io ».

« Rigel è sposato? » chiese il Capitano.

« No ».

« Come mai? ».

« Che ne so? Ha i suoi casini, come tutti... Sai una cosa? ».

« Che cosa? ».

« Tu stai bevendo meno di me ». Sollevò la bottiglia contro il cielo e la esaminò. « E sai un'altra cosa? ».

« Cosa? ».

« Non risponderò più a nessuna domanda ».

« Perché? ».

« Perché tu fai il poliziotto. Vuoi scoprire qualcosa, non so che cosa. Invece non scoprirai un bel niente... Non saprai mai chi sono io, perché io non sono nessuna cosa ».

« Come? ».

« Non sono nessuna persona. Perciò sprechi il tuo tempo a farmi le tue domande. So bene che vuoi cercare di capire che tipo sono, ma non scoprirai niente, perché non c'è niente da scoprire ».

Aveva la voce impastata, e se ne accorgeva benissimo.

« Un tempo facevo finta di essere un tipo così, o un tipo cosà; ma poi mi sono stufata di quei giochetti. Tanta fatica e non ci ricavi niente. Adesso io ho tutte queste immagini di Lila, ma non ne viene fuori una persona. Sono tante persone diverse, che si chiamano Lila, ma nessuna è Lila. Io non sono nessuna persona. Io non ci sono. Tu, per esempio; lo vedo che hai la testa piena di brutte impressioni su di me. E credi che quella che hai nella testa sia la stessa che è qui e ti parla; invece qui non c'è nessuno. Hai capito? Non c'è nessuno in casa. Ecco chi è Lila. Una casa vuota.

« E sai una cosa? ».

« Cosa? ».

« Tu vuoi farmi risultare quello che non sono ».

« Anzi, tutto al contrario ».

« Così credi tu. Ma in realtà vuoi farmi una brutta cosa ».

« E cioè? ».

« Vuoi... vuoi distruggermi ».

« Non è vero ».

« Sì ».

« Hai assolutamente frainteso il motivo delle mie domande » disse il Capitano.

« No: ho assolutamente capito, capito giusto » disse Lila. « Gli uomini fanno tutti così. Non crederai di essere l'eccezione. Anche Jerry faceva così. Tutti. Ma se vuoi saperlo, non ci riuscirai ».

« Io non voglio distruggerti ».

« Così credi tu. Stai tastando tutt'intorno per cercare di arrivare al centro. Ma non ci riuscirai. Tu non sai dov'è il mio centro! ».

Questo ti tappa la bocca, eh?

Disse: « Non puoi saperlo. Non sei una donna, tu. Gli uomini, quando fanno l'amore, in realtà vorrebbero distruggerti, e una donna deve starsene zitta e buona dentro, perché, come lascia affiorare qualcosa, subito gli uomini cercano di ucciderglielo.

« Ma noi li facciamo fessi, gli uomini, perché non c'è niente da distruggere, se non l'immagine che hanno loro in testa. E loro la distruggono, e poi odiano quello che resta e lo chiamano Lila: e così odiano Lila. Ma Lila non c'è. Sul serio. Tu non ci credi, ma è così.

« Le donne sono furbe, » continuò « ma gli uomini non se ne accorgono, sono troppo presi da se stessi. Non gliene importa di capire le donne. Vogliono soltanto essere capiti loro. Perciò devono sempre distruggerti ».

« Io stavo solo facendo delle domande » disse il Capitano.

« Vai a farti fottere, te e le tue domande! Non capisci che io sono come mi fanno essere le tue domande? Sono loro a farmi esistere. Se pensi che io sia un angelo, allora sono un angelo. Se pensi che sono una puttana, benissimo: sono una puttana. Sono quello che pensi che sia. E se cambi idea, ecco che anch'io cambio. Perciò, qualunque cosa dica Rigel su di me, è vera. Non può sbagliare, è impossibile ».

Afferrò la bottiglia e bevve un sorso a canna. « Al diavolo i bicchieri » disse. « Tutti a cercare di far essere Lila questa o quella persona. E le donne di solito ci stanno, perché vogliono i bambini e i soldi e i bei vestiti. Ma con me non funziona. Io sono Lila e nessuno mi cambia. E se a un uomo non gli sta bene, padrone di andarsene. Io non ho bisogno di lui. Non ho bisogno di nessuno. Piuttosto morta. Così sono fatta ».

Adesso le barche guardavano tutte nella stessa direzione, come aveva detto il Capitano. Bravo, però, a prevederlo. Glielo disse. Lui non rispose. Era un pezzo che non diceva una parola.

Le venne un brutto pensiero. Il Capitano non aveva quasi bevuto. Che stesse per dare fuori di matto? È così che succede, quando si smette di colpo di bere.

Lei invece stava parlando troppo. Fatti passare la sbornia, Lila, finché sei in tempo. Resisti, devi rimanere lucida.

« Sai una cosa? » disse.

« Cosa? ».

« Adesso basta parlare di me. Cambiamo discorso ».

« Incomincia a fare freddo, qui fuori » disse il Capitano.

Si alzò. « La notte scorsa non ho quasi dormito » disse. « Vorrei andare a letto presto ».

Anche Lila si alzò e lo seguì sottocoperta. Lo sentì coricarsi nella cuccetta di prua. Poi ci fu silenzio.

Si guardò intorno. Che casino, tutta quella roba da mettere a posto.

A un tratto le venne in mente che avevano dimenticato il budino.

E lei, comunque, probabilmente non l'avrebbe più mangiato.

15

Fedro tirò indietro le coperte, sedette sulla cuccetta e incominciò lentamente a svestirsi. Era stanchissimo.

Ma che bella spedizione archeologica, pensò. Spazzatura, strati su strati di spazzatura.

Del resto, in fondo, che cos'è un archeologo, se non uno spazzino che ha imparato il mestiere all'università? Nei musei ti fanno vedere reperti importanti, preziosi. Ma il lavoro che hanno dovuto fare per portarli alla luce non si vede. In molti casi i resti delle antiche città si trovano sotto le discariche urbane.

Rigel avrebbe avuto di che gongolare. Gli pareva di sentirlo: « Che cosa ne dici, adesso? Lila ha Qualità? Avanti, rispondi ».

Vide lampeggiare per un secondo una luce nell'oblò. Qualcuno con una torcia, o forse un faro. No, troppo irregolare per essere un faro. Attese qualche secondo, ma la luce non riapparve.

Decisamente quello non era il suo giorno fortunato. Buffo come con Lila tutto girasse intorno agli anni della scuola. Anche stasera: un tipico dramma da liceali: accompagni a casa la ragazza ma non hai il coraggio di darle il bacio della buona notte e la prossima volta che la inviti a uscire, lei ha un altro impegno.

Era davvero la ragazza del tram.

E lui era davvero quel tizio. Quello che non si prende la ragazza.

Che cosa aveva detto a proposito di quel Sacco di patate? « ... Se ne stava lì in silenzio... Tu credevi che ti ascoltasse... invece no, stava pensando ad altro. Chimica e roba del genere... Mi faceva pena... Sapeva un sacco di cose, ma non capiva niente. Non capiva le donne perché non capiva le persone... Con lui non era possibile una vera intimità. Molto intelligente in certe cose, ma per altri versi uno stupido... capisci che cosa voglio dire?... ».

Fedro capiva benissimo. Anche troppo.

Allungò adagio le gambe sotto le coperte e gli tornò in mente un episodio al quale non pensava da chissà quanti anni.

Un film che aveva visto molto tempo prima, quando era studente di chimica. La ragazza, interpretata, gli pareva di ricordare, da Priscilla Lane, aveva complicazioni sentimentali con l'affascinante protagonista maschile, forse Richard Powell. Il contrappunto comico era affidato al personaggio dell'amica di Priscilla Lane, la tipica oca giuliva, che ti faceva fare un sacco di risate, perché era consolante pensare che, per stupido che tu fossi, non lo eri mai tanto quanto lei. Piaceva appunto per questo.

In una scena l'amica stupidella, di ritorno da una festa, trova i due protagonisti mano nella mano, occhi stellanti, che le chiedono: « Com'era la festa? ».

« Orrenda » risponde lei. « Ho ballato per tutto il tempo con un professore di chimica ».

Risatine del pubblico.

« Hai mai provato a ballare con un professore di chimica? » chiede l'oca giuliva. Risate. « Ahi, i miei poveri piedi! ».

Tutti a sbellicarsi.

Tutti tranne uno. Fedro era rimasto inchiodato al

suo posto, le guance in fiamme, per il resto del film: stranito e depresso, paralizzato, come si sentiva ora, annientato per un attimo da quello schema collettivo che faceva sembrare disprezzabili e ridicoli la sua persona e tutto ciò che gli stava a cuore.

Non ricordava che cosa avesse fatto dopo. Forse se n'era tornato subito a casa.

Forse era stata la volta che aveva incontrato Lila sul tram...

... Il suo sorriso: soprattutto quello ricordava. Lila sul tram. Lila, i lillà, la primavera. Il sorrisetto soffocato. La malcelata derisione. E la tristezza di non potere, qualunque cosa avesse fatto o detto, ricevere da lei altro sorriso che quello.

Un altro ricordo: un enorme pioppo nero nella notte; lui, solo, sotto l'albero nel silenzio, e le foglie che stormivano appena nella brezza notturna. La notte era tiepida e l'aria portava un sentore di lillà.

Poi, a poco a poco, queste forme della sua mente svanirono nel sonno.

Dopo un imprecisato intervallo di tempo, lo raggiunsero nuove forme. Uno scintillio d'acqua sopra di lui. Era disteso su un banco di sabbia sul fondo dell'oceano. L'acqua era quasi incolore e così trasparente che si distinguevano le montagnole e le increspature della sabbia.

Dal fondo salivano le lingue verde scuro delle alghe, che ondeggiavano sospinte dalle correnti, come anguille che si sforzassero di liberarsi dalla rena. Sentiva contro il proprio corpo la spinta delle correnti, delicata, piacevole, che gli dava serenità. I polmoni avevano da tempo cessato di lottare e ora regnava una grande pace. Gli sembrava che quello fosse il suo ambiente, il suo ambiente naturale.

Sopra le alghe, nell'acqua trasparente e azzurrina, fluttuavano centinaia di meduse lattiginose, bianche e rosa. Sembravano abbandonate alla corrente, ma, guardando meglio, Fedro si accorse che si muovevano da sole, con un pulsare ritmico, una specie di respiro: dentro, fuori, dentro, fuori, come se avessero una loro meta misteriosa. Le più piccole erano così sottili e trasparenti che le vedeva solo quando, nel passare tra lui e una forma scura sospesa in superficie, captavano per un attimo la luce dell'acqua sovrastante. La forma scura doveva essere una barca ma, vista dal fondo dell'oceano, assomigliava piuttosto a un'astronave sospesa nel cielo. Apparteneva a un altro mondo, da dove lui stesso era venuto e con il quale non aveva più alcun legame. Si stava bene, senza legami con quel mondo.

Una delle minuscole creature lattiginose nuotò verso di lui, sfiorandolo prima sul braccio, poi sul fianco. Fedro provò un senso di apprensione. Voleva giocare? o fargli del male? Fece per spostarsi, ma aveva perduto ogni facoltà di movimento. La creatura continuava a premere, a strofinarsi, finché a poco a poco Fedro si sentì scivolare fuori dal sogno.

Era buio, adesso; ecco di nuovo la lieve pressione. Era una mano. Fedro restò immobile. La mano si mosse lungo il suo braccio, su e giù, con calcolata lentezza, prima di avventurarsi in nuove esplorazioni. Quando fu arrivata alla sua destinazione, la trovò dura, in attesa. Si sentiva ancora addosso la passività e l'immobilità del sogno e giaceva silenzioso come sul fondo dell'oceano, lasciando fare, osservando questa cosa come da una grande lontananza, spettatore di un antichissimo rito al quale lui non doveva partecipare come attore o come testimone.

La mano esplorava, accarezzava, stringeva delicatamente; poi, nell'oscurità, il corpo di Lila si sollevava, gli scivolava sopra, si inginocchiava, si calava lentamente ad accogliere la cosa che era venuta a cercare.

... Ecco, ora si chiudeva; si sollevava. Una pausa. Si

apriva; scendeva. Poi di nuovo: chiuso, su; aperto, giù. Ancora. Ancora. Ogni volta un po' più veloce, un po' più invitante, un po' più perentorio nel chiedere ciò che doveva ricevere.

A ogni invito si propagavano ondate di eccitazione, sempre più forti, finché le sue mani si mossero ad afferrarle i fianchi e tutto il corpo prese a sollevarsi e abbassarsi con il corpo di lei. I suoi pensieri annegavano in questa corrente di sensazioni, trascinati dal respiro dell'immenso corpo di medusa sopra di lui, che si apriva e chiudeva, si apriva e chiudeva. Avvertiva fiotti di emozione scaturire dal nulla e l'esplosione farsi sempre più vicina.

Sempre più vicina...

Improvvisamente ci fu un grido e il corpo di Lila fu rigido e duro intorno al suo; allora tutto il suo essere si riversò dentro di lei e la sua mente fu sbalzata in spazi al di là del nulla.

... Quando fece ritorno, Fedro sentì la pressione della vulva allentarsi a poco a poco e i muscoli dei suoi fianchi tornare a sciogliersi.

Lei rimase immobile per un tempo lunghissimo.

Poi una lacrima gli gocciolò sulla guancia, inaspettata.

« Lo faccio soltanto se un uomo mi piace molto » disse la voce di Lila. Sembrava venire da qualche posto lontano che non era il corpo sopra di lui, da qualcuno che, come lui, avesse assistito in disparte.

Poi Lila si sdraiò al suo fianco, il corpo allungato contro il suo, abbracciandolo stretto, come per affermare un possesso definitivo.

Rimasero sdraiati così per molto tempo, le braccia di Lila che lo trattenevano; ma la sua mente vagava libera nell'onda di riflusso, incontenibile, del pensiero.

Dopo un po' il suono regolare del respiro di lei gli disse che si era addormentata.

C'è una zona intermedia, tra il sonno e la veglia, in cui a volte la mente riesce per un attimo a scorgere mondi che da tempo sembrano in attesa al di là della soglia. Fedro l'aveva appena attraversata, cogliendovi un'immagine che, se si fosse addormentato, sarebbe svanita. E che sarebbe svanita anche se fosse diventato più desto.

Non gli era mai capitato di rimanere così passivo. Le altre volte si era sempre trattato di una sua iniziativa, di un suo bisogno di affermazione, dei suoi desideri carnali. Ma ora quella passività sembrava aprirgli un paesaggio nuovo, in cui « lui » non era il personaggio principale, anzi forse non c'entrava nemmeno. Sospeso tra il sonno e la veglia, cercò di fermare quella visione.

Una luce, forse i fari di una macchina, illuminò per un attimo la cuccetta. Lila si mosse sotto le coperte, portandosi l'avambraccio sopra la faccia, con il palmo della mano aperto verso l'alto.

Fedro accostò la propria mano alla sua: erano uguali. La configurazione che aveva indotto Lila a cercarlo e a fare quel che aveva fatto aveva anche creato uguali le loro mani. Uguali come le foglie di un albero, e come le foglie ignare del perché le loro cellule le avessero prodotte e create così simili.

Ecco, forse era quella, la cosa, l'altra cosa, che agiva e che non era Lila e non era lui.

I fari della macchina scomparvero e Fedro, mentre l'immagine mentale della mano di Lila sbiadiva, ricordò di aver notato un particolare: lunghe cicatrici sul braccio, vicino al polso, una delle quali un po' obliqua rispetto alle altre. Come se le era fatte, da sola?

Si girò verso di lei e le passò il polpastrello sul polso. Sì, erano cicatrici, ma la pelle era liscia. Dovevano risalire a molti anni prima. Un incidente in macchina, forse, o qualche altro trauma; ma no, sentiva che non si era trattato di un incidente. Sembravano piuttosto i segni di un'antica guerra interna con quella cosa che l'aveva portata da lui poco prima, uno scontro immane tra l'intelligenza della sua mente e l'intelligenza delle sue cellule.

Se così era stato, avevano vinto le cellule. Avevano fatto uscire il sangue a fiotti, per liberarsi dall'infezione, poi si erano tumefatte, per rallentarlo fino alla coagulazione, e quindi, a poco a poco, con quella loro speciale intelligenza che non aveva niente a che vedere con la mente, ricordandosi come erano prima che Lila le recidesse, si erano ricongiunte accuratamente. Avevano una propria intelligenza e una propria volontà. La Lila della mente aveva voluto morire, ma la Lila delle cellule aveva deciso di vivere.

È sempre così. L'intelligenza della mente non sa immaginarsi ragioni valide per vivere, ma sopravvive ugualmente, perché l'intelligenza delle cellule non sa immaginare valide ragioni per morire.

Così si spiegava quello che era successo poco prima. L'intelligenza della mente di Lila lo aveva trovato e lo trovava antipatico. Ma l'altra intelligenza era venuta a cercarlo e aveva fatto l'amore con lui, indipendentemente dalla prima Lila.

Le configurazioni cellulari fanno l'amore da milioni di anni e non si lasciano certo intimidire da strutture novelline come quelle della mente, che sanno poco o nulla della vita. Le cellule vogliono l'immortalità, ma sanno di avere i giorni contati. Perciò si danno tanto da fare.

Sono molto antiche. Hanno incominciato a distinguere questo corpo che è a sinistra da quest'altro che è a destra oltre un miliardo di anni fa. Alle configurazioni della mente non badano nemmeno: nella loro scala temporale la mente è solo una delle tante forme effimere, sorte pochi istanti or sono e destinate a estinguersi tra pochi istanti.

Questo Fedro aveva colto e questo voleva fissare: il punto di convergenza dove le configurazioni biologiche e le configurazioni mentali sono deste contemporaneamente e avvertono le une la presenza delle altre e si scontrano.

È come la marea. Con l'onda di riflusso, l'agitazione sessuale delle cellule appare volgare e disprezzabile all'intelletto, ma quando la marea cambia, la volgarità si trasforma magicamente in attrazione piena di qualità e la mente viene deviata dai suoi canali per opera di qualcosa che non è mente, e che incute un senso di riverente timore. La mente, superba, distaccata, intenta alle proprie distinzioni, tutto a un tratto viene senza tanti complimenti spinta da un lato da quest'altra intelligenza, più robusta. Allora succedono strane cose, che alla mente, quando torna la bassa marea, di nuovo sembrano volgari e disprezzabili.

Rimase in ascolto del respiro regolare di quel corpo disteso accanto al suo. La zona crepuscolare era stata oltrepassata. La mente, sempre più desta, stava prendendo il sopravvento, già rifletteva sulla visione di pochi istanti prima.

Tutto questo tornava benissimo con la reciproca autonomia e antagonismo dei livelli evolutivi messa in rilievo dalla Metafisica della Qualità. Il linguaggio della mente non ha nulla da dire direttamente alle cellule, che non lo capiscono. E il linguaggio delle cellule non ha nulla da dire direttamente alla mente, che non usa la stessa lingua. Sono due configurazioni del tutto distinte e separate. In questo momento, mentre dorme, « Lila » non esiste, così come non esiste un programma quando il calcolatore è spento. L'intelligenza delle sue cellule aveva spento Lila per la notte, esattamente come l'interruttore della macchina disinserisce il programma.

È il linguaggio che abbiamo ereditato a creare confusione. Noi diciamo il « mio » corpo, il « tuo » corpo, il « suo » corpo. Ma la realtà è diversa. È come se un programma in FORTRAN dicesse: « Questo è il mio calcolatore ». Invece bisognerebbe dire: « il corpo che sta a sinistra », « il corpo che sta a destra ». Questo « io » cartesiano, questo homunculus che sbircia fuori dai nostri bulbi oculari per trinciare giudizi sulle cose del mondo, fa ridere i polli. Questo « io », piccolo manipolatore arbitrario della realtà, è una creazione fittizia, che a un esame più attento crolla miseramente. L'« io » cartesiano è software, non hardware. Il corpo qui a sinistra e il corpo qui a destra sono varianti che girano di uno stesso programma, di uno stesso « io », che non appartiene né all'uno né all'altro. I vari « io » sono soltanto un certo formato del programma.

Si parla tanto di alieni provenienti da altri pianeti. Il programma fondato sui vari « io » e « noi »: è quello l'alieno. I « Noi » esistono da poche migliaia di anni soltanto. Ma i corpi, di cui i « Noi » si sono impossessati, esistevano già da decine di migliaia di anni. E le cellule, mio Dio, le cellule esistono da miliardi di anni.

Poveri, stolidi corpi, invasi da tutti questi « Noi », pensò Fedro. Ogni tanto, come stanotte e la notte prima, i corpi insorgono, travolgono il programma e prendono il comando, lasciando i « Noi » a chiedersi allibiti come sia potuto succedere.

Allibiti e anche scandalizzati, al vedere quello che ti combinano i corpi senza nemmeno chiedergli il permesso. Il moralismo sessuale di Rigel non dipendeva solo dai codici morali. Rifletteva anche l'orrore dei « Noi » di fronte alle cellule che credevano di dominare, alla vista delle configurazioni della Qualità esistenti ben prima che i « Noi » si presentassero sulla scena.

Le cellule colano sudore, moccio, catarro, mestruo, sperma. Ruttano, scoreggiano, pisciano, cagano, vomitano, spremono fuori da sé altri corpi identici a loro, imbrattati di sangue e bavosi di placenta, che poi crescono e fanno uscire altri corpi, incessantemente.

Per l'« io », per la realtà software, questi fatti hardware sono così scandalosi che vanno camuffati con eufemismi, coperti con vestiti, rinchiusi nel bagno, protetti dal riserbo del medico. Ma quello su cui i « Noi » stendono il velo, per le cellule è pura qualità. Se sono arrivate all'attuale avanzato stadio evolutivo è stato grazie a tutto quel fottere e scoreggiare, pisciare e cagare. Lì è la qualità! Nelle funzioni sessuali, soprattutto. Dal punto di vista delle cellule, il sesso è pura Qualità dinamica, il Sommo Bene.

Rispondendo a Rigel che Lila aveva Qualità, Fedro aveva detto una cosa vera. Lila ha Qualità. La forza di attrazione che viene fatta oggetto di condanna morale è la stessa che ha creato chi ora condanna.

Quando si dice l'ingratitudine. Non fosse stato per la qualità che inerisce all'attività sessuale, i corpi sarebbero ancora un grumo di stolidi batteri. Quando l'unico sistema per indurre cambiamenti genetici era la mutazione, la vita era rimasta ad aspettare, praticamente immutata, per qualcosa come tre miliardi di anni. Il salto glielo fece fare la selezione sessuale, diversificandola nelle forme animali e vegetali che conosciamo oggi. Un batterio non ha modo di decidere come sarà la sua progenie, mentre un'ape regina può scegliere tra migliaia di fuchi. La sua selezione avviene secondo la Qualità dinamica. Nella selezione sessuale Lila sceglie, dinamicamente, l'individuo che vuole proiettare nel futuro. Se lui stimola il suo senso della Qualità, essa si unisce a lui per farlo sopravvivere in un'altra generazione, e in questo modo la vita di quell'individuo continua. Ma se lui non riesce a convincerla della propria Qualità, se è malato o deforme o altrimenti incapace di soddisfarla, lei rifiuta di unirsi a lui e la sua deformità non viene tramandata.

Adesso Fedro era completamente sveglio e lucido. Era sicuro di essere risalito alla sorgente. Ciò che aveva visto quella notte non era forse la stessa cosa che aveva intravisto sul tram, e che gli aveva lasciato, da allora, quel senso di disagio? Dopo molto riflettere, alla fine giunse alla conclusione che, sì, probabilmente era la stessa cosa.

Lila è un giudice. Sdraiato accanto a lui c'era un giudice: un giudice vecchio centinaia di milioni di anni, agli occhi del quale lui non era niente di speciale. Chiunque altro sarebbe andato ugualmente bene e molti sarebbero andati anche meglio.

Era per questo, forse, gli venne fatto di pensare, che il famoso sorriso della Gioconda, così simile al sorriso di Lila su quel tram, provoca da sempre un senso di turbamento in chi lo osserva. È il sorriso segreto di un giudice spodestato e rimosso in nome del progresso sociale, che tuttavia, silenziosamente, tra sé, continua a giudicare.

« Sacco di patate ». Così, indirettamente, l'aveva chiamato Lila. Non si riferiva alla sua intelligenza. Voleva dire che, agli occhi di quel giudice biologico, tutta la sua intelligenza era una sorta di deformità. Che lei rifiutava. Non era quello che le serviva. Come le configurazioni dell'intelligenza provano una specie di repulsione per le funzioni corporee, per le configurazioni della biologia, allo stesso modo le configurazioni biologiche di Lila provavano repulsione per i modi di configurarsi dell'intelligenza. Al biologico l'intelligenza proprio non piace.

Gli tornò in mente William James Sidis, il ragazzo prodigio che a cinque anni conosceva cinque lingue. Impressionato da quello che aveva scritto sugli indiani, Fedro era andato a leggersi la sua biografia, apprendendo così che da adolescente Sidis aveva deciso di rinunciare per sempre al sesso. Si era convinto che, per poter continuare in modo soddisfacente la sua vita intellettuale, doveva sottrarsi il più possibile al dominio del sociale e del biologico. Nell'antichità questo voto veniva pronunciato dai sacerdoti e dagli asceti ed era considerato una delle forme più alte di moralità; ma nei ruggenti anni Venti del nostro secolo si era affermata una morale diversa, e quando si seppe della decisione di Sidis, la stampa non mancò di coprirlo di ridicolo. Da allora fino alla fine dei suoi giorni, Sidis si ritirò nel più totale isolamento.

« È preferibile servire la Sapienza o inseguire l'Amore delle donne? » si interrogavano i poeti provenzali del tredicesimo secolo. Sidis aveva scelto la Sapienza. Eppure, pensava Fedro, doveva esserci un modo per avere l'una e l'altro.

Così impostata, la domanda sembrava sottintendere che le donne fossero stupide. D'altro canto, le femministe avrebbero potuto rovesciarla e chiedere: « È preferibile servire la Sapienza o inseguire l'Amore dell'uomo? ». Questo, anzi, è il tema di fondo di tutto il movimento femminista. Ma benché in apparenza le femministe odierne e i trovatori provenzali denigrino ciascuno il sesso opposto, in realtà l'oggetto del loro giudizio negativo è identico: non l'uomo, non la donna, bensì l'antagonismo statico che la biologia oppone alla Qualità sociale e intellettuale.

Si accorse che la barca aveva incominciato a oscillare impercettibilmente.

Quanto alle sue cellule, evidentemente erano stufe marce di tutto quell'intellettualizzare. Per quel giorno era abbastanza, anzi troppo. Incominciavano a disinserire il calcolatore. Avrebbero avuto ancora bisogno di lui l'indomani, quando fosse venuta loro fame; allora l'avrebbero acceso di nuovo perché procurasse loro da mangiare; ma per il momento, chiuso. Fedro si sentiva come Hal, il calcolatore di *2001: Odissea nello spazio*, quando i suoi circuiti interni incominciano a perdere potenza. « Daisy... Daisy... dimmi... la... verità ».

Lila, Lila, qual è la tua verità?

Che giornata strana.

Di nuovo Fedro ebbe la percezione del corpo di Lila accanto al suo e del lieve rollio della barca. L'unica cosa bella di tutta la giornata era stato il fatto che il suo corpo e quello di Lila, senza badare alle differenze sociali e intellettuali, avessero tirato dritto per la propria strada come se i loro « padroni » non esistessero nemmeno. Loro se ne intendevano di vita: ci lavoravano da miliardi di anni.

Adesso che era rilassato si accorse che il movimento della barca, più che un rollio, era un dondolio, un quasi impercettibile, lentissimo andare su e giù assecondando le onde. Che ci fosse mare grosso nell'oceano? Ma no, si disse, erano ancora troppo a monte, troppo distanti dalla foce. Però... Se le maree arrivano fino a Troy, il mare grosso poteva farsi sentire fin qui.

Chissà...

Dopo ogni impercettibile dondolio della barca, su e poi giù, rimaneva in attesa del prossimo, riflettendo. Poi, dopo un po', i pensieri cessarono.

PARTE SECONDA

16

Da ridere, come si era presentata, aveva detto Fatso. Sembrava la Donna di denari, aveva detto. « Mi sa dire dove posso trovare il signor Jamison? ». Fatso era bravissimo a fare le imitazioni.

Lui comunque non si era sbottonato, era stato ad ascoltare. Stava « andando in Florida a svernare » aveva detto Lila. « Con un signore, su uno yacht » e voleva « approfittare dell'occasione per riallacciare le vecchie conoscenze ».

Jamie era scoppiato a ridere: « Se sta con un signore, perché vuole rivedere *me*? ».

« Si vede che le manchi ».

« No, vuole qualcosa ».

« C'è il modo di scoprirlo » aveva detto Fatso.

Sicché il giorno dopo andarono dove Lila aveva detto a Fatso che l'avrebbero trovata. Non c'era, e loro sedettero a un tavolo. Poi, eccola che entra. Invecchiata; una volta era una bellezza di ragazza. E ingrassata. Colpa della birra: aveva sempre avuto un debole per la birra, avrebbe dovuto starci attenta.

Lila li vide e li raggiunse al tavolo. Jamie si alzò, aprendo le braccia per una bella stretta. Disse: « Davvero sei venuta fin qui solo per vedermi? Troppo onore! ».

Poi vide che l'uomo che era entrato subito dopo era con lei. Incrociò il suo sguardo e si irrigidì... Abbracciò Lila, ma intanto squadrava l'altro. Capelli completamente bianchi... come la neve, e gli occhi... freddi, di ghiaccio... Come guardare dentro una cella frigorifera... all'obitorio... Brutte vibrazioni... Per tutto il tempo che aveva tenuto stretta Lila, l'uomo non gli aveva staccato gli occhi di dosso...

Che cosa diavolo se l'era portato dietro a fare? Fatso non aveva parlato di un uomo con lei. Le aveva detto cento volte di non portarsi dietro i clienti. Era la loro regola. Che cosa aveva in mente?

L'uomo tese la mano.

Jamie gliela strinse.

Poi l'uomo tese la mano a Fatso.

Fatso gliela strinse.

« Questo è il Capitano » fa Lila.

« Piacere di conoscerla, Capo » fa Jamie.

Il Capitano ha l'aria di volersi accomodare.

Prende una sedia e si siede.

È tutto sorrisi, come se fosse l'uomo più gentile del mondo. Nessuno ci casca. Vuole pagare da bere a tutti. E tutti a bere. E a fare gran sorrisi. Potrebbero rimanere seduti intorno a quel tavolo a parlare educato fino a farsi cascare la mascella, se è questo che vogliono. Ma non è questo.

Jamie non ha niente da raccontare. Tutti lo guardano come se toccasse a lui dire qualcosa, ma lui zitto.

Allora Fatso si mette a fare domande. Chiede al Capitano da dove viene e dove sono diretti e che tipo di barca ha e quanto è lunga e che velocità fa. Mai sentito Fatso parlare così tanto.

Il Capitano, l'occhio sempre freddo, dà le sue risposte, preciso al millimetro. Sembra quasi un poliziotto. « Attento, Fatso, acqua in bocca » pensa Jamie.

Lila continua a lanciargli occhiate, come a dire: adesso tocca a te fare conversazione. Poi: « Che cosa stai facendo di bello, Jamison? » chiede.

Jamison!?? Da quando in qua lo chiamava Jamison? Che razza di arie si stava dando? Jamie ci pensò su, poi disse: « Non saprei, Miss Lila », questo per rifarle il verso. « Niente di speciale ». Parlava come se fosse arrivato fresco fresco dall'Alabama.

« Nessun impegno? ».

« Nossignora. Ogni anno divento un po' più pigro. Faccio solo il minimo indispensabile. E già quello mi stanca ».

Mentre lo dice tiene d'occhio il Capitano. Il Capitano sta sempre sorridendo. Jamie si rilassa. Se è un poliziotto, capirà, pensa.

« Abbiamo una proposta da farti » dice Lila. « Speriamo che ti possa interessare ».

« Oh, davvero? » fa Jamie. « Sentiamola ».

Lila gli lancia un'occhiata strana, di chi la sa lunga. Dice: « Hanno consigliato al Capitano di prendersi un altro marinaio per il suo viaggio oceanico e contavamo che la cosa ti potesse interessare. Gli ho spiegato che ottima persona sei ».

E strizza l'occhio. Jamie fa un sorrisino, poi scoppia a ridere.

« Che cosa c'è da ridere? » fa Lila.

« Sei sempre la stessa. Che matta! Ne inventi sempre una. E saresti venuta fin qui per dirmi questo? A me? ».

« Sì » fa lei, fissandolo. La bocca le si piega all'ingiù, come se le avesse tolto ogni allegria. « Che male c'è? ».

« Oh, Lila » fa Jamie. « E hai fatto tutta questa strada! ».

Li guardò bene, tutti e due. Chi si credevano di essere, per venire a parlargli in quel modo?

Disse: « Vuoi dire che tu e il Capitano, qui, volete

starvene seduti sul vostro yacht, bicchiere in mano, a guardare il tramonto, e io sull'attenti che dico: "Sissignore signorsì"? ».

« Non intendevo quello » disse Lila.

« Ma per chi mi avete preso? ». Incominciava ad arrabbiarsi sul serio: essere venuto fin lì per sentirsi dire una cosa del genere. E credevano di fargli un favore, oltretutto.

Si rivolse al Capitano. « Per questo sei venuto qui? A cercare il povero negro che ti ramazzi la barca per pochi soldi? ».

Dalla faccia del Capitano sembrava la prima volta che ne sentiva parlare. Come se le sue parole fossero rimbalzate contro un muro di pietra. « Non è stata un'idea mia » dice.

« Allora perché sei venuto? ».

« Non lo so » fa il Capitano. « È appunto quello che volevo scoprire ».

Il Capitano si alzò. « Scusate, ho un impegno ». Prese la giacca. « Penso io al conto » disse. Poi, rivolto a Lila: « Ci vediamo ». Sembrava incavolato nero. Se ne andò.

Lila aveva l'aria spaventata.

« Che cosa diavolo stai combinando, Lila? » chiese Jamie.

« Hai detto che non avevi niente da fare » rispose lei. « C'era bisogno di trattarlo così? Lui non ti aveva fatto niente ».

« Però lo pensava » disse Jamie.

« Che cosa ne sai? » disse Lila. « È un'ottima persona. Un vero signore ».

« E allora? Se te la fai con questo vero signore, perché me lo porti qui? Ti sei sistemata con questo bravo fesso? Ok, ma tientelo stretto, Lila, perché un altro non te lo trovi, ficcatelo bene in testa ».

« Volevo soltanto farti un favore » disse Lila.

« Bel favore! ».

« Prova a pensarci » disse Lila. « Noi due che andiamo in Florida con lui. Non sarà mica eterno... ».

Jamie guardò Fatso per vedere se anche lui aveva sentito. Fatso lo guardò nello stesso modo.

« Cioè, tu vorresti avermi nei paraggi per dare una mano in caso che lui, accidentalmente, cadesse in acqua? » disse Jamie.

« Sì » rispose Lila.

Jamie guardò di nuovo Fatso, poi si mise a fissare il pavimento. Scosse la testa e incominciò a ridere. Poi ci pensò meglio.

Guardò Lila negli occhi. « Certe volte mi sento uno stronzo » disse. « Poi arriva qualcuno come te e scopro che ho da imparare ».

Si misero a parlare dei vecchi tempi. Millie se n'era andata, non si sapeva dove. Mindy si era sposata. La vita era dura, disse Jamie. Non era più come una volta.

Ma lei non lo stava a sentire. Le interessava soltanto parlare della Florida.

Quando se ne fu andata, Fatso chiese: « Da quant'è che la conosci? ».

« Da un sacco di tempo » disse Jamie. « Non era male, una volta. Anche se voleva sempre avere l'ultima parola. Adesso è buona soltanto per i vecchi scoreggioni come quello lì che si è portato dietro. Non ha altre marce. Un bel giorno mi ha piantato, eppure io non le avevo fatto niente. Perciò, adesso, meglio che giri al largo.

« Sono stufo marcio di quei tipi lì » continuò. « Una volta mi sembravano il massimo. Soldi, macchinoni, sorrisi a destra e a sinistra, vestiti da lustrarsi gli occhi, spalle imbottite e tutto il resto. Il massimo, credevo. Poi ho capito che cosa c'era sotto e perché non potevano fare a meno di quella roba, soldi e panfili e pellicce ».

« Perché? ».

« Perché? Ma perché se gliela togli non gli rimane *niente*. Sotto i soldi non c'è niente. Zero. Vuoto.

« Sul serio, sai? » disse. « È questa la loro molla, giorno e notte. Nascondere il vuoto. E noi lo sappiamo. Loro credono di farci fessi. Ma nessuno ci casca.

« Sanno che noi abbiamo qualcosa che a loro manca. E vengono qui e vogliono portarcelo via. Ma non sanno che cos'è. Allora gli viene la paranoia. Che cosa abbiamo noi, che li attira come mosche, eh? ».

Fatso stava pensando alla barca.

« Hai sentito che cosa ha detto Lila? » disse. « Quella barca può arrivare fino in Sudamerica ».

Fatso sapeva di un tale, a Long Island, che comprava barche e non faceva domande.

« Secondo te quanto varrà? » chiese a Jamie.

« Mica male, avere una barca così » disse poi. « Un bel viaggetto fino in Florida. In Florida c'è un sacco di roba interessante.

« Roba di ogni genere » disse ancora. « Conosci Belford? Lui va giù all'isola Andros, fa il carico e torna. Si possono fare un sacco di soldi come niente. Metti che tu hai una barca: carichi un po' di roba, la sistemi dove non dà nell'occhio, poi al ritorno la scarichi, e nessuno si è accorto di niente ».

Fatso sorrise. « E se si accorgono, capace che l'amichetto di Lila finisce in galera ».

Jamie non disse niente. Ma incominciò a pensarci.

17

L'albergo era distante, ma Fedro aveva voglia di camminare. Ne aveva bisogno, dopo la sfuriata con Lila. E poi quella città gli faceva sempre venire voglia di camminare. Tutte le volte che tornava a New York, faceva sempre chilometri e chilometri a piedi. Domani se ne sarebbe andato.

Adesso tutt'intorno si levavano i grattacieli e la strada era piena di gente e di macchine. Aveva da fare un venti o trenta isolati, calcolò; ma di quelli corti, che tagliano l'isola per il lungo, non per traverso. Si accorse di affrettare già il passo.

Dappertutto gli occhi di New York: rapidi, sulla difensiva, privi di passione. Attento, dicevano. Concèntrati. Qui le cose succedono in fretta... Non li senti i clacson?

Che città! Mai ci si sarebbe abituato. Gli veniva sempre la tentazione di imbottirsi di tranquillanti, prima di affrontarla. Chissà se sarebbe mai riuscito a viverla con calma, senza lasciarsi sopraffare, invece che con quel senso di esaltazione maniacale. Masse di gente, velocità, schizofrenia.

Colpa di quegli assurdi grattacieli in cinerama. Ti

stavano non solo davanti e dietro e a destra e a sinistra, ma anche sopra e sotto. Migliaia di persone, sospese a decine di metri da terra, che parlavano al telefono, sedevano davanti a un calcolatore, discutevano, come se fosse una cosa normale. Be', se questo è normale, allora tutto lo è.

Il semaforo era scattato al giallo. Fece una corsa per arrivare al marciapiede... Qui gli automobilisti ti mettono sotto come niente. Perciò non bisogna prendere tranquillanti. Potresti lasciarci la pelle. L'adrenalina è la tua difesa.

Si fermò per passarsi sulla spalla la borsa piena di posta, poi proseguì. Ci saranno stati dieci chili di lettere in quella sporta: tutta la sua corrispondenza da Cleveland in poi. L'avrebbe letta con comodo in albergo. Aveva mangiato così tanto, a pranzo con il suo editor, che poteva saltare la cena e leggersi tutto con calma fino all'arrivo dell'ospite famoso.

Le interviste con i giornalisti erano andate abbastanza bene, gli sembrava; domande scontate: che cosa stava facendo (scrivendo un altro libro); su che cosa (sugli indiani d'America); che cosa era cambiato da quando aveva scritto il primo libro. Sapeva come rispondere, perché lui stesso aveva fatto il giornalista, una volta; della barca, però, non aveva parlato. Non gli andava di metterla in pubblico. Aveva sentito dire spesso che le persone famose avevano una doppia vita. E infatti, ecco qui.

... Vetrine piene di carabattole... radio, calcolatrici tascabili... Una donna cammina svelta nella sua direzione, ancora non c'è stato il « click », quell'occhiata veloce che ti scoccano a New York... ma non mancherà... Eccola... Click!... Distoglie lo sguardo... è già lontana... Sembra lo scatto dell'otturatore di una candid camera.

New York, fase maniacale. Poi sarebbe stata la volta di New York, fase depressiva. Adesso tutto è eccitante perché tutto è così diverso. Appena l'eccitazione sbiadisce, subentra la depressione. È sempre così.

Shock culturale. Chi ci abita da tutta la vita non lo avverte. Non si può essere in stato di shock tutto il tempo. Perciò gli abitanti di New York ne scelgono un pezzetto e cercano di padroneggiare quello. Ma perdono qualcosa.

... Scale al pianoforte... Iii-o-iii-o... un'auto della polizia. Fiori bianchi, crisantemi, settanta dollari... Ragazzino su skateboard, lineamenti coreani, diretto al delicatessen di Leo Vito. Forse, pensò Fedro, gli unici a capire veramente questa città sono quelli che, come lui, ci sono solo di passaggio e si sentono sopraffatti e gli viene la psicosi maniaco-depressiva: perché sono gli unici che hanno il *shoshin* Zen, la « mente del principiante »...

... Due innamorati mano nella mano. Neanche tanto giovani.

... Uno striscione a una finestra socchiusa del secondo piano... Troppo distante per riuscire a leggere. Non saprà mai che cosa c'è scritto.

Tutte queste configurazioni di vite, che si intersecano senza mai venire in contatto.

... Odori... tutti i possibili odori di cibo... Sigari.

... Sopra la finestra con lo striscione, un cartello pubblicitario: Pelliccerie Marx. Irritante: perché?... La modella... Alta moda, alta classe. « Guardatemi, come sono desiderabile; e inaccessibile. Però, se avete la grana (poveri bastardi), sono in vendita ». I soldi... davvero tutto è in vendita, se paghi?... Davvero le donne si comportano così, a New York?... Alcune, sì... Bisogna vendere le pellicce. E i gioielli e i cosmetici... No, era solo un cliché pubblicitario. I pubblicitari, *loro* erano in vendita.

... Altre candid camera, alcune ciniche. Se sei venuto a New York, ci sarà sotto qualcosa! Questa costante presunzione di colpevolezza ti lasciava il segno. Fedro non aveva più voglia di dover dimostrare alcunché a chicchessia. Basta.

Ecco: era stufo di rendere conto agli altri. A Rigel, a Lila, ai cosiddetti amici di Lila... Dio, che colpo era stato. Se quelli erano i suoi amici, meglio non conoscere i suoi nemici.

Chissà che cosa aveva, lui, che impediva a Lila di accorgersi che si stava arrabbiando. Poco prima, al caffè, era andata avanti per un buon quarto d'ora a blaterare su come erano meravigliosi i suoi amici, senza minimamente prevedere la burrasca che si stava preparando. Le sfugge il senso delle situazioni. Vuole la Qualità, come tutti, ma la definisce esclusivamente come biologia. La qualità intellettuale non la vede nemmeno. Non ci arriva. E così pure la qualità sociale.

La loro storia sul fiume era come una storia tra Sherlock Holmes e Mae West. Che coppia! È chiaro che Sherlock Holmes abbassa i suoi standard mettendosi con Mae West, ma anche Mae West abbassa i suoi mettendosi con lui. Sherlock è un cervellone, d'accordo, ma non è questo che interessa a Mae. E Lila, con quei suoi « amici » biologici: sono loro che le piacciono.

... E allora che se li tenga. Stasera Lila farà le valigie. E lui, se l'incontro in albergo andava liscio come gli altri, per domani sarebbe stato lontano di lì, in rotta verso il Sud.

... Ancora occhi... Non tanto per guardarti, quanto per guardarsi da te. Erano occhi di sopravvissuti.

Dovette scendere dal marciapiede per aggirare la rete a protezione di un enorme cratere scavato dove prima sorgeva qualcosa. Sul fondo, delle betoniere versavano cemento nella voragine. Sul lato opposto si vedeva un edificio pieno di cicatrici e lesioni. Forse, dopo, sarebbe venuto il suo turno. C'era sempre qualcosa di nuovo che veniva su o qualcosa che veniva buttato giù. Cambiare, sempre cambiare. Non gli era mai capitato di trovarsi a New York senza che fosse in corso questa incessante attività di demolizione e costruzione.

Improvvisamente si trovò di nuovo in mezzo a negozi di tessuti e abbigliamento di lusso. Descrivere questa città è come descrivere l'Europa: dipende dal quartiere, dall'ora, dallo stato d'animo più o meno depresso.

Si abbottonò il collo della giacca, ficcò la mano libera in tasca e affrettò il passo. Si sarebbe dovuto mettere sotto un maglione. Era tornato il freddo.

Quando era stata la prima volta che era venuto a New York da solo? Quando era nell'esercito? No, però erano gli anni intorno alla guerra. Non ricordava di preciso. Ricordava solo il percorso: da Bowling Green, su per Broadway fino a oltre Columbus Circle.

Faceva freddo, come oggi, tanto che, se rallentava, si sentiva intirizzire. Allora, nonostante la stanchezza, si era messo a camminare sempre più in fretta, sempre più in fretta, sicché alla fine quasi correva, fendendo la folla, un isolato dopo l'altro, un incrocio dopo l'altro, con il sudore che gli inzuppava i vestiti e gli colava sulla faccia. Il giorno dopo, in albergo, i muscoli delle gambe erano così rigidi che quasi non riusciva ad alzarsi.

Doveva essere stato quando era partito per l'India. Via dal sistema. Correre verso la liberazione. Adesso non avrebbe più potuto correre così. Non ce l'avrebbe mai fatta. Adesso doveva andare adagio e usare la testa, non le gambe.

Da che cosa voleva fuggire? Allora non lo sapeva. Gli pareva che tutta la sua vita fosse stata una fuga affannosa.

La fuga da qualche cosa era il tema che riempiva i suoi sogni, tutte le notti. Da bambino quel qualcosa aveva le sembianze di un gigantesco polipo che aveva visto in un cartone animato. Risaliva la spiaggia e lo avvolgeva nei suoi tentacoli e lo stringeva fino a soffocarlo. Quando si risvegliava, nell'oscurità, pensava davvero di essere morto. Poi era diventato un gigante, indistinto, senza volto, che veniva per ucciderlo.

Si svegliava paralizzato dal terrore e ci metteva un po' a capire che era stato un sogno. Probabilmente tutti avevano incubi del genere, anche se, forse, non così spesso.

Fedro era arrivato alla conclusione che i sogni fossero percezioni dinamiche della realtà. Filtrate dagli schemi convenzionali dell'ordine sociale e intellettuale statico ed eliminate dalla coscienza, ma che tuttavia rivelavano una verità fondamentale: una verità sui valori. Le strutture statiche del sogno erano false, ma i valori soggiacenti, i valori che le avevano prodotte, erano veri. Nella realtà statica, nessun polipo viene a ucciderci, nessun gigante ci divora, ci digerisce, ci assimila nel suo corpo, per accrescere la sua forza, mentre noi ci disintegriamo e svaniamo nella non-esistenza.

Ma nella realtà dinamica?

... Tombini: lo affascinavano sempre. A certi incroci ne aveva contati almeno una decina, alcuni nuovi e ruvidi, altri lisci e lucenti per lo sfregamento di tutte quelle ruote. Quanti passaggi di ruote occorrono per levigare così una lastra di acciaio?

I tombini conducevano a una rete sotterranea intricatissima, una rete di sistemi che permettevano all'isola di esistere: la rete elettrica, la rete telefonica, quella delle condutture dell'acqua, del gas, la rete fognaria, le gallerie della metropolitana, il circuito dei cavi televisivi e chissà quanti altri sistemi che lui non immaginava nemmeno, ciascuno con una sua funzione precisa, come l'intrico dei nervi e delle arterie e dei tendini di un corpo gigantesco.

Il Gigante dei suoi sogni.

Dava i brividi, pensare a come tutto agisse secondo una sua intelligenza che trascendeva l'intelligenza del singolo essere umano. Lui, per esempio, non avrebbe saputo dove mettere le mani in nessuno dei sistemi di tubazioni e di cavi sotterranei che facevano funzionare la città. Eppure c'era chi ne era capace. E c'era un sistema per mettersi in contatto con la persona giusta in caso di necessità e un sistema per far scattare il sistema che l'avrebbe individuata. La forza che teneva insieme tutti quei sistemi: ecco che cos'era il Gigante.

Da ragazzo Fedro pensava spesso a come le mucche, i maiali, i polli non sospettassero minimamente che il bravo contadino che li nutriva e dava loro un riparo lo facesse al solo scopo di vendere o di mangiare la loro carne. Forse lo consideravano una specie di servitore, perché, come muggivano o grugnivano o chiocciavano, quello arrivava con il mangime.

Si era anche chiesto se non esistesse un supercontadino, che faceva la stessa cosa con gli esseri umani; un organismo di natura diversa, che gli uomini erano abituati a vedere tutti i giorni e consideravano benefico, perché forniva loro cibo e riparo e protezione dai nemici, e che invece, a loro insaputa, li allevava per cibarsene, usando la loro energia collettiva per fini suoi. In seguito aveva capito che un organismo del genere esisteva: era il Gigante. Gli uomini avevano verso le strutture sociali del Gigante lo stesso atteggiamento delle mucche e dei cavalli per il contadino: le consideravano qualcosa di diverso da loro e di incomprensibile, ma tutto sommato benevolo e amabile. Eppure la struttura sociale della città divora la vita dei suoi abitanti né più né meno del contadino che mangia la carne degli animali che alleva. È un organismo più evoluto che si nutre di un organismo inferiore, e così facendo realizza cose che l'organismo inferiore, da solo, non riuscirebbe mai a compiere.

La metafisica sostanzialistica impedisce di scorgere il Gigante. Perché ti abitua a pensare che una città come New York sia «opera dell'uomo». Ma quale uomo, o quale gruppo di uomini, l'ha inventata? Chi si è messo a tavolino a sistemare tutti i pezzi?

Se l'«uomo» ha inventato le società e le città, come mai società e città sono così repressive nei confronti dell'«uomo»? Bisognerebbe ammettere che l'«uomo » ha creato a bella posta una serie di condizioni conflittuali e di istituzioni sociali ingiuste, tanto per soffrire un po'. Questo « uomo » autolesionista, che si diverte a creare società repressive, sembra reale finché rimane un'idea astratta, ma non appena si affrontano questioni specifiche svanisce come nebbia al sole.

Tant'è vero che, per farci una ragione dello sfruttamento a cui siamo sottoposti, lo attribuiamo di volta in volta a singoli « uomini » malvagi, a qualche cricca segreta di capitalisti, come le dinastie dell'industria, o i finanzieri di Wall Street, o i bianchi al potere, o qualunque altra minoranza che si riunisca periodicamente con il presunto scopo segreto di sfruttare il prossimo. Questi « uomini » sarebbero dunque i nemici dell'« uomo ». Così si fa una grande confusione, ma nessuno se ne accorge.

La metafisica sostanzialistica ci insegna a pensare che una volta raggiunto il più alto livello evolutivo della sostanza, e cioè il corpo fisico dell'uomo, l'evoluzione si arresti. Ci insegna a pensare che le città, le società, le strutture del pensiero siano tutti derivati di questo corpo fisico dell'uomo. Questa è una sciocchezza non meno grossa del pensare che i corpi umani siano creati dalle cellule, o che le cellule siano create dalle proteine e dalle molecole di DNA, o che il DNA sia creato dagli atomi di carbonio e di altri elementi. A seguire fino in fondo questo pseudoragionamento, si arriva alla conclusione che un elettrone contiene l'intelligenza necessaria a costruire da solo la città di New York. Ridicolo.

Immaginiamoci due globuli rossi seduti uno accanto all'altro che si chiedono: « Si arriverà mai a una forma di evoluzione superiore alla nostra? » e che, guardandosi intorno e non vedendo niente, concludono che no, loro sono il massimo; ecco non è forse altrettanto grottesca l'idea di due esseri umani che, passeggiando per Manhattan, si chiedono se esisterà mai una forma di evoluzione superiore all'« uomo », intendendo l'uomo biologico?

L'uomo biologico non inventa le città e le società, così come maiali e polli non inventano il contadino che dà loro da mangiare. La forza creativa dell'evoluzione non è contenuta nella sostanza. La sostanza è solo una delle configurazioni statiche lasciate come residuo dalla forza creativa.

Anche questa città, si disse Fedro, è una configurazione statica che la forza dell'evoluzione si è lasciata dietro. È fatta di sostanza, ma non è stata fatta dalla sostanza. E nemmeno dall'organismo biologico che chiamiamo « uomo ». Questa città è una configurazione più evoluta rispetto sia alla sostanza sia all'uomo biologico. Così come la biologia usa la sostanza per i suoi fini, la configurazione sociale che chiamiamo città usa per i suoi fini la biologia. Come il contadino alleva le mucche al solo scopo di farne bistecche, la città alleva corpi umani al solo scopo di divorarli. Il Gigante, cioè, converte in forme utili a lui l'energia biologica accumulata nella città.

In quest'ottica, che considera le società, le culture e le città non come invenzioni dell'uomo, bensì come organismi evolutivamente superiori all'uomo biologico, fenomeni come la guerra, il genocidio e tutte le altre forme di distruzione e di oppressione umane diventano più comprensibili. È ovvio che « l'umanità » non ha alcun interesse a farsi ammazzare. Ma al Gigante, al superorganismo, che è uno schema di valori posto al di sopra dei corpi umani biologici, non importa di perdere qualche corpo per proteggere i suoi superiori interessi.

Il Gigante dei sogni dinamici di Fedro aveva incominciato a prendere corpo nella vita di tutti i giorni quando Fedro era all'università. Uno dei professori aveva segnalato agli studenti che una grande industria chimica offriva ai neolaureati posti molto allettanti, e quasi tutti gli studenti si erano buttati a pesce sull'offerta. Era appena finita la guerra e tutti pensavano solo a trovare un buon lavoro. La rivoluzione degli anni Sessanta era di là da venire e un film come *Il laureato* era semplicemente inconcepibile.

Fedro era sempre stato fermamente convinto che la scienza è ricerca della verità. Un vero scienziato non svenderà mai questo ideale a industrie che cercano solo il profitto. E se è costretto a farlo per sopravvivere, ne soffre. Ma i suoi compagni si comportavano come se l'idea della scienza come ricerca della verità non li avesse mai sfiorati. Fedro si accorse che il Gigante stava allungando un tentacolo e che lui era il solo a vederlo.

Il Gigante, il sistema senza nome, senza volto, cercava di afferrare anche lui, pronto a inghiottirlo, ad assimilarlo. A usare la sua energia per diventare sempre più forte, giorno dopo giorno, mentre lui si sarebbe fatto sempre più vecchio e debole, e poi a espellerlo quando ormai non gli serviva più, e cercare qualcun altro, più giovane e pieno di energia, da sottoporre allo stesso trattamento.

Ecco perché quel giorno si era messo a correre in mezzo al traffico, nell'intrico di tutti i sistemi e i sottosistemi di questa città. Stava andando in India, aveva chiuso con la pseudoscienza delle grandi industrie; lui era sempre alla ricerca della verità e sapeva che, per trovarla, doveva prima liberarsi dalla stretta del Gigante.

Eccola, alta nel cielo sopra di lui, la testa del colosso che aveva ispirato le parole del suo professore di chimica, tanti anni prima. Lì stava il cervello del sistema produttivo, affiancato dalla fitta rete degli altri sistemi: della finanza, dell'informazione, delle comunicazioni elettroniche. Questo stavano facendo quei minuscoli corpi sospesi a decine di metri sopra la terra: stavano diventando parte del Gigante.

Aveva fatto bene a fuggire, allora. Ma adesso (buffo, a pensarci!), adesso era questa la sua casa. Di qui venivano tutti i suoi soldi. Qui aveva il suo unico recapito fisso, presso il suo editore in Madison Avenue. Faceva parte del corpo del Gigante né più né meno degli altri.

Quando una cosa la si è capita, non c'è più bisogno di fuggirla. Negli ultimi anni, ogni volta che era tornato a New York aveva sentito diminuire la paura del vecchio mostro e nascere, anzi, una sorta di affetto.

Nell'ottica della Metafisica della Qualità, questo fagocitare corpi umani è un'attività morale, perché una configurazione sociale è evolutivamente superiore a una configurazione biologica ed è morale che una configurazione superiore ne fagociti una inferiore. Questa città, nel divorare incessantemente corpi umani, creava qualcosa di migliore, qualcosa che nessun organismo biologico, separatamente, avrebbe potuto creare.

Ma certo! Bastava guardarla! Dio, la forza che aveva! Straordinaria! Quale opera d'arte individuale avrebbe mai potuto uguagliarla? Oh, sì: è sporca, rumorosa, scostante, violenta, costosa. Lo è sempre stata e sempre lo sarà. L'anticamera dell'inferno, se cerchi la stabilità e la pace... Ma se cerchi queste cose, non venire a New York, vai in un cimitero! Questo è il posto più dinamico del mondo!

La velocità, l'altezza, le folle e la loro tensione: ora Fedro se ne sentiva tutto circondato. Quel senso di estraneità era scomparso. Adesso c'era entrato dentro.

Un tempo, uno dei simboli di New York erano i nastri delle telescriventi, sui quali ad ogni secondo veniva scandita l'ascesa e la caduta di incalcolabili patrimoni, un grande simbolo della fortuna. « Chi vuole vivere a New York » scriveva E.B. White « deve essere disposto ad avere fortuna ». Deve essere *disposto*: cioè trovarsi in uno stato dinamico. Se si rimane attaccati a uno schema statico, quando arriva l'occasione non si è pronti a coglierla. Bisogna mantenersi, come dire, aperti: se la fortuna arriva, bene, la si prende. Questa è l'esperienza dinamica.

Molti la chiamano libertà, ma sbagliano. « Libertà » non significa nulla. Libertà è fuga da una condizione negativa. Ci appare come qualcosa di sacro appunto perché, in realtà, quando diciamo « libertà » abbiamo in mente la Qualità dinamica.

È questo che né il socialismo né il capitalismo hanno capito. Da un punto di vista statico, il socialismo è più morale del capitalismo, perché rappresenta una forma evolutiva più alta. La società socialista è guidata dalla ragione, non dalla cieca tradizione. È questo che conferisce al socialismo la sua forza propulsiva. Ma la sua grave lacuna, ciò che praticamente ha segnato la sconfitta del progetto socialista, è l'assenza di un concetto di Qualità dinamica non definita. Basta andare in una qualsiasi città di un qualsiasi paese socialista: sono posti di una noia mortale; perché c'è poca Qualità dinamica.

D'altro canto i conservatori che inneggiano alla libera iniziativa di norma vogliono soltanto giustificare il proprio interesse egoistico. È la solita copertura usata da che mondo è mondo dai ricchi per legittimare lo sfruttamento dei poveri. Qualcuno c'è, anche tra loro, che sembra intuire nel liberismo un elemento di misteriosa moralità, ma non riesce a tradurlo in parole, perché al capitalismo, non meno che al socialismo, manca la terminologia filosofica per esprimerlo.

La Metafisica della Qualità la fornisce. Il libero mercato è un'istituzione *dinamica.* Ciò che la gente compera o vende, in altre parole ciò a cui la gente attribuisce *valore*, non potrà mai essere codificato in una formula intellettuale. Ciò che fa funzionare il mercato è la Qualità dinamica. Infatti il mercato si modifica di continuo e la direzione del cambiamento non può essere predeterminata.

La Metafisica della Qualità afferma che nel libero mercato tutti possono diventare più ricchi, perché viene impedita la cristallizzazione di schemi economici statici e quindi la stagnazione dell'economia. È per questo che nel dopoguerra le grandi economie capitalistiche hanno conosciuto uno sviluppo molto superiore a quello delle grandi economie socialistiche. Non certo perché gli schemi sociali ed economici vittoriani siano più morali di quelli razionali del socialismo. Tutto al contrario: da un punto di vista statico sono *meno* morali. La superiorità del liberismo economico è dovuta al fatto che il socialismo, con la sua razionalità e oggettività, ha senza volere escluso dagli scambi economici la Qualità dinamica. E l'ha esclusa perché la struttura metafisica della sua oggettività non ne contempla l'esistenza.

Le persone, come qualsiasi altra cosa, funzionano meglio se collegate in parallelo anziché in serie, ed è questo che avviene in questa città della libera iniziativa. Quando le cose sono organizzate socialisticamente in serie burocratiche, ogni aumento della complessità accresce le probabilità di insuccesso. Se invece sono organizzate liberisticamente in parallelo, l'aumento della complessità si traduce in un aumento della diversità, ossia in una maggiore capacità di rispondere agli stimoli della Qualità dinamica, e dunque in un aumento delle probabilità di successo. Diversità e collegamento in parallelo: ecco che cosa fa funzionare questa città.

E non solo questa città. La nostra maggiore risorsa economica, l'agricoltura, è organizzata quasi totalmente in parallelo. Del resto, così funziona la vita. Le cellule lavorano in parallelo, e così pure la maggior parte degli organi: occhi, emisferi cerebrali, polmoni. Le specie operano in parallelo, e anche le democrazie. Perfino la scienza sembra funzionare al meglio quando si struttura in associazioni scientifiche parallele.

C'è dell'ironia nel fatto che, benché la filosofia della scienza non contempli, anzi escluda, l'intervento di una Qualità dinamica non definita, sia proprio la particolare struttura della scienza, volta alla manipolazione dell'elemento dinamico, ad assicurarle la sua superiorità. La scienza ha soppiantato le vecchie forme religiose non perché le sue affermazioni siano più vere in assoluto (e soprassediamo sul significato di una frase del genere), ma perché le sue affermazioni sono più dinamiche.

Se gli scienziati si fossero limitati a dichiarare che Copernico aveva ragione e Tolomeo torto, senza la voglia e il bisogno di indagare oltre, la scienza sarebbe diventata un ennesimo credo religioso di limitata importanza. Ma la verità scientifica si è sempre differenziata dalla verità religiosa per un aspetto fondamentale: la sua provvisorietà. La scienza contiene un meccanismo, una sorta di cancellino, che permette alle nuove scoperte dinamiche di eliminare i vecchi schemi statici senza con questo distruggere la scienza stessa. Di qui la sua continua capacità di evolversi, a differenza della teologia ortodossa. Come Fedro si era annotato su una delle sue schede: « La matita è più potente della penna ».

Il segreto è tutto qui: come avere *contemporaneamente* i due tipi di Qualità, statica e dinamica. Se mancano gli schemi statici del sapere scientifico sui quali costruire, si ritorna all'uomo delle caverne. Ma se manca la libertà di modificare quegli schemi, ogni sviluppo ulteriore è bloccato.

Prendiamo la sfera istituzionale: là dove, nel corso dei secoli, le istituzioni politiche si sono evolute, troviamo quasi sempre una combinazione di statico e dinamico: da una parte un re o una costituzione per la conservazione dell'elemento statico, dall'altra un parlamento o una giuria con la funzione di cancellino dinamico, di meccanismo che consente a nuove idee dinamiche di spazzare via i vecchi schemi statici senza con ciò distruggere lo Stato.

Fedro era rimasto ammirato dalla concisione di un commento alle *Robert's Rules of Order* che in due frasi diceva tutto: Nessuna minoranza ha il diritto di impedire alla maggioranza di svolgere entro la legge le sue funzioni organizzatrici. Nessuna maggioranza ha il diritto di impedire a una minoranza di cercare con mezzi pacifici di diventare maggioranza. La grandezza di queste due frasi sta nel fatto che esse definiscono una situazione di stabilità statica in cui la Qualità dinamica può prosperare.

Perlomeno in teoria. Quando si scende nel particolare, le cose naturalmente si complicano.

Si direbbe infatti che qualsiasi meccanismo statico che sia aperto alla Qualità dinamica sia anche inevitabilmente esposto alla degenerazione, alla regressione a forme inferiori di qualità.

Sorge quindi il problema di come creare le condizioni di massima libertà, favorevoli all'emergenza della Qualità dinamica, e nello stesso tempo impedire al processo degenerativo di distruggere le conquiste evolutive del passato. Agli americani piace vantarsi della loro libertà, ma non ne colgono il nesso con un aspetto dell'America che colpisce invece gli europei: la degenerazione che accompagna sempre l'elemento dinamico.

Si direbbe, insomma, che una società intollerante di qualsiasi forma di degenerazione finisca per bloccare la propria crescita dinamica, diventando statica. D'altro canto, una società che tollera tutte le forme di degenerazione finisce, appunto, per degenerare. Sono entrambe tendenze pericolose. Ma è difficile, se non impossibile, individuare i meccanismi che permetterebbero a una società di evolversi senza degenerare.

Intanto, come si fa a distinguere le due tendenze? Entrambe si oppongono allo status quo. Certe volte gli estremisti di sinistra e i teppisti fascistoidi si assomigliano molto.

Il jazz ai suoi inizi era considerato musica per degenerati. E degenerata fu definita l'arte « moderna ».

Ci si potrebbe illudere che, una volta arrivati a una

definizione finalmente scientifica della moralità come ciò che stimola l'evoluzione, il problema morale sia bello e risolto. Ma poi, quando devi discriminare tra fenomeni che contengono una spinta evolutiva e fenomeni invece regressivi, quando devi indicare la direzione dell'evoluzione, eccoti daccapo nei pasticci. Il fatto è che un cambiamento non manifesta il suo carattere evolutivo nel momento in cui avviene. Che sia evolutivo lo si potrà dire solo con il senno di poi, a distanza, diciamo, di un centinaio di anni.

Per esempio, come potevano sapere gli alti sacerdoti zuñi che l'uomo che avevano appeso per i pollici sarebbe diventato un salvatore della tribù? Era un ubriacone, uno spaccone, uno che spiava dalle finestre, che li aveva mandati a quel paese dichiarando di essere invulnerabile. I poveri sacerdoti non avevano scelta. Non potevano lasciar imperversare impunemente ogni balordo in circolazione, solo perché magari, un giorno, avrebbe salvato la tribù. Il loro dovere era di far rispettare le leggi che garantivano l'unità sociale.

Stringi stringi, il problema centrale è questo: come distinguere i salvatori dai degenerati. Soprattutto quando si vestono allo stesso modo, parlano allo stesso modo, infrangono tutte le regole allo stesso modo. Le libertà che proteggono i salvatori, proteggono anche i degenerati, permettendo loro di disgregare la società. Ma le limitazioni che impediscono ai degenerati di agire impediscono anche l'estrinsecarsi delle forze dinamiche creative dell'evoluzione.

Ormai è un classico: uno arriva a New York, profetizza la fine del mondo in una forma o nell'altra e si mette ad aspettare il giorno del Giudizio. Fino adesso, però, quel giorno non è mai arrivato. New York è sempre sul punto di essere inghiottita dalle fiamme dell'inferno, ma non brucia mai. Cambia. In peggio, a quanto è dato di vedere, ma poi, quando peggio di così non si può, succede qualcosa di assolutamente imprevisto, una novità dinamica, e il peggio viene dimenticato, oscurato da questa novità dinamica (che a sua volta incomincia a degenerare). Si scopre che l'inferno non era poi l'inferno, ma un'altra cosa.

Una novità dinamica che vuole venire al mondo spesso assomiglia all'inferno, ma a New York riesce a nascere. Perché a New York può. Verrebbe fatto di pensare che possa nascere ovunque, ma non è vero. Occorre che ci sia un certo tipo di persone, capaci di guardarla e di dire: « Ehi, un momento! Bella questa cosa! », senza bisogno di controllare se anche altri la pensano allo stesso modo. E questo è raro. New York è uno dei pochi posti al mondo dove la gente non si cura di sapere se una cosa ha ricevuto o meno l'imprimatur.

In questo modo, si disse Fedro, la Metafisica della Qualità spiega gli incredibili contrasti tra il meglio e il peggio che si vedono in questa città. Meglio e peggio convivono qui al più alto grado d'intensità, perché New York non si è mai sentita vincolata alla conservazione dei suoi schemi statici. È sempre disposta a cambiare. Che tu sia pronto o meno. Di qui vengono il suo orrore e anche il suo enorme potere. È « aperta », e questa è la sua forza. La libertà di essere orribile le dà la libertà di essere sublime.

Qui succedono di continuo cose che hanno dentro la scintilla dinamica che riscatta tutto il resto, che brilla in mezzo a tutte le brutture e le ingiustizie.

Come i ragazzini. Non si vedono, ma ci sono, crescono in luoghi oscuri, come i funghi. Una volta Fedro era andato al museo la mattina di un giorno feriale; ce n'erano a centinaia, si indicavano l'un l'altro i minerali e i dinosauri, si tiravano per la manica, si tenevano per mano, ridendo e lanciando ogni tanto un'occhiata all'insegnante per essere rassicurati. Poi, da un momento all'altro, non c'erano più: spariti, come se non ci fossero mai stati.

Quello che vedi a New York dipende dagli schemi statici che hai. Ma poi, immancabilmente, questa città te li scompagina; ed è questo che la rende così dinamica. Come stamattina al ristorante: arriva questo tipo, un nero, nero come il carbone, con un'aria losca come pochi. Berrettaccio di lana tirato giù fino agli occhi; giubbotto lucido azzurro, lercio; scarpe Reebok, pure lerce. Si siede, ordina un caffè, glielo mettono davanti perché così dice la legge, lui infila la mano in tasca e... che fa? Tira fuori una pistola? Sbagliato: tira fuori il « New York Times », aperto alle pagine delle recensioni letterarie. È un intellettuale. Ecco, questa è New York.

Un pugno nello stomaco. Vedi di continuo cose che niente ti ha preparato a vedere. Prendi il contrasto tra ricchezza e povertà: in fondo non è stato del tutto negativo. È giusto approvare leggi statiche per eliminare le sperequazioni peggiori, ma attenzione! con l'acqua sporca si finisce per buttare via anche il bambino; la scintilla si spegne e che cosa resta? il grigiore della periferia residenziale. Quel contrasto è stato la molla psicologica che ha fatto fare a un sacco di gente cose che altrimenti non avrebbero mai fatto per pigrizia. Se tutti avessero lo stesso reddito, gli stessi vestiti, le stesse condizioni di base, le stesse opportunità, l'intera città entrerebbe in coma. È questa contiguità fisica e insieme l'incommensurabile distanza sociale a conferire tanta energia a questo posto. La città ti può far salire di un gradino. O scendere di dieci. O risalire di cento. È un vaglio. È sempre stata così: milioni di ricchi e di poveri gomito a gomito, grattacieli e parchi, diademi di brillanti nelle vetrine e vomito di ubriachi per le strade. Ti sconvolge e ti stimola. Il diavolo si porta via gli ultimi della fila, sotto i tuoi occhi, e poco più in là, a un passo dai pezzenti, ecco i primi della fila, con chauffeur e limousine. Che sballo! Mai fermarsi, mai perdere il ritmo!

Vedi quelli che ti sorridono e intanto si preparano a farti lo sgambetto. E magari non ti accorgi di quelli che ti guardano brutto ma che segretamente sono tutti dalla tua parte. Se gli parli, sembra che ti vogliano tenere a distanza, ma si sente che, dietro, c'è come un affetto guardingo. Sono quelli che riescono a sopravvivere e hanno gli aculei spuntati. Loro lo sanno come funziona la città più famosa del mondo.

Si stava facendo sempre più buio. E più freddo. E incominciava a insinuarsi una punta di depressione. Prima o poi, arrivava sempre. L'adrenalina era scesa a livelli normali e calava ancora. Anche il passo era più lento.

Fedro riconobbe un lato del Central Park. Il vento lì era più forte. Vento di nord-ovest, portatore di tempo freddo, che gonfiava le sagome scure degli alberi. Qui, poiché si era più vicini all'oceano e il clima era più mite che non a Troy o a Kingston, gli alberi non avevano ancora perduto le foglie.

Costeggiando il parco, pensò che, nonostante tutto, aveva mantenuto la sua aria di tranquilla e malinconica signorilità.

Di tutti i monumenti lasciati dai vittoriani alla città, questo capolavoro di Olmstead e Vaux era certamente il più grandioso. Che ci faceva qui, se ai vittoriani interessavano solo il denaro, il potere e la facciata?

Chissà che effetto gli farebbe oggi, si chiese. Sarebbero rimasti a bocca aperta davanti a tutti quei grattacieli, ma contenti che gli alberi fossero cresciuti così rigogliosi. Fedro aveva una vecchia stampa di Currier e Ives, dove si vedeva il parco praticamente privo di alberi. Sì, tutto sommato, ne sarebbero stati soddisfatti. Di altri quartieri, forse un po' meno.

Certo che hanno dato la loro impronta a questa città, pensò Fedro. La si coglie ancora sotto tutta l'Art Deco e il Bauhaus. In realtà, furono i vittoriani a costruirla, e sotto sotto New York resta la loro città. Appena passate di moda, le case vittoriane di arenaria, con le loro colonne elaborate e le loro trabeazioni, vennero considerate il trionfo del cattivo gusto, ma adesso che ne sono rimaste poche, interrompono piacevolmente tutto quel patinato ultramoderno.

Mattone, pietra o ferro: sempre così carichi, così pieni di svolazzi. Come la lingua vittoriana: la prova definitiva della loro superiorità sui selvaggi. E a New York erano convinti di avere raggiunto il massimo.

Dappertutto si vedono piccoli segni delle loro fantasie su questa città. Fregi e doccioni di arenaria tra il Partenone e il maniero gotico, in attesa dell'impresa di demolizioni. I ponti di ferro con i ribattini nel Central Park. Gli stupendi musei. I leoni davanti all'ingresso della Public Library. In questa città i vittoriani scolpivano il loro ritratto.

L'ornamentazione eccessiva non era solo indice di vanità, ma anche di amore. La viziavano, la loro città. La ornavano di ferri battuti e di stucchi, un po' come un nuovo ricco compera alla figlia adorata abitini fru fru.

Si fa presto a tacciarli di snobismo borioso, se non altro perché è una critica che essi invitavano apertamente, trascurando invece le vicende storiche che li portarono a essere così. Loro stessi facevano di tutto per dimenticare la propria storia. Per non lasciar trapelare che in realtà non erano altro che una manica di bifolchi arricchiti. Erano per la maggior parte gente che veniva dalla campagna, arretrata e bigotta, e che di punto in bianco, dopo gli sconvolgimenti della guerra di secessione, si ritrovò in piena età industriale.

Una situazione senza precedenti, in cui mancava qualunque riferimento comportamentale. Le possibilità aperte dall'acciaio, dalla macchina a vapore, dall'energia elettrica, dalla scienza, dall'ingegneria facevano girare la testa. L'entità dei guadagni superava i sogni più audaci e il flusso di denaro non dava segni di potersi mai arrestare. Allora, lo snobismo e le ville come torte nuziali e tutta quella ghisa a volute, che furono poi giudicati così di pessimo gusto, in fondo non erano altro che affettazioni di brave persone che si sforzavano di essere all'altezza. Gli unici modelli di vita condotta nella ricchezza venivano dall'aristocrazia europea.

Ma quello che troppo facilmente si dimentica è che, a differenza dei loro modelli aristocratici europei, i vittoriani americani erano gente straordinariamente creativa. Il telefono, il telegrafo, la ferrovia, i cavi sottomarini, la lampadina, la radio, il fonografo, il cinema, la catena di montaggio: insomma, tutte le innovazioni tecnologiche che siamo soliti associare al ventesimo secolo, sono state inventate dagli americani *vittoriani*. Questa città *è fatta* dei loro schemi di valori! Sono stati il loro ottimismo, la loro fede nel progresso, i loro codici di competenza tecnica e di lavoro e di risparmio e di autodisciplina a costruire l'America del ventesimo secolo. Quando essi sono usciti di scena, è cominciata quella dispersione dei loro valori che caratterizza tutto il nostro secolo.

Se uno di quei signori vittoriani si trovasse a ripercorrere oggi queste strade, senza dubbio gli verrebbe l'occhio vitreo.

Adesso era quasi buio. Ma ormai l'albergo era vicino. Mentre Fedro attraversava la strada, una folata di vento sollevò davanti ai fari di un taxi un mulinello di polvere e cartacce. Sul tetto del taxi c'era un cartello: VISITATE LA GRANDE MELA, con sotto il nome e il numero di telefono di un'agenzia turistica.

La « Grande Mela ». Fedro si immaginò il disgusto che quel soprannome avrebbe suscitato in un vittoriano.

Non esprimeva certo la *loro* idea di New York, che era piuttosto quella di « Grande Occasione » o « Grande Futuro » o « Città Imperiale ». In questa città essi vedevano un monumento alla loro grandezza, non una cosa da mangiare. Bisogna avere la mentalità di un verme, avrebbe detto un vittoriano, per vedere New York come una grande mela. Certo, avrebbe aggiunto, il verme intende farne l'elogio, ma solo perché non ha idea degli effetti che provoca mangiandola.

Il portiere dell'albergo doveva averlo riconosciuto, perché gli aperse la porta di vetro ornata dal monogramma dorato con un sorriso e un inchino professionali. Ma poi, nel rispondere al saluto, Fedro si rese conto che il portiere « riconosceva » tutti quelli che entravano. Era il suo mestiere. Parte della grande illusione.

Nell'atrio, i toni discreti delle dorature e dei velluti suggerivano un'eleganza vittoriana senza negare le comodità del ventesimo secolo. Solo il sibilo del vento che entrava dalla fessura tra le porte dell'ascensore richiamava alla mente il mondo esterno.

Salendo al suo piano Fedro si chiese se le correnti ascensionali che dovevano esserci in tutti quegli edifici fossero compensate da analoghe correnti di direzione opposta all'esterno. Probabilmente no. Uscendo dal tetto, le correnti calde delle trombe degli ascensori continuavano a salire nel cielo, lasciando un vuoto che veniva riempito dalle correnti fredde orizzontali provenienti dalla strada.

La stanza era in ordine e il letto rifatto; Fedro vi lasciò cadere sopra la pesante borsa con la posta. Non gli restava molto tempo per leggerla; la camminata era stata più lunga del previsto. Si sentiva stanco ma rilassato, una sensazione piacevole.

Quando accese la luce nel soggiorno sentì come un ronzio. Pensò a una lampadina avvitata male, ma poi vide che era una grossa falena.

La osservò per un attimo svolazzare intorno alla lampada. Come era arrivata fin lassù? Le falene volavano vicino a terra.

Comunque era in tono con l'arredamento della stanza.

« Sarà una falena vittoriana, » si disse « in eterna

aspirazione verso il sublime. Quando sta per raggiungerlo, si brucia le ali e ricade nella polvere». Il tipo di metafora che piaceva tanto ai vittoriani.

C'era una grande porta-finestra a vetri, che dava su una terrazza. Poiché il riflesso della lampada sui vetri era troppo forte per vedere fuori, Fedro la socchiuse e si affacciò. Si vedeva il cielo notturno e, in lontananza, la trama irregolare delle finestre illuminate di altri grattacieli. Uscì sulla terrazza e fu investito dal vento freddo. Una bella altezza: quasi a livello della cima degli edifici al di là della enorme massa scura del parco. La terrazza sembrava fatta di pietra grigia, ma era troppo buio per distinguere bene.

Si avvicinò al parapetto e guardò giù.

... Accipicchia!!

Laggiù in fondo, le automobili erano minuscole coccinelle. Gialle perlopiù, e sfilavano lentamente, come insetti. Dovevano essere taxi. Com'erano lenti! Uno di essi si accostò al marciapiede proprio sotto di lui. Un puntolino che doveva essere una persona scese ed entrò nell'albergo...

Chissà quanto tempo ci si metteva a cadere giù in strada. Trenta secondi? No, meno. Trenta secondi sono un sacco di tempo. Cinque, forse...

A pensarci gli era venuto in corpo come un formicolio che gli salì alla testa e gli diede le vertigini. Si tirò indietro con precauzione.

Guardò in alto. Il cielo non era un vero cielo notturno. Aveva la stessa luminosità color arancio che lui e Lila avevano notato a Nyack. Solo più intensa. L'inquinamento atmosferico, pensò, o magari la normale foschia dal mare o particelle di polvere che riflettevano le luci della città; comunque, non si aveva la sensazione di essere all'aperto. Il Gigante, la città, si era impadronito anche del cielo.

Che silenzio. Che serenità, quasi. Strana e misteriosa questa fascia di silenzio, al di sopra del frastuono e dell'agitazione e della tensione là sotto. Non ci si pensa mai, quando si è giù, nella strada.

Sfido, si disse Fedro, che i miliardari sono disposti a spendere un capitale per assicurarsi un posto qui su, in cielo. Ad avere un rifugio come questo, si può anche reggere la vita laggiù nella giungla.

Il Gigante poteva essere molto generoso, pensò...

... Quando voleva.

18

Non aveva idea della direzione, ma non gliene importava niente. Quel bastardo di un Capitano! Chi diavolo si credeva di essere, per darle della « cagna che si divertiva a far azzuffare i cani »? Uno schiaffo, si meritava.

Che ne sapeva lui? Avrebbe dovuto ribattergli: « Sì, e chi è che mi ha fatto così? Io forse? Tu non mi conosci! ». Avrebbe dovuto dirgli: « Nessuno mi conosce. E tu non mi conoscerai *mai*. Piuttosto morta, che farmi conoscere da te. A te, però, io ti conosco, ragazzo. Ah, se ti conosco! ». Ecco, così avrebbe dovuto rispondergli.

Che nausea, gli uomini. Con le loro chiacchiere. Vogliono solo coprirti di merda. Solo quello; così poi sei come loro e possono dirti che sei una puttana.

Così imparava a essere sincera. Da ridere, no? Se non gli avesse detto la verità, tutto sarebbe filato liscio. Che cosa credeva, che gli avrebbe raccontato della faccenda di Jamie, se fosse stata davvero una puttana? Proprio da ridere.

E adesso, che cosa doveva farsene delle camicie? Dargliele no di certo. E di portarsele in giro era stufa. Tanta cura per sceglierle e adesso doverle riportare indietro. Chi glielo faceva fare di cercare di essere gentile con quello là? Non imparerai mai, Lila, si disse. Qualunque cosa tu faccia, vogliono sempre farti sembrare peggio di loro.

Non fai niente di male, non fai male a nessuno, non rubi, né niente, ma non importa: loro ti detestano comunque, perché ci sei andata a letto. Cioè, prima sei un angelo, e dopo sei una puttana. Per un po'. Finché non gli tira di nuovo. Allora sei di nuovo un angelo.

Lei non era di quelle che battono tutte le notti. Solo ogni tanto, quando ne aveva voglia. Perché a lei piaceva. Le piaceva sempre. Ogni notte. E allora? E non sempre con lo stesso. Che la gente pensasse pure quello che voleva. E le piacevano i soldi, da spendere. E bere, e un sacco di altre cose. « Fai la somma e avrai Lila » avrebbe dovuto dirgli. « Però non cercare di trasformarmi in qualcun'altra. Con me non funziona. Io sono e sarò sempre Lila. E se non ti va bene, aria! Io non ho bisogno di te né di nessun altro. Piuttosto morta. Perché io così sono fatta ». Ecco che cosa avrebbe dovuto dirgli.

Si vide riflessa in una vetrina. Aveva l'aria di una che ha fretta. Più adagio, si disse, che furia hai? Doveva solo andare alla barca per ritirare la sua roba.

Che cretina, a raccontargli tutto. Con i tipi come lui non si può; altrimenti scappano. Lei gli serviva soltanto per dimostrare che grand'uomo era. A lui non importava sul serio quello che lei diceva, bastava che gli facesse da cavia per quel suo libro; e intanto pensava di lei tutte quelle brutte cose.

Non l'aveva mai detto chiaro e tondo, ma si capiva benissimo che dentro di sé la criticava per ogni parola che diceva. Fuori, invece, era tutto manfrine! Voleva sempre sapere i suoi pensieri, ma di quello che pensava lui non parlava mai. Sempre defilato. Era quello che la mandava in bestia. Il suo sbaglio era stato di dargli praticamente del coglione. I coglioni non sopportano di sentirselo dire.

Ma lei sapeva come trattare i tipi come lui. Non è difficile viverci insieme. Basta lasciarli parlare. E pomparli di continuo, altrimenti ti scaricano. Se solo avesse tenuto la bocca chiusa, domani sarebbe potuta essere su quella barca, diretta in Florida. Era disposta ad andarci a letto tutte le volte che lui voleva. Jamie non avrebbe detto niente. A Jamie non importava con chi lei andava a letto. Sarebbero potuti essere felici e contenti tutti quanti.

Neanche a Jamie era piaciuto il Capitano. E Jamie capiva subito quello che pensavano gli altri. Se uno aveva in testa di tirargli qualche scherzo, Jamie lo capiva immediatamente.

Una strega nera a cavallo di una scopa la guardava da una vetrina. Mancava poco a Halloween.

Non conosceva quella zona. O, se ci era già stata, non se ne ricordava. O forse era talmente cambiata da essere irriconoscibile. Tutto cambiava di continuo a New York. Tranne i grattacieli.

Appena arrivata, credeva che in cima ai grattacieli ci stessero dei tizi che vedevano tutto quello che succedeva e che non sarebbero mai scesi a parlarle. Poi aveva scoperto che non c'è nessuno che sa quello che succede.

Perché Jamie non aveva voluto darle il suo indirizzo? Era cambiato. C'era qualcosa che non tornava. E quel suo amico: non le era piaciuto per niente. Ma forse era per la presenza del Capitano.

No, non era mai stata in questa strada. Aveva qualcosa di sgradevole. Non tanto di pericoloso, quanto un'aria malandata. Jamie le raccomandava sempre: «Guardati intorno e se non vedi in giro nessuna donna sola, stacci attenta». Ma più avanti c'era una vecchietta con il cane.

... Sicché il Capitano aveva chiuso con lei... Be', non era una novità, ci era abituata. Qualcosa avrebbe trovato... Alla fine, lei cadeva sempre in piedi.

Un negozietto con delle bottiglie in vetrina, sporcizia, cianfrusaglie. Prima o poi gli daranno una bella ripulita, a questi posti, pensava sempre. Invece non succedeva mai. Era sempre peggio.

Passò davanti a una vecchia chiesa con le porte sbarrate e un cartello che diceva che era chiusa. La scritta era tutta sbiadita, quindi doveva essere là da un pezzo. Alla finestra, una cassetta da fiori con alcune piante appassite. Tutta diversa dalla chiesa di suo nonno, che era più grande e non stava in una città così sporca.

Si sarebbe cercata una pensione, per qualche giorno, intanto che si guardava in giro. Sì, buona idea. Non le andava di tornare a battere. Non ne valeva la pena. E poi Jamie glielo aveva sconsigliato. Dice che era troppo pericoloso, non come una volta. E lui le sapeva, queste cose.

Che brutta via...

Poteva sempre cercare un posto come cameriera in un bar o in un ristorante. Quello lo sapeva fare. Intanto che aspettava di trovare qualcosa di meglio. Ecco, doveva cercare di essere ottimista. Ma per prima cosa, trovare una stanza.

Percorse diversi isolati, con l'occhio a eventuali cartelli di affittasi, ma non ne vide.

Oltrepassò una gran buca con intorno cavalletti a strisce bianche e arancio. Dalla buca usciva del vapore. Un uomo con un sacco di cemento la fissava. Non doveva avere paura: la stava solo guardando.

Incominciò a leggere tutti i cartelli e le insegne. Uscita antincendio. Lasciare libero il passaggio per i veicoli di emergenza... Sgombrare in caso di neve... Vietata la sosta durante le emergenze... Servizio carro attrezzi. $ 9,95 all'ora... Imbiancatura, tinteggiatura. Preventivi gratuiti. Sconto 10%...

Forse sui cartelli avrebbe trovato avvisi importanti... Manifestazione per la droga... Contro la droga, vorranno dire... Da Irving, cibi pronti... Greyer, la bottega della carne... L'armadio dell'usato... La fiera dell'audio... Alimentari kasher... Macrobiotica. 20% di sconto su tutte le vitamine...

Dietro una recinzione di ferro c'era un albero con bacche rosso-arancio. Come nel nostro giardino, pensò. Tutti gli autunni lei coglieva le bacche, ma non sapevano di niente. Che cosa ci fa qui? La recinzione di ferro serviva a impedire che la gente cogliesse le bacche. Se avesse cercato di scavalcarla, l'avrebbero scacciata. Sotto gli alberi becchettavano dei piccioni... I piccioni potevano entrare, lei no.

Qualcuno però ci era entrato e aveva imbrattato di vernice tutto il muro. Non era mai riuscita a decifrare le scritte sui muri. Sembravano nomi, o chissacché, ma scritti in un modo così assurdo che non ci capivi niente. Mai che fossero parole semplici, tipo vaffanculo. No, era sempre roba strana, come se fosse qualcosa che sapevano solo loro.

... Patenti... Elettricità... Passo carraio... Vietata la sosta... Senso unico... Mai che ti dicano cose che tu vuoi fare, sempre e solo quello che vogliono loro...

Una scritta in ebraico. Pizza Napoli. Lavasecco Franklin, dal 1973... Uscita veicoli della polizia. Vietato oltrepassare le strisce blu. Polizia... Filo spinato tutt'intorno. Una volta non si vedeva in giro tutto questo filo spinato.

C'è un uomo sdraiato sul marciapiede. La gente gli passa vicino senza guardarlo.

Il tocco personale. Tintoria lavasecco. Alberghi. Ospedali. Associazioni... Atene: Impianti idraulici e di riscaldamento... Risate garantite. « Irresistibile » (McGillicudy, *New York Times*). Vincitore del Tony Award.

Sacchetti di plastica dappertutto... Senso unico... Sempre e solo quello che vogliono loro...

Le facevano male le scarpe. E la via era sempre peggio. I marciapiedi cadevano a pezzi. Pieni di buche e di dislivelli; se non stava attenta poteva slogarsi una caviglia. O ferirsi su quei vetri... Erano caduti dalla finestra di una casa, dove qualcuno evidentemente aveva cercato di introdursi.

Incominciava a far freddo.

Che cosa ci faceva lì? Che razza di vita era? Qualcosa non funzionava, se lei non riusciva a trovare di meglio.

Attraversò una strada e in fondo le sembrò di vedere dell'acqua. Il fiume, pensò.

Decise di prendere un taxi. Doveva arrivare alla barca e ritirare la sua valigia prima del buio. Troppo lontano per andarci a piedi. Già non si sentiva più le gambe, era un pezzo che non camminava così tanto. Il taxi sarebbe costato un bel po', ma pazienza. Se almeno non avesse comperato quelle stupide camicie.

All'angolo vide l'indicazione di un ristorante, sull'altro marciapiede, alla fine dell'isolato. Poteva essere un'idea: riposare, mangiare un boccone e chiamare il taxi da lì.

Quando guardò dentro, oltre la vetrata, capì che era un posto costoso. I tavoli avevano vere tovaglie e veri tovaglioli, di stoffa.

Oh, al diavolo, pensò. Devo festeggiare. Per esempio, di aver chiuso con il Capitano.

Dentro non c'era quasi nessuno. In fondo alla sala, una cameriera, anziana e minuta, stava apparecchiando i tavoli. Alzò la testa e le fece un sorrisino, le andò lentamente incontro e le indicò un tavolo vicino alla vetrata.

Lila si accomodò. Che bellezza sedersi, finalmente.

La cameriera le chiese se desiderava bere qualcosa prima di mangiare.

« Uno scotch col selz » disse Lila. « Anzi, no, un Johnnie Walker Black col selz ». Sorrise, ma la faccia della cameriera non era particolarmente espressiva. Si allontanò diretta al bar.

Lila guardò la strada, fuori. Assomigliava a certe vie di Rochester. Vecchia, pochi passanti. Un gatto frugava con calma tra lo sporco raccolto nel canaletto sotto una vecchia scala antincendio, come se cercasse una cosa precisa. Scostava lo sporco prima con una zampa poi con l'altra, evidentemente senza trovare quello che cercava.

Potrei telefonare a qualcuna delle ragazze, pensò Lila. Aveva ancora la sua vecchia agendina. Magari l'avrebbero invitata su a fare due chiacchiere. Sì, magari sapevano di qualche pensione decente. O addirittura l'avrebbero ospitata loro. Non si sa mai.

Vide che il gatto, in strada, se n'era andato.

L'unico problema era che non aveva voglia di rivedere le sue vecchie amiche. Né di parlare con nessuna di loro. Non le andava di ripensarci. Aveva chiuso, ormai. Non voleva parlare con nessuno.

Quando ritornò la cameriera con il bicchiere, Lila le rivolse un bel sorriso e un bel « grazie ». La donna fece un sorrisino stento e si allontanò.

Lila bevve un sorso. Ah, che bontà!

Diede una scorsa al menù.

Qualcosa che costasse poco. Solo che aveva una fame! Le bistecche dovevano essere ottime. E le patatine fritte. No, troppe calorie, doveva starci attenta. Non voleva proprio ricominciare a... Ne aveva avuto abbastanza. Però, chissà che buone. Le tornò in mente la cena sulla barca. Perché era andata a spiattellargli tutto? Avrebbe potuto cucinare patatine fritte da adesso fino in Florida, se solo avesse saputo tenere la bocca chiusa.

Vide la faccia di un uomo che la fissava da dietro i vetri. Sul momento si spaventò. Poi si disse: che ti prende, Lila? Hai paura degli uomini?

Non era male.

Lila gli fece un sorriso.

Lui continuava a fissarla, poi guardò altrove.

Poi tornò a fissarla.

Lila gli strizzò l'occhio, tanto per vedere.

Lui fece una specie di sorrisino e finse di concentrarsi sul menù appeso fuori. Anche Lila si mise a fissare il proprio, ma senza parere lo teneva d'occhio.

Lui si mosse. Lila attese di sentire la porta aprirsi. Niente. Andato.

Che cosa poteva aver detto, perché Jamie facesse così il sostenuto? Non sembrava più lui. Doveva essergli successo qualcosa, ecco perché non le aveva voluto dare l'indirizzo. Naturalmente lui non diceva mai che cosa, per non ferirti. Era fatto così.

Non come il Capitano. I tipi come il Capitano non ci pensano due volte a dirti le cose, anzi, credono pure di aver fatto chissacché. Perciò è giusto che paghino. Provare a spiegarglielo è tempo sprecato. Non ti vedono nemmeno. Il Capitano neanche si accorgeva di quello che lei faceva per lui, quel coglione. Capace di non rimborsarle le camicie.

Ma basta pensare a lui.

Venne la cameriera a prendere l'ordinazione. « Non ho ancora deciso » disse Lila. Poi, guardando il bicchiere vuoto: « Perché non me ne porta un altro? ».

Non voleva ubriacarsi, aveva ancora un sacco di faccende da sbrigare; ma si stava così bene, dopo un bicchiere. E poi, chissà quando ne avrebbe visto un altro, pensò.

Proprio non sapeva che cosa fare. Le aveva già provate tutte. E adesso non aveva più l'energia. Stanca, era stanca.

Di là dai vetri la strada incominciava ad assumere quell'aria vecchia, grigia, cupa. Chissà dov'era finito il gatto.

L'oscurità non le piaceva.

A Rochester era ancora più buio, pensò.

Chissà, forse le conveniva tornare a Rochester, cercare un lavoro fisso.

No, impossibile. Là tutti ce l'avevano con lei. L'avevano licenziata proprio perché lei gliele aveva cantate chiare.

Tutti vogliono farti fare la serva, pensò. E se tu non ci stai, allora non vali niente. Allora sei una poco di buono. Anche se ce la metti tutta, a loro non basta mai. Vogliono sempre qualcosa in più. Quindi, che importanza aveva? Prima o poi ti avrebbero odiato comunque.

L'errore era stato andarsene dal *Karma*. Se non se la fosse presa tanto con George, adesso sarebbe ancora là. In viaggio per la Florida. In Florida c'era più luce. Perché era nel Sud. Là sì che era stata felice. In qualche modo sarebbe riuscita ad arrivarci, ma prima doveva procurarsi un po' di soldi.

Magari avrebbe potuto chiedere scusa al Capitano e lui avrebbe cambiato idea. No, quello no: non aveva voglia di stare a sorbirsi le sue cazzate per tutto il viaggio. E poi le aveva detto senza mezzi termini di togliersi dai piedi.

Chissà che cosa doveva fare a New York e che impegno aveva per la sera. Chiaro che non voleva portarci anche lei. Chi se ne importa, tanto non ci sarebbe andata. Ma sapeva il perché: se c'era il caso di incontrare gli amici della moglie, tutti mollavano Lila.

Chi se ne importa.

Lei, che progetti aveva? Un progetto doveva averlo, solo che non era chiaro.

No, non ne aveva. Era quello il guaio. Non voleva avere più niente a che fare con nessuno. Basta, era stufa. Voleva andarsene via e stare per conto suo.

Tornò la cameriera. Lila ordinò un altro scotch. Male, non avrebbe dovuto bere a stomaco vuoto. Ancora non le era passato del tutto il dolore. Avrebbe dovuto prendere un paio di Empirin.

Cercò nella borsetta. Dove si erano cacciate? Era sicura di averle. Anche le altre pastiglie erano scomparse! Frugò ancora in cerca del tubetto di plastica. Sapeva riconoscerlo al tatto. Ma non c'era.

Il rossetto, lo specchio, le sigarette, i kleenex: niente.

Non poteva averle lasciate sulla barca, perché la mattina ne aveva prese tre. Appoggiò la borsetta sul tavolo e guardò meglio, prima in uno scomparto poi nell'altro. Non c'erano.

E non c'era più nemmeno il portafogli! Alzò la

testa, spaventata, fissando oltre i vetri. Fuori, la strada era quasi completamente buia.

Passò di nuovo in rassegna il contenuto della borsetta, cercò in tutte le tasche... Non c'era proprio. Scomparso.

Dentro c'erano tutti i soldi che le erano rimasti!

Stavano entrando altri clienti. Avevano l'aria infreddolita. La cameriera non si vedeva da nessuna parte. Evidentemente era stata sostituita da quel tizio, con la cravatta a farfalla. Una faccia antipatica, pensò Lila.

Non era possibile: come aveva fatto a perderlo? C'erano dentro tutti i suoi soldi. Non poteva esserle caduto. Stamattina c'era ancora. Se ne ricordava perché, dopo avere comperato le camicie, ci aveva infilato lo scontrino, nel caso avesse dovuto riportarle indietro.

Il nuovo cameriere la stava guardando.

L'amico di Jamie! Era seduto vicino a lei, e la borsetta stava nel mezzo.

Era stato lui, per forza. La guardava in un certo modo. Aspetta che lo dica a Jamie, pensò.

Guardò il bicchiere. Era vuoto.

Non aveva il numero di telefono nuovo di Jamie. Non glielo aveva dato. Dio, e adesso? Non poteva nemmeno ordinare il pranzo. Calma, si disse, ragioniamo. Ma non riusciva a ragionare. Perciò Jamie non aveva voluto darle il suo numero? Per non farsi rintracciare?

Per tirarle questo bidone?

Si avvicinò il cameriere.

« Non ho ancora deciso » disse Lila.

Il cameriere le diede un'occhiata indifferente e si allontanò.

No, Jamie non l'avrebbe mai fatto. Quando voleva dei soldi, glieli chiedeva e basta. Non aveva bisogno di rubarglieli.

Non riusciva a concentrarsi. Quanto mai aveva bevuto. Nella borsetta era rimasto il portamonete.

Contò: due monete da venticinque centesimi, quattro da cinque e sette da uno.

Non bastavano nemmeno per pagare quello che aveva bevuto. Guai in vista.

Le venne la nausea. Doveva andare alla toilette.

Passò accanto al cameriere: sembrava sapesse che lei non aveva da pagare.

La toilette puzzava. Fece per lavarsi le mani, ma non c'era sapone. Che buco del cavolo. Non poteva lavarsi via la sporcizia di questa città. Vide, nello specchio, che anche i capelli erano sporchi. Aveva davvero bisogno di lavarsi.

Con quelle monete avrebbe potuto telefonare a qualcuno, sarebbero venuti a tirarla fuori dai guai. Ma erano passati quattro anni. Nessuno, a New York, restava nello stesso posto per quattro anni.

Andò al telefono e con la prima moneta provò il numero di Laurie. Il telefono squillò a lungo. Mentre aspettava, si accorse che da dov'era si poteva uscire in strada senza essere visti.

No, il cameriere la teneva d'occhio. L'avrebbe fermata. Aveva lo sguardo cattivo e l'aria scafata.

Da Laurie non rispondeva nessuno. Meglio così. Avrebbe recuperato la moneta. Ma poi una voce chiese: « Chi parla? ». « Lila Blewitt ». La donna si allontanò e Lila si disse: Grazie a Dio, Laurie sta ancora lì.

Ma poi la voce rispose: « Ha sbagliato numero » e riattaccò.

Molto strano.

Provò altri due numeri. Niente. Stava per tentare con un altro, quando le venne in mente che con quella ragazza non erano mai state amiche. Non l'avrebbe aiutata, ammesso che si ricordasse di lei. Il cameriere non la perdeva di vista.

Lila rifletté. Che cosa poteva farle? Meglio togliersi il pensiero subito.

Si fece coraggio e lo affrontò: « Mi hanno rubato il borsellino. Non posso pagare ».

Lui continuava a guardarla, senza una parola. Chissà se aveva sentito.

Poi le chiese: « Come ha fatto a telefonare? ».

« Con le monete » disse Lila. « Mi hanno rubato solo il portafogli ».

Il cameriere continuava a fissarla. Era chiaro che non le credeva.

Dopo un po' disse: « Sicché le hanno rubato il portafogli ».

« Sì ».

Silenzio. Poi, senza smettere di fissarla: « Io sono solo il cameriere. Il direttore non c'è ».

Scomparve dentro la cucina.

Quando tornò disse: « Deve lasciare nome e indirizzo ».

« Non ho un indirizzo » disse Lila. Il cameriere rimase in silenzio a fissarla.

« Sicché non ha un indirizzo » ripeté.

« Gliel'ho appena detto ». Incominciava a infuriarsi.

« Allora dov'è che sta? ».

« Su una barca ».

« E dov'è la barca? ». Perché glielo chiedeva? Che cosa aveva intenzione di fare?

« Sul fiume » rispose Lila. « Ma comunque stasera devo andarmene e non so in che punto è ».

Il cameriere continuava a fissarla. Cristo, non sapeva fare altro?

« Scriva qui il suo nome e il nome della barca ».

La guardò scrivere. Poi, con un'occhiata storta, disse: « E adesso vada a prendere i soldi e li porti qui, capito? C'è chi deve lavorare per vivere, sa? ».

Lila raccolse da terra la borsetta e il pacco delle camicie e aperse la porta. Lo vide rivolgersi a qualcuno in cucina, scuotendo la testa con un sorrisetto. Era andata meglio del previsto. Avrebbe potuto chiamare la polizia, per esempio. Probabilmente l'aveva presa per una povera matta.

Faceva freddo e la via, nell'oscurità, aveva un'aria sinistra.

La porta del ristorante si richiuse alle sue spalle. Perché non aveva lasciato in pagamento le camicie? Così adesso le toccava portarsele dietro.

Pensò di tornare a dargliele... No, ormai era andata così. Tanto, non le avrebbe accettate.

Però non c'era bisogno di guardarla in quel modo, pensò. Si abbottonò il golf. Mica lo pagavano per guardare storto i clienti.

Forse, dopotutto, al Capitano sarebbero piaciute. Allora sarebbero tornati insieme al ristorante, avrebbero ordinato il pranzo e pagato, senza lasciare un centesimo di mancia al cameriere. Anzi, no, gli avrebbero lasciato una mancia super, per dargli uno schiaffo morale.

Adesso non poteva più prendere il taxi. Chiamare la polizia non poteva. O forse sì? Probabilmente non si ricordavano più di lei. Nessuno si ricordava di lei. No, non se la sentiva.

Dove se ne sono andati tutti, si chiese. Come mai se n'erano andati? Il Capitano, Jamie, e anche Richard. Perfino Richard se n'era andato. A lui non aveva fatto niente. Doveva esserci una ragione, qualcosa di grave. Ma a lei non la dicevano. Non volevano fargliela sapere.

Si accorse che le mani incominciavano a tremare.

Fece per cercare le pastiglie nella borsetta, poi si ricordò che le avevano rubato anche quelle.

Era la prima volta, da dopo l'ospedale, che non aveva le pastiglie.

Quanto mancava per arrivare alla barca?... La direzione doveva essere questa, verso il fiume, pensò... O forse no... Se riusciva a non pensare alle cose brutte, forse il tremito sarebbe passato... Purché stesse andando dalla parte giusta...

... Era così buio.

19

Ecco, era buio, pensò Fedro. Di là dai vetri, fuori dalla stanza illuminata dalla lampada centrale, intorno alla quale svolazzava la falena, il cielo era nero.

Guardò l'orologio: il suo ospite era in ritardo. Di quasi mezz'ora. Secondo la miglior tradizione delle star di Hollywood. Più sono importanti, più ti fanno aspettare, e il suo ospite era molto importante. Gli tornò in mente una battuta di George Burns: a certi party di Hollywood gli invitati sono così famosi che non si fanno neanche vedere. Ma Robert Redford doveva venire per discutere di affari, dei diritti cinematografici sul suo libro; non c'era motivo di pensare che non sarebbe venuto.

Sentì bussare alla porta, il rumore metallico delle porte antincendio di tutti gli alberghi del mondo, ma questa volta fu preso dall'agitazione. Si alzò e andò ad aprire. In corridoio c'era Redford, con un'espressione normale, di attesa, sulla faccia famosa.

Sembrava più piccolo che nei film. Un berretto sportivo nascondeva i famosi capelli; buffi occhialetti a giorno distraevano l'attenzione dai lineamenti e il bavero rialzato rendeva ancor più qualunque il suo aspetto. Niente a che vedere con Sundance Kid.

« Avanti, avanti » disse Fedro, in preda al panico come un attore all'entrata in scena. Sta succedendo davvero, gli passò per la mente; questa è la sera della prima, si è appena alzato il sipario e adesso tocca a me.

Si sforza di sorridere. Fa per prendergli il soprabito; è nervoso, ma cerca di non darlo a vedere, di fare il disinvolto, afferra con troppo impeto il bavero, dietro, e il Kid non riesce a sfilarsi la manica... Oddio, la manica non si sfila... Molla la presa e il Kid si toglie il soprabito da solo, poi glielo porge, un po' stupito, e gli porge anche il berretto.

Cominciamo bene... Una scena alla Charlie Chaplin. Redford lo precede in soggiorno, si avvicina alla vetrata e guarda fuori, come per orientarsi. Fedro, che l'ha seguito, si siede in una delle panciute poltroncine vittoriane, tutte rasi e dorature.

« Scusi il ritardo » dice Redford, voltandosi. Si dirige con grande calma verso il divanetto di fronte a Fedro.

« L'aereo è atterrato mezz'ora fa » dice. « Venendo da Los Angeles si perdono tre ore. Il volo notturno lo chiamano "occhi rossi"... ». Lancia uno sguardo a Fedro: si aspetta una reazione? « Un nome molto adatto: si passa la notte in bianco... ».

Mentre parla, a poco a poco l'attore Redford diventa una persona vera. Come nella *Rosa purpurea del Cairo*, dove un personaggio esce dallo schermo per entrare nella vita della spettatrice. Che cosa stava dicendo?

« Ogni volta che ci torno, mi piace sempre meno » dice. « Io ci sono cresciuto, a Los Angeles... mi ricordo com'era allora... mi dà fastidio come l'hanno ridotta... ». Continua a studiare Fedro, le sue reazioni.

« Io ho bellissimi ricordi della California » dice Fedro, prendendo finalmente la battuta.

« Ha vissuto in California? ».

« Lì vicino, nel Nevada » risponde Fedro.

Ci si aspetta che ne parli. E lui parla: infila una serie di frasi a caso, sulla California e il Nevada. Deserti, pini, il profilo ondulato delle colline, eucalipti, autostrade e quel senso di qualcosa di perduto, di promessa non mantenuta, che gli suggeriscono sempre quei posti. Sono i preliminari, per stabilire il rapporto. Notando l'attenzione con cui Redford lo ascolta, Fedro si rende conto che per lui è normale. È la concentrazione dell'attore. Ha appena trasvolato tutti gli Stati Uniti, dopo aver parlato con chissà quante persone, eppure eccolo lì, seduto ad ascoltare, con la sua famosa faccia piena di interesse, come se avesse tutto il tempo di questo mondo, come se, prima di entrare in quella stanza, non fosse successo niente di importante e niente di importante lo aspettasse una volta fuori di lì.

Vanno avanti a parlare di questo e di quello finché non trovano un punto d'incontro sul nome di Earl Warren, l'ex presidente della Corte suprema, che incarna, dice Fedro, un tipo di personalità all'apparenza poco « californiana ». Redford si dimostra pienamente d'accordo, rivelando alcuni valori personali. « È stato nostro governatore, sa? ». Fedro annuisce, aggiungendo che la famiglia Warren viene dal Minnesota.

« Davvero? » dice Redford. « Non lo sapevo ».

Dice di avere sempre avuto una storia, con il Minnesota. Il suo film, *Gente comune*, si svolgeva nel Minnesota, anche se era stato girato nell'Illinois settentrionale. E il suo compagno di stanza, all'università, veniva dal Minnesota; quando era stato a trovarlo, la sua casa l'aveva molto impressionato.

« Dove stava? » chiese Fedro.

« Sul lago Minnetonka » dice Redford. « Conosce la zona? ».

« Altro che. Nel primo capitolo del mio libro c'è una breve sosta sul lago Minnetonka, a Excelsior ».

Redford corruga la fronte, come dispiaciuto di

essersi lasciato sfuggire un particolare importante. « Sono posti che hanno un qualcosa... Non so... ».

« Una certa 'grazia' » dice Fedro.

Redford annuisce, come se approvasse incondizionatamente.

« Anche a Minneapolis: c'era un quartiere, Kenwood, dove si respirava la stessa atmosfera. La gente aveva quel tipo di fascino, di stile, o come lo vogliamo chiamare, alla Earl Warren ».

Redford lo fissa intensamente per qualche secondo. Un'intensità che sullo schermo non mette.

« Da che cosa dipendeva? » chiede.

« Dai soldi » risponde Fedro, ma poi capisce che non è del tutto vero. « Uniti a qualcos'altro » aggiunge.

Redford aspetta che prosegua.

« C'era molta ricchezza di vecchia data, da quelle parti » dice Fedro. « Fortune risalenti all'epoca delle prime segherie e dei primi mulini. Era più facile avere stile, se potevi disporre di cameriera, autista e altri sette servitori ».

« Lei abitava sul lago Minnetonka? ».

« No, no. Ci andavo alle feste di compleanno da ragazzino, negli anni Trenta ».

La cosa sembra interessare molto Redford.

« La mia non era una di quelle famiglie. Ma andavo in una scuola per ricchi, con una borsa di studio.

« La mattina, davanti alla scuola, si fermavano queste Packard enormi, nere, dalle quali saltava giù un autista in divisa nera, che correva ad aprire la portiera posteriore; e spuntava fuori il ragazzino, piccolo piccolo. Al pomeriggio, stessa scena: i ragazzini risalivano sulle loro limousine con autista, ciascuno la sua, e via di nuovo verso il lago Minnetonka.

« Io andavo a scuola in bicicletta; certe volte, nello specchietto, vedevo arrivare da dietro una di queste enormi Packard, mi giravo e salutavo con la mano il ragazzino che c'era dentro, che rispondeva al saluto e qualche volta anche l'autista mi salutava. E il buffo è che io sapevo che il ragazzino là dentro invidiava *me*. Perché io avevo la libertà, mentre lui era prigioniero sul sedile posteriore della sua Packard nera e lo sapeva».

«Che scuola era?».

«La Blake School».

Gli occhi di Redford si accendono. «È quella dove era andato il mio compagno di stanza!».

«Com'è piccolo il mondo».

«Davvero!». Dall'eccitazione di Redford si capisce che qualcosa ha fatto contatto, che sotto quel punto in superficie incomincia ad affiorare una struttura importante.

«La ricordo ancora con simpatia» dice Fedro.

È evidente che a Redford piacerebbe sentir raccontare ancora; ma non c'è tempo. Parlano un po', poi Redford viene al punto.

Dopo una pausa dice: «Prima di tutto voglio che sappia che il suo libro mi è piaciuto molto, l'ho trovato provocatorio e stimolante. Le cose che dice sulla "Qualità" sono esattamente quelle che ho sempre pensato. Che ho sempre fatto. L'ho letto appena uscito e avrei voluto mettermi subito in contatto, ma avevo sentito dire che qualcun altro aveva già acquistato i diritti».

C'è una nota legnosa nelle sue parole, come se le avesse imparate a memoria. Che proprio lui debba sembrare un attore scadente! «Mi piacerebbe molto acquistare i diritti».

«Sono suoi» dice Fedro.

Redford sembra preso in contropiede. Fedro deve aver detto qualcosa che non doveva. Le biografie lo definiscono «uno che non si scompone mai», ma adesso si è scomposto.

«Non sarei arrivato a questo punto se non avessi deciso di darli a lei» spiega Fedro.

Ma Redford non sembra pazzo di gioia. Spiazzato, semmai, e si ritira come in se stesso. Tutto l'interesse se n'è andato.

Vuole sapere delle precedenti trattative per l'adattamento cinematografico.

« È una storia lunga » dice Fedro, e descrive tutta la serie delle opzioni acquistate e poi, per vari motivi, lasciate scadere. Redford è tornato quello di prima, attento, interessato. Esaurito l'argomento, affrontano con circospezione quello dell'adattamento del libro. Redford fa il nome di uno sceneggiatore che Fedro ha conosciuto. Fedro dice che va bene.

L'idea di Redford è di puntare sulla scena in cui il professore se ne sta seduto davanti alla classe per tutta la lezione senza dire una parola, e alla fine dell'ora la tensione e il panico sono tali che tutti gli studenti si precipitano verso la porta. Vuole costruire il film su una serie di flashback a partire da quella scena. Secondo Fedro è un'ottima idea. Straordinario, come Redford sia andato dritto al punto. È disposto a mettere in secondo piano tutte le scene sulla strada e la manutenzione della moto, dove altri si sono impantanati, per entrare subito nell'aula, che è il punto dove era nato il libro, come piccola monografia sull'insegnamento della composizione inglese.

Redford dice che le scene sulla strada saranno girate nei posti veri. Dice che Fedro può venire sul set quando vuole, « ma non tutti i giorni ». Fedro non ha idea di che cosa implichi questa precisazione.

Arrivano al problema fondamentale della resa dei concetti. Il libro tratta soprattutto di idee filosofiche sulla Qualità. I film commerciali non espongono visivamente le idee. Redford dice che bisogna condensarle e rappresentarle indirettamente. Fedro non capisce bene. Vorrebbe vedere più concretamente come si possa fare una cosa del genere.

Redford indovina i dubbi di Fedro e lo avverte: « Comunque venga il film, a lei non piacerà ». Lo dice per mettere le mani avanti? Gli racconta dell'autore di un altro libro che lui aveva trasposto per lo schermo, il quale si era sforzato di farsi piacere il film, ma si vedeva benissimo che non era convinto. « È un peccato, » conclude « ma sembra inevitabile ».

Accennano ad altri punti, più marginali. Alla fine Redford guarda l'orologio.

« Allora, mi pare non ci siano grossi problemi, in questa fase » dice. « Incomincerò a sentire lo sceneggiatore, per sapere a che punto è ».

Poi, chinandosi in avanti: « Sono stanco morto » dice « e non è il caso di stare qui tutta la notte a farle la corte... Sentirò gli altri e, a tempo debito, la nostra agenzia si metterà in contatto con lei ».

Si alza, prende berretto e soprabito dall'armadio nell'ingresso. Sulla porta chiede: « Dove abita adesso? ».

« Sulla mia barca. Sul fiume ».

« Ah. C'è modo di raggiungerla? ».

« No. Parto domani. Voglio spingermi il più possibile a sud prima delle gelate ».

« Allora mi metterò in contatto attraverso il suo legale ».

Si sistema berretto, soprabito e occhiali. Saluta, si allontana lungo il corridoio con l'elasticità scattante di uno sciatore o di un gatto – o di Sundance Kid – e scompare dietro l'angolo.

Il corridoio ritorna a essere un normale corridoio d'albergo.

20

Fedro rimase a lungo immobile nel corridoio dell'albergo, inconsapevole dell'ambiente intorno. Poi rientrò e chiuse la porta.

Guardò il divano dove Redford si era seduto. Si avvertiva ancora la sua presenza, solo che non gli si poteva più *parlare*.

Pensò di versarsi da bere... ma non c'erano alcolici. Doveva telefonare al servizio in camera.

Ripensandoci, non è che avesse davvero voglia di bere. Non abbastanza da fare tutto quel traffico. Non sapeva nemmeno lui di che cosa avesse voglia.

Adesso arrivava il contraccolpo. Tutta la tensione e l'energia accumulate in vista di quell'incontro non avevano più dove scaricarsi. Avrebbe voluto mettersi a correre per i corridoi. O uscire a fare una lunga passeggiata per ritrovare la calma... ma gli facevano male le gambe per la camminata di prima.

Andò alla finestra. Di là dal vetro l'orizzonte notturno era fantastico.

Ma sembrava più sbiadito.

Il guaio di posti come quello, dove paghi una fortuna per avere una bella vista, era che la prima volta la vista è stupenda, poi diventa sempre più statica e alla fine non la noti più. Meglio la barca, pensò, dove il panorama cambia di continuo.

Aveva incominciato a piovere: le luci della città non erano più così nitide. La terrazza, però, non era bagnata. Si vede che il vento soffia in fuori, pensò.

Aperse un filo la porta scorrevole e fu investito da una raffica sibilante di aria fredda. La aperse un po' di più, abbastanza da infilarsi nella fessura, e uscì sulla terrazza; poi richiuse.

Il vento era fortissimo. Ascensionale. Pazzesco! Il profilo della città appariva e spariva con le raffiche di pioggia. Le zone più lontane del parco si distinguevano soltanto perché là le luci finivano bruscamente.

Non c'era contatto. Come se stesse succedendo a un altro, non a lui. Eccitazione, tensione, confusione, sì, ma non un vero coinvolgimento emotivo. Si sentiva come un galvanometro rotto, con l'ago immobilizzato, che non rispondeva più.

Era una sensazione come schizofrenica: doveva essere shock culturale. Entri in un altro mondo, dove tutti i valori sono diversi, rovesciati, capovolti; non riesci ad adattarti e ti viene lo shock culturale.

Poteva dire di essere arrivato in cima... al vertice di una qualche assurda scala sociale, rispetto a venti anni prima, quando aveva attraversato la zona sud di Chicago dentro uno sbatacchiante furgone della polizia che lo stava portando al manicomio.

Era meglio adesso?

Sinceramente, non sapeva rispondere. Due cose ricordava, di quella corsa all'impazzata: l'agente, che non aveva smesso un minuto di sorridere, come a dire: « Adesso ti mettiamo a posto noi, ragazzo », e sembrava che l'idea gli desse un gran piacere. E la pazzesca intuizione di trovarsi contemporaneamente in due mondi: in uno era nel punto più basso del consorzio umano, mentre nell'altro era più in alto di tutti. Impossibile venirne a capo. Passi per il poliziotto. Ma quell'altra sensazione?

Adesso la situazione era uguale, ma rovesciata. Adesso nel primo mondo era in cima; ma nell'altro? In fondo? Non sapeva proprio. Aveva l'impressione che, vendendo i diritti cinematografici del libro, gli sarebbero successe grandi cose nel primo mondo, ma nel secondo gli si preparasse una lunga scivolata verso il basso. Si era aspettato che la sensazione passasse nel corso della serata. E invece no.

C'era come un campanello d'allarme nella sua testa, che continuava a suonare. « Non va... non va... non va... ». E non era una fantasia. Era molto reale. Era la percezione diretta di una qualità negativa. Prima c'è la percezione della qualità, alta o bassa, e poi si trovano le ragioni che la giustificano, e non viceversa. Ecco, adesso lui aveva quella percezione.

Il critico del « New Yorker », George Steiner, l'aveva messo in guardia: « Se non altro, non ha da preoccuparsi per l'adattamento cinematografico ». Sembrava un libro troppo intellettuale perché qualcuno si cimentasse a trarne un film. Fedro gli aveva detto che la 20th Century Fox aveva già l'opzione. Allora Steiner aveva spalancato gli occhi e poi aveva guardato altrove.

« Perché? » aveva insistito Fedro.

« Se ne pentirà » era stata la risposta di Steiner.

In seguito, a Manhattan, un legale specializzato nel ramo gli aveva detto: « Se ci tiene al suo libro, mi dia retta, non lo venda a Hollywood ».

« Perché? ».

« Perché sì. Decine di scrittori vengono da me ogni anno, senza capire niente di industria cinematografica, e io gli dico quello che ho appena detto a lei. Non mi danno retta. Poi ritornano perché vogliono fare causa. Io gli rispondo: Visto? Ve l'avevo detto! Ormai avete firmato, il libro non è più vostro. Meglio che vi mettiate il cuore in pace!

« Perciò le ripeto, » concluse l'avvocato « se ci tiene al suo libro, non lo venda a Hollywood ».

Si riferiva al controllo sui valori artistici dell'opera.

In teatro vige la consuetudine di non modificare il copione senza il benestare dell'autore, ma nel cinema era quasi la regola massacrare il testo senza neppure prendersi la briga di informarne lo scrittore. L'aveva pur venduto, no?

Quella sera Fedro aveva sperato di ricevere da Redford una smentita di questo costume. Invece Redford l'aveva confermato. Aveva confermato l'opinione di Steiner e dell'avvocato.

L'incontro, alla fin fine, non aveva quel significato che Fedro si era immaginato. Non era stata la cosa in sé a montare le aspettative, bensì l'effetto personaggio famoso. « I diritti sono suoi » aveva detto a Redford, ma fino alla firma del contratto era ancora in tempo a tirarsi indietro.

La delusione era cocente. Forse si trattava di una normale reazione, forse Redford era semplicemente stanco per il viaggio, eppure Fedro era sicuro che non gli avesse rivelato quello che realmente pensava. Era sempre emozionante vedere a tu per tu un personaggio così famoso, ma, passata l'emozione, era chiaro che Redford seguiva lo schema.

Si capiva dalla mancanza di spontaneità. Redford aveva fama di onestà negli affari, ma operava in un ambiente notoriamente disonesto, dove non era previsto che uno dicesse quello che pensava veramente. Gli affari devono seguire un certo schema e l'onestà di Redford non lo scardinava, anzi non lo scalfiva nemmeno.

Mancava il gusto della cosa fatta insieme. Era un po' come vendere una casa: l'acquirente non è tenuto a dirti di che colore gli piacerebbe dipingere le stanze o come vuole arredarle. È lo schema hollywoodiano. Redford dava l'impressione di avere fatto un mucchio di volte la trafila della contrattazione. Per lui era normale, una sorta di rito ripetuto almeno una dozzina di volte. E seguiva lo schema.

Per questo, probabilmente, era sembrato sorpreso quando Fedro aveva detto: « I diritti sono suoi ». Era stata la rottura dello schema a spiazzarlo. Lo schema prevedeva che a quel punto Fedro dovesse partire con le sue richieste. Così l'altro avrebbe potuto fare le sue concessioni. Invece lui aveva dato via tutto, subito: un grave errore dal punto di vista della contrattazione immobiliare, dove ciascuna parte usa ogni possibile trucco per strappare il massimo vantaggio all'altra, all'« avversario ». Redford era venuto per portare via, più che per dare, e vedersi regalare tutto senza il minimo sforzo da parte sua l'aveva momentaneamente preso in contropiede. Così almeno pareva.

Quell'osservazione sulle visite ai set, « ma non tutti i giorni », la diceva lunga. Fedro non sarebbe mai stato partecipe della creazione del film, solo un VIP in visita. Ma la chiave di tutto era la battuta sul « farle la corte ». Faceva parte dello schema. Il produttore, lo sceneggiatore, o insomma quello che mette in moto la faccenda, incomincia con il fare la corte allo scrittore. Va a trovarlo, gli racconta che guadagnerà un sacco di soldi, ottiene la firma per l'opzione; poi passa ai finanziatori e gli racconta che libro meraviglioso si porteranno a casa. Una volta ottenuti libro e soldi, il corteggiamento finisce. Finanziatore e scrittore sono resi il più possibile inoffensivi e finalmente i « creativi » si mettono all'opera. Cambieranno il testo, aggiungeranno tutto quello che, secondo loro, faciliterà il successo del film, lo venderanno ai distributori e per loro la faccenda è chiusa. E lui, Fedro, avrà un po' di soldi in più, che presto svaniranno, e una quantità di brutti ricordi, che resteranno.

Rabbrividì, ma non aveva voglia di rientrare. Quella stanza, là dentro, sembrava una gabbia di vetro. Aveva smesso di piovere e le luci erano così intense che le nuvole, in cielo, sembravano una volta solida. Meglio qui fuori, al freddo.

Guardò la sagoma dei grattacieli e poi la strada di sotto, con le sue automobili come minuscoli insetti. Di qui a laggiù era un attimo, pensò; più facile che di laggiù a qui sopra. Perciò, forse, tanti si buttano. È più facile.

Che cosa andava a pensare! Si tirò indietro dal parapetto di cemento. Com'è che potevano saltare in testa certe idee?

Era lo shock culturale. Il contraccolpo dei suoi schemi culturali statici. Gli schemi culturali statici non si lasciano scalzare facilmente. Come gli dèi. Fedro li teneva d'occhio da tempo. Dopo aver cercato in tutti quegli anni di distruggerlo con la marginalità, gli « dèi » sembravano essersi arresi. Ma era una finta. Adesso avrebbero provato la tattica opposta: adescarlo con il successo.

A farlo sentire così strano non era il vento impazzito né l'orizzonte di luci velate dalla pioggia oltre il parco. Era la contiguità tra le due diverse valutazioni culturali della sua persona, le sue due opposte realtà: il fatto di trovarsi nel mondo ad alta tensione della notorietà, come Redford, e contemporaneamente di arrancare raso terra, come Rigel e Lila, come tutti. Finché rimaneva nell'una o nell'altra delle due identità culturali, riusciva a reggere. Ma quando afferrava entrambi i fili, arrivava la scossa.

« Chi diventa troppo famoso va dritto all'inferno » aveva detto a Fedro e ai suoi compagni di corso un maestro Zen giapponese. Allora gli era sembrata una di quelle « verità » Zen giocate sull'assurdo. Adesso incominciava a capire.

Il maestro Zen non parlava dell'inferno di Dante, dell'inferno cristiano, di una vita ultraterrena di eterno tormento; l'inferno Zen è questo mondo, è qui e ora, è quando tutt'intorno vedi la vita ma non riesci a esserne parte. È l'essere in esilio dalla tua stessa esistenza, perché qualcosa in essa ti impedisce di entrarci. Vedi gli altri immersi nella grande corrente della vita, e tu l'assorbi con la cannuccia, e la sete non passa.

Uno crede che fama e ricchezza debbano avvicinarti agli altri. E invece no: ti scindi in due persone, quella che gli altri pensano che tu sia e quella che sei realmente. Di lì viene l'inferno Zen.

Come nella camera degli specchi al lunapark, dove ciascuno specchio ti riflette con una diversa distorsione. In quella settimana Fedro si era visto rimandare tre diverse immagini: da Rigel il riflesso di un uomo in un certo senso moralmente depravato; da Lila l'immagine di un vecchio coglione barboso; e adesso c'era Redford, che probabilmente avrebbe fatto di lui una figura vagamente eroica.

Ciascuna persona che avvicini è uno specchio diverso. E forse anche tu, che sei una persona come le altre, sei uno specchio: come fai a sapere che la tua immagine di te non è a sua volta deformata? Forse tutto quello che vediamo è un riflesso più o meno distorto; forse la vita è solo un susseguirsi di specchi. Prima quelli dei nostri genitori, poi quelli degli amici e degli insegnanti, dei superiori, delle autorità pubbliche e spirituali, e anche, perché no?, degli scrittori e degli artisti. In fondo il loro mestiere è fare da specchio.

Ma a manovrarli tutti è la cultura: il Gigante, gli dèi; e se entri in urto con la cultura, lei incomincerà a subissarti di immagini di te distruttive, oppure farà sparire tutti gli specchi, che è ugualmente un modo per distruggerti. E la celebrità, pensò Fedro, poteva facilmente trasformarsi in una sorta di tossicodipendenza, in un bisogno di dosi sempre più elevate di immagini gratificanti. Gli specchi si sostituiscono alla vita e tu non sai più chi sei. Poi la cultura decide di ridimensionarti e quando ti toglie gli specchi e il pubblico incomincia a dimenticarti, ecco la crisi da astinenza. Sei finito nell'inferno Zen... Hemingway che si spara in bocca, Elvis Presley imbottito di barbiturici, Marilyn Monroe usata e gettata come un oggetto... E decine di altri. Per la celebrità, insomma, per gli specchi degli « dèi ».

La metafisica sostanzialistica considera soggettivi questi specchi, dunque irreali, privi di importanza; ma in questo modo ignora deliberatamente l'evidenza.

Ignora l'esperienza di Robert Redford, che quando va in giro vede la gente diventare isterica. Dice il suo agente che non può andare a cerimonie o riunioni pubbliche perché, quando viene notata la sua presenza, tutti si voltano e guardano solo lui.

Lui stesso, ricordò Fedro, si era fatto prendere da una crisi isterica quando era arrivato Redford, con quella comica del soprabito. Che cos'è questa isteria? Non certo un' allucinazione soggettiva. È molto reale, anzi, è un'esperienza *primaria*, una percezione empirica.

Che deve avere radici biologiche, come la fame, la paura, l'avidità. Qualcosa come il « trac da palcoscenico »? Sembra comunque comportare una perdita di consapevolezza della dimensione temporale. Alla persona vera in tempo reale, che esiste nel momento dell'incontro, si sovrappone un'immagine stereotipata della persona famosa, per esempio Sundance Kid. Per questo, si disse Fedro, lui ci aveva messo tanto a entrare in rapporto.

Ma non basta.

In questa storia della celebrità c'è anche un aspetto di depravazione. Volgarità, depravazione, fascinazione, ossessività a volte: un po' come per il sesso.

Sesso e celebrità. Prima di decidere di andarsene via sulla sua barca, alle feste aveva trovato donne che venivano a strusciarsi contro di lui. A una sua conferenza una ragazza era quasi caduta in deliquio. Un'altra volta, a un pranzo, una produttrice televisiva gli aveva detto, artigliandogli il braccio: « La voglio », neanche fosse un panino. E dire che per quarant'anni si era scervellato per capire che cosa fosse quel di più, che lui evidentemente non aveva, per cui le donne ti guardano in un certo modo.

È chiaro che esiste un nesso con la celebrità. C'è

intorno a entrambi un'atmosfera vagamente oscena. Come quando vedi esposte all'edicola delle riviste pornografiche. Un po' ti danno fastidio; nello stesso tempo, però, se fossi sicuro che nessuno ti vede, daresti volentieri un'occhiata. Una parte di te le disapprova, una parte ne è attratta. Si crea un conflitto tra due modelli di qualità, tra schemi sociali e schemi biologici.

Lo stesso avviene con la celebrità; solo che in questo caso il conflitto sorge tra schemi sociali e schemi intellettuali.

La celebrità sta agli schemi sociali come il sesso agli schemi biologici. Sì, ci siamo, pensò Fedro. Al livello evolutivo degli schemi sociali statici, la celebrità è Qualità dinamica. Infatti, per un po', ti dà una sensazione di Qualità dinamica pura, anche se non lo è. Come il desiderio sessuale è la Qualità dinamica che è servita un tempo da forza organizzatrice degli schemi *biologici* primitivi, così la celebrità è la Qualità dinamica che è servita in origine a organizzare gli schemi *sociali* primitivi. In questa ottica, la notorietà, la celebrità, la fama acquistano nuovo spessore.

In un universo organizzato in soggetti e oggetti, il problema non ha senso. Ma in un universo strutturato secondo i valori, esso si impone con la forza dirompente della realtà. La notorietà, la celebrità, la fama diventano una forza organizzatrice dell'intero livello sociale dell'evoluzione. Se non esistesse questa forza, non sarebbero possibili società umane complesse. Anzi, neppure società umane tout court.

Buffo, pensò Fedro: lasci sedimentare una domanda e, improvvisamente, quando meno te l'aspetti, la risposta prende forma.

La celebrità è la forza della cultura. O almeno, così sembra.

E ti fa fare cose da matti. Come scendere le cascate del Niagara dentro una botte, lasciandoci la pelle. O ammazzare qualcuno. Forse il vero motivo per cui le nazioni si dichiarano guerra è appunto il desiderio di affermarsi agli occhi del mondo. Si potrebbe costruirci sopra una teoria antropologica.

Chiaro, chiarissimo. I primi esempi di scrittura nella storia del mondo occidentale, le tavolette a caratteri cuneiformi rinvenute a Babilonia, di che cosa trattano, in fondo? Ma della fama! Io, Hammurabi, sono il capo qui. Posseggo tanti e tanti cavalli e tante e tante concubine e schiavi e buoi. Sono il più grande dei più grandi sovrani del mondo, e guai a chi lo mette in dubbio. Sì, perciò fu inventata la scrittura. Prendiamo il *Ṛg Veda*, il più antico testo della letteratura religiosa indiana: che cosa dice? « I cieli stessi e la terra stessa non valgono la metà di quel che valgo io: non ho forse bevuto il succo del soma? Nella mia magnificenza io ho superato i cieli e la vasta terra: non ho forse bevuto il succo del soma? ». Questo passo è interpretato come un inno devozionale alla divinità, ma il tema della fama è evidente. Quando stava elaborando l'idea di Qualità, un punto che aveva lasciato perplesso Fedro era l'apparente identificazione, nell'*Odissea*, tra Qualità e fama. Ora gli venne in mente che forse, ai tempi di Omero, quando l'evoluzione non era ancora passata dal livello sociale al livello intellettuale, fama e Qualità coincidevano.

E le piramidi: non sono un simbolo della fama dei faraoni? Le statue, i palazzi, i manti, i diademi delle autorità sociali: sono le insegne della fama. I copricapi di penne dei pellerossa. Il divieto di guardare la persona dell'imperatore pena la perdita della vista. I Chiarissimo e Lord e Rev. e Dott. che gli europei si mettono davanti al nome: sono tutti contrassegni della notorietà o della fama raggiunte. Galloni e trofei e nastri azzurri; le promozioni e l'assegnazione ad « alte cariche », le congratulazioni e le adulazioni ai ricevimenti: tutte cose che servono ad accrescere la fama. Le beghe e le controversie accademiche; sentirsi offesi dagli « insulti »; il senso dell'onore degli orientali. Lo scopo, la molla è sempre la fama, la celebrità, la notorietà.

Perfino la divisa dei poliziotti: li distingue dalla massa, così gli ubbidiamo senza discutere. Senza l'alone della celebrità, nessuno si lascerebbe comandare e la società non funzionerebbe.

... E la scuola: la scuola è il regno della notorietà. Per lei si allenano ogni pomeriggio tutti quei ragazzoni sportivi. Per lei le ragazze affollano lo stadio agitando le bandierine. Tutti in fila, belli, abbronzati, colorati: pronti, partenza, via! E lui, che non si era accorto della gara! O meglio, che non ne aveva capito l'importanza. In questo senso, forse, per le ragazze come Lila, era un coglione. Per questo non aveva fatto parte della squadra.

All'università, la forza della notorietà era più debole; si faceva sentire più che altro nelle associazioni studentesche e nei gruppi extracurricolari. Anzi, si potrebbe misurare la qualità di un'università confrontando la forza delle configurazioni della notorietà e di quelle dell'intellettualità. I tipi che godono di grande popolarità contano sempre moltissimo, anche nelle migliori università, ma gli intellettuali possono ignorarli e sentirsi a loro volta un gruppo.

Un'antropologia della celebrità: ecco un altro campo che Fedro non avrebbe mai trovato il tempo di esplorare.

Qualche passo era stato fatto: nello studio delle strutture tribali, gli antropologi non mancano di mettere in evidenza « l'ordine di beccata ». Ma è ancora poco.

Denaro e celebrità, fama e ricchezza, le due forze della generazione dinamica del valore sociale; anche la tradizione le collega. I due parametri fortemente dinamici che conferiscono forma e significato alla società. Però, mentre abbiamo facoltà universitarie create appositamente per studiare l'economia, cioè la ricchezza, la fama non viene considerata materia di studio. Attraverso quale meccanismo la cultura condiziona la forma degli specchi che rimandano le diverse immagini della celebrità? Se analizziamo la forza che plasma gli specchi, avremo uno strumento in più per risolvere i conflitti etnici? Insomma, come mai in Germania, poniamo, uno può essere un grand'uomo e, appena di là dal confine, in Francia, scoprire di essere invece un mascalzone? Chi è che cambia gli specchi?

Le scienze politiche, pensò Fedro, potrebbero dare una risposta. Solo che mescolano la questione della celebrità con tutta una serie di schemi giuridici statici, non la studiano in se stessa. Anzi, da come vengono insegnate oggi, la celebrità sembrerebbe un aspetto accessorio della politica. Eppure, basta andare a un comizio elettorale per vedere che cos'è che la muove veramente. Perché credi che facciano tutte quelle manfrine, i politici?

Di una cosa, però, Fedro era sicuro, perché ci aveva riflettuto a fondo: che, come postula la Metafisica della Qualità, esiste una realtà che trascende tutti gli specchi sociali. Anzi, due livelli di realtà: una realtà intellettuale e, dietro, una realtà dinamica.

E il superamento degli specchi sociali della celebrità è, secondo la Metafisica della Qualità, un'attività morale, perché è un muovere da una forma inferiore di evoluzione a una superiore. Dunque il superamento va tentato, se possibile.

Ecco, il cerchio si chiudeva; Fedro era tornato al problema che aveva dato il via a tutti quei ragionamenti: l'adattamento cinematografico del suo libro. Il cinema appartiene alla sfera sociale; il suo libro essenzialmente alla sfera intellettuale. Il problema stava tutto lì. Perciò forse, Redford si era mantenuto sulle sue: anche lui aveva delle riserve. Certo, si può benissimo usare il cinema con fini prevalentemente intellettuali, per esempio facendo un documentario. Che però non era il genere di Redford.

« Se hai qualcosa da dire, » aveva detto Sam Goldwin « manda un telegramma ». Non farne un film. I film non sono un medium intellettuale. I film sono film. L'industria cinematografica, si disse Fedro, è fatta per la gente che è nel mondo della celebrità, che non saprebbe da che parte incominciare per rendere un libro intellettuale come il suo. E se anche lo sapesse, probabilmente il pubblico non ci starebbe; e allora, addio guadagni.

Comunque Fedro non si sentiva di decidere, per il momento. Doveva pensarci ancora, lasciar sedimentare la cosa.

Quello che aveva visto chiaro, finora, era una configurazione di valori di ordine sociale, il film, che inghiottiva una configurazione di valori di ordine intellettuale, il suo libro. Una forma di vita inferiore che fagocitava una forma di vita superiore. Dunque un atto immorale. E infatti era quella l'impressione che aveva avuto: di essere sul punto di compiere un'azione immorale.

Di lì il campanello d'allarme nella sua testa. Gli specchi volevano sostituirsi alla verità. Loro, credono, per il fatto che ti pagano, cioè che ti danno una gratificazione sociale, di essere in diritto di manipolare a loro piacimento la verità intellettuale di un libro.

Ok. Ricevuto.

Ah, gli dèi! Le provano tutte.

21

Faceva proprio freddo.

Fedro aperse la porta-finestra e rientrò, chiudendo fuori il vento.

Ahh. Tepore. Silenzio. La stanza aveva ancora quell'aria da palcoscenico vuoto dopo la rappresentazione, quando il pubblico se n'è andato a casa. La falena adesso svolazzava intorno alla lampada sulla parete, dietro il divano dove si era seduto Redford. Si infilò sotto il paralume sbattendoci contro. Poi silenzio. Fedro attese che ricominciasse: niente. Forse si sta riposando, pensò. O forse si era bruciata le ali contro la lampadina...

Ecco gli effetti della celebrità...

Ci fu un rumore, come un gorgoglio d'acqua nelle tubature; poi un lamento, un pianto infantile, di una bambina sui tre anni. La televisione forse. Poi una voce di donna, che cercava di consolarla. Una bella voce, educata, non volgare. Poi più nulla. Non era la televisione.

Quanti anni poteva avere quell'albergo? Doveva risalire agli anni Venti, il periodo più interessante.

La città era stata costruita dai vittoriani, ma il suo momento migliore erano stati gli anni Venti.

... L'ironia della metafora della falena vittoriana è che, in realtà, secondo la scienza, le falene non sono attratte dalle lampade. Cercano solo di volare in linea retta. Le falene si orientano mantenendo sempre lo stesso angolo rispetto al sole o alla luna e, data la distanza, muoversi secondo un angolo costante equivale in pratica a volare in linea retta. Con la lampada, che è così vicina, equivale invece a descrivere un cerchio. Perciò le falene continuano a girare in tondo intorno a una fonte di luce. La loro morte non è dovuta, con buona pace dei vittoriani, a un'aspirazione dinamica verso il sublime, bensì a uno schema biologico statico. Non sono capaci di modificare i loro modelli di valore.

E la città gli comunicava appunto quella sensazione: si sentiva come una falena in pericolo di lasciarsi attrarre nell'orbita della celebrità. Forse, in epoca preistorica, prima che la celebrità assumesse importanza, gli uomini potevano regolarsi sui desideri naturali per procedere in linea retta. Ma una volta inventato il sole artificiale della celebrità, incominciarono a girare in tondo. In epoca preistorica il cervello umano era in grado di padroneggiare gli schemi fisici e biologici, ma gli schemi sociali moderni? Forse, dopotutto, la spiegazione scientifica del volo delle falene non toglieva forza alla metafora vittoriana; la confermava.

Strana coincidenza che, parlando con Redford, fosse saltata fuori la Blake School. Appena lui l'aveva nominata, Redford si era mostrato sorpreso e interessato, come se Fedro potesse fornirgli una risposta da tempo cercata.

« Com'è piccolo il mondo » aveva detto Fedro. E voleva aggiungere dell'altro, ma poi non ce n'era stato il tempo. Che cosa voleva dire ancora?

Ah sì, che non si trattava solo di denaro, nonostante le Packard e le ville sul Minnetonka e gli altri simboli del capitalismo. Che lo « stile », la « grazia », a cui aveva accennato, erano il residuo dell'epoca vittoriana.

Anche Redford doveva avere una storia con i vittoriani. Molti dei suoi film riguardavano quel periodo. Lo interessava, come interessava molti altri. L'epoca vittoriana è l'ultimo schema sociale veramente statico che abbiamo conosciuto. E forse, uno che trovava la propria vita troppo caotica, troppo fluida, poteva guardare ai vittoriani con una sorta di invidia nostalgica. Le loro inattaccabili certezze su ciò che è bene e ciò che è male potevano avere un certo fascino per un uomo che ha conosciuto i ritmi facili della California del Sud negli anni Quaranta e Cinquanta. Nel suo stesso modo di fare Redford aveva un po' del vittoriano: controllato, cortese, signorile. Forse, si disse Fedro, è venuto ad abitare a New York appunto perché gli piace quell'aria di signorilità vittoriana che ancora sopravvive in certi quartieri.

Se ce ne fosse stato il tempo, Fedro avrebbe potuto raccontargli di quando, in quinta elementare, avevano messo in scena *Il sogno dell'avaro*. Fedro faceva l'avaro, che, attraverso una serie di visioni, impara il valore della generosità. Uno spettacolo quanto mai adatto per una scuola come la Blake; il palcoscenico era pieno di piccoli futuri milionari. Dopo la recita, un vecchio signore calvo era venuto negli spogliatoi per complimentarsi con lui, gli aveva stretto la mano e gli aveva parlato a lungo con garbato interesse. « Sai chi è quel signore? » gli aveva chiesto poi uno degli insegnanti. Naturalmente Fedro non lo sapeva. Ma vent'anni dopo, leggendo un articolo sulla General Mills, la più grande produttrice di macinati del mondo, aveva riconosciuto immediatamente la faccia di quell'ometto calvo. Era nientemeno che il fondatore della General Mills.

Gli era rimasto impresso come uno di quei frammenti di ricordo che non sai come collocare: uno dei maggiori rappresentanti del più bieco capitalismo vittoriano, eppure, la prima e più spontanea impressione che ne aveva avuto era di un signore gentile, cordiale e garbato.

Non sapeva ora, ma ai suoi tempi la Blake si fondava su tradizioni e valori squisitamente vittoriani. Tutte le mattine, nella cappella, il preside teneva il suo discorso su temi morali vittoriani, con la convinzione e il vigore di un Theodore Roosevelt. Ancor oggi Fedro avrebbe immediatamente riconosciuto la sua faccia in mezzo a mille.

Il preside della Blake non era mai stato sfiorato dal minimo dubbio circa l'essenza della qualità. La qualità sono le maniere e lo spirito incarnati nel vero gentiluomo. Per diventare un gentiluomo bisognava applicarsi nello studio, negli sport, nella vita. Ma era un cammino lungo e incerto: lo si leggeva chiaramente negli occhi dei maestri, che, come il preside, non erano mai sfiorati dal dubbio su ciò che è bene e ciò che è male. E tu capivi che, nonostante tutti i tuoi sforzi, mai saresti stato all'altezza dei loro ideali. Era come la grazia per Calvino. C'era l'eventualità che tu fossi tra gli eletti. E loro ti offrivano la possibilità di dimostrarlo. Di più non si poteva.

Grazia e moralità erano qualcosa che esisteva fuori di te. Non ti erano connaturate. Potevi solo proportele come modello. Se facevi il male era perché il male era nella tua natura; e loro ti prendevano a bacchettate nella speranza di riuscire a plasmare in una forma più accettabile la tua anima intrinsecamente malvagia. Plasmare era il concetto chiave. I maestri pensavano, con le bacchettate, lo stanzino buio, la vergogna, di dover plasmare come creta in un'apparenza di bontà la materia inerte e intrinsecamente guasta di cui eri fatto.

La verità, il sapere, la bellezza, tutti gli ideali del genere umano, sono oggetti esterni, consegnati come la fiaccola olimpica da una generazione all'altra. E ciascuna generazione, diceva il preside, deve tenere alta la fiaccola e difenderla a costo della vita, o la fiamma si spegne.

Quella fiaccola era il simbolo della loro scuola, era sullo stemma. Coloro che ne comprendevano il significato e possedevano la forza e la purezza necessarie a tenerla alta dovevano tramandarla, generazione dopo generazione, per illuminare il cammino dell'umanità. Non veniva mai detto a chiare lettere che cosa sarebbe avvenuto se la fiamma si fosse spenta, ma Fedro ne aveva tratto l'impressione che il mondo sarebbe finito, inghiottito di nuovo dalle tenebre. Nessuno degli allievi della Blake dubitava che la funzione del preside fosse quella di consegnare a loro quella fiaccola. Erano degni di riceverla? Una domanda che tutti dovevano porsi seriamente. E Fedro se l'era posta.

Trasformata e ampliata, se la poneva ancora oggi. La sua Metafisica della Qualità era la fiaccola, risibile e inaccettabile per un vittoriano, certo, con la quale voleva illuminare la strada perché l'umanità trovasse un'uscita dalle tenebre.

Dio, che immagine sdolcinata. Orrenda. Eppure era vera, quella fiamma gli bruciava dentro da quando era bambino.

Venti, trent'anni dopo, ancora sognava quella stradina che saliva tra le querce ingiallite. Ma la scuola era chiusa e abbandonata, e lui non riusciva a entrare. Provava tutte le porte: erano sbarrate. Allora guardava dalla finestra della biblioteca, facendo coppa con le mani per vedere meglio. Dentro non c'era nessuno, solo una vecchia pendola. L'unico movimento era l'oscillazione, avanti e indietro, del pendolo. Lì finiva il sogno.

La falena aveva ripreso a ronzare intorno alla lampada.

Forse doveva aprire la vetrata e farla uscire nella notte...

Sarebbe stato un gesto morale?

Non ne sapeva abbastanza di falene per giudicare.

Probabilmente si sarebbe trovata un'altra luce, molto più potente, e allora sì che avrebbe fatto una brutta fine.

Ma metti che dalla terrazza volasse così in alto da staccarsi dalle luci della città e vedere la luna e riprendere a volare in linea retta. In tal caso, sarebbe morale liberarla? Che cosa ha da dire la Metafisica della Qualità al riguardo?

Meglio non intromettersi, concluse Fedro. Magari quella falena aveva i suoi schemi da realizzare, come lui i suoi. Per esempio, per lui, costruire la Metafisica della Qualità. Non certo andare in giro come un romanticone vittoriano a ridare la libertà alle falene.

Quello era l'atteggiamento dei vittoriani: ostentare un'idea romantica di qualità sociale, senza una vera comprensione intellettuale del significato di Qualità.

A ogni modo, oggi i dinosauri vittoriani, con il loro bel garbo, si sono estinti ed è possibile guardarli senza più il timore e la ribellione di quando ti sentivi addosso il loro sguardo.

Fedro si chiese come mai i suoi pensieri (e forse anche quelli di Redford e di un mucchio di altra gente) tornassero sempre lì. Nell'intervallo di tempo che separa la nostra epoca da quella vittoriana, rifletté, è avvenuto un cambiamento di portata straordinaria e di difficile decifrazione. Cercare di capire i vittoriani poteva servire a individuare le forze sociali che avevano sconvolto il mondo dopo la loro scomparsa. Se essi ci sembrano una razza estinta, è perché tra noi e loro si è aperto un baratro. È avvenuta una mutazione culturale di immani proporzioni. Culturalmente erano davvero un'altra specie. La fiaccola della Metafisica della Qualità getta un po' di luce su quel baratro e ce ne fa misurare tutta la profondità.

Intanto, si disse Fedro, doveva rendere esplicito

che, quando diceva « i vittoriani », non si riferiva a un particolare gruppo di persone, cioè a una configurazione biologica, bensì a una configurazione di valori sociali che si era affermata negli anni tra la guerra di secessione americana e la prima guerra mondiale. Mark Twain, per esempio, era vissuto in quel periodo, e tuttavia non lo si poteva definire un vittoriano. Anzi, si era servito del suo umorismo per mettere alla berlina appunto la tronfia retorica dei suoi tempi. Mark Twain era un'evasione dal vittorianesimo. Viceversa, Herbert Hoover e il generale MacArthur, che biologicamente non appartenevano a quel periodo, erano intimamente vittoriani, perché vittoriani erano i loro valori sociali.

Secondo Fedro, la metafisica sostanzialistica non riesce a chiarire l'enorme distanza che ci separa dai vittoriani perché considera la società e l'intelletto come proprietà della sfera biologica, negando a entrambi sostanza e dunque realtà. Afferma che la realtà non va oltre la biologia, e che società e intelletto sono effimere *proprietà* della realtà così definita. Pertanto, in una metafisica sostanzialistica, la distinzione tra società e intelletto è irrilevante: è come distinguere, nell'uomo biologicamente inteso, tra il contenuto della tasca destra e quello della tasca sinistra.

In una metafisica dei valori, invece, società e intelletto sono due diverse configurazioni di valore. Reali. Indipendenti. Non sono proprietà dell'« uomo », così come i gatti non sono proprietà del cibo che mangiano o gli alberi del terreno in cui crescono. L'uomo biologico non crea la sua società, così come il terreno non « crea » l'albero. Certo, la struttura dell'albero si alimenta dei minerali contenuti nel terreno e senza di essi morirebbe, tuttavia non è creata dalla struttura chimica del terreno. Anzi, ha un rapporto di antagonismo con essa: « sfrutta » il terreno, lo « divora » per i suoi fini. Allo stesso modo, l'uomo biologico è sfruttato e divorato dalle configurazioni sociali, che fondamentalmente sono antagonistiche nei confronti dei suoi valori biologici.

Lo stesso succede tra intelletto e società. L'intelletto ha configurazioni e finalità sue proprie, autonome rispetto alla società, come la società è autonoma rispetto alla biologia. Una metafisica dei valori mette in evidenza l'intrinseca conflittualità tra livello intellettuale e livello sociale, una conflittualità altrettanto feroce di quella esistente tra il sociale e il biologico e tra il biologico e la morte. Il biologico ha vinto la morte miliardi di anni fa. Il sociale ha vinto il biologico migliaia di anni fa. Ma la lotta tra l'intelletto e il sociale è tuttora in corso e in questo sta la chiave per capire ciò che è avvenuto nel passaggio dall'epoca vittoriana alla nostra.

Tra l'epoca vittoriana e il primo dopoguerra si è verificato, secondo la Metafisica della Qualità, uno sconvolgimento dei livelli di valore statico: un vero e proprio terremoto di tale gigantesca portata che ancora non ci siamo ripresi, ancora non sappiamo capacitarcene. Conseguenza di questo sconvolgimento sono stati l'affermarsi del socialismo riformista e del comunismo e la successiva reazione fascista. Un'altra conseguenza è stata la « generazione perduta » degli anni Venti e tutte le generazioni, non meno smarrite, che l'hanno seguita. Un'altra, il generale crollo della moralità nel nostro secolo. E altre conseguenze ancora si stanno profilando.

Ciò che distingue la cultura vittoriana da quella odierna è il fatto che i vittoriani sono stati gli ultimi a credere che le configurazioni dell'intelletto siano subordinate alle configurazioni della società. La cultura vittoriana doveva la sua coesione non già a un codice intellettuale comune, bensì a un codice sociale, che veniva chiamato moralità, ma che era solo, appunto, un codice sociale. Era un codice che assomigliava agli arredi di ghisa che riempivano i giardini vittoriani: apparenza lussuosa, basso costo di produzione, rigidezza, freddezza, scomodità.

La nuova cultura emersa dal terremoto è la prima nel corso della storia che creda alla necessità di subordinare le configurazioni della società alle configurazioni dell'intelletto. Il grande interrogativo del nostro secolo è appunto questo: tocca alle strutture sociali dirigere la nostra vita intellettuale, o viceversa? La prima battaglia è stata vinta dalle strutture intellettuali.

A questo punto, tante cose risultano più chiare. È questa distanza dei valori che ci fa sembrare così ipocriti e superficiali i vittoriani. Noi siamo i loro discendenti, ma apparteniamo a una cultura radicalmente diversa. E senza tenere conto delle differenze di valori non è possibile comprendere chi appartiene a un'altra cultura. Un francese, poniamo, che si chiede: « Come fanno i tedeschi a vivere in quel modo? » non verrà mai a capo di nulla finché pretenderà di rispondere applicando i suoi valori di francese. E così un tedesco che si ponesse la stessa domanda sui francesi. Sicché, quando ci meravigliamo che i vittoriani accettassero di vivere nell'ipocrisia e nella superficialità, non verremo a capo di nulla finché continueremo a sovrapporre alla loro vita valori che essi non avevano.

Una volta preso atto che l'essenza del modello di valori vittoriano era l'innalzamento della società sopra tutto il resto, ecco che le varie tessere si sistemano al loro posto. Quella che noi, oggi, chiamiamo ipocrisia per loro non era affatto tale. Era invece il lodevole tentativo di mantenere i propri pensieri entro i confini della decenza, che è una qualità sociale. Nella testa di un vittoriano, il rapporto tra qualità e intellettualità non esigeva di sottoporre la qualità alla verifica del suo significato intellettuale. L'unica verifica da farsi era: « Questa cosa riceve l'approvazione della società? ».

Sottoporre le forme sociali alla critica dell'intelletto era « sgraziato », e i vittoriani alle grazie sociali ci credevano e le consideravano uno dei requisiti più alti della civiltà. « Grazia » è una parola interessante, con una storia complessa, e la particolare accezione che aveva presso i vittoriani è molto rivelatrice. Dopo il passaggio attraverso gli ingranaggi della macchina vittoriana, la « grazia », che per i calvinisti era « illuminazione », un dono divino, uscì ridotta a bel garbo in società.

A noi questo svilimento appare offensivo. Tuttavia non è incomprensibile, se teniamo conto del fatto che, nello schema di valori vittoriano, la società *era* Dio. I vittoriani, ha scritto Edith Warton, temevano gli scandali più delle malattie. Avendo perduto la fede nei valori religiosi dei loro padri, l'avevano riposta nella società. Solo indossando il bustino delle convenienze sociali ci si può salvare dal rischio di ripiombare in uno stato privo di grazia. Formalismo e *pruderie* erano tentativi di reprimere il male escludendolo dai pensieri più « elevati »; e per i vittoriani spiritualmente elevato era sinonimo di socialmente elevato. Non c'era differenza. « Dio è un perfetto gentiluomo e molto probabilmente appartiene alla Chiesa episcopale ». Il gentiluomo rappresentava la miglior approssimazione possibile, su questa terra, a Dio.

Questo spiega anche perché i magnati dell'industria in America scimmiottassero, in un modo che a noi oggi appare ridicolo, l'aristocrazia europea. Spiega la moda di farsi includere, a suon di dollari, nelle biografie dei « cittadini illustri ». Spiega perché i vittoriani disprezzassero tanto l'elemento « Frontiera » dell'identità americana e facessero di tutto per nasconderlo; se avessero potuto, l'avrebbero cancellato dalla storia.

E spiega l'odio violento per i pellerossa. Il detto « l'unico indiano buono è un indiano morto » è vittoriano. Prima dell'Ottocento l'idea dello sterminio totale delle tribù indiane non aveva mai avuto molto seguito. Ma per i vittoriani le società « inferiori » incarnavano il male, e andavano perciò eliminate. Il colonialismo, che in precedenza era solo un sistema di sfruttamento economico, divenne con i vittoriani una missione *morale*, il « fardello dell'uomo bianco », il mezzo per diffondere in tutto il mondo i loro modelli sociali e con essi la virtù.

La verità, il sapere, la bellezza, tutti gli ideali dell'umanità, diceva il preside della Blake School, sono consegnati da una generazione all'altra come una fiaccola, che ciascuna generazione deve tenere alta e difendere a costo della vita. Ma ciò che intendeva, in realtà, era lo schema vittoriano di valori sociali, uno schema statico. E ciò che non sapeva, o che preferiva ignorare, era che, negli anni Trenta, la fiaccola dell'idealismo romantico vittoriano era spenta da un pezzo. O forse cercava in quel modo di riaccenderla.

Ma non è possibile riaccendere la fiaccola, dentro quello schema di valori. Una volta aperta la bottiglia delle inibizioni sociali ed evocato lo spirito dell'intelletto, è quasi impossibile imprigionarvelo di nuovo. E tentarci è immorale. Una società che cerchi di imbrigliare la verità ai propri fini è evolutivamente inferiore a una verità, che per i propri fini voglia imbrigliare la società.

I vittoriani rimuovevano la verità ogniqualvolta la verità sembrasse socialmente sconveniente, così come rimuovevano dalla mente la polvere di sterco di cavallo che invadeva le loro carrozze quando percorrevano le strade di questa città. Lo sterco c'era ed essi lo sapevano; lo respiravano. Ma parlarne era volgare. E la volgarità era una delle forme del male.

Poiché dire apertamente e direttamente la verità era visto come una forma di male, i meccanismi di autocorrezione della società si atrofizzarono. Le case e la vita si riempirono di fronzoli. A volte l'ornamentazione era così ridondante da far perdere di vista la funzione dell'oggetto, sepolto sotto il proliferare di fregi e volute.

Finché la stessa sorte toccò alla loro mente. La lingua vittoriana si appesantì di eufemismi e circonlocuzioni, al punto da diventare incomprensibile. Ma non si poteva ammetterlo, perché sarebbe stato segno di volgarità e di cattiva educazione.

Con lo spirito atrofizzato e la mente accerchiata da inibizioni, tutte le strade verso una qualità che non fosse di ordine sociale erano precluse. Così, a poco a poco, ineluttabilmente, la costruzione vittoriana, priva di intellettualità e biologicamente inutile, si avviò verso la propria cieca autodistruzione: verso l'assurdo massacro di milioni dei suoi figli sui campi di battaglia della prima guerra mondiale.

22

Quando nella situazione meteorologica si ha un improvviso sbalzo di temperatura o di pressione atmosferica, di solito scoppia un temporale. Analogamente, quando il clima sociale passa bruscamente dalla più rigida repressione dell'intellettualità al rifiuto di tutti gli schemi sociali, nella società si scatena l'uragano. La storia del ventesimo secolo si riassume appunto in un uragano di forze sociali.

Momenti analoghi si erano già avuti, rifletté Fedro. Per esempio quando i protozoi decisero di collaborare dando forma all'organismo pluricellulare. O quando un pesce un po' hippy volle provare a vivere fuori dall'acqua. Oppure, in epoca storica, il giorno in cui Socrate morì per affermare l'autonomia delle configurazioni intellettuali rispetto alla matrice sociale. O il giorno in cui Cartesio decise di porre dentro di sé il criterio ultimo della realtà. Furono tutti momenti di trasformazione in senso evolutivo. E, come spesso avviene in momenti del genere, nessuno dei contemporanei se ne accorse.

Se gli avessero chiesto di indicare un giorno preciso che segnasse il passaggio dalla dominazione dell'intelletto da parte del sociale alla dominazione del sociale da parte dell'intelletto, Fedro avrebbe scelto l'11 novembre 1918, il giorno della fine della prima guerra mondiale. E come personaggio simbolo di quella transizione avrebbe indicato Woodrow Wilson.

Per rappresentare visivamente quel momento avrebbe scelto la foto in cui Wilson percorre le vie di New York sull'automobile scoperta, alzando il lucente cilindro, simbolo del suo rango elevato nella società vittoriana. E come didascalia, a simboleggiare il suo rango elevato nella comunità intellettuale, avrebbe messo una frase tratta da qualcuno dei suoi incisivi discorsi, per esempio: dobbiamo usare la nostra intelligenza per impedire guerre future; le istituzioni sociali, da sole, non possono funzionare in modo morale, devono essere guidate dall'intelligenza. Wilson infatti apparteneva a entrambi i mondi, alla società vittoriana e al nuovo mondo intellettuale del ventesimo secolo; fu il primo e unico professore universitario mai eletto presidente degli Stati Uniti.

Prima di lui, nella struttura vittoriana del potere gli accademici erano relegati a un ruolo marginale, più che altro decorativo. L'intelligenza e la cultura erano considerate nobili manifestazioni del progresso sociale, ma il compito degli intellettuali non era quello di gestire la società, bensì, come i religiosi e i medici, di nobilitarla e servirla. I posti di comando erano riservati agli « esperti delle cose del mondo », efficienti, pratici. Nessuno, allora, poteva prevedere che gli intellettuali, gli idealizzati esponenti della cultura vittoriana nella sua più alta espressione, si sarebbero ribellati, distruggendola con il loro disprezzo.

Il sistema e l'etica sociali che portarono alla prima guerra mondiale si erano sempre rappresentati la guerra come uno scontro tra individui coraggiosi e idealisti al servizio del proprio paese: una sorta di epopea cavalleresca moderna. I salotti vittoriani erano pieni di quadri raffiguranti eroiche scene di battaglia, con eleganti e ardimentosi ufficiali di cavalleria che si lanciavano a sciabola sguainata incontro al nemico; oppure un cavallo che ritornava solitario al campo, e sotto la scritta: « Cattive notizie ». La presenza della morte trovava riconoscimento in rare immagini di soldati tra le braccia dei compagni, lo sguardo esangue rivolto al cielo.

Ma la prima guerra mondiale fu ben diversa. Cavalleria ed eroismo furono spazzati via dalla mitragliatrice Gatling. I pittori vittoriani non avevano mai rappresentato campi di battaglia pieni di fango, di crateri di granate, di filo spinato e con *mezzo milione* di cadaveri maciullati: tanti ne erano morti in una sola azione. E alcuni fissavano lo sguardo al cielo, ma altri nel fango e altri ancora non guardavano niente, perché non avevano più la faccia.

I sopravvissuti si aggiravano come fantasmi smarriti, pieni di rancore verso una società che aveva potuto ridurli in quel modo. E molti si convinsero che l'intelletto doveva trovare un modo per sciogliersi dalle pastoie dei « nobili sentimenti » e della « virtù » e costruire un mondo più sensato, più razionale. In un attimo, o così parve, lo snobistico e convenzionale mondo vittoriano era finito.

Nuove tecnologie sostennero il cambiamento. La popolazione attiva si stava spostando dall'agricoltura all'industria. L'elettrificazione trasformava la notte in giorno ed eliminava la fatica bruta. Automobili e nuove strade modificavano il paesaggio e il ritmo del vivere. Si era affermato il giornalismo di massa. Era arrivata la radio con i messaggi pubblicitari diffusi nell'etere. Per padroneggiare tutte queste novità le qualità sociali non contavano più. Serviva una mente analitica, tecnologicamente addestrata. Per guidare un cavallo occorrono mano ferma, un'indole paziente, assenza di paura: qualità di ordine biologico e sociale. Ma le macchine sono indifferenti alle qualità biologiche e sociali di chi le manovra.

Un'intera popolazione, fisicamente libera, grazie alla tecnologia, di riversarsi dalla campagna alla città, dal Sud al Nord, dalla costa orientale a quella occidentale, si trovò d'un tratto anche liberata, moralmente e psicologicamente, dagli schemi sociali statici del passato vittoriano. Una libertà che non si sapeva bene come usare. « Maschiette », aeroplani, concorsi di bellezza, radio, libero amore, il cinema, l'arte « moderna »... D'un tratto, davanti alla gente, si era spalancata la porta della prigione vittoriana, fatta di banalità e di conformismo, di cui prima non si era quasi sospettata l'esistenza e l'esaltazione per la nuova libertà tecnologica e sociale dava alla testa. F. Scott Fitzgerald coglie bene questo senso di ubriacatura:

There'd be an orchestra
Bingo! Bango!
Playing for us
To dance the tango,
And people would clap
When we arose,
At her sweet face
And my new clothes.[1]

Lo smarrimento, però, nessuno sapeva come gestirlo. Gli interpreti dei tempi erano i più smarriti di tutti. « Il vortice è sovrano » scriveva Walter Lippman in *Preface to Morals*. Il vortice, il caos, sembrava dominare quegli anni. Nessuno sapeva dire dove fosse diretto e perché. Tutti correvano all'impazzata, bruciando una moda dopo l'altra, un'emozione epidermica dopo l'altra, nella speranza di trovare spiegazione e rimedio allo smarrimento e, non trovandoli, riprendevano la corsa. I vecchi vittoriani

1. « C'era un'orchestra / Bingo! Bango! / che suonava per noi / per ballare il tango, / e la gente applaudiva / quando ci alzavamo in piedi, / lei per il bel faccino, / me per gli abiti nuovi ».

recriminavano sulla degenerazione dei costumi, ma ormai nessuno gli badava più.

Tempi di caos, dunque, ma il caos e la distruzione riguardavano solo i modelli di valore di ordine sociale, benché a coloro che ne erano totalmente condizionati sembrasse di assistere alla fine di tutti i valori.

Gli avvenimenti che appassionavano la gente negli anni Venti erano quelli che esaltavano il nuovo predominio dell'intelletto sulla società. Era il momento della più sfrenata sperimentazione intellettuale: l'arte astratta, la dodecafonia, la psicoanalisi... La letteratura esaltava la lotta dell'individuo contro la società, del libero pensiero contro la soffocante oppressione del conformismo. La mobilitazione per Sacco e Vanzetti, l'opposizione al proibizionismo... I vittoriani erano odiati per la loro *ristrettezza mentale* e per la loro prosopopea sul piano *sociale*. La verifica della bontà, della Qualità delle cose non era più: « La società approverebbe? », bensì: « L'intelletto approverebbe? ».

È questo contrasto fra intelletto e società che spiega la grande attenzione che la stampa dedicò al caso Scopes nel 1925. John Scopes era un insegnante del Tennessee che fu accusato di aver insegnato la dottrina evoluzionistica di Darwin.

Nel suo processo ci fu qualcosa di poco convincente, qualcosa di fasullo: la stampa lo presentò come una battaglia per la libertà accademica, ma battaglie simili non erano una novità e mai avevano ricevuto tanta attenzione. Se il processo si fosse svolto ai tempi dell'Inquisizione, la posizione di Scopes avrebbe più realisticamente meritato l'alone di eroismo che le fu costruito intorno. Ma nel 1925, il suo avvocato, Clarence Darrow, aveva facile gioco: era come sparare a una tigre moribonda. Solo i bigotti fanatici e i contadini ignoranti del Tennessee si opponevano ancora alla dottrina dell'evoluzione.

Se tuttavia lo vediamo come un conflitto tra valori

sociali e valori intellettuali, il processo acquista senso. Scopes e Darrow non solo si battevano in difesa della libertà di insegnamento, ma anche, e soprattutto, mettevano sotto accusa i vecchi schemi statici della religione. Gli intellettuali ne traevano la confortante sensazione di essere finalmente arrivati a una meta lungamente desiderata. Tutti quei bacchettoni intolleranti, quei pilastri della società, che per secoli avevano perseguitato e calunniato i pensatori dissidenti, adesso si vedevano rendere pan per focaccia.

L'uragano scatenato dalle forze sociali liberate si fece più violentemente sentire in Europa, e soprattutto in Germania, dove gli effetti della guerra erano stati più devastanti. Il comunismo e il socialismo, che erano progetti per il controllo intellettuale della società, si trovarono di fronte le forze reazionarie del fascismo, un progetto per il controllo sociale dell'intelletto. In nessun'altra parte del mondo gli intellettuali si impegnarono con maggiore passione per rovesciare il vecchio ordine. E in nessun'altra parte del mondo il vecchio ordine si applicò con maggiore determinazione per annientare l'intellettualità emergente.

Sembrava a Fedro che nessun altro tipo di analisi storica o politica riuscisse a dare conto dell'enorme potenza delle forze in gioco più chiaramente della Metafisica della Qualità. L'enorme presa del socialismo e del fascismo diventa più comprensibile se vista sullo sfondo del conflitto tra due diversi livelli evolutivi. La forza che muoveva Hitler non era folle avidità di potere, ma cieca esaltazione dell'autorità sociale e odio bruciante per l'intellettualità. Di lì nasceva e si alimentava il suo antisemitismo. E il suo anticomunismo. E la glorificazione del *Volk* tedesco. E la fanatica persecuzione di ogni forma di libertà intellettuale.

Anche negli Stati Uniti, dove pure lo sconvolgimento economico e sociale non aveva assunto le proporzioni di quello europeo, Franklin Delano

Roosevelt e il New Deal furono al centro di una tempesta, di uno scontro tra forze sociali e forze intellettuali. Il New Deal fu tante cose diverse, ma, essenzialmente, si fondava sul convincimento che solo una pianificazione razionale da parte dello Stato potesse ripristinare la salute della società.

Il New Deal, se fu rivolto a migliorare le condizioni di contadini, operai e diseredati, segnò un « nuovo corso » anche per gli intellettuali. Improvvisamente e per la prima volta, essi si trovarono al centro del processo di pianificazione economica e sociale. Tugwell, Rosenman, Berle, Moley, Hopkins, Douglas, Morgenthau, Frankfurter: provenivano tutti da una classe la cui opera in passato veniva remunerata con l'equivalente di un salario operaio, o poco più. Ora gli intellettuali si trovavano a poter dare ordini ai più antichi, prestigiosi e ricchi gruppi sociali d'America. Roosevelt, « quell'uomo », come veniva chiamato da certi membri della vecchia aristocrazia, stava consegnando gli Stati Uniti d'America a una manica di estremisti stranieri, di « teste d'uovo », di « rossi ». Era un « traditore della sua classe ».

Improvvisamente, sotto gli occhi dei vecchi vittoriani, stava nascendo una nuova casta, una casta di brahmani della mente, che si poneva *al di sopra* della loro. Questi nuovi brahmani si permettevano di disprezzarli e, attraverso il controllo politico del Partito democratico, di comandarli. Al posto dello snobismo sociale, lo snobismo intellettuale. Seminari di cervelloni, commissioni interdisciplinari, fondazioni universitarie dilagavano in tutto il paese. Correva la battuta di aggiornare il famoso libro di Thorstein Veblen contro la società vittoriana, *La teoria della classe agiata*, intitolandolo « L'agio della classe teorica ».

L'intelletto, in precedenza onorato servitore della società, ne era diventato il padrone e gli intellettuali non facevano mistero della loro convinzione che il nuovo ordine fosse il migliore. Come l'espulsione degli indiani dalle loro terre da parte dei pionieri:

peccato per gli indiani, ma il progresso è il progresso. Una società fondata sulla verità scientifica non poteva che essere superiore a una società fondata sulla cieca, pedissequa tradizione. Di fronte ai miglioramenti sociali apportati dal nuovo atteggiamento scientifico, anche i vecchi rancori vittoriani si sarebbero a poco a poco sopiti.

Così, dall'idea che la società è la più alta realizzazione dell'uomo, il ventesimo secolo passò all'idea che la più alta realizzazione dell'uomo è l'intelletto. Il mondo accademico rifioriva: le iscrizioni all'università aumentarono vertiginosamente; il «dott.» davanti al nome si avviava a diventare il più agognato degli *status symbol*; i finanziamenti arrivavano a fiumi. Nuovi campi di studio si aprivano su territori mai sognati prima e, tra quelli in più rapida e travolgente espansione, uno che a Fedro interessava in modo particolare: l'antropologia.

Ormai la sua Metafisica della Qualità poteva dirsi a buon punto, rispetto ai tempi delle sue frustranti letture sulle montagne del Montana. Adesso Fedro capiva meglio le ragioni della faziosità dell'antropologia, del suo arroccarsi sull'olimpo dell'«oggettività»: nei primi decenni del secolo essa era stata uno strumento politico, era servita per sconfiggere i vittoriani e il loro sistema di valori sociali. Nessun altro campo accademico, forse, metteva altrettanto chiaramente in evidenza, in tutta la sua profondità, l'abisso esistente tra i vittoriani e gli intellettuali del ventesimo secolo.

In antropologia, l'abisso divideva gli evoluzionisti vittoriani e i relativisti del ventesimo secolo. Morgan, Tylor, Spencer e altri studiosi vittoriani consideravano le società primitive forme embrionali della «Società» in senso assoluto, tendenti a «svilupparsi» verso uno stadio di «civiltà» perfetta esemplificato, naturalmente, dalla società dell'Inghilterra vittoriana. I relativisti, seguendo il metodo della «ricostruzione storica» di Boas, negavano qualunque fondamento empirico all'idea di una « Società » al cui modello le società primitive tenderebbero via via ad approssimarsi.

Gli antropologi relativisti sostenevano inoltre l'ascientificità di un metodo che pretenda di interpretare i valori di una cultura B in base ai valori di una cultura A. Come sarebbe ascientifico per un antropologo aborigeno australiano venire a New York e dire che i suoi abitanti sono arretrati e primitivi perché non sanno usare il boomerang, alla stessa stregua è ascientifico per un antropologo newyorkese concludere che gli aborigeni australiani sono arretrati e primitivi perché non conoscono la scrittura. Ciascuna cultura è una configurazione storicamente determinata, unica e irripetibile, che ha in sé i propri valori e non può essere giudicata in base ai valori di altre culture. Con il sostegno dell'empirismo scientifico di Boas, gli antropologi relativisti tolsero praticamente ogni credibilità alla vecchia antropologia vittoriana e diedero a questa scienza la forma che essa ha tuttora.

Questa vittoria viene sempre presentata come una vittoria della oggettività scientifica sul pregiudizio, ma secondo la Metafisica della Qualità la questione è più complessa. Lo indicano le vendite straordinarie di libri come *Modelli di cultura* di Ruth Benedict e di *Adolescenza in Samoa* di Margaret Mead. Quando uno studio sulle usanze sociali di un'isola dei Mari del Sud diventa dalla sera alla mattina un bestseller, vuol dire che quel libro trascende l'interesse puramente accademico. Vuol dire che tocca un punto molto sensibile. E il punto sensibile, in quel caso, era il conflitto tra società e intelletto.

Oltre a essere indubitabili documenti antropologici, quei libri rappresentavano anche un manifesto politico in sintonia con i tempi nuovi. Era come se dicessero: « Se a Samoa, come abbiamo rilevato con strumenti scientifici, la sessualità può manifestarsi liberamente, senza traccia di conseguenze negative, ciò dimostra che anche da noi si può fare lo stesso senza danno per nessuno. Il bene e il male vanno definiti usando la ragione e non seguendo ciecamente la tradizione». Il relativismo dell'antropologia culturale conobbe una tale popolarità perché costituiva un efficacissimo strumento a sostegno della supremazia dell'intelletto sulla società. Adesso l'intelletto poteva permettersi di giudicare usi e costumi della società, anche della società vittoriana, mentre la società non aveva più il diritto di giudicare l'intelletto. Adesso era l'intelletto ad avere il coltello per il manico.

E a chi domandava: «Se nessuna cultura, neppure la cultura vittoriana, può indicare ciò che è bene e ciò che è male, come faremo noi a riconoscerli?», veniva risposto: «Facile, ve lo diranno gli intellettuali. A differenza di quanti stanno dentro le culture da studiare, loro possono parlare perché ciò che dicono non è condizionato dalla cultura. Ciò che dicono è assoluto, perché essi seguono le regole della scienza; non essendo calati nel mondo che osservano, sono osservatori imparziali».

Caro vecchio Dusenberry: le stesse assurdità supponenti contro le quali avrebbe sbattuto lui la testa negli anni Cinquanta. Adesso, grazie alla nuova prospettiva aperta dalla Metafisica della Qualità, diventa possibile capirne l'origine. Per un antropologo americano era altrettanto impossibile abbracciare la non-oggettività quanto per un burocrate stalinista giocare in borsa: lo impedivano ragioni ideologiche e il conformismo.

È il caso di mettere in chiaro, a questo punto, che la Metafisica della Qualità *è a favore* del predominio dell'intelletto sul sociale. Essa afferma infatti che l'intelletto rappresenta un livello evolutivo superiore, e quindi più morale, rispetto alla società. È meglio che un'idea distrugga una società che non il contrario. Ma la Metafisica della Qualità non si ferma qui: dice anche che la scienza, la configurazione intellettuale cui è stato affidato il compito di dominare la società, ha un difetto congenito. Essendo fondata sulla divisione in soggetti e oggetti, essa non mette in conto l'etica. Si occupa solo di oggetti, e l'etica, data questa premessa, non ha realtà oggettiva. Anche a passare la vita a guardare dentro un microscopio o un telescopio o un oscilloscopio, non si vedrà mai un solo atto morale. Perché gli atti morali non hanno esistenza reale. Sono solo nella nostra testa. Sono frutto dell'immaginazione.

Nell'ottica di una scienza sostanzialistica, il mondo è privo di finalità, privo di valori. Non esistono fini, non esistono cose giuste e cose sbagliate, azioni buone e azioni cattive. Le cose accadono o non accadono; funzionano o non funzionano. Come le macchine. La pigrizia, la menzogna, il furto, il suicidio, l'assassinio, il genocidio non sono moralmente condannabili. Niente è immorale, perché la moralità non esiste.

Adesso che per la prima volta nella storia l'intelletto era al potere, era dunque questo il modello intellettuale con il quale intendeva gestire la società?

Per quanto ne sapeva Fedro, l'interrogativo non aveva mai ricevuto risposte soddisfacenti. Si era avuto invece un generale abbandono di tutti i codici morali, e di una fantomatica « società repressiva » si era fatto il capro espiatorio per spiegare ogni e qualsiasi misfatto. Per i vittoriani i bambini nascevano già segnati dal peccato e per redimerli occorreva la più severa disciplina. Puntualmente, gli intellettuali del ventesimo secolo definirono insensata quell'idea: non è scientificamente dimostrabile, dissero. L'idea stessa di peccato è priva di realtà oggettiva. Il peccato è semplicemente la violazione di un insieme di regole sociali arbitrarie, che un bambino non può conoscere e tanto meno seguire. Una spiegazione molto più oggettiva di « peccato » è che un sistema di schemi sociali ormai sorpassati, corrotti e decadenti, invece di riconoscere il male che lo rode, cerca di giustificare la propria esistenza definendo malvagi quanti non si conformano a quegli schemi.

Del « peccato » ci si può liberare in due modi, argomentavano gli intellettuali. Obbligando i bambini a conformarsi alle vecchie regole senza mai mettere in discussione la loro validità. Oppure analizzando gli schemi sociali che hanno portato a questa definizione di peccato e quindi modificandoli in modo da lasciare spazio alle naturali inclinazioni e ai naturali bisogni dell'infanzia innocente ed escludendo la nozione di colpa. Se la condotta del bambino è naturale, allora è chiaro che la società che lo definisce peccatore va cambiata. A dar loro affetto e comprensione, a lasciarli liberi di pensare e sperimentare autonomamente, i bambini arriveranno da soli, per via razionale, a scoprire ciò che è meglio per loro e per il mondo. Come potrebbe essere altrimenti?

Continuando sul filo di questo ragionamento, ne deriva che i princìpi della condotta morale vanno trovati sperimentalmente, verificando quali comportamenti producono il massimo benessere. Il massimo benessere per il massimo numero di persone: questo, che è un criterio razionale, e non la tradizione, determina la moralità o meno di un comportamento. La domanda da porsi non è: « La società approva o disapprova? », bensì, scientificamente: « Questo comportamento è razionale o contrario alla ragione? ».

Per esempio il consumo di alcolici, quando provoca incidenti, il licenziamento, problemi familiari, è contrario alla ragione, dunque da annoverarsi tra i « vizi »: non contribuisce al massimo benessere del massimo numero di persone. Non è invece contrario alla ragione, e quindi non è un vizio, quando i suoi effetti sono la convivialità o il rilassamento della tensione psicologica. Lo stesso criterio può applicarsi al gioco d'azzardo, al turpiloquio, alla menzogna, alla calunnia, a qualsiasi «vizio». A determinare il giudizio è un criterio mutuato non dalla società, bensì dall'intelletto.

Di tutti i «vizi» nessuno era più controverso del sesso prematrimoniale o extraconiugale. Non c'era depravazione che i vittoriani condannassero più violentemente e libertà che i nuovi intellettuali abbiano più ardentemente difeso. Da un punto di vista scientifico la sessualità non è né un bene né un male, dichiararono. È una funzione biologica, come mangiare o dormire. La repressione moralistica di questa normale funzione fisiologica è contraria alla ragione. Rendendo leciti i rapporti prematrimoniali si consente una libertà del tutto innocua.

Libri come *L'amante di Lady Chatterley* e *Tropico del cancro* furono appassionatamente difesi come il fronte più avanzato nella guerra contro la repressione. Le leggi sulla prostituzione e l'adulterio furono rese meno severe. Ci si aspettava che nel nuovo regno della ragione la sessualità potesse essere trattata alla stregua di qualunque altro genere di prima necessità, evitando le terribili tensioni e frustrazioni denunciate da Freud.

In mille occasioni, nel corso di questo secolo, si è potuto constatare come gli intellettuali attribuissero i reati e la delinquenza non alla natura *biologica* dell'uomo bensì agli *schemi sociali* che l'avevano *repressa*. Non perdevano quasi occasione per schernire, accusare, indebolire, minare alla base gli schemi sociali repressivi dei vittoriani, convinti che nella loro eliminazione risiedesse la cura delle tendenze delinquenziali dell'uomo. Nel nuovo atteggiamento verso la società rientra anche l'enorme interesse per l'antropologia. A questa disciplina veniva attribuita la capacità di fornire dati oggettivi sui quali fondare nuove regole, finalmente scientifiche, per il governo della società. Fu questo il significato e l'importanza di libri come *Adolescenza in Samoa*.

Da noi in America, i pellerossa, che per reazione al massacro presso il Little Bighorn erano stati ridotti dai vittoriani a poco più che paria, furono di punto in bianco « riscoperti » come modelli di primeva virtù collettiva. I vittoriani li avevano disprezzati per la loro primitività, perché erano l'esatto opposto sociale dei tanto ammirati europei. Ora, invece, antropologi di ogni provenienza accorrevano a frotte nei capanni, nei tepee, negli accampamenti delle più sperdute tribù, disposti a tutto pur di essere tra i primi nella grande caccia al tesoro di una possibile moralità autenticamente americana.

Una reazione quanto mai illogica, giacché se, come afferma la scienza sostanzialistica, la morale non esiste, non c'è studio empirico che possa colmare il vuoto morale seguito al rovesciamento della società vittoriana. Permissività e abbattimento dell'autorità sociale non sono certo più scientifici della severità e della disciplina vittoriane.

Secondo Fedro questo scivolone logico andava pari pari a confermare l'ipotesi da cui era partito: l'esistenza nella personalità americana di due componenti, l'europea e l'indiana. I valori morali che stavano sostituendo quelli vittoriani mutuati dall'Europa erano i valori degli indiani d'America: indulgenza e tenerezza verso i bambini, libertà, franchezza nel parlare, amore per la semplicità, affinità con la natura. Pur senza una vera coscienza della fonte di questi nuovi valori, l'intero paese stava muovendo in una direzione che istintivamente trovava giusta.

La nuova intellettualità cercava la fonte dei valori culturali nella « gente semplice », anziché nei vecchi modelli europei. Artisti e scrittori degli anni Trenta, come Grant Wood, Thomas Hart Benton, James Farrell, Faulkner, Steinbeck e decine di altri scavarono il terreno della cultura americana dei bianchi non istruiti alla ricerca della nuova moralità, senza tuttavia rendersi conto di come proprio quella cultura fosse la più affine ai valori degli indiani. Gli intellettuali del ventesimo secolo invocavano la scienza, ma in realtà ciò che di nuovo stava avvenendo in America si richiamava ai valori degli indiani.

Perfino la lingua stava diventando più simile a quella degli indiani. La lingua vittoriana era iperdecorata, come le loro tappezzerie: piena di volute e di riccioli e di motivi floreali che non avevano alcuna funzione pratica, anzi distraevano l'attenzione dagli eventuali contenuti. Ma il nuovo stile del ventesimo secolo era indiano nella sua semplicità e immediatezza. Hemingway, Sherwood Anderson, Dos Passos e molti altri scrivevano in uno stile che in passato si sarebbe definito rozzo, ma che adesso incarnava l'immediatezza e la franchezza dell'uomo semplice.

Un altro esempio è il cinema western, dove venivano rappresentati i valori degli indiani diventati valori dei cowboy diventati infine valori americani per eccellenza. Tutti sapevano che i cowboy dello schermo non assomigliavano ai loro corrispettivi della realtà, ma che importanza aveva? Ciò che contava erano i valori, non la fedeltà storica.

E Fedro aveva vissuto l'infanzia e l'adolescenza in quel mondo nuovo di progresso tecnologico, di indebolimento dei modelli sociali di autorità, di neutralità morale della scienza, di mitizzazione dell'« uomo comune » e di inconsapevole avvicinamento ai valori indiani. All'inizio, l'abbandono dei valori sociali europei aveva avuto effetti positivi: i giovani della prima generazione, che ancora avevano quasi connaturate le abitudini sociali vittoriane, sembrarono profittare straordinariamente della nuova libertà intellettuale. Ma con la seconda generazione, quella di Fedro, incominciarono a venire a galla i problemi.

I valori indiani sono perfetti per uno stile di vita indiano, ma in una complessa società tecnologica non funzionano altrettanto bene. Gli indiani stessi si trovano malissimo, quando lasciano le riserve per trasferirsi in città. Le città si reggono sulla puntualità e sull'attenzione al particolare; dipendono dalla capacità di ubbidire all'autorità, sia essa rappresentata dal vigile, dal capufficio o dal controllore dell'autobus. Un'educazione che lasci libero il bambino di crescere « naturalmente », alla maniera indiana, non sembra costituire la migliore preparazione alla vita urbana.

Durante l'adolescenza di Fedro, l'intelletto dominava sul sociale, ma gli effetti sulla società non sembravano quelli previsti. Qualcosa non aveva funzionato. Dal punto di vista del progresso intellettuale e tecnologico il mondo era certamente migliorato, eppure, chissà perché, la sua « qualità » lasciava a desiderare. Era impossibile dire come e dove, però la sensazione era quella ed era molto netta.

A volte, fuggevolmente, come in uno specchio, si intravedevano piccoli indizi rivelatori, ma erano frammenti e non bastavano a ricostruire il quadro. Fedro ricordava una produzione dello *Zoo di vetro* di Tennessee Williams, in cui a un lato della scena c'era un'insegna al neon a forma di freccia, che si accendeva e spegneva a intermittenza, con sotto, pure a luce intermittente, la parola « PARADISO ». Il paradiso, ripeteva l'insegna, è dove indica la freccia:

PARADISO ⇒ PARADISO ⇒ PARADISO ⇒

Il paradiso era sempre altrove, mai qui. Era sempre alla fine di qualche viaggio intellettuale, tecnologico. Ma sapevi anche che, una volta arrivato, invece del paradiso avresti trovato un'altra insegna:

PARADISO ⇒ PARADISO ⇒ PARADISO ⇒

che indicava una nuova direzione.

Allo stesso modo l'aveva colpito un titolo sulla locandina di un cinema: *Rebel Without a Cause* (« Gioventù bruciata »), che egli sentì come un'allusione a quella cosa di bassa qualità che avvertiva dappertutto ma alla quale non sapeva dare un nome.

Per forza la ribellione era senza una causa. Gli intellettuali avevano monopolizzato tutte le cause possibili. Le cause erano per gli intellettuali del ventesimo secolo ciò che le buone maniere erano state per i vittoriani. La loro specialità. Gli intellettuali avevano capito tutto, previsto tutto. Era quello il problema. L'oggetto della ribellione. Tutto quel sapere scientifico, bello e catalogato, che avrebbe dovuto guidare il mondo.

Fedro non aveva una « causa » formulabile e comunicabile. La sua causa era la Qualità della sua vita, ma questo non si poteva formulare nel linguaggio « oggettivo » degli intellettuali e dunque ai loro occhi non era niente. L'intelletto aveva creato una serie di congegni tecnologici sempre più complessi, ma a Fedro non sembrava che la capacità di fruirne con soddisfazione personale fosse aumentata in proporzione. Non gli sembrava che, alla fin fine, oggi la gente fosse più felice che nell'epoca vittoriana. Il « raggiungimento della felicità » di cui parlava la Costituzione assomigliava sempre più all'inseguimento di un coniglio meccanico capace di adeguare la propria velocità a quella dell'inseguitore. E se per un attimo riuscivi ad afferrarlo, ti dava una sgradevole sensazione di sintetico, di tecnologico, che ti faceva dubitare del senso di tutto quel rincorrere.

La visione della vita imperante era quella « oggettiva », « scientifica », che spiegava a tutti come l'identità profonda della persona fosse il corpo, il corpo materiale, culmine dell'evoluzione. Le idee e le società sono un aspetto del cervello, non il contrario. Il cervello di un individuo non può compenetrarsi con quello di un altro, perciò le persone non possono mai veramente comunicare, possono al massimo inviarsi messaggi nella notte, come marconisti da una nave all'altra. Una cultura di intellettuali, di scienziati, era diventata la cultura di milioni di individui confinati ciascuno nella sua cella di isolamento psicologico, incapaci di parlarsi sul serio e incapaci di giudicarsi reciprocamente, perché questo, da un punto di vista scientifico, è impossibile. A tutti questi individui, chiusi nelle loro piccole celle, veniva detto che, per quanti sforzi facessero, per quanto impegno mettessero, la loro vita era uguale a quella di ogni altro essere vivente, che nasce, vive, poi muore. Potevano inventarsi finalità morali, ma erano, appunto, invenzioni. Da un punto di vista scientifico, l'uomo non ha un fine.

Dopo gli anni Venti calò sul paese un senso di segreta solitudine, così penetrante, così avvolgente, che solo oggi si incomincia a intravederne la portata. Quell'isolamento psicologico, quel senso di inanità ispirato dalla scienza, era diventato una prigione dello spirito ben peggiore della « virtù » vittoriana. L'incontro con Lila su quel lontano tram: la stessa sensazione. L'impossibilità di avvicinarla, di capirla e di farsi capire, perché in mezzo c'era l'intelletto con tutte le sue relazioni e prodotti e artifici. Lui e Lila avevano perduto un po' della loro autenticità. Vivevano in una sorta di film proiettato dalla macchina intellettualtecnologica che era stata creata per renderli felici e continuava a ripetere:

PARADISO ⇒ PARADISO ⇒ PARADISO ⇒

ma che, senza volere, li aveva tagliati fuori dall'esperienza diretta della vita e aveva eretto un muro tra di loro.

23

A Lila sembrava di stare dentro un sogno, di cui però non ricordava l'inizio. Quando la prendeva il panico, la sua mente si metteva a girare per conto suo, sempre più veloce. Se almeno l'amico di Jamie le avesse lasciato le pastiglie! L'avrebbero aiutata a calmarsi. Avrà pensato che fosse droga, si disse. Quando tutto diventava pauroso, era il momento di prendere le sue pastiglie. Come adesso.

Ah, perché non era andata a recuperare la valigia nel pomeriggio, come si era ripromessa. Così non si sarebbe trovata a doverci andare ora, col buio.

Maledetto cameriere. Poteva darle un po' di soldi, per il taxi. L'aveva trattata come un'imbrogliona. Invece lei gli aveva detto la verità, e lui lo sapeva. Ma voleva farla sentire in colpa, anche se sapeva che lei non aveva fatto niente di male.

Che freddo. Il vento le trapassava il golf. E che sporcizia, le strade. Lì tutto era sporco, malandato, freddo.

E incominciava a piovere.

Non era nemmeno sicura della direzione. Comunque le sembrava di avvicinarsi al fiume.

In fondo a una strada vide un viale con le automobili che correvano veloci. Ma il parco non era dove sarebbe dovuto essere. Forse aveva perso l'orientamento e stava andando nella direzione opposta. Le luci dei fari facevano scintillare le gocce di pioggia. Eppure, quando erano scesi dalla barca, avevano costeggiato un parco, ne era sicura.

Prendere un taxi e poi non pagare? Ne vide uno avvicinarsi con il segnale di libero. Pensò di fermarlo, ma poi rinunciò. Ai vecchi tempi l'avrebbe fatto. E avrebbe mandato a quel paese il tassista quando le avesse chiesto i soldi. Ma adesso era stanca, non aveva più l'energia.

Magari poteva chiedere soldi a un passante. No, nessuno le avrebbe dato niente, non a New York. Ed era pericoloso avvicinare sconosciuti, in quella città. Potevano farti di tutto.

Rivolgersi alla polizia o chiedere di un ostello... Ma sarebbero risaliti a... In questa città una volta che sei schedata, conviene girare al largo.

Meglio non costeggiare il fiume; non le andava quella zona. Meglio tenersi all'interno finché non si vedeva la darsena.

Quel tale che l'aveva guardata dietro i vetri del ristorante: brutto segno. Dieci, quindici anni fa si sarebbe precipitato dentro. Invece se n'era andato. Come diceva Allie? « Tu magari non cambi, tesoro, ma loro sì ». E diceva anche: « Quando non li vuoi, ti ronzano intorno come mosche. Ma quando ne hai bisogno, non ne trovi neanche mezzo ».

Chissà che fine aveva fatto Allie. Ormai doveva essere sui cinquanta. Una vecchia barbona come quella che aveva visto ieri. E come sarebbe diventata anche lei. Una vecchia barbona seduta sopra le grate della metropolitana per scaldarsi un po', coperta di stracci...

... Come la strega nella vetrina di quel negozio. Il naso con la verruca che le toccava il mento...

Aveva bisogno di ritoccare la tinta. Era proprio

conciata bene. I capelli fradici dovevano darle davvero un'aria da strega.

Tra un po' doveva esserci quel castello, con una specie di guglia verde in cima. Arrivati al castello, si piegava verso il fiume e lì c'era la barca. Se lo ricordava bene, dalla mattina.

Aveva le scarpe zuppe. Come i vestiti e la scatola delle camicie. Forse le conveniva aspettare che finisse la pioggia. Ma dove? Prima del castello non c'erano ripari.

Perché non aveva mai imparato a non saltare subito agli occhi della gente? Una si illude che verrà qualcuno a salvarla; un uomo per bene, che arriva e ti salva. Come quel Capitano. Continui a illuderti, vero, Lila? Ma adesso è finita. Il Capitano era l'ultimo. Non ce ne saranno altri. Proprio l'ultimo, Lila.

Era questo il messaggio del tizio dietro i vetri.

Le camicie del Capitano si stavano bagnando tutte. Adesso lui non le avrebbe certo rimborsato i soldi. Però se trovava un portone o qualcosa per ripararsi finché smetteva di piovere, non si sarebbero bagnate. Che sciocca a buttare via la busta di plastica. Se l'avesse tenuta, non si sarebbero bagnate, avrebbe potuto riportarle indietro e con i soldi prendere un taxi. Solo che ci voleva un taxi per tornare al negozio. E comunque i negozi ormai erano chiusi.

E lo scontrino era rimasto nel portafogli. Ma forse si sarebbero ricordati di lei. No, impossibile...

... Chissà se sulla barca c'era del denaro. Poteva scendere in cabina e cercare nei cassetti. Già, ma come faceva a entrare? Non ricordava la combinazione. Doveva comunque aspettare che arrivasse il Capitano e con lui intorno mica poteva mettersi a frugare nei cassetti. Magari le avrebbe dato lui un po' di soldi. No, si era arrabbiato di brutto, non le avrebbe dato niente.

E se avesse camminato tutta la notte senza mai arrivare al fiume? Se già avesse oltrepassato il castello? Sempre avanti, senza mai arrivare. E neanche poteva chiedere indicazioni, perché non ricordava il nome della darsena. Era solo una sua idea che fosse in quella direzione; forse non l'avrebbe trovata, avrebbe continuato a girare, girare, senza mai arrivarci.

Il Capitano sarebbe partito, sarebbe scomparso per sempre. Con la sua valigia! La sua valigia era sulla barca, con dentro tutte le sue cose! Si sarebbe portato via la sua valigia con tutte le sue cose.

E il fiume non si vedeva. Anche a voler domandare a qualcuno, non sapeva che cosa chiedere. Intanto lo stile delle case era cambiato. Non ricordava di averle viste, la mattina.

Stava arrivando un tipo in bicicletta. Andato. Qui c'era ancora meno movimento; sembrava un quartiere più decente, ma non si sa mai. È proprio in posti come questo che si fanno certi incontri.

Doveva essersi allontanata troppo. Il quartiere le era nuovo. Non avrebbe dovuto abbandonare il lungofiume. Tra un po' sarebbe finita a Harlem, e non le andava proprio. Non di notte. A certe finestre c'erano sbarre di ferro e, sotto, il filo spinato.

Del castello nemmeno l'ombra. Una costruzione liscia, alta, con una cupola verde appuntita, come una nave spaziale; ma lì non c'era.

Che cosa le era saltato in testa, dirgli parolacce, farlo arrabbiare in quel modo. Se si fosse mostrata tutto miele, invece di mandarlo a quel paese, a quest'ora sarebbe in barca diretta in Florida.

Non avrebbe dovuto insistere per tirare dentro Jamie. L'aveva pur visto, come si era irrigidito il Capitano, non appena ne aveva parlato. Avrebbe dovuto tenere la bocca chiusa.

E non mettersi a discutere. Se non sei tutta sorrisini e voce mielata, loro te la fanno pagare. Vogliono tutti far vedere che maschioni sono. Se fai tanto da lasciargli capire che non ci credi, povera te. Ti odiano. Non lo reggono. Di fronte a Jamie, il Capitano sembrava un omarino, e questo non l'aveva digerito.

Lei voleva solo mostrargli com'era veramente. Non aveva detto che gli interessava? Invece, guarda che casino. Jamie l'aveva capito subito che tipo era il Capitano. Immediatamente.

Guai se sveli il loro segreto, che sono deboli. Credono che tu non te ne accorga, e se glielo dici, vanno in bestia. Allora sì che ti odiano; e ti danno della puttana. Come avevano fatto a Rochester. Lei aveva soltanto detto la verità, e loro subito a dire che era malata. Perché non sopportano la verità; se gliela dici, si vendicano.

Le facevano un male cane i piedi. Meglio togliersi le scarpe e camminare a piedi nudi, nonostante il freddo. Sarebbe stato bello camminare scalza. Ancora un po' di strada, si disse, poi, se non arrivo al fiume, mi tolgo le scarpe. E magari anche tutto il resto.

Le tornò in mente quella volta che, tornando a casa, si era messo a piovere. Aveva indosso il vestito nuovo. Aveva cercato di ripararsi sotto qualche albero, infelicissima. Sapeva che a casa le avrebbe prese. Le scarpe erano da strizzare. A un certo punto si era seduta sul bordo del marciapiede con il suo vestito nuovo, a piangere sotto l'acqua. Dopo, si era sentita meglio.

Forse le conveniva sedersi anche adesso. No, non lì. Non subito.

Si appoggiò a un lampione e si tolse prima una scarpa poi l'altra. Ah, molto meglio. Era bello camminare a piedi nudi.

Aveva voglia di togliersi tutto quanto. Di andare nuda. Allora qualcuno si sarebbe fermato per aiutarla. Sono i vestiti che ti rendono invisibile. Se si fosse spogliata nuda l'avrebbero guardata.

«*Non troverai mai la felicità, in questo modo, Lila*». In momenti come quello le tornava sempre in mente la faccia di sua madre. I suoi occhietti come spilli. Sua madre aveva sempre ragione. Due sole cose la rendevano felice: constatare che aveva ragione e pensare quant'era brava, più brava di tutti. Se facevi qualcosa di buono, non diceva niente. Ma se sbagliavi, non mancava mai di fartelo notare, e non una volta sola.

Tu non fai niente di male; non fai soffrire nessuno, non rubi né niente, ma proprio per questo ti *odiano*.

Se gli vuoi bene sul serio, agli altri, loro sono capaci di ammazzarti. Se invece li detesti, ma fai finta di amarli, allora ti rispettano. Ma che senso ha vivere, se tutto si riduce a odiare ed essere odiati? Non ne poteva più di questo mondo, dove tutti non fanno che odiarsi.

Come si fa a reggere tutto questo odio, giorno dopo giorno? Non aveva mai fine. Ecco, ci stava cascando anche lei. Ci erano riusciti. È così che funziona. Ce l'avevano tirata dentro e lei non riusciva a venirne fuori. Ci riprovava ogni volta, ma non ce la faceva. Non c'era niente a cui aggrapparsi, le avevano tolto tutto.

Insozzarti, è questo che vogliono. Coprirti di merda, così sei come loro. Così possono dirti: « Lila, sei una puttana, sei una sgualdrina ».

Non lo sopportano, che due facciano l'amore. Sono capaci di far scoppiare una rissa, con sangue e tutto. Ah, come gli piace! E anche la guerra. Hanno questo groviglio dentro e se la prendono con te e alla fine tu stessa non sai più chi sei. Allora sì che ti apprezzano. Allora ti dicono: « Brava Lila, sei proprio brava ». Sono loro i veri pazzi. Ma non ti conoscono, Lila. Nessuno ti conosce né arriverà mai a conoscerti. Ma tu, loro, li conosci. Dio se li conosci!

Dopo, sono sempre così rilassati. E a quel punto incominciano a fare piani per mollarti. Prima di venire, sei la regina del mondo, l'attimo dopo un mucchio di spazzatura.

Prendi questo Capitano. Adesso che ha avuto il

suo piacere, non vede l'ora di liberarsi di Lila e di andarsene in Florida con la sua barca, i suoi soldi e tutto quanto.

La strada era deserta; ma lei aveva l'impressione di essere spiata. Le sembrava che, se si fosse girata di scatto, avrebbe visto qualcuno, lì alle sue spalle.

Le case buie sembravano una città sconosciuta, come in un film pauroso, dove la gente finisce ammazzata.

Di che cosa aveva paura? Non c'era niente di cui avere paura. Non potevano nemmeno derubarla, a parte le camicie. Sai che ridere dirgli: « Tieni, prenditi pure un paio di camicie ». Sarebbero rimasti di sale.

Si voltò di scatto: non c'era nessuno. Quasi tutte le finestre erano buie. Solo da poche filtrava una luce schermata. In una si vedeva un piccolo tondo di luce arancione; sembrava una faccia.

Era una zucca con dentro una candela. Come la strega nella vetrina di quel negozio. Ma certo, era Halloween.

E la vecchia barbona di ieri, che sembrava una strega. L'aveva guardata strano. Come se la riconoscesse. Magari sono anch'io una strega, pensò.

No, non voleva essere una strega. Da piccola avrebbe voluto travestirsi da pirata, ma alla fine il costume da pirata se l'era messo Em e a lei era toccato quello da strega. La faccia di quella vecchia assomigliava alla maschera del suo costume da strega. Lei non voleva, ma sua madre l'aveva obbligata.

Di nuovo la faccia di sua madre: « *Perché non prendi esempio da Emmaline?* ».

« La odio ».

« Lei però non ti odia ».

« Lo dici tu! ». Lila aveva capito che tipo era sua sorella. Quello che voleva lo otteneva sempre. Sempre a lisciare tutti. Come piaceva a sua madre. Bugie. Em si prendeva tutti i vestiti nuovi e a Lila toccava fare la strega.

Al funerale del nonno sua madre le aveva fatto indossare il vestito smesso di Emmaline; il servizio di piatti bianchi e azzurri l'aveva dato a lei. Stamattina, vedendo quell'ape sul tetto di un'automobile, le erano tornati in mente il nonno e l'isola.

Come avrebbe voluto trovarsi sull'isola, in quel momento! Il nonno teneva le api e le preparava sempre fette di pane con spalmato sopra il suo miele. Lo versava in un piatto bianco e azzurro. Poi ci fu il funerale, la casa fu venduta, i piatti bianchi e azzurri toccarono a Emmaline e Lila non rivide più le api. Era convinta che fossero volate sull'isola insieme al nonno e che un giorno sarebbero tornate e lei le avrebbe viste e avuto notizie del nonno. Così aveva pensato, stamattina, vedendo l'ape sul tetto di quella macchina.

« *Te l'avevo detto che non avresti mai trovato la felicità, in questo modo, Lila* ». Sua madre aveva quel sorrisetto fatto apposta per farti sentire in colpa.

« Uffa, mamma. E tu, che felicità hai trovato? ».

Occhietti a spillo, occhi, occhi...

Sua madre era convinta che Lila sarebbe andata all'inferno perché era cattiva, ma sull'isola, una volta arrivati, non importava se uno era cattivo. Ci si andava tutti. Lo si vedeva bene, nel quadro del nonno.

Da dietro l'angolo arrivò una folata di vento che le trapassò il golf e le fece entrare qualcosa negli occhi: un granello di sabbia, un bruscolo di polvere. Non ci vedeva più; dovette appoggiarsi contro il muro e sfregarsi le palpebre.

Eccolo! Dietro l'angolo di quella casa! Allora era vero che la stava seguendo! Lila si concentrò con tutte le sue forze. Forse era davvero una strega, perché a poco a poco apparve la faccia. Aveva il potere di far apparire le cose.

Ma poi vide che non era un uomo. Era solo un cane.

Appena il cane si accorse che lei lo guardava, scomparve di nuovo dietro l'angolo.

Lila si concentrò ancora. A poco a poco la forma riapparve. Lei rimase immobile con gli occhi fissi, e il cane adagio adagio, a piccoli passi, avanzò verso di lei. Lo riconobbe: era Lucky! Dopo tutti quegli anni.

« Oh, Lucky, sei tornato » gli disse. « Sei di nuovo tutto intero ».

Mosse qualche passo verso di lui. Voleva chinarsi e accarezzarlo, ma lui si tirò indietro.

« Non mi riconosci, Lucky? » disse Lila. « Sei tutto intero di nuovo. Non ti ricordi di me? ».

Non si vedeva il segno dell'incidente, quando era stato investito.

« Come hai fatto a tornare dall'isola, Lucky? A nuoto? Dov'è l'isola, Lucky? Non dovrebbe essere lontana, ormai. Mostrami tu la strada ».

Fece per andargli incontro, ma il cane tirò dritto. Lila lo seguì e vide che quasi non toccava terra con le zampe, come se non avesse peso.

Dall'oscurità, in fondo alla strada, sbucò un camion. Aveva i fari spenti e non faceva quasi rumore. Quando il camion passò sotto un lampione e Lila vide di chi era, il cuore le balzò in gola. Adesso era terrorizzata. Era lui! L'aveva ritrovata.

L'ultima volta che aveva visto quel camion, lo stavano trainando al deposito dei ferrivecchi. Ridotto a uno sfasciume. Come lui. Lo sportello dove spenzolava la sua testa era tutto coperto di sangue. All'obitorio lei non l'aveva mai guardato. Loro insistevano, ma non era riuscita a guardarlo.

E adesso eccolo, sul suo camion, in mezzo alla strada, e avrebbe aperto la portiera e le avrebbe detto: « Salta su! ».

Ci avrebbe pensato lui, a trovare quel bastardo dell'amico di Jamie che le aveva rubato i soldi e a farglieli restituire. Poi gli avrebbe spaccato il muso. Con una mano sola. Era bravissimo a spaccare la faccia a tutti, quel figlio di puttana... No, non si deve parlar male dei morti. Infatti ecco che puntava addosso a Lucky.

Ma Lucky si era scansato.

Il camion tirò dritto e Lila vide che era proprio lui. L'aveva guardata come se non volesse più saperne di lei. Ma l'aveva riconosciuta e lei aveva riconosciuto lui e lui aveva schiacciato l'acceleratore e adesso era scomparso.

Tutto quel sangue. E la gente, che la compativa. Ipocriti. Tutti a dire: « Oh, povera Lila, che disgrazia! ». Ma erano degli ipocriti. Lo odiavano tanto quanto lei. Quel bastardo. Non bisognerebbe parlare così dei morti, ma era la verità. Lei gliel'aveva detto tante volte, da vivo, perché non adesso? Era la verità.

Svoltò l'angolo ed eccolo, il castello. Lucky l'aveva trovato! Non era dove credeva lei, però ecco la svolta e il parco, laggiù in fondo, e la piattaforma di cemento e dietro dovevano esserci le barche.

Che bravo cane! Qualcuno doveva averglielo mandato dall'isola per mostrarle la strada. Adesso poteva salire a bordo e aspettare il Capitano e il Capitano l'avrebbe portata fino all'isola.

La piattaforma di cemento non la ricordava molto bene. Faceva paura. Sembrava un posto da dove potevano balzare fuori i leoni. E c'era una scalinata che scendeva dall'altra parte e non sapevi che cosa potesse esserci, là dietro, in agguato. Rallentò il passo...

Non si sentivano rumori, ma lei aveva paura...

Mosse un altro passo. Non aveva scelta, doveva oltrepassarla per forza. Trattenne il respiro e diede un'occhiata dietro l'angolo...

Eccola, la darsena! E l'acqua, tanta acqua. Oh, che bellezza: l'aveva trovata. Si sentiva il din-din delle sartie nel vento.

L'uomo al cancello, un nero, le disse qualcosa che lei non capì. Continuava a gesticolare, ma quando gli passò davanti non tentò di fermarla.

In fondo al pontile c'era la barca. Lucky l'aveva trovata.

Ma dov'era finito?
Si guardò attorno, ma non lo vide. Provò a chiamarlo, ma non venne. Guardò nel fiume, nel caso stesse tornando all'isola a nuoto, ma sull'acqua si vedevano solo luci lontane, velate dalla pioggia.
Scavalcò la battagliola e si accoccolò nel pozzetto. Che sollievo sedersi, finalmente. Le battevano i denti, era fradicia, ma ormai non aveva importanza. Doveva solo aspettare il Capitano, poi sarebbero andati all'isola.
Da qualche punto lontano sul fiume stava arrivando un'ondata. Si capiva dal movimento delle luci sopra l'acqua. Si gonfiò, facendo ondeggiare la barca, che urtò contro il pontile, poi si disperse.
Sotto lo scafo della barca l'acqua era lurida e piena di porcherie. Pezzi di bottiglie di plastica, mulinelli di schiuma marrone, una spugna, rami, un pesce morto impigliato tra i rami. Era rovesciato su un fianco, mezzo smangiato. Quando il ramo si mosse, le arrivò una zaffata di marcio. Poi il pesce fu risucchiato dentro il mulinello, fino al centro, e affondò.
L'immondizia girava in tondo, formando un ampio gorgo. Era come se il gorgo stesse risucchiando sul fondo del fiume tutto lo sporco. Una volta Lila aveva visto un pesce rovesciato sul fianco, e tutti gli altri pesci intorno che cercavano di addentarlo. Poi si era rimesso dritto, ma dopo un po' era tornato a rovesciarsi sul fianco e questa volta non ce l'aveva più fatta a raddrizzarsi. Allora gli altri gli si avventarono contro e lui non tentò più di difendersi.
Speriamo che non attacchino Lucky mentre torna all'isola, si disse Lila. Appena rallenti, i pesci ti mangiano viva. Bisogna stare attenti a non dargli l'impressione di rallentare, altrimenti ti attaccano.
Ma Lucky non oseranno attaccarlo.
Se almeno il Capitano si spicciasse a venire.
Era talmente stufa di quel lato del fiume. Era perfino disposta a buttarsi a nuoto. Chissà quando

sarebbe arrivato, il Capitano, e lei era stufa di aspettare.

Si tolse il golf. Ah, così si stava meglio.

Immerse la mano nell'acqua.

Era tiepida! Se fosse andata all'isola a nuoto, nell'acqua tiepida del fiume non avrebbe più avuto freddo.

Non voleva sentire freddo mai più. Era stanca di combattere il freddo. Mollare tutto. Lasciarsi andare.

Lasciarsi andare, là, nel punto dove c'era quella mano. La mano che spuntava dall'acqua dove prima c'era il pesce, protesa verso di lei. Si stava avvicinando, ma poi un piccolo gorgo la spinse via. Sembrava una mano di bambino. Una mano di bambino.

Si protendeva fuori dall'acqua. La mano di un bambino; si distinguevano i ditini. Col braccio teso ci mancava poco a raggiungerla, ma il gorgo stava per inghiottirla. Poi si fece più vicina e Lila l'afferrò e quando la tirò su dall'acqua il cuore smise di batterle.

Il corpicino era rigido e freddo.

Aveva gli occhi chiusi, grazie a Dio. Lila lo ripulì dalla schiuma e vide che era intatto. I pesci non l'avevano toccato. Ma non respirava.

Allora raccolse il golf, se lo stese sulle ginocchia e ci avvolse il bambino. Se lo tenne stretto, cullandolo, finché non sentì che il freddo incominciava a lasciare il suo corpicino. « Ecco, su, su » disse. « Ecco. Adesso è tutto a posto. È tutto passato, adesso. Nessuno ti farà più del male ».

Dopo un po', sentì che il corpicino stretto contro il suo acquistava calore. Riprese a cullarlo, avanti e indietro, avanti e indietro. Poi si mise a canticchiargli una canzoncina che conosceva una volta, tanto tempo fa.

PARTE TERZA

24

« Lila ha Qualità? ». Una domanda inesauribile. La risposta che Fedro aveva pensato prima: « Biologicamente sì, socialmente no » non toccava il fondo del problema. C'entrava qualcos'altro, oltre alla biologia e alla società.

Si udirono delle voci, nel corridoio, farsi più forti e più vicine, poi affievolirsi e svanire.

Dopo la prima guerra mondiale era entrato in scena il livello intellettuale a conquistare la supremazia. Era questa l'origine di tutto il casino. La questione della moralità dei rapporti sessuali era stata affrontata e variamente risolta a partire dalla preistoria su su fino all'epoca vittoriana. Ma ora tutto veniva rimesso in discussione dalla nuova supremazia dell'intelletto, che ti veniva a dire come i rapporti sessuali non fossero né morali né immorali, ma semplicemente esulassero dalla sfera del giudizio morale.

Perciò forse Rigel si era scaldato tanto, su a Kingston. Secondo lui Lila era immorale perché aveva distrutto una famiglia e rovinato la posizione di un uomo in seno alla collettività: una configurazione biologica della qualità, la sessualità, aveva scompaginato una configurazione sociale, la famiglia, il lavoro. In questo scenario, ecco che arriva un intellettuale, Fedro, a dirgli che la repressione delle pulsioni biologiche è contraria all'intelligenza; che queste cose vanno giudicate facendo riferimento alla ragione e non alla società.

Solo che, se Rigel identificava Fedro con questo codice intelletto-contro-società e con le sue conseguenze, ebbene aveva puntato il dito contro la persona sbagliata. La Metafisica della Qualità, infatti, elimina la radice teoretica stessa dell'attuale stato di confusione morale, l'assioma che afferma: « La scienza non si occupa di valori. Si occupa solo di dati di fatto ».

In una metafisica soggetto-oggetto, questo luogo comune risulta inattaccabile, ma la Metafisica della Qualità non si accontenta e chiede: « Quali sono esattamente i valori di cui la scienza non si occupa? ».

La forza di gravità è una configurazione di valori inorganici. È di questi valori che la scienza non si occupa? Oppure della verità, che è una configurazione di valori intellettuali? Uno scienziato potrebbe obiettare che l'interrogativo: « È giusto ammazzare il prossimo? » è a rigor di logica un problema morale, non un problema scientifico. Ma può sostenere che non è scientifico l'interrogativo morale: « È giusto falsificare i dati scientifici? ». Può, come scienziato, affermare che la falsificazione dei dati scientifici non riguarda la scienza? Se poi si mette a fare il cavilloso e dice che questo non è un asserto scientifico bensì una proposizione *intorno* alla scienza, allora siamo in piena schizofrenia. Vorrebbe dire ammettere l'esistenza di un mondo reale che la scienza non è in grado di abbracciare.

La Metafisica della Qualità tiene a mettere in chiaro che gli unici valori di cui la scienza non si occupa sono i valori *sociali*, la coscienza morale pubblica, in particolare i valori e la morale della chiesa.

E ciò per una serie di motivi di ordine storico.

La tesi della dissociazione della scienza dalla morale pubblica risale all'antica Grecia, all'idea che il pensiero è autonomo rispetto alla società, sta a sé, non ha genitori. Furono i filosofi greci, come Socrate, come Pitagora, a porre le fondamenta del principio su cui si regge la scienza moderna: la verità non ha niente a che vedere con l'opinione pubblica. La si raggiunge con l'osservazione diretta e con la sperimentazione; non discende da un *ipse dixit*. L'autorità religiosa ha sempre condannato questo principio come eresia. Molti l'hanno pagato con la vita.

Per proteggere la scienza dall'ingerenza della chiesa, dunque, gli scienziati sostennero che essa non si interessa di morale pubblica. Gli intellettuali avrebbero lasciato alla chiesa di occuparsene. Ma la Metafisica della Qualità, che ha una struttura intellettuale di più ampio respiro, chiarisce come la battaglia politica della scienza per liberarsi dal dominio di codici morali sociali fosse essa stessa una battaglia *morale*! Era la lotta di un livello evolutivo superiore, l'intelletto, per evitare di essere risucchiato da un livello evolutivo inferiore, la società.

Adesso che questa battaglia politica è stata vinta, la Metafisica della Qualità può riproporre il suo interrogativo: « Fino a che punto, in concreto, la scienza è autonoma rispetto al sociale? ». E può rispondere: « Non è affatto autonoma ». Una scienza in cui non vengano tenuti in considerazione gli schemi sociali è altrettanto irreale e assurda di una società che non tenga in considerazione gli schemi biologici. Non esiste.

Se la società non c'entra per niente con le scoperte della scienza, da dove spuntano fuori le ipotesi scientifiche? Se l'osservatore è completamente oggettivo e si limita a registrare ciò che osserva, dov'è che osserva i dati su cui costruire le sue ipotesi? Gli atomi mica se ne vanno in giro con le loro brave ipotesi incorporate. Finché si postula una scienza incentrata sul dualismo di soggetto e oggetto, di pensiero e materia, questo problema rimane un ineludibile buco nero intellettuale.

Le nostre descrizioni scientifiche della natura sono sempre culturalmente condizionate. La natura ci dice soltanto ciò che la nostra cultura ci ha predisposti a udire. La *selezione* delle configurazioni inorganiche da osservare ovvero da ignorare avviene in base ai modelli di valore della società, o, più raramente, in base a modelli di valore di ordine biologico.

Il cartesiano « Cogito, ergo sum » fu una sconvolgente dichiarazione di indipendenza del livello evolutivo intellettuale nei confronti del livello sociale, ma Cartesio avrebbe pronunciato quella frase, se fosse stato un filosofo cinese del Seicento? E quand'anche l'avesse fatto, chi avrebbe trovato, nella Cina del Seicento, disposto a dargli retta, a considerarlo un grande pensatore e a consegnare il suo nome alla storia? In verità Cartesio avrebbe dovuto dire: « Esiste questa cultura francese del Seicento, dunque penso, dunque sono ».

La Metafisica della Qualità risolve la relazione tra intelletto e società, tra soggetto e oggetto, tra pensiero e materia, inserendo tutte queste polarità in un più ampio sistema interpretativo. Gli oggetti sono valori inorganici e valori biologici; i soggetti valori sociali e valori intellettuali. Soggetti e oggetti non sono due impenetrabili universi fluttuanti in un sogno che non consente loro alcun reale contatto reciproco. Tra di essi esiste una relazione evolutiva molto concreta che è al tempo stesso una relazione morale.

Quest'ottica evoluzionistica ci consente di vedere come l'intelletto comprenda tutta una serie di funzioni precedenti la scienza e la filosofia. Dal punto di vista dell'evoluzione, lo scopo dell'intelletto non è mai stato la ricerca del significato ultimo dell'universo: questa è una mania relativamente recente. La funzione storica dell'intelletto è di aiutare la società a trovare il modo di nutrire i suoi membri, di individuare i pericoli e di sconfiggere i nemici. Funzioni che esso può assolvere più o meno bene, secondo i concetti che inventa allo scopo.

Per salvaguardare e perfezionare la loro situazione, le cellule hanno inventato dinamicamente gli organismi animali. Allo stesso scopo gli animali hanno inventato le società e le società la conoscenza intellettuale. Pertanto, alla domanda: « Qual è lo scopo della conoscenza intellettuale? », la Metafisica della Qualità risponde: « La conservazione e il perfezionamento dinamico della società ». Poi la conoscenza si è allontanata dalla sua funzione storica, diventando essa stessa un fine, così come la società si è allontanata dalla sua funzione originale di preservare l'essere umano fisico, diventando essa stessa un fine. E questo allontanarsi dallo scopo originario verso una Qualità sempre più elevata è sviluppo morale. Ma gli scopi originari non sono scomparsi, e in tempi di confusione e di disorientamento è utile tenere presente il punto di partenza.

Come rimedio al caos del ventesimo secolo, la Metafisica della Qualità propone di riandare con la mente a quel punto di partenza per riesaminare la direzione presa. E afferma che, sì, è immorale che l'intelletto sia represso dalla società, per la stessa ragione per cui è immorale che i figli siano repressi dai genitori. Ma ciò non significa che i figli debbano assassinare i genitori e l'intelletto la società. Per mantenere la sua funzione di supporto alle configurazioni statiche della società senza timore di esserne sopraffatto, l'intelletto ha solo bisogno di distinguere tra questioni morali che contrappongono il sociale al biologico e questioni morali dove si contrappongono l'intellettuale e il sociale, evitando accuratamente ogni indebita sovrapposizione.

Ciò a cui assistiamo oggi non è semplicemente uno scontro tra il sociale e il biologico, bensì uno scontro tra due *codici* morali diversissimi che però hanno la società come termine comune. Abbiamo un codice morale in cui il sociale si contrappone al biologico, e un codice morale in cui l'intelletto si contrappone al sociale. Era contro questo secondo codice che Rigel si scagliava, non contro Lila.

Nella guerra della società contro la biologia, i nuovi intellettuali del ventesimo secolo si erano schierati dalla parte della biologia. Contro la biologia la società può sempre ricorrere alle prigioni e ai fucili, alla polizia e all'esercito. Ma se gli intellettuali al potere si schierano con la biologia, la società si trova presa tra due fuochi.

La Metafisica della Qualità dimostra che, in realtà, i codici morali sono cinque e vedono la contrapposizione, rispettivamente, di: inorganico e caos, biologico e inorganico, sociale e biologico, intellettuale e sociale, dinamico e statico. Quest'ultimo codice morale afferma che il bene non è definito né dalla società né dall'intelletto né dalla biologia. Il bene è libertà dal dominio di qualsiasi schema statico, senza però che questo comporti la distruzione degli schemi statici in quanto tali.

Era chiaro che Rigel dava un'interpretazione piuttosto semplicistica della storia recente della moralità: da una parte i vecchi codici, dall'altra il caos attuale. Ma la Metafisica della Qualità è più raffinata e dall'analisi puntuale dei diversi sistemi morali fa emergere un quadro completamente diverso della storia del nostro secolo.

Fino alla prima guerra mondiale hanno dominato i codici morali vittoriani, codici, cioè, sociali. Tra la prima e la seconda guerra mondiale si è avuto il dominio incontrastato degli intellettuali. Nel secondo dopoguerra fino agli anni Settanta, la loro supremazia è stata messa in discussione dal movimento poi sfociato in quella che potremmo genericamente chiamare la « rivoluzione hippy », che però è fallita. Infine, a partire dagli anni Settanta, si è assistito a un lento, confuso, irrazionale riflusso verso atteggiamenti morali apparentemente vittoriani, accompagnato da un aumento senza precedenti e a tutta prima inspiegabile della criminalità.

Gli ultimi due periodi, in particolare, sono stati completamente fraintesi. Gli hippy sono stati considerati ragazzini viziati e sciocchierelli; il periodo successivo alla loro scomparsa dalla scena è stato definito genericamente come un « ritorno ai valori ». La Metafisica della Qualità inverte il giudizio: la rivoluzione hippy era il movimento morale, il periodo attuale segna il crollo dei valori.

La rivoluzione hippy degli anni Sessanta fu una rivolta morale diretta contemporaneamente contro la società e contro l'intellettualità. Fu un fenomeno sociale completamente nuovo, che nessun intellettuale aveva saputo prevedere e tanto meno seppe allora e sa oggi spiegare. Fu la rivolta dei figli della buona borghesia colta e « moderna » di tutto il mondo, i quali, di punto in bianco, si ribellarono contro i genitori, contro la scuola, contro la società, con un odio che nessuno si sarebbe mai aspettato. Altro che il paradiso che, secondo gli intellettuali degli anni Venti, si sarebbe instaurato con la liberazione dalla repressione vittoriana. Fu una bomba che gli scoppiò in mano.

Secondo Fedro il movimento hippy è stato così difficile da comprendere, proprio perché il suo nemico era la stessa « comprensione », l'intelletto statico. *Sulla strada* di Jack Kerouac, il libro che fu l'antesignano culturale di quel periodo, è dal principio alla fine una lezione dal vivo di antintellettualismo: « ... Tutti i miei amici di New York avevano l'atteggiamento negativo da incubo di chi dà addosso alla società e ti snocciola le sue stantie libresche politiche e/o psicoanalitiche ragioni per cui, » scriveva Kerouac « ma Dean [l'eroe del libro] la società l'attraversava di corsa, affamato di pane e di amore; e non gliene fregava niente ».

Negli anni Venti si era pensato che la società fosse

la causa dell'infelicità umana e l'intelletto la sua cura; negli anni Sessanta i giovani pensavano che la società e l'intelletto fossero insieme la causa di tutta l'infelicità e che la cura consistesse nel superamento di entrambi. Tutto quello che gli intellettuali degli anni Venti si erano sforzati di creare, i figli dei fiori degli anni Sessanta si sforzarono di distruggere. Era di prammatica il disprezzo per le regole, per il possesso materiale, per la guerra, la polizia, la scienza, la tecnologia. Importante era « espandere » la mente. Le droghe che annullavano le capacità di ragionamento diventarono quasi sacramenti e le religioni orientali, come lo Zen e il Vedanta, che promettevano la liberazione dalla prigione dell'intelletto, furono i nuovi vangeli. Si ricopiavano i valori culturali dei neri e degli indiani per quello che avevano di antintellettuale. L'anarchia divenne la pratica politica più seguita e squallore, povertà e disordine lo stile di vita più diffuso. Veniva sperimentata la degenerazione per la degenerazione: qualsiasi cosa, pur di scrollarsi di dosso la stretta paralizzante del Sistema social-intellettuale.

Alla fine degli anni Sessanta, l'intellettualismo degli anni Venti si trovò dunque intrappolato in una strada senza uscita. Continuando a promuovere la liberazione dai freni sociali vittoriani avrebbe generato sempre nuovi hippy, che in realtà non facevano che portare alle estreme conseguenze il suo antivittorianesimo. D'altro canto, se avesse incominciato a proporre un atteggiamento sociale un po' più conformista ma più costruttivo, in opposizione agli hippy, avrebbe favorito la crescita di una nuova generazione di vittoriani sotto forma di destra reazionaria.

In tali condizioni era impossibile vincere e nel 1968 a perdere fu uno degli ultimi grandi uomini politici intellettuali e progressisti del New Deal, Hubert Humphrey, il candidato democratico alle elezioni presidenziali.

« Ne ho abbastanza! » esclamò Humphrey al disastroso congresso del Partito democratico del 1968. Ma né lui né altri seppero proporre una spiegazione né tantomeno un rimedio. La grande rivoluzione intellettuale della prima metà del ventesimo secolo, il sogno della « grande società » resa umana dall'intelletto umano, era naufragata; la mina della liberazione dai freni sociali era scoppiata in mano a quegli stessi che l'avevano innescata.

Fedro era convinto che la rivoluzione hippy avrebbe potuto rappresentare, rispetto alla situazione creata dalla vittoria dell'intelletto negli anni Venti, uno scatto in avanti quasi altrettanto importante di quello compiuto dagli anni Venti rispetto alla supremazia del sociale di fine secolo. Ma, come la sua analisi metteva in luce, quella rivoluzione dinamica aveva commesso un grave errore, un errore che l'aveva distrutta sul nascere.

Dopo il rifiuto degli schemi sociali e intellettuali, agli hippy rimanevano aperte due sole strade: verso la qualità biologica e verso la Qualità dinamica. Poiché le due vie si opponevano entrambe sia alla società sia all'intellettualità, i ribelli degli anni Sessanta pensarono che si equivalessero. E qui si sbagliavano.

L'equivoco si nota, per esempio, nei libri pubblicati in quegli anni in America sulla filosofia Zen, dove lo Zen viene sovente identificato con una sorta di innocente abbandono all'impulso. Fare quello che viene, senza preoccuparsi della censura sociale, nel momento esatto in cui viene di farlo: in quel gesto e in quel momento si esprime la nostra natura-buddha. Un'idea che ai maestri Zen giapponesi in visita negli Stati Uniti deve essere sembrata assolutamente stravagante. I buddhisti giapponesi associano lo Zen a pratiche di disciplina così meticolosamente convenzionali da far apparire gaudenti sregolati perfino i puritani.

Fedro stesso, in quegli anni, tendeva come molti a fare questa confusione tra qualità biologica e Qualità dinamica; ma ora la Metafisica della Qualità aiutava a chiarirla. Da quella confusione, infatti, discende non già un aumento di Qualità dinamica, bensì una forma di degenerazione estremamente distruttiva, del tipo che abbiamo visto in atto nella strage compiuta dai fedeli di Manson, nella follia collettiva di Jonestown e nel generale aumento della criminalità e della tossicodipendenza in tutto il paese. All'inizio degli anni Settanta, quando si incominciò a misurarne le conseguenze, il movimento si sfaldò e la rivoluzione hippy, come la rivoluzione intellettuale degli anni Venti, fu un'altra rivolta morale fallita.

Oggi, pensava Fedro, il bilancio è un generale fallimento di tutti i movimenti morali. Se la rivoluzione intellettuale aveva minato alla base gli schemi sociali, la rivoluzione hippy aveva intaccato sia gli schemi sociali sia quelli intellettuali, senza sostituirvi niente di meglio. La conseguenza è stata un brusco scadimento della qualità sociale e intellettuale della nazione. Negli Stati Uniti, il livello medio di intelligenza, misurato dai punteggi ai test attitudinali federali, si è abbassato; il potere della criminalità organizzata è aumentato e si è fatto ancor più inquietante; i ghetti urbani si sono estesi e diventano sempre più zone a rischio. La fine del secolo in America è segnata da una sorta di soffocante stagnazione intellettuale, sociale ed economica: un'intera società che ha rinunciato a ogni progresso dinamico e tende a regredire lentamente al vittorianesimo, l'ultimo momento statico dell'evoluzione. Altre culture più dinamiche stanno superando, anzi letteralmente invadendo, l'America ormai incapace di reggere alla competizione. Ciò che emerge dai quartieri degradati delle sue città, dove la distruzione dei codici morali della società vittoriana è stata pressoché totale, non è certo il paradiso sognato dagli artefici di queste rivoluzioni, bensì un ritorno alla legge del terrore, della violenza, del regolamento di conti tra bande, alla primitiva morale della ragione del più forte, per il superamento della quale si formarono le prime comunità umane.

Fedro alzò gli occhi alla vetrata e fissò l'oscurità fuori della stanza. La domanda che immancabilmente gli si ripresentava ogni volta che veniva a New York era: ce la farà questa città a sopravvivere? New York ha sempre avuto problemi sociali e se l'è sempre cavata, anzi, in qualche modo, è sempre uscita rafforzata dai suoi problemi e forse, si disse Fedro, succederà così anche questa volta, benché le prospettive sembrino tutt'altro che rosee. Gli tornò in mente la definizione che Kipling aveva dato di Calcutta: « la città della terribile notte ». Ecco che cosa stava diventando New York.

Era il posto più dinamico del mondo, ma il prezzo dell'essere dinamici è l'instabilità. Ogni situazione dinamica è esposta all'attrito, alla corruzione, o addirittura al crollo totale. Quando ci si spinge nell'ignoto, si corre sempre il rischio di esserne inghiottiti. A New York era sempre stato particolarmente vivo lo scontro tra le forze più dinamiche e più morali e le forze più biologiche e più amorali; tra i primi e gli ultimi della classe. I mediocri se ne stavano altrove, nei quartieri residenziali della periferia, intenti alle loro attività statiche. Ma adesso, a quanto pareva, gli ultimi della classe stavano prendendo il sopravvento.

Dalla finestra, oltre il parco, sembrava quasi di vederla calare dal Nord, dai ghetti, la terribile notte, l'eclissi di ogni schema sociale causata dall'invasione incontrollata di schemi biologici sempre più incalzanti, che inducevano nella città un sonno dal quale forse non si sarebbe più svegliata. Non è una guerra tra razze o tra culture, pensò Fedro. È una guerra che la società deve combattere su due fronti, contro gli schemi della ragione e contro gli schemi della biologia scatenati dai troppi errori di questo secolo.

L'aspetto più sinistro della caduta dell'Impero romano è il fatto che i popoli che la causarono non si resero conto di avere abbattuto un grande impero. Avevano grado a grado paralizzato a tal punto le articolazioni della struttura sociale di Roma, che era come se la struttura stessa non esistesse più. Non era più possibile riscuotere le tasse; i soldati non ricevevano più la paga: tutto si era fermato. Le strutture della civiltà furono dimenticate: era calata la notte dei secoli bui.

Fedro non ne era sicuro, ma gli era sembrato di cogliere come una dolcezza per le strade, che in passato non aveva mai notato. Quel tipo di dolcezza un po' sinistra delle culture stanche e corrotte, la stessa che comunicano le canzoni nei vicoli di Napoli o nei villaggi messicani. Che viene non dall'assenza di violenza, ma dalla presenza schiacciante di essa. Vivi e lascia vivere. Bada solo a tenerti lontano dai guai. La dolcezza di chi ha rinunciato a lottare apertamente perché è troppo pericoloso farlo. Fedro avvertiva alla bocca dello stomaco come un presentimento che fosse in atto, qui a New York, qualcosa di simile alla caduta dell'Impero romano. Le configurazioni che avevano prodotto la città non erano più riconosciute e comprese, o meglio coloro che erano in grado di capirle non dominavano più coloro che non le capivano.

La notte mortale poteva discendere e avvolgere la città perché le configurazioni dell'intelletto che avrebbero dovuto tenere sotto controllo la situazione, rendersi conto del pericolo e organizzare la resistenza, erano paralizzate. E non da qualche forza esterna, ma dalla loro intima costituzione, che impediva loro di capire ciò che stava accadendo.

Era come osservare il comportamento del ragno quando la vespa si prepara a predarlo. Per salvarsi, il ragno deve solo allontanarsi. Invece rimane lì, paralizzato da qualche interno schema di reazione che gli impedisce di riconoscere il pericolo. La vespa lo trascina nel suo nido, gli impianta le uova nel corpo e il ragno, paralizzato ma vivo, verrà poi lentamente divorato dalle larve.

Al posto del paralizzante sistema intellettuale che non sa opporsi a questo processo distruttivo, pensò Fedro, si potrebbe usare la Metafisica della Qualità. La paralisi americana è paralisi degli schemi morali. La moralità non può funzionare normalmente perché è stata dichiarata intellettualmente illegittima dalla metafisica soggetto-oggetto imperante nel pensiero sociale odierno. Ma gli schemi intellettuali per soggetti e oggetti non sono sorti per governare le società, e infatti non ne sono capaci. Se si pretende che lo facciano, che definiscano i criteri morali e rendano espliciti i valori, quando hanno appunto dichiarato l'inesistenza dei valori e della morale, il risultato non può che essere la catastrofe sociale.

È a questo modello intellettuale di «oggettività» amorale che va ascritto il degrado sociale dell'America, perché esso ha minato alla base i valori sociali statici necessari per prevenire il degrado. Nel condannare la repressione sociale come la nemica della libertà, esso non ha mai proposto alcun principio morale che permettesse di distinguere la lotta contro una società repressiva di un Galileo da quella di un delinquente comune, ed è stato, di conseguenza, campione di entrambe. Ecco la radice del problema.

Fedro ricordava certe feste degli anni Cinquanta e Sessanta frequentate da intellettuali progressisti, come lui del resto, i quali addirittura provavano ammirazione per certi tipi di delinquenti che a volte si vedevano nel giro. Era come se dicessero: «Eccoci qua, spacciatori, ladri, figli dei fiori, anarchici, attivisti per i diritti civili, professori universitari: tutti uniti nella lotta contro il sistema sociale disumano e corrotto che è il nostro comune nemico».

I poliziotti non godevano di grande popolarità a

quelle feste. Qualsiasi misura limitasse il potere della polizia era considerata giusta. Perché? Ma perché i poliziotti non hanno mai un atteggiamento intellettuale. Sono i lacchè del Sistema. Ossequiano il Sistema e detestano gli intellettuali. Era in fondo una questione di caste. I poliziotti appartenevano chiaramente a una casta inferiore; gli intellettuali non si sporcano le mani con le storie di violenza e di criminalità che sono il loro pane quotidiano. E poi, diciamolo, i poliziotti non sono delle aquile. Meglio che fossero disarmati, come in Inghilterra, dove notoriamente le cose andavano meglio. Era la repressione poliziesca ad alimentare la criminalità.

Quello che i frequentatori di quelle feste chiamavano moralità era un'amorfa brodaglia di buoni sentimenti vagamente connessi con i « diritti umani » e condita con una dose di « ragionevolezza ». A che cosa esattamente si riferissero questi termini non veniva mai chiaramente spiegato. Bastava dichiararsi d'accordo.

Adesso, naturalmente, Fedro aveva capito che quei termini non venivano definiti perché era impossibile definirli. In una visione del mondo per soggetti e oggetti, essi non hanno alcun significato: « diritti umani » e « ragionevolezza » morale non sono soggetti e non sono oggetti, dunque non esistono.

Ma la Metafisica della Qualità può fare chiarezza in questa sbrodolata sentimentale su entità logicamente inesistenti. La Metafisica della Qualità afferma che per « diritti umani » si deve intendere il codice morale che contrappone l'intelletto alla società, il diritto-dovere dell'intelletto di non soggiacere al dominio del sociale. Libertà di parola; libertà di associazione, di domicilio; pubblicità dei processi; *habeas corpus*; potere politico basato sul consenso: questi « diritti umani » sono elementi dello scontro tra intelletto e società. E secondo la Metafisica della Qualità, essi non poggiano soltanto sul sentimento, ma hanno un fondamento razionale, metafisico. Sono indispensabili all'evoluzione da un livello di vita inferiore a uno superiore. Sono realtà.

Ma la Metafisica della Qualità avverte anche che questo codice etico, incentrato sullo scontro tra intelletto e società, è altra cosa dai codici emersi dallo scontro tra il sociale e il biologico iniziato in epoca preistorica. Sono due livelli di moralità completamente distinti, che non bisogna in alcun modo confondere.

Il termine comune, fonte della confusione, è « società ». È buona o cattiva, la società? Il quesito è poco chiaro proprio perché il termine compare in entrambi i livelli; ma mentre nell'uno la società rappresenta la configurazione evolutivamente superiore, nell'altro è quella inferiore. Se non si tengono distinti i due livelli, si crea una confusione che finisce per risultare paralizzante. Come si constata oggi nelle formulazioni teoriche riguardanti l'etica e la società.

L'affermazione « l'uomo nasce libero ma è dovunque in catene » è un falso storico. Non esistono catene più pesanti della necessità biologica nella quale ognuno di noi è immesso alla nascita. La società è sorta in primo luogo proprio per liberare l'uomo dalle catene biologiche. E ha assolto il suo compito così bene che gli intellettuali possono addirittura dimenticarsene e scagliarsi contro di essa con vergognosa ingratitudine.

Se oggi ci troviamo a vivere in un paradiso intellettuale e tecnologico e in un inferno morale e sociale, è perché il livello evolutivo rappresentato dall'intelletto, nella lotta per affrancarsi dal livello sociale, ha ignorato il ruolo di quest'ultimo nel mantenere sotto controllo il livello biologico. Gli intellettuali non si sono resi conto della marea di qualità biologica che viene in ogni momento arginata dall'ordine sociale.

La qualità biologica è necessaria per la conservazione della vita. Ma quando minaccia di dominare e di distruggere la società, diventa il male incarnato. È lei il Maligno della cultura occidentale del ventesimo secolo. L'odio fanatico per l'Occidente delle culture fondamentaliste islamiche è in parte dovuto al fatto che la cultura occidentale ha liberato quelle forze biologiche che l'Islam ha cercato per secoli di mantenere sotto controllo.

Insomma, la Metafisica della Qualità ci mostra come la fede intellettuale odierna nella naturale e fondamentale bontà dell'uomo sia pericolosamente ingenua. L'ideale di una società armonica, in cui ciascuno collabora spontaneamente con il prossimo per il bene comune, è una fantasia rovinosa.

I dati stessi della scienza la smentiscono. L'esame delle ossa degli uomini delle caverne indica che, prima dell'affermarsi della vita associata, la norma era il cannibalismo, non la collaborazione. Nella storia delle popolazioni primitive, per esempio degli indiani d'America, non sono attestati comportamenti di tolleranza e di collaborazione fra le tribù, bensì agguati, torture, barbare uccisioni di bambini. Se l'uomo è fondamentalmente buono, allora forse a questo suo fondo di bontà vanno ascritte le istituzioni sociali create per reprimere questo tipo di ferocia biologica.

E con ciò siamo tornati alla cultura americana e ai suoi padri fondatori, i puritani, con la loro fissazione sul « peccato originale » e sulla redenzione. Nel nostro mondo scientifico, le spiegazioni che essi davano del peccato originale hanno un sapore mitologico non più accettabile; ma se andiamo a vedere i comportamenti che nella società puritana venivano collegati al peccato, scopriamo un dato molto interessante. Bere, ballare, avere rapporti sessuali, ridere e scherzare, giocare d'azzardo, oziare: i piaceri messi al bando erano tutti piaceri *biologici*. L'antica morale puritana era in larga misura repressione della qualità biologica. Nella Metafisica della Qualità scompare il dogmatismo del puritanesimo, ma i suoi princìpi di condotta morale acquistano un senso accettabile.

Già i vittoriani non prendevano più così sul serio queste restrizioni biologiche, anzi stavano via via liberandosene. Ma esteriormente continuarono a uniformarvisi e, specialmente nell'educazione dei bambini, la scuola della repressione biologica, con la sua massima: « dove manca la correzione abbonda la corruzione », era sempre in auge. E nel leggere le opere di autori cresciuti a quella scuola, non si può fare a meno di notare una civiltà e una maturità sociale quasi inesistenti nel mondo di oggi. Gli intellettuali degli anni Venti, che cercarono di abbattere i vecchi codici sociali li avevano tuttavia assimilati così bene durante l'infanzia che non risentirono del dissesto da loro stessi provocato. Ma ne hanno sofferto i loro discendenti, cresciuti in una società ormai priva di quei codici.

Secondo la Metafisica della Qualità, quindi, se non bisogna seguire ciecamente i codici sociali puritani e vittoriani, non bisogna neppure distruggerli indiscriminatamente. Essi andrebbero tolti dalla soffitta per un riesame critico imparziale, per vedere a che cosa miravano e che cosa hanno effettivamente realizzato nella costruzione di una società più forte. Dobbiamo renderci conto che una società, quando reprime a proprio vantaggio la libertà intellettuale, segue il male morale in senso assoluto; ma quando reprime la libertà biologica segue, altrettanto assolutamente, il bene morale. E bene e male in questo senso non sono « usanze »; sono realtà, come le pietre e come gli alberi. La pericolosa simpatia degli intellettuali degli anni Sessanta e oltre per tutto ciò che era « fuorilegge » nasceva indubbiamente dall'aver individuato nel sistema sociale il nemico comune. Ma la Metafisica della Qualità arriva alla conclusione che quello fu un errore. E gli avvenimenti e il clima degli anni Settanta e Ottanta lo dimostrano.

Fedro ricordava una discussione avuta agli inizi

degli anni Sessanta con un professore dell'Università di Chicago che aveva deciso di trasferirsi in un altro quartiere perché quello dove abitava, Woodlawn, vicino all'Università, dopo l'arrivo di bande di delinquenti neri era diventato troppo violento e pericoloso. Fedro aveva obiettato che andarsene non era una soluzione.

Il professore si era infuriato. « Che ne sai tu? » era sbottato. « Abbiamo provato di tutto. Laboratori, gruppi di studio, assemblee, comitati di gestione. Per anni ci siamo dati da fare. Non c'è cosa che non abbiamo provato. Ed è stato tutto inutile ».

E aggiunse: « Tu non puoi capire che sconfitta sia stata per noi ».

Allora Fedro non aveva saputo che cosa ribattere, ma adesso sì. L'idea che si possa porre fine alla criminalità biologica con la forza dell'intelletto, con la persuasione verbale, è assurda. Le configurazioni intellettuali non sono in grado di arginare le configurazioni biologiche. Soltanto le configurazioni sociali ne sono capaci e lo strumento di comunicazione tra il sociale e il biologico non sono le parole, bensì, da sempre, sono il poliziotto o il soldato, armati. Le leggi, le teorie, le costituzioni, le carte dei diritti, le dichiarazioni di indipendenza che si sono affermate nel corso della storia si potrebbero definire istruzioni date all'esercito o alla polizia. Se esercito e polizia non possono o non vogliono applicarle, è come se non fossero mai state scritte.

Il senso di paralisi di quel professore era dovuto per metà alla sua adesione ai dogmi intellettuali del ventesimo secolo, portati avanti, tra gli altri, dalla sua università. Per l'altra metà derivava dal fatto che i delinquenti in questione erano neri. Fossero stati teppisti bianchi a spadroneggiare per il quartiere con furti, stupri, aggressioni, la risposta sarebbe stata molto più decisa; ma se un bianco denunciava un nero per quegli stessi reati, si esponeva all'accusa di razzismo. E nel clima culturale di quegli anni, nessun intellettuale avrebbe sopportato di passare per razzista. La sola idea gli tappava la bocca. La paralisi, appunto.

La stessa che si nota oggi a New York, e per la stessa ragione.

L'origine dell'accusa di razzismo ci riporta pari pari all'inizio del discorso, alla metafisica soggetto-oggetto, nella quale l'uomo è un oggetto che possiede un insieme di proprietà chiamato « cultura ». La metafisica soggetto-oggetto fa tutt'uno dell'uomo biologico e dell'uomo culturale, li vede come aspetti di un'unica entità molecolare. E poiché è immorale giudicare negativamente un popolo a causa delle sue caratteristiche genetiche, essa conclude che è immorale anche giudicarlo negativamente per le sue caratteristiche culturali. Il ragionamento è rafforzato dalla teoria antropologica del relativismo culturale: non si può giudicare una cultura in base ai valori di un'altra cultura. La scienza, poi, nega l'esistenza di una moralità assoluta, al di fuori delle singole culture, sicché censurare i modelli delinquenziali di una minoranza di questa città è a sua volta un'attività censurabile. Di qui la paralisi.

Invece la Metafisica della Qualità, ritornando anch'essa all'inizio del discorso, afferma che l'uomo è fatto di schemi statici appartenenti a livelli evolutivi diversi, ma possiede anche una capacità di risposta alla Qualità dinamica. Dice sì che schemi biologici e schemi culturali spesso si assommano, ma dice anche che il ritenere uno schema culturale parte integrante della persona biologica è altrettanto assurdo del ritenere il programma Lotus 1-2-3 parte integrante di un calcolatore IBM. Una cultura non è la fonte della coscienza morale in generale, bensì un insieme circoscritto di atteggiamenti morali. È dunque possibile e legittimo fare una graduatoria delle varie culture e dare giudizi sulla loro moralità secondo il contributo che offrono all'evoluzione della vita.

Una cultura che favorisca la supremazia dei valori sociali sui valori biologici è in senso assoluto superiore a quelle che non lo fanno, e una cultura che favorisca la supremazia dei valori intellettuali sui valori sociali è in senso assoluto superiore alle culture che così non fanno. È immorale criticare un popolo per il colore della pelle o per qualsiasi altra caratteristica genetica, perché questi tratti non sono modificabili e comunque non hanno alcun peso. Ma non è immorale criticare una persona per le sue caratteristiche culturali, se tali caratteristiche sono immorali. Perché le caratteristiche culturali sono modificabili e hanno un grosso peso.

I neri non hanno il diritto di violare i codici sociali e poi accusare di « razzismo » chi cerca di impedirglielo, se quei codici non sono razzisti. Un'accusa simile è diffamazione. La lotta per far rispettare i codici sociali non è una guerra tra bianchi e neri o tra ispanici e neri o tra ricchi e poveri, e neppure tra più intelligenti e meno intelligenti né fra altre possibili variabili culturali. È una guerra tra biologico e sociale.

È una guerra di neri biologici e bianchi biologici contro neri e bianchi *sociali*. Le configurazioni genetiche non fanno che rendere confusa la questione. E in questa guerra, per porre fine alla paralisi della società, l'intelletto deve aver chiaro da che parte sta e sostenere, non minare alla base, il suo alleato. Dove i valori biologici minacciano i valori sociali, gli intellettuali devono individuare i comportamenti che hanno valore *sociale*, indipendentemente dalla connotazione etnica, e appoggiarli senza riserve. Devono distinguere i comportamenti che hanno invece una valenza *biologica*, indipendentemente dalla connotazione etnica, e frenare o distruggere inflessibilmente gli schemi biologici disgreganti, prima che questi distruggano la civiltà; come farebbe un medico di fronte ai batteri.

Ah, la città della terribile notte. Che disastro!

E Lila? Che fine avrebbe fatto Lila, così alla deriva, ora in un giro ora nell'altro? Era abbastanza adulta da saper badare a se stessa, e tuttavia... A Fedro dispiaceva vederla sprecarsi in quel modo.

Si alzò, andò in camera e rimase a fissare il letto, incerto se andare a dormire o no. Poi decise di farsi una doccia. Sarebbe stata l'ultima per un bel pezzo.

Non aveva senso restare in albergo, pensava intanto. L'affare con Redford era concluso, per il momento. Sarebbe stato più logico andar giù al fiume a dare un'occhiata. Gli ormeggi li aveva controllati ieri, ma non si sa mai; metti che la scia di un rimorchiatore avesse mandato tutto all'aria. Lila aveva detto che sarebbe passata solo per ritirare la sua valigia, ma, arrabbiata com'era, meglio controllare anche quello. Soprattutto in questa città. In questa terribile notte.

Finito che ebbe di farsi la doccia, la decisione era presa: fare i bagagli e andare a dormire sulla barca.

Si vestì, mise le sue cose nella sacca e si preparò a uscire. Passando dal soggiorno, con la borsa di tela piena di posta non letta in una mano e la sacca sulla spalla dall'altro lato per bilanciare il peso, notò che la falena stava sempre ronzando intorno alla lampada, impegnata nella sua personale guerra contro le forze delle tenebre. Guardò per l'ultima volta la vetrata con la magica terrazza, poi si chiuse definitivamente la porta alle spalle.

In corridoio, mentre aspettava l'ascensore, tese l'orecchio al sibilo del vento nella tromba. Le voci del vento: per chi va in barca hanno significati che di rado la gente di terra capisce.

Improvvisamente lo colpì il pensiero che la falena non aveva fatto nessuna fatica ad arrivare lassù, non c'era stata nessuna lotta per la trascendenza. Ci era probabilmente arrivata in ascensore, come tutti. Era una falena del ventesimo secolo. Solo le falene vittoriane lottavano contro le tenebre.

L'idea lo fece sorridere.

25

Arrivando in taxi alla darsena della 79ª strada, Fedro notò che il vento proveniente dal fiume era cambiato; era girato a nord-ovest, segno che presto avrebbe smesso di piovere.

Al cancello, seduto sulla spalletta, c'era un nero, che si voltò a guardarlo. Fedro ebbe un moto di diffidenza, poi capì: doveva essere un custode. Strano, però, che non fosse in divisa.

Pagò il tassista, raccolse il suo bagaglio dal sedile e scese.

« Tiene d'occhio i paraggi? » disse al custode.

L'uomo fece di sì con la testa e chiese: « È la sua quella barca, là in fondo? ».

« Perché, è successo qualcosa? ».

« Niente, niente ». Continuava a fissarlo. « Solo che c'è qualcuno a bordo. Una signora. Se ne sta là seduta. Senza impermeabile. Le ho chiesto se aveva bisogno di qualcosa; dice che ci abita, sulla barca. Non mi ha quasi guardato ».

« La conosco » disse Fedro. « Avrà dimenticato la combinazione ».

Le assi del pontile erano scivolose. Mentre si avviava con le sue borse, attento a dove metteva i piedi, la vide, seduta sotto il supporto del boma.

Brutto segno, pensò. Erano d'accordo che se ne sarebbe andata. Chissà che cosa gli stava preparando.

Arrivò alla barca. Lila aveva lo sguardo fisso; non parve riconoscerlo. Fedro si chiese se non fosse drogata.

Buttò le borse oltre la battagliola e salì a bordo. « Perché non sei entrata? » le chiese.

Nessuna risposta.

Be', lo poteva facilmente scoprire.

Fece ruotare la serratura a combinazione, al buio, contando gli scatti, diede uno strattone e la serratura si sbloccò. Forse Lila non era stata capace di farla scattare.

« Non sei riuscita ad aprire? ».

« Mi hanno rubato il portafogli ».

Ah, ecco il problema.

Poco male. Se era questione di soldi, avrebbe potuto dargliene abbastanza da rimetterla in piedi, poi via. Niente di male a ospitarla per una notte ancora.

« Be', entriamo adesso ».

« Noi siamo pronte » disse Lila. Si alzò con un movimento goffo, come se portasse in braccio qualcosa di pesante.

Che significa « noi »? si chiese Fedro.

Sottocoperta le diede un asciugamano, ma Lila, invece di usarlo per asciugarsi, aperse quella specie di fagotto che teneva in braccio e si mise a strofinare delicatamente qualcosa. Pareva la faccia di un neonato.

Guardando meglio, Fedro capì che non era un neonato. Era la testa di una bambola.

Lila gli sorrise. « Viene anche lei » disse.

Fedro la guardò attentamente. Aveva l'espressione serena.

« È tornata » disse Lila. « Dal fiume ».

« Chi? ».

« E ci aiuterà a trovare l'isola ».
L'isola? La bambola... « Spiegati meglio » le disse.
La scrutò da vicino. Lila gli restituì lo sguardo e improvvisamente, eccola: la luce, come nel bar su a Kingston. Fedro provò un sollievo del tutto sproporzionato.
La droga non c'entrava.
Sedette sulla cuccetta per darsi uno spazio in cui assimilare la novità. Le cose stavano succedendo troppo in fretta.
Dopo un po' le disse: « Raccontami dell'isola ».
« Lucky sarà già arrivato » disse Lila.
« Lucky? ».
« Tutti ci dobbiamo andare » disse lei. Poi aggiunse: « Vedi, io lo so chi sei ».
« Chi sono? ».
« Il barcaiolo ».
Inutile insistere. Le sue domande sollecitavano solo nuove domande.
Lila tornò a guardare la bambola con occhi adoranti. No, no, la droga non c'entra, si disse Fedro. Questo è molto peggio. Riconosceva lo stile, l'« insalata di parole ». L'avevano diagnosticata anche a lui, un tempo. Per Lila quello che diceva aveva senso, solo che lasciava sottintese alcune idee e saltava da un pensiero all'altro.
Continuò a osservarla e la vide diventare sempre più trasognata.
« È meglio che ti asciughi e ti cambi » le disse, ma lei non rispose. Guardava la bambola, facendole versini affettuosi.
« Perché non vai in cabina a stenderti un po'? ».
Niente.
« Vuoi mangiare qualcosa? ».
Lei scosse la testa, sempre con quel sorriso sognante.
Fedro si alzò e le toccò la spalla. « Vieni » disse. « Ti stai addormentando ».
Lila sembrò risvegliarsi un poco. Lo guardò senza

vederlo, poi, dopo avere riavvolto con cura la bambola, si alzò. Lo precedette come una sonnambula nella cabina di prua, depose delicatamente sul materasso la bambola, poi con gesti lenti si arrampicò a sua volta sulla cuccetta.

« Dormi pure finché vuoi » disse Fedro.

Lila non rispose. Forse dormiva già.

Fedro tornò nell'altra cabina e si mise a sedere.

La situazione non era poi troppo brutta, pensò. Forse la mattina ne sarebbe uscita da sola, così. A volte succedeva.

Prese la pila e sollevò un paio di assi del pagliolo per controllare il livello dell'acqua nella sentina.

Ancora abbastanza basso.

Poi, con una leva, aperse il coperchio del serbatoio dell'acqua potabile e lo ispezionò facendovi girare intorno il raggio della pila. Sembrava ancora mezzo pieno. L'avrebbe rifornito domattina, prima di partire.

Oh, accidenti! Come faceva a partire, domani? E Lila?

Tornò a sedere sulla cuccetta. Non riusciva ancora a raccapezzarsi.

Dopo un po' si convinse che doveva chiamare la polizia.

Per dire che cosa?

« Ecco, vedete, sulla mia barca c'è una donna, è una pazza. Vi dispiacerebbe togliermela dai piedi? ».

« Come ci è arrivata, sulla sua barca? ».

« Ecco, è salita a Kingston... ». No, ridicolo.

Forse la cosa più semplice e più logica era di affidarla a uno psichiatra. Così, comunque andasse per lei, lui sarebbe rimasto fuori dai guai. È a quello che servono gli psichiatri. Ma come avrebbe fatto a convincerla? A stento era riuscito a mandarla a letto.

E chi avrebbe pagato? Quei signori non lavorano gratis. O l'avrebbero presa per beneficenza? Una che non era neanche di New York? Difficile. E comunque, tra carte timbri e firme e tutta la burocrazia, sarebbero passati giorni, prima di poter partire.

A poco a poco si rese conto di essere in un bel pasticcio. Accidenti! Proprio vero che nessuno ti dà niente gratis. Era in trappola. Non c'era modo di sganciarsi, per il momento. Che cosa diavolo poteva fare?

La situazione non era tragica: rasentava la comicità, tanto era assurda. L'aveva proprio incastrato!

Già si immaginava la sua vita futura con una pazza nella cabina di prua che non avrebbe mai osato denunciare: vagare di porto in porto, un Olandese volante in versione yacht, costretto a servirla per il resto dei suoi giorni.

Gli pareva di essere Woody Allen... Ecco chi doveva interpretare il suo personaggio nel film. Woody Allen. Sarebbe stato perfetto.

Che fare? Dio, che pasticcio.

Certo, poteva prendersela in spalla e scaricarla sulla banchina. Per un po' accarezzò l'idea, finché non incominciò a entrare in depressione. Non c'era niente da ridere: era incastrato, e basta.

Faceva freddo in cabina. Fino allora non se n'era accorto, per lo shock forse. Caricò la stufa con le mattonelle di carbone e fece per accenderla, ma i fiammiferi si spensero uno dopo l'altro. Woody Allen al suo meglio. Di colpo non funziona più niente.

Riandò con la mente a tutto quello che era successo da quando l'aveva incontrata a Kingston. C'erano stati piccoli episodi che potevano far presagire questo esito. Ma gli era così totalmente estranea, che lui non li aveva riconosciuti. Gli improvvisi scoppi di rabbia con pretesti inesistenti, la sconcertante iniziativa sessuale quella notte a Nyack. Avrebbe dovuto capirlo fin dal principio.

Magari era su questo che Rigel aveva cercato di metterlo in guardia.

Pensò di riprovare con la stufa, per farsi un caffè,

ma poi cambiò idea. Meglio cercare di dormire un po'. Non c'era niente che non potesse rimandare al mattino. Stese un sacco a pelo sulla cuccetta, si svestì e si infilò dentro.

« Il barcaiolo »... Che cosa voleva dire?

Perché avrà scelto proprio me, in quel bar, si chiese, con tutti gli uomini che c'erano.

Si vede che mi considera una specie di rifugio. Di salvatore.

In realtà era così sola, così isolata.

Sì, questo spiegava tutto. Perciò era tornata lì, stanotte. Evidentemente lui era l'unica persona da cui potesse andare.

Proprio non sapeva come comportarsi. Lasciarla parlare, forse, per capirci un po' di più. Non c'era altro.

Strana l'assenza dei soliti rumori dei porti. Trovandosi agli ormeggi a New York, si era aspettato un via vai incessante di rimorchiatori e di chiatte, e grosse imbarcazioni da alto mare. Invece no. Sembrava di essere in qualche tranquillo lago dell'interno...

Il sonno non ne voleva sapere di venire...

... La luce che le aveva visto intorno. Era come un messaggio.

« Svegliati » diceva.

Svegliarsi a che cosa?

Ai tuoi obblighi morali. Ma quali?

Essere meno statico?

Gli anni del suo ricovero in manicomio erano ormai lontani. Era diventato molto statico. Più comprensibile per i sani, adesso, perché più simile a loro. Ma tanto più separato da quelli come Lila.

Adesso la guardava come gli altri un tempo avevano guardato lui. E si comportava, anche, esattamente come loro. Solo che loro avevano la giustificazione di non sapere che cosa significa. Lui no.

Però era un punto di vista legittimo. Come su una zattera di salvataggio: se ci si fa carico di troppe persone con troppi problemi, si finisce per affondare tutti quanti. Non solo non li salvi, ma loro fanno annegare anche te.

E poi lei non è importante, è una perdita di tempo, un'interruzione in ben altri impegni. Nessuno lo ammette, ma è questa la vera ragione per cui i matti vengono rinchiusi in manicomio. Hanno abitudini troppo irritanti e non c'è altro modo per liberarsene. Non è solo perché pensano cose assurde che nessun altro condivide. Sono dichiarati «malati di mente» perché, oltre ad avere idee strane, sono un grande impiccio.

Un punto di vista legittimo. Quello che non è legittimo è l'alibi, fingere che lo fai per il loro bene. In realtà non c'era pericolo che Lila potesse trascinarlo a fondo. Era una seccatura, ma si poteva superare. Forse era questo il messaggio della luce: una seccatura, ma non c'era scelta, doveva aiutarla. Altrimenti avrebbe fatto del male a se stesso. Non si può piantare in asso la gente senza uscirne deteriorati.

Potrei essere la persona più adatta, si disse, o la meno adatta. Come si fa a sapere?

Si girò su un fianco e cercò di rilassarsi.

Li riconosceva, quei discorsi, quello stile; gli tornarono in mente certi suoi compagni al manicomio. È tipica dei matti, quella sorta di candore...

Che cosa gli ricordava? Sembrava passato tanto tempo.

Ma sì, zia Ellen. Lui aveva sette anni.

Si erano sentiti dei rumori, di sotto, nell'oscurità. I suoi genitori avevano pensato a un ladro, invece era zia Ellen. Gli occhi sbarrati. C'era un uomo che la inseguiva, disse. Voleva ipnotizzarla per farle brutte cose.

L'avevano ricoverata e Fedro ricordava le sue suppliche: «Io sto bene. Non ho niente. Loro mi vogliono tenere qui, quando io so benissimo di non avere niente ».

Sua madre e le altre sorelle piangevano nell'andarsene. Ma non vedevano quello che lui aveva visto.

Non se l'era più scordato: zia Ellen non aveva paura della pazzia. Aveva paura di *loro*.

Anche per lui, dopo, era stata quella la cosa più difficile da affrontare. Non la pazzia, che era naturale. Ma il senso di essere nel giusto che hanno i sani.

Quando sei d'accordo con loro, i sani di mente sono di grande conforto e protezione, ma quando dissenti, le cose cambiano. Diventano pericolosi, non si fermano davanti a niente. Più spaventoso e sinistro di tutto per Fedro, allora, era il pensiero di quello che i sani avrebbero potuto fare in nome della *bontà d'animo*. Le persone che più amava e che più lo amavano erano diventate tutt'a un tratto ostili, senza eccezioni, come lo erano state con zia Ellen. Continuavano a ripetere: « Perché non vuoi capire? Se solo riuscissimo a farti ragionare ».

Fedro si rendeva conto che i sani di mente non dubitano mai della propria bontà d'animo perché glielo conferma la cultura. Chi dissente è malato, è paranoide, da curare. Perciò, quando era in ospedale, Fedro stava molto attento a come parlava. Diceva ai sani quello che volevano sentirsi dire e i suoi veri pensieri li teneva per sé.

Tornò a girarsi. Il cuscino era duro come un sasso. Quelli comodi li aveva tutti lei nell'altra cuccetta... Be', pazienza.

Perciò era assurdo voler trarre un film dal suo libro: non si può filmare la follia.

O magari... se, durante la proiezione, la sala crollasse e gli spettatori si ritrovassero sospesi nello spazio in mezzo alle stelle, senza più riferimenti, a chiedersi che stupidaggine è quella, di starsene lì tra le stelle a vedere un film che non li riguarda; e poi tutt'a un tratto si rendessero conto che quel film è l'unica realtà esistente e che li riguarda eccome, perché ciò che vedono sullo schermo e ciò che sono coincide e se finisce il film anche loro finiranno...

Ecco! Il vuoto completo. Nessun riferimento.

E poi, dopo un po', questa specie di sogno, e loro dentro.

Così era successo: Fedro si era talmente abituato a stare dentro al sogno chiamato «normalità», che non gli sembrava più un sogno. Tranne di tanto in tanto, quando capitava qualcosa a rammentarglielo, come stanotte. Ormai vedeva raramente la luce. Ma allora, quella luce era tutto.

Non è che questa o quella cosa assumessero un aspetto diverso. Era il contesto a essere completamente diverso, pur contenendo le medesime cose.

Una volta gli era venuta questa immagine, per spiegare la differenza: di un insetto che per tutta la vita è stato portato in giro dentro un calzino puzzolente e poi, d'un tratto, qualcuno rivolta il calzino. I percorsi, le distanze, le abitudini di vita sono sempre gli stessi, eppure adesso tutto sembra aperto e libero e non c'è più quella terribile puzza paralizzante.

E gli era venuta anche un'altra immagine: di se stesso che per tutta la vita si era tenuto in equilibrio su una fune. Poi c'era stata la caduta, e lui aveva scoperto che, anziché sfracellarsi, sapeva volare, che aveva questo miracoloso e insospettato dono.

Non aveva comunicato a nessuno il suo senso di esaltazione, quel senso di antichi misteri risolti e di nuovi misteri che si aprivano all'esplorazione. Ricordava benissimo che, allora, non aveva affatto avuto l'impressione di essere entrato in stato catatonico. Anzi, gli sembrava di esserne uscito. Si era liberato di uno schema di vita statico che aveva creduto immutabile.

Un lieve rollio della barca lo riportò al presente. Dio, se non trovava il modo di riposare un po' sarebbe impazzito sul serio. Troppe esperienze caotiche... strade, rumori, persone che non vedeva da oltre un anno, Robert Redford, improvvisamente sovrapposti all'atmosfera della barca... e adesso, in più, questa faccenda di Lila. Troppo.

... Tutto che cambia, che cambia, senza sosta. Gli stava a cuore di non farsi incastrare in schemi statici, ma adesso tutto era *troppo* fluido. Dovrebbe esserci una via di mezzo, tra caos e stabilità. Incominciava a essere troppo vecchio per queste cose.

Forse gli conveniva provare a leggere per un po'. Era agli ormeggi, collegato per la prima volta dopo settimane a una corrente da 120 volt, e non ne aveva approfittato neanche un minuto. Poteva leggersi la posta, per esempio. Forse questo l'avrebbe rilassato.

Si alzò, prese la lampadina da 120 volt da uno dei cassoni, la inserì e accese l'interruttore. Non funzionava. Forse avevano staccato la corrente. Sempre così. E faceva anche freddo. Doveva proprio riuscire ad accendere la stufa.

Si infilò i calzoni e il maglione, prese la pila e un voltmetro dalla cassetta degli attrezzi e aperse il boccaporto per andare a sistemare il guasto.

Non pioveva più, ma il cielo era sempre coperto e rifletteva le luci della città. Forse più tardi avrebbe ripreso a piovere. Lo sapremo domattina, pensò.

Sulla banchina, vide che il cavo della sua barca era inserito. Arrivato al contatore, staccò la spina e infilò nella presa i cavetti del voltmetro. Non passava corrente.

Certo non era il massimo della prudenza starsene a piedi nudi sul bagnato a controllare circuiti elettrici. Aperse lo sportellino di fianco al contatore: uno degli interruttori era sull'OFF, naturalmente. Tipico. Lo fece scattare e il voltmetro segnò 114.

Tornò sulla barca: la lampadina era accesa. Versò

un po' di alcol sulle mattonelle di carbone e avviò la stufa.

Non aveva voglia di leggere la posta. Ci voleva troppa concentrazione. Dopo centinaia di lettere di ammiratori che dicevano tutte più o meno le stesse cose, diventava faticoso continuare a leggerle con la mente ricettiva. Un altro dei problemi della celebrità, che adesso non gli andava di affrontare. Per quel giorno aveva fatto il pieno.

Poteva leggere qualcuno dei libri che aveva comperato. Uno degli svantaggi della vita in barca era l'impossibilità di usare le biblioteche pubbliche. Ma in una libreria aveva trovato una vecchia biografia di William James in due volumi, che gli sarebbe durata per un po'. Qualche bella pagina di « filosofologia » è l'ideale per farsi venire sonno. Prese dalla borsa il primo volume, si infilò nel sacco a pelo e rimase semisdraiato a fissare la copertina.

26

« Filosofologia »: una bella parola. Giusta. Con quel suono rotondo, ridondante, pomposo, che si adattava alla perfezione al suo contenuto; Fedro la trovava molto utile. La filosofologia sta alla filosofia come la musicologia alla musica, o come la storia dell'arte e la critica d'arte stanno all'arte o la critica letteraria alla letteratura. Un campo secondario, di derivazione, una sorta di escrescenza, di parassita a cui piace pensare di dettar legge al suo ospite analizzandone e intellettualizzandone il comportamento.

I critici letterari e gli storici dell'arte si stupiscono dell'odio che molti scrittori e artisti nutrono nei loro confronti; non capiscono il perché di tanto veleno. E probabilmente anche i musicologi, benché nel loro caso Fedro non fosse in grado di giudicare. Invece per i filosofologi il problema non si pone, perché manca la categoria che potrebbe detestarli. I filosofi non esistono. I cosiddetti filosofi sono in realtà solo dei filosofologi.

Fate conto che un professore di storia dell'arte, dopo avere per un certo numero di anni condotto i suoi allievi in vari musei e dopo avergli fatto scrivere una tesi su questo o quell'aspetto teorico o tecnico delle opere d'arte studiate, rilasci poi loro un diploma di artista. A studenti che non hanno mai preso in mano un pennello, non hanno mai visto uno scalpello e un mazzuolo, che conoscono solo la storia dell'arte. Ridicolo, no?

Eppure è esattamente ciò che succede nel campo della filosofologia che si fa chiamare filosofia. Gli studenti non sono lì per creare filosofia. Chi lo facesse metterebbe in imbarazzo i docenti, che probabilmente confronterebbero il suo lavoro con gli scritti di Mill, di Kant o di qualche altro calibro del genere, a tutto svantaggio dello studente, e gli consiglierebbero di cambiare facoltà. All'università Fedro era stato ripetutamente avvertito del fiasco che lo attendeva se avesse insistito nel presentare idee filosofiche personali.

Nelle università, critica letteraria, musicologia, storia dell'arte e filosofologia fioriscono perché sono facili da insegnare. Basta ripetere pari pari quello che ha detto il tale filosofo, analizzarlo con gli studenti e fargliela imparare a memoria; poi, se non lo sanno ridire, all'esame li bocci. Pittura, composizione musicale, scrittura creativa, che sono praticamente impossibili da insegnare, oltrepassano raramente i cancelli dell'accademia. La vera filosofia, poi, non ci entra mai. A molti filosofologi in realtà piacerebbe fare filosofia, ma in quanto filosofologi mantengono in secondo piano questa aspirazione, così come gli studiosi di letteratura considerano marginale la propria eventuale disposizione per la scrittura creativa. Salvo casi eccezionali, i filosofologi ritengono che il creare filosofia non faccia parte del mestiere.

Come scrittore, Fedro aveva sempre evitato la filosofologia, un po' perché gli stava antipatica, un po' perché non voleva correre il rischio di mettere un carro filosofologico davanti al cavallo filosofico. I filosofologi, invece, incominciano dal carro e il più delle volte del cavallo non si occupano nemmeno.

Ripetono sempre che, prima di poter dire qualcosa di tuo, devi leggerti quello che hanno detto tutti i grandi filosofi della storia. L'inghippo è che, primo, per leggere tutte le opere di tutti i grandi filosofi occorrerebbero come minimo un paio di secoli, e, secondo, che i grandi filosofi hanno una notevole capacità di persuasione e a leggerli in modo sprovveduto è facile lasciarsi trascinare e non vederne gli errori o le lacune.

Fedro tendeva semmai a dimenticarsi del carro, tutto preso com'era dal cavallo. Secondo lui il modo migliore di vagliare il carico del carro era di invertire il procedimento: prima decidere che cosa pensiamo noi, poi andare a vedere quali grandi filosofi concordano con le nostre idee. Qualcuno se ne trova sempre. E allora la lettura delle sue opere risulta tanto più interessante, perché si può applaudire l'autore, fischiare i suoi avversari, suggerire qualche mossa per rintuzzare gli attacchi, insomma partecipare davvero.

Con questo metodo, ci si può accostare a un autore come William James in modo ben diverso dai normali filosofologi. Avendo già elaborato la nostra filosofia prima di incominciare a leggerlo, non si rischia più di seguirlo pedissequamente. Il confronto tra le sue e le nostre idee apre spiragli nuovi; se il suo pensiero finisce su un binario morto, non restiamo bloccati a nostra volta, anzi spesso intravediamo il modo di uscirne. Come stava avvenendo con quello che di William James aveva letto fino allora. Fedro si andava convincendo che la filosofia di James era incompleta e che la Metafisica della Qualità avrebbe potuto perfezionarla. Un filosofologo si sarebbe indignato di fronte a tanta impudenza: perfezionare il pensiero del grande filosofo di Harvard! Ma James, a giudicare da quanto Fedro aveva letto fino allora, avrebbe accolto i suoi tentativi con grande entusiasmo. Perché lui era, appunto, un filosofo.

A ogni modo, Fedro aveva comperato quella biografia di James perché voleva farsi un po' le ossa in vista di probabili attacchi alla sua Metafisica della Qualità. Fino a quel momento, Fedro e i filosofologi si erano tranquillamente ignorati a vicenda. Ma non poteva sperare di avere la stessa fortuna con il prossimo libro, perché la metafisica è un boccone troppo ghiotto per i filosofologi. Alcuni di essi, almeno, si sarebbero precipitati a farlo a pezzi con l'erudizione e con l'ironia, nella più pura tradizione della critica letteraria, della musicologia e della storia dell'arte. E Fedro voleva essere pronto.

Una recensione del suo libro pubblicata sulla « Harvard Educational Review » aveva detto che la sua idea di verità coincideva con quella di James. Il « Times » l'aveva definito un aristotelico e « Psychology Today » un hegeliano. Se avevano ragione tutti e tre, poteva dire di essere arrivato a una mirabile sintesi! Comunque, il riferimento a James gli sembrava il più interessante, perché forse aveva colto nel segno.

E poi, nella partita con i filosofologi, rappresentava un punto a suo favore. James è considerato un filosofo dalle credenziali ineccepibili, un esponente della più solida tradizione americana, mentre il libro di Fedro era stato da molte parti definito un libro « cult ». Personalmente Fedro aveva l'impressione che quella definizione rispecchiasse piuttosto il desiderio che lo fosse e la speranza che, come altri libri « cult », sarebbe stato presto dimenticato, magari perché disturbava qualche « culto » filosofologico. Tuttavia, se fosse riuscito a far accettare ai filosofologi l'idea di una discendenza della Metafisica della Qualità dal pensiero di James, l'accusa di « cultismo » non avrebbe più retto. E questo, in un campo in cui la politica riveste tanta importanza, sarebbe stato un buon risultato politico.

All'università Fedro aveva liquidato James molto sommariamente a causa del titolo di uno dei suoi libri: *Le varietà dell'esperienza religiosa*. Ma come, un uomo di scienza che sceglie un titolo del genere? Con quali strumenti contava di misurare le varietà dell'esperienza religiosa? O di verificare empiricamente i suoi dati? Per Fedro la cosa sapeva troppo di militante vittoriano che cerca di introdurre Dio di contrabbando in laboratorio, come usavano fare nell'Ottocento per contrastare l'influenza di Darwin: a lui stesso era capitato di leggere testi di fisica dell'epoca, dove si spiegava come qualmente la meravigliosa precisione con cui gli atomi dell'ossigeno e dell'idrogeno si combinano a formare una molecola d'acqua riflettesse la perfezione della mente divina. Quella di James, aveva l'aria di essere un'operazione del genere.

Nel rileggerlo da adulto, tuttavia, tre elementi gli avevano fatto modificare il giudizio giovanile. Innanzitutto (e questa non era neppure una considerazione razionale, ma una coincidenza così straordinaria che Fedro non era più riuscito a togliersela dalla testa), William James era il *padrino* di William James Sidis, il ragazzo prodigio che a cinque anni conosceva cinque lingue e che sosteneva che la democrazia delle colonie inglesi d'America si era ispirata alla vita sociale dei pellerossa. Il secondo elemento era un accenno che aveva trovato all'avversione di James per la dicotomia soggetto-oggetto, il che l'aveva automaticamente collocato nella schiera dei suoi angeli custodi. Il terzo era un aneddoto raccontato dallo stesso James, che poteva sembrare insignificante, ma che per Fedro era stato decisivo, a proposito di uno scoiattolo.

Durante una gita, James e i suoi amici avevano visto uno scoiattolo. Uno degli amici l'aveva inseguito fino a un albero e lo scoiattolo era saltato sul tronco. I due avevano cominciato a girare in tondo, ma lo scoiattolo era sempre dall'altra parte del tronco rispetto all'uomo.

Dall'osservazione di questa scena era sorta una discussione di natura squisitamente filosofica: era lecito affermare che l'uomo aveva girato intorno allo scoiattolo, oppure no? Fedro non ricordava più come si fosse risolta la disputa, ma quello che l'aveva colpito era stato l'interesse di James per la questione, perché dimostrava che James, pur essendo senza dubbio un abile filosofologo (tant'è vero che aveva una cattedra a Harvard), era anche un vero filosofo in senso creativo. Un filosofologo avrebbe liquidato la discussione come « di scarsa importanza », leggi: non trattata organicamente nei testi di filosofia. Ma per un vero filosofo quel problema era come l'erba gattaia per i gatti.

Aveva il profumo irresistibile di ciò che attira i veri filosofi verso la filosofia. L'uomo aveva girato intorno allo scoiattolo oppure no? Si era trovato successivamente a nord, a sud, a est e a ovest della bestiola, dunque doveva avergli girato intorno. Tuttavia in nessun momento si era trovato alle sue spalle. Lo scoiattolo poteva dunque dire con certezza scientifica assoluta: « Quell'uomo non mi ha girato intorno ».

Chi dei due ha ragione? O la parola « intorno » ha più di un significato? Caspita! È come scoprire l'esistenza di altre geometrie, anch'esse vere. Vediamo di districare questi significati.

Dunque: si direbbe che lo scoiattolo usi il termine « intorno » in senso relativo al proprio corpo, mentre l'uomo lo riferisce a un punto dello spazio esterno sia allo scoiattolo sia a se stesso. Ora proviamo a vedere che conseguenze comporta l'abbandono del punto di vista relativo dello scoiattolo e l'assunzione del punto di vista fisso, assoluto. Visto da un punto fisso dello spazio, ogni essere umano di questo pianeta gira intorno a tutti i suoi simili, a est o a ovest rispetto a lui, una volta al giorno. Persino l'East River compie una mezza rotazione al di sopra dello Hudson tutte le mattine e l'altra metà al di sotto tutte le sere. È questo il significato che diamo a « intorno »? Se sì, in quale misura è utile? E se il punto di vista relativo dello scoiattolo è falso, in quale misura è inutile?

Da simili riflessioni emerge questo: la parola « intorno », che sembrava uno dei termini più chiari, assoluti e fissi del mondo, si rivela improvvisamente relativa e soggettiva. Il suo significato dipende da chi sei tu e da che cosa hai in mente quando la usi. E più ci scavi dentro, più cose saltano fuori. Un grande scavatore fu Albert Einstein, il quale concluse che tempo e spazio sono grandezze relative all'osservatore.

Noi ci troviamo sempre nella posizione dello scoiattolo. L'uomo è sempre la misura di tutte le cose, anche per quel che riguarda il tempo e lo spazio. E per individui come James e Einstein, immersi nello spirito della filosofia, gli scoiattoli che corrono intorno agli alberi non sono necessariamente fenomeni di poco conto, perché fare i filosofi e gli scienziati significa appunto risolvere rompicapo di questo genere. La vera scienza e la vera filosofia non sono guidate da idee preconcette su quali siano le questioni importanti.

Lo stesso vale per la questione posta da persone come Lila. Quello della follia è un argomento filosofico di enorme importanza, che è sempre stato trascurato dalla filosofia essenzialmente, pensava Fedro, per le intrinseche limitazioni della metafisica tradizionale. Accanto all'etica, all'ontologia, ecc., cioè le branche tradizionali della filosofia, la Metafisica della Qualità proponeva di fondarne una nuova: la filosofia della follia. Per la visione limitativa della metafisica convenzionale, la follia sarà sempre un « fraintendimento dell'oggetto da parte del soggetto ». L'oggetto è reale, il soggetto si sbaglia: dunque si tratta solo di ricondurre la mente del soggetto alla giusta comprensione della realtà oggettiva.

Ma in una Metafisica della Qualità l'esperienza empirica non è esperienza di « oggetti » intesi come configurazioni inorganiche. È esperienza di *configurazioni di valore* scaturenti da varie fonti. Quando un matto (o una persona sotto ipnosi o un membro di una cultura primitiva) dà una spiegazione dell'universo che è in totale contraddizione con la realtà scientifica corrente, non dobbiamo necessariamente pensare che si sia posto fuori dal mondo empirico. Semplicemente egli privilegia schemi intellettuali che a noi, poiché esulano dalla nostra cultura, sembrano possedere bassa qualità. Una qualche forza biologica, sociale o dinamica ha alterato il suo giudizio sulla qualità, inducendolo a espungere quelli che noi chiamiamo gli schemi intellettuali normali della nostra cultura, la quale del resto altrettanto radicalmente espunge i suoi.

Ovviamente a nessuna cultura sta bene che si violino i suoi schemi normativi, e quando ciò accade scatta un meccanismo immunitario, analogo al sistema immunitario biologico. La pericolosa fonte di modelli culturali devianti viene individuata, quindi isolata e infine distrutta nella sua entità culturale. Questa è una delle funzioni degli ospedali psichiatrici. E dei processi agli eretici. Proteggere la cultura da idee estranee che, se si diffondessero, la distruggerebbero.

Tale era stata l'esperienza di Fedro nel reparto psichiatrico: volevano riconvertirlo alla « realtà oggettiva ». Lui non aveva mai dubitato della bontà d'animo degli psichiatri; anzi, era sicuro che erano più buoni della media, per fare quel mestiere. Ma vedeva bene come fossero i rappresentanti della cultura, per ciò stesso costretti a porsi in quella veste di fronte alla follia. E lui trovava noiosissimo il loro interminabile gioco delle parti: sempre a recitare il ruolo del prete che redime gli eretici. Ma non poteva farglielo notare, perché ogni obiezione sarebbe stata presa come un sintomo paranoico, un fraintendimento delle loro buone intenzioni, una prova in più della gravità della sua malattia.

Quando in seguito, dopo aver ottenuto la patente

di « normalità », aveva letto le descrizioni cliniche, « oggettive », della sua esperienza di follia, Fedro era rimasto sconvolto dalla loro sostanza diffamatoria. Sembravano la descrizione dei riti di una setta religiosa fatta da una setta rivale. Anziché un metodo per la ricerca della verità, il trattamento psichiatrico assomigliava alla promulgazione di un dogma; vi si leggeva la paura degli psichiatri di essere contaminati dalla follia, una paura assai simile a quella degli antichi inquisitori di fronte alle streghe. E chi aveva avuto episodi di malattia mentale era interdetto dalla pratica psichiatrica: cioè, era stabilito per legge che uno psichiatra non dovesse sapere niente dell'oggetto del suo lavoro!

A questo i medici potrebbero obiettare che non c'è bisogno di avere la polmonite per sapere come curarla. Ma l'obiezione non regge, pensava Fedro, e con la sua confutazione si arriva al vero nocciolo del problema: la polmonite è una configurazione biologica. Verificabile scientificamente. Lo pneumococco e gli altri batteri che la causano si possono studiare al microscopio.

La follia invece è una configurazione intellettuale. Può avere cause biologiche, ma non ha una realtà fisica o biologica. Non è possibile esibire in tribunale alcuno strumento scientifico in grado di stabilire chi è pazzo e chi no. La follia non si conforma ad alcuna legge scientifica dell'universo, perché le leggi scientifiche sono state *inventate* dalla mente normale, che non può quindi in alcun modo, con strumenti di sua creazione, misurare ciò che è *al di fuori* di sé e di ciò che essa crea. La follia non è un « oggetto » osservabile. È un'*alterazione* del processo di osservazione. Non ha senso parlare di « malattia » delle configurazioni dell'intelletto. Ha senso invece parlare di « eresia ». E la follia è appunto questo.

Proviamo a chiederci: « Se al mondo esistesse una sola persona, quella persona potrebbe mai essere matta? ». La follia esiste sempre e soltanto in relazione agli altri. È una devianza sociale e intellettuale, non una devianza biologica. L'unica discriminante valida, legalmente o altro, della follia è la conformità o meno a uno status quo culturale. Perciò la classe psichiatrica assomiglia tanto alle caste sacerdotali del passato: entrambe, per far rispettare lo status quo, ricorrono al contenimento fisico e alla diffamazione.

Ne deriva che assegnare ai medici il trattamento della follia è in realtà un abuso. Le eresie intellettuali non sono affar loro. I medici sono addestrati a vedere le cose da una prospettiva inorganica e biologica. E infatti non è un caso che molte delle terapie psichiatriche in uso siano di tipo organico: shock, farmaci, lobotomie, contenimento fisico.

Come i poliziotti vivono in due mondi, quello biologico e quello sociale, anche gli psichiatri partecipano di due mondi, il mondo sociale e il mondo intellettuale. Al pari dei poliziotti, detengono il controllo assoluto dell'ordine inferiore e devono giurare lealtà assoluta all'ordine superiore. Uno psichiatra che criticasse l'intellettualità sarebbe come un poliziotto che critica la società: un individuo sospetto. E tentare di convincere uno psichiatra delle colpe dell'ordine intellettuale di cui è un pilastro sarebbe altrettanto assurdo che voler convincere un poliziotto che l'ordine sociale da lui difeso è marcio. Se arrivassero a convincersene, dovrebbero dare le dimissioni.

Fedro, dunque, aveva constatato che, se vuoi uscire dal manicomio, devi rinunciare al tentativo di convincere gli psichiatri che forse tu ne sai più di loro sulla tua « malattia ». Devi invece convincerli di esserti reso conto che ne sanno più loro e dichiararti disposto ad accettare la loro autorità intellettuale. Era così che gli eretici evitavano il rogo. Con l'abiura. Occorre naturalmente essere attori bravissimi e non lasciar mai trapelare il minimo risentimento, perché, se se ne accorgono, tutto è perduto.

Se ti chiedono come stai, mai dire: « Benissimo »: sarebbe un sintomo delirante. Ma non devi neppure rispondere: « Da cani », perché ti crederebbero e aumenterebbero il dosaggio dei tranquillanti. La risposta giusta è: « Insomma... un po' meglio, mi pare... », da dirsi con l'opportuno tono di umiltà e di mite supplica. Allora ti sorrideranno.

Con il tempo, questa tattica aveva guadagnato a Fedro un numero sufficiente di sorrisi per essere dimesso. Un po' meno onesto e un po' più conformista di prima, è vero, ma adesso tutti erano più contenti. Era uscito dal manicomio, era stato restituito alla sua famiglia, al suo lavoro, aveva nuovamente un posto nel mondo e la nuova personalità di ex malato mentale ben adattato, che ha imparato a ubbidire senza discutere, gli era rimasta addosso come un costume teatrale che non si vuole togliere.

Non era stata una soluzione felice, dover sempre recitare una parte, anche con le persone con le quali prima era sincero. Impediva ogni vera comunicazione, ogni vero scambio. Adesso era molto più isolato di quando era in ospedale. Questo suo personaggio l'aveva poi proiettato nel suo libro, nell'io narrante, un uomo che suscita simpatia proprio perché è così palesemente normale, ma che nella vita personale sfiora la tragedia perché ha cancellato la capacità di essere onesto con se stesso. Indirettamente era stato quell'isolamento a disgregare la sua famiglia e a portarlo a vivere come viveva ora.

Adesso, dopo tanti anni, il risentimento contro l'istituzione psichiatrica si era un po' placato; adesso incominciava a rendersi conto che gli psichiatri, come i poliziotti, servono. Ci vuole pur qualcuno che si occupi delle forme degenerative della società e dell'intelletto. Però deve essere ben chiaro che per riformare la società non puoi partire dai poliziotti. E per riformare l'intelletto non puoi partire dagli psichiatri. Se l'attuale assetto sociale o intellettuale non ti sta bene, la miglior cosa è cercare in primo luogo di tenerti alla larga da tutti e due. Psichiatri e poliziotti vanno lasciati per ultimi.

Da dove partire, allora?... Dagli antropologi?

Forse non sarebbe una cattiva idea. Gli antropologi, quando non sono troppo preoccupati di essere « oggettivi », sono particolarmente aperti alle innovazioni.

L'idea gli era venuta già nel Montana, quando si era ritirato sui monti con il suo carico di libri di antropologia. Là si era imbattuto nella tesi di Ruth Benedict secondo la quale il problema del *brujo* di Zuñi si sarebbe risolto trasferendolo in una tribù delle pianure, dove le sue pulsioni temperamentali si sarebbero meglio armonizzate con la cultura. Mica male: far curare i matti dagli antropologi invece che dagli psichiatri!

Secondo Ruth Benedict, l'equivoco della psichiatria era stato di partire da un elenco prefissato di sintomi anziché dallo studio del caso, della vita dei matti intesi come coloro che nella società in cui vivono vedono negata validità alle proprie reazioni caratteristiche. Della stessa opinione era un altro antropologo, D.T. Campbell: « Implicitamente lo psicologo sperimentale parte ancor oggi dall'assunto che i suoi studenti costituiscono la norma su cui fondare una psicologia generale dell'uomo ». Tendenza che, a suo avviso, nella psicologia sociale era stata invece corretta dal confronto con la letteratura antropologica.

Uno psichiatra avrebbe affrontato il problema del *brujo* cercandone le cause nella sua infanzia, esponendogli le ragioni profonde del suo vizio di spiare dalle finestre, cercando di convincerlo a smettere e, infine, se recidivo, facendolo « rinchiudere per il suo bene ». L'antropologo, invece, avrebbe analizzato il disagio del *brujo*, avrebbe cercato una cultura dove quel disagio non si sarebbe prodotto e ve l'avrebbe inserito. Nel caso del *brujo* la cultura adatta era quella dei Cheyenne. Ma chi soffriva per le inibizioni sessuali indotte dalla cultura vittoriana poteva essere spedito nella Samoa di Margaret Mead; e i paranoici li si poteva mandare in qualche paese del Medio Oriente, dove la sospettosità è considerata un atteggiamento normale.

Insomma, gli antropologi hanno modo di riscontrare continuamente come la follia sia culturalmente definita. Esiste in tutte le culture, ma in ciascuna cultura il metro per stabilire in che cosa consista è diverso. Kluckhohn porta l'esempio di un vecchio siciliano ricoverato per un disturbo da poco in un ospedale di San Francisco. Il medico di turno lo sentì biascicare che la causa della sua malattia era il malocchio gettatogli da una certa donna e immediatamente lo deferì al reparto psichiatrico, dove il vecchio rimase rinchiuso per parecchi anni. Ora, nel gruppo socioeconomico al quale apparteneva il medico, una diagnosi di squilibrio mentale per chi si fosse sentito perseguitato da una strega sarebbe stata esatta, ma nella colonia italiana da dove proveniva il vecchio tutti i suoi coetanei credevano nel malocchio e nelle fatture. Era un comportamento « normale » in senso statistico.

Molti altri autori documentano la correlazione tra cultura e sintomi psichiatrici. Confrontando pazienti schizofrenici irlandesi e italiani, M.K. Opler trovò che gli irlandesi erano ossessionati dall'idea di peccato e di colpa in relazione alla sessualità, mentre gli italiani erano più inclini all'ipocondria e a preoccupazioni riguardanti il corpo; inoltre erano più apertamente insofferenti dell'autorità. Clifford Geertz riferisce che per i balinesi matto è chi, come gli americani, sorride quando non c'è niente per cui sorridere. In una rivista di psichiatria Fedro aveva trovato un elenco di forme di psicosi « specializzate » secondo la cultura: i Chippewa-Cree erano affetti da *windigo*, una forma di cannibalismo; i giapponesi da *imu*, la maledizione provocata dal morso di un serpente; presso gli eschimesi la forma ricorrente di psicosi, *pibloktog*, consiste nello stracciarsi i vestiti e correre nudi sul ghiaccio; in Indonesia si trova il famoso *amok*, una pericolosa esplosione di violenza seguita da cupa depressione.

Gli antropologi hanno trovato inoltre che la schizofrenia è più frequente tra i soggetti dalle tradizioni culturali più indebolite: tossicodipendenti, intellettuali, immigrati, studenti al primo anno di università, soldati di leva. Uno studio condotto lungo l'arco di quarant'anni sugli immigrati norvegesi nel Minnesota indica che il numero di ricoveri per malattie mentali era molto più elevato in quel gruppo che non tra gli americani non immigrati e tra i norvegesi rimasti in Norvegia. Isaac Frost ha rilevato un'alta incidenza di psicosi tra gli stranieri a servizio presso famiglie inglesi, in genere entro diciotto mesi dall'arrivo.

Queste psicosi, che rappresentano una forma estrema di shock culturale, insorgono per il brusco cambiamento della definizione dei valori sottostanti la salute mentale. La salute mentale di quelle persone, cioè, non poggiava sulla consapevolezza di una « verità », bensì sulla fede nelle direttive della loro cultura.

Orbene, la psichiatria non può far fronte a tutta questa complessità, perché è inchiodata a un sistema di verità per soggetti e oggetti, secondo il quale solo un certo schema intellettuale è reale e tutti gli altri sono illusori. La psichiatria è concettualmente costretta ad assumere questa posizione, in contraddizione con la storia, che ci insegna come le illusioni di un'epoca diventino verità per l'epoca successiva, e in contraddizione con la geografia, che ci mostra come le verità di una parte del globo siano illusioni in un'altra. Ma una filosofia della follia sorretta dalla Metafisica della Qualità afferma che le diverse conflittuali verità sono semplicemente configurazioni di valore. Ci si può *non accordare* con un certo schema di verità, storicamente e geograficamente determinato, senza con ciò essere pazzi.

Ma c'è un altro punto che gli antropologi hanno messo in luce: non solo la *follia* varia da una cultura all'altra, ma varia anche la *salute mentale*, la normalità. La « capacità di vedere la realtà » non solo segna la differenza tra i sani e i malati di mente, ma differenzia tra loro anche culture diverse di sani. Ciascuna cultura parte dal presupposto che le sue convinzioni trovano riscontro nella cosiddetta realtà esterna, ma una mappa delle credenze religiose nel mondo mostra che questa realtà esterna può essere praticamente qualunque cosa. Perfino i *dati* che vengono osservati a conferma della « verità » dipendono dalla cultura in cui vive l'osservatore.

Le categorie che non sono essenziali per una cultura, dice Boas, di norma saranno assenti dalla sua lingua, mentre quelle importanti vi figureranno con ricchezza di variazioni. Come scrive Ruth Benedict, che era stata allieva di Boas: « Il modello culturale di ciascuna civiltà utilizza un determinato segmento dell'ampio arco delle finalità e motivazioni umane potenziali, esattamente come ... ciascuna cultura utilizza determinate tecniche materiali o determinati tratti culturali. L'arco lungo il quale si distribuiscono tutti i possibili comportamenti umani è troppo ampio e troppo pieno di contraddizioni perché una singola cultura possa utilizzarne altro che un segmento infinitesimale. Si impone una selezione, senza la quale una cultura non arriverebbe neppure a essere intelligibile. E la selezione delle finalità e delle motivazioni è di gran lunga più importante della scelta delle particolari forme di tecnologia o di regolamentazione del matrimonio ».

Nelle società che posseggono un sistema monetario i bambini disegneranno monete di dimensioni maggiori di quelle disegnate dai bambini di una società in cui prevale il baratto. Non solo: all'interno della prima, si noterà una sopravvalutazione delle dimensioni delle monete secondo il valore loro attribuito, e nei bambini poveri la sopravvalutazione sarà maggiore che in quelli ricchi.

Gli eschimesi riconoscono sedici diversi tipi di ghiaccio, che per loro sono vistosamente diversi l'uno dall'altro, come per noi un albero è diverso da un cespuglio. In India, viceversa, un medesimo termine indica sia il ghiaccio sia la neve. Tra i pellerossa, i Creek e i Natchez non distinguono tra giallo e verde, così come i Choctaw, i Tunica, i Pueblo Keresian e molti altri non operano alcuna distinzione terminologica tra azzurro e verde. E tra gli Hopi non esiste la parola « tempo ».

Scrive Edward Sapir: « Il fatto è che il "mondo della realtà" è in larga misura costruito inconsciamente sulle abitudini linguistiche del gruppo ... Forme e significati che a una persona estranea al gruppo sembrano evidenti saranno considerati inesistenti da coloro che vivono quei modelli culturali; indizi e significati impliciti, ma perfettamente chiari a questi ultimi, agli occhi di un estraneo passeranno inosservati ».

E Kluckhohn: « La lingua non è solo uno strumento per comunicare idee, per modificare i sentimenti altrui o per esprimere i propri. Ciascuna lingua è anche un mezzo per classificare l'esperienza. Gli eventi del mondo della "realtà" non sono mai registrati e riferiti come potrebbe fare una macchina. Le nostre reazioni sono al tempo stesso un processo di selezione e di interpretazione nel quale alcuni aspetti della situazione esterna sono messi in risalto e altri sono ignorati o vengono solo imperfettamente discriminati.

« Ogni gruppo linguistico ha un suo caratteristico sistema di classificazione in cui ciascun membro può incasellare le proprie esperienze. È come se la lingua dicesse: "Questo nòtalo", "Questo consideralo sempre distinto da quello", "Questa cosa e quella cosa vanno sempre insieme". Addestrati fin dall'infanzia a reagire in questi modi, gli individui danno per scontate tali discriminazioni e le considerano inerenti all'esistenza stessa ».

Questo confermava certe impressioni di Fedro quando era in ospedale. Più che presentare questa o quella caratteristica comune, i pazienti psichiatrici colpivano semmai per l'*assenza* comune di una particolare caratteristica: mancava l'adesione a quell'abituale gioco delle parti che caratterizza le persone « normali ». I sani non si rendono conto di essere una manica di commedianti, ma i matti vedono la finzione e si irritano.

Come nel famoso esperimento di quella persona sana di mente che si inserì in un reparto psichiatrico fingendosi matta. Il personale ospedaliero non si accorse di nulla, ma i matti sì, immediatamente. Medici e infermieri non potevano cogliere la differenza, perché erano intenti a recitare il loro ruolo complementare.

Che la follia sia un'assenza di caratteristiche collettive è dimostrato anche dal funzionamento del test di Rorschach per la diagnosi della schizofrenia. Vengono presentate delle tavole riproducenti macchie di inchiostro non strutturate e il paziente deve dire che cosa ci vede. Una risposta del tipo: « Vedo una bella signora con il cappello ornato di fiori » non è segno di schizofrenia. Mentre la risposta: « Ci vedo solo una macchia d'inchiostro » è classificata come schizofrenica. La persona che dice la bugia più complicata ottiene il punteggio più alto in normalità; quella che dice la pura verità, no. La normalità non è la verità. La normalità è conformità alle aspettative collettive. E la verità a sua volta sta nella conformità, ma a volte no.

Per indicare questo insieme di fenomeni Fedro aveva adottato il termine « filtro statico ». Il filtro statico è il meccanismo per cui, se qualcuno loda la nostra città, la nostra famiglia o le nostre idee, noi gli diamo credito e ce ne ricordiamo; se invece le critica, ci arrabbiamo, sminuiamo la persona e il suo giudizio e poi lo cancelliamo. Il nostro sistema statico di valori agisce da filtro, escludendo le opinioni indesiderabili e lasciando passare quelle desiderabili.

Il filtro non agisce solo sulle opinioni, ma anche sui dati. Per esempio, quando si acquista un'automobile di un certo modello, improvvisamente le strade sembrano piene di automobili uguali alla nostra. Per il fatto che adesso quel modello ha più valore ai nostri occhi, ne vediamo molti di più.

Quando Fedro aveva incominciato a leggere libri sulle barche a vela, si era imbattuto nella descrizione del « raggio verde » del sole. Che cosa diavolo era? Come mai lui non l'aveva mai visto? Cioè, non se ne ricordava affatto, eppure doveva per forza averlo visto, se c'era! Ma se l'aveva visto, perché non se n'era accorto?

A causa del filtro statico: non aveva mai visto il « raggio verde » perché nessuno gli aveva mai *detto* di vederlo. Ma poi un bel giorno, quando uno di quei libri gli aveva detto in sostanza: « Va' a vedere », era andato e l'aveva visto. Eccolo là, il sole, verde come un semaforo verde a un incrocio. Eppure in tutta la sua vita non l'aveva mai notato. La cultura non gli aveva mai detto di vederlo, e lui non l'aveva visto. E se non avesse letto quel libro, non l'avrebbe visto mai.

Qualche mese prima, il filtro statico aveva rischiato di provocare conseguenze drammatiche. Era stato sorpreso da una burrasca estiva sul Lago Erie e a stento era riuscito a mettersi in salvo in un porto a una ventina di miglia da Cleveland, secondo i suoi calcoli, dopo aver bordeggiato di bolina tutta la notte lungo la costa rocciosa.

Una volta al riparo della diga foranea, era corso giù a prendere una carta del porto e, reggendola con una mano, sotto la pioggia torrenziale, alla luce del faro dell'albero, l'altra mano sulla barra del timone, aveva manovrato la barca tra muraglie di cemento, banchine, boe e segnalazioni varie fino al porticciolo, dove trovò un attracco.

Esausto, aveva poi dormito quasi tutto il giorno. Era pomeriggio quando si era alzato ed era salito in coperta. A quel punto aveva chiesto a un tale quanto distasse Cleveland.

« Ma è questa Cleveland! » rispose l'altro.

Come? Se la carta diceva che quel porto era a venti miglia da Cleveland!

Poi gli tornarono in mente le piccole « discrepanze » che aveva notato mentre manovrava la barca per entrare nel porto. Quando aveva visto su una boa un numero « sbagliato », aveva pensato che l'avessero cambiato dopo la pubblicazione della carta. Davanti a un muro che non era segnato, si era detto che l'avevano costruito di recente o che stava facendo un po' di confusione nel leggere la carta. Ma di trovarsi in tutt'un altro porto non gli era neanche passato per la testa.

Una bella parabola per i fautori dell'oggettività scientifica. Ogni volta che la carta si discostava dalle sue osservazioni, Fedro aveva *negato l'osservazione* e seguito la carta. La sua mente, in base a idee che già aveva e che considerava vere, aveva innestato un filtro statico, un sistema immunitario che escludeva tutte le informazioni contraddittorie. Non: vedere per credere, ma credere per vedere.

Se si trattasse di un fenomeno puramente individuale, poco male. Ma è anche un fenomeno culturale di vaste proporzioni e come tale preoccupante. Noi costruiamo intere strutture intellettuali fondandole su « dati » che sono essi stessi il risultato di precedenti selezioni. Quando si presenta un dato nuovo che non si adatta allo schema, non buttiamo via lo schema, no: buttiamo via il dato. Un dato contraddittorio dovrà continuare a bussare alla porta magari per secoli, prima che qualcuno si decida a vederlo. E poi costui dovrà a sua volta battere e ribattere prima che anche altri lo vedano.

Come il sistema immunitario biologico cerca di distruggere l'organo trapiantato, che pure potrebbe salvarci la vita, con lo stesso vigore con cui combatte l'infezione della polmonite, così il sistema immunitario culturale combatte nuove e utili interpretazioni della realtà, come quella del *brujo* di Zuñi, con il medesimo accanimento usato nella lotta contro il crimine. Perché non sa distinguere tra le due cose.

Fedro ammetteva che non c'è niente di *immorale* nel fatto che la cultura non sia pronta ad accettare le novità dinamiche. I catenacci statici sono necessari per conservare le conquiste culturali del passato. La soluzione non risiede nell'accusare la cultura di stupidità, ma nel ricercare i fattori che potrebbero rendere accettabile la nuova informazione: nel trovare la chiave. Sì, Fedro vedeva la sua Metafisica della Qualità come una chiave.

La luce del *dharmakāya*: ecco una zona dell'esperienza umana tagliata fuori dai filtri culturali.

Con gli anni aveva finito per diventare un peso per lui, questa capacità di vedere la luce. Gli aveva in parte precluso la comunione razionale con gli altri, perché se ne avesse parlato si sarebbe visto sbattere la porta in faccia dal sistema immunitario culturale, sarebbe stato preso per matto; e un sospetto del genere, con i suoi precedenti, era da evitare.

Eppure l'aveva vista brillare su Lila poco fa e ancora più chiaramente prima, a Kingston. Era per questo, in un certo senso, che si era cacciato in quella situazione. La luce gli aveva detto che in Lila c'era qualcosa di grande importanza; gli aveva detto di aprire gli occhi, di lasciar perdere le regole nel trattare con lei.

Quella luce, per Fedro, non aveva niente del fenomeno sovrannaturale, avulso dalla realtà fisica. Anzi, era sicuro del contrario. Se nessuno la vede è perché la definizione che la nostra cultura dà di ciò che è reale e di ciò che è irreale esclude nettamente la luce del *dharmakāya* dalla « realtà » americana del ventesimo secolo, così come il « tempo » è escluso dalla realtà degli Hopi e la differenza tra verde e giallo da quella dei Natchez.

Non ne poteva dimostrare scientificamente l'esistenza perché, essendo impossibile prevederne la comparsa, era impossibile anche approntare un esperimento atto a verificarla. Ma, pur senza verifiche sperimentali, Fedro riteneva si trattasse di un'involontaria dilatazione della pupilla dell'osservatore, che lascia entrare una quantità maggiore di luce, sicché le cose appaiono più brillanti: una sorta di luminosità allucinatoria prodotta da una stimolazione ottica, un po' come l'alone luminoso che compare quando si fissa un oggetto troppo a lungo. Come il battito delle palpebre, essa è considerata un'irrilevante interruzione del processo visivo « reale », oppure un fenomeno soggettivo, dunque irreale.

Ma nonostante il filtro attivato dal sistema immunitario culturale, i riferimenti a quella luce sono numerosi, anche se dispersi, frammentari e scollegati. Si dice « la lampada del sapere »: perché? La fiaccola, come nello stemma della scuola di Fedro, è simbolo degli alti ideali che devono ispirare la condotta umana. Quando capiamo improvvisamente una cosa parliamo di « folgorazione », una lampadina disegnata sopra la testa di un personaggio dei fumetti segnala che gli è venuta un'idea, appunto, « luminosa ». E tutti capiscono immediatamente il senso di questo simbolo. Come mai? Da dove viene? Non è certo antico, perché le lampadine sono un'invenzione abbastanza recente, della fine del secolo scorso. Che c'entrano le lampadine con le idee nuove? Come mai tutti capiscono immediatamente il collegamento?

In altre culture, ma anche nella nostra tradizione religiosa, dove il sistema immunitario dell'« oggettività » è debole oppure assente, i riferimenti a questa luce abbondano: dall'inno protestante *Guidaci, dolce luce* all'aureola dei santi. Il termine centrale del misticismo occidentale è, esplicitamente, « illuminazione». *Darśana,* una delle principali forme di insegnamento religioso dell'induismo, significa «dare la luce». Di questa luce si parla nelle descrizioni del *satori* Zen e ampiamente nel *Libro tibetano dei morti.* Aldous Huxley la associa all'esperienza con la mescalina. Anche Fedro l'aveva vista, durante la cerimonia del peyote con Dusenberry, ma l'aveva considerata un'allucinazione visiva indotta dalla droga, senza darle importanza.

Ne parla Proust nella *Recherche.* E nella *Natività* di El Greco l'unica sorgente luminosa è la luce del *dharmakāya* che emana dal Bambino. Per questo suo modo di dipingere la luce si disse che El Greco doveva avere la vista difettosa. Ma nel ritratto dell'inquisitore Niño de Guevara, dove pure i pizzi e le sete sono resi con sapiente brillantezza «oggettiva», di quella luce non c'è traccia. Perché El Greco ci vedeva benissimo e dipingeva quel che vedeva.

Una volta, nel Museum of Fine Arts di Boston, guardando un enorme dipinto del Buddha e, sulla stessa parete, alcuni ritratti di santi cristiani, Fedro notò un particolare che già in altre occasioni aveva attirato la sua attenzione. Sia i pittori buddhisti sia quelli cristiani, pur non essendo storicamente attestato alcun contatto tra loro, dipingevano intorno alle immagini sacre un'aureola. Le dimensioni dell'aureola erano diverse: l'aureola buddhista era grande e a volte circondava l'intera figura, mentre quella cristiana era molto più piccola e posta sopra o dietro la testa del santo. Dunque non si trattava di imitazione. In entrambe le religioni, tuttavia, veniva rappresentato uno stesso elemento, che era stato percepito autonomamente da ciascuna, e che quindi, veniva da pensare, aveva un'esistenza indipendente e reale.

Poi, mentre faceva queste riflessioni, lo sguardo di Fedro fu attratto da un altro quadro, poco distante. «Ecco,» pensò «ciò che gli altri usano in maniera simbolica, lui la dipinge dal vero. Quella che per gli altri è una convenzione, per lui è un'esperienza diretta ».

Il quadro rappresentava Cristo, senza aureola. Ma le nuvole vicino alla sua testa erano più chiare che nel resto del cielo. Anche il cielo, vicino alla sua testa, era più chiaro. Solo questo. Ma era la *vera* illuminazione: non una cosa, un oggetto, solo una minima variazione dell'intensità luminosa. Fedro si avvicinò alla tela per leggere il nome sulla targhetta. El Greco.

La nostra cultura ci immunizza dalla tentazione di dare troppa importanza a quella luce, perché essa non ha realtà « oggettiva », dunque è un fenomeno « soggettivo », dunque è irreale. Nella Metafisica della Qualità, invece, essa è importante perché si associa sovente a un'*aura di presagio indefinito*, cioè alla Qualità dinamica. Segnala un'irruzione dinamica dentro una situazione statica. Quando gli schemi statici si allentano, compare la luce. E spesso è accompagnata da un senso di sollievo fisico per il cedimento improvviso di quegli schemi.

È probabilmente la luce che vedono i neonati quando il loro mondo è ancora fresco e intatto, prima che la coscienza lo divida in schemi; la stessa luce in cui tutto si scorpora quando moriamo. Molti di coloro che hanno avuto esperienze di morte apparente parlano di una bellissima « luce bianca », che li attirava a sé. Probabilmente, pensava Fedro, era apparsa nel momento del crollo degli schemi statici del loro intelletto, mentre questo si riuniva alla Qualità pura dalla quale era emerso nel corso della prima infanzia.

Nel periodo della sua follia, quando vagava libero oltre i confini della realtà culturale, quella luce era stata una compagna preziosa per Fedro; gli segnalava cose, fatti, circostanze, ai quali non avrebbe altrimenti prestato attenzione e che poi si rivelavano importanti, oppure la cui importanza non era chiara ma che lo lasciavano pieno di meraviglia.

Una volta la vide in un gattino. Dopo, per parecchi

giorni, il gattino lo aveva seguito dappertutto e Fedro aveva pensato che, chissà, forse anche lui l'aveva vista.

Un'altra volta la vide intorno a una tigre, allo zoo. Improvvisamente la tigre lo aveva fissato, come sorpresa, e si era avvicinata alle sbarre per guardarlo meglio. In quel momento, tutt'intorno alla testa della belva era apparsa la luce. Un attimo, poi basta. Dopo, gli era tornato in mente William Blake: « O tigre! Tigre! che splendente bruci... ».

Negli occhi della tigre si era accesa per un attimo una fiamma, come una luce interiore.

27

Gli stavano sparando. Un sogno, pensò, ma poi si rese conto che i colpi non facevano parte di un sogno. Qualcuno bussava contro lo scafo della barca.

« Vengo! » gridò. « Un momento ». Sarà il custode, che vuole essere pagato.

Si alzò e ancora in pigiama aperse lo scorrevole del boccaporto. Era uno sconosciuto. Un nero, con un sorriso da un'orecchia all'altra e una giubba militare di un candore addirittura abbagliante. Sembrava uscito da una scatola di riso Uncle Ben's.

« Primo ufficiale Jamison a rapporto, signore! » disse sbattendo i tacchi e portandosi la mano alla fronte senza smettere il sorriso. La giubba aveva una doppia fila di luccicanti bottoni di ottone. Chissà dove l'aveva pescata. Il sorriso era anche per l'incongruità del travestimento.

« Che cosa vuole? » chiese Fedro.

« Sono venuto a prendere servizio ».

« Guardi che ha sbagliato barca ».

« Oh no. È che non mi riconosci, con l'uniforme. Lila dov'è? ».

Ma certo! Jamie, l'amico di Lila, in quel bar.

« Sta dormendo ».

« Ancora?! ». Jamie rovesciò indietro la testa in una risata. « Amico, non devi viziarla così. Sono le dieci passate ».

Indicò l'orologio d'oro al polso. « È ora di darle la sveglia! ». Parlava a voce molto alta. Fedro vide una testa girarsi verso di loro su una delle barche vicine.

Jamie fece un'altra risata, poi disse, facendo scorrere lo sguardo da un capo all'altro del ponte: « Be', mi avete ciurmato. A sentire Lila doveva essere lunga almeno cinque volte tanto. E invece è una barchetta ».

Con la coda dell'occhio spiò la reazione di Fedro. « Non importa, non importa, per me va benissimo. Solo che me l'aspettavo più grande. Colpa di Lila ».

Fedro cercò di fare mente locale. Di che diavolo stava parlando?

« Che cosa le aveva detto Lila? ».

« Di presentarmi al lavoro stamattina. Ed eccomi qua ».

« Roba da matti » disse Fedro. « Lila l'ha informata male ».

Il sorriso scomparve dalla faccia di Jamie. Sembrava perplesso e offeso. « Voglio dirle due paroline » e scavalcò la battagliola. Dal modo come era salito a bordo si capiva che non era mai stato su una barca: non aveva chiesto il permesso, non si era tolto le scarpe inzaccherate. Fedro stava per dirgli delle scarpe, quando vide spuntare in fondo alla banchina Richard Rigel. Veniva verso di lui e lo salutava con la mano. E *lui* da dove sbucava?

« Vado giù a scambiare due parole » disse Jamie.

Fedro scosse la testa. « Ha bisogno di riposare ».

Jamie scosse la testa a sua volta. « Non per offendere, » disse « ma tu non ne capisci un cazzo di Lila ».

« Ho detto che ha bisogno di riposare ».

« No, amico. Fa sempre così. Lo so io quello che ci vuole ». Si infilò nel boccaporto. « Faccio in un attimo » disse.

Fedro incominciò ad allarmarsi. Vide Rigel che lo guardava con aria interrogativa. « Non sapevo che fossi qui » gli disse.

« Sono arrivato da un po' » rispose Rigel. « E quello chi è? ».

« Un amico di Lila ».

« Lila è *ancora* qui? ».

« È messa male ». Guardò Rigel negli occhi. « Molto male ».

Rigel gli lanciò una rapida occhiata e fece per dire qualcosa ma poi cambiò idea. Alla fine disse: « Che cosa hai intenzione di fare? ».

« Non lo so » rispose Fedro. « Mi sono appena svegliato. Ancora non ci ho pensato ».

Prima che Rigel potesse ribattere si udì un tonfo sordo, di sotto, poi un grido, un rumore come di lotta, un altro grido.

Improvvisamente spuntò la faccia di Jamie. La candida giacca aveva una grossa macchia di sangue vicino a un bottone. Anche la mano premuta contro la guancia era sporca di sangue.

« Maledetta puttana! » urlò Jamie.

Quando, arrivato in cima, si attaccò al tièntibene, Fedro vide che aveva uno squarcio sulla guancia.

« Brutta puttana schifosa! Io la ammazzo! ».

Serviva un cencio o qualcosa per fermare il sangue. Dov'è che poteva essercene uno? Sottocoperta, forse.

« Fammi scendere » diceva Jamie. « Chiamo la polizia! ».

« Che cosa è successo? » chiese Rigel. Alle sue spalle un'altra testa li fissava incuriosita.

« Ha cercato di ammazzarmi! » incominciò Jamie. Ma qualcosa nell'espressione di Rigel lo fece tacere. Scavalcò la battagliola e dopo un'altra occhiata a Rigel si avviò verso gli uffici della direzione. « Chiamo la polizia » ripeté voltandosi indietro. « Ha cercato di ammazzarmi. Gliela farò pagare ».

Fedro guardò Rigel e l'uomo alle sue spalle, che

continuava a fissarlo senza una parola. « Meglio che vada giù a vedere che cosa è successo » disse.

« Meglio che ti togli di qui, e subito » disse Rigel.

« Come? Perché? Non ho fatto niente ».

« Questo non c'entra » disse Rigel. Aveva la stessa aria arrabbiata di quella mattina a Kingston.

Jamie stava parlando con alcuni uomini davanti ai locali della direzione. Lo si vedeva gesticolare e indicare con una mano, mentre con l'altra si teneva la guancia. Il tizio alle spalle di Rigel si incamminò verso gli uffici.

Rigel disse: « Vado a sentire che cosa gli dice ». Si avviò a sua volta verso gli uffici, dove Jamie e gli altri continuavano a discutere.

E Lila? Chissà che cosa stava facendo. C'era un silenzio, di sotto, che non faceva presagire niente di buono. Fedro scese qualche scalino e vide che la porta della cabina di prua era chiusa.

La aperse adagio. Lila era seduta sulla cuccetta. In mano teneva un coltello a serramanico. Lo sguardo non aveva più la fissità della sera prima. Sul lenzuolo si vedeva qualche macchiolina di sangue.

« Perché l'hai fatto? » chiese Fedro.

« Ha ucciso la mia bambina ».

« Dov'è? ».

Lila indicò il pavimento.

La bambola giaceva per terra a faccia in giù. Fedro rimase a fissarla indeciso; non voleva commettere errori.

Alla fine disse: « Vuoi che la raccolga? ».

Lila non rispose.

Fedro raccolse la bambola adagio, con tutte e due le mani, e la depose con delicatezza accanto a lei.

« È un brutto posto, qui » disse Lila.

Fedro andò in gabinetto a prendere un po' di carta igienica per fermare il sangue dal naso e gliela porse.

« Fammi vedere » disse.

Il naso non sembrava rotto, ma uno zigomo incominciava a gonfiarsi. La mano teneva ancora stretto il coltello.

Non era il momento più adatto per parlarne.

Si sentì bussare leggermente contro lo scafo.

Fedro si affacciò al boccaporto: era Rigel.

« Se n'è andato, » disse Rigel « ma loro sono seccati. Ce n'è uno che vorrebbe chiamare la polizia. Gli ho detto che sei in partenza. Sarebbe molto più semplice se te ne andassi subito ».

« Che cosa può fare la polizia? ».

Rigel alzò gli occhi al cielo. « Hai cinque secondi di tempo. O preferisci rimanere qui altre cinque settimane? ».

Fedrò ci pensò. « Va bene » disse. « Scioglimi l'ormeggio di prua ».

« Te lo dovrai sciogliere da solo ».

« Che ti prende? ».

« Il favoreggiamento è... ».

« Oh, Cristo ».

« Me la dovrò vedere io con quelli, quando sarai partito ».

Fedro lo guardò scuotendo la testa. Dio che pasticcio. Saltò sulla banchina, staccò il cavo elettrico e lo lanciò sul ponte; sciolse l'ormeggio di poppa e gettò a bordo anche quello. Mentre andava a slegare quello di prua vide che la gente davanti agli uffici della direzione guardava verso di lui. Curioso, che Rigel fosse ricomparso proprio in quel momento. A dare consigli giusti, come sempre.

Lanciò le cime sul ponte, appoggiò le mani contro la prua e spinse con tutte le sue forze per staccare dalla banchina il pesante scafo. La corrente stava già spingendo in fuori la poppa. Si afferrò a un candeliere e si issò a bordo.

« C'è un ancoraggio a Sandy Hook » disse Rigel. « Horseshoe Bay. È sulla carta ».

Fedro si portò in fretta a poppa, scavalcando il groviglio di cime, per accendere il motore, ma vide che mancava la chiave. Per fortuna la corrente stava spingendo la barca verso il fiume, fuori dalla darsena. Corse di sotto, aperse il primo cassetto del tavolo delle carte, trovò la chiave, corse su di nuovo, inserì la chiave e la girò.

Sarebbe il momento perfetto perché il motore non si avvii, pensò.

No, aveva preso. Lo lasciò in folle intanto che si scaldava.

Sulla banchina, ora distante una ventina di metri, vide Rigel parlare con alcune persone che l'avevano raggiunto. Fedro ingranò la marcia, diede un po' di gas e agitò il braccio per salutare. Le persone non risposero al saluto; però continuavano a guardare verso di lui.

Una di esse si portò le mani a imbuto davanti alla bocca e gridò qualcosa, ma il rumore del diesel coperse le sue parole. Fedrò salutò ancora e si immise nel fiume, puntando verso la costa del New Jersey.

Era fatta!

Guardando sopra la spalla, vide il tratto d'acqua tra la barca e la darsena farsi sempre più largo e le persone sempre più piccole. Con le dimensioni sembrava diminuire anche la loro importanza.

L'intera città stava riassestando la propria forma, adattandola alla prospettiva del fiume. La darsena indietreggiava, assorbita nell'orizzonte della città. Gli alberi verdi dominavano sul viale del lungofiume e i palazzoni dietro il viale dominavano sugli alberi. Dal centro dell'isola spuntavano, più alti di tutti, alcuni grattacieli.

Il Gigante!

Si sentì accapponare la pelle.

Questa volta era scampato solo per un pelo alle sue grinfie.

28

Quando fu abbastanza vicino all'altra riva, virò e puntò nella direzione della corrente. Le acque aperte e la crescente distanza dalla città già incominciavano a calmarlo.

Che mattinata! Non aveva neanche avuto il tempo di vestirsi. La banchina era ormai lontanissima e, a quanto si vedeva, deserta. Verso nord, il ponte George Washington incominciava a recedere, confondendosi con le rive scoscese.

Notò alcune macchie di sangue quasi raggrumato sul ponte, vicino al pozzetto. Mise al minimo, fissò la barra del timone e scese di sotto a cercare uno straccio. Sulla cuccetta c'erano i suoi vestiti; li prese e li portò di sopra insieme allo straccio. Liberò la barra, rimise la barca in rotta e sfregò via tutte le macchie di sangue che riuscì a vedere.

Finito; non c'era più fretta. Strana, questa cosa: prima tanta furia e senso d'urgenza, e adesso improvvisamente tutto il tempo che voleva. Nessun obbligo, nessun impegno.

... A parte Lila. Ma lei non doveva arrivare in nessun posto.

Che ne faccio di Lila?
Niente, si disse.
Non c'era fretta. Non aveva scadenze...
Tranne quella del ghiaccio e della neve. Ma non era un problema. Bastava portarsi il più a sud possibile; poteva farcela anche da solo e Lila poteva rimanere in cabina finché voleva.
Una giornata irreale. Oh, era uscito il sole! Il fiume era ancora quasi deserto.
Mentre si vestiva notò lungo la riva di Manhattan delle costruzioni verdi che spuntavano dall'acqua, vecchi magazzini all'aspetto, con un'aria cadente e di abbandono. Gli ricordavano qualcosa. Li aveva già visti, tanto tempo fa...
... Una passerella ripida, lunghissima, che non finiva mai, che portava su una nave grande, dai fumaioli enormi, rossi. Lui saliva davanti a sua madre, che aveva l'aria preoccupata e quando lui si era fermato a guardare giù in basso la banchina di cemento, gli aveva detto: « Svelto, corri, che la nave parte! » e proprio in quell'istante si era sentito il boato della sirena e lui si era spaventato e si era messo a correre su per la passerella. Aveva quattro anni, la nave era la *Mauritania*, diretta in Inghilterra.
... E quelli, ormai in rovina, erano gli edifici del molo da dove era partita.
Era passato tanto tempo... Selim... Selim... chi era Selim? Una storia che gli aveva letto sua madre. Selim il pescatore e Selim il panettiere e l'isola incantata che si era inabissata un attimo dopo la loro fuga. Nel ricordo la storia era associata a questo posto. Strano, come funziona la nostra mente.
A parte una chiatta e un'altra barca a vela molto più in giù, il fiume continuava a essere deserto. A sud, in lontananza, in mezzo al profilo ingarbugliato dei grattacieli, si intravedeva la Statua della Libertà.
Strano che di quel viaggio infantile ricordasse

così bene il molo della *Mauritania* e non la Statua della Libertà.

Una volta, durante un successivo viaggio a New York, Fedro si era accodato a una comitiva di turisti che visitavano l'interno della statua. Era di bronzo verdastro e corroso, rinforzato da travi metalliche a ribattini, come i ponti vittoriani. Salendo, la scala di ferro si faceva via via sempre più stretta e più esile e la fila dei turisti sempre più lenta, finché a Fedro era venuto un attacco di claustrofobia. Era intrappolato in quella processione compatta. Davanti aveva una signora incredibilmente grassa che ansimava come se fosse sul punto di svenire. Fedro ebbe la visione di tutte quelle persone che crollavano all'indietro, l'una sull'altra, sotto il peso della signora, come tessere di domino, con lui schiacciato in mezzo. Chissà se ce l'avrebbe fatta a tenerla in piedi, se fosse svenuta.

... Paralizzato da un attacco di follia claustrofobica sotto una grassona nel ventre della Statua della Libertà. Che stupenda allegoria per una storia sull'America, aveva pensato poi.

Il ponte era tutto un groviglio di cime che bisognava rimettere a posto. Fedro fissò la barra, andò a prua, raccolse una delle cime, se la portò a poppa, poi, mentre rimetteva la rotta, la avvolse per bene e la ripose; fissò di nuovo la barra e ripeté l'operazione finché ebbe sistemato tutte e quattro le cime e il cavo elettrico ed ebbe ritirato i parabordi. Intanto la barca era arrivata alla punta di Manhattan.

Dal lato del New Jersey si vedevano diverse case vittoriane, piuttosto belle, e alcuni grattacieli, meno di quanti ci si aspetterebbe, però. Poi una chiesa imponente in cima e una strada che scendeva al fiume. La costa era molto ripida e questo spiegava probabilmente perché quel lato del fiume fosse così poco urbanizzato rispetto all'altro.

Guardando la Statua della Libertà via via più nitida, vide la fiaccola della Blake School che svettava indomita: una statua vittoriana, ma sempre uno spettacolo emozionante, specialmente vista dall'acqua. Per le dimensioni e la posizione, più che altro. Se fosse stata una normale statua in un parco non avrebbe ispirato quella speciale reverenza.

Adesso il traffico fluviale era aumentato. Più giù, vicino a Governors Island, una grossa nave veniva rimorchiata verso l'East River. In lontananza, si vedeva un battello, probabilmente un traghetto per Staten Island. Più vicino, arrivava un vaporetto pieno di turisti.

Fedro si chiese come mai fosse così sbandato da una parte; poi capì: tutti i passeggeri stavano sul lato verso Manhattan, ad ammirare il profilo frastagliato della città che si levava dall'acqua.

Uno spettacolo. Le nuvole si riflettevano nelle pareti di vetro di alcuni degli edifici più alti. Rapsodia in blu. Per il momento le torri del World Trade Center sembravano aver vinto la corsa verso il cielo, ma gli altri edifici non avevano l'aria di essersene accorti. Tutti insieme, non erano più semplici edifici, parte di una città; erano qualcosa di diverso, qualcosa che la gente non s'immaginava. C'era come un'energia, una potenza non programmata, che sorprendeva ogni volta e faceva esclamare: Che meraviglia! Questo non era opera di qualcuno in particolare. Si era fatto da solo. Il Gigante era una creatura del Gigante.

Ecco il ponte Verrazzano, vicinissimo ormai. Sotto si intravedeva la linea di una costa, doveva essere l'estremità sud della Lower Bay. L'ultimo ponte: *l'ultimo*!

Via via che si faceva più vicino si avvertiva come un gonfiarsi ritmico dell'acqua. Sembrava di dondolare su un trapezio. La barca si alzava e si abbassava, su e giù, su e giù. Ma lentamente, molto lentamente. Era l'oceano.

Di colpo gli venne in mente che non sapeva dove stava andando. Assicurò di nuovo la barra del timone, scese di sotto (ancora nessun segno di vita da Lila), tolse un fascio di carte dal cassetto e tornò in coperta. Sfogliò le carte finché trovò quella con scritto « Porto di New York ». Sul retro c'era la Lower Bay, punteggiata di boe che segnavano le rotte delle navi, con in fondo Sandy Hook e a metà della lingua Horseshoe Cove, il posto di cui aveva parlato Rigel.

Dal ponte a Horseshoe Cove erano segnate circa dieci miglia. La baia era talmente fitta di boe che era difficile destreggiarsi, ma secondo la carta non aveva importanza, non c'era pericolo di toccare sotto. Anzi, era più sicuro tenersi fuori dal canale, dove le grosse navi non passavano.

Mentre il ponte rimpiccioliva alle sue spalle, si accorse che il motore faceva un rumore strano. Controllò la spia dell'acqua: quasi sul rosso; allora ridusse al minimo.

Probabilmente nella presa dell'acqua di raffreddamento era entrato qualche detrito dal fiume. Era già successo. Il guaio era che l'imboccatura della presa d'acqua era molto al di sotto della linea di galleggiamento e la convessità dello scafo era così pronunciata che non si riusciva a vedere l'intoppo né ad arrivarci con una gaffa. Bisognava mettere in acqua il dinghy e cercare di toglierlo con le mani. Adesso però non si poteva fare, perché con l'onda lunga il dinghy sarebbe andato a sbattere. Doveva aspettare di essere a Horseshoe Cove.

Dalla costa sud-ovest del New Jersey si stava alzando una brezza tesa; tanto valeva fare il resto del percorso a vela.

Spense il motore e si godette un attimo il silenzio. Solo il lieve soffio della brezza e il rumore delle onde contro lo scafo, più pacato con il diminuire della velocità. Con l'abbrivo rimasto puntò la prua in direzione del vento e andò all'albero per issare la vela di maestra.

Con quel rollio era un problema mantenersi in equilibrio, ma una volta issata la vela e preso il vento da poppa, la barca si stabilizzò, appena appena inclinata su un fianco, e acquistò velocità e Fedro tutto a un tratto si sentì felice. Aggiustò la rotta nel pozzetto, allascò anche il fiocco e la velocità aumentò ancora. Gli era tornata un po' della sua febbre del mare. Era la prima volta da dopo il Lago Ontario che si ritrovava in acque aperte e il mare lungo gli ridava la febbre.

Eccolo finalmente, a est, l'orizzonte sgombro. Solo la sagoma di una nave in lontananza, diretta verso di lui; ma bastava tenersi appena fuori dalla sua rotta.

Il vecchio Pancho sarebbe stato contento, adesso.

La febbre del mare era come la malaria. Per lunghi periodi, anni a volte, non si faceva sentire, poi, tutto a un tratto, come ora, eccola di nuovo, come l'onda dall'oceano.

Gli tornò in mente una canzone scoperta tanto tempo addietro, *The Sloop John B.*, col suo strano ritmo, prima accelerato, poi più lento. All'inizio si era stupito che dovesse piacergli tanto, ma poi aveva capito che quel ritmo era lo stesso del mare, con l'onda che monta e si gonfia e poi si disperde. Vento e mare dietro e la barca che fila veloce e si innalza sull'onda, poi ridiscende ed esita un poco, mentre l'onda rotola via davanti a lei.

Quel su e giù non gli aveva mai dato fastidio, forse perché l'amava tanto, era collegato alla febbre del mare.

Ricordava il giorno in cui l'aveva provata per la prima volta: il giorno di Natale dei suoi sei anni, quando i suoi genitori gli avevano regalato il più bel mappamondo che potessero permettersi, pesante, con una base di legno massiccio, e lui non la smetteva più di farlo ruotare. Da lì aveva imparato forma e nome di tutti i continenti e di quasi tutti i paesi e i mari del mondo: Arabia, Africa, Sudamerica, India, Australia, Spagna e il Mediterraneo, il Mar Nero, il Mar Caspio. L'aveva emozionato il pensiero che la città dove abitava, così grande, sul suo mappamondo fosse solo un puntolino, e che il globo fosse per la maggior parte azzurro. Se si voleva davvero vedere il mondo, si doveva per forza attraversare tutto quell'azzurro.

Per anni il suo libro preferito era stato una storia della navigazione: lo sfogliava attentamente, pagina per pagina, sempre daccapo, fantasticando di trovarsi in una di quelle cabine di poppa tutte decorate, a contemplare dai minuscoli finestrini, come Sir Francis Drake, le onde che si gonfiavano ritmicamente tutt'intorno alla nave. Gli pareva quasi che, da allora, ogni suo viaggio l'avesse sempre portato alla fine vicino all'acqua, in qualche porto o darsena, a guardare le barche.

Da vicino, Sandy Hook dava l'impressione di essere rimasto immutato dai tempi in cui l'avevano costeggiato i vascelli di legno di Verrazzano e di Hudson. Sulla punta si scorgevano alcune antenne radio e vecchie costruzioni che sembravano parte di qualche fortificazione abbandonata. Per il resto, appariva deserto.

Man mano che la barca si addentrava nella baia protetta dalla lingua di terra, il mare lungo si smorzava, finché si ridusse a poco più di un'increspatura sotto il vento di sud-ovest. La baia ora sembrava un lago, calmo e chiuso da ogni lato dalla terra. Fedro ammainò il fiocco per ridurre un poco la velocità e scese un attimo per mettere in funzione lo scandaglio acustico. Dalla cabina di prua nessun segno di vita.

Tornato in coperta, guardò di nuovo la baia: bella. Esposta al vento a ovest, ma con acque basse, diceva la carta, e un lungo molo che probabilmente rompeva le onde più forti. E comunque adesso non ce n'erano. Una spiaggia tranquilla, un paio di barche a vela all'ancora, nessuno sul ponte. Bellissimo.

Quando lo scandaglio indicò una profondità di circa tre metri, Fedro venne al vento, ammainò la vela, buttò l'ancora, accese il motore e mise la retromarcia perché l'ancora facesse presa; poi spense, serrò la vela e scese sottocoperta.

Ripose nel cassetto le carte e cercò sulla radio la stazione meteorologica della Guardia costiera per sentire le previsioni. Ancora qualche giorno di venti deboli da sud-ovest e di sereno, poi un calo di temperatura. Ottimo. Così aveva un po' di tempo per decidere che cosa fare con Lila, prima di uscire nell'oceano.

29

La sentì muoversi.

Andò alla porta della cabina, bussò e mise dentro la testa.

Lila era sveglia, ma non si voltò a guardarlo. La faccia, dalla parte destra era livida e gonfia. Una bella botta.

Fedro disse: « Salve ».

Lei non rispose. Guardava fisso davanti a sé, le pupille dilatate.

« Stai bene? » chiese Fedro.

Gli occhi non si mossero.

Che domanda stupida. Ritentò con: « Come va? ».

Niente. Gli occhi lo trapassavano senza vederlo.

Ahi, ahi. Credeva di capire; anzi, se lo sarebbe dovuto aspettare. È così che appare dal di fuori. Lo stupore catatonico. Quando il mondo esterno viene respinto, escluso.

Dopo una pausa disse con dolcezza: « Non preoccuparti. Ci bado io a te, per un po' ». Aspettò se compariva una scintilla di consapevolezza; niente. Solo quello sguardo ipnotico, fisso.

Lo sa che sono qui, pensò, anche meglio di me

probabilmente. Solo che non vuole dare segno di saperlo. È come una gatta intrappolata su un albero, rannicchiata all'estremità di un ramo. Se cerchi di raggiungerla, si spaventa e arretra ancora, oppure è obbligata a difendersi con le unghie.

E lui non voleva né l'una né l'altra cosa. Non dopo quello che era successo alla darsena.

Chiuse adagio la porta e si ritirò nell'altra cabina.

E adesso?

Questi stati di trance, secondo i testi di antropologia, sarebbero pericolosi. L'incidente con Jamie richiamava le descrizioni dell'*amok* indonesiano, cupa depressione seguita talvolta da un'improvvisa esplosione di violenza. Ma secondo la sua personale esperienza non era così pericoloso. Se c'è violenza, è provocata da persone ostili che cercano di interrompere lo stato di trance, cosa che lui si sarebbe ben guardato dal fare.

Anzi, a dire la verità, aveva l'impressione che il peggio fosse passato. La cosa più allarmante, la notte scorsa alla darsena, era quell'aria di essere felice. Non soffriva, allora. Quando stringeva e cullava la bambola, era come osservare qualcuno che sta per morire assiderato e dice di avere caldo. Viene da gridare: « No, no, sentilo il freddo! Finché provi dolore sei salvo! ».

Adesso era cambiata. In meglio, in peggio? Chissà. L'unica cosa, si disse Fedro, è aspettare di vedere come evolve. Il bel tempo avrebbe retto per un po' e lui aveva un sacco di cose da fare.

... Mangiare, per esempio. Ormai era pomeriggio. Inizialmente aveva pensato di attraccare ad Atlantic Highlands e di fare provviste là, ma adesso era lontana un paio di miglia. Forse domani, se il tempo era buono, poteva mettere il fuoribordo al dinghy e farci una puntata. O vedere se ci si arrivava in autobus da lì. Nel frattempo doveva arrangiarsi con quello che era avanzato dalla cena a Nyack.

Nyack. Erano passati un bel po' di giorni. Sarà andato tutto a male.

Aperse la ghiacciaia per dare un'occhiata. Pescò dal fondo tutto quello che c'era e lo depose sulla mensola di fianco al lavello.

... Qualche barattolo di würstel da cocktail... un paio di scatolette di carne e di lingua... E poi il pane. Lo tastò: era duro... tolse l'involucro: mangiabile... Tonno in scatola... burro di arachidi... marmellata... Il burro sembrava ancora buono. Il vantaggio di navigare in ottobre era che la roba ci metteva di più ad andare a male... budino al cioccolato... Presto avrebbe dovuto fare provviste. E quella poteva rivelarsi una complicazione.

E da bere? Solo bourbon e acqua tonica e acqua del rubinetto.

I würstel non volevano uscire dal barattolo. Fedro lo tenne capovolto sopra il lavandino per far scolare tutto il liquido, ma i würstel rimanevano incastrati. Provò a infilzarne uno con la forchetta; venne fuori a pezzetti. Poi, di colpo, blop: tutti sul piatto. Un po' acquosi e mollicci, ma dall'odore, mangiabili.

A Lila poteva dare un po' di bourbon allungato con acqua tonica. Sì, buona idea. Forse avrebbe rifiutato il cibo, ma un bicchierino l'avrebbe allettata di più...

Spalmò un po' di burro su una fetta di pane raffermo, aggiunse tre würstel e coperse il tutto con un'altra fetta di pane. Preparò un bicchiere bello sostenuto e lo mise sul piatto insieme al sandwich.

Bussò alla porta: « Il pranzo è servito. Molto appetitoso ».

Entrò e depose il piatto sulla cuccetta di fronte. « Se il bourbon è troppo forte, dimmelo che aggiungo dell'acqua » disse.

Lila non rispose, ma non sembrava né arrabbiata né assente. Un piccolo miglioramento, chissà.

Richiuse la porta e tornò nella cabina principale a organizzare uno spuntino anche per sé.

Ci sono tre possibilità, si disse: primo, può attaccarsi permanentemente ai suoi deliri, la bambola o qualunque altra idea le possa venire, e allora prima o poi dovrò scaricarla. Non sarà facile, ma neanche impossibile: chiamare un dottore, farla visitare, poi si vedrà. Non è che l'idea gli piacesse, ma se necessario era capace di attuarla.

Il guaio è questo meccanismo che si autoalimenta, per cui la follia fa sì che gli altri ti rifiutino, il che acuisce la follia; ed era in questo processo che lui si sarebbe trovato coinvolto. Non molto morale. Se finiva così, Lila avrebbe probabilmente trascorso il resto della vita rinchiusa in manicomio, come un animale in gabbia.

La seconda alternativa era che Lila rinunciasse a lottare e imparasse ad « adattarsi ». Sarebbe probabilmente subentrata una forma di dipendenza culturale, con periodico ricorso allo psichiatra o all'assistente sociale per la « terapia »; ma avrebbe accettato la « realtà » culturale che ribellarsi non serve a niente e avrebbe trovato un suo modus vivendi. Cioè, avrebbe continuato a condurre una vita « normale », prolungando il suo problema, quale che fosse, ma circoscrivendolo entro limiti culturalmente accettati.

Era una soluzione che gli piaceva ancora meno della prima.

La questione non è: « Perché si impazzisce? », bensì: « Perché si è sani? ». L'umanità si era posta per secoli la prima domanda, senza, a quanto era dato di vedere, approdare a niente. L'unico modo di affrontare il problema della follia consiste nel cambiare completamente l'impostazione e parlare, invece che di follia, di verità. La follia è un problema medico e tutti concordano nel ritenerla indesiderabile. La verità è un problema metafisico sul quale la discussione è sempre aperta. La verità può essere definita in molti modi diversi, alcuni dei quali potrebbero far luce sullo stato di Lila molto meglio di quello scelto dalla metafisica soggetto-oggetto.

Se gli oggetti sono la realtà ultima, esiste un'unica interpretazione intellettuale della realtà: quella che coincide con il mondo oggettivo. Ma se definiamo la verità come un insieme di modelli di valore di ordine intellettuale dotato di elevata qualità, ecco che la follia può essere definita semplicemente come un insieme di modelli di valore di bassa qualità, e l'immagine che ne risulta è completamente diversa.

Quando la cultura chiede: « Perché questa persona non vede le cose al modo nostro? », la risposta è: « Perché non attribuisce valore a quel modo di vedere ». Ha fatto ricorso a modelli di valore per così dire fuorilegge, perché essi risolvono conflitti di valore che la cultura non è in grado di gestire. Le cause della follia possono essere le più varie, da uno squilibrio ormonale ai conflitti sociali. Ma la follia li ha già eliminati, questi conflitti, introducendo schemi interpretativi che le appaiono dotati di più elevata qualità.

Lila sembra immersa in una sorta di trance; e con ciò? Il fatto è che in un mondo diviso in soggetti e oggetti trance e ipnosi sono ornitorinchi di prima grandezza. Non si può negarne l'esistenza, e tuttavia suscitano imbarazzo. Meglio, allora, buttarli nel mucchio dei rifiuti dell'empirismo, in quel contenitore chiamato « occultismo », e che se ne occupi la banda antiscientifica dei cultori dell'astrologia, dei tarocchi, dell'I Ching e simili. Se vedere è credere, trance e ipnosi non dovrebbero esistere. Ma dato che esistono, ecco che ci ritroviamo per le mani un caso empiricamente osservabile di empirismo smentito.

Il paradosso è che in alcuni casi è la cultura stessa, per fini suoi, a provocare deliberatamente stati di trance e di ipnosi. Il teatro è una forma di ipnosi. E così pure il cinema e la televisione. Nell'entrare in una sala cinematografica tutti sappiamo che non vedremo altro che ventiquattro ombre al secondo proiettate su uno schermo per creare l'illusione ottica di persone e oggetti in movimento. Tuttavia, pur sapendo questo, ridiamo quando le ventiquattro ombre al secondo dicono qualcosa di buffo e piangiamo quando ci fanno vedere un attore che finge di morire. Sappiamo che è un'illusione, però ci entriamo dentro, ne diventiamo parte e finché dura, ci dimentichiamo del suo carattere illusorio. Se questa non è ipnosi, uno stato di trance, una forma, se si vuole, di temporanea follia... Ma è anche un potente strumento di rinforzo culturale e per questo motivo la cultura promuove i film e li censura, secondo i propri scopi.

Nel caso della follia permanente, pensò Fedro, è come se le uscite dalla sala fossero state bloccate, di solito per la consapevolezza che lo spettacolo in corso fuori è di gran lunga peggiore. Il pazzo si proietta un suo film privato, che non ha ricevuto l'approvazione ufficiale ma che a lui *piace di più* di quello in programmazione ufficiale. Se si vuole che accetti di vedere il film che tutti gli altri stanno guardando, bisogna trovare il modo di dimostrargli che farlo *vale di più*. Altrimenti, perché « migliorare »? Lui sta già meglio. Sono gli schemi che definiscono il concetto di « meglio » il nocciolo della questione. Vista dal di dentro, la follia non è il problema. È la soluzione.

Che cosa potesse avere più valore per Lila, Fedro non avrebbe saputo dire.

Finì il sandwich, mise via il resto del cibo e sciacquò il piatto. La prossima cosa di cui preoccuparsi era il motore, trovare perché si surriscaldava.

Se era fortunato, si trattava dell'ostruzione del filtro della presa dell'acqua di raffreddamento sotto lo scafo. Se invece era sfortunato, erano intasati i manicotti all'interno del motore. Il che voleva dire smontare la testa cilindri e frugare nella testa e nella camicia. La sola idea era raccapricciante. Stupido da parte sua non avere comperato insieme alla barca un sistema di raffreddamento ad acqua dolce, che avrebbe eliminato la seconda eventualità.

Be', non si può pensare a tutto.

Salì in coperta, issò il dinghy con la drizza dell'albero, lo tenne sospeso oltre il fianco della barca, poi lo calò adagio, attento a non far andare sott'acqua lo specchio di poppa. Ci saltò dentro, staccò il moschettone della drizza e, facendo scorrere le mani lungo il bordo, spinse il dinghy fino alla prua.

Si tolse la camicia e, sdraiato sulla pancia, immerse il braccio nell'acqua fino alla spalla. Che freddo! Tastò sotto lo scafo, ma non sentì borse di plastica o altro sopra la presa dell'acqua. Brutto segno. Ritirò il braccio e lo asciugò nella camicia.

Chissà che l'ostruzione non fosse venuta via da sola quando aveva spento il motore. Prima di armeggiare con il dinghy, avrebbe dovuto provare a mettere in moto, per controllare se l'inconveniente si ripeteva. Ma tant'è, ci si pensa sempre dopo, a queste cose. Aveva troppe altre cose per la testa.

Legò il dinghy a un candeliere e risalì a bordo. Andò ad accendere il motore. Intanto che si scaldava, tornò a pensare a Lila.

Lila era una specie di bastian contrario. « Sei un tipo solitario, proprio come me » gli aveva detto il giorno che erano partiti da Kingston. La frase gli era rimasta impressa per la sua verità. E Lila non intendeva semplicemente uno che sta da solo, ma uno che fa sistematicamente, quasi apposta si direbbe, le cose alla rovescia.

A volte i bastian contrari danno l'impressione di voler attaccare indiscriminatamente ogni e qualsiasi schema morale statico, di voler distruggere la moralità corrente per pura rivalsa.

Il concetto gli veniva dalle sue letture di antropologia. Il bastian contrario è diverso dal disadattato. Lo si ritrova in molte culture: lo era il *brujo* di Zuñi, per esempio. Presso i Cheyenne esisteva addirittura il gruppo dei bastian contrari, che permetteva di riassorbire il fenomeno entro il tessuto sociale. I bastian contrari cheyenne cavalcavano stando in sella all'incontrario, entravano nella tenda camminando all'indietro, avevano tutto un repertorio di azioni da compiersi alla rovescia. Si entrava a far parte del gruppo dopo aver subito un grave torto, qualcosa che era vissuto come una grave ingiustizia, e quei comportamenti erano evidentemente considerati una sorta di risarcimento.

A pensarci bene, anche nella nostra cultura sono sempre esistite società di bastian contrari, benché non in maniera ufficiale. I bohémien erano i bastian contrari vittoriani; gli hippy, in una certa misura, quelli degli anni Sessanta.

... Adesso il motore non dava segni di surriscaldamento. Eliminato il guasto?... Troppo bello!... Probabilmente era solo perché era in folle e non sforzava molto. Ingranò la retromarcia in modo che la barca incontrasse la resistenza dell'ancora. Attese, lo sguardo fisso sulla spia della temperatura...

A ogni modo, con l'introduzione del concetto di Qualità dinamica si riesce a dare un'interpretazione più articolata del fenomeno del bastian contrario. Si vede, per esempio, come non si tratti sempre e soltanto di resistenza agli schemi morali statici, ma a volte del perseguimento attivo di una finalità dinamica.

Tutti ci facciamo prendere di tanto in tanto da questi accessi di spirito di contraddizione, quando la sola idea di fare una certa cosa che ci dicono di fare ci sembra assolutamente intollerabile. A volte, quando la spinta viene da forze biologiche, lo spirito di contraddizione ha un carattere degenerativo. Altre volte è uno schema egoico a dirci: « Io sono troppo importante per abbassarmi a fare tutta questa roba statica ».

La pulsione negativistica antistatica può diventare a sua volta uno schema statico, e allora ci troviamo a cavalcare una tigre, non riusciamo più a scendere e finiamo divorati. È quello che succede con la droga, con gli eccessi sessuali, l'alcol, ecc.: si mette in moto un processo degenerativo.

Altre volte, però, è un processo dinamico: quando si sente con tutto il nostro essere che una certa situazione statica è nemica della vita stessa. È questo che muove le persone veramente creative – gli artisti, i musicisti, i rivoluzionari: la sensazione che, se non si liberano dalla gabbia che gli è stata costruita attorno, moriranno.

Questo modo di contrapporsi non è decadente: la persona creativa ha troppa energia e aggressività per essere decadente. Essa combatte per la libertà dinamica dagli schemi statici. E la libertà dinamica è in se stessa una forma di moralità e un momento molto importante, inoltre, del processo morale generale. Benché venga sovente confusa con la degenerazione, in realtà è una forma di rigenerazione morale. Senza la sua costante azione di ringiovanimento, gli schemi statici finirebbero per morire di vecchiaia.

Visto da questa prospettiva, il momento che Lila sta attraversando appare molto più decisivo di quello che suggerirebbe la psicologia. La sua sembra una fuga (e potrebbe essere una fuga dagli schemi statici della sua vita), ma la Metafisica della Qualità aggiunge la possibilità di una direzione e di una meta. E permette di fare l'ipotesi che, qualora la fuga cessasse, qualora gli schemi statici (quelli della sua follia o quelli della cultura, che adesso respinge) riuscissero a impossessarsi nuovamente di lei, allora Lila uscirà perdente.

C'era insomma una terza via per risolvere il problema della follia, oltre al manicomio e al conformarsi: respingere tutti i film, privati o culturali, e puntare decisi sulla Qualità dinamica, che non è un film, bensì la realtà.

I livelli di schemi statici di cui è fatto l'essere umano sono paragonabili all'ecosistema di una foresta, con le diverse configurazioni a volte in competizione tra loro, a volte in simbiosi, ma sempre in uno stato di tensione che si risolverà ora in un senso ora nell'altro, secondo l'evolversi delle circostanze. Se si riesce a cogliere questa analogia, si capirà come l'evoluzione non avvenga soltanto all'interno delle società, ma anche in ciascun individuo. Allora Lila acquista una dimensione più vasta, quale non risulta dalle descrizioni che potrebbero darne la sociologia o l'antropologia. Diventa un complesso ecosistema di configurazioni che muovono verso la Qualità dinamica. Lila, l'individuo Lila, per come è, si trova impegnata in una battaglia evolutiva contro gli schemi statici della sua vita.

Perciò a Fedro era sembrata allarmante l'assenza di dolore della sera prima e segno di miglioramento il cambiamento di stamattina, l'aspetto sofferente. Eliminare la sofferenza dal mondo è eliminare la vita. Non c'è più evoluzione. Le specie che non soffrono non sopravvivono. La sofferenza è la faccia negativa della Qualità, motore della vita. Le battaglie tra diversi schemi evolutivi si combattono dentro persone che soffrono, come Lila.

La lotta di Lila è quella di noi tutti. Succede a volte che i matti e i bastian contrari e le persone sull'orlo del suicidio siano i membri più preziosi di una società. Potrebbero essere i precursori di un mutamento sociale. Hanno preso su di sé il carico di contraddizioni della società e nel risolvere dolorosamente i loro problemi propongono una soluzione per quelli della società.

Dunque la terza possibilità, la speranza di Fedro, era che, per qualche miracolo di intuizione, Lila potesse fare il vuoto di *tutti* gli schemi, i propri e quelli della cultura, intravedere la Qualità dinamica che era la sua meta, per poi fare ritorno, capace di affrontare il groviglio senza esserne distrutta. Restava da vedere se avrebbe attraversato « la cosa », il conflitto, ciò che aveva reso necessarie le sue difese, o se invece l'avrebbe aggirata. Se la attraversa, si disse Fedro, arriverà a una soluzione dinamica. Se la aggira, ripiomberà nell'eterno ciclo karmico di dolore e temporaneo sollievo.

La causa del surriscaldamento doveva essersi eliminata da sola; almeno per il momento. Spense il motore e la barca scivolò verso l'ancora.

Il pomeriggio stava per finire, il sole era basso a occidente e a Fedro stava venendo un po' di depressione. Non era stata una giornata ideale. Notò un gabbiano sulla spiaggia frugare nella sabbia, levarsi verso il cielo con qualcosa nel becco, un'ostrica o qualche altro mollusco, e poi mollarlo. Un altro gabbiano che l'aveva avvistato scese in picchiata per portargli via la preda. Dopo non molto stavano strillando come matti. Fedro rimase a osservarli per un po', depresso anche per la loro zuffa.

Notò del movimento su una delle due barche all'ancora. Se rimaneva in coperta, si sarebbero messi a salutare e a fare conversazione e lui non ci teneva proprio. Raccolse la sua roba e scese di sotto.

Dio, che settimana! Aveva bisogno di riprendere la vita di prima. New York con i suoi problemi karmici e adesso, in più, quelli di Lila: troppo. Gli ci voleva una pausa.

Sulla cuccetta del pilota c'era la borsa con la posta. Finalmente poteva incominciare a dare un'occhiata; un buon diversivo. Sollevò la prolunga del tavolo, ci appoggiò la borsa e tirò fuori una manciata di buste.

Passò il resto del pomeriggio seduto con i piedi sul tavolo, a leggere lettere, ora sorridendo, ora irritandosi, ora ridacchiando e rispondendo a tutte quelle che esigevano risposta, con un « no » il più gentile possibile se gli facevano richieste.

Un paio di volte sentì Lila muoversi per la cabina. Una volta la sentì alzarsi e andare al gabinetto. Dunque non era catatonica fino a quel punto. Il silenzio e la noia di una barca all'ancora erano la miglior cura del mondo per la catatonia.

Verso sera incominciò a essere stufo di rispondere alle lettere. La giornata era finita. Ora di un po' di relax. La lieve brezza diurna era completamente caduta e, a parte un leggero rollio ogni tanto, tutto era pace e silenzio. Che beatitudine.

Staccò la lampada a cherosene dal suo sostegno, l'accese e la sistemò vicino al lavello; quindi improvvisò un altro pasto con gli avanzi della cena di Nyack, continuando a pensare a Lila ma senza arrivare ad alcuna decisione se non quella che già aveva preso: aspettare e vedere.

Quando portò da mangiare a Lila, vide che il piatto e il bicchiere di prima erano vuoti. Provò a parlarle, ma neanche questa volta ottenne risposta.

Adesso che il sole era calato, incominciava a fare freddo. Piuttosto che accendere la stufa, pensò di andare a letto presto. Era stata una giornata lunga. Un paio di appunti dal nuovo libro su William James e poi a dormire.

Il libro era una biografia. Opere filosofiche di James ne aveva già lette parecchie, adesso gli servivano dati biografici per meglio inquadrarle.

In particolare, gli interessava verificare quanto fosse fondata l'affermazione che James si proponeva di « unificare scienza e religione », una pretesa che era stata la causa della sua avversione giovanile e che anche adesso gli ispirava diffidenza. Se già dall'inizio ci si mette in mente uno scopo del genere, le conclusioni false sono inevitabili. Quell'ipotesi sembrava semmai la semplificazione di qualche filosofologo che non ha ben chiaro che cosa sia la filosofia. Porre la filosofia al servizio di un'organizzazione sociale o di un dogma è immorale, è far sì che una forma evolutiva inferiore possa fagocitare una forma superiore.

Tolse la borsa della posta dal tavolo e spostò la lampada sopra la ghiacciaia, in modo da ricevere la luce da dietro le spalle. Poi sedette e aperse il libro.

Dopo un po' si accorse che la luce si era abbassata; interruppe la lettura per alzare lo stoppino.

Un'altra volta andò a prendere la cassetta delle schede sulla cuccetta del pilota, per scrivere appunti su quello che leggeva. Nelle ore che seguirono compilò una dozzina di schede.

E una volta sollevò gli occhi dal libro e rimase qualche momento in ascolto. Non un rumore. Una piccola oscillazione della barca ogni tanto, e basta.

Niente in quel libro lasciava pensare che James fosse uno di quegli ideologi della religione impegnati a dimostrare tesi già superate. Gli ideologi parlano per astrazioni quanto mai vaghe e generiche e James pareva il tipo opposto. Da giovane, specialmente, aveva una concezione molto concreta e operativa della realtà ultima. Anzi, rifiutava Hegel e in genere l'idealismo tedesco che dominava in filosofia ai suoi tempi, appunto per la loro impostazione astratta e generalizzante.

Invecchiando, tuttavia, il suo interesse mosse sempre più verso la generalizzazione. Come è giusto: se non si fanno generalizzazioni, non si fa filosofia. A Fedro però sembrava che le generalizzazioni di James puntassero in una direzione affine a quella della Metafisica della Qualità. Naturalmente poteva trattarsi dell'« effetto Cleveland Harbor »: poteva darsi che il suo sistema immunitario intellettuale selezionasse quegli aspetti della filosofia di James che concordavano con la sua Metafisica, ignorando tutti gli altri. Ma non gli pareva. Trovava dovunque concordanze e affinità quali nessun meccanismo di selezione avrebbe potuto inventare.

In realtà James aveva elaborato due sistemi filosofici, che chiamava rispettivamente *pragmatismo* ed *empirismo radicale*.

Il pragmatismo è quello per cui viene di solito ricordato: la verifica della verità di un'idea è la sua funzionalità o utilità pratica. Da un punto di vista pragmatistico, la definizione di « intorno » data dallo scoiattolo era vera perché era utile; l'uomo non gli era mai girato intorno.

Come quasi tutti, Fedro aveva sempre dato per scontato che pragmatismo e utilità pratica significassero in sostanza la stessa cosa; ma quando si trovò sotto gli occhi le parole esatte di James, incominciò a ricredersi.

James diceva: « La verità è un tipo di bene e non, come si presuppone di solito, una categoria distinta dal bene e coesistente ad esso ». Diceva anche: « Chiamiamo vero tutto ciò che si dimostra buono come cosa in cui credere ».

« *La verità è un tipo di bene* ». Proprio così: *esattamente* quello che intende la Metafisica della Qualità. La verità è una configurazione intellettuale statica *all'interno* di un'entità più ampia detta Qualità.

Per fare arrivare il suo pragmatismo a un pubblico più vasto, James lo aveva agganciato all'utilità pratica. Era sempre pronto a usare espressioni come « valore d'acquisto » e « risultati » e « profitto » per farsi capire dall'« uomo della strada », ma questo finì per nuocergli e il pragmatismo fu accusato di essere un tentativo di prostituire la verità ai valori del mercato. James soffrì molto di questo fraintendimento e si sforzò di contrastarlo.

La Metafisica della Qualità, invece, si sottraeva all'accusa perché metteva in chiaro come il bene al quale la verità è subordinata sia di ordine intellettuale, la Qualità dinamica. Con James l'equivoco era sorto per mancanza di una solida cornice teoretica che permettesse di distinguere la qualità sociale dalla Qualità intellettuale e dinamica; e ai suoi tempi, in epoca vittoriana, la confusione al riguardo era massima. Ma la Metafisica della Qualità dice chiaramente che l'utilità pratica è una configurazione del bene di ordine *sociale*. E che è immorale subordinare la verità a valori sociali, in quanto questi rappresentano una forma evolutiva inferiore.

L'idea che la soddisfazione sia il discrimine, la

verifica della verità è, secondo la Metafisica della Qualità, estremamente pericolosa. Esistono tipi diversi di soddisfazione e alcuni sono atroci sul piano morale. Nei nazisti l'Olocausto produsse soddisfazione: per loro era qualità; era funzionale. Ma era una qualità dettata da schemi statici sociali e biologici di basso livello, il cui fine globale era di ritardare l'evoluzione della verità e della Qualità dinamica. James sarebbe probabilmente rimasto orripilato nello scoprire che gente come i nazisti poteva applicare tranquillamente il suo pragmatismo, ma Fedro non vedeva alcuna preclusione di principio. Invece la Metafisica della Qualità, con la sua classificazione delle configurazioni statiche del bene, impedisce dall'inizio abusi del genere.

L'altro sistema elaborato da James, l'*empirismo radicale*, che egli considera indipendente dal pragmatismo, riguarda l'esperienza. Afferma che soggetti e oggetti non costituiscono il punto di partenza dell'esperienza. Sono concetti derivati da qualcosa di più fondamentale, che James descrive come «il fluire immediato della vita, che fornisce il materiale alla riflessione successiva, con le sue categorie concettuali». In questo fluire dell'esperienza non sono ancora emerse le distinzioni della riflessione nelle forme che noi diamo ad esse: soggetto e oggetto, pensiero e materia. L'esperienza pura non è né fisica né psichica, perché precede logicamente tali distinzioni.

Nella sua ultima opera, incompiuta, *Alcuni problemi di filosofia*, James riassume tutto questo in una frase: «Tra concetti e realtà esisterà sempre una discrepanza, perché i concetti sono statici e discontinui, mentre la realtà è dinamica e fluida». Le stesse identiche parole usate da Fedro nella sua Metafisica della Qualità per la prima e fondamentale suddivisione della realtà.

L'elemento in più, rispetto sia al pragmatismo sia all'empirismo radicale di James, è l'idea che la realtà primigenia dalla quale scaturiscono soggetti e oggetti è il *valore*. Essa permette di congiungere le due direzioni del pensiero di James, formando un tessuto unitario. Il *valore*, la verifica pragmatistica della verità, è anche l'esperienza empirica primaria. Per la Metafisica della Qualità l'esperienza pura è valore; l'esperienza alla quale non è attribuito valore non è neppure esperita. Esperienza e valore coincidono. Il posto del valore è nell'esperienza, non alla fine di una serie di superficiali deduzioni scientifiche, non in un punto imprecisato della corteccia cerebrale. Il valore è ciò che apre la processione dell'esperienza empirica.

Gli empiristi hanno sempre cercato di mantenere la scienza sgombra dai valori, come se questi potessero inquinare il processo scientifico razionale. Ma la Metafisica della Qualità dimostra che inquinanti sono invece le minacce che alla scienza provengono da livelli evolutivi inferiori: dai valori *biologici* statici, come la paura fisica che ostacolò la sperimentazione di Jenner sul vaiolo; dai valori *sociali* statici, come la censura religiosa che minacciò di morte Galileo. Che la scienza rifiuti i valori biologici e sociali, dunque, è giusto non solo razionalmente, ma anche moralmente, perché gli schemi intellettuali della scienza sono evolutivamente superiori a quelli biologici e sociali.

Ma la Metafisica della Qualità aggiunge che la Qualità dinamica – quella forza-valore che preferisce la soluzione elegante di un problema a quella complicata, l'esperimento pulito e ingegnoso a quello farraginoso e inconcludente – si pone su tutt'altro piano. La Qualità dinamica è di un ordine morale più alto rispetto alla verità scientifica, che è statica, ed è immorale per i filosofi della scienza volerla reprimere, tanto quanto è immorale per le autorità ecclesiastiche reprimere il metodo scientifico. Il valore dinamico è parte integrante della scienza, è la punta di diamante del progresso scientifico stesso.

Ecco, questo sarebbe dovuto bastare a tappare la bocca a quanti avessero accusato la Metafisica della

Qualità di proporre una visione della realtà esotica, deviante, da adepti. No, la Metafisica della Qualità si inserisce nel filone principale della filosofia americana del ventesimo secolo e lo porta avanti. È una forma di pragmatismo, di strumentalismo che afferma che il bene è la verifica del vero, e inoltre che il bene non è un codice sociale ma neppure un assoluto hegeliano. È qualcosa che tutti esperiamo direttamente, ogni giorno. Identificando il valore puro con l'esperienza pura, la Metafisica della Qualità apre la strada a una visione della realtà capace di risolvere tutte le contraddizioni che l'empirismo tradizionale non è in grado di affrontare.

Certo, Fedro avrebbe potuto leggere altre opere di James e su James, approfondire di più; ma dubitava che ne sarebbe emerso un quadro diverso da quello che già se n'era fatto. C'è il momento della ricerca e il momento delle conclusioni, e lui sentiva di essere giunto a questo secondo stadio. Guardò l'orologio: le nove e mezzo; presto, ma per lui la giornata era finita, e ne era contento. Abbassò lo stoppino della lampada, la spense e la rimise nella sua nicchia nella parete; poi si infilò nel sacco a pelo.

Benedetto sonno.

30

Fu svegliato da un lento, intermittente dondolio. E da un rumore sordo di vento e di onde. Il vento doveva essere girato: da un pezzo non lo sentiva così. La barca dava un piccolo strattone a sinistra, poi, dopo un po', a dritta... poi, dopo un altro lungo intervallo, di nuovo a sinistra... Sempre così. Dagli oblò si vedeva un cielo grigio.

Una grande solitudine: quei rumori e quei movimenti gli davano sempre un senso di solitudine. Una barca all'ancora, esposta a un vento costante, si trova quasi sempre in un posto solitario, un posto dove può arrivare solo una barca.

Era un rumore rilassante. Cielo grigio e vento vogliono dire una giornata in cui è bello non andare da nessuna parte: si sta giù in cabina, a fare lavoretti che si è continuato a rimandare, a studiare le carte nautiche e i portolani e a programmare la prossima destinazione.

Poi si ricordò che quello era il giorno in cui doveva andare in città a fare provviste.

E poi si ricordò di Lila. Forse oggi si sarebbe capito se stava un po' meglio.

Uscì dal sacco a pelo. Appoggiando i piedi sul pavimento della cabina non provò la solita scossa. Il termometro segnava 13 gradi. Niente male.

Era l'oceano. I laghi e i canali dell'interno avrebbero incominciato a ghiacciare entro un mese o poco più, ma lì probabilmente l'acqua non gelava mai. Maree e correnti la tenevano sempre in movimento. E l'oceano, al di là di quella lingua, sicuramente non gelava, dunque quel rischio era evitato. Aveva via libera; ormai il ghiaccio non l'avrebbe intrappolato.

Salì la scaletta, aperse il boccaporto e mise fuori la testa.

Era bellissimo. Cielo grigio. Vento da sud. Tiepido, con dentro un odore di oceano. Le altre due barche se n'erano andate.

Manhattan e Brooklyn erano nascoste dalla curva della lingua. Le uniche cose visibili dall'altra parte della baia erano una chiatta all'ancora e, lontano, in un altro mondo, un palazzone altissimo.

D'improvviso lo invase un senso di libertà assoluta.

Il cambiamento del vento aveva spinto la barca più vicino a riva e ora notò una cosa che il giorno prima gli era sfuggita. La spiaggia era coperta di rifiuti. Bottiglie di plastica, un vecchio copertone e, più in là, dei legni incatramati, forse pali della luce, mezzo sepolti nella sabbia, con accanto lo scafo di una barca senza più il quadro di poppa. Sandy Hook sembrava l'ultimo asilo di tutti i rifiuti della civiltà portati dallo Hudson.

Guardò l'orologio: le nove, una bella dormita. Tornò di sotto, arrotolò il sacco a pelo e mise via le schede della sera prima. Rifece il fuoco, prendendo mentalmente nota che restava carbone sufficiente per appena un paio di giorni. Quando il fuoco ebbe preso, andò al tavolo delle carte e aperse il secondo cassetto dall'alto. Tolse tutte le carte dello Hudson, le impilò e le mise nel ripostiglio sopra la cuccetta-divano. Non servivano più. Al loro posto tirò fuori un rotolo di carte per il tratto da Sandy Hook a Cape May e al fiume Delaware. Le distese sul tavolo e le studiò una per una.

La costa era punteggiata di segnali che indicavano i relitti. Rigel l'aveva avvertito di non farsi sorprendere al largo della costa del New Jersey col vento di nord-est. Ma col tempo buono, di lì a Cape May dovevano essere, a occhio, un tre giorni comodi: una corsa facile fino a Manasquan Inlet e una più lunga fino ad Atlantic City.

Piegò le carte e le ripose nel cassetto. Si preparò una semplice colazione, mangiò, poi preparò la colazione per Lila.

Quando entrò nella cabina, Lila era sveglia. Il gonfiore in faccia non era diminuito gran che, però adesso lo guardava, lo guardava *sul serio*: c'era contatto.

« Perché dondola, la barca? » gli domandò.

« È normale ».

« Mi fa girare la testa, » disse Lila « falla smettere ».

Non solo parla, pensò Fedro, si lamenta. È un bel progresso.

« Come va l'occhio? » le chiese.

« Malissimo ».

« Si potrebbe farci, non so, degli impacchi ».

« No ».

« Be', qui c'è la colazione ».

« Siamo arrivati all'isola? ».

« Siamo a Sandy Hook, nel New Jersey ».

« Dove sono gli altri? ».

« Chi? ».

« Quelli dell'isola ».

Fedro non capiva di che isola stesse parlando, ma qualcosa gli diceva di non fare domande.

« Non è un'isola, è una lingua di terra. Non c'è nessuno qui, almeno da questo lato. Solo mucchi di rifiuti sparsi dappertutto ».

« Lo sai che cosa voglio dire ».

Era in arrivo un problema: se rifiutava quello che

gli stava dicendo, poi Lila avrebbe rifiutato lui. E lui non voleva che succedesse, ora che Lila stava cercando di entrare in contatto. Doveva sforzarsi di andarle incontro.

« In effetti, è quasi un'isola » disse.

« Verrà Richard ».

« Rigel? ».

Lila non rispose. Doveva trattarsi di Rigel: non c'erano altri Richard.

« Rigel ha detto che andava nel Connecticut a vendere la barca » disse Fedro. « Noi siamo nel New Jersey, sicché non credo che passerà di qui ».

« Be', io sono pronta » disse Lila.

« Ah, bene. Benissimo. Io scendo a terra a fare un po' di spesa. Vuoi venire? ».

« No ».

« Va bene. Resta pure a letto finché vuoi ».

Indietreggiò e richiuse la porta.

Pronta per che cosa, si chiese tornando nella cabina principale. Vogliono sempre sovrapporre il loro film al tuo. È come parlare con uno di quei fanatici religiosi. Non puoi metterti a discutere con lei, devi trovare un terreno comune. Certo, era migliorata, ma ne restava di strada da fare.

Si chiese se era prudente lasciarla sulla barca da sola. Ma non aveva molta scelta. Comunque era più al sicuro lì che a un molo, dove poteva avere dei contatti con la gente di altre barche, con Dio sa che conseguenze.

La carta indicava una strada subito dietro la spiaggia, che portava a un posto chiamato Highlands di Navesink, tre miglia a sud, dove probabilmente c'era un negozio di alimentari. Poteva arrivarci a piedi o con l'autostop.

Prese da un cassetto il portafogli, ci infilò dei biglietti da venti, poi dall'armadietto stagno accanto al tavolo delle carte tirò fuori due sporte di tela per metterci la spesa. Salutò Lila, salì sul ponte, si calò di nuovo nel dinghy e remò fino a riva.

La spiaggia sembrava di sabbia grigiastra, fine fine. Saltò a terra, tirò in secca per un buon tratto il dinghy e lo legò a un pezzo di ferro che spuntava da un grosso palo portato lì dalla corrente. C'erano rifiuti dappertutto, come aveva notato poco prima dalla barca. Li studiò mentre risaliva verso la strada: bottiglie di vetro, una quantità di pezzetti di legno che l'acqua aveva arrotondato lungo gli spigoli e alle estremità, una soletta di scarpa, uno scatolone con un'etichetta sbiadita della birra Budweiser, un paio di vecchi cuscini, la locomotiva di un trenino di legno.

Gli venne in mente che magari avrebbe trovato un bambolotto come quello di Lila, ma non ne vide.

Più in là c'era una tazzina da caffè di plastica, un pneumatico, un'altra tazza, altri grossi pezzi di legna bruciacchiati, con spunzoni di acciaio arrugginito, che dovette scavalcare. Tutti questi oggetti erano consumati e sbiancati, come se fossero stati buttati sulla spiaggia dal mare, non abbandonati lì dai turisti. Era un posto troppo squallido per attirare i turisti. Strano, come si potesse essere così vicini a Manhattan e tuttavia così fuori dal mondo, in un posto così rurale. Cioè, rurale non era l'aggettivo giusto. Non era né rurale né altro, solo abbandonato. Erano le rovine di qualcosa. La vegetazione era la vegetazione delle rovine.

Dietro i rifiuti si vedevano dei sempreverdi, tassi forse, o ginepri. E poi altri cespugli, con poche foglie rosse superstiti. E più in là c'erano erbe palustri di varie specie, per lo più color oro ma con ancora un po' di verde. Essenziali e delicate come piante preistoriche.

In lontananza, dove finivano gli acquitrini, accanto a un faro abbandonato, vide un airone bianco.

Trovò la carrozzabile dove diceva la carta: asfalto liscio, pulita, deserta. Bello, sentire le gambe distendersi nel camminare.

Il sommacco qui incominciava appena a tingersi di rosso.

Un'altra strada. Quante ne aveva percorse, uguali a questa?

Ottobre era un bel mese per andare in giro a piedi.

Mentre camminava lungo il margine segnato da alberi e cespugli, provò un senso di pienezza a essere proprio lì, proprio in quel momento. Uno stato dinamico.

Lila aveva incominciato a parlare. Una bella conquista. Dimostrava che lui era sulla via giusta.

Per ora non avevano molto senso, quei discorsi sull'isola e Rigel, ma bisognava darle tempo. L'importante era di non forzare il processo, di non provocare una confrontazione. L'idea di spedirla a Samoa come terapia era stuzzicante, ma non avrebbe funzionato. Il guaio della follia è che i matti sono al di fuori di *qualunque* cultura. Lila è lei stessa una cultura, una cultura-monade; ha la sua realtà, che *nessun'altra* cultura è in grado di leggere. Era lì che bisognava operare la riconciliazione. Forse, se per qualche giorno riusciva a non crearle problemi, la sua cultura solitaria avrebbe sistemato tutto da sé.

Non l'avrebbe fatta chiudere in nessun ospedale. Di questo era sicuro, adesso. All'ospedale l'avrebbero solo imbottita di tranquillanti, ripetendole che doveva diventare ben adattata. Non avrebbero capito che lei lo stava trovando, un adattamento. La follia è appunto questo: la follia *è* l'adattamento. Non è necessariamente un passo nella direzione sbagliata, certe volte è un passo intermedio nella giusta direzione. Non è necessariamente una malattia. Può far parte della cura.

Non che fosse un esperto in materia, ma gli sembrava che il problema di «guarire» una persona malata di mente non fosse diverso dal problema di «guarire» un musulmano, o di «guarire» un comunista o un repubblicano o un democratico. Dire a queste persone che hanno sbagliato tutto serve a poco. Ma se si riesce a convincere un mullah che, se cambia il suo credo in quello cristiano, tutto acquisterà un valore più alto, allora il cambiamento sarà non solo possibile, ma addirittura probabile. Altrimenti, meglio lasciar perdere. Perciò, se uno riesce a convincere Lila che c'è più valore nel considerare la sua « bambina » una bambola che nel considerare la sua bambola una bambina, allora la sua « follia » incomincerà a recedere. Ma non prima.

La storia della bambola era la soluzione di qualcosa, qualcosa che riguardava l'infanzia o i bambini, ma Fedro non sapeva che cosa. L'importante era riconoscere la validità delle sue idee deliranti, e poi svezzarla a poco a poco dal bisogno di averle, ma senza combatterle.

Il tranello qui, come qualunque filosofo capirebbe al volo, sta nella parola « delirante ». È sempre *l'altro* ad avere idee « deliranti ». Oppure noi, ma nel passato. Nel presente, mai. Possono avere idee deliranti anche interi gruppi di persone, purché siano gruppi di cui noi non facciamo parte. Altrimenti il delirio diventa « l'opinione di una minoranza ».

Un'idea delirante in senso psichiatrico non può essere condivisa da un gruppo. Una persona non viene giudicata pazza, se un certo numero di altre persone la pensa allo stesso modo: la follia non è considerata una malattia contagiosa. Basta che un'altra persona incominci a crederti, o magari due o tre, ed è una religione.

Quando in Spagna e in Italia uomini adulti e normali vanno in giro per le strade portando sulle spalle una statua di Cristo, il loro non è un delirio di pazzi. È un'attività religiosa ricca di senso, perché compiuta da tanti. Invece quando Lila si porta appresso dovunque vada la statua di gomma di un bambino, quello è il delirio di una povera pazza, perché è sola a farlo.

Chiedete a un prete cattolico se l'ostia che tiene in

mano durante la Messa sia realmente la carne di Cristo, e lui vi risponderà di sì. E se gli chiedete: « Vuoi dire *simbolicamente*? », risponderà: « No, no, voglio dire realmente ». Allo stesso modo, provate a domandare a Lila se la bambola che ha in braccio è una bambina morta: vi risponderà di sì. E se le domandate: « Vuoi dire *simbolicamente*? », anche lei risponderà: « No, no, voglio dire realmente ».

Come è esatto affermare che, fino a quando non si è capito che l'ostia è realmente il corpo di Cristo, non si può capire la Messa, alla stessa stregua è possibile dire che, fino a quando non si è capito che quella bambola è realmente una bambina, non si arriverà a capire Lila. Lila è una cultura con un solo membro. È una religione con un solo fedele. La differenza è che la religione cristiana ha sempre avuto, dai tempi di Costantino, l'appoggio di un imponente sistema di potere, e quella di Lila no. La sua religione solitaria non potrà mai spuntarla.

Il paragone, però, non è del tutto legittimo. Se le grandi religioni del mondo consistessero soltanto di ostie e di statue e di altri ammennicoli del genere, sarebbero scomparse da tempo di fronte al sapere scientifico e alle trasformazioni culturali. Quello che le tiene in vita, si disse Fedro, è altro.

Può sembrare blasfemo mettere sullo stesso piano religione e follia e paragonarle tra loro, ma lo scopo di Fedro non era quello di screditare la religione, ma solo di gettar luce sulla follia. Era convinto, anzi, che proprio la separazione intellettuale tra la categoria « religione » e la categoria « follia » avesse offuscato la nostra comprensione di entrambe.

Secondo l'idea corrente di religione, improntata alla logica soggetto-oggetto, misticismo e follia sono la stessa cosa, anche se non vi si insiste troppo per non scatenare fanatismi. Il misticismo è spazzatura intellettuale. Un residuo delle antiche superstizioni dei secoli bui, quando nessuno sapeva niente di niente e il mondo affondava nella sporcizia, nella malattia, nella povertà, nell'ignoranza. È una di quelle forme di delirio che non vengono definite follia perché coinvolgono così tante persone.

Fino a non molto tempo fa, anche le religioni e le civiltà dell'Oriente erano considerate generalmente « arretrate »: le malattie, la povertà e l'ignoranza da cui quelle civiltà erano afflitte erano dovute al dissennato misticismo che le informava. E non fosse stato per il fenomeno del Giappone, che in pochi decenni ha fatto apparire alquanto arretrate le culture fondate sulla separazione tra soggetto e oggetto, il sistema immunitario con il quale queste culture difendono tale giudizio sarebbe tuttora inattaccabile.

La Metafisica della Qualità, invece, identifica il misticismo con la Qualità dinamica. Afferma che coloro che pensano per soggetti e oggetti hanno *quasi* ragione nel far coincidere il misticismo con la follia. Infatti sono *quasi* la stessa cosa. I pazzi e i mistici sono entrambi persone che si sono liberate dagli schemi intellettuali statici della loro cultura. L'unica differenza è che, mentre il pazzo è poi passato a un suo schema mentale privato, altrettanto statico, il mistico ha abbandonato tutti gli schemi statici in favore della Qualità dinamica.

La Metafisica della Qualità afferma che, fino a quando l'approccio della psichiatria sarà prigioniero di una metafisica soggetto-oggetto, cercherà sempre la soluzione al problema della follia in qualche tipo di schema statico e mai nell'atteggiamento mistico. Così come gli indiani choctaw non distinguono tra azzurro e verde e le popolazioni di lingua hindi non differenziano tra ghiaccio e neve, anche la psicologia moderna non è in grado di distinguere tra una realtà rigidamente strutturata e una realtà libera da schemi, e dunque non è in grado di distinguere i pazzi dai mistici.

Quando Socrate dice, in uno dei suoi dialoghi: « I beni più grandi ci vengono dalla follia, purché la follia ci sia data per dono divino », gli psichiatri neanche capiscono di che cosa stia parlando. E quando tracce di questa identificazione persistono in espressioni correnti come « toccato », che vuol dire toccato da Dio, le radici dell'espressione vengono liquidate come indizi di ignoranza e superstizione.

È un altro esempio dell'« effetto Cleveland Harbor »: quello che non si cerca non lo si vede; perché, a passare in rassegna le testimonianze della nostra civiltà in cerca di nessi tra interpretazione della realtà nella follia e interpretazione della realtà nella religione, se ne trovano a iosa. Perfino l'idea della follia come « possessione da parte del Demonio » può essere tradotta, nel linguaggio della Metafisica della Qualità, come il tentativo da parte di una configurazione inferiore biologica, « il Demonio », di sopraffare una configurazione superiore di conformità alle credenze di una data cultura.

Secondo la Metafisica della Qualità, oltre alle consuete soluzioni al problema della follia – conformarsi agli schemi della propria cultura o essere rinchiusi in manicomio – ne esiste una terza, che consiste nel dissolvere *tutti* gli schemi statici, sia sani sia malati, per trovare il vero fondamento della realtà che è indipendente da tutti gli schemi ed è, appunto, la Qualità dinamica. La Metafisica della Qualità giudica immorale che i sani di mente impongano il conformismo culturale soffocando le pulsioni dinamiche che producono la follia. Questa repressione è il tentativo di una forma evolutiva inferiore di distruggere una forma superiore. Gli schemi intellettuali e sociali statici rappresentano un livello evolutivo *intermedio*. Sono utili servitori del processo della vita, ma se gli si consente di diventare i padroni, annientano la vita.

Avendo a disposizione questa struttura teoretica, diventa possibile spiegare alcuni punti oscuri riguardanti la terapia dei pazzi. Per esempio, si sa che le terapie di shock « funzionano », ma, come amano ripetere i medici, non si sa il perché.

La Metafisica della Qualità offre una spiegazione. Il valore delle terapie di shock non sta nella reintegrazione del pazzo in schemi culturali normali, perché anzi questo sicuramente non avviene. Il loro valore consiste nel disintegrare *tutti* gli schemi, culturali e personali, lasciando temporaneamente il paziente in uno stato dinamico. L'elettroshock, per esempio, non fa altro che riprodurre gli effetti che otterremmo se colpissimo il paziente sulla testa con una mazza da baseball. La scossa, cioè, gli fa perdere i sensi. Anzi, nell'ideare questa terapia, Ugo Cerletti voleva appunto riprodurre l'effetto di una mazzata in testa senza il rischio di fratture craniche.

La cosa che non viene riconosciuta, in una struttura teoretica soggetto-oggetto, è che questo stato di incoscienza e assenza di ogni schema è una condizione esistenziale preziosa. Poi, naturalmente, una volta provocato quello stato, i medici non sanno come sfruttarlo, e il paziente il più delle volte scivola nuovamente nella follia, e allora bisogna dargli un altro colpo in testa, e poi un altro, e così di seguito. Certe volte, però, in un lampo di saggezza Zen, il paziente coglie la superficialità sia dei suoi personali schemi antagonistici sia degli schemi della cultura, capisce che gli uni gli procurano quotidiane bastonate elettriche, mentre gli altri gli offrono la liberazione dall'istituzione psichiatrica; al che egli prende la saggia decisione mistica di approfittare della via d'uscita che gli viene proposta per uscire da quell'inferno.

Un altro enigma che si riesce a spiegare con una metafisica del valore è l'effetto terapeutico del silenzio, dell'isolamento. Da sempre i matti vengono curati soprattutto così: lasciandoli in pace. Per colmo di ironia, questa, che è la cosa che ospedali e psichiatri riescono a fare meglio, è anche la cosa di cui non si vantano mai. Forse hanno paura che arrivi qualche giornalista in vena di crociate o qualche altro riformatore a dire: « Guardate quei poveri matti, li tengono lì senza far niente. Che trattamento inumano ». Perciò questo aspetto non viene pubblicizzato. I medici sanno che funziona, ma non gli è possibile giustificarlo, perché tutto il sistema culturale in cui operano dice che non fare niente equivale a fare qualcosa di male.

La Metafisica della Qualità sostiene invece che questa cosa, che nei manicomi avviene sporadicamente e per caso, mentre nei ritiri mistici è coscientemente cercata, è un naturale processo umano, che in sanscrito si chiama *dhyāna*. Nella nostra cultura, *dhyāna* viene tradotto con « meditazione », che è un concetto ambiguo. Esattamente come i mistici, per ritirarsi nell'isolamento e nel silenzio, cercano monasteri, *ashram*, eremi, così i malati di mente vengono curati isolandoli in luoghi di relativa calma, austerità e silenzio. E a volte, grazie a questo ritiro monastico nel silenzio e nell'isolamento, il paziente approda a uno stato che Karl Menninger ha definito « più guarito di prima ». Cioè, sta meglio di come stava prima che insorgesse la malattia. Fedro pensava che, probabilmente, in molti di questi casi di guarigione « accidentale », il paziente era riuscito da solo a liberarsi degli schemi mentali statici, culturali, personali o altro.

Nei manicomi il *dhyāna* viene sottovalutato e spesso anzi è ostacolato perché non esiste un fondamento metafisico capace di spiegarlo scientificamente. Ma presso i mistici, specialmente presso i mistici orientali, esso è una delle pratiche che sono state studiate più a fondo.

Il modo in cui il *dhyāna* viene trattato in Occidente costituisce un ottimo esempio di come gli schemi statici di una cultura riescano a far apparire inesistente una cosa che pure esiste. I pregiudizi negativi della nostra cultura sulla meditazione fanno sì che, quando di fatto meditiamo, non sappiamo di farlo.

Il *dhyāna* era appunto il senso di questa barca.

Fedro l'aveva acquistata proprio per avere un posto dove starsene da solo, in pace, inosservato, dove calarsi nel proprio spazio interiore ed essere quello che realmente era e non quello che gli altri ritenevano che fosse o dovesse essere. Con questo, non pensava che il suo modo di usare la barca fosse tanto speciale. Quello era sempre stato lo scopo delle barche come la sua... e anche delle case al mare... e dei capanni sui laghi... e dei sentieri di montagna... dei campi da golf: dietro tutte queste cose c'è il bisogno di *dhyāna*.

Anche le vacanze... non si sarebbe potuto trovare un nome più adatto: *vacanza*, uno svuotamento... ecco che cosa è il *dhyāna*: uno svuotamento di tutto il ciarpame della nostra vita per calarci in una specie di quiete senza accanimento.

Ecco quello che sta facendo adesso Lila: una lunghissima vacanza, uno svuotamento di tutta la spazzatura della sua vita. Ora si aggrappa a uno schema nuovo perché crede che questo serva a tenere a bada quelli vecchi. Ma in realtà dovrebbe buttar via *tutti* gli schemi, vecchi e nuovi, e rimanere per un po' in una specie di vuoto. E se lo fa, la società ha il dovere morale di non interferire. L'attività più morale che ci sia è la creazione di uno spazio in cui la vita possa fare uno scatto in avanti.

La Metafisica della Qualità associa il misticismo con la Qualità dinamica, ma non bisogna credere che sottoscriva alle credenze statiche di questa o quella setta religiosa. Secondo Fedro, le sette religiose erano il residuo sociale statico lasciato indietro dalla Qualità dinamica, e se pure alcune erano decadute meno di altre, nessuna possedeva la verità tutta intera.

Il mistico cristiano che Fedro prediligeva era Meister Eckhart, che aveva detto: « Se vuoi essere perfetto, cessa di starnazzare su Dio ». Una profonda verità mistica, ed è facile immaginare quale calorosa accoglienza trovasse presso le statiche autorità della Chiesa. « Di pessimo gusto, avventato, probabilmente eretico » fu il verdetto generale.

A quanto Fedro aveva potuto constatare, all'interno di quasi tutte le organizzazioni religiose mistici e preti convivono un po' come cani e gatti. Hanno bisogno gli uni degli altri, ma tra di loro non corre simpatia.

C'è il detto: « Niente dà più fastidio a un vescovo che avere un santo nel suo gregge ». Molto azzeccato. La visione dinamica rende il santo imprevedibile e incontrollabile, mentre il vescovo ha tutto un calendario di cerimonie statiche da rispettare, ha le raccolte di fondi, gli impegni finanziari, gli incontri con i fedeli. I santi sono capaci di mandarti tutto a pallino, se non li tratti con diplomazia. E anche così, possono sempre uscirsene in un gesto assolutamente imprevedibile, che sconvolge tutti quanti. Un bel grattacapo per i vescovi. Possono occorrere anni, decenni, secoli perfino, per rimediare allo scandalo che un santo riesce a sollevare in un giorno. Guarda Giovanna d'Arco.

I vescovi di tutte le religioni tendono a indorare la Qualità dinamica con chiose e glosse statiche di ogni genere, perché così vuole la loro cultura. Ma queste interpretazioni sono come liane dorate che si abbarbicano all'albero, gli tolgono la luce del sole e finiscono per soffocarlo.

Sentì alle spalle il rumore di un'automobile che si avvicinava. Quando fu abbastanza vicina, fece segno col pollice e la macchina si fermò. Spiegò al conducente che cercava un negozio di alimentari e l'uomo lo portò fino ad Atlantic Highlands, che era comunque sulla sua strada. In un supermercato Fedro riempì le sue sporte di tutto quello che gli sembrava buono; poi trovò un passaggio fino all'incrocio dove incominciava Sandy Hook. Si mise in spalla le borse, che adesso erano piuttosto pesanti, sperando in un altro passaggio, ma non arrivò nessuno.

Riprese a pensare a Lila, alla follia, alle somiglianze con il misticismo e a come la Metafisica della Qualità riuscisse a integrare l'una e l'altro nella ragione. Una volta compiuta questa integrazione e questa identificazione tra misticismo e Qualità dinamica, si scopre una valanga di dati sulla Qualità dinamica stessa. Per gran parte il misticismo è uno « starnazzare su Dio », vero. Però, se si va alle fonti e non si prendono troppo alla lettera certi vaneggiamenti, vengono fuori un sacco di cose interessanti.

Anni prima, quando aveva incominciato a esplorare l'idea di Qualità, Fedro era giunto alla conclusione che, se davvero la Qualità era la fonte primigenia di tutto il nostro modo di concepire la realtà, allora il punto di osservazione migliore doveva essere agli inizi della storia, quando ancora la visuale non era ingombra di tutti i nostri attuali schemi conoscitivi statici. E aveva rintracciato le origini della Qualità nella filosofia greca, convinto di essere giunto così al limite estremo della sua indagine. Poi però aveva scoperto che si poteva risalire ancora più indietro, a un'epoca *precedente* i filosofi greci, all'epoca dei retori.

Di solito i filosofi presentano le loro idee come derivanti dalla « natura » oppure da « Dio », ma secondo Fedro questo non era del tutto esatto. L'ordine logico delle cose studiate dai filosofi deriva dal « mythos ». Il mythos è la cultura di una società e insieme la retorica che quella cultura deve inventare prima che diventi possibile la filosofia. In gran parte queste antiche narrazioni religiose sono solo favole, naturalmente, ma ciò non toglie che *di lì* sia nato il nostro moderno discorso scientifico. Questa tesi del « mythos padre del logos » concordava con l'affermazione della Metafisica della Qualità secondo la quale le configurazioni intellettuali della qualità statica emergono dalle configurazioni sociali statiche.

Scavando nella storia dell'antica Grecia e risalendo fino all'epoca in cui ebbe luogo la transizione dal mythos al logos, Fedro notò che gli antichi retori, i sofisti, insegnavano una cosa che essi chiamavano *aretē* e che era lo stesso che Qualità. I vittoriani avevano tradotto *aretē* con « virtù », ma la « virtù » vittoriana suggeriva l'idea di astinenza sessuale, di perbenismo, di superiorità morale tutta esteriore. Si era agli antipodi del significato greco. Dalla letteratura greca arcaica, specialmente dai poemi omerici, si capiva che *aretē* era un concetto di centrale e vitale importanza.

Con Omero, Fedro era sicuro di essere risalito il più indietro possibile, ma poi, un giorno, fece una scoperta sorprendente: lesse che attraverso l'analisi linguistica si poteva penetrare in un territorio addirittura preomerico. Il greco antico non era una lingua originale, ma derivava da una lingua molto più antica, il cosiddetto protoindoeuropeo. Il protoindoeuropeo non ha lasciato testimonianze scritte, è stato ricostruito dagli studiosi in base alle analogie esistenti tra lingue come il sanscrito, il greco, l'inglese, analogie che mostrano come queste derivino da una comune lingua preistorica. Dopo millenni di separazione dalle altre lingue europee, la parola hindi per « madre » è sempre *ma*. *Yoga* assomiglia all'inglese *yoke*, « giogo », e così viene tradotta. Il titolo attribuito ai regnanti indiani, *rajah*, assomiglia nel suono a « reggente » perché entrambe le parole derivano dallo stesso termine protoindoeuropeo. Un moderno dizionario di protoindoeuropeo conta oltre un migliaio di voci con derivazioni in oltre cento lingue diverse.

Per curiosità Fedro volle andare a vedere se c'era anche la parola *aretē*. Cercò sotto la « a », ma con suo grande disappunto non c'era. Poi trovò una nota che spiegava come i greci non fossero particolarmente fedeli alla grafia protoindoeuropea. Per esempio, avevano il vezzo di aggiungere alle radici protoindoeuropee il prefisso « a ». Fedro provò a controllare sotto la « r ». Questa volta si aperse uno spiraglio.

La radice protoindoeuropea di *aretē* era il monema *rt*. Sotto *rt* c'era una miniera d'oro di parole: « aritmetica », « aristocrazia », « arte », « retorica », « merito », « rito », « rituale », « artigiano », « diritto », « retto ». A parte « aritmetica », tutte queste parole avevano una vaga analogia con la Qualità. Fedro se le studiò una per una, lasciandole sedimentare, cercando di intuire quale concetto, quale modo di vedere il mondo poteva aver dato origine a un insieme del genere.

In *aristocrazia* e in *aritmetica* l'aggancio era a un'idea di « priorità »: *rt* significava il primo. In *arte* e in *artigiano*, *rt* sembrava significare « creato » e « dotato di bellezza ». *Rito* e *rituale* alludevano a un ordine ripetitivo. E *dritta* è la mano destra o il lato destro, mentre *retto* e *diritto*, significano « moralmente ed esteticamente giusto ». Se si mettevano in fila tutti questi significati, ecco emergere un quadro più completo del monema *rt*: « il primo ordine di giustezza morale ed estetica, creato, ripetitivo e dotato di bellezza ».

Una notazione interessante: ancor oggi, tra le scienze, all'aritmetica vengono attribuite queste qualità.

In seguito Fedro scoperse che anche gli ebrei, benché venissero « dall'altra parte del fiume » e non appartenessero alla famiglia indoeuropea, avevano una parola analoga, *arhetton*, che significava « l'Uno » ed era considerata sacra al punto che era proibito pronunciarla.

Anche la questione della mano destra era interessante. Gli era capitato sotto gli occhi un libro di antropologia intitolato *La prééminence de la main droite*, di Robert Hertz, dove si dimostrava che la condanna del mancinismo come « sinistro » era una caratteristica antropologica pressoché universale. La nostra cultura odierna rappresenta una delle poche eccezioni, ma anche da noi quando si presta giuramento in tribunale o si fa il saluto militare o ci si stringe la mano, o quando il presidente durante la cerimonia di insediamento si impegna a difendere il « primo ordine di giustezza morale ed estetica, creato, ripetitivo e dotato di bellezza » della nazione, la mano che viene alzata è obbligatoriamente la destra. Lo stesso a scuola, quando gli allievi salutano la bandiera come simbolo della bellezza e giustezza morale della tribù. Il preistorico *rt* sopravvive ancora.

Una sola cosa non tornava, in questa storia del protoindoeuropeo; Fedro aveva cercato di nasconderla sotto il tappeto, ma quella continuava a fare capolino. Tutti quei significati, presi insieme, alludevano a una cosa diversa dall'interpretazione che Fedro dava di *aretē*. Suggerivano l'idea di « importanza » ma un'importanza formale e sociale, procedurale, confezionata dall'uomo, il contrario, quasi, della sua Qualità. *Rt* era sì « qualità », ma una qualità statica. Fedro aveva fatto di tutto perché risultasse il contrario, ma pareva proprio che non ci fosse modo. Rito, rituale: l'ultimo significato che Fedro avrebbe voluto dare all'*aretē*. Brutto affare. Forse la traduzione vittoriana non era poi così sbagliata, considerato che « virtù » implica una ritualistica conformità al protocollo sociale.

Ma proprio mentre si ripeteva tristemente tutte le possibili interpretazioni di *rt*, ecco un'altra « scoperta ». Credeva ormai di essere giunto alla fine della pista Qualità-*aretē*-*rt*, quando, dal fondo della memoria, la sua mente ripescò una parola a cui da tantissimo tempo non pensava più: *ṛta*.

Era una parola sanscrita, che significava « l'ordine cosmico delle cose ». E il sanscrito era considerato la lingua più fedele alla radice protoindoeuropea, grazie probabilmente alla puntigliosità con cui i sacerdoti indù avevano preservato le strutture linguistiche.

La parola gli tornò alla mente circondata dal ricordo di un'aula piena di sole, dai muri abbaglianti di tufo biondo. Il signor Mukerjee, un bramino accaldato cinto del *dhoti*, faceva imparare a memoria alla classe decine di antiche parole sanscrite: *advaita, māyā, avidyā, brahmān, ātman, prajñā, sāṃkhya, visīṣṭādvaita, Ṛg Veda, upaniṣad, darśana, dhyāna, nyāya.* Ogni giorno ne presentava di nuove, ciascuna con un sorrisetto che ne prometteva centinaia di altre.

Fedro sedeva in un banco scheggiato in fondo all'aula, sudaticcio e tormentato dalle mosche. Calore, luce e mosche si riversavano nella stanza dalle finestre senza vetri, perché in India i vetri non servono. Sul quaderno, nel punto dove aveva appoggiato la mano, c'era una chiazza di sudore sulla quale la penna non scorreva, sicché doveva scrivere tutt'intorno. Quando voltò la pagina, vide che l'umidità era trapassata anche sul foglio seguente.

Con quel caldo era un tormento imparare il significato di tutte quelle parole: *ajīva, mokṣa, kāma, ahiṃṣa, suṣupti, bhakti, saṃsāra.* Gli attraversavano la mente come nuvole per poi dileguarsi. Dalle finestre si vedevano nuvole vere, gigantesche nubi monsoniche torreggianti a centinaia di metri di altezza e, sotto, mucche *sindhi* dalla gobba bianca, intente a brucare.

Credeva di avere dimenticato da tempo tutte quelle parole, e invece ecco: *ṛta*, dalla parte più antica del *Ṛg Veda*, il più antico testo indoario. Dalla dimora di *ṛta* muoveva *Sūrya*, il dio del sole, per attraversare i cieli sul suo cocchio. E il reggitore di *ṛta* era *Varuṇa*, il dio che dava il nome alla città dove studiava Fedro.

Varuṇa era onnisciente, testimone sempre presente della sincerità e della falsità degli uomini, « il terzo ogni qualvolta due cospirano in segreto ». Era essenzialmente un dio della giustizia, il guardiano di tutto ciò che è degno e buono. Secondo i testi, il tratto distintivo di *Varuṇa* era l'incrollabile adesione ai princìpi più elevati. In seguito fu messo in ombra da *Indra*, il dio del tuono e lo sterminatore dei nemici degli indoeuropei. Ma tutti gli dèi erano considerati « guardiani di *ṛta* », volevano il giusto e curavano che fosse attuato.

Così riassumeva il senso di *ṛta* uno dei libri adottati in quel corso, scritto da M. Hiriyanna: « *Ṛta*, che etimologicamente significa "corso", indicava in origine "l'ordine cosmico", la cui conservazione era compito di tutti gli dèi; più tardi assunse anche il significato di "giusto", sicché il compito degli dèi divenne quello di preservare il mondo non solo dal disordine fisico ma anche dal caos morale. Le due idee sono implicite l'una nell'altra e nell'universo regna ordine perché esso è retto da entità che vogliono ciò che è giusto... ».

Dunque, l'ordine fisico dell'universo è anche ordine morale. *Ṛta* è l'uno e l'altro. Esattamente quello che affermava la Metafisica della Qualità. Non era un'idea nuova. Era l'idea più antica del mondo.

L'identificazione di *ṛta* con *aretē*, pensò Fedro, assumeva un'importanza straordinaria, perché ampliava enormemente l'ambito storico nel quale si era svolto il conflitto tra qualità statica e Qualità dinamica. E spiegava perché *aretē* rimandasse a rito. Anche *ṛta* significava rito. Ma gli indiani, a differenza dei greci, nel corso della millenaria evoluzione della loro civiltà, avevano dato un posto importante alla riflessione sul conflitto tra rito e libertà. E la risoluzione che di questo conflitto danno la filosofia buddhista e la filosofia vedantica è una delle più alte conquiste della mente umana.

Nella fase cosiddetta brahmanica della storia indiana, il significato originale di *ṛta* subì una profonda trasformazione, irrigidendosi in una serie di schemi statici estremamente ritualistici e con prescrizioni così minutamente definite, quali la religione occidentale non conobbe mai. Come scrive Hiriyanna:

« Inizialmente i vari dèi della natura venivano invocati soprattutto per propiziarsi il loro favore e garantirsi il benessere in questo mondo o nell'altro. Era naturale, dunque, che le preghiere fossero accompagnate da modeste offerte come grano e *ghee*. Ma questa semplice forma di culto si fece via via più complessa, dando origine con il tempo a sacrifici altamente elaborati e inoltre a una speciale classe di sacerdoti di professione, ai quali soltanto competeva di celebrarli. Negli inni più tardi si trovano accenni a riti che si protraevano per periodi lunghissimi, con numerosi sacerdoti appositamente impiegati dal sacrificante. Contemporaneamente si modificò lo spirito con il quale venivano fatte le offerte. La motivazione dei sacrifici non era più il desiderio di propiziarsi gli dèi perché concedessero una grazia o proteggessero da un pericolo, bensì quello di obbligarli e quasi piegarli ad assecondare la volontà del sacrificante ...

« Il modo di concepire il sacrificio era profondamente mutato e di conseguenza era mutato il modo stesso di concepire il rapporto tra gli dèi e l'uomo. La cosa più importante divenne ora la scrupolosa esecuzione del rituale in tutte le sue minuzie, alla quale sarebbero automaticamente seguiti i risultati desiderati, su questa terra o altrove ... La meticolosità rituale finì in tal modo per assurgere al rango di legge naturale e per identificarsi con la rettitudine morale ».

Anche oggi, pensò Fedro, non c'era bisogno di cercare troppo lontano per ritrovare situazioni analoghe.

Ma lo scadere della Qualità dinamica a qualità statica non fu la fine della storia per gli indiani, ed è questo che rende la loro esperienza così profonda. Al periodo brahmanico seguì quello delle *Upaniṣad*, che conobbe una grande fioritura della filosofia. E dagli schemi statici del pensiero indiano riemerse la Qualità dinamica.

« Il termine *ṛta* » scrive ancora Hiriyanna « non era quasi più usato in sanscrito; ma ... la stessa idea, con il nome di *dharma*, occupa un posto molto importante in tutte le successive concezioni della vita ».

Il significato più comune di *dharma* è « merito religioso che, per vie imperscrutabili, procura un beneficio futuro, in questo mondo o nell'altro. Esistono sacrifici che servono a garantire la vita dopo la morte, e altri che assicurano al sacrificante prosperità, discendenza e altri benefici analoghi in questa vita ».

Ma poi Hiriyanna aggiunge: « Il termine *dharma* viene a volte usato come concetto esclusivamente morale per indicare una condotta giusta e virtuosa che porta a qualche forma di bene ».

Dharma, come *ṛta*, vuol dire « ciò che tiene insieme ». È il fondamento dell'ordine in ogni sua manifestazione. Equivale a « rettitudine ». È il codice etico. La condizione di equilibrio che dà all'uomo perfetta soddisfazione.

Dharma è il dovere. Non il dovere esteriore, che è arbitrariamente imposto da altri. Né un insieme artificiale di convenzioni passibili di essere emendate o abrogate dalle leggi degli uomini. E neppure è il dovere interiore, arbitrariamente definito dalla nostra coscienza. Il *dharma* trascende ogni questione di interno o esterno. Il *dharma* è la Qualità, il principio del « retto ordine » che dà struttura e finalità all'evoluzione di tutto il vivente e alla progressiva comprensione dell'universo che la vita ha creato.

Nella tradizione indù, il *dharma* è relativo e condizionato dalla società. In conformità con le antiche origini del termine, è il vincolo che tiene insieme la società. Ma nel pensiero buddhista moderno, il *dharma* diventa il mondo fenomenico, l'oggetto della percezione, del pensiero, della conoscenza. Una sedia, per esempio, non è fatta di atomi di materia, è fatta di tanti *dharma*.

Per una metafisica convenzionale, che separa soggetto e oggetto, questa è un'affermazione assolutamente senza senso. Come può una sedia essere fatta di tanti piccoli ordini morali? Ma se si applica la Metafisica della Qualità e ci si rende conto che tutte le configurazioni statiche sono composte di valore e che il valore è sinonimo di moralità, ecco che allora la cosa incomincia ad acquistare senso.

Tra l'altro, pensò Fedro, questa poteva essere una spiegazione, anzi forse la spiegazione, del perché in Giappone e a Taiwan e in altri paesi dell'Estremo Oriente gli operai riescono a mantenere livelli di qualità così competitivi rispetto a quelli occidentali. In passato, la tradizionale indifferenza dei mistici per le configurazioni statiche inorganiche, per le « leggi della natura », ha sempre mantenuto a un livello scadente la tecnologia di quelle culture; ma da quando gli orientali hanno incominciato a superare questo pregiudizio, la situazione è cambiata. Se si viene da una cultura in cui un circuito elettronico è in primo luogo un ordine morale, anziché un agglomerato di materia moralmente neutro, è più facile sentire la responsabilità morale di tirarne fuori un lavoro ben fatto.

In altre parole, il senso di disciplina collettiva degli orientali e la loro capacità di reggere senza lamentarsi ritmi di lavoro faticosi non è una caratteristica genetica, bensì culturale. Derivata dall'aver affrontato e risolto, secoli addietro, il problema del *dharma* e della riconciliazione in esso di libertà e ritualità. In Occidente, il progresso sembra avvenire per convulsioni, in un'alternanza di libertà e ritualità. Ogni rivolta della libertà contro i vecchi riti produce un nuovo ordine, che ben presto diventa a sua volta vecchio e ritualistico e contro il quale le nuove generazioni dovranno ribellarsi, e così via. Non che in Oriente non si diano conflitti, solo che, storicamente, questo particolare tipo di conflitto non ha assunto altrettanta preminenza. E questo perché il *dharma* comprende in sé, senza contraddizione, sia la qualità statica sia la Qualità dinamica.

Per esempio, a giudicare dalla letteratura Zen, con la sua insistenza sulla necessità di scoprire «il *dharma* non scritto», verrebbe da pensare che lo Zen sia fortemente antiritualistico, visto che i riti sono «il *dharma* scritto». Invece no. La vita quotidiana di un monaco Zen *non è altro* che una successione di riti, ora dopo ora, giorno dopo giorno, per tutta la vita. Non gli viene detto di abbattere quegli schemi statici per scoprire il *dharma* non scritto. No, gli si dice di portare quegli schemi a un livello di perfezione!

La spiegazione di questa apparente contraddizione sta nel convincimento che dagli schemi statici non ci si libera combattendoli con altri schemi statici che siano il loro contrario. Questo modo di procedere viene definito «un *dharma* negativo che si morde la coda». Dagli schemi statici ci si libera «mettendoli a dormire». Cioè, arrivi a padroneggiarli così bene che essi diventano una parte inconscia della tua natura. Ti diventano così abituali che non ci pensi più: finito, sono scomparsi. È appunto lì, nel cuore della più tediosa monotonia dei rituali statici, che si scopre la libertà dinamica.

Fedro non vedeva niente di male in questa religione ritualistica, a patto che i riti fossero considerati semplicemente una rappresentazione statica della Qualità dinamica, una specie di cartello per segnalare la presenza della Qualità dinamica a gente la cui vita sociale è dominata da schemi. Il pericolo, come sempre, è di scambiare i riti, gli schemi statici, per la cosa di cui sono soltanto la rappresentazione, consentendo loro di distruggere quella Qualità che in origine dovevano servire a preservare.

D'improvviso il fogliame a lato della strada si aperse, ed eccolo, l'oceano.

Fedro si fermò davanti alla spiaggia, a fissare l'incessante processione delle onde che avanzava lenta dall'orizzonte.

Il vento da sud era più forte, qui, e gli diede refrigerio. Soffiava regolare e costante, come un aliseo. Niente si frapponeva tra il vento e lui sulla distesa dell'oceano. « Immenso vuoto e nulla di sacro ». Se mai esisteva una metafora visibile, concreta, della Qualità dinamica era l'oceano.

La spiaggia sembrava molto più pulita qui che dall'altra parte della lingua e a Fedro sarebbe piaciuto fare una passeggiata, ma doveva tornare alla barca.

... E da Lila.

Da che parte incominciare? Ecco il problema. Dal punto di vista della Qualità dinamica, intesa come *ṛta*, Lila aveva bisogno di una più forte presenza del rito: non di riti che contrastano la Qualità, bensì di riti che la incarnano. Ma quali? Lila non era certo disposta ad accettarne. Era al ritualismo che si stava ribellando.

Tuttavia, poteva essere una soluzione. Il problema di Lila non era certamente la mancanza di libertà dinamica. Più di così non avrebbe potuto averne. Piuttosto le occorreva una struttura stabile entro la quale *contenere* quella libertà. Qualcosa che la reintegrasse nei riti del vivere quotidiano.

Da che parte incominciare?

... La bambola, forse. Lila doveva rinunciare a quella bambola. Non aveva una probabilità al mondo di convertire qualche altro a quella religione. Più ci rimaneva aggrappata, più lo schema statico si sarebbe irrigidito. I suoi schemi difensivi erano più negativi ancora di quelli da cui cercava di liberarsi. Adesso erano *due* i gruppi di schemi da cui liberarsi, quelli della cultura e i suoi.

Chissà se si potevano « mettere a dormire » quegli

schemi difensivi usando la bambola... Accettare l'idea che è la sua bambina, trattarla in modo da far esaurire tutti quegli empiti di nostalgia. Lila diceva che la bambola, la sua bambina, era morta. E che erano arrivati a una specie di isola. Perché non fare un bel funerale in piena regola?

Sarebbe un rito, si disse Fedro. La cosa di cui Lila ha bisogno. Invece di contraddire i suoi schemi, armonizzarli. Lei già lo considerava una specie di figura sacerdotale. Assecondiamola. Poteva usare quell'immagine per cercare di seppellire, insieme alla bambola, i suoi schemi malati. Un po' troppo teatrale e fasullo, forse, ma in fondo questo appunto sono i funerali: una recita. Non si celebrano certo per il defunto, ma per aiutare i vivi a smettere i rimpianti e gli schemi di prima, perché la vita deve continuare. Per Lila il funerale sarebbe stato una cosa vera. La bambola probabilmente incarnava quel po' di amore che aveva ricevuto.

Ṛta: sì, questo mancava nella vita di Lila. La ritualità.

Presentarsi al lavoro il lunedì mattina è *ṛta*. Ritirare la paga il venerdì è *ṛta*. E anche andare al supermercato e riempire il carrello di cose da mangiare per i propri figli. E pagare alla cassa con i soldi ricevuti il venerdì. Tutto il congegno della società è *ṛta*, dal principio alla fine. Di questo aveva bisogno Lila.

Quando aveva avuto inizio questo intreccio tra rito e cosmo? Cinquantamila, centomila anni fa? Gli uomini delle caverne vengono dipinti come creature pelose e stolide, immerse in una specie di torpore, ma gli studi antropologici sulle tribù primitive oggi esistenti indicano che gli uomini dell'età della pietra erano in ogni istante della giornata governati da riti. C'è un rito per lavarsi, per costruire una casa, per la caccia, per mangiare e così via, al punto che la distinzione tra « rito » e « sapere » diventa incerta. Nelle culture prive di libri, i riti sono una sorta di biblioteca pubblica per preservare e trasmettere ai giovani i valori e le conoscenze della collettività.

Il rito poteva essere l'anello di congiunzione tra il livello evolutivo sociale e il livello intellettuale. Non è difficile immaginare come i canti e le danze rituali venissero associati a racconti cosmologici, a miti, da cui poi nacquero le religioni primitive. E come dalle religioni fossero state tratte le prime verità intellettuali. Se il rito viene sempre prima, e le categorie del pensiero sempre dopo, allora il rito non può essere sempre una corruzione decadente del pensiero. La loro sequenza storica fa pensare che i concetti emergono dal rito, e non il contrario. Come a dire, noi non eseguiamo riti religiosi perché crediamo in Dio, ma crediamo in Dio perché eseguiamo i riti. E questo è già un principio importantissimo.

Ma poi, mentre si avvicinava alla spiaggia, l'entusiasmo per il funerale della bambola incominciò a calare. Non gli andava l'idea di celebrare un rito in cui non credeva veramente. Gli sembrava che un vero rito dovesse scaturire spontaneamente da quello che sei. Non era una cosa che ti costruisci nella tua testa e poi la applichi, come una toppa.

Quel funerale sarebbe stato una finzione. Come si può pretendere di riportare qualcuno alla « realtà », se la realtà che gli si propone è un falso intenzionale? Non si era mai prestato a quel tipo di imposture quando era in manicomio ed era certo che non avrebbe funzionato nel caso di Lila. Come la storia di Babbo Natale. Prima o poi la bugia si smaschera da sola... e allora?

Continuò a pensarci, cambiando più volte idea, finché arrivò al cartello di Horseshoe Cove.

Quando giunse in vista della cala, la barca c'era ancora, solo che di fianco, adesso, ce n'era un'altra.

Fedro fu assalito da un'ondata di ansia molto poco mistica.

31

Era la barca di Rigel. Che sollievo. Ma Rigel non doveva andare nel Connecticut? Che ci faceva qui?

Poi si ricordò che Lila aveva preannunciato il suo arrivo. Come faceva a saperlo?

Arrivato al dinghy, depose le borse e incominciò a sciogliere l'ormeggio dallo spunzone del palo.

« Aspetta! ».

Si girò e vide Rigel sul ponte della sua barca con le mani a imbuto davanti alla bocca.

« Ti raggiungo » gli gridò Rigel.

Fedro smise di disfare il nodo. Guardò Rigel calarsi nel dinghy. Perché veniva fin lì invece di aspettarlo a bordo?

Rimase a osservarlo mentre remava con calma, voltando appena la testa per controllare la direzione, i lineamenti aristocratici che si facevano più vicini e più precisi. Sorrideva. Quando fu arrivato alla spiaggia, Fedro lo aiutò a tirare in secca il dinghy.

« Ho pensato di venire a riva a fare due chiacchiere » disse Rigel. Il suo sorriso era calcolato, formale, un sorriso da avvocato.

« Che succede? » chiese Fedro.

« Ecco, prima di tutto sono venuto a recuperare un credito: ho pagato io il tuo conto alla darsena ».

« Oddio » disse Fedro. « Me ne ero completamente dimenticato ».

« Loro invece no » disse Rigel togliendosi di tasca una ricevuta.

Mentre Fedro leggeva la cifra e cercava il portafogli, Rigel disse: « Gli ho dato un piccolo extra per tenerli buoni. Credevano fosse una faccenda di droga e non volevano essere immischiati. Poi si sono tranquillizzati e tutto si è aggiustato ».

« Ah, benissimo ».

Mentre Fedro gli dava i soldi, Rigel chiese: « E tu, che cosa hai fatto? ».

« Un po' di spesa » rispose Fedro. « Tanto da arrivare ad Atlantic City ».

« Oh, bene ».

Ci fu una pausa; l'espressione di Rigel adesso sembrava tesa.

« Dov'è Bill Capella? » chiese Fedro.

« È dovuto tornare a casa ».

« Peccato ».

Rigel sembrava aspettarsi che fosse Fedro a portare avanti la conversazione, ma Fedro non era dell'umore giusto. Il silenzio rendeva visibilmente nervoso Rigel.

« Perché non facciamo due passi » propose alla fine. « Per quel sentiero ».

« Se vuoi falli tu » disse Fedro. « Io voglio tornare a bordo. È tutto il giorno che sono in giro ».

« C'è un paio di cose che vorrei dirti » disse Rigel.

« Tipo? ».

« Cose importanti ».

Era chiaro dall'inizio che qualcosa di non detto lo turbava, ma adesso l'imbarazzo era palpabile. Le sue parole e il linguaggio del suo corpo si contraddicevano a vicenda.

« Ti ricordi la conversazione che abbiamo avuto a Kingston a proposito di Lila? ».

« Sì » disse Fedro « la ricordo benissimo ». Cercò di dirlo in tono neutro, ma traspariva comunque il sarcasmo.

« Da allora » disse Rigel « le tue parole hanno continuato a ronzarmi per la testa ».

« Davvero? ».

« Non riesco a togliermele di mente, e mi piacerebbe discuterne ancora. Dato che in barca, con Lila presente, non è molto facile, avevo pensato che si potevano fare due passi, io e te ».

Fedro alzò le spalle. Riavvolse la cima al ferro arrugginito, poi si avviò con Rigel lungo il sentiero, in direzione opposta alla strada.

Il sentiero per un tratto era coperto di scaglie di legno, poi il fondo cambiava e incominciava la ghiaia, fine e nera. Un cartello, che prima Fedro non aveva notato, diceva: « Ministero degli Interni ». L'acquitrino con il faro diroccato era sempre uguale, ma l'airone bianco non c'era più.

« Tu hai detto che Lila ha qualità, ricordi? » disse Rigel.

« Vero ».

« Ti spiacerebbe spiegarmi come hai fatto ad arrivare a questa conclusione? ».

Oh, santo Iddio, pensò Fedro. « Non era una conclusione » disse. « Solo una percezione ».

« Ma come ci sei arrivato? ».

« Non ci sono "arrivato" ».

Camminarono per un po' in silenzio. Rigel teneva le mani strette a pugno. Pareva quasi di sentire un turbinio di rotelline nella sua testa.

Poi sbottò esasperato: « Insomma, che cosa c'era da *percepire*? ».

« La Qualità ».

« Non fare lo spiritoso ».

Continuarono a camminare.

Poi Rigel disse: « È stato qualcosa che ti ha detto lei quella notte a farti pensare che avesse Qualità? Lo sai che è malata di mente, vero? ».

« Sì ».

« Volevo solo accertarmene. Con Lila non sono mai sicuro di niente. Ti ha detto che mi è corsa dietro per tutta New York, quando me ne sono andato da Rochester? ».

« No, questo non me l'ha detto ».

« In ogni bar, in ogni ristorante, dovunque mi girassi, lei era lì. Glielo dissi, di lasciarmi in pace. Finita la causa di Jim, io per me avevo chiuso. Ma ormai avrai capito com'è facile che Lila ti dia retta ».

Fedro annuì ma non disse niente.

« In quel bar di Kingston ci era venuta perché sapeva che mi avrebbe trovato. Non è stato un caso, sai, che attaccasse con te, quella sera. Aveva visto che eri un mio amico. Ho cercato di avvisarti, ma tu non mi hai dato ascolto ».

Effettivamente Lila, quella sera al bar, gli aveva fatto un mucchio di domande su Rigel. Sì, quello era vero.

Gli tornò in mente anche un altro particolare. « Ero così ubriaco, che non saprei raccontare di quella sera » disse. « Ma una cosa ricordo vagamente. Mentre attraversavamo il ponte della tua barca per salire sulla nostra, le avevo raccomandato di fare piano perché tu stavi probabilmente dormendo là sotto. Lei chiese: "Dove?" e quando le ebbi indicato il punto, sollevò la valigia sopra la testa e la sbatté giù con tutta la sua forza, proprio in quel punto ».

« Se me lo ricordo! » disse Rigel. « È stato come una bomba! ».

« Perché l'ha fatto? ».

« Perché non volevo più vederla! » disse Rigel.

« Perché ti correva dietro? ».

« Oh, è una storia lunga ».

« Incominciata in seconda elementare, dice lei ».

Rigel si voltò di scatto a guardarlo, quasi spaventato. La ragione del suo nervosismo doveva riguardare quegli anni.

« Dice che lei era l'unica a trattarti gentilmente » continuò Fedro.

« Non è vero! ».

Più avanti, quasi nascosto dai cespugli, c'era un rudere di cemento, simile a una scultura moderna in mezzo alle erbacce. Dai lastroni semicoperti da ciuffi di verga d'oro spuntavano bulloni arrugginiti. Poteva essere la base di qualche gru.

« È molto cambiata » disse Rigel. « Non ci crederai, a conoscerla ora, ma da piccola Lila Blewitt era la bambina più equilibrata e più dolce che si potesse immaginare. Perciò sono rimasto così colpito quando hai detto che aveva "qualità". Mi chiedevo come avessi fatto a indovinare ».

« Che cosa è successo, per cambiarla in quel modo? ».

« Non saprei » disse Rigel. « Quello che succede a tutti, immagino. È cresciuta e ha scoperto che il mondo non è come pensavamo da bambini ».

« Hai mai avuto rapporti sessuali con lei? » chiese Fedro. Aveva tirato a caso.

Rigel lo guardò sorpreso. Poi rise scuotendo la testa. « E chi non ne ha avuti? » disse. « Nemmeno tu fai eccezione ».

« È stato allora che è rimasta incinta? » chiese Fedro.

Rigel scosse la testa e fece un gesto come a escludere l'idea. « Non saltare a certe conclusioni. Può essere stato chiunque ».

Continuarono a camminare; Fedro incominciava a sentirsi depresso. Quel sentiero pareva proseguire all'infinito senza arrivare da nessuna parte. « Meglio che torniamo » disse.

Gli sembrava di essere l'investigatore alla fine del giallo, tranne che l'investigatore è soddisfatto di essere finalmente riuscito a scovare la sua preda, mentre Fedro non provava il minimo piacere.

Voleva soltanto non dover avere più niente a che fare con questa persona.

Fecero dietrofront e a un certo punto Rigel disse: « Rimane ancora una cosa da chiarire ».

« Che cosa? ».

« Lila vuole tornare indietro con me ».

« *Adesso*? ».

« Sì ».

« Indietro dove? ».

« A Rochester. Conosco la sua famiglia, i suoi amici, posso farla aiutare ».

« Aiutare come? ».

« Farla ricoverare ».

Oh, mio Dio, pensò Fedro. Lila istituzionalizzata. Gli calò addosso una vera e propria ondata di depressione.

Camminò per un poco in silenzio; non voleva dire niente che peggiorasse la situazione.

Alla fine disse: « Mi sembra una pessima idea. Può rimanere sulla mia barca ».

« Ma è lei che vuole venire via ».

« L'hai convinta tu! ».

« Assolutamente no! ».

« L'ultima volta che abbiamo parlato, diceva che voleva andare nel Sud, che è dove siamo diretti ».

« Non è questo che vuole » disse Rigel.

« Lo so io che cosa vuole » disse Fedro.

Adesso fu Rigel a rimanere zitto.

Continuarono a camminare in silenzio e dopo non molto giunsero in vista delle barche.

Rigel incominciò: « Non è facile dirtelo, ma è meglio che tu lo sappia ».

« Sappia che cosa? ».

« Lila dice che vuole che la riporti a Rochester... ». Esitò. « ... perché tu vuoi ucciderla ».

Fedro si girò a guardarlo e questa volta Rigel sostenne il suo sguardo. Il nervosismo di prima sembrava scomparso. « Dunque vedi qual è il problema.

« È di questo che volevo parlarti » aggiunse. « Non l'immaginavo di certo quando sono venuto. Volevo solo vedere se era tutto a posto. Ma adesso... in fondo ti ho messo io in questo pasticcio... anche se involontariamente... ».

« Le parlerò io » disse Fedro.

« Ha già trasferito la valigia e tutto il resto sulla mia barca » disse Rigel.

« Allora le parlerò sulla tua barca! ».

Dio, che fine disastrosa. Ma se perdeva il controllo adesso, l'avrebbe solo accelerata. Salì sul dinghy e si avviò per primo. Rigel lo lasciò allontanare. Legò il dinghy alla sua barca, attraversò il ponte e passò su quella di Rigel prima che lui arrivasse.

Dal boccaporto vide la povera faccia ammaccata di Lila guardare in su con un sorriso. Poi il sorriso scomparve. Forse si era aspettata di vedere Rigel.

Fedro scese di sotto e sedette di fronte a lei. Aveva la stessa aria nervosa e imbarazzata di Rigel prima.

« Ciao » disse Fedro.

« Ciao ».

« Ho sentito che vuoi tornare a Rochester ».

Lei abbassò la testa. Senso di colpa. Era la prima volta che le vedeva quell'espressione.

Fedro disse: « Secondo me è un grosso errore ».

Lei continuava a guardare per terra.

« Perché vuoi tornare a casa? ».

Lei alzò la testa, poi disse: « Volevo venirci, con te. Non sai quanto. Ma adesso ho cambiato idea. Ci sono un sacco di cose che devo finire, prima ».

Fedro disse: « Puoi aspettarti solo guai, se torni ».

« Lo so, ma loro hanno bisogno di me ».

« Loro chi? ».

« Mia madre, tutti quanti ».

Fedro rimase a fissarla. « Se hanno tanto bisogno di te, » avrebbe voluto chiedere « perché diavolo stavi andando in Florida? ». Ma non disse niente. « Che cosa è cambiato? » avrebbe voluto chiedere. « È stato Rigel a convincerti? Chi è stato? Ma lo sai che cosa ti faranno, là? O è il suicidio che cerchi? Mio Dio, Lila, non ti ho visto farne una giusta da quando ti conosco. Non sarebbe ora che incominciassi? ».

Ma non disse niente. Rimase seduto in silenzio, come un bambino a un funerale, senza staccare gli occhi da lei.

Del resto, che altro poteva dirle? Se voleva tornare a casa, lui non poteva farci niente.

« Sei proprio *sicura*? » disse.

Lila lo fissava senza parlare. Fedro attese che apparisse il lampo di un dubbio; attese ancora, ma lei lo guardava immobile e muta. Alla fine parlò, così adagio che quasi non si sentiva... « Andrà bene... ».

Fedro si sforzò di pensare, in quella che sapeva essere la sua ultima occasione, se c'era qualcosa che non aveva detto e doveva dire.

Ma non gli venne in mente niente.

Alla fine si alzò e disse: « D'accordo ».

Salì in coperta. Rigel aspettava. « Vuole andar via... A che ora partite? ».

« Immediatamente » disse Rigel. « Vuole partire subito e, date le circostanze, mi pare sia meglio così ».

Fedro si fermò a guardare mentre Rigel avviava il motore; si sentiva come pietrificato. Passò sulla propria barca, aiutò Rigel a sciogliere gli ormeggi e rimase a fissare, in preda a quella strana paralisi, la loro barca che virava e poi puntava a nord, verso l'altro lato della baia.

32

Ci sarebbe voluto un po', per venirne a capo.

Un'ora fa stava preparandosi a dedicare il resto della vita ad accudire Lila. Adesso, per quanto ne sapeva, non l'avrebbe più rivista. Zac. Così.

Si sentiva il cervello come la spiaggia, là a riva, dopo una burrasca: piena di vecchi copertoni, di relitti di barche, di bottiglie di plastica vuote.

Forse aveva bisogno di un po' di tempo e di silenzio per riannodare le sue fila.

Gli ultimi avvenimenti avevano segnato come una cesura con il passato. Era finito qualcosa. Definitivamente. Adesso c'era l'oceano, appena al di là di quella sottile barriera di sabbia. Qui e ora, l'inizio di una vita completamente nuova. Ben presto sarebbe scomparsa ogni traccia perfino del suo passaggio in quella baia.

La barca dondolava appena nella brezza. Sembrava vuota, ora. E silenziosa. Eccomi solo di nuovo, pensò, come se Lila non fosse mai stata qui...

Sarebbe dovuto essere traboccante di gioia. Perché, allora, questo senso di demoralizzazione? Non era la vita che piaceva a lui? Avrebbe dovuto festeggiare...

Che pena, però, che Lila l'avesse chiusa così. Perché avrà detto a Rigel che lui voleva ucciderla? Brutto, molto brutto. Eppure sapeva che non era vero: lo si capiva da come gli parlava.

... Naturalmente, lui non l'aveva sentito dire direttamente *da lei*. Aveva solo sentito *Rigel* dire che lei aveva detto così.

... Ma Rigel non si sarebbe mai inventato una cosa del genere. Doveva essere vera.

... Era la prima azione veramente immorale che Lila gli avesse fatto da quando si conoscevano; era questo che faceva pena. Sì, l'aveva insultato, e così via, ma più per autodifesa che per vero e proprio malanimo. Era il suo modo di dire la verità. Ma questa volta gli aveva mentito. Ecco perché aveva voluto filarsela così alla svelta.

Per la prima volta l'aveva vista tenere gli occhi bassi. Che tristezza! Il suo maggior fascino era proprio quello sguardo diritto, occhi negli occhi, come di chi è onesto con se stesso, comunque la pensino gli altri. Quello sguardo non c'era più. Voleva dire che stava rientrando negli schemi statici da cui era fuggita. Si era arresa. Il sistema aveva vinto. Era riuscito a farne una donna disonesta, finalmente.

E dire che sembrava le mancasse solo un passo da fare, uno solo, e poi sarebbe stata fuori dall'inferno per sempre; ma invece di compiere quell'unico passo, era tornata indietro. Adesso è finita sul serio, si disse. Quel bastardo la farà rinchiudere per sempre.

Be', gli conveniva prepararsi per la partenza. Doveva avere tutto pronto per salpare domattina prima dell'alba. Forse ce l'avrebbe fatta ad arrivare fino a Barnegat Inlet, se là c'era modo di ormeggiare. Avrebbe dovuto controllare di nuovo sulle carte.

Ma non aveva voglia di muoversi. Non aveva voglia di fare niente.

... Non doveva giudicarla troppo severamente.

Quell'ultimo episodio: chiunque si sarebbe spaventato. Se vuole tornare dove le sembra di essere più al sicuro, chi può biasimarla?

... Il buffo era che quella cosa che aveva detto, che lui voleva ucciderla, era un'idea delirante, ma in fondo vera. Lui voleva, sì, ucciderla: non la Lila biologica, ma i suoi schemi statici, quelli che l'avrebbero uccisa davvero, se non li abbandonava.

Dal punto di vista statico, la fuga verso la Qualità dinamica assomiglia a un'esperienza di morte. È muovere da qualcosa che c'è a qualcosa che non c'è, al nulla. E tra il nulla e la morte c'è qualche differenza? Poiché la visione dinamica non compie le distinzioni statiche necessarie per rispondere, la domanda rimane insoluta. Buddha stesso seppe solo dire: « La risposta cercala tu ».

Anche il nirvana venne interpretato dai primi commentatori occidentali dei testi buddhisti come una sorta di suicidio. I famosi versi:

> Mentre sei vivo,
> sii un uomo morto.
> Muori totalmente,
> poi fa' ciò che vuoi.
> E tutto andrà bene.

fanno pensare a un film dell'orrore di serie B, e invece descrivono il nirvana. Così li traduce la Metafisica della Qualità:

> Mentre porti avanti gli schemi biologici e sociali,
> uccidi tutti gli schemi intellettuali.
> Uccidili totalmente,
> poi segui la Qualità dinamica.
> E la moralità sarà servita.

Lila, come la vita in tutte le sue forme, stava comunque sempre muovendo verso la Qualità dinamica. Forse anche questo disgregarsi della sua vita faceva parte di quel movimento.

Quando era andato in India la prima volta, gli era sembrato strano che l'illuminazione che consente il passaggio alla Qualità dinamica, se davvero è una realtà così universale, fosse retaggio di alcune parti del mondo e non di altre. Ne aveva concluso che la storia del nirvana fosse la solita favoletta religiosa, come da noi il paradiso, la terra beata dove va chi è stato buono e ha ottenuto il lasciapassare dei preti. Adesso invece capiva che l'illuminazione è equamente distribuita in tutte le parti del mondo, come il colore giallo, solo che alcune culture hanno un filtro che non ne permette il riconoscimento.

Probabilmente Lila non saprà mai che cosa le sia successo; e nemmeno Rigel né alcun altro. Andrà avanti nella convinzione che si sia trattato di un'esperienza negativa, quando magari era un'esperienza di crescita.

Forse, se non fosse arrivato Rigel, sarebbe riuscita a uccidere tutti gli schemi sbagliati già qui, a Sandy Hook. Ma a questo punto non lo si saprà mai.

... Strano, poi, che fosse arrivata a Kingston su una barca a nome *Karma*. Difficile che qualcuno a bordo conoscesse il vero significato della parola. Come chiamare una barca «Rapporto di causalità». Delle centinaia di parole sanscrite che Fedro aveva imparato, *dharma* e *karma* erano quelle che più gli avevano opposto resistenza. Le altre si poteva tradurle, incasellarle, ma con queste due ogni tentativo di traduzione era incompleto.

La Metafisica della Qualità traduceva *karma* con «scorie evolutive». Perciò a Fedro suonava buffo, come nome per una barca: dava l'idea che Lila fosse arrivata a Kingston sul barcone della spazzatura. *Karma* è il dolore, la sofferenza che deriva dal rimanere attaccati agli schemi statici del mondo. L'unica possibilità di sottrarsi al dolore è il distacco dagli schemi statici, è «ucciderli».

Uno dei sistemi usati è il suicidio, ma il suicidio uccide solo gli schemi biologici. È come spaccare il calcolatore perché non si sopporta il programma che fa girare. Gli schemi sociali e intellettuali che hanno causato il suicidio dovranno comunque essere portati avanti da altri. Dal punto di vista dell'evoluzione, il suicidio è un passo indietro, dunque un gesto immorale.

Un altro modo immorale di uccidere gli schemi statici consiste nel trasferirli su altri, con un'operazione che Fedro chiamava « scaricakarma ». Ci si inventa un gruppo di persone perverse, gli ebrei, i neri, i bianchi, i capitalisti, i comunisti, chiunque, gli si attribuisce la responsabilità di tutte le nostre sofferenze, quindi si focalizza su quel gruppo il nostro odio e si cerca di annientarlo. Funziona anche a livello personale, quotidiano: tutti abbiamo cose o persone che odiamo e che riteniamo responsabili della nostra sofferenza e l'odiarle e l'accusarle è già una sorta di sollievo.

Il sermone di Rigel a Kingston era un esempio di « scaricakarma ». L'accusa di Lila poco fa un altro esempio. Era questo che faceva dispiacere. Lila nella sua vita aveva ricevuto troppe scorie karmiche e non ce la faceva a gestirle: di lì gli episodi di follia; adesso che ne aveva scaricato una parte, la follia si sarebbe attenuata, almeno per un po'; ma non era una soluzione morale.

È normale scaricare sugli altri le nostre scorie karmiche per riuscire a stare un po' meglio. Così funziona il mondo. Ma la condotta più morale sarebbe assorbire le scorie, senza passarle a nessuno. È questo che fa fare uno scatto in avanti, e non solo a te, ma a tutti, a tutto il mondo. Se si riflette sulla vita delle più grandi figure morali della storia – Cristo, Lincoln, Gandhi e altri – si vede come il loro impegno fosse appunto questo: liberare il mondo dalle sue scorie karmiche prendendole su di sé. Non le scaricavano sugli altri; i loro seguaci, forse, ma loro no.

D'altro canto, si disse anche Fedro, se tu sei quello

su cui vengono scaricate le scorie, ti senti liberato. Se avesse cacciato via Lila quando lei stava male, non si sarebbe sentito a posto con la sua coscienza. Ma adesso che erano stati loro, Lila e Rigel, a respingerlo, non c'era motivo di sentirsi in colpa. Il vincolo degli obblighi morali era stato spezzato. Se Lila avesse provato gratitudine e gli si fosse affezionata, si sarebbe sentito vincolato. Adesso quel privilegio spettava a Rigel.

... Notò sulla cuccetta del pilota lo spazio lasciato dalla valigia di Lila. Uno spazio vuoto, invitante. Poteva sistemarci con agio i contenitori delle schede e riprendere a lavorarci sopra. Su una delle schede intestate PROGRAMMA, gli tornò in mente, aveva annotato di rimandare tutto a quando Lila se ne fosse andata. Ecco, adesso poteva eliminarla.

Poi però si chiese se davvero avesse voglia di rimettere mano alle sue schede. A loro modo erano anch'esse scorie karmiche. A rigor di logica la fondazione di una metafisica è comunque un atto immorale: è il tentativo di una forma evolutiva inferiore, l'intelletto, di fagocitare una forma superiore, la conoscenza mistica. La stessa immoralità della filosofologia quando vuole inquadrare e assorbire la filosofia. Perché la metafisica vuole divorare il mondo con l'intelletto, pretende di imprigionare la Qualità dinamica dentro uno schema statico. Naturalmente non ci riesce; non è possibile. A maggior ragione, allora, perché provarci?

È come voler ideare uno schema di partita a scacchi perfetto, a prova di qualunque attacco. Nemmeno un genio riuscirebbe a proporre mosse che siano « giuste » per tutti i giocatori, di tutti i tempi e di tutti i luoghi. Rispondi a dieci domande e ne fai sorgere cento, e poi mille e poi... Non solo non sarebbe riuscito a far quadrare tutto, ma più ci ragionava sopra, più pasticci avrebbe fatto...

Mentre era immerso in queste deprimenti riflessioni, lo sguardo gli cadde su un oggetto nell'ombra, sul fondo della cuccetta.

La bambola.

Lila l'aveva dimenticata.

Triste anche questo, in fondo. Dopo tutte le storie che aveva fatto per quella bambola, ecco che se ne va senza portarla con sé. C'era un sapore come d'immoralità anche in questo. Che impressione farebbe una bambina che abbandonasse in un angolo la sua bambola? Si comporterà così anche da grande?

Si alzò e andò a guardarla da vicino.

Una bambola di gomma come tante, fatta in serie, di poco prezzo. Non muoveva gli occhi. I capelli bruni erano solo stampati. La testa era graffiata in un punto, dove evidentemente aveva sfregato contro qualcosa nel fiume. Ma se avesse avuto una parrucca incollata, a quest'ora non ne sarebbe rimasta traccia.

Dava una grande tristezza, vederla seduta così, nuda, asessuata. Innocente. E offesa. Gli faceva male guardarla. Non voleva farsi coinvolgere.

Che diavolo doveva farne?

Sulla barca non la voleva.

Poteva buttarla in mare. Si sarebbe confusa con tutti gli altri rifiuti della spiaggia. Chi l'avrebbe notata? Sarebbe comunque finita lì, se Lila non l'avesse ripescata dal fiume.

Accanto alla bambola c'era una camicia; non sembrava una delle sue. Era nuova, pulita. La prese in mano e uno spillo gli punse il dito. Lo tolse e lo mise sul tavolo. Doveva essere nuova di zecca, per avere ancora infilati gli spilli.

Provò a indossarla, ma per riuscire ad allacciare i bottoni doveva trattenere il respiro. Troppo piccola, non era una delle sue. Doveva averla dimenticata Lila. Ma che se ne faceva Lila di una camicia da uomo? Poi gli parve di ricordare che l'aveva usata per fasciare la bambola: doveva proprio essere perduta in un suo mondo di fantasmi, per comperare una camicia così per una bambola.

Be', ecco l'uso da farne ora. Forse questo avrebbe cancellato in parte la sensazione di violenza subita che la bambola emanava.

Le infilò la camicia da sopra la testa; le arrivava oltre i piedi come una camicia da notte. Sì, così stava meglio. Le abbottonò il colletto. Aveva un qualcosa che certamente non le era stato impresso in fabbrica e che dava una sensazione di Qualità. Lila le aveva riversato sopra tutta una serie di valori, che ancora le rimanevano addosso. Sembrava quasi un idolo sacro.

La mise seduta sul bordo della cuccetta, poi tornò al suo posto e rimase a contemplarla. La camicia le stava bene.

Un idolo, ecco che cos'era. L'idolo di una religione solitaria ora abbandonata. Con tutte le straordinarie qualità degli idoli. Inquietante. Dopo essere stati inseriti in un rito e adorati, gli idoli acquistano un valore diverso; non li si può buttare nella spazzatura come se niente fosse.

Già, chissà che fine facevano le vecchie statue di chiesa? Occorreva una cerimonia speciale per sconsacrarle? Gli tornò in mente di avere pensato a un funerale della bambola a beneficio di Lila. Forse avrebbe potuto fare il funerale a quest'idolo a proprio beneficio. Tanto per trovargli una sistemazione che non comportasse di trattarlo come spazzatura.

Strani sentimenti. Ottimo tema per gli antropologi. Ma forse l'avevano già studiato. C'era un libro che aveva sempre in mente di leggere, *Le maschere di Dio*. Si potevano capire molte cose di una cultura osservando come si rapporta ai suoi idoli. Gli idoli sono l'oggettivazione dei valori più profondi di una cultura, cioè della sua realtà.

La bambola rappresentava i valori più profondi di Lila, la vera Lila, e diceva su di lei cose che contraddicevano tutto il resto. Dunque: c'erano in Lila due schemi in conflitto, dotati ciascuno di una forza travolgente; ora si era verificato uno slittamento di queste due placche tettoniche, un cozzo di un'intensità tale da provocare un terremoto ai gradi più alti della scala Richter. Rigel aveva puntato il dito su uno dei due schemi; la bambola rappresentava quello contrario, aveva dato modo a Lila di oggettivare anche questo schema e di allentare così le pressioni che potevano provocare il terremoto. Ma adesso l'aveva abbandonata, segno evidente che andava regredendo verso il peggio. O forse no.

Forse, si disse Fedro, per impedire la mia, di regressione, mi converrebbe darle una degna sepoltura.

Si udì un colpo contro lo scafo. Il dinghy. C'erano ancora dentro le provviste. Con tutto quello che era successo, se ne era completamente dimenticato.

Salì in coperta, si calò nel dinghy, issò le sporte in coperta. Senza più Lila, quelle provviste gli sarebbero bastate come minimo fino a Norfolk, se non fossero andate a male prima.

Risalì a bordo, portò giù le borse una per volta, le appoggiò sulla cuccetta, le svuotò, mise via la roba nella ghiacciaia. Poi guardò la bambola-idolo.

La prese in braccio come se fosse un bambino, un figlio, e la portò di sopra. La depose delicatamente sul ponte, si calò nuovamente nel dinghy, la riprese e la sistemò davanti a sé sul banco di prua, poi incominciò a remare e in breve fu a riva. Meno male che aveva la camicia con cui coprirla, pensò mentre scendeva dal dinghy. Se arrivava qualcuno, sarebbe stato imbarazzante spiegare il come e il perché.

Il sentiero era fiancheggiato da bassi cespugli dalle foglie piccole e carnose coperti di bacche grigioazzurre. Il fondo era di sabbia e sassolini color ocra, cosparso di pezzetti di erba secca: frammenti di festuche cave lunghi una quindicina di centimetri, con un diametro di circa mezzo centimetro, sparsi in disegni a spirale. Curioso, forse era stato l'uragano. Più avanti, di lato, vicino a ciuffi sbiaditi di verga d'oro, si vedeva un rilevatore topografico del ministero degli Interni.

Più avanti ancora c'era un cartello, molto curato, che invitava a rispettare la natura. Una buona cosa che la strada carrozzabile passasse lontano da quel posto, così il suo isolamento era protetto.

Udì il grido stonato delle oche. Guardò in su e ne vide una quarantina che volavano in formazione a cuneo verso nord-ovest: nella direzione sbagliata... Stupide oche, si erano lasciate ingannare dall'ondata di caldo fuori stagione.

Proseguì con la bambola-idolo in braccio; gli sembrava che loro due stessero facendo questa cosa insieme, come se lui fosse tornato bambino e l'idolo fosse il suo compagno di giochi immaginario. I bambini parlano con le bambole e gli adulti con gli idoli. Le bambole danno ai bambini la possibilità di fingersi genitori e gli idoli danno agli adulti la possibilità di fingersi bambini.

Rifletté un poco su questa considerazione, poi la sua mente formulò una domanda: « Che cosa diresti, » domandò all'idolo « se in questo momento fossimo in India? Che cosa ne diresti di tutto questo? ».

Rimase a lungo in ascolto, ma non venne risposta. Poi, a un certo punto, nei suoi pensieri si inserì una voce che non pareva la sua.

« Che è un lieto fine ».

Lieto fine? Fedro ci pensò.

« Non lo chiamerei un lieto fine » disse. « Semmai un finale inconcludente ».

« No, è un lieto fine per tutti » insistette l'altra voce.

« Perché? ».

« Perché ognuno ottiene quello che voleva » disse la voce. « Lila ha il suo amato Rigel, Rigel può sentirsi finalmente tanto bravo e virtuoso, tu trovi la tua cara libertà dinamica, e io posso tornare a farmi una nuotata».

«Oh, sai già che cosa succederà?».

«Naturale» disse l'idolo.

«Allora come fai a chiamarlo un lieto fine, se sai che fine farà Lila?».

«Non è un problema» disse la voce dell'idolo.

«Ah no? Quello la farà rinchiudere per il resto dei suoi giorni, e non è un problema?».

«Non per te».

«E allora perché mi fa sentire così male?» chiese Fedro.

«Perché ti aspetti che ti diano la medaglia» rispose l'idolo. «Dentro di te pensi che forse cambieranno idea e torneranno da te per darti la citazione al merito».

«Ma lui finirà per *annientare* Lila».

«No» disse l'idolo. «Lila non glielo permetterà».

«Non ci credo».

«È lei che ha in pugno Rigel, adesso» disse l'idolo. «Per lui è finita. Da questo momento lui è come creta nelle sue mani».

«No» disse Fedro. «È un avvocato; non perderà mai la testa per lei».

«L'ha già perduta» disse l'idolo. «Lila gli ritorcerà contro il suo stesso moralismo».

«Come?».

«Diventando una *peccatrice pentita*. Magari si metterà perfino ad andare in chiesa. Continuerà a ripetergli che è un uomo meraviglioso, così morale, che l'ha salvata dalle tue grinfie di degenerato. E lui, che cosa può fare? Come vuoi che faccia a negare? Non ha scampo. Lei gli serve per mantenere bello gonfio il suo io morale; appena se lo sentirà afflosciare, dovrà subito correre da lei».

Caspita, che razza di idolo sacro, pensò Fedro. Sarcastico, cinico, sadico quasi. Era così, lui, in fondo in fondo? Magari sì. Un idolo gigione. Un idolo da baraccone. Sfido che l'avevano buttato nel fiume.

« Sei tu il vincitore, sai? » disse l'idolo « In mancanza di altri ».

« Prego? ».

« Hai compiuto un gesto morale, uno in tutto il viaggio, e questo ti ha salvato ».

« Quale? ».

« Hai detto a Rigel che Lila ha Qualità ».

« Dove, a Kingston? ».

« Sì; l'hai fatto solo perché Rigel ti aveva preso in contropiede e non hai avuto il tempo di fabbricare una delle tue risposte intellettuali; ma comunque hai cambiato Rigel dalla notte al giorno. Se non fosse stato per quello, non sarebbe tornato. Prima, Rigel disprezzava Lila e ammirava te; dopo, ha disprezzato te e provato un certo rispetto per Lila. Dunque tu le hai dato qualcosa, e questo ti ha salvato. Se non fosse stato per quell'unico gesto morale, domani ti saresti trovato a veleggiare verso sud con la prospettiva di una vita intera di Lila ».

Fedro era seccato. Giudizi del genere da parte di un aspetto della sua personalità erano disorientanti e anche un po' inquietanti. Preferiva non sentirne altri.

« Ebbene, idolo, » disse « potresti avere ragione come potresti avere torto, ma adesso le nostre strade si separano ».

Erano arrivati davanti a un gruppo di rovine, forse un vecchio fortino. Assomigliavano un po' a certi ruderi in India, solo che quelli indiani erano antichi di secoli. Una specie di castello, ma fatto di cemento, con l'armatura di ferro arrugginito che spuntava fuori dalle spaccature. Ce n'era un pezzo che sembrava il muro di un piccolo anfiteatro; doveva essere il parapetto di un vecchio forte. In un angolo si vedevano i resti di un sistema di carrucole che era probabilmente servito a issare le munizioni. In una parete erano infissi grossi anelli di ferro, probabilmente per assorbire il rinculo di qualche cannone ora scomparso. In mezzo al parapetto spuntava, come un enorme ombrello, un albero bellissimo, senza più foglie; non molto alto, forse tre metri, ma larghissimo.

Proseguendo verso l'estremità della lingua, si vedeva l'altro lato della struttura di cemento, più diroccato, i grossi blocchi inclinati su un fianco e alcuni mezzo affondati nell'acqua.

Sul muraglione si aprivano buchi quadrati in cui poteva passare un uomo e crepe che sembravano sul punto di squarciarsi. Le crepe e i crolli erano probabilmente conseguenza dei movimenti di assestamento e dell'azione del mare, ma il vero agente di distruzione, si disse Fedro, era un altro: la rovina di quasi tutte le vecchie installazioni militari era il disuso.

Dava una certa emozione vedere il vecchio fortino, costruito per affermare il dominio dell'uomo sulla terra, affondare a poco a poco nell'oceano. Sembrava un posto di buon auspicio per sotterrarvi l'idolo.

Più avanti trovò un cancello dal quale si scendeva in un locale buio; sotto si sentiva il gorgoglio sonoro dell'acqua. Fedro oltrepassò una porta con montanti di ferro appuntiti e travi a doppia T. Dentro era buio come in una grotta; l'unica luce proveniva dal basso.

Svoltò a destra lungo un muro butterato e discese cinque scalini che portavano a un piccolo davanzale sul vuoto. Continuò a scendere, saggiando ogni gradino col piede, svoltò a sinistra, proseguì dritto per un tratto, poi svoltò di nuovo, a destra, addentrandosi in un tunnel buio. In fondo si vedeva un chiarore. Proveniva da un'apertura dove il muro era crollato; sotto spumeggiava l'Atlantico.

Lungo la parete si distingueva il segno scuro lasciato dall'acqua dell'alta marea. Fedro appoggiò l'idolo contro la parete, seduto con la faccia rivolta verso l'apertura sul mare, e gli sistemò con cura le pieghe della camicia intorno ai piedi. Di lì a poche ore la marea l'avrebbe portato con sé.

Gli disse mentalmente: « Ebbene, piccolo amico, hai avuto un'esistenza avventurosa ».

Fece un passo indietro, portò le mani giunte alla fronte, come aveva imparato a fare in India, poi, con la sensazione che adesso finalmente tutto era a posto, si girò e tornò sui suoi passi.

Uscì nella luce del giorno e nella normalità. Sentì il cri cri di alcuni grilli e poi un rombo nel cielo; guardò in alto e vide un Concorde, verso sud, volteggiare lentamente poi sollevarsi e acquistare velocità.

Benedetta la tecnologia. Questa vita moderna così poco visionaria non sarà interessante come gli anni del mio internamento, si disse, ma io sto diventando molto più esperto, almeno al livello degli schemi sociali. C'erano culture che parlavano con gli idoli, con gli spiriti della natura, con le crepe delle rocce e i fantasmi del passato, ma quella non era roba per lui. Lui aveva altre cose da fare.

Si sentiva addosso come una freschezza, mentre tornava verso la barca. Che giornata fantastica. Quanti altri erano così fortunati da poter fare tabula rasa dei loro problemi, come era successo a lui?

Salì su una montagnola di sabbia accanto ad alcuni cespugli di ginepro, spalancò le braccia e fece: « Ahhh! ». Libero! Niente più idoli, niente più Lila, né Rigel, né New York, niente più America addirittura. Libero, e basta.

Rovesciò la testa all'indietro e fece una piroetta. Stupendo! Erano secoli che non faceva piroette. Da quando aveva quattro anni. Ne fece un'altra. Il cielo, l'oceano, il promontorio, la baia presero a girare vorticosamente. Si sentiva come un derviscio.

Riprese il cammino; era rilassato, camminava come uno che non ha niente da fare, non ha niente a cui pensare. A un certo punto si ricordò di un'altra passeggiata, su una stradina di terra battuta simile a questa. Nel Montana, vicino a Lame Deer, nella Northern Cheyenne Reservation, con Dusenberry e John Gambadilegno, il capo tribù, e una ragazza a nome LaVerne Madigan, dell'Associazione per gli indiani d'America.

Dio, quanti anni erano passati. Quante cose erano successe da allora. Bisognava proprio ritornare sugli indiani, prima o poi. Di lì era partito e lì doveva ritornare.

Era primavera, allora, che nel Montana è una stagione meravigliosa, e la brezza tra i pini portava un odore fresco di neve appena sciolta e di terra che sgela. Stavano camminando tutti e quattro fianco a fianco, quando arriva questo cane, uno di quei botoli spelacchiati che circolano a dozzine nelle riserve indiane, e si mette a camminare davanti a loro con l'aria di fare una passeggiata.

Dopo averlo seguito per un pezzo in silenzio, LaVerne chiede a John: « Che cane è quello? ».

John ci pensa su, poi dice: « Buono ».

LaVerne lo fissò perplessa, poi abbassò la testa e Fedro vide che le si arricciavano gli angoli della bocca; per un pezzo continuò a sorridere e a ridacchiare tra sé.

Più tardi – John se n'era andato – LaVerne domandò a Dusenberry: « Che cosa intendeva con quel "Buono"? È un modo di dire indiano? ».

Dusenberry ci pensò poi disse: « Probabile ». Anche Fedro era rimasto colpito e divertito da quel modo di esprimersi.

Alcuni mesi dopo, LaVerne rimase uccisa in un incidente aereo e qualche anno dopo anche Dusenberry se n'era andato; poi per Fedro c'era stato l'ospedale, quindi la guarigione, che avevano come annebbiato il ricordo di quei tempi; l'episodio era stato completamente dimenticato. Ma adesso, all'improvviso, come dal nulla, eccolo di nuovo.

Già da qualche tempo Fedro si era detto che per

dimostrare che il concetto di « sostanza » è un'eredità culturale dell'antica Grecia e non esprime una realtà universale, bastava osservare culture che non erano state influenzate dal pensiero greco: se in queste culture mancava l'idea della « realtà » della sostanza, voleva dire che aveva ragione lui.

Adesso che l'immagine del cagnetto indiano gli si era ripresentata, capì che cosa significava.

La domanda di LaVerne era stata posta dall'interno di un quadro di riferimento aristotelico. Lei voleva sapere in quale casella genetica, sostanzialistica, di una classificazione canina si poteva collocare quel cane. Ma John Gambadilegno non aveva capito la domanda. Era questo il buffo. Quando aveva detto: « Buono », parlava seriamente; doveva aver pensato che LaVerne temeva che potesse mordere. L'idea di un cane che facesse parte di una struttura gerarchica di categorie del pensiero sotto la voce « oggetti » era assolutamente estranea alla sua ottica culturale tradizionale.

La cosa interessante, si rese conto Fedro, era che John avesse classificato il cane non in base alla sua sostanza, ma in base alla sua Qualità. Cioè, per John era più importante la Qualità.

A questo punto gli tornò in mente che quando, dopo la morte di Dusenberry, era andato nella riserva indiana presentandosi come suo amico, gli indiani avevano risposto: « Ah sì, Dusenberry. Era un buono ». Come aveva detto John del cane. Un bianco avrebbe detto « una brava persona » o « una persona per bene ». Ma gli indiani non vedevano l'uomo come un oggetto a cui si possa o meno applicare l'aggettivo « buono ». Usando quell'aggettivo, essi intendevano la bontà, il bene, come il nucleo dell'esperienza della vita, un nucleo che Dusenberry, nella sua natura, incarnava.

Chissà, forse, quando la sua metafisica avesse trovato una sistemazione coerente, gli altri avrebbero capito che la realtà incentrata sul valore non era un'ipotesi peregrina e centrifuga, ma si riconnetteva con una parte della loro personalità che era stata repressa dalle norme culturali e che aveva bisogno di venire alla luce. Questa, almeno, era la sua speranza.

La vicenda di William James Sidis aveva dimostrato che la gente, se parli loro degli indiani, non ti ascolta. Ne hanno già sentito parlare anche troppo. Il sistema immunitario della cultura esclude ulteriori informazioni. Fedro sperava che la sua Metafisica della Qualità sarebbe invece riuscita a superare le difese e a far capire come il misticismo degli indiani d'America non sia estraneo alla cultura americana, ma anzi ne costituisca la radice profonda, sommersa.

Gli americani non hanno bisogno di andare in Oriente per imparare che cos'è la conoscenza mistica. È sempre stata qui, a portata di mano. In Oriente la rivestono di riti, incensi, templi e litanie; adesso poi è diventata un'industria, che fa incassare milioni di dollari. Gli indiani d'America non hanno mai fatto niente del genere. Rifuggono dalle organizzazioni, non fanno pagare, non tengono conferenze; perciò passano inosservati.

Fedro ricordava di avere detto a Dusenberry, uscendo dalla tenda del peyote: « Al confronto, la visione dell'induismo è un'imitazione scadente! Così doveva essere prima che diventasse una cosa commerciale ».

E ricordava anche una considerazione di Franz Boas: nelle culture primitive le persone parlano soltanto di esperienze concrete. Non fanno dissertazioni sull'essenza della virtù, del bene, del male, della bellezza; le esigenze della loro vita quotidiana, come avviene anche da noi per le classi meno colte, non si spingono oltre la virtù dimostrata in una certa situazione, le buone o le cattive azioni compiute dai vicini e la bellezza di questa o quella particolare persona o cosa. Non parlano di idee astratte. E

Boas aveva detto anche un'altra cosa: « Per l'indiano dakota, buono non è un aggettivo, ma un sostantivo ».

Vero, si disse Fedro, e molto oggettivo. Ma Boas si era comportato come un esploratore che, vedendo emergere dal fianco di una collina una grande vena di metallo giallo purissimo, si limiti a registrare il fatto sul suo taccuino, senza tentare altre considerazioni, perché a lui interessano solo i fatti e non vuole impegolarsi in giudizi o interpretazioni.

Buono è un sostantivo. Ecco. Era questo che Fedro stava cercando. L'ultima corsa alla base che conclude la partita. Buono come sostantivo e non come aggettivo: questo intende dire la Metafisica della Qualità. Naturalmente la Qualità ultima non è né un sostantivo né un aggettivo né alcunché di definibile; ma se avesse dovuto riassumere in una sola frase tutta la sua metafisica, Fedro avrebbe certamente scelto quella.

GLI ADELPHI

ULTIMI VOLUMI PUBBLICATI:

330. Pietro Citati, *La colomba pugnalata*
331. Georges Simenon, *Maigret e i vecchi signori* (5ª ediz.)
332. Benedetta Craveri, *Amanti e regine* (4ª ediz.)
333. Daniil Charms, *Casi* (3ª ediz.)
334. Georges Simenon, *Maigret perde le staffe* (3ª ediz.)
335. Frank McCourt, *Ehi, prof!* (3ª ediz.)
336. Jiří Langer, *Le nove porte*
337. Russell Hoban, *Il topo e suo figlio*
338. Enea Silvio Piccolomini, *I commentarii*, 2 voll.
339. Georges Simenon, *Maigret e il barbone* (4ª ediz.)
340. Alan Bennett, *Signore e signori* (2ª ediz.)
341. Irène Némirovsky, *David Golder* (3ª ediz.)
342. Robert Graves, *La Dea Bianca* (3ª ediz.)
343. James Hillman, *Il codice dell'anima* (4ª ediz.)
344. Georges Simenon, *Maigret si difende* (2ª ediz.)
345. Peter Cameron, *Quella sera dorata* (4ª ediz.)
346. René Guénon, *Il Regno della Quantità e i Segni dei Tempi* (2ª ediz.)
347. Pietro Citati, *La luce della notte* (2ª ediz.)
348. Goffredo Parise, *Sillabari* (3ª ediz.)
349. Wisława Szymborska, *La gioia di scrivere* (4ª ediz.)
350. Georges Simenon, *La pazienza di Maigret* (2ª ediz.)
351. Antonin Artaud, *Al paese dei Tarahumara*
352. Colette, *Chéri · La fine di Chéri* (2ª ediz.)
353. Jack London, *La peste scarlatta* (2ª ediz.)
354. Georges Simenon, *Maigret e il fantasma* (3ª ediz.)
355. W. Somerset Maugham, *Il filo del rasoio* (2ª ediz.)
356. Roberto Bolaño, *2666* (3ª ediz.)
357. Tullio Pericoli, *I ritratti*
358. Leonardo Sciascia, *Il Consiglio d'Egitto* (2ª ediz.)
359. Georges Simenon, *Memorie intime* (2ª ediz.)
360. Georges Simenon, *Il ladro di Maigret* (2ª ediz.)
361. Sándor Márai, *La donna giusta* (4ª ediz.)
362. Karl Kerényi, *Dioniso* (2ª ediz.)
363. Vasilij Grossman, *Tutto scorre...* (3ª ediz.)
364. Georges Simenon, *Maigret e il caso Nahour* (4ª ediz.)
365. Peter Hopkirk, *Il Grande Gioco* (3ª ediz.)
366. Moshe Idel, *Qabbalah* (2ª ediz.)
367. Irène Némirovsky, *Jezabel* (4ª ediz.)

368. Georges Simenon, *L'orologiaio di Everton* (2ª ediz.)
369. *Kāmasūtra*, a cura di Wendy Doniger e Sudhir Kakar
370. Giambattista Basile, *Il racconto dei racconti*
371. Peter Cameron, *Un giorno questo dolore ti sarà utile* (5ª ediz.)
372. Georges Simenon, *Maigret è prudente* (2ª ediz.)
373. Mordecai Richler, *L'apprendistato di Duddy Kravitz*
374. Simone Pétrement, *La vita di Simone Weil*
375. Richard P. Feynman, *QED* (3ª ediz.)
376. Georges Simenon, *Maigret a Vichy* (2ª ediz.)
377. Oliver Sacks, *Musicofilia* (2ª ediz.)
378. Martin Buber, *Confessioni estatiche*
379. Roberto Calasso, *La Folie Baudelaire*
380. Carlo Dossi, *Note azzurre*
381. Georges Simenon, *Maigret e il produttore di vino* (3ª ediz.)
382. Andrew Sean Greer, *La storia di un matrimonio* (2ª ediz.)
383. Leonardo Sciascia, *Il mare colore del vino* (2ª ediz.)
384. Georges Simenon, *L'amico d'infanzia di Maigret* (2ª ediz.)
385. Alberto Arbasino, *America amore* (3ª ediz.)
386. W. Somerset Maugham, *Il velo dipinto*
387. Georges Simenon, *Luci nella notte*
388. Rudy Rucker, *La quarta dimensione*
389. C.S. Lewis, *Lontano dal pianeta silenzioso*
390. Stefan Zweig, *Momenti fatali*
391. *Le radici dell'Āyurveda*, a cura di Dominik Wujastyk
392. Friedrich Nietzsche-Lou von Salomé-Paul Rée, *Triangolo di lettere*
393. Patrick Dennis, *Zia Mame* (4ª ediz.)
394. Georges Simenon, *Maigret e l'uomo solitario* (2ª ediz.)
395. Gypsy Rose Lee, *Gypsy*
396. William Faulkner, *Le palme selvagge*
397. Georges Simenon, *Maigret e l'omicida di rue Popincourt* (2ª ediz.)
398. Alan Bennett, *La sovrana lettrice* (2ª ediz.)
399. Miloš Crnjanski, *Migrazioni*
400. Georges Simenon, *Il gatto* (2ª ediz.)
401. René Guénon, *L'uomo e il suo divenire secondo il Vêdânta*
402. Georges Simenon, *La pazza di Maigret*
403. James M. Cain, *Mildred Pierce*
404. Sándor Márai, *La sorella*
405. Temple Grandin, *La macchina degli abbracci*

FINITO DI STAMPARE NEL FEBBRAIO 2012
DA L.E.G.O. S.P.A. STABILIMENTO DI LAVIS

Printed in Italy

GLI ADELPHI
Periodico mensile: N. 74/1995
Registr. Trib. di Milano N. 284 del 17.4.1989
Direttore responsabile: Roberto Calasso